JUDE DEVERAUX
Geliebter Tyrann

Aus dem Amerikanischen
von Bodo Baumann

BASTEI-LÜBBE-TASCHENBUCH
Band 10772

1. Auflage 1986
2.+3. Auflage 1987
4. Auflage 1988

Deutsche Erstveröffentlichung
Titel der Originalausgabe: COUNTERFEIT LADY
© 1984 by Jude Deveraux, Inc.
© für die deutsche Ausgabe: Gustav Lübbe Verlag GmbH,
Bergisch Gladbach
Printed 1988
Einbandgestaltung: Roland Winkler
Titelbild: Three Lions
Satz: Fotosatz Froitzheim, Bonn
Druck und Verarbeitung: Ebner Ulm
ISBN 3-404-10772-1

Der Preis dieses Bandes versteht sich einschließlich
der gesetzlichen Mehrwertsteuer

1

Im Juni des Jahres 1794 standen die Rosen in voller Blüte, und der Rasen hatte jenes üppige Grün, das man nur in England kennt. In der Grafschaft Sussex stand ein kleines, quadratisches zweistöckiges Haus, ein von einem niedrigen Eisenzaun umgebenes schlichtes Gebäude. Dieses Haus hatte einmal zu einem größeren Komplex gehört; es war eines der Nebengebäude für die Familie des Gärtners oder des Wildhüters gewesen; doch man hatte den Besitz schon lange aufgeteilt und verkauft, damit die Eigentümer, die Familie Maleson, ihre Schulden bezahlten konnten. Alles, was von dieser vormals so großen Familie noch existierte, waren dieses kleine, vernachlässigte Haus, Jacob Maleson und seine Tochter Bianca.

Jacob Maleson, ein gedrungener, korpulenter Mann, saß in diesem Augenblick im Salon des Erdgeschosses vor dem leeren Kamin – die Weste aufgeknöpft, die sich sonst über der mächtigen Wölbung seines Leibes spannte, und den Rock achtlos über einen anderen Stuhl geworfen. Seine plumpen Beine umspannte eine schwarze Tuchhose, die ihm knapp über die Knie reichte, wo sie mit Messingschnallen befestigt war; seine Waden bedeckten Baumwollstrümpfe, seine Füße quollen aus dem dünnen Leder schwarzer Pumps. Ein großer, verschlafener Irischer Setter lehnte sich gegen eine Armstütze des alten Backensessels, und Jacob kraulte ihm die Ohren.

Jacob hatte sich inzwischen an sein schlichtes ländliches Dasein gewöhnt. Tatsächlich gefiel ihm das Leben in einem kleineren Haus mit weniger Dienstboten und geringerer Verantwortung besser. Das Herrenhaus, in dem er noch als Kind gewohnt hatte, war nur eine Platzvergeudung gewesen, es hatte seinen Eltern zuviel Zeit und Energie gestohlen. Nun hatte er seine Hunde, ein ordentliches Stück Fleisch zum Dinner, genügend Einnahmen, um seine Ställe in Schuß zu halten, und das reichte ihm.

Seiner Tochter reichte es nicht.

Bianca stand in ihrem Schlafzimmer im ersten Stock vor dem hohen Spiegel und strich das lange Musselinkleid über ihrem plumpen Körper glatt. Jedesmal, wenn sie sich in der neuen französischen Mode betrachtete, hatte sie einen Anfall von übler Laune. Die französischen Bauern hatten sich gegen die Aristokratie erhoben, und jetzt, da diese schwächlichen Franzmänner ihrer Untergebenen nicht mehr Herr wurden, mußte die ganze Welt dafür büßen. Alle Länder blickten auf Frankreich und sorgten sich, ob ihnen nicht etwa das gleiche passieren konnte. In Frankreich wollte jedermann so aussehen, als gehöre er zu dem gemeinen Volk; daher waren Satin und Seidenstoffe praktisch verpönt. Die neue Mode bestand aus Musselin, Kaliko, Batist und Perkal.

Bianca studierte sich im Spiegel. Natürlich standen ihr die neuen Gewänder vorzüglich, aber was würden die anderen Frauen machen, die nicht so vorteilhaft ausgestattet waren wie sie? Das Gewand war vorn tief ausgeschnitten, mit einer tiefen Furche zwischen ihren großen Brüsten, die wenig von der Form und der weißen Haut verhüllte. Eine blaßblaue indische Gaze über dem Musselin war mit einem breiten Band aus blauem Satin knapp unter ihrer Büste zusammengerafft, und von dort fiel das Gewand in geraden Bahnen bis zum Fußboden hinunter und endete in einem Saum aus Fransen. Biancas dunkelblonden Haare waren aus dem Gesicht gekämmt und von einem Band zusammengehalten; dicke wurstförmige Locken hingen über ihre bloße Schulter herab. Ihr Gesicht hatte eine runde Form, ihre Augen waren so blaßblau wie ihr Kleid, mit hellen Brauen und Wimpern; ihr pinkfarbener kleiner Mund glich einer knospenden Rose, und wenn sie lächelte, erschien ein winziges Grübchen auf ihrer linken Wange.

Bianca wechselte von ihrem Wandspiegel zur Frisierkommode hinüber. Sie war, wie fast alles in diesem Raum, mit blaßrosa Tüll dekoriert. Sie liebte es, sich mit Pastelltönen zu umgeben, und hatte überhaupt eine Vorliebe für das Sanfte, Zierliche und Romantische.

Auf der Frisierkommode stand eine große Pralinenschachtel, deren obere Schicht fast abgeräumt war. Sie blickte hinein und zog auf eine für sie typische Art die Nase kraus. Mit diesem schrecklichen französischen Krieg war auch die Fabrikation der besten Pralinen eingestellt worden, und nun mußte sie sich mit zweitklassiger englischer Schokolade begnügen. Sie zupfte sich eine Praline heraus, dann eine zweite. Als sie bei der vierten angelangt war und sich ihre zarten Finger ableckte, sah sie Nicole Courtalain ins Zimmer kommen.

Die minderwertige Schokolade, der dünne Stoff ihres Kleides und Nicoles Gegenwart waren insgesamt die Folgen der Französischen Revolution. Bianca suchte sich noch eine Praline heraus und beobachtete die junge Französin, die stumm im Zimmer umherging und die Kleidungsstücke aufräumte, die Bianca über den Fußboden verstreut hatte. Nicole war für Bianca der Beweis, wie großzügig sie und alle Engländer waren. Als viele Franzosen aus ihrem eigenen Land hinausgeworfen wurden, hatten die Engländer sie bei sich aufgenommen. Natürlich hatten sich diese Franzosen größtenteils selbst ernähren können; tatsächlich hatten sie sogar eine Neuheit in England eingeführt, die man Restaurant nannte. Aber es waren auch andere gekommen, Leute wie Nicole – ohne Geld, ohne Verwandte, ohne Beruf. Und da hatte sich England von seiner großzügigsten Seite gezeigt, indem es diese heimatlosen Menschen von der Straße in seine Häuser holte.

Bianca war zu einem Hafen an der Ostküste gefahren, wo ein Schiff mit Flüchtlingen erwartet wurde. Sie war in keiner guten Stimmung gewesen. Ihr Vater hatte sie soeben davon in Kenntnis gesetzt, daß seine Mittel nicht mehr ausreichten, um ihre Kammerzofe zu bezahlen. Es hatte einen schrecklichen Auftritt zwischen den beiden gegeben, bis sich Bianca an die Emigranten erinnerte. So war sie, ihrer Eingebung folgend, in die Hafenstadt gefahren, um diesen armen, heimatlosen Franzosen zu helfen. Vielleicht entdeckte sie einen Flüchtling, den sie mit ihrer Wohltätigkeit beglücken konnte.

Als sie Nicole erspähte, wußte sie, daß sie gefunden hatte, was sie suchte. Sie war zierlich, hatte ihre schwarzen Haare unter einem Strohhut versteckt, besaß enorm große braune Augen in einem herzförmigen Gesicht, die von kurzen, dichten schwarzen Wimpern beschattet wurden. Aus diesen Augen sprach große Traurigkeit. Sie sah aus, als wäre es ihr egal, ob sie lebte oder tot wäre. Bianca wußte, daß eine Frau, die so aussah, sehr dankbar sein würde für ihre Großzügigkeit.

Jetzt, drei Monate später, bedauerte Bianca fast alles, was sie an Nicole getan hatte. Nicht, daß dieses Mädchen nicht anstellig gewesen wäre; tatsächlich war es fast zu anstellig. Zuweilen gaben die anmutigen Bewegungen und die Leichtfüßigkeit ihrer Zofe Bianca das Gefühl von plumper Schwerfälligkeit.

Bianca blickte auf den Spiegel zurück. Was für ein absurder Gedanke! Ihre Figur war majestätisch, imponierend – jeder sagte ihr das. Sie warf Nicole im Spiegel einen bösen Blick zu und zog ein Band aus ihrem Haar.

»Mir gefällt die Frisur nicht, die du mir heute morgen gemacht hast«, sagte Bianca, lehnte sich im Sessel zurück und naschte noch einmal aus der Pralinenschachtel.

Schweigend ging Nicole zur Frisierkommode hinüber und kämmte Bianca das ziemlich dünne Haar. »Sie haben noch nicht den Brief von Mr. Armstrong geöffnet.« Ihre Stimme war ruhig, ohne Akzent, und sie bemühte sich, jedes Wort sorgfältig auszusprechen.

Bianca winkte kurz ab. »Ich weiß, was er mir zu sagen hat. Er will wissen, wann ich nach Amerika komme und ihn heirate.«

Nicole kämmte eine der Locken über ihren Finger. »Ich möchte meinen, daß Sie dafür ein Datum festsetzen sollten. Ich weiß doch, Sie würden gern heiraten.«

Bianca blickte sie im Spiegel an. »Wie wenig du doch verstehst! Aber man kann natürlich nicht von einer Französin erwarten, daß sie den Stolz und die Empfindlichkeit einer Engländerin versteht. Clayton Armstrong ist Amerikaner! Wie könnte ich, eine Nachfarin der Peers von England, einen Amerikaner heiraten!«

Nicole befestigte sorgfältig das Band um Biancas Kopf. »Das

begreife ich nicht. Ich dachte, Sie hätten Ihre Verlobung schon bekanntgegeben.«

Bianca warf das obere leere Fach ihrer Pralinenschachtel auf den Boden und nahm sich ein großes Stück von der unteren Schicht. Karamel war ihr Lieblingsnaschwerk. Mit vollem Mund begann sie zu erklären: »Männer! Wer versteht sie schon? Ich muß heiraten, wenn ich diesem hier entrinnen will!« Mit einer Handbewegung deutete sie auf die Wände des kleinen Zimmers. »Doch der Mann, den ich heirate, wird sich von Clayton erheblich unterscheiden. Ich habe gehört, daß es unter den Männern in den Kolonien einige geben soll, die einem Gentleman nahekommen, wie dieser Mr. Jefferson. Aber Clayton ist weit davon entfernt, ein Gentleman zu sein. Weißt du, daß er im Salon seine Reitstiefel anbehält? Als ich ihm vorschlug, er solle sich ein Paar Seidenstrümpfe kaufen, lachte er mich aus und sagte, er könnte in seidenen Hosen und Strümpfen nicht auf ein Baumwollfeld gehen.« Bianca erschauerte. »Baumwolle! Er ist ein Farmer, ein tölpelhafter, überheblicher amerikanischer Bauer!«

Nicole kämmte die letzte Locke aus. »Und doch haben Sie seinen Antrag angenommen?«

»Natürlich! Ein Mädchen kann niemals zu viele Anträge bekommen; sie machen den Köder nur schmackhafter! Wenn ich auf einer Gesellschaft bin und einen Mann sehe, der mir nicht gefällt, sage ich, ich sei verlobt. Wenn ich einen Mann sehe, von dem ich weiß, daß er zu einer Frau meines Standes passen würde, so erzähle ich ihm, ich trüge mich mit dem Gedanken, meine Verlobung aufzulösen.«

Nicole drehte sich von Bianca weg und sammelte die Einwikkelpapiere der Pralinen vom Boden auf. Sie wußte, daß sie keine eigene Meinung dazu haben durfte, konnte sie aber diesmal doch nicht unterdrücken: »Aber was wird aus Mr. Armstrong? Ist das eine faire Handlung?«

Bianca ging zu einer Wäschekommode und warf drei Schals zu Boden, ehe sie sich zu einem schottischen mit kariertem Muster entschloß. »Was weiß ein Amerikaner schon von Fairneß? Sie sind ein undankbares Volk, das seine Unabhängigkeit von uns erklärte, nachdem wir so viel für sie getan haben. Zudem war es für mich eine Beleidigung, daß er dachte, ich würde jemals einen Mann wie ihn heiraten. Er war ein wenig zum Fürchten in seinen hohen Stiefeln und mit seinen arroganten Allüren. Er sah aus, als wäre er auf einem Pferd eher zu Hause als in einem Salon. Wie könnte ich so etwas heiraten? Und er machte mir einen Antrag, nachdem er mich erst zwei Tage gekannt hatte. Er bekam einen Brief, in dem stand, daß sein Bruder und seine Schwägerin umgekommen seien, und Knall auf Fall bat er mich, ihn zu heiraten. Was für ein gefühlloser Mensch! Er wollte, daß ich gleich mit ihm nach Amerika reise. Natürlich lehnte ich dieses Ansinnen ab.«

Nicole achtete sorgfältig darauf, daß Bianca ihr Gesicht nicht sah, als sie die weggeworfenen Schals wieder zusammenzulegen begann. Sie wußte, daß man ihr nur zu oft am Gesicht ansehen konnte, was sie empfand. Ihre Augen spiegelten ihre Gedanken und Gefühle wider. Als sie vor drei Monaten in den Haushalt der Malesons gekommen war, war sie viel zu betäubt gewesen, um auf Biancas Tiraden über die dummen, schwachen Franzosen oder die primitiven, undankbaren Amerikaner zu reagieren. Damals war sie ganz von ihren Erinnerungen an das blutige Entsetzen der Revolution beherrscht gewesen – von den Gedanken an ihre Eltern, die man fortgeschleppt hatte, an ihren Großvater... Nein! Sie war noch nicht fähig, an jene stürmische Nacht zurückzudenken. Vielleicht hatte Bianca sich schon früher auf diese Weise über ihren Verlobten geäußert, und sie, Nicole, hatte nicht zugehört. Das war sogar ziemlich wahrscheinlich. Erst in den letzten paar Wochen war sie allmählich aus ihrem schlafwandlerischen Zustand erwacht.

Vor zwei Wochen, als sie in einem Laden wartete, bis Bianca ein Kleid anprobiert und gekauft hatte, war sie dort zufällig ihrer Cousine begegnet. Diese Cousine wollte in zwei Monaten einen kleinen Kleiderladen eröffnen und hatte Nicole angeboten, sich an diesem Laden finanziell zu beteiligen. Zum erstenmal hatte Nicole eine Möglichkeit gesehen, unabhängig zu werden und sich aus einem Zustand zu befreien, in dem sie nur ein Objekt der Wohltätigkeit war.

Als sie Frankreich verließ, hatte sie ein goldenes Medaillon und drei Smaragde in den Saum des Kleides eingenäht, in dem sie flüchtete. Nachdem sie mit ihrer Cousine gesprochen hatte, verkaufte sie die Smaragde. Sie bekam einen sehr niedrigen Preis dafür, denn der englische Markt war mit französischen Juwelen überschwemmt, und die hungerleidenden Flüchtlinge waren oft zu verzweifelt, um lange um den Preis zu feilschen. Des Nachts blieb Nicole dann in ihrem kleinen Speicherzimmer bis in die Morgenstunden auf, nähte für ihre Cousine und versuchte, sich noch etwas Geld hinzuzuverdienen. Nun hatte sie fast genug beisammen. Sie hatte das Geld in einer Truhe in ihrem Zimmer versteckt.

»Kannst du dich nicht beeilen?« fragte Bianca ungeduldig. »Du träumst immer in den Tag hinein. Kein Wunder, daß dein Land im Krieg mit sich selbst liegt, wenn es von Leuten bewohnt wird, die so faul sind wie du!«

Nicole streckte den Rücken, richtete sich auf und hob das Kinn. Nur noch ein paar Wochen, sagte sie sich. Dann würde sie frei sein...

Selbst in ihrem benommenen Zustand war Nicole etwas an Bianca aufgefallen – sie konnte die körperliche Nähe von Männern nicht ertragen. Sie wollte sich in keiner Weise von einem Mann berühren lassen, wenn sie das vermeiden konnte. Sie sagte, sie fände Männer roh, laut und gefühllos. Nur einmal hatte Nicole sie einen Mann mit echter Wärme anlächeln sehen, und das war ein zierlich gebauter, junger Mann mit üppigen Spitzen an den Manschetten und einer juwelenbesetzten Schnupftabaksdose in der Hand gewesen. Ein einziges Mal schien Bianca keine Angst vor einem Mann gehabt zu haben, und sie hatte ihm sogar gestattet, ihm die Hand zu küssen. Nicole empfand eine gewisse Scheu vor Bianca, die bereitwillig über ihre Aversion gegen die Berührung eines Mannes hinwegzusehen und zu heiraten bereit war, um ihren gesellschaftlichen Status zu verbessern. Vielleicht hatte Bianca keine Vorstellung davon, was zwischen einem Ehemann und seiner Frau vorging.

Die beiden Frauen verließen das kleine Haus, sie gingen die schmale Treppe mit ihrem zerschlissenen Teppich hinunter.

Hinter dem Haus befand sich ein kleiner Stall mit einer Remise, die beide von Jacob Maleson in einem viel besseren baulichen Zustand erhalten wurden als das Wohnhaus. Jeden Nachmittag um halb zwei fuhren Bianca und Nicole in einem eleganten Einspänner durch den Park. Das Parkgelände hatte einmal der Familie Maleson gehört, war inzwischen jedoch das Eigentum von Leuten, die Bianca als Emporkömmlinge und Plebs bezeichnete. Sie hatte nie gefragt, ob sie durch das bewaldete Gelände fahren dürfe, doch bisher hatte sie noch niemand zur Rede gestellt. Zu dieser Tageszeit konnte sie sich einbilden, Herrin auf einem großen Landsitz zu sein, wie es ihre Großmutter einmal gewesen war.

Ihr Vater weigerte sich, einen Kutscher für sie einzustellen, und Bianca wollte weder neben einem nach Dung riechenden Stallburschen sitzen noch ihre eigene Kutsche lenken, so blieb also nur der Ausweg, daß Nicole das Gefährt kutschierte. Angst vor einem Pferd schien sie wirklich nicht zu haben.

Nicole fuhr nur zu gerne mit der kleinen Kutsche aus. Zuweilen, wenn sie ein paar Stunden genäht hatte, ging sie morgens, ehe Bianca erwachte, hinunter in die Ställe und streichelte den schönen braunen Wallach. In Frankreich, ehe die Revolution ihr Heim und die Lebensweise ihrer Familie vernichtet hatte, war sie oft vor dem Frühstück stundenlang ausgeritten. Diese stillen frühen Morgenstunden ließen sie beinahe den Tod und das Feuer vergessen, das ihr immer noch vor Augen stand.

Der Park war im Juni besonders schön, die Bäume formten mit ihrem Laubwerk ein Gewölbe über den kiesbestreuten Parkwegen, spendeten Schatten und malten hübsche, kleine bewegte Muster auf ihre Kleider. Bianca hielt einen Sonnenschirm aus gekräuseltem Stoff im schrägen Winkel über ihren Kopf und bemühte sich sehr, auf diese Weise die Blässe ihrer Haut zu erhalten. Sie warf einen Blick auf Nicole und schnaubte. Das dumme Mädchen hatte seinen Strohhut auf den Sitz zwischen sie gelegt, und der Wind blies durch ihr schimmernd schwarzes Haar. Ihre Augen glitzerten im Sonnenlicht, und die Arme, mit denen sie die Zügel hielt, waren schlank und wohlgerundet. Bianca sah angewidert zur Seite. Ihre eigenen Arme waren außerordentlich weiß und von weicher Plumpheit, wie es sich für eine Frau gehörte.

»Nicole!« rief Bianca keuchend. »Könntest du dich nicht einmal wie eine Lady benehmen? Oder dich wenigstens darauf besinnen, daß ich eine bin? Es ist schon schlimm genug, daß ich mich mit einer halbentkleideten Frau sehen lassen muß; doch jetzt zwingst du mich auch noch dazu, in diesem Ding zu fliegen.«

Nicole breitete den dünnen Baumwollschal über ihre bloßen Arme, setzte jedoch nicht ihren Strohhut auf. Gehorsam gab sie dem Pferd mit schnalzender Zunge das Zeichen, langsamer zu gehen. Nur noch ein bißchen Geduld, dachte sie, und ich bin nicht mehr unter Biancas Fuchtel.

Plötzlich wurde der Frieden des Nachmittags von vier Männern auf Pferden erschüttert. Sie ritten große Tiere mit dicken Füßen, die sich eher zum Ziehen eines Wagens als zum Reiten eigneten. Es war ungewöhnlich, daß die beiden bei der Ausfahrt jemandem im Park begegneten, zumal Männern, die offensichtlich keine Gentlemen waren. Ihre Kleider waren zerlumpt, ihre Drillichhosen voller Flecken. Einer der Männer trug ein langärmeliges Baumwollhemd mit großen roten und weißen Streifen.

Ein ganzes Jahr lang hatte Nicole in Frankreich in Angst und Schrecken gelebt. Als der wütende Mob das Schloß ihrer Eltern stürmte, hatte sie sich mit ihrem Großvater in einer Kleiderkiste versteckt und war mit ihm später im Schutz der schwarzen Rauchwolken, die aus ihrem brennenden Heim quollen, dem Pöbel entronnen. Nun reagierte sie geistesgegenwärtig. Als sie erkannte, daß diese Männer eine Bedrohung darstellten, benützte sie ihre lange Peitsche, um den Wallach zu einem scharfen Trab anzutreiben.

Bianca wurde gegen die mit Roßhaaren gepolsterte Rückenlehne geworfen und stöhnte laut, ehe sie Nicole anschrie: »Was denkst du dir eigentlich dabei? Ich laß mich doch nicht so von dir behandeln!«

Nicole beachtete sie nicht, sondern sah über die Schulter auf die vier Männer zurück, die den Pfad an der Stelle erreichten, wo die Kutsche eben noch gewesen war. Sie befanden sich mitten im Park, weit weg von einem Haus, und Nicole bezweifelte, daß jemand ihre Rufe hören würde.

Bianca, die sich an den Griff ihres Sonnenschirms klammerte, gelang es mit einiger Mühe den Kopf zu drehen und zu betrachten, was Nicole ständig im Auge behielt; doch die vier Männer schreckten sie nicht. Ihr erster Gedanke war, wie es so ein Pack wagen konnte, den Park eines Gentleman zu betreten. Einer der Männer schwenkte seinen Arm zum Zeichen, daß die anderen ihm folgen sollten, während er hinter der flüchtenden Kutsche herritt. Die Männer machten keine gute Figur auf den Pferden, klammerten sich an Sattel und Zaumzeug, richteten sich beim Traben nicht in den Steigbügeln auf, sondern wurden bei jedem Schritt durchgerüttelt, daß ihnen die Zähne klapperten.

Als Bianca den Blick wieder auf Nicole richtete, bekam sie nun doch Angst; endlich hatte sie begriffen, daß die Männer hinter ihnen her waren. »Kannst du nicht dafür sorgen, daß die Mähre schneller läuft?« schrie sie nun, während sie sich an der Lehne des Sitzes festhielt. Doch der Einspänner war nicht für höhere Geschwindigkeiten gebaut.

Die Männer, die sich wie Ertrinkende an ihre langsamen, schweren Gäule klammerten, mußten einsehen, daß die Frauen ihnen entwischten. Der eine in dem gestreiften Hemd zog eine Pistole aus seinem breiten Gürtel und gab einen Schuß ab, der über die Kutsche hinwegpfiff – knapp am rechten Ohr des Wallachs vorbei.

Der Braune stieg senkrecht in die Höhe, und die Kutsche rammte gegen seine Hinterbeine, als sie so abrupt zum Stehen kam und Nicole die Zügel strammzog. Bianca stieß einen Schrei aus und kauerte in einer Ecke der Kutsche, den Arm vor das Gesicht haltend, während Nicole mit gegrätschten Beinen in der Kutsche stand, eine Hand an jedem Zügel, und den jähen Ruck ausbalancierte.

»Still, Junge!« befahl sie, und das Pferd beruhigte sich ein wenig; doch seine Augen rollten wild umher. Nicole band die Zügel um das vordere Geländer des Einspänners, stieg vom Sitz hinunter, ging zu dem Wallach, fuhr ihm mit beiden Händen über den Hals, redete leise in französischer Sprache auf das Tier ein und legte ihre Wange gegen seine Nüstern.

»Schau dir das an, Maat. Die hat keine Angst vor diesem verdammten Gaul.«

Nicole blickte zu den vier Männern hoch, die nun die Kutsche umringten.

»Das muß man Ihnen lassen, kleine Lady: Sie können mit einem Pferd umgehen!« sagte einer von den Männern. »So etwas habe ich noch nicht erlebt.«

»Und dabei ist sie nur so ein schmächtiges Ding. Es wird uns ein echtes Vergnügen sein, Sie mitzunehmen.«

»Nun warte mal ab«, befahl der Mann in dem gestreiften Hemd, offensichtlich der Anführer der vier. »Woher wissen wir, daß sie die Richtige ist? Wie steht es mit der da?« Er deutete auf Bianca, die immer noch in einer Ecke der Kutsche kauerte und vergeblich versuchte, sich im Polster unsichtbar zu machen. Ihr Gesicht war weiß und blutleer vor Entsetzen.

Nicole stand ruhig inmitten der Männer, den Kopf des Pferdes zwischen ihren Händen. Für sie war das alles nur eine Wiederholung der schrecklichen Dinge, die sie in Frankreich erlebt hatte, und sie wußte, daß man die Nerven behalten mußte, wenn man einer Gefahr entrinnen wollte.

»Das ist sie«, sagte einer der Männer und deutete auf Nicole. »Ich erkenne doch eine Lady, wenn ich sie sehe.«

»Welche von euch beiden ist Bianca Maleson?« begehrte der Mann in dem gestreiften Hemd zu wissen. Er hatte ein kräftiges Kinn, das mit einem schon mehrere Tage alten Stoppelbart bedeckt war.

Also war es eine Entführung, dachte Nicole. Sie mußten jetzt nur beweisen, daß Biancas Vater nicht reich genug war, um ein Lösegeld bezahlen zu können.

»Sie ist es«, sagte Bianca, setzte sich kerzengerade auf und deutete mit ihrem plumpen Arm auf Nicole. »Sie ist die verdammte Lady. Ich arbeite nur für sie.«

»Was hab' ich euch gesagt?« sagte einer von den vieren. »Sie spricht nicht wie eine Lady. Ich wußte sofort, daß diese da die Lady ist.«

15

Nicole stand ganz still da, den Rücken durchgedrückt, das Kinn gehoben, und beobachtete Bianca, deren Augen triumphierend aufleuchteten. Nicole wußte, daß sie nun nichts tun oder sagen konnte; die Männer würden sie mitnehmen. Freilich, sobald sie erfuhren, daß sie nur eine mittellose französische Emigrantin sei, würden sie ihr die Freiheit wiedergeben, da sie nicht hoffen konnten, für sie ein Lösegeld zu bekommen.

»Das ist sie also, die kleine Lady«, sagte ein anderer der Kerle. »Du kommst jetzt mit uns. Und hoffentlich hast du so viel Verstand, daß du uns keine Schwierigkeiten machst.«

Nicole konnte nur stumm den Kopf schütteln.

Der Mann streckte seine Hand zu ihr hinunter, sie ergriff sie, schob den Fuß in den Steigbügel vor seinem Fuß und schwang sich rasch vor ihm auf den Sattel, wobei sie beide Füße auf einer Seite des Pferdes hinabhängen ließ.

»Sieht nicht übel aus, wie?« sagte der Mann, auf dessen Pferd sie saß. »Kein Wunder, daß er so große Sehnsucht nach ihr hat. Man kann eine Lady immer daran erkennen, wie sie sich bewegt.« Er lächelte selbstgefällig, einen haarigen Arm um Nicoles Hüften geschlungen, und lenkte mit ungeschickten Zügelbewegungen das Pferd von der führerlosen Kutsche weg.

Bianca saß ein paar Minuten lang still im Einspänner und starrte den Männern nach. Sie war selbstverständlich froh darüber, daß sie dank ihres Scharfsinns dem Zugriff der Männer entronnen war; doch andererseits war sie wütend, daß diese Tölpel nicht sehen konnten, daß *sie* die Lady war. Als wieder Ruhe im Park war, begann sie, um sich zu sehen. Sie war allein in dieser gestrandeten Kutsche. Sie konnte nicht kutschieren: wie kam sie also nach Hause? Darauf gab es nur eine Antwort: sie mußte zu Fuß gehen. Als sie mit dem Absatz den Kies berührte und die scharfen Steine durch die dünnen Ledersohlen in ihr Fleisch schnitten, verfluchte sie Nicole, daß sie ihr solche Schmerzen bereitete. Auf dem langen, ihre Füße zermürbenden Heimweg verfluchte sie Nicole mehrere Male und war so wütend, als sie endlich zu Hause anlangte, daß sie die Entführung glatt vergessen hatte. Erst später, als sie mit ihrem

Vater ein Menü von sieben Gängen eingenommen hatte, erzählte sie ihm von der Entführung.

Jacob Maleson, der von der Mahlzeit sehr schläfrig geworden war, sagte, sie würden das Mädchen schon wieder laufen lassen, aber er würde morgen früh mit den Behörden sprechen. Bianca stieg, sich am Geländer hochziehend, zu ihrem Schlafzimmer hinauf und überlegte verdrießlich, wo sie nun wieder eine Zofe hernehmen sollte. Diese Nicole war doch eine so undankbare Person...

Das Erdgeschoß des Gasthofes war ein einziger langer Raum mit Natursteinwänden, so daß es dort immer kühl und dunkel war. Mehrere lange Tische auf Holzböcken waren im Raum verteilt. Die vier Entführer saßen auf Bänken an einem der Tische. Vor ihnen standen Schüsseln aus dickem Steingut, die mit grob gehacktem Rinderhaschee gefüllt waren; daneben standen große Tonbecher mit kühlem Bier. Die Männer saßen auf den Bänken wie auf rohen Eiern. Ein tagelanges Schaukeln auf einem Pferderücken war für sie eine neue Erfahrung, für die sie nun mit wehen Hintern bezahlen mußten.

»Ich traue ihr nicht, wenn ihr mich fragt«, sagte einer der Männer. »Sie ist so verdammt still. Sie sieht mit ihren großen Augen so unschuldig aus, aber ich sage euch, sie führt etwas im Schilde. Und das wird uns in große Schwierigkeiten bringen.«

Die anderen drei Männer hörten ihm mit gerunzelten Stirnen zu.

Der Mann, der das Wort führte, fuhr fort: »Ihr wißt ja, wie er ist. Ich möchte nicht riskieren, daß sie uns entwischt. Ich will sie nur zu ihm nach Amerika bringen, wie er es befohlen hat, und ich möchte keinen Fehler machen.«

Der Mann in dem gestreiften Hemd nahm einen kräftigen Schluck Bier. »Joe hat recht. Jede Lady, die mit einem Pferd so umgehen kann wie sie, fürchtet sich nicht vor einem Fluchtversuch. Meldet sich jemand freiwillig, der sie die ganze Nacht bewacht?«

Die Männer stöhnten und dachten an ihren Muskelkater. Am

liebsten hätten sie ihrer Gefangenen Fesseln angelegt; doch in diesem Punkt hatten sie strikte Anweisungen erhalten: Sie durften ihr nicht ein Härchen krümmen.

»Joe, erinnerst du dich noch daran, als der Doc dir das Loch in der Brust zugenäht hat?«

Joe nickte verwirrt.

»Erinnerst du dich noch an das weiße Zeug, das er dir gab, damit du einschläfst? Glaubst du, du könntest etwas davon besorgen?«

Joe musterte die anderen Gäste im Raum. Da war alles vertreten, vom Gassenpöbel bis zu einem gutgekleideten Gentleman, der allein in einer Ecke saß. Joe wußte, daß man in so einer Gruppe alles bekommen konnte. »Ich glaube, ich kann dir besorgen, was du verlangst«, sagte er.

Nicole saß still auf dem Bettrand in dem schmutzigen kleinen Zimmer im Oberstock. Sie war schon am Fenster gewesen und hatte ein Abflußrohr an der Mauer entdeckt und das Dach eines Lagerschuppens unter dem Fenster. Später, wenn es dunkler und stiller draußen war, konnte sie vielleicht einen Fluchtversuch riskieren. Natürlich hätte sie den Männern auch ihre wahre Identität verraten können; doch sie hielt das für verfrüht, da sie erst ein paar Wegstunden von Biancas Haus entfernt waren. Sie fragte sich, wie Bianca nach Hause gekommen wäre, wie viele Stunden sie gebraucht hätte, um den Weg zu Fuß zurückzulegen. Dann würde es einige Zeit dauern, bis Mr. Maleson sich mit dem Sheriff der Grafschaft in Verbindung setzte, Alarm schlug und nach ihr suchen ließ. Nein, es war noch zu früh, diesen Männern die Wahrheit zu sagen. Heute nacht würde sie versuchen zu fliehen, und wenn ihr das nicht gelang, würde sie morgen früh den Fehler aufklären. Dann mußten die Männer sie wohl frei lassen. Bitte, lieber Gott, betete sie, laß sie nicht wütend sein!

Als die Tür aufging, blickte sie zu den vier Männern hoch, die nun das kleine Zimmer betraten.

»Wir bringen dir etwas zu trinken. Echte Schokolade aus

Südamerika. Einer von uns konnte nämlich dorthin reisen und das mitbringen, weißt du?«

Matrosen! schoß es ihr durch den Kopf, als sie den Becher entgegennahm. Warum war ihr das nicht sofort aufgefallen? Deswegen waren sie so ungeschickte Reiter und rochen ihre Kleider so seltsam.

Als sie die köstliche Schokolade trank, begann sie sich zu entspannen. Die Wärme des sahnigen Getränkes breitete sich in ihrem Körper aus und machte ihr bewußt, wie müde sie war. Obwohl sie immer noch versuchte, sich auf ihren Fluchtplan zu konzentrieren, entglitten ihr die Gedanken und trieben davon. Sie sah zu den Männern auf, die sich über sie beugten und sie ängstlich beobachteten wie riesige, bärtige Babysitter. Lächelnd schloß sie die Augen und ließ sich vom Schlaf übermannen.

Für die nächsten vierundzwanzig Stunden verlor Nicole das Bewußtsein. Sie hatte später nur eine vage Erinnerung, daß sie umhergetragen wurde, behandelt, als wäre sie ein Baby. Zuweilen spürte sie, daß sich jemand Sorgen machte um sie, und sie versuchte zu lächeln und zu sagen, daß es ihr gutginge; doch die Worte wollten einfach nicht an die Oberfläche kommen. Sie träumte unentwegt, erinnerte sich an das Schloß ihrer Eltern, an ihre Schaukel unter dem Weidenbaum im Garten, und sie lächelte, als ihr die kurze glückliche Zeit vor dem inneren Auge stand, die sie im Hause des Müllers mit ihrem Großvater verbracht hatte. Sie lag ruhig in einer Hängematte und schwang sacht am Ende eines heißen Tages hin und her.

Als sie endlich die Augen öffnete, wollte die schwingende Hängematte aus ihrem Traum nicht weichen. Statt der Äste eines Weidenbaumes sah sie eine Reihe von Balken über sich. Seltsam, dachte sie, jemand mußte eine Plattform über der Hängematte errichtet haben, und sie fragte sich beiläufig, wofür sie wohl gut sei.

»So, Sie sind wach! Ich sagte diesen Matrosen, daß sie Ihnen zu viel Opium eingeflößt haben. Es ist ein Wunder, daß Sie überhaupt wieder wach wurden. Traue einem Mann! Er macht alles falsch. Hier, ich habe Ihnen einen Kaffee aufgebrüht. Er ist gut und heiß.«

Nicole drehte den Kopf und sah zu einer Frau auf, die eine breite Hand hinter ihren Rücken schob und sie anhob, als wäre sie leicht wie eine Puppe. Sie befand sich gar nicht in einem Garten, sondern in einem kahlen, kleinen Raum. Vielleicht war die Droge daran schuld, daß sie immer noch zu schaukeln schien? Kein Wunder, daß sie sich im Traum in einer Hängematte zu befinden glaubte. »Wo sind wir? Wer sind Sie?« brachte sie endlich über die Lippen, als der heiße, starke Kaffee zu wirken begann.

»Sie sind immer noch benommen, nicht wahr? Ich bin Janie, und ich wurde von Mr. Armstrong angeheuert, um mich um Sie zu kümmern.«

Nicole blickte rasch auf. Der Name Armstrong bedeutete ihr etwas; nur konnte sie sich nicht mehr entsinnen, in welchem Zusammenhang. Als der Kaffee den Nebel vertrieb, der ihren Blick noch trübte, sah sie eine großgewachsene, grobknochige Frau mit einem breiten Gesicht und Wangen, die offenbar nie ihre rosige Farbe verloren und Nicole an eine Amme erinnerten, die sie als kleines Kind gehabt hatte. Diese Janie strahlte Zuversicht und etwas Wohlwollendes aus, das Nicole ein Gefühl der Sicherheit und Gelassenheit gab.

»Wer ist Mr. Armstrong?«

Janie nahm ihr den leeren Becher ab und füllte ihn nach. »Diese Männer haben Ihnen wirklich zuviel von dem Schlafpulver gegeben. Mr. Armstrong, Clayton Armstrong! Erinnern Sie sich jetzt? Der Mann, den Sie heiraten sollen.«

Nicole blinzelte ein paarmal, trank noch mehr von dem Kaffee, der in einem Topf auf einem kleinen Messingbecken mit glühender Holzkohle warmgehalten wurde, und begann, sich nun wieder an alles zu erinnern. »Ich fürchte, da liegt ein Mißverständnis vor. Ich bin nicht Bianca Maleson und auch nicht mit Mr. Armstrong verlobt.«

»Sie sind nicht...«, begann Janie und setzte sich auf das untere Bett der doppelstöckigen Koje. »Honey, ich glaube, Sie sollten mir lieber jetzt die ganze Geschichte erzählen.«

Als Nicole damit zu Ende gekommen war, lachte sie. »Sie

sehen also, daß die Männer mich wohl oder übel frei lassen müssen, sobald sie die ganze Wahrheit erfahren.«

Janie schwieg.

»Wollen sie das nicht?«

»Da ist mehr an dieser Geschichte, als Sie wissen können«, sagte Janie. »Zum Beispiel, daß wir bereits seit zwölf Stunden auf See sind, unterwegs nach Amerika!«

2

Wie betäubt betrachtete Nicole ihre Umgebung. Eine Schiffskajüte! Sie war kahl, Wände, Boden und Decke aus Eichenholz, an einer Wand eine doppelstöckige Koje. Da war wenig Raum zwischen dem Bett und der gegenüberliegenden Wand, in der sie ein rundes Bullauge entdeckte. Am einen Ende der Kajüte befand sich eine Tür, am anderen ein hoher Stapel aus Kisten und Koffern, die mit Seilen an der Wand festgezurrt waren. Eine niedrige Kommode stand in einer Ecke, darauf das Becken mit den Holzkohlen. Plötzlich wurde es Nicole bewußt, daß das Schaukeln die Bewegungen eines Schiffes bei ruhiger See waren. »Ich verstehe das nicht«, sagte sie. »Warum sollte jemand mich – oder vielmehr Bianca – nach Amerika entführen wollen?«

Janie ging zu einem der Schrankkoffer, öffnete den Deckel und entnahm ihm eine kleine Einstecktasche aus Leder, die mit einem Bändchen verschnürt war. »Ich denke, Sie sollten zunächst das lesen.«

Verwirrt öffnete Nicole das Bändchen. In der Einstecktasche fanden sich zwei Blatt Papier, die mit einer kräftigen Handschrift bedeckt waren. Sie begann zu lesen.

Meine teuerste Bianca,
ich hoffe, daß Dir Janie inzwischen alles erklärt hat. Ich
hoffe auch, daß Du nicht zu wütend bist über meine
unorthodoxen Methoden, Dich zu mir zu bringen. Ich weiß,

welch' liebe und pflichtbewußte Tochter Du bist, und ich weiß, wie sehr Du Dir über die Gesundheit Deines Vaters Sorgen machst. Ich war bereit, auf Dich zu warten, solange ihn eine Krankheit ans Bett fesselte; doch nun kann ich nicht länger warten.

Ich habe ein Paketboot für Deine Überfahrt nach Amerika ausgesucht, da diese Schiffe schneller sind als alle anderen. Janie und Amos haben Anweisung erhalten, alle Nahrungsmittel zu besorgen, die Du für die Reise brauchst, und auch Stoffe und Zutaten für eine neue Garderobe, da Du in der Eile des Aufbruchs ja Deine Kleider zurücklassen mußtest. Janie ist eine hervorragende Schneiderin.

Obwohl ich Dich schon auf dem Weg zu mir weiß, vertraue ich dennoch nicht darauf, daß nichts mehr schiefgehen könne. Deshalb habe ich den Kapitän angewiesen, uns fernzutrauen. Denn wenn Dein Vater Dich findet, ehe Du zu mir gelangt bist, würdest Du schon die meine sein. Ich weiß, daß mein Verfahren etwas selbstherrlich ist; doch das mußt Du mir verzeihen und daran denken, daß ich es nur tue, weil ich Dich liebe und ohne Dich so einsam bin.

Wenn ich Dich wiedersehe, wirst Du meine Frau sein. Ich zähle schon die Stunden.

All meine Liebe!
Clay

Nicole behielt den Brief noch ein paar Sekunden lang in den Händen in dem Gefühl, daß sie hier unerlaubt in etwas sehr Persönliches, Privates eingedrungen war. Sie lächelte leicht. Sie hatte immer gehört, daß Amerikaner so gar keinen Sinn für Romantik hätten; doch dieser Mann hatte eine komplizierte Entführung inszeniert, um die Frau, die er liebte, zu sich zu holen.

Sie sah zu Janie hoch. »Er scheint ein sehr netter Mann zu sein, einer, der offensichtlich eine starke Leidenschaft empfindet. Ich beneide Bianca. Wer ist Amos?«

»Clay schickte ihn mit mir als Ihren Beschützer nach Europa; doch auf der Überfahrt wurde er krank.« Sie blickte zur Seite, wollte sich nicht mehr an diese schreckliche Reise erinnern, auf der fünf Menschen gestorben waren. »Amos hat es nicht geschafft.«

»Das tut mir leid«, sagte Nicole, während sie sich von der Koje erhob. »Ich muß zum Kapitän und die Sache klarstellen.« Als sie sich im Spiegel erblickte, der über der Eckkommode hing, hielt sie mitten im Schritt inne. Ihre Haare waren ein einziges Chaos, fielen ihr in kurzen dicken Korkenzieherlocken ins Gesicht. »Wissen Sie, wo ich einen Kamm finden kann?«

»Setzen Sie sich nur hin, ich werde Sie frisieren.«

Dankbar kam Nicole dieser Aufforderung nach. »Ist er immer so... so stürmisch?«

»Wer? Oh, Clay meinen Sie.« Janie lächelte liebevoll. »Ich weiß nicht, ob er so stürmisch wie arrogant ist. Er ist daran gewöhnt, zu bekommen, was er verlangt. Ich sagte ihm, als er dieses Komplott ausbrütete, das könne nicht gutgehen; doch er lachte mich nur aus. Nun schwimmen wir beide mitten auf dem Ozean, aber diesmal werde ich Clay wohl auslachen, wenn er Ihnen gegenübersteht.«

Sie drehte Nicoles Kopf ins Licht und hob ihr Kinn ein wenig an. »Genau betrachtet, glaube ich nicht, daß es einen Mann gibt, der Sie verschmähen würde«, sagte sie, als sie zum erstenmal Nicole richtig anschaute. Die großen Augen waren bezaubernd, überlegte Janie, und ihr Mund würde einen Mann faszinieren. Er war nicht sehr groß; doch die Lippen waren voll und von einem tiefen Rosa. Und daß die Oberlippe größer war als die Unterlippe, schien ihr besonders reizvoll zu sein. Ein außerordentlich interessantes gutaussehendes Gesicht, stellte Janie insgeheim fest.

Nicole errötete leicht und blickte zur Seite. »Aber ich werde Mr. Armstrong natürlich nie gegenübertreten. Ich muß nach England zurück. Ich habe eine Cousine, die mich gebeten hat, ihre Partnerin in einem Schneideratelier zu werden. Ich habe Geld gespart, damit ich mit ihr diesen Laden eröffnen kann.«

»Ich hoffe, daß wir Ihretwegen umkehren können. Doch mir gefallen diese Männer an Bord nicht.« Janie deutete mit dem Kopf gegen die Decke. »Ich sagte Clay, daß sie mir nicht

23

gefallen; doch er wollte nicht auf mich hören. Er ist der eigensinnigste Mann, den Gott je erschaffen hat.«

Nicole blickte wieder auf den Brief, der noch auf dem Bett lag. »Einem Mann, der liebt, kann man sicherlich manches verzeihen.«

»So so!« schnaubte Janie. »Sie können das sagen; doch Sie hatten ja noch nie mit ihm zu tun.«

Nicole verließ die Kabine und kletterte die schmale Treppe zum Hauptdeck hinauf. Sie spürte, wie ihr eine sanfte Brise über das Haar strich, und lächelte in den Wind hinein. Als sie an Deck den Schritt verhielt, merkte sie, daß mehrere Männer sie anstarrten. Die Matrosen beobachteten sie mit gierigen Augen, und instinktiv zog sie den Schal fester um sich. Sie wußte, daß ihr dünnes Leinenkleid sich im Wind gegen ihren Körper preßte, und sie hatte plötzlich das Gefühl, als stünde sie nackt vor diesen Männern.

»Was wünschen Sie denn, kleine Lady?« fragte einer der Matrosen, während seine Augen an ihrem Körper auf- und abglitten.

Nicole konzentrierte sich zunächst darauf, daß ihre Füße nicht einen Schritt zurück zur Treppe machten und erwiderte dann: »Ich würde gern mit dem Captain sprechen.«

»Ich bin sicher, daß auch er gern mit Ihnen sprechen würde.«

Sie ignorierte das Gelächter der Männer um sie herum und folgte dem Matrosen zu einer Tür im Vorderteil des Schiffes, wo er kurz mit der Faust anklopfte. Als der Kapitän von innen brüllte, sie sollten eintreten, stieß der Matrose die Tür auf, schob Nicole über die Schwelle und schloß die Tür wieder hinter ihr.

Nachdem ihre Augen sich an das Zwielicht gewöhnt hatten, sah sie, daß diese Kabine doppelt so groß war wie jene, in der sie und Janie untergebracht waren. Auf einer Seite befand sich sogar ein großes Fenster; doch das Glas war so schmutzig, daß die Sonne dagegen kaum ankam. Ein schmutziges, ungemachtes Bett stand unter dem Fenster, und in der Mitte des Raumes sah sie einen großen, schweren, mit dem Fußboden verschraubten Tisch, der mit zusammengerollten und ausgebreiteten Seekarten und Meßblättern bedeckt war.

Als eine Ratte über den Boden trippelte, faßte sich Nicole erschrocken an den Hals. Ein rauhes Lachen folgte ihrem Blick in eine dunkle Ecke, in der ein Mann saß, dessen Gesicht von dunklen Bartstoppeln überdeckt war. Sein Anzug war zerknittert, und in einer Hand hielt er eine Flasche voll Rum.

»Wie man mir sagte, wären Sie eine gottverdammte Lady. Da sollten Sie sich aber rechtzeitig an die Ratten auf diesem Schiff gewöhnen, an die zweibeinigen wie an die vierbeinigen.«

»Sind Sie der Kapitän?« fragte sie und machte einen Schritt auf ihn zu.

»Der bin ich. Wenn Sie mein Paketboot ein Schiff nennen können, dann bin ich sein Kapitän.«

»Darf ich mich setzen? Ich würde gern mit Ihnen reden.«

Er deutete mit der Rumflasche auf einen Stuhl.

Nicole erzählte ihm in knappen, prägnanten Worten ihre Geschichte. Als sie geendet hatte, schwieg der Kapitän. »Wann, glauben Sie, könnten wir wieder in England sein?«

»Ich kehre nicht nach England zurück.«

»Aber wie komme ich dann wieder dorthin? Sie haben mich wohl nicht verstanden. Alles ist ein schreckliches Mißverständnis. Mr. Armstrong...«

Er schnitt ihr das Wort ab. »Alles, was ich weiß, Mädchen, ist, daß Clayton Armstrong mich dazu anheuerte, eine Lady zu entführen und sie zu ihm nach Amerika zu bringen.« Er betrachtete sie mit verkniffenen Augen. »Wenn ich Sie mir jetzt näher betrachte, haben Sie wirklich keine Ähnlichkeit mit der Dame, die er mir beschrieb.«

»Natürlich nicht. Ich bin ja auch nicht seine Verlobte.«

Er schob ihren Einwand mit einer Handbewegung zur Seite und nahm einen tiefen Schluck aus der Rumflasche. »Was kümmert es mich, wer Sie sind? Er sagte, Sie könnten mir, was die Heirat betrifft, einige Schwierigkeiten machen; doch ich sollte die Eheschließung trotzdem vollziehen.«

Nicole stand auf. »Eheschließung! Sie können doch nicht an so etwas denken!« begann sie, beruhigte sich jedoch gleich wieder. »Mr. Armstrong ist in Bianca Maleson verliebt und möchte sie heiraten. Ich bin Nicole Courtalain. Ich habe diesen Mr. Armstrong noch nie gesehen.«

»Das sagen Sie! Warum haben Sie denn meinen Männern nicht gleich gesagt, wer Sie sind? Wie kommt es, daß Sie so lange mit dieser Enthüllung gewartet haben?«

»Ich dachte, sie würden mich frei lassen, wenn sie entdeckten, wer ich wirklich bin; doch ich wollte auch weit genug von Bianca entfernt sein, damit ich wußte, sie würde vor Ihren Männern sicher sein.«

»Ist diese Bianca die fette Person, die meinen Männern sagte, wer Sie wären?«

»Bianca hat Ihre Männer tatsächlich auf mich verwiesen. Das stimmt. Doch sie wußte, mir würde nichts passieren.«

»So, wußte sie das? Erwarten Sie von mir, Ihnen zu glauben, daß Sie nur Ihren Mund hielten, um eine Schlampe zu schützen, die Sie nur zu gerne einer Bande von Kidnappern überließ? So etwas kann ich nicht glauben. Sie müssen mich für einen Dummkopf halten.«

Darauf wußte Nicole nichts zu erwidern.

»Gehen Sie, verschwinden Sie wieder in Ihre Kabine, während ich über diese Bescherung nachdenke. Und wenn Sie an dem Mann vorbeikommen, der Sie zu mir gebracht hat, sagen Sie ihm, ich möchte mit ihm sprechen.«

Als Nicole gegangen war und er mit dem Ersten Maat in seiner Kajüte zusammensaß, sagte der Kapitän: »Vermutlich weißt du schon Bescheid, da du ja die meiste Zeit damit verbringst, an fremden Türen zu lauschen.«

Grinsend setzte sich der Erste Maat auf einen Stuhl. Er und der Kapitän waren schon viele Jahre zusammen, und er wußte aus Erfahrung, wie nützlich es war, rechtzeitig Bescheid zu wissen, wenn der Alte etwas ausbrütete. »Was gedenkst du nun zu tun? Armstrong sagte, er würde dafür sorgen, daß wir hinter Schloß und Riegel kämen wegen jener Schiffsladung Tabak, die im vergangenen Jahr verschwand, falls wir ihm seine Frau nicht ins Haus lieferten.«

Der Kapitän nahm wieder einen Schluck aus der Rumflasche.

26

»Seine Frau. Das ist es, was dieser Mann verlangt, und das ist es, was er auch bekommen wird.«

Der Maat dachte über diese Bemerkung nach. »Und wenn sie uns nun die Wahrheit sagt und gar nicht diejenige ist, die er zu heiraten wünscht?«

»Ich denke, die Sache kann man von zwei Seiten betrachten. Wenn sie nicht diese Maleson-Lady ist, sondern die andere, dann verlangt Armstrong von uns, daß wir ihn mit einer Schlampe verehelichen, die eine Lügnerin ist und ihre beste Freundin verraten würde. Andererseits könnte diese hübsche, kleine dunkelhaarige Lady wirklich diese Bianca sein, und sie lügt uns nur an, damit sie Armstrong nicht heiraten muß. So oder so: Ich denke, morgen früh sollte eine Hochzeit stattfinden.«

»Und wie willst du dann mit Armstrong verfahren?« fragte der Maat. »Wenn er sich mit der falschen Frau verheiratet findet, möchte ich nicht in seiner Nähe sein.«

»Auch daran habe ich gedacht. Ich gedenke das Geld für diesen Handel zu kassieren, ehe er sie zu Gesicht bekommt. Dann werfe ich sofort wieder die Leinen los. Ich schätze, ich werde nicht einmal abwarten, bis er sich überzeugt hat, ob es die richtige Frau ist oder nicht.«

»Ich denke, ich würde das an deiner Stelle auch nicht tun. Wie sollen wir es aber nun anstellen, die kleine Lady zur Hochzeit zu überreden? Sie schien von der Idee einer Eheschließung nicht begeistert zu sein!«

Der Kapitän schob seinem Maat die Rumflasche zu. »Mir fallen mehrere Möglichkeiten ein, die diese kleine Puppe von der Notwendigkeit der Ehe überzeugen können.«

»Sie konnten also, wie ich höre, den Captain nicht dazu überreden, nach England zurückzukehren?« fragte Janie, als Nicole in ihre gemeinsame Kajüte zurückkam.

»Nein«, versicherte Nicole und setzte sich auf ihr Bett. »Tatsächlich schien er mir nicht glauben zu wollen, als ich ihm erzählte, wer ich wirklich bin. Aus irgendeinem Grund scheint er zu denken, ich belüge ihn.«

Janie schnaubte: »Ein Mann wie er hat vermutlich in seinem Leben noch nie die Wahrheit gesagt, und deshalb glaubt er, alle Welt bestünde nur aus Lügen. Oh, wenigstens können wir zusammen die Überfahrt genießen. Ich hoffe, die Geschichte regt Sie nicht zu sehr auf.«

Nicole suchte ihre wahren Gefühle zu verbergen und lächelte zu der großen Frau hinauf. In Wirklichkeit war sie sehr enttäuscht, denn bis sie nach Amerika und wieder zurückgesegelt war, würde ihre Cousine eine andere Partnerin gefunden haben. Und zudem mußte sie an das Geld denken, das sie gespart und im Speicher von Biancas Haus versteckt hatte. Sie rieb ihre Fingerspitzen aneinander und spürte die vielen kleinen, blutigen Stellen, wo sie sich mit der Nadel in den Finger gestochen hatte, weil sie im Licht einer kleinen billigen Kerze hatte nähen müssen. Sie dachte daran, wie hart sie hatte arbeiten müssen für dieses Geld.

Doch sie würde Janie ihre Enttäuschung nicht merken lassen. »Ich habe mir schon immer gewünscht, Amerika zu sehen«, sagte sie. »Vielleicht kann ich ein paar Tage bleiben, ehe ich wieder nach England zurückkehre. Oh, du meine Güte!«

»Was ist denn?«

»Woher nehme ich jetzt das Geld für die Rückfahrt?« fragte sie mit geweiteten Augen, weil nun noch ein anderes Problem aufgetaucht war.

»Bezahlen!« explodierte Janie. »Clayton Armstrong wird Ihre Rückreise bezahlen, das kann ich Ihnen versichern! Ich hatte ihm immer wieder von diesem Plan abgeraten, doch es war, als redete ich gegen eine Ziegelmauer. Vielleicht wollen Sie gar nicht mehr nach England zurückkehren, wenn Sie Amerika gesehen haben. Wir haben dort viele Modeateliers, wissen Sie?«

Nicole erzählte ihr nun von dem Geld, das sie gespart und versteckt hatte.

Janie blieb eine Weile stumm. Nach Nicoles Version von der Entführung war Bianca eine unschuldige Person, die getan hatte, was getan werden mußte; doch Janie hörte mehr aus

Nicoles Bericht heraus und fragte sich im stillen, ob Nicoles Geld noch an seinem Platz sein würde, wenn sie nach England zurückkehrte.

»Sind Sie hungrig?« fragte Janie und öffnete einen Koffer ganz oben auf dem Stapel an der Wand.

»Warum? Ja, das bin ich. Sehr hungrig sogar«, gestand Nicole und ging zu Janie hinüber, um einen Blick in den Koffer zu werfen. In jenen Tagen, ehe Schiffe für den Passagierdienst eingerichtet wurden, mußte jeder Reisende seine eigene Verpflegung mitbringen. Es hing einmal von dem Geschick des Navigators ab, dann von der Schnelligkeit des Schiffes, von den Winden, den Stürmen und den Piraten, ob die Überfahrt nur dreißig oder neunzig Tage dauerte, wenn das Schiff überhaupt am Ziel ankam.

Der Koffer enthielt getrocknete Erbsen und Bohnen, und als Janie noch eine Kiste öffnete, entdeckte Nicole Pökelfleisch und Salzheringe darin. Ein weiterer Koffer enthielt Hafermehl, Kartoffeln, Päckchen mit Kräutern, Tüten voller Mehl und Zwieback, auch frische Limonen gehörten zu ihrer Reiseverpflegung, und wie Janie ihr sagte, hatte der Kapitän in Claytons Auftrag auch ein paar Schildkröten gekauft, so daß sie sich eine Schildkrötensuppe kochen konnten.

Nicole betrachtete die vielen Kisten voller Proviant und sagte: »Mr. Armstrong scheint ein sehr aufmerksamer Mann zu sein. Ich wünschte mir fast, ich würde ihn heiraten.«

Janie hegte insgeheim denselben Gedanken, als sie sich umdrehte, die Türen des Eckschränkchens öffnete und eine hohe, schmale Badewanne herauszog. Wenn man sich mit angezogenen Knien in diesen Zuber setzte, würde das Wasser bis zu den Schultern hinaufreichen.

Nicole rief mit blitzenden Augen: »Na, was ist das für ein Luxus! Wer hätte gedacht, daß man auf einem Schiff so bequem reisen könne?«

Janie grinste mit vor Freude rosigen Wangen. Sie hatte sich vor einer Ozeanreise in einer winzigen Kabine mit einer englischen Lady gefürchtet, da sie die Engländer für schreckliche Snobs und verbohrte Monarchisten hielt. Aber Nicole war natürlich eine Französin, und die Franzosen hatten Sinn für Revolutionen. »Ich fürchte nur, daß wir Meerwasser benützen müssen, und es dauert lange, bis das Wasser auf diesem kleinen Ofen heiß wird. Doch ist ein Sitzbad immer noch besser als das Waschen mit einem Schwamm.«

Stunden später, nach einem köstlichen Bad, lag Nicole sauber, satt und müde im unteren Bett der doppelstöckigen Koje. Es hatte lange gedauert, bis sie genügend Wasser für die beiden Bäder erhitzt hatten. Janie hatte Protest erhoben, weil sie beauftragt sei, Nicole zu bedienen; doch Nicole hatte davon nichts wissen wollen, weil sie ja nicht Claytons Verlobte war und deshalb nur Janies Freundin sein könne. Später hatte dann Nicole ihr einziges Kleid gewaschen und zum Trocknen aufgehängt, und nun wiegte das sanfte Schlingern des Schiffes sie in den Schlaf.

Früh am nächsten Morgen zog Janie Nicoles Haar erst am Hinterkopf fest zu einem kleinen Kauz zusammen, ehe sie einen modischen Dutt zu arrangieren begann. Dann holte sie ein Bügeleisen hervor und erhitzte es, um Nicoles frisch gewaschenes Kleid damit zu behandeln, während Nicole lachend meinte, Mr. Armstrong habe doch an alles gedacht.

Plötzlich flog die Tür auf, und einer von Nicoles Entführern stolperte in die Kabine. »Der Kapitän möchte Sie sehen – sofort!«

Nicoles erster Gedanke war, der Kapitän habe sich nun doch noch entschlossen, nach England zurückzukehren, und so kam sie nur zu gerne der Aufforderung des Matrosen nach. Janie wollte sie begleiten, doch der Matrose schickte sie mit einem heftigen Schubs in die Kabine zurück. »Dich möchte er nicht sehen. Nur sie.«

Janie wollte protestieren; aber Nicole beruhigte sie: »Mir wird schon nichts passieren. Davon bin ich überzeugt. Vielleicht hat er begriffen, daß ich die Wahrheit sage.«

Sobald Nicole die Kabine des Kapitäns betrat, wußte sie, daß etwas nicht stimmte. Der Kapitän, der Erste Maat und noch ein Mann, den sie noch nie zuvor gesehen hatte, waren anwesend. Alle schienen auf etwas zu warten.

»Vielleicht sollte ich uns erst einmal vorstellen«, begann der Kapitän. »Ich möchte sichergehen, daß alles seine Ordnung hat. Das ist der Doc. Er kann Sie zusammenflicken oder Pülverchen anrühren, falls Ihnen was fehlt. Und das ist Frank, mein Erster Maat. Ich schätze, Sie kennen ihn schon.«

Der sechste Sinn, den Nicole sich während der Schreckenszeit in Frankreich zugelegt hatte, sagte ihr, daß ihr jetzt eine Gefahr drohe. Wie immer, waren ihre Augen Spiegelbilder ihrer Gefühle.

»Nun werden Sie nicht kopfscheu«, sagte Frank. »Wir wollen mit Ihnen reden. Und überdies ist das Ihr Hochzeitstag. Sie wollen sich doch nicht nachsagen lassen, Sie wären eine widerspenstige Braut, oder?«

Nicole begann zu verstehen. »Ich bin nicht Bianca Maleson. Ich weiß, daß Mr. Armstrong Ihnen Anweisung gab, eine Ferntrauung vorzunehmen; doch ich bin nicht die Frau, die er haben möchte.«

Frank betrachtete sie mit einem lüsternen Blick. »Ich denke, Sie sind genau das, was jeder Mann gerne haben möchte.«

Der Doktor ergriff das Wort: »Haben Sie irgendwelche Beweise Ihrer Identität bei sich, junge Dame?«

Nicole wich einen Schritt zur Tür zurück und schüttelte kurz den Kopf. Ihr Großvater hatte die wenigen Dokumente, die er bei ihrer wilden Flucht vor den Terroristen retten konnte, verbrannt. Ihr Leben, hatte er gesagt, mochte eines Tages davon abhängen, daß es den Leuten nicht gelang, ihre Abkunft zu beweisen.

»Mein Name ist Nicole Courtalain«, sagte sie. »Ich bin Französin, aus meiner Heimat geflüchtet, und wohnte bei Mrs. Maleson, als ich entführt wurde. Es ist alles ein Irrtum.«

Der Kapitän sagte: »Wir haben das erörtert und beschlossen, daß es keine Rolle spielt, wer Sie sind. In meinem Vertrag steht, daß ich Mrs. Clayton Armstrong nach Amerika zu bringen habe, und ich habe vor, eben das zu tun.«

Nicole straffte ihren Rücken. »Ich werde nicht gegen meinen Willen heiraten!«

Auf eine energische Kopfbewegung des Kapitäns hin stürmte

Frank unversehens durch den Raum, schlang den einen Arm um Nicoles Hüfte, den anderen um ihre Schultern und drückte sie wie eine gefesselte Puppe an sich.

»Dieser verrückte, auf den Kopf gestellte Mund in deinem Gesicht hat mich schon verrückt gemacht, als ich dich zum erstenmal sah«, murmelte er, während er seine Lippen auf ihren Mund preßte.

Nicole war so überrascht von diesem Überfall, daß sie zu spät reagierte. So wie dieser Mann hatte sie noch nie jemand behandelt. Selbst als sie bei dem Müller und seiner Familie gewohnt hatte, waren sich die Leute in ihrer Umgebung stets dessen bewußt gewesen, wer sie war, und hatten es nie an Respekt fehlen lassen. Dieser Mann roch nach Fisch und Schweiß, stank aus dem Mund, daß es kaum zu ertragen war. Seine Arme drückten ihr die Luft ab; seine Zunge war wie ein Knebel in ihrem Mund. Sie drehte den Kopf zur Seite und keuchte: »Nein!«

»Es kommt noch besser«, sagte Frank, biß sie ziemlich heftig in den Hals und tastete mit seiner schmutzigen Hand über ihre Schulter. Mit einem heftigen Ruck riß er an ihrem Kleid, und zugleich gab auch ihr Unterhemd nach, so daß sie mit entblößten Brüsten vor diesen Männern stand. Die breite, schmierige Hand ihres Peinigers legte sich über ihr nacktes Fleisch, sein Daumen drückte schmerzhaft auf ihre Brustwarze.

»Nein, bitte«, flüsterte Nicole und versuchte, den Kerl von sich wegzuschieben. Sie hatte das Gefühl, daß sie sich im nächsten Moment übergeben müsse.

»Das reicht«, rief der Kapitän.

Frank ließ sie nicht sofort los. »Ich hoffe, daß du diesen Armstrong nicht heiratest«, flüsterte er, während sein stinkender Atem auf ihrem Gesicht brannte. Doch dann wich er von ihr zurück, und Nicole hielt mit beiden Armen das Kleid über ihren Brüsten fest. Mit schwachen Knien fiel sie auf einen Stuhl, fuhr sich mit dem Handrücken über den Mund und dachte, daß er wohl nie mehr ganz sauber sein würde.

»Sie scheint nicht sehr viel für dich übrig zu haben«, meinte der Kapitän lachend, ehe er sich einen Stuhl nahm, sich vor

Nicole hinsetzte und sie mit nüchternem Gesicht betrachtete. »Sie haben gerade eine Kostprobe von dem bekommen, was Sie erwartet, falls Sie nicht in die Trauung einwilligen. Wenn Sie nicht Armstrongs Ehefrau sind, dann sind Sie auf diesem Schiff nur noch ein blinder Passagier, und ich kann mit Ihnen verfahren, wie es mir beliebt. Zuerst würde ich diese große Frau, die Armstrong mir aufgehalst hat, über Bord werfen lassen.«

Nicole starrte ihn an. »Janie? Sie hat Ihnen nichts getan. Das wäre Mord!«

»Was kümmert mich das? Glauben Sie, ich würde in Zukunft auch nur in die Nähe der Küste von Virginia kommen, wenn ich nicht tue, was Armstrong von mir verlangt? Und das letzte, was ich mir wünsche, ist ein Zeuge dessen, was meine Männer Ihnen antun werden.«

Nicole schien auf ihrem Stuhl zusammenzuschrumpfen. Sie zog ihre Unterlippe zwischen die Zähne, und ihre Augen bekamen fragende, ängstliche Blicke.

»Sehen Sie, Lady«, sagte Frank, »wir überlassen Ihnen sogar die Wahl. Das ist doch nett von uns.« Sein Blick ließ ihr Kleid keine Sekunde los, das über ihren Brüsten klaffte. »Entweder heiraten Sie Armstrong, oder Sie kommen in mein Bett. Das heißt, nachdem der Kapitän hier mit Ihnen fertig ist. Dann, wenn ich mit Ihnen fertig bin...« Er hielt inne und grinste. »Ich bezweifle, daß noch viel von Ihnen übrigbleibt, wenn ich mit Ihnen fertig bin.« Er beugte sich vor und drückte seinen schmutzigen Zeigefinger auf ihre Oberlippe. »Ich habe noch nie eine Frau mit so einem verrückten Mund gehabt. Bringt mich auf allerlei verrückte Ideen, was man mit so einem Mund alles anstellen könnte.«

Nicole wendete den Kopf ab und fühlte, wie ihr Magen sich hob.

Der Kapitän beobachtete sie. »Was soll es nun sein? Armstrong oder ich und Frank?«

Nicole bemühte sich, tief und gleichmäßig zu atmen und einen klaren Gedanken zu fassen. Sie wußte, wie wichtig es war, in solchen Momenten einen klaren Kopf zu behalten. »Ich werde Mr. Armstrong heiraten«, sagte sie tonlos.

33

»Ich wußte doch, sie ist ein kluges Kind«, sagte der Kapitän. »Kommen Sie, meine Liebe, wir wollen es hinter uns bringen. Ich bin überzeugt, Sie möchten so schnell wie möglich in die – äh – Sicherheit Ihrer Kabine zurück.«

Nicole nickte und stand auf, während sie mit beiden Händen ihr Kleid zusammenhielt.

»Frank wird bei der Trauung Armstrong vertreten. Es geschieht alles streng nach dem Gesetz. Armstrong hat von einem Anwalt die Papiere ausfertigen lassen, und darin steht, ich könnte einen Mann auswählen, der bei der Trauung an seine Stelle tritt.«

Benommen stand Nicole neben Frank vor dem Kapitän, der die Trauung vollziehen würde, und der Doktor sollte Trauzeuge sein.

Frank beantwortete die Fragen des Kapitäns bereitwillig auf traditionelle Weise; doch als der Captain sagte: »Bianca, willst du diesen Mann zu deinem gesetzmäßig angetrauten Ehemann nehmen?«, weigerte sich Nicole zu antworten. Es war alles so unfair! Man hatte sie entführt, sie aus einem Land weggebracht, an das sie sich gerade zu gewöhnen begann, und nun wurde sie gegen ihren Willen verheiratet. Sie hatte stets von ihrer Hochzeit geträumt, in einem blauen Seidenkleid und überall Rosen. Nun stand sie mit halb zerrissenem Kleid, wunden Lippen und einem ekelhaftigen Geschmack im Mund in einer schmutzigen Kajüte. In den letzten drei Tagen war sie umhergeworfen worden wie ein Blatt auf einem reißenden Fluß. Doch sie würde nie ihren eigenen Namen aufgeben! Wenigstens daran konnte sie sich klammern, selbst wenn alles andere ihrer Gewalt entzogen war.

»Mein Name ist Nicole Courtalain«, sagte sie fest.

Der Kapitän wollte etwas erwidern; doch der Arzt stieß ihn mit dem Ellenbogen an.

»Was kümmert mich das?« murrte der Captain, und dann wiederholte er die Frage, jedoch diesmal an Nicole, nicht an Bianca gerichtet.

Am Ende der Trauung zog er fünf goldene Ringe von verschiedener Größe aus der Tasche und schob den kleinsten davon über Nicoles Ringfinger.

Damit war die Trauungszeremonie beendet.

»Bekomme ich einen Kuß von der Braut?« fragte Frank mit einem lüsternen Grinsen.

Der Doktor nahm Nicole fest beim Arm und führte sie weg von dem Mann zu dem Tisch in der Mitte der Kajüte. Er nahm eine Schreibfeder, kritzelte etwas auf das Papier, drehte sich dann um und gab die Feder an Nicole weiter. »Sie müssen das unterschreiben«, sagte er und schob ihr den Trauschein zu.

Ihre Augen waren voller Tränen, und sie mußte sie abwischen, ehe sie etwas sehen konnte. Der Doktor hatte ihren echten Namen auf dem Trauschein eingetragen. Sie, Nicole Courtalain, war nun Mrs. Clayton Armstrong. Rasch schrieb sie ihren Namen auf die Urkunde.

Sie sah teilnahmslos zu, als Frank sein Zeichen unter das Dokument setzte. Damit war die Eheschließung rechtsgültig.

Der Doktor faßte sie unter den Arm und eskortierte sie aus der Kabine des Kapitäns. Sie war so betäubt, daß sie in ihrer Kajüte anlangte, ohne zu merken, wie sie dorthin gekommen war.

»Hören Sie, meine Liebe«, sagte der Doktor, »mir tut das alles sehr leid, weil ich davon überzeugt bin, daß Sie nicht Miss Maleson sind. Doch glauben Sie mir: es war besser für Sie, daß Sie in diese Trauung einwilligten. Ich kenne Mr. Armstrong zwar nicht, bin jedoch sicher, daß sich eine Annullierung dieser Eheschließung leicht bewerkstelligen läßt, wenn Sie Amerika erreicht haben. Die Alternative wäre jedoch... viel schlimmer. Nun gestatten Sie mir noch, Ihnen einen Rat zu geben. Ich weiß, es wird eine lange Reise sein; doch halten Sie sich so oft wie möglich in Ihrer Kajüte auf. Lassen Sie sich so wenig wie möglich bei den Männern an Deck sehen. Der Kapitän ist nicht viel wert; hat jedoch seine Leute im Zaum – bis zu einem gewissen Grad. Doch Sie müssen ihm dadurch helfen, daß Sie diese Männer Ihre Gegenwart vergessen lassen, wenigstens so weit es irgend geht. Haben Sie mich verstanden?«

Nicole nickte.

»Und lächeln! Es ist nicht so schlimm, wie es zu sein scheint. Amerika ist schön. Vielleicht wollen Sie gar nicht mehr nach England zurückkehren.«

Nicole zwang sich zu einem Lächeln. »Janie behauptet dasselbe.«

»Sehen Sie, so ist es schon besser. Erinnern Sie sich an meine Worte und versuchen Sie, sich auf Amerika zu freuen.«

»Das will ich tun. Und vielen Dank«, erwiderte Nicole, drehte sich um und betrat ihre Kajüte.

Der Doktor blieb noch einen Moment vor der Tür stehen. Seiner Meinung nach war Armstrong ein Dummkopf, wenn er diese Frau einem anderen Mann überließe.

»Sie sind ja so lang fortgeblieben!« sagte Janie, als Nicole in ihre Kajüte kam. Dann wurde ihre Stimme schrill: »Was ist mit Ihrem Kleid geschehen? Was haben sie Ihnen angetan?«

Nicole fiel auf ihr Bett, legte sich zurück und bedeckte ihre Augen mit dem Arm.

Plötzlich faßte Janie nach ihrer linken Hand und betrachtete den blanken goldenen Ehering. »Ich war dabei, als Clay diese Ringe kaufte. Er besorgte sich fünf verschiedene Größen, damit einer davon auch wirklich paßte. Ich wette, der Kapitän behielt die anderen Ringe, nicht wahr?«

Nicole antwortete nicht. Sie streckte die Hand aus und betrachtete zusammen mit Janie den Ehering. Was bedeutete er nun wirklich? Hielt dieser schmale Goldreif sie an das Versprechen gebunden, das sie eben gegeben hatte? Einen Mann zu lieben und zu ehren, den sie gar nicht kannte?

»Was trieb Sie dazu, in die Trauung einzuwilligen?« fragte Janie und berührte Nicoles Hals an der Stelle, wo sich ein häßlicher roter Fleck bildete.

Nicole zuckte zusammen. Es war die Stelle, wohin Frank sie gebissen hatte.

Janie richtete sich auf. »Sie müssen es mir nicht erzählen. Ich kann erraten, wie es dazu kam. Der Kapitän wollte um jeden Preis das Geld kassieren, das Clay ihm versprach«, sagte sie und preßte die Lippen zusammen. »Zum Teufel mit diesem Clay Armstrong! Entschuldigen Sie; doch er ist schuld an diesem verworrenen Zustand. Wenn er nicht so vernagelt wäre, ein so unverbesserlicher Dickkopf, wäre das alles nicht geschehen, aber niemand kann seinen Starrsinn brechen. Nein, er wollte seine Bianca haben, und nichts in der Welt konnte ihn davon abhalten. Wissen Sie, daß er vier Schiffskapitäne aufsuchte, ehe er einen fand, der sich dazu herabließ, eine Frau zu entführen? Und nun sehen Sie sich die Bescherung an! Hier liegen Sie nun, ein unschuldiges kleines Ding, das von einer Horde schmutziger Männer mißhandelt wurde, auf die scheußlichste Art bedroht, dazu gezwungen, jemanden zu heiraten, den Sie nicht einmal kennen und den Sie vermutlich nach all diesen Schändlichkeiten gar nicht kennenlernen wollen.«

»Bitte, Janie, so schlimm ist es nun auch wieder nicht. Der Doktor sagte, wir würden von den Männern nicht belästigt werden, da ich nun mit Mr. Armstrong verheiratet bin, und ich weiß, daß sie Ihnen nichts tun werden. Ich bin sicher, die Ehe kann annulliert werden, sobald wir nach Amerika gekommen sind.«

»Mir!« sagte Janie wütend. »Ich hätte wissen müssen, daß dieser Abschaum mich dazu verwenden würde, Sie unter Druck zu setzen. Und Sie kennen mich nicht einmal!« Sie legte eine Hand auf Nicoles Schulter. »Was Sie auch von Clay verlangen – eine Annullierung, eine Entschädigung –, ich werde dafür sorgen, daß Sie es bekommen. Ich werde ihm den Kopf waschen, wie er das noch nie erlebt hat. Ich schwöre, daß er das alles an Ihnen gutmachen wird – den Zeitverlust der doppelten Ozeanüberquerung, das Geld, das Sie für den Modeladen gespart haben, und...« Plötzlich hielt sie mitten im Satz inne und blickte mit einem kleinen Lächeln auf das Gepäck an der Wand.

Nicole richtete sich in eine sitzende Stellung auf. »Was ist? Ist etwas nicht in Ordnung?«

Janies breites Gesicht bekam Dutzende von verschmitzten Lachfältchen. »›Kaufe nur das Beste, Janie‹, sagte er zu mir. Dann stand er auf dem Kai, betrachtete es, wie er alles betrachtet: als gehöre es ihm; und er sagte mir, ich solle nur das Beste kaufen.«

»Wovon sprechen Sie eigentlich?«

Janie sah hoch, als wäre sie in Trance, starrte auf die Koffer und Kisten, als wäre sie davon hypnotisiert. Sie machte einen Schritt darauf zu. »Er sagte, ihm wäre für seine Frau nichts zu schade«, murmelte sie, und das Lächeln auf ihrem Gesicht wurde immer breiter. »Oh, Clayton Armstrong, du wirst für diesen Streich teuer bezahlen!«

Nicole schwang ihre Beine über den Rand der Koje und blickte Janie verwirrt an. Wovon redete sie eigentlich?

Während Janie die Stricke um die Koffer löste, redete sie in einem fort: »Clay gab mir einen Beutel mit Gold und trug mir auf, nur die feinsten Stoffe und die kostbarsten Spitzen zu kaufen. Er sagte, ich könne seiner Frau dabei helfen, während der langen Reise Kleider zu nähen.« Sie kicherte. »Die Pelze können wir ja von einem Kürschner in Amerika verarbeiten lassen.«

»Pelze?« Nicole fiel der Brief wieder ein. »Janie, diese Sachen sind für Bianca bestimmt, nicht für mich. Wir können keine Kleider für mich daraus nähen; sie würden ihr niemals passen.«

»Ich habe nicht die Absicht, Kleider für eine Frau zu nähen, die ich nie gesehen habe«, sagte sie, sich mit einem Knoten abmühend. »Clay sagte, die Kleider sind für seine Frau, und soweit ich weiß, sind Sie die einzige, die er hat.«

»Nein, das gehört sich nicht. Ich könnte nie etwas annehmen, was für jemand anders bestimmt ist.«

Janie griff unter das Kissen ihrer Koje und zog einen großen Schlüsselbund hervor. »Darüber habe ich zu bestimmen, nicht Sie. Einmal, ein einziges Mal, würde ich gerne erleben, daß Clayton etwas nicht kaufen kann oder umsonst bekommt. Jedes Mädchen und jede Frau in Virginia würde sonst etwas anstellen, um ihm anzugehören; doch er muß sich eine Frau aus England suchen, von der ich gar nicht weiß, ob sie ihn haben möchte.« Sie schloß einen Schrankkoffer auf, hob vorsichtig den Deckel und lächelte auf den Inhalt hinunter.

Nicole konnte ihre Neugier nicht unterdrücken. Sie trat neben Janie und sah hinunter in den Koffer. Ihr stockte der Atem beim Anblick dieser Herrlichkeiten. Es war Jahre her, seit

38

sie zum letztenmal Seide gesehen hatte, und sie hatte nie Seide von solcher Qualität betrachtet.

»Die Engländer fürchten sich vor jenen, die sie zu den unteren Klassen zählen, also tun sie so, als gehörten sie zu ihnen. In Amerika ist jeder gleich. Wenn man sich hübsche Sachen leisten kann, soll man keine Angst haben, sie auch zu tragen.« Janie nahm ein schimmerndes zartes Stück saphirblauer Seide heraus und wickelte es um Nicoles Schultern, breitete es über ihren Rücken aus und band es locker um ihre Taille zusammen. »Was halten Sie davon?«

Nicole hielt den Stoff einen Moment ins Licht und rieb dann ihre Wange daran. Es war ein sinnliches, ja sündhaftes Wohlgefühl.

Janie öffnete inzwischen einen anderen Koffer. »Und wie gefiele Ihnen das als Schärpe?« Sie holte eine breite Bahn aus mitternachtsblauem Satin hervor und wickelte den Stoff um Nicoles Hüften. Der ganze Koffer schien voller Bänder und Schärpen zu sein.

Ein anderer Koffer wurde aufgeschlossen. »Ein Schal, meine Lady?« Janie lachte, und ehe Nicole etwas sagen konnte, zog sie mindestens ein Dutzend Schals hervor – karierte Wollschals aus Schottland, Kaschmirschals aus England, Baumwollschals aus Indien, Spitzen aus Chantilly...

Nicole war sprachlos über die Menge und Schönheit der Sachen, die Janie vor ihr ausbreitete, als sie einen Koffer nach dem anderen öffnete. Da waren Samtstoffe, Baumwollstoffe, Perkal, weiche Wolle, Mohair, Eiderdaunen, Chalon, Chintz, Tüll, Organdy, Krepp und feine französische Spitzen.

Irgendwo inmitten all der Köstlichkeiten, die Janie ihrem Schützling um den Leib wickelte, begann Nicole zu lachen. Es war einfach zuviel. Als sie sich auf das Bett setzte und Janie aufhören wollte, sie mit Stoffen zu beladen, fingen beide Frauen an zu lachen. Sie wickelten sich scharlachrote und türkisfarbene, grüne und gelbe Stoffbahnen um Schultern und Leib. Es war eine ausgelassene, verrückte Anprobe.

»Aber das Beste haben Sie noch gar nicht gesehen«, rief Janie lachend, während sie sich lange Bahnen von rosenfarbenem Tüll und schwarzen Spitzen aus der Normandie vom Kopf abwickelte. Fast ehrfürchtig öffnete sie einen großen Koffer, der ganz hinten gestanden hatte, und hob einen riesigen Pelzmuff in die Höhe. »Wissen Sie, was für ein Pelz das ist?« fragte sie und legte das Stück in Nicoles Schoß.

Nicole vergrub das Gesicht in dem langen, tiefen Pelz und vergaß die Seidenbahnen von sechserlei Farben, die sie sich um den Arm gewickelt hatte, und die durchsichtige indische Gaze um ihren Hals. Es gab nur einen Pelz, der so dicht und so dunkel war – so tief und weich, daß man fast darin ertrank. »Zobel«, sagte sie leise, beinahe ehrfürchtig.

»Ja«, stimmte ihr Janie zu. »Zobel.«

Den Muff im Schoß, sah Nicole um sich. Die kleine Kajüte war erfüllt von Farben, die glitzerten oder schrien, laut waren oder sich unauffällig gaben mit einer versteckten Sinnlichkeit, doch alle lebendig zu sein schienen. Nicole wollte sich darin wälzen und sie an sich drücken. Seit sie das Schloß ihrer Eltern verlassen hatte, hatte es keine Schönheit mehr in ihrem Leben gegeben.

»Nun, wo wollen Sie anfangen?«

Nicole blickte Janie an und brach in ein Lachen aus. »Mit allem zugleich!« rief sie, drückte den Muff an sich und warf mit dem Fuß sechs Straußenfedern in die Luft.

Während sie einen Chiffonschal von ihren Beinen wickelte, hob Janie ein paar Modejournale aus dem Koffer. »*Heidledoff's Gallery of Fashion*«, sagte sie. »Sie brauchen sich nur Ihre Waffe auszusuchen, meine teure Mrs. Armstrong, und ich werde Ihnen meinen Koffer voller Stahl zeigen – besser gesagt, meine Steck- und Nähnadeln.«

»Oh, Janie, das kann ich nicht.« Doch ihre Stimme klang nicht überzeugend, während sie den Zobelmuff sanft über ihren Arm streifen ließ und überlegte, ob sie nicht mit ihm schlafen sollte.

»Ich will so etwas nicht mehr hören. Wäre es Ihnen möglich, den Arm wieder aus diesem Ding zu befreien, damit wir es weglegen und anfangen können? Schließlich haben wir ja ungefähr nur einen Monat Zeit.«

3

Es war Anfang August 1794, als das schlanke, kleine Paketboot in den Hafen an der Küste Virginias einlief. Janie und Nicole lehnten beide über der Reling an Steuerbord und sahen sehnsüchtig zu der Mole hinüber, hinter der sich ein dichter Wald abzeichnete, als wären sie Gefangene, die endlich aus dem Gefängnis frei gelassen wurden. In den letzten Wochen der Reise hatten sie nur noch vom Essen geredet – von frischer Kost. Sie sprachen von Gemüse und Früchten, von den vielen Pflanzen, die nun bald reif wurden, und wie sie das alles auf einen Teller häufen und mit frischer Sahne und Butter essen würden. Janie gelüstete es am meisten nach Brombeeren, während Nicole sich nur nach grünen lebenden Dingen sehnte, die aus der süß riechenden Erde sprossen.

Sie hatten die langen Tage ihrer Gefangenschaft mit Nähen verbracht, und es war kaum einer der köstlichen Stoffe übriggeblieben, aus denen sie nicht ein Kleid – entweder für Janie oder Nicole genäht hatten. Nicole trug jetzt einen Rock aus Musselinstoff, der mit winzigen Veilchen bestickt und am Saum mit einem violetten Band besetzt war. Ein Stück von dem gleichen Band hatte sie um ihre Haare geschlungen. Ihre Arme waren bloß, und sie genoß die Wärme der untergehenden Sonne auf der Haut.

Die Frauen hatten während der gemeinsamen Arbeit über vieles geredet. Nicole hatte dabei die Rolle der Zuhörerin gespielt, weil sie mit niemand über die Zeit sprechen wollte, als man sie von ihren Eltern trennte, und, noch schlimmer, wie ihr der Großvater entrissen wurde. Sie erzählte Janie nur aus ihrer Kindheit auf dem Schloß ihrer Familie, wobei sie den Palast darstellte, als wäre er nur ein gewöhnliches Landhaus gewesen. Und sie erzählte aus dem Jahr, das sie mit ihrem Großvater bei der Familie des Müllers verbracht hatte. Janie lachte, als Nicole ihr sachkundig die verschiedenen Qualitäten der steingemahlenen Getreidesorten erläuterte.

Doch die meiste Zeit hatte Janie geredet. Sie berichtete von ihrer eigenen Kindheit auf einer kleinen armen Farm, nur ein paar Meilen von Arundel Hall entfernt, wie Claytons Haus genannt wurde. Sie war zehn Jahre alt gewesen, als Clay geboren wurde, und sie schilderte, wie der Junge auf ihren Schultern geritten sei. Janie war bei der Amerikanischen Revolution fast zwanzig Jahre gewesen. Ihr Vater hatte, wie viele Farmer in Virginia, alle seine Felder mit Tabak bepflanzt. Als der englische Markt den Amerikanern verschlossen war, ging er bankrott. Mehrere Jahre hatte er dann mit Janie in Philadelphia gelebt, einer Stadt, die Janie haßte. Als ihr Vater gestorben war, kehrte sie an die Stätte zurück, die sie immer als Heimat betrachtet hatte – nach Virginia.

Bei ihrer Rückkehr habe sie Arundel Hall stark verändert vorgefunden. Clays Eltern waren ein paar Jahre zuvor an der Cholera gestorben. Clays älterer Bruder James hatte Elizabeth Stratton geheiratet, die Tochter des Aufsehers der Armstrong-Plantage. Dann, als Clay in England weilte, waren James und Elizabeth bei einem tragischen Unglücksfall ums Leben gekommen.

Der kleine Junge, den Janie gekannt hatte, existierte nicht mehr. An seiner Stelle war ein arroganter, fordernder junger Mann getreten, der arbeitete wie der Teufel. Während in Virginia eine Plantage nach der anderen bankrott ging, blühte Arundel Hall auf und breitete sich immer weiter aus.

»Dort!« sagte Nicole und deutete auf das Wasser hinunter. »Ist das nicht der Kapitän?« Der untersetzte Mann saß in einem kleinen Beiboot, während einer seiner Matrosen die Ruder bediente.

»Ich glaube, er hat es eilig, das Schiff zu wechseln.«

Ein paar Yards von dem Paketboot entfernt wartete eine gewaltige Fregatte, auf deren Flanken zwei Reihen von Kanonen aufragten. Viele Männer waren damit beschäftigt, Bündel und Pakete über die breite Gangway hinauf- und hinabzutragen. Die beiden Frauen beobachteten, wie der Kapitän an Land ging, ehe sein Schiff die Mole erreicht hatte: das Paketboot manövrierte sich immer noch langsam durch die Hafeneinfahrt an den Kai heran. Der Kapitän stieg die

42

Gangway zum Oberdeck der Fregatte hinauf und begab sich zum Heck dieses Schiffes.

Die Frauen waren noch ein gutes Stück von der Fregatte entfernt, und die Männer an deren Deck sahen klein aus. »Dort ist Clay!« rief Janie plötzlich.

Nicole betrachtete neugierig den Mann, mit dem der Kapitän gerade sprach; doch aus dieser Entfernung unterschied er sich kaum von all den anderen Männern an Deck. »Woran können Sie ihn denn erkennen?«

Janie lachte. Sie war froh, wieder zu Hause zu sein. »Sobald ich Sie mit Clay bekannt gemacht habe, wissen Sie, woran man ihn erkennt«, sagte sie, wendete sich abrupt ab und ließ Nicole allein an der Reling zurück.

Nicole strengte ihre Augen an, um den Mann zu betrachten, der nun ihr Ehemann war. Dabei drehte sie nervös den schmalen Goldreif an ihrer linken Hand.

»Hier«, sagte Janie und drückte ihr ein Fernglas in die Hand. »Damit können Sie ihn besser sehen.«

Selbst durch das Fernglas betrachtet, waren die Männer klein; aber sie konnte sich doch ein Bild von dem Mann machen, der nun mit dem Captain sprach. Er hatte einen Fuß auf einen Ballen Baumwolle gestützt, stand mit dem anderen auf den Planken. Er war vorgebeugt, die Unterarme ruhten auf dem angewinkelten Knie. Selbst in dieser gebeugten Stellung war er noch größer als der Kapitän. Er trug eine hellbraune, stramm sitzende Hose und schwarze Lederstiefel, die ihm bis zu den Knien reichten. Ein drei Zoll breiter schwarzer Ledergürtel lag um seine Hüften. Sein Hemd spannte sich um die Schultern, es war am Hals geöffnet, und die Ärmel waren bis über die Ellenbogen aufgerollt, so daß man seine kräftigen, sonnengebräunten Unterarme sah. Über sein Gesicht ließ sich aus dieser Entfernung nicht viel sagen; doch er hatte die braunen Haare locker nach hinten gekämmt und im Nacken zusammengebunden.

Sie nahm das Glas von den Augen und wandte sich Janie zu. »Oh, tun Sie das nicht«, sagte Janie. »Ich habe diesen Ausdruck zu oft gesehen. Nur weil ein Mann groß und hübsch ist, ist das für Sie kein Grund, sich ihm zu ergeben. Er wird schrecklich wütend sein, wenn er herausfindet, was passiert ist, und wenn Sie sich nicht kräftig zur Wehr setzen, wird er Ihnen die Schuld für alles geben.«

Nicole sah ihre Begleiterin lächelnd mit glänzenden Augen an. »Du hast aber nie erwähnt, daß er groß und hübsch sei«, sagte sie im neckenden Ton.

»Ich habe auch nie gesagt, daß er häßlich sei. Und nun möchte ich, daß Sie in die Kajüte zurückgehen und dort warten, weil er, wie ich Clay kenne, in wenigen Minuten hier sein wird. Ich möchte zuerst mit ihm sprechen und erklären, was dieser Schuft von Kapitän angerichtet hat. Und nun rasch wieder unter Deck!«

Gehorsam kehrte Nicole in die dunkle kleine Kajüte zurück. Sie empfand fast so etwas wie Schwermut, daß sie nun davon Abschied nehmen mußte. In den letzten vierzig Tagen waren Janie und sie sich sehr nahe gekommen.

Ihre Augen hatten sich gerade wieder an das Dämmerlicht gewöhnt, als die Kajütentür plötzlich aufsprang. Ein Mann, bei dem es sich nur um Clayton Armstrong handeln konnte, stürmte in den Raum. Seine breiten Schultern füllten den Platz aus, daß Nicole meinte, sie stünde mit ihm in einem Schrank.

Clay wartete gar nicht erst ab, bis seine Augen sich dem schlechten Licht angepaßt hatten. Er sah nur die Umrisse seiner Frau. Ein langer Arm schoß vor und zog sie an seine Brust.

Nicole wollte protestieren; doch dann fanden seine Lippen die ihren, und da war es ihr unmöglich. Sein Mund hatte einen sauberen Atem, war kräftig und fordernd und doch zugleich sanft. Trotzdem machte sie einen schwachen Versuch, ihn von sich wegzuschieben. Seine Arme spannten sich noch fester um ihren Leib, und er hob sie hoch, daß ihre Zehen kaum noch den Boden berührten. Seine Brust drückte fest gegen ihre weiblichen Rundungen. Sie konnte spüren, wie ihr Herz zu klopfen begann.

Nur einmal in ihrem Leben war sie so geküßt worden wie jetzt, von Frank, dem Ersten Maat, doch damit ließ sich diese Umarmung überhaupt nicht vergleichen! Er drehte ihren Kopf, stützte ihren Nacken mit der Hand, gab ihr ein Gefühl, als verlöre sie die Sinne, würde ertrinken. Ihre Arme legten sich um seinen Hals und zogen ihn dichter an sie heran. Sein Atem war auf ihrer Wange.

Als er seine Lippen von ihrem Mund zur Wange hinüberbewegte, spürte sie seine Zähne an ihrem Ohrläppchen, und ihre Knie verwandelten sich in Wasser. Seine Zunge berührte die Sehne an ihrem Hals.

Rasch faßte er sie mit einem Arm unter den Knien, hob sie hoch und legte ihren Körper fest an den seinen. In diesem Augenblick wußte Nicole nur, daß sie nur immer mehr von ihm haben wollte, während sie ihren Kopf zurücklegte und ihm ihre Lippen abermals darbot.

Er küßte sie hungrig, und sie erwiderte seine Leidenschaft. Als er sie zum Bett trug, ihren Körper fest an seiner Brust haltend, schien ihr das ganz natürlich zu sein. Sie wollte ihn nur berühren, ihn in ihrer Nähe behalten. Er zog sie auf das Bett nieder, während seine Lippen sich nicht von den ihren lösten, warf ein kräftiges schweres Bein über die ihren, während er mit der Hand ihren bloßen Arm streichelte. Als er ihre Brust unter dem Stoff berührte, stöhnte sie und wölbte ihm ihren Leib entgegen.

»Bianca«, flüsterte er in ihr Ohr. »Süße, süße Bianca.«

Nicole kam nicht plötzlich wieder zur Besinnung; dafür war ihre Leidenschaft zu stark. Nur langsam wurde ihr wieder bewußt, wo sie war, wer sie war – und wer sie nicht war.

»Bitte«, sagte sie, sich mit einer Hand gegen seine Brust stemmend. Doch ihre Stimme war schwach und widerstandslos.

»Es ist schon gut, Liebes«, sagte er mit seiner tiefen und klaren Stimme, während sein Atem warm über ihre Wange hinstreifte. Sein Haar lag auf ihrem Gesicht und roch nach der Erde, die sie schon so lange berühren wollte. Sie schloß für einen Augenblick die Augen.

»Ich habe so lange auf dich gewartet, mein Liebling«, sagte er. »Monate, Jahre, Jahrzehnte. Nun werden wir für immer vereint sein.«

45

Diese Worte waren es, die Nicole endgültig weckten. Es waren Worte der Liebe, die für eine andere Frau bestimmt waren. Sie konnte zwar glauben, daß die Liebkosungen, die alles andere aus ihrem Bewußtsein löschten, ihr galten; doch diese Worte gehörten einer anderen Frau.

»Clay«, sagte sie leise.

»Ja, Liebling«, antwortete er, während er die weiche Haut um ihr Ohr küßte. Sein großer, kräftiger Körper war neben ihr, halb über ihr. Irgendwie hatte sie das Gefühl, als hätte sie ihr ganzes Leben auf so etwas gewartet. Es schien so natürlich, ihn noch näher heranzuziehen, und der Gedanke durchzuckte sie, ob sie ihn erst morgen früh die Wahrheit entdecken lassen sollte. Doch sofort verwarf sie es wieder. Sie wollte nicht selbstsüchtig sein.

»Clay, ich bin nicht Bianca. Ich bin Nicole.« Sie konnte ihm jetzt nicht sagen, daß sie seine Frau war.

Einen Moment lang fuhr er fort, sie zu küssen, doch dann fuhr sein Kopf hoch, und sie spürte, wie sein Körper steif wurde, während er sie im Dunklen anstarrte. Nun war er mit einem Satz aus der niedrigen Koje heraus. Eben noch hatte er in Nicoles Armen gelegen, und im nächsten Augenblick waren diese leer. Sie fürchtete sich vor den nächsten Minuten.

Er schien sich in dieser Kabine gut auszukennen oder in solchen Räumen wie diesem, denn er wußte, wo er eine Kerze finden würde, und die kleine Kajüte erstrahlte plötzlich im hellen Licht.

Blinzelnd setzte sich Nicole auf und konnte ihren Ehemann zum erstenmal in ihrem Leben deutlich sehen. Janie hatte recht, was seine Arroganz betraf. Sie stand ihm auf dem Gesicht geschrieben. Seine Haare waren heller, als Nicole zunächst angenommen hatte: das kräftige Braun war mit Streifen von Sonnenlicht durchsetzt. Dichte Brauen beschatteten dunkle Augen über der großen, gemeißelten Nase, die sich über seinen Mund vorschob, der, wie sie wußte, weich sein konnte, doch nun einen festen, ärgerlichen Strich bildete. Sein Kinn war kräftig und hart, die Wangenmuskeln spielten.

»Schön! Wer, zum Teufel, bist du, und wo ist meine Frau?« forschte er.

46

Nicole schwindelte immer noch der Kopf. Er schien seine Leidenschaft ziemlich rasch abwürgen zu können, aber nicht sie. »Es liegt ein schreckliches Mißverständnis vor. Sehen Sie...«

»Ich sehe, daß jemand anders sich in der Kabine meiner Frau befindet!« Er hielt die Kerze über den Kopf und betrachtete die Gepäckstücke an der Wand. »Das gehört alles den Armstrongs, glaube ich.«

»Ja, das stimmt. Wenn Sie mich nur zu Wort kommen ließen, könnte ich alles erklären. Bianca und ich waren zusammen, als...«

»Ist sie hier? Sie sind während der Reise mit ihr zusammen gewesen, sagen Sie?«

Es war schwierig, etwas zu erklären, wenn er sie nicht einmal einen Satz zu Ende sprechen ließ. »Bianca ist nicht hier. Sie kam nicht mit auf das Schiff. Wenn Sie mir zuhören wollten, könnte ich...«

Er stellte die Kerze auf die Truhe in der Ecke, kam näher, ragte mit auseinandergebreiteten Armen, die Hände über den Hüften, vor ihr auf. »Sie ist nicht mit Ihnen gereist! Was, zum Teufel, soll das nun wieder bedeuten? Ich habe eben den Kapitän dieses Schiffes dafür bezahlt, daß er eine Ferntrauung vornahm und meine Frau nach Amerika transportierte. Und nun möchte ich wissen, wo sie ist!«

Nicole sprang nun ebenfalls vom Bett auf. Sie ließ sich nicht dadurch einschüchtern, daß ihr Kopf nur bis zu seinen Schultern reichte oder daß die winzige Kabine sie zwang, sich auf Tuchfühlung gegenüberzustehen. Doch nun waren sie eher Feinde als Liebende. »Ich habe versucht, Ihnen etwas zu erklären; doch wenn Ihnen jeder Anstand abgeht, kommt es wohl zu keiner Verständigung. Deshalb...« »Ich möchte eine Erklärung, nicht den Vortrag einer Lehrerin!«

Nicole wurde wütend: »Sie ungehobelter, flegelhafter...!« Sie schluckte. »Also gut. Ich werde es Ihnen erklären. Ich bin Ihre Ehefrau. Das heißt, falls Sie Clayton Armstrong sind. Was ich nicht wissen kann, da Sie so ungezogen waren, mir jedes Wort abzuschneiden.«

Clay rückte noch etwas dichter an sie heran. »Sie sind nicht meine Bianca.«

»Ich bin froh, sagen zu können, daß ich das nicht bin. Wie in aller Welt könnte sie sich damit einverstanden erklären, einen so unerträglichen...« Sie unterbrach sich, weil sie sich von ihrem Zorn nicht hinreißen lassen wollte. Sie hatte mehr als einen Monat Zeit gehabt, sich an den Status einer Mrs. Armstrong zu gewöhnen; doch er war an Bord gekommen in der Erwartung, dort Bianca anzutreffen und hatte statt dessen eine Fremde vorgefunden.

»Mr. Armstrong, mir tut das alles leid. Ich kann aber auch alles erklären.«

Er wich vor ihr zurück und setzte sich auf einen Koffer. »Woher wußten Sie, daß der Kapitän Bianca noch nie gesehen hat?« fragte er leise.

»Ich fürchte, ich verstehe Sie nicht.«

»Ich bin überzeugt, daß Sie mich verstehen. Sie müssen irgendwie erfahren haben, daß er Bianca nicht kennt, und so beschlossen Sie, an Biancas Stelle zu treten. Was haben Sie sich dabei gedacht? Daß eine Frau so gut wie jede andere wäre? Eines muß ich Ihnen lassen: Sie verstehen es, einen Mann zu begrüßen. Glaubten Sie, Sie würden mich meine Bianca vergessen lassen, indem Sie Ihren lieblichen kleinen Körper an deren Stelle setzten?«

Nicole wich mit geweiteten Augen vor ihm zurück, während sich ihr Magen bei seinen Worten umdrehte.

Clay blickte sie kritisch von Kopf bis Fuß an. »Ich hätte es schlimmer treffen können, vermute ich. Ich nehme an, Sie haben den Captain dazu überredet, uns zu trauen.«

Nicole nickte nur stumm, während sich in ihrer Kehle ein Kloß bildete und ihre Augen in Tränen schwammen.

»Ist das ein neues Kleid? Haben Sie Janie dazu gebracht, Ihnen zu glauben? Haben Sie das vielleicht dazu ausgenützt, sich auf meine Kosten neue Garderobe zuzulegen?« Er stand wieder vom Koffer auf. »Schön! Betrachten Sie diese Garderobe als Ihnen gehörig. Das verlorene Geld wird mich davor bewahren, das nächste Mal so naiv und vertrauensvoll zu sein. Doch

Sie werden keinen weiteren Cent von mir bekommen. Sie werden mit mir zu meiner Plantage zurückkehren, und diese Ehe, wenn sie gültig sein sollte, wird annulliert. Und sobald diese Geschichte bereinigt ist, werden Sie auf das nächstbeste Schiff gebracht, das nach England zurücksegelt. Ist das klar?«

Nicole schluckte den Kloß hinunter. »Ich würde lieber auf der Straße schlafen als noch eine Minuten in Ihrer Nähe verbringen«, gab sie leise zur Antwort.

Er stellte sich wieder vor sie hin und beobachtete, wie das Kerzenlicht ihre Züge vergoldete. Dann fuhr er mit dem Zeigefinger über ihre Oberlippe. »Und wo haben Sie sonst noch geschlafen?« fragte er, verließ jedoch die Kajüte, ehe sie noch antworten konnte.

Nicole lehnte sich mit klopfendem Herzen gegen die Kajütentür, während ihr die Tränen aus den Augen flossen. Als Frank sie mit seinen schmutzigen Händen betastet hatte, hatte sie ihren Stolz bewahrt; doch als Clay sie anfaßte, hatte sie sich wie eine Straßendirne benommen. Ihr Großvater hatte sie stets daran erinnert, wer sie war und daß Blut von Königen in ihren Adern floß. Sie hatte gelernt, aufrecht zu gehen und ihren Kopf hoch zu halten, und selbst damals, als der Pöbel ihre Mutter fortschleppte, hatte sie das Haupt nicht gebeugt. Was die Schrecken der Französischen Revolution bei einem Mitglied der uralten Familie Courtalain nicht fertigzubringen vermochten, war einem rüden und arroganten Amerikaner gelungen.

Voller Scham erinnerte sie sich daran, daß sie sich seiner Berührung vollkommen ausgeliefert hatte, wie sie sich sogar wünschte, mit ihm im Bett zu bleiben.

Obwohl sie sich fast vollständig an ihn verloren hatte, würde sie ihr Möglichstes tun, um ihren Stolz zurückzugewinnen. Sie blickte voller Bedauern hinüber zu den Koffern, die voll waren mit Kleidern, die für sie geschneidert worden waren. Wenn sie ihm die Stoffe nicht in ihrer ursprünglichen Form zurückgeben konnte, so konnte sie vielleicht doch eines Tages Mr. Armstrong für diese Kleider entschädigen.

Rasch zog sie das dünne Musselinkleid aus, das sie trug, und streifte ein schwereres, praktischeres Gewand aus hellblauem

49

Kaliko über. Sie faltete den feinen Musselin zusammen und legte das Kleid in einen der oberen Koffer. Das Gewand, in dem sie auf das Schiff gekommen war, hatte Janie über Bord geworfen, nachdem Frank es zerrissen hatte.

Sie holte ein Blatt Papier aus einem Koffer, beugte sich über die Eckkommode und schrieb einen Brief.

Sehr geehrter Mr. Armstrong,
ich hoffe, daß Janie Sie inzwischen gefunden und Ihnen einige der Umstände erklärt hat, die zu unserer ungewollten Trauung führten.

Sie haben natürlich recht, was die Kleider betrifft. Es war nur meine Eitelkeit, die mich dazu verleitete, Sie gewisser-maßen zu bestehlen. Ich werde alles tun, um Ihnen den Wert dieses Materials zu ersetzen. Es mag vielleicht eine Weile dauern, bis ich das Geld auftreibe; doch ich werde mich bemühen, es Ihnen so rasch wie möglich zukommen zu lassen. Als Anzahlung werde ich Ihnen ein Medaillon hinterlassen, das einen gewissen Wert darstellt. Es ist der einzige Wertgegenstand, den ich besitze. Bitte, verzeihen Sie mir, daß meine erste Rate so bescheiden ausfällt.

Was unsere Ehe betrifft, so werde ich sie so rasch wie möglich annullieren lassen und Ihnen eine Bestätigung darüber zuschicken.

Hochachtungsvoll,
Nicole Courtalain Armstrong

Nicole las den Brief noch einmal durch und legte ihn dann auf das Eckschränkchen. Mit bebenden Händen nestelte sie das Medaillon von ihrem Hals. Selbst in England, wo sie damals Geld so dringend nötig gebraucht hatte, hatte sie sich geweigert, das Medaillon aus Goldfiligran zu versetzen, in dem sich die auf ovale Porzellanscheiben gemalten Porträts ihrer Eltern befanden. Sie hatte das Medaillon immer getragen.

Sie küßte die kleinen Porträts, das einzige, was ihr von den Eltern geblieben war, und legte das Schmuckstück auf den Brief. Vielleicht war es besser, vollständig mit der Vergangenheit zu brechen, denn nun mußte sie ihren Weg in einem neuen Land machen – allein.

Es war schon Nacht draußen; doch der Kai war von brennenden Fackeln erhellt. Nicole ging in gemessenem Schritt über das Deck und die Gangway hinunter. Die Matrosen waren viel zu sehr mit dem Entladen der Fregatte beschäftigt, um auf sie zu achten. Die andere Seite der Mole sah düster und bedrohlich aus; doch sie wußte, daß ihr kein anderer Weg bliebe. Als sie den Rand des Waldes hinter dem Hafen erreicht hatte, sah sie Clayton und Janie unter einer Fackel beisammen stehen. Janie redete ziemlich heftig auf Clay ein, während der großgewachsene Mann ihr schweigend zuzuhören schien.

Sie hatte keine Zeit, noch länger hier zu verharren. Sie hatte viel zu erledigen. Sie mußte die nächste Stadt erreichen, sich einen Job und eine Unterkunft suchen. Als sie die hellen Lichter des Kais hinter sich gelassen hatte, schien der Wald sie zu verschlucken. Die Bäume sahen besonders dunkel aus, groß und furchterregend. Alle Geschichten, die sie über Amerika gehört hatte, kamen ihr nun ins Gedächtnis. Es war die Wohnstätte wilder, mörderischer Indianer; die Heimat fremdartiger Bestien, die die Menschen und deren Eigentum verschlangen.

Ihre Schritte waren das einzige Geräusch auf dem Waldboden; doch es schien noch viele andere Wesen hier zu geben – Wesen, die sich zwischen den Bäumen hindurchschlängelten, quiekendes und stöhnendes Getier, etwas Plumpes, das sich an sie heranpirschte.

Sie ging stundenlang so fort. Nach einer Weile begann sie vor sich hinzusummen, ein kleines französisches Lied, das ihr Großvater sie gelehrt hatte; doch bald mußte sie einsehen, daß ihre Beine sie nicht weitertragen würden, falls sie keine Rast einlegte. Aber wo? Sie folgte einem schmalen Pfad, der jedoch genauso endete, wie er begann – in einer schwarzen Leere.

»Nicole«, flüsterte sie sich zu, »du hast nichts zu befürchten. Der Wald ist nachts genauso wie bei Tageslicht.«

Dieser tapfere Zuspruch half ihr nicht viel; doch sie nahm ihren ganzen Mut zusammen und setzte sich unter einen Baum. Sogleich spürte sie, wie das feuchte Moos ihr Kleid durchnäßte.

Doch sie war zu erschöpft, um sich daran zu stören. Sie zog die Knie bis unter das Kinn, bettete die Wange auf den rechten Arm und schlief sofort ein.

Als sie am Morgen erwachte, blickte sie in zwei große Augen, die sie anstarrten. Mit einem Keuchen setzte sie sich rasch auf und verscheuchte das neugierige kleine Kaninchen, das sie beobachtet hatte. Sie lachte über ihre törichten Ängste und schaute sich um.

Im frühen Morgenlicht, das durch das Blattwerk filterte, sah der Wald freundlich und einladend aus. Aber als sie sich den steifen Nacken rieb und versuchte, aufzustehen, merkte sie, daß ihr ganzer Körper wund war, daß ihr Kleid feucht auf ihrer Haut klebte und ihre Arme eiskalt waren. Sie hatte in der Nacht nicht einmal gemerkt, daß sich ihre Haare aus den Spangen lösten und nun wirr und naß um ihren Hals hingen. Hastig versuchte sie mit den Haarnadeln, die sie noch fand, etwas Ordnung in ihre Haare zu bringen.

Die paar Stunden Schlaf hatten sie gekräftigt, und mit neuer Energie schritt sie nun auf dem schmalen Pfad aus. In der Nacht war sie unsicher geworden, doch im Licht des Morgens wußte sie, daß ihr Entschluß richtig gewesen war. Sie hätte mit Mr. Armstrongs Vorwürfen nicht leben können, und nun würde sie ihn entschädigen und ihren Stolz zurückgewinnen.

Als die Sonne höher stieg, setzte ihr der Hunger zu. Janie und sie hatten in den letzten beiden Tagen, ehe sie die amerikanische Küste erreichten, sehr wenig gegessen, und das Grummeln in ihrem Magen erinnerte sie daran.

Am Mittag erreichte sie einen Zaun, der einen Obstgarten mit Hunderten von Apfelbäumen schützte. Die Äpfel in der Nähe des Zauns waren noch grün, doch in der Mitte des Gartens sah sie Bäume mit roten reifen Früchten. Nicole war schon halb über den Zaun, als ihr Clayton Armstrongs Stimme wieder in den Ohren klang, die sie des Diebstahls beschuldigte. Was war nur über sie gekommen, seit sie in Amerika weilte? Sie verwandelte sich in einen Dieb, in eine durch und durch unehrenhafte Person.

Sie kletterte widerstrebend wieder vom Zaun herunter.

Obwohl sie nun ein gutes Gewissen hatte, rebellierte ihr Magen schlimmer als zuvor.

Dann, als die Sonne im Zenit stand, erreichte sie einen Bach mit steilen Ufern. Sie wurde sich schmerzlich ihrer wunden Füße und Beine bewußt. Ihr war, als wäre sie tagelang gewandert und trotzdem der Zivilisation keinen Schritt näher gekommen. Der Zaun war das einzige Zeichen gewesen, daß schon vor ihr ein Mensch dieses Land betreten hatte.

Vorsichtig ging sie an der Uferböschung entlang, setzte sich auf einen Fels, löste die Spangen ihrer Schuhe und kühlte dann ihre Füße im Wasser. Sie waren mit Blasen bedeckt, und das Wasser tat ihnen gut.

Ein Tier rannte hinter ihr aus den Büschen auf den Bach zu. Erschrocken sprang Nicole auf und drehte sich rasch um. Der kleine Waschbär war genauso erschrocken wie sie, als er sie erblickte. Sofort machte er wieder kehrt und rannte in den Wald zurück, während Nicole über sich selbst lachen mußte, weil sie gar so schreckhaft war.

Als sie sich umwandte, um ihre Schuhe aufzusammeln, sah sie sie gerade noch um eine Biegung des Baches verschwinden. Die Röcke über dem Arm, watete sie den Schuhen nach; doch der Bach hatte eine reißende Strömung und war viel tiefer, als sie angenommen hatte. Sie war kaum zehn Schritte weit gegangen, als sie ausglitt und etwas Scharfes sie in den inneren Schenkel biß.

Es dauerte ein paar Minuten, ehe sie sich wieder aufgerichtet und aus ihren Röcken gewickelt hatte. Als sie endlich auf dem glitschigen Grund des Baches stehen wollte, knickte ein Bein unter ihr ein. Sie faßte nach einem Zweig, der über dem Wasser hing, und zog sich mit seiner Hilfe ans Ufer zurück. Als sie nun wieder auf dem Trockenen stand, hob sie die Röcke, um den Schaden zu begutachten. Sie entdeckte einen langen, gezackten Riß an der Innenseite ihres linken Schenkels, der heftig blutete. Sie riß ein breites Stück vom Saum ihres Hemds ab und stillte damit das Blut. Nach ein paar Minuten hörte die Blutung auf, und sie verwendete noch ein Stück von dem Leinenstoff, um das Bein zu bandagieren.

53

Der Wundschmerz, die Erschöpfung und der Schwindel, der von ihrem Hunger kam, waren zuviel für sie. Sie lehnte sich gegen die aus Sand und Kieseln bestehende Böschung des Bachufers und schlief ein.

Der Regen weckte sie. Die Sonne war bereits im Begriff, unterzugehen, und zwischen den Bäumen nistete sich schon wieder die Nacht ein. Ihr Bein pochte vor Schmerz, und sie fühlte sich schwach, vermochte sich kaum auf den Füßen zu halten. Der kalte Regen zwang sie zu der Einsicht, daß sie eine Unterkunft finden müsse.

Barfuß humpelte sie weiter, ihre Sohlen bluteten, und sie hatte ein Gefühl, als schwebte sie über ihrem Körper, so daß der Schmerz sie nicht mehr erreichen konnte. Vor Stunden schon hatte sie die letzten Haarnadeln verloren, und die Strähnen hingen kalt und naß bis zu ihrer Taille hinunter.

Zwei große Tiere näherten sich ihr mit entblößten Zähnen und feurigen Augen. Sie wich vor ihnen zurück und preßte sich mit dem Rücken gegen einen Baum. »Wölfe«, flüsterte sie entsetzt.

Die Tiere rückten weiter vor, und sie drängte sich noch dichter an den Baum heran in dem Bewußtsein, daß jetzt die letzten Minuten ihres Lebens angebrochen waren. So jung mußte sie sterben! So vieles gab es noch, was sie nun nicht mehr erleben durfte...

Plötzlich erschien eine große Gestalt – ein Mann – auf dem Rücken eines Pferdes. Sie versuchte zu erkennen, ob es eine Gestalt aus Fleisch und Blut war oder nur eine Ausgeburt ihrer Phantasie; aber das Schwindelgefühl in ihrem Kopf war so heftig, daß sie nicht zu sagen vermochte, was von beidem es nun war.

Der Mann – oder die Erscheinung – stieg vom Pferd, sammelte ein paar Steine auf und rief: »Verschwindet!« Dann warf er die Steine den Hunden nach, die rasch kehrt machten und davonrannten.

Der Mann ging auf Nicole zu. »Warum, zum Teufel, haben Sie nicht einfach gesagt, daß sie weggehen wollen?«

Nicole blickte ihn an. Selbst im Dunklen konnte man

Clayton Armstrong sogleich an seiner arroganten Stimme erkennen.

»Ich dachte, es wären Wölfe«, flüsterte sie.

»Wölfe!« schnaubte er. »Du meine Güte! Drei Straßenköter, die um ein bißchen Futter bettelten. Egal. Ich habe jetzt genug von diesem Unsinn. Sie kommen mit mir nach Hause.«

Er drehte sich ab, als wäre es eine Selbstverständlichkeit, daß sie ihm folgen würde. Nicole hatte nicht mehr die Kraft zu einem Widerspruch. Tatsächlich hatte sie überhaupt keine Kraft mehr. Sie bewegte sich einen Schritt vom Baum fort, dann gaben ihre Beine nach und sie brach zusammen.

4

Clay vermochte sie gerade noch aufzufangen, ehe sie zu Boden stürzte. Er unterdrückte diesmal seine Bemerkung über die Dummheit von Frauen, als er sah, daß sie fast ohnmächtig war. Ihre bloßen Arme waren kalt, naß und klamm. Er kniete sich hin, lehnte sie gegen seine Brust, zog seinen Mantel aus und wickelte ihn um sie. Er war überrascht, wie leicht sie war, als er sie zu seinem Pferd trug. Er hob sie in den Sattel und hielt sie dort fest, während er sich auf das Pferd hinaufschwang.

Es war ein langer Ritt bis zu seiner Plantage.

Nicole versuchte, sich gerade aufzusetzen, um den Kontakt mit ihm zu vermeiden. Selbst in ihrem erschöpften Zustand konnte sie seinen Haß spüren.

»Lehnen Sie sich zurück. Entspannen Sie sich. Ich verspreche, daß ich Sie nicht beißen werde.«

»Nein«, flüsterte sie, »Sie hassen mich nur. Sie hätten mich den Wölfen überlassen sollen. Es wäre das Beste für uns alle gewesen.«

»Ich sagte Ihnen schon, daß es keine Wölfe waren. Und ich hasse Sie nicht. Glauben Sie, ich hätte mir die Mühe gemacht, nach Ihnen zu suchen, wenn ich Sie haßte? Nun lehnen Sie sich endlich zurück.«

Die Arme, mit denen er sie umfaßte, waren stark, und als sie ihren Kopf an seine Brust legte, war sie froh, wieder einem menschlichen Wesen nahe zu sein. Die Ereignisse der letzten Stunden gingen ihr im Kopf herum. Sie schien in einem Fluß zu schwimmen, und um sie herum waren lauter rote Schuhe. Sie phantasierte von diesen Schuhen, die Augen hatten und sie anfauchten.

»Still! Sie sind in Sicherheit. Die Schuhe oder die Wölfe können Ihnen nichts anhaben. Ich bin bei Ihnen, und bei mir sind Sie sicher.«

Selbst in ihrem Schlaf hörte sie ihn und entspannte sich, als sie seine Hand auf ihrem Arm spürte. Er rieb ihre Haut warm, und das tat ihr gut.

Als er sein Pferd zügelte, öffnete sie die Augen und sah zu dem großen Haus hinauf, das über ihr aufragte. Er stieg vom Pferd und hielt die Arme für sie hoch. Nicole, ein wenig gekräftigt von ihrem Schlaf, versuchte, ihre Würde zurückzugewinnen. »Vielen Dank, aber ich brauche keine Hilfe«, sagte sie stolz und begann vom Pferd zu steigen. Doch ihr entkräfteter Körper strafte sie Lügen, und sie fiel ziemlich hart gegen ihn. Für einen Moment bekam sie keine Luft mehr. Clay bückte sich nur und hob sie auf seine Arme.

»Sie sind so widerspenstig wie sechs Frauen auf einmal«, sagte er, während er mit ihr zur Haustür ging.

Sie schloß die Augen und lehnte sich wieder an ihn. Sie konnte den regelmäßigen kräftigen Schlag seines Herzens spüren.

Im Haus setzte er sie in einen großen Ledersessel, zog seinen Mantel enger um sie und schenkte ihr dann ein Glas Brandy ein. »Ich möchte, daß Sie hier sitzen bleiben und das trinken. Haben Sie gehört? Ich komme in ein paar Minuten zurück. Ich muß mich um mein Pferd kümmern. Wenn Sie sich inzwischen von der Stelle bewegen, werde ich Sie anschließend übers Knie legen. Ist Ihnen das klar?«

Sie nickte, und schon war er wieder aus dem Zimmer. Sie konnte keine Einzelheiten in diesem Raum erkennen – dafür war es zu dunkel; aber sie vermutete, daß sie sich in einer

Bibliothek befand, weil sie den Geruch von Leder, Tabak und Pergament einatmete. Es war eindeutig das Zimmer eines Mannes. Sie betrachtete das Brandyglas in ihrer Hand und sah, daß es fast bis zum Rand gefüllt war. Sie nippte daran. Köstlich! Es war schon so lange her, daß sie etwas Genießbares auf der Zunge schmeckte. Als der erste Schluck des Brandys sie zu wärmen begann, nahm sie einen kräftigeren Zug. Sie hatte seit zwei Tagen nichts mehr im Magen, und der Brandy stieg ihr sofort zu Kopf. Als Clay zurückkam, grinste sie wie ein Kobold. Sie hielt den Kristallschwenker lose zwischen den Fingerspitzen.

»Alles weg«, sagte sie. »Bis auf den letzten Tropfen.« Sie lallte zwar nicht wie ein Betrunkener; doch ihre Worte hatten einen schweren Akzent.

Clay nahm ihr das Glas fort. »Wie lange ist es her, daß Sie zum letztenmal gegessen haben?«

»Tage«, sagte sie, »Wochen, Jahre, eine Ewigkeit.«

»Eine schöne Bescherung«, murmelte er. »Es ist zwei Uhr morgens, und ich habe eine betrunkene Frau am Hals. Kommen Sie, stehen Sie auf, und wir werden etwas Eßbares suchen.« Er nahm ihre Hand und zog sie auf die Beine.

Nicole lächelte ihn an; doch ihr verletztes Bein wollte sie nicht tragen. Als sie wieder gegen ihn fiel, lächelte sie entschuldigend. »Ich habe mir das Bein verletzt«, sagte sie.

Er bückte sich, um sie wieder auf die Arme zu nehmen. »Waren die roten Schuhe oder die Wölfe daran schuld?« fragte er sarkastisch.

Sie rieb ihre Wange an seinem Hals und kicherte. »Waren es wirklich Hunde? Haben die roten Schuhe mich wirklich verfolgt?«

»Es waren tatsächlich Hunde, und die Schuhe haben Sie nur geträumt. Doch Sie reden im Schlaf. Nun seien Sie still, oder Sie wecken das ganze Haus auf.«

Sie fühlte sich so köstlich leicht im Kopf, als sie sich näher zu ihm beugte und ihre Arme um seinen Hals legte. Ihre Lippen waren dicht an seinem Ohr, als sie zu flüstern versuchte: »Sind Sie wirklich dieser schreckliche Mr. Armstrong? Sie scheinen ihm so gar nicht ähnlich zu sein. Sie sind mein Ritter, mein

Lebensretter, also können Sie gar nicht dieser schreckliche Mensch sein.«

»Sie halten ihn wirklich für so schrecklich?«

»Oh ja«, sagte sie fest. »Er sagte, ich wäre ein Dieb. Er sagte, ich stehle Kleider, die für jemand anders bestimmt waren. Und er hatte recht! Das tat ich. Aber ich zeigte es ihm.«

»Wie haben Sie es ihm denn gezeigt?« erkundigte sich Clay ruhig.

»Ich war sehr hungrig, und ich sah ein paar Äpfel in einem Obstgarten. Doch ich nahm mir keine davon. Nein, ich wollte sie nicht stehlen. Ich bin kein Dieb.«

»Also hungerten Sie lieber, um ihm zu beweisen, daß Sie keine Diebin wären.«

»Um es auch mir zu beweisen. Ich zähle schließlich auch noch.«

Clay sagte nichts. Er trug sie durch den Flur bis zu einer Tür, die er öffnete. Die Küche lag in einem Gebäude, das vom Haus getrennt war. Dort trug er sie hin.

Nicole hob den Kopf an Clays Schulter und schnüffelte. »Was ist das für ein Geruch?«

»Geißblatt«, antwortete er knapp.

»Ich möchte das haben«, forderte sie. »Würden Sie mich bitte dorthin tragen, daß ich mir etwas davon nehmen kann?«

Er schluckte eine ärgerliche Bemerkung hinunter, trug sie aber hin.

Da war eine sechs Fuß hohe Ziegelmauer, die mit duftendem Geißblatt bedeckt war, und Nicole riß sechs Zweige herunter. Clay sagte, das sei genug, und trug sie weiter zur Küchentür. In der Küche setzte er sie auf einen großen Tisch, der in der Mitte des gewaltigen Raumes stand, als wäre sie ein kleines Kind, und warf dann Holz auf die Glut, die im Ofen noch unter der Asche glomm. Nicole spielte mit den Geißblattzweigen in ihrem Schoß.

Als Clay von dem aufflackernden Feuer zu ihr sah, bemerkte er, daß ihr Kleid schmutzig und zerrissen war und ihre bloßen Füße an mehreren Stellen bluteten. Ihr langes Haar hing ihr über den Rücken hinab, und das Feuer setzte dem rabenschwarzen Geflecht rote Reflexe auf. Sie sah so zierlich aus wie eine Zwölfjährige. Während er sie betrachtete, entdeckte er einen dunkleren Fleck auf dem hellen Stoff.

»Was haben Sie sich da getan?« fragte er barsch. »Das sieht wie Blut aus.«

Erschrocken sah sie zu ihm hoch, als hätte sie seine Anwesenheit vollkommen vergessen. »Ich bin gestürzt«, sagte sie schlicht, ihn im Auge behaltend. »Sie sind Mr. Armstrong, nicht wahr? Ich würde Sie immer an diesem bösen Blick erkennen. Sagen Sie, lächeln Sie manchmal auch?«

»Nur, wenn es etwas zu lächeln gibt, was im Augenblick nicht der Fall ist«, erwiderte er, hob ihr linkes Bein an und stemmte dessen Ferse auf seinen Gürtel. Dann raffte er ihren Rock zurück, bis ihr Schenkel entblößt war.

»Bin ich wirklich so eine Last, Mr. Armstrong?«

»Sie haben nicht gerade zu meinem Seelenfrieden beigetragen«, entgegnete er, während er behutsam das blutige Stück Leinen von dem Schnitt entfernte. »Entschuldigung«, sagte er, als sie zusammenzuckte und nach seiner Schulter faßte. Es war ein häßlicher, schmutziger Schnitt; aber nicht tief. Wenn er gut ausgewaschen wurde, überlegte er, würde er ohne Narbe verheilen. Er drehte sie herum, bis ihr Bein ausgestreckt auf dem Tisch lag, und ging zum Herd, um Wasser warm zu machen.

»Janie erzählte mir, Ihnen würde die Hälfte der Frauen von Virginia nachrennen. Ist das wahr?«

»Janie redet zuviel«, entgegnete er. »Ich denke, Sie sollten jetzt lieber etwas futtern. Sie wissen doch, daß Sie betrunken sind, nicht wahr?«

»Ich war in meinem ganzen Leben noch nie betrunken«, erwiderte sie mit so viel Würde, wie sie aufzubringen vermochte.

»Hier, essen Sie das«, befahl er und schob ihr eine dicke Scheibe Brot zu, die mit frischer Butter dick bestrichen war.

Nicole konzentrierte sich sofort auf das Essen.

Nachdem Clay eine Schüssel mit warmem Wasser gefüllt hatte, nahm er ein Tuch und begann den Schnitt an ihrem Schenkel auszuwaschen. Er war über sie gebeugt, als die Tür aufging.

»Mr. Clay, wo sind Sie die ganze Nacht gewesen, und was machen Sie jetzt in meiner Küche? Sie wissen doch, daß ich so etwas gar nicht schätze.«

Das letzte, was Clay nun gebrauchen konnte, war die Gardinenpredigt von einer Frau, die für ihn arbeitete. Die Ohren klingelten ihm noch von Janies Tirade. Sie hatte ihn eine geschlagene Stunde lang angeschrien, weil er Bianca einen Brief mit langen Erklärungen geschrieben und der Fregatte mitgegeben hatte, die den Hafen verließ, während Nicole in den Wäldern herumirrte.

»Maggie, das ist meine ... Frau.« Es war das erstemal, daß er dieses Wort benützte.

»Oh«, erwiderte Maggie grinsend. »Ist es die Frau, die Ihnen davonlief, wie Janie mir erzählte?«

»Gehen Sie wieder ins Bett, Maggie«, sagte Clay mit einer für ihn ungewohnten Geduld.

Nicole drehte den Kopf zur Seite und blickte die große Frau an. »Bonjour, madame«, sagte sie und hob das Stück Brot wie zu einem Salut.

»Spricht sie denn kein Englisch?« fragte Maggie mit Flüsterstimme.

»Nein«, sagte Nicole und drehte Maggie wieder den Rücken zu; doch in ihren großen braunen Augen irrlichterte es.

Clay richtete sich auf und warf Nicole einen warnenden Blick zu, ehe er Maggie am Arm faßte und zur Tür führte. »Gehen Sie ins Bett zurück. Ich werde mich um sie kümmern. Ich versichere Ihnen, daß ich das auch ohne fremde Hilfe fertigbringe.«

»Das glaube ich Ihnen aufs Wort! Egal, was für eine Sprache sie redet, sie sieht mir so glücklich aus, wie eine Frau nur aussehen kann.«

Clay schickte Maggie mit einem bösen Blick aus der Küche und kehrte zu Nicole zurück.

»Ich vermute, wir sind trotz allem verheiratet, wie?« fragte Nicole, während sie die Butter von ihren Fingern ableckte. »Finden Sie auch, daß ich glücklich aussehe?«

Er kippte das schmutzige Wasser in einen hölzernen Eimer und füllte die Schüssel mit frischem Wasser nach. »Die meisten

Betrunkenen sind glücklich.« Er beschäftigte sich wieder mit der Wunde an ihrem Schenkel.

Nicole berührte sein Haar. Er hob den Kopf, um sie einen Moment zu betrachten, ehe er sich wieder der Wunde zuwandte. »Es tut mir leid, daß Sie nicht die Frau bekamen, die Sie haben wollten«, sagte sie leise. »Ich habe es wirklich nicht mit Absicht getan. Ich versuchte, den Kapitän zum Umkehren zu bewegen; doch er wollte nicht.«

»Ich weiß! Sie müssen mir nichts erklären. Janie hat mir alles erzählt. Machen Sie sich deswegen keine Sorgen. Ich spreche mit einem Richter, und Sie werden bald wieder nach Hause fahren können.«

»Nach Hause«, flüsterte sie. »Männer haben mein Zuhause verbrannt.« Sie verstummte und sah um sich. »Ist das Ihr Zuhause?«

Er richtete sich auf. »Ein Teil davon.«

»Sind Sie reich?«

»Nein. Sind Sie es?«

»Nein.« Sie lächelte ihn an; Doch er wandte sich ab, um eine Bratpfanne von einem Haken neben dem gewaltigen Herd zu nehmen. Stumm sah sie zu, wie er Butter in der Pfanne zerschmelzen ließ, ein halbes Dutzend Eier briet, eine zweite Pfanne von der Wand nahm und sie mit einigen Scheiben Speck auf das Feuer setzte. Danach legte er mit Butter bestrichenes Brot auf ein Backblech.

Es dauerte nur Minuten. Dann setzte er eine große Platte mit heißem dampfendem Speck, Eiern und Brot auf den Tisch.

»Ich glaube nicht, daß ich das alles essen kann«, sagte sie feierlich.

»Vielleicht kann ich Ihnen dabei helfen. Ich habe das Abendessen versäumt.« Er hob sie hoch und setzte sie auf einen Stuhl vor dem Tisch.

»Haben Sie es meinetwegen versäumt?«

»Nein, es lag an meiner cholerischen Veranlagung«, sagte er, während er gebackenen Speck und Eier auf einen Teller häufte und ihn vor sie hinstellte.

»Sie sind schrecklich cholerisch veranlagt, nicht wahr? Sie haben mir ein paar sehr unfreundliche Dinge gesagt.«

»Jetzt wird gegessen!« befahl er.

Die Eier schmeckten köstlich. »Etwas Nettes haben Sie doch gesagt.« Sie lächelte verträumt. »Sie sagten, ich wüßte, wie man einen Mann begrüßt. Das war ein Kompliment, nicht wahr?«

Er starrte sie über den Tisch hinweg an, und die Art, wie er ihren Mund betrachtete, ließ sie erröten. Mit dem Essen wurde ihr Kopf ein wenig klarer; doch der Brandy, der ihren Körper erwärmte, und das Bewußtsein, daß sie nun wieder allein mit ihm in einem Raum war, weckten lebhafte Erinnerungen an die ersten Minuten ihres Kennenlernens.

»Sagen Sie mir bitte, Mr. Armstrong, existieren Sie auch bei Tageslicht? Oder sind Sie nur ein Nachtgespenst, eine Ausgeburt meiner Phantasie?«

Er sagte kein Wort, schaufelte nur sein Essen in sich hinein und beobachtete sie. Als sie mit der Mahlzeit fertig waren, räumte er die Teller ab, goß noch mehr Wasser in die Schüssel, schob, ohne ein Wort zu sagen, seine Hände unter ihre Achseln und hob sie wieder auf den Tisch.

Sie war sehr müde, sehr schläfrig. »Sie geben mir das Gefühl, ich sei eine Puppe, als hätte ich weder Arme noch Beine.«

»Sie haben beides; doch sie sind ganz schmutzig.« Er nahm einen ihrer Arme und begann ihn einzuseifen.

Sie fuhr mit dem Finger über eine halbmondförmige Narbe neben seinem linken Auge. »Wo haben Sie sich das geholt?«

»Ich bin als Kind auf das Gesicht gefallen. Geben Sie mir Ihren anderen Arm.«

Sie seufzte. »Ich hoffte, es wäre etwas Romantisches – vielleicht eine Wunde aus Ihrem Revolutionskrieg.«

»Tut mir leid, daß ich Sie enttäuschen muß. Aber während des Krieges war ich noch ein kleiner Junge.«

Sie fuhr mit einem seifigen Finger an seinem Unterkiefer und seinem Kinn entlang. »Warum haben Sie nie geheiratet?«

»Was soll diese Frage? Ich habe Sie geheiratet, oder etwa nicht?«

»Aber es war keine echte Heirat, es war nur eine Trauung, und

Sie waren nicht einmal dabei. Dieser Stellvertreter Frank! Er küßte mich. Wußten Sie das? Er sagte, er hoffe, ich würde Sie nicht heiraten, denn dann könnte er mich noch öfter küssen. Er sagte, ich hätte einen Mund, der auf dem Kopf stünde. Finden Sie auch, daß mein Mund auf dem Kopf steht?«

Mit einem Blick auf ihren Mund hielt er im Waschen inne, und als er ihr Gesicht einzuseifen begann, sprach er immer noch nicht.

»Noch nie hat mir jemand gesagt, daß mein Mund häßlich sei.« Tränen sammelten sich in ihren Augen. »Ich wette, Sie haßten es, mich zu küssen. Ich weiß, es war ein komisches Gefühl, ganz und gar nicht so, wie es sein sollte.«

»Wollen Sie nicht endlich mit diesem Gerede aufhören?« fragte Clay im Befehlston, während er ihr die Seife vom Gesicht spülte. Dann sah er, daß sich noch mehr Tränen in ihren Augen sammelten und merkte, daß sie von dem Essen nicht nüchterner geworden war — wenigstens hoffte er, daß der Brandy schuld war und sie sich nicht immer so töricht benähme. »Nein, Ihr Mund ist nicht häßlich«, setzte er nach einer Pause hinzu.

»Er ist nicht verkehrt herum?«

Er trocknete ihre Arme und ihr Gesicht. »Er ist einmalig. Nun seien Sie still, und ich bringe Sie in Ihr Zimmer, wo Sie schlafen können«, sagte er und hob sie vom Tisch herunter.

»Meine Blumen!«

Er seufzte, schüttelte den Kopf und beugte sich vor, damit sie die Blumen vom Tisch aufsammeln konnte.

Er trug sie ins Freie, hinüber ins Haupthaus, dann die Treppe hinauf, während sie sich still an ihn schmiegte. »Ich hoffe, Sie bleiben so wie jetzt und verwandeln sich nicht wieder in diesen anderen Mann. Ich werde auch nie wieder stehlen. Das verspreche ich.«

Er antwortete nicht, öffnete im ersten Stock die Tür eines Schlafzimmers, und als er sie auf das Bett legte, merkte er, daß ihr Kleid noch ganz feucht war. Als er sah, daß sie erschöpft die Augen schloß, wußte er, daß sie sich nicht mehr selbst ausziehen konnte. Leise in sich hineinfluchend, begann er sie zu entkleiden. Dabei merkte er, daß von ihrem Kleid und Hemd

63

nach dem Fußmarsch im Regen nicht mehr viel übriggeblieben war. Als die Knöpfe nicht aufgehen wollten, riß er den Stoff entzwei.

Sie hatte einen wunderschönen Körper: mit schmalen Hüften, enger Taille und Brüsten, die keck nach oben standen. Er ging zur Kommode, um sich ein Handtuch zu holen, und fluchte immer wieder über diese unmögliche Situation. Was, zum Kuckuck, dachte sie sich eigentlich? Zuerst ihre Schenkelwunde, und nun sollte er sie noch behandeln wie ein Kind und abtrocknen! Aber sie sah gewiß nicht wie ein Kind aus, und er hatte doch kein Wasser in den Adern!

Clays heftiges Rubbeln weckte Nicole wieder aus dem Schlaf. Als sie lächelte, weil ihr diese Behandlung ein angenehmes Gefühl bereitete, warf er die leichte Steppdecke zurück und schob sie darunter. Erst, als sie seinen Blicken entzogen war, konnte er wieder ruhig atmen. Er drehte sich um und wollte das Zimmer verlassen; doch sie hielt seine Hand fest.

»Mr. Armstrong«, sagte sie schläfrig. »Vielen Dank, daß Sie mich gefunden haben.«

Er beugte sich über sie und schob ihr das Haar aus der Stirn. »Ich sollte mich eher bei Ihnen entschuldigen, weil ich die Ursache für Ihr Weglaufen war. Doch jetzt schlafen Sie erst mal, und morgen reden wir weiter.«

Sie gab seine Hand nicht frei. »War es Ihnen unangenehm, mich zu küssen? Lag es daran, daß mein Mund auf dem Kopf steht?«

Es war schon ein wenig hell im Zimmer, und Clay vermutete, daß im Osten schon der Morgen heraufdämmerte. Ihr Haar war über das Kissen gebreitet, und seine Erinnerung an die Küsse, die er ihr auf dem Schiff gegeben hatte, war alles andere als unangenehm. Er beugte sich über sie, wollte sie nur leicht auf den Mund küssen; doch ihr Mund war zu verlockend. So nahm er ihre Oberlippe sachte zwischen die Zähne und liebkoste sie; er fuhr mit der Zunge über ihre Wölbung, während Nicole die Arme um seinen Nacken schlang und ihn dichter an sich heranzog.

Clay hätte fast die Kontrolle über sich verloren. Doch er löste sich noch rechtzeitig aus ihrer Umarmung und schob energisch ihre Arme unter die Bettdecke. Nicole lächelte mit geschlossenen Augen verträumt zu ihm hinauf. »Nein, Sie haben nicht festgestellt, daß ich häßlich bin«, murmelte sie.

Er richtete sich auf, verließ das Zimmer und zog die Tür hinter sich zu. Auf der Treppe, die zu seinem Zimmer hinaufführte, wußte er jedoch, daß es zwecklos war, jetzt schlafen zu wollen. Was er brauchte, war ein Bad im kalten Wasser des Flusses und dann ein langer, anstrengender Arbeitstag. Und so ging er in die entgegengesetzte Richtung – aus dem Haus und hinüber in die Ställe.

Als Nicole am späten Morgen erwachte, war ihr erster Eindruck der von Licht und Sonnenschein. Ihr zweiter war ein dumpfer Schmerz in ihrem Kopf. Sie setzte sich langsam auf, eine Hand gegen die Stirn gepreßt, und als die Steppdecke ihr von den Schultern fiel, zog sie sie hastig wieder bis zum Kinn hinauf. Es gehörte nicht zu ihren Gewohnheiten, sich nackt ins Bett zu legen. Sie sah über den Rand ihres Bettes und entdeckte ihre Kleider in einem unordentlichen Haufen zerrissen auf dem Boden.

Als sie versuchte, sich das zu erklären, erinnerte sie sich wieder daran, daß Clayton ein paar Hunde mit Steinen verscheucht und sie dann auf sein Pferd gesetzt hatte. Der Ritt war ihr nur vage im Gedächtnis geblieben, und was dann geschehen war, als sie das Haus erreichten, war ihr nicht mehr gegenwärtig.

Sie sah um sich und begriff, daß dies ein Schlafzimmer in Arundel Hall sein mußte. Es war ein schöner Raum, groß und hell. Die Dielen waren aus Eiche, und die Decke und Wände waren weiß gestrichen. Die drei Fenster und die beiden Türen hatten geschnitzte Kegelfelder, waren schlicht und elegant zugleich. In einer Wand befand sich ein Kamin, in einer anderen ein breiter Fenstersitz. Der Baldachin über dem Vier-Pfosten-Bett, die Vorhänge und das Polster des Fenstersitzes bestanden alle aus dem gleichen Material: weißes Leinen mit blauen

Figuren. Vor dem Kamin stand ein blauer Backensessel, ein weißer Chippendale-Stuhl war vor ein Fenster gerückt, die Sitzfläche einem leeren Stickrahmen zugekehrt. Am Fuße des Bettes befanden sich noch ein Stuhl und ein hoher, dreifüßiger Teetisch. Ein dazu passender Schrank und ein Kabinett aus Walnuß, das mit geflammtem Ahorn eingelegt war, vervollständigten das Mobiliar.

Nicole streckte sich und spürte, wie die Kopfschmerzen rasch nachließen; sie warf die Bettdecke zurück und ging zum Kleiderschrank. All die Sachen, die sie und Janie auf dem Schiff genäht hatten, hingen dort. Sie lächelte und fühlte sich willkommen; es war fast so, als wäre dieses hübsche Zimmer für sie bestimmt.

Sie schlüpfte in ein dünnes Baumwollkleid, dann in ein Leibchen, das am oberen Rande mit winzigen pinkfarbenen Rosenknospen bestickt war, und darüber streifte sie ein Kleid aus indischem Musselin, das mit einem Samtband über der Taille zusammengerafft wurde. Der tiefe Ausschnitt war mit durchsichtiger Gaze gefüllt. Hastig kämmte sie das Haar zurück, so daß die Locken ihr Gesicht wie ein Rahmen umgaben, und schlang ein grünliches Samtband darum, das mit der Farbe ihres Kleides harmonierte.

Sie war schon unterwegs zur Tür, blieb jedoch wieder stehen, als sie sah, daß die beiden Südfenster auf den Garten und den Fluß hinausgingen. Sie erwartete, als sie an eines dieser Fenster trat, auf einen Garten hinauszuschauen, wie ihn die Engländer hatten; doch die Aussicht raubte ihr den Atem. Das war ja eher ein Dorf!

Zu ihrer Linken erblickte sie sechs Gebäude, wovon eines durch eine geschwungene Ziegelmauer mit der Ecke des Haupthauses verbunden war. Rauch kringelte sich aus den Schornsteinen zweier dieser Gebäude. Zu ihrer Rechten waren noch mehr Häuser, von denen eines ebenfalls mit dem Haupthaus verbunden war. Die meisten dieser Baulichkeiten waren unter gewaltigen Walnußbäumen versteckt.

Direkt vor ihr lag ein schöner Garten. Die Wege, die hindurchführten, waren von hohen, englischen Buchsbaumhecken begrenzt. Im Zentrum, wo die Wege zusammenliefen, befand sich ein gekacheltes Bassin, und rechter Hand konnte sie gerade noch die Ecke eines kleinen weißen Pavillons erkennen, der sich unter zwei großen Magnolienbäumen verbarg. Da war ein langes Beet mit Blumen und Kräutern, ein Küchengarten, von einer Ziegelmauer umfriedet, an dem Geißblatt emporrankte.

Hinter dem Garten fiel das Gelände in einem scharfen Knick hinunter zu einer Ebene mit Feldern, auf denen sie Baumwolle, goldenen Weizen, Gerste und ein Gewächs erkennen konnte, das sie für Tabak hielt. Hinter diesen Feldern glänzte der Fluß. Überall auf dieser Ebene schien es Scheunen und Schuppen zu geben und Leute, die ihrer Arbeit nachgingen.

Sie atmete tief die süße Sommerluft ein, den Duft von hunderterlei verschiedener Pflanzen, die ihre Kopfschmerzen nun endgültig verscheuchten, und konnte es kaum erwarten, das alles aus der Nähe zu besichtigen.

»Nicole!« rief jemand.

Nicole lächelte und winkte zu Janie hinunter.

»Komm herunter, und iß eine Kleinigkeit.«

Nicole merkte erst jetzt, wie ausgehungert sie war, als sie eine der beiden Türen öffnete und die Treppe hinunterging. In der Halle hing eine Reihe von Porträts, standen ein paar Sessel und zwei kleine Tische. Überall, wohin sie auch schaute, entdeckte sie Schönheit. Im Erdgeschoß endete die Treppe in einem großen, zentralen Raum, und über dem Treppenabsatz wölbte sich ein doppelter, herrlich geschnitzter Bogen. Sie stand unschlüssig darunter und wußte nicht, in welche Richtung sie gehen sollte, als Janie erschien.

»Hast du gut geschlafen? Wo hat Clay dich gefunden? Warum bist du überhaupt weggelaufen? Clay wollte mir nicht verraten, was er zu dir gesagt hat, als du ausgerissen bist; doch ich kann mir denken, es war etwas Schreckliches. Du siehst ein bißchen dünn aus.«

Lachend hob Nicole beide Hände in einer Geste der Ergebung. »Ich bin halb verhungert. Ich gebe dir gern Auskunft, wenn du mir dafür zeigst, wo ich etwas zu essen bekommen kann.«

»Natürlich! Das hätte ich mir eigentlich denken können und dich hier nicht aufhalten sollen.«

Nicole folgte ihr zur Gartentür, die auf einer achteckigen Veranda mündete, von der Treppen in drei verschiedene Richtungen abgingen. Die Stufen rechter Hand, erklärte Janie, führten zu Clays Büro und zu den Ställen; über die mittlere Treppe gelangte man auf die schattigen, von Büschen abgeschirmten Gartenwege. Janie wählte die Stufen zur Linken, die sie zu den Küchengebäuden brachten.

Dort traf sie die Köchin Maggie, eine stattliche Frau mit fuchsigroten Haaren. Janie erklärte, daß Maggie einmal eine zum Frondienst verpflichtete Dienerin gewesen sei, aber nun, wie viele von Clays Angestellten, beschlossen hatte, auch nach dem Ablauf der Pflichtzeit im Hause zu arbeiten.

»Und wie geht es Ihrem Bein heute morgen?« fragte Maggie mit einem Zwinkern in ihren braunen Augen. »Eigentlich müßte es wieder ganz heil sein nach der zärtlichen Behandlung, die es heute nacht bekam.«

Nicole blickte die Köchin verwirrt an und wollte schon fragen, was sie damit meine.

»Sei still, Maggie!« kam Janie ihr zuvor, doch die beiden Frauen wechselten einen verständnisinnigen Blick, als Janie Nicole auf den Tisch zuschob und sie nicht zu Wort kommen ließ.

Sie füllte Nicoles Teller bis zum Rand mit Eiern, Schinken, Butterkuchen, Blaubeerpudding, gebratenen Äpfeln und heißen Biskuits. Nicole konnte nicht einmal die Hälfte davon essen und entschuldigte sich, daß so viel Nahrung umsonst zubereitet worden war. Maggie lachte und meinte, wenn man sechzig Leute dreimal täglich mit Essen versorgte, würde nichts weggeworfen.

Nach dem Frühstück zeigte Janie Nicole einige von den Dependancen, wie die Nebengebäude einer Plantage in Virginia genannt wurden. Der Küche gegenüber befand sich der Milchraum, wo Butter und Käse hergestellt wurden, und gleich neben der Küche gab es einen langen, engen Anbau, in dem drei Weber an ihren Stühlen bei der Arbeit waren. Neben der Weberei war das Waschhaus, in dem gewaltige Waschzuber standen und Fässer voll Seife. In den Stockwerken über den Werkstätten und daran angrenzend waren die Quartiere der Plantagenarbeiter, die sich aus Sklaven von Haiti, fronspflichtigen Leuten und Angestellten zusammensetzten, die auf der Lohnliste standen. Die Mälzerei und Räucherei befanden sich ebenfalls in bequemer Reichweite der Küche.

Von der Küchentür führte ein Pfad zum Nutzgarten, wo ein Mann und drei Kinder Unkraut in den Gemüsebeeten jäteten. Janie stellte Nicole jedem als Mrs. Armstrong vor. Nicole versuchte zweimal zu protestieren, indem sie erklärte, sie sei nur Gast auf der Plantage und ihr Aufenthalt von begrenzter Dauer.

Janie reckte jedoch die Nase in die Luft und tat so, als wäre sie taub, wobei sie vor sich hinmurmelte, Clay wäre ja wohl so vernünftig, wie ein Mann nur sein könne, und sie habe große Hoffnung in dieser Richtung.

Jenseits des Familiengartens, den, wie Janie sagte, Nicole lieber allein erkunden solle, befand sich Clays Büro, ein großes, von Ahornbäumen beschattetes Ziegelgebäude. Janie machte keine Anstalten, ihr auch dieses Haus zu zeigen; doch sie lächelte, als Nicole den Hals verrenkte, um in die Fenster sehen zu können. In der Nähe des Büros befanden sich noch mehr Gebäude unter Zederbäumen: Arbeiterunterkünfte, das Eishaus, der Vorratsschuppen, das Haus des Gärtners, das Haus des Grundstücksverwalters, Ställe und Remisen, eine Gerberei, eine Schreinerei und die Werkstätte des Küfers.

Endlich, als sie am Rande des Hügels standen, wo das Gelände zu den Feldern abfiel, hielt Nicole an, beide Hände gegen den Kopf gepreßt. »Es ist ein richtiges Dorf«, sagte sie, noch ganz verwirrt von den vielen Auskünften, die Janie ihr gegeben hatte.

Janie lächelte selbstzufrieden. »Das muß es sein. Der wichtigste Verkehrsweg ist für uns das Wasser.« Sie deutete über die Felder hinweg auf eine Mole am Fluß. »Clay hat sich zu diesem Zweck eine zwanzig Fuß große Schaluppe angeschafft. Im

Norden haben wir hier Städte wie in England; doch an der Küste ist jeder Pflanzer fast autark. Du hast noch lange nicht alles gesehen. Dort drüben sind die Molkerei und der Taubenstall. Ein Stück dahinter befindet sich das Geflügelhaus, und auch von den hier Beschäftigten kennst du nicht einmal die Hälfte. Die anderen sind dort unten.«

Nicole konnte ungefähr fünfzig Männer auf den Feldern erkennen, wozu auch ein paar Reiter gehörten.

»Da ist Clay!« Janie deutete auf einen Mann mit großem Strohhut, der auf einem schwarzen Pferd saß. »Er war heute morgen schon vor Sonnenaufgang unterwegs.« Sie warf Nicole einen Seitenblick zu, offensichtlich eine stumme Aufforderung, daß Nicole ihr etwas ausführlicher über die Vorgänge der vergangenen Nacht berichten sollte.

Doch Nicole vermochte ihr diesen Wunsch nicht zu erfüllen, da ihr kaum etwas davon erinnerlich war. »Was für einen Job hast du auf der Plantage?«

»Ich kümmere mich vor allem um die Weberei. Maggie ist Aufseherin der Küchengebäude, und ich bin für die Färberei, für die Weber und die Spinnerinnen verantwortlich. So ein Anwesen braucht eine Menge Tuch. Wir müssen Satteldecken fabrizieren, Tücher zum Einschlagen der Käse, Zeltplanen und Kleider und Decken für die Arbeiter.«

Nicole drehte sich um und sah zum Wohnhaus zurück. Die Schönheit dieses Gebäudes lag in seiner Schlichtheit und seinen klassischen Proportionen. Es war nicht groß, nur ungefähr zwanzig Meter lang; doch die Ziegel und die Giebelfelder über den Fenstern und Türen gaben dem Haus eine elegante Note. Es bestand aus zwei Stockwerken mit einem Satteldach und mehreren Mansardenfenstern. Die Schlichtheit der Anlage wurde nur durch eine gemütliche kleine, achteckige Veranda durchbrochen.

»Möchtest du noch mehr sehen?« fragte Janie.

»Ja, das Haus. Ich habe im Grunde heute morgen nur ein Zimmer gesehen. Sind die anderen Räume auch so herrlich wie das Schlafzimmer, in dem ich untergebracht war?«

»Clays Mutter hat alle Möbel extra für das Haus anfertigen

lassen. Das war natürlich noch vor dem Krieg.« Janie bog zwischen den hohen Hecken in einen Gartenweg ein. »Aber ich sollte dich lieber warnen: Clay hat das Haus im letzten Jahr ein wenig verwahrlosen lassen. Außen hält er es in bestem Zustand; doch er sagt, er kann niemanden entbehren, der sich auch um die Sachen im Haus kümmert. Er ist ein Mann, dem es egal ist, was er ißt oder wo er schläft. Die Hälfte der Zeit verbringt er die Nächte lieber auf dem Feld unter einem Baum, statt zum Haus zurückzureiten.«

Als sie wieder ins Haus kamen, entschuldigte sich Janie mit der Bemerkung, daß sie sich nun wieder um die Webstühle kümmern müsse, da sie mit der Arbeit im Rückstand seien.

Nicole war froh, daß sie sich nun in aller Ruhe im Haus umsehen konnte. Das Erdgeschoß bestand aus vier großen Räumen und zwei Hallen. Die zentrale Halle enthielt das breite, mit Teppichen belegte Treppenhaus und diente als Empfangsbereich. Ein schmaler Flur verband das Eßzimmer mit dem Frühstückszimmer, und über einen kurzen Flur erreichte man den Weg, der zur separaten Küche führte.

Ein Wohnzimmer und ein Morgenraum lagen an der Gartenfront. Die Bibliothek und das Eßzimmer waren mit der Fensterfront dem Fluß zugekehrt.

Während Nicole alle Räume flüchtig musterte, bekam sie großen Respekt vor der Person, die sie eingerichtet hatte. Es waren schlichte, harmonische Zimmer, und jedes Möbelstück darin ein Meisterstück der Kunsttischlerei. Die Bibliothek war offensichtlich ein Männerraum mit ihren dunklen Walnußregalen, die mit in Leder gebundenen Büchern gefüllt waren, und einem riesigen Walnußschreibtisch, der einen großen Teil des verfügbaren Platzes einnahm. Zwei rote Leder-Armsessel standen vor dem Kamin.

Das Eßzimmer war im Chippendale-Stil gehalten, die Wände mit handgemalten Textiltapeten bekleidet, mit einem feinen Chinoise-Muster aus zarten Ranken und pastellfarbenen Vögeln. Das Mobiliar bestand aus Mahagoni.

Der Salon war eine Augenweide. Das Südfenster gab dem Zimmer Licht und Freundlichkeit. Die Vorhänge waren aus zweierlei rosenfarbenem Samt, die Sitze der drei Sessel mit demselben Material gepolstert. Ein Sofa war im rechten Winkel vor den Marmorkamin gestellt und mit grün- und rosenfarben gestreiftem Satin überzogen. Die Wände waren mit Papier aus zartestem Rosa tapeziert mit einem Streifen von dunklerem Rosa an der Decke, der mit dem Rosenholz-Sekretär harmonierte, den Nicole in einer Ecke erblickte.

Doch das Morgenzimmer gefiel Nicole am besten. Es war in Gelb und Weiß gehalten. Die Vorhänge bestanden aus schweren weißen Baumwollstoffen mit einem kleinen Zweigmuster und eingestickten gelben Rosenknospen. Die Wände waren weiß gestrichen. Eine Couch und drei Sessel waren mit goldweiß-gestreifter Baumwolle überzogen, und an einer Wand lehnte ein dreibeiniges Kirschholzspinett mit einem Notenständer daneben. Ein Spiegel und zwei vergoldete Kerzenhalter hingen über dem Spinett.

Doch alles war so verstaubt! Das hübsche Zimmer sah aus, als hätte es seit Jahren niemand mehr betreten. Die polierten Flächen der Möbel waren stumpf und verkrustet vom Staub, das Spinett schrecklich verstimmt. Die Vorhänge und Teppiche waren voller Spinnenweben. Es war eine Schande, daß soviel Schönheit sich in einem so verwahrlosten Zustand befand. Nicole stand wieder in der Halle und blickte die Treppe hinauf: sie hatte das ganze Haus erkunden wollen; doch vorläufig hatte sie genug von Zimmern, die in Staub und Schmutz erstickten.

Sie sah an ihrem Kleid hinunter und wandte sich dann dem schmalen Gang zu, der sie in die Küche brachte. Vielleicht hatte Maggie eine Schürze übrig, die sie sich leihen konnte, und im Waschhaus gab es gewiß einen Vorrat an Putzsachen. Sie erinnerte sich an Janies Worte, daß Clay kaum darauf achtete, was er aß. Im Milchhaus hatte sie etwas gesehen, das aussah, als wäre es seit Jahren nicht mehr verwendet worden oder überhaupt noch nicht: ein Faß mit Rührwerk zur Eisfabrikation. Vielleicht konnte Maggie etwas Sahne und Eier entbehren, vielleicht gab es auch ein Kind, das die Kurbel bedienen konnte.

Es war ziemlich spät, als Nicole sich zum Dinner anzukleiden begann. Sie schlüpfte in ein Kleid aus saphirblauer Seide mit langen, engen Ärmeln und tiefem Ausschnitt – fast zu tief, überlegte sie, als sie sich im Spiegel betrachtete. Als sie noch einmal vergeblich versuchte, das Kleid höher hinaufzuziehen, lächelte sie. Wenigstens würde Mr. Armstrong sie heute als eine Frau betrachten, die nicht schmutzig und mit Wunden und Blasen bedeckt war.

Als es an der Tür klopfte, fuhr sie zusammen. Eine männliche Stimme, unmißverständlich Clays Stimme, sprach durch die geschlossene Tür. »Könnte ich Sie in der Bibliothek sprechen, bitte?« Dann hörte sie wieder seine Stiefel auf den Holzdielen, als er sich über die Treppe entfernte.

Nicole empfand eine seltsame Nervosität bei dem Gedanken daran, daß es ihr erstes beabsichtigtes Zusammentreffen sein würde. Sie drückte die Schultern durch, als sie sich an die Worte ihrer Mutter erinnerte, daß eine Frau immer aufrecht der Gefahr ins Gesicht sehen müsse und Courage für eine Frau genauso wichtig sei wie für einen Mann. So gewappnet, ging sie nach unten.

Die Tür der Bibliothek stand offen, und der Raum war von der untergehenden Sonne in ein rötliches Licht getaucht. Clayton stand hinter dem Schreibtisch, ein aufgeschlagenes Buch vor sich. Er war stumm; doch seine Gegenwart spürte man nur zu deutlich.

»Guten Abend, Sir«, sagte Nicole mit ruhiger Stimme.

Er sah sie lange an, ehe er das Buch auf die Schreibtischplatte legte. »Bitte, nehmen Sie Platz. Ich dachte, wir sollten uns über diese… Situation unterhalten. Könnte ich Ihnen vor dem Abendbrot etwas zu trinken anbieten? Vielleicht einen trockenen Sherry?«

»Nein, vielen Dank. Ich fürchte, ich kann Alkohol nicht gut vertragen, ganz gleich, von welcher Sorte«, sagte Nicole, während sie einen der roten Ledersessel vor den Schreibtisch schob. Aus irgendeinem Grund zog Clay bei ihren Worten die Augenbrauen leicht in die Höhe. Im Licht der Abendsonne konnte sie ihn deutlicher sehen als nachts vor den Herdflam-

73

men. Er war ein ernster Mann, die Lippen etwas zu fest zusammengepreßt, so daß sie eine gerade Linie bildeten. Eine Furche zwischen den Brauen gab seinen dunkelbraunen Augen einen fast unglücklichen Ausdruck.

Clay goß sich ein Glas Sherry ein. »Sie sprechen ein fast akzentfreies Englisch.«

»Vielen Dank. Ich gebe zu, ich mußte hart daran arbeiten, bis mir das gelang. Zu oft denke ich noch in meiner Muttersprache und übersetze sie ins Englische.«

»Und manchmal vergessen Sie das?«

Sie sah ihn betroffen an. »Ja, das ist richtig. Wenn ich sehr müde bin oder... wütend, falle ich in meine Muttersprache zurück.«

Er nahm hinter dem Schreibtisch Platz, öffnete eine Ledermappe und entnahm ihr ein paar Papiere. »Ich denke, wir sollten zunächst ein paar geschäftliche Dinge klären. Sobald Janie die wahren Umstände erzählt hatte, wie Sie auf das Schiff gekommen sind, schickte ich einen Boten zu einem Familienfreund – einem Richter – und informierte ihn über diese ungewöhnliche Geschichte. Zugleich erbat ich als Rechtsbeistand seinen Rat.«

Nicole nickte. Er hatte nicht einmal so lange gewartet, bis er wieder zu Hause war, um den Prozeß der Annullierung einzuleiten.

»Heute erreichte mich schon die Antwort des Richters. Ehe ich Sie über deren Inhalt informiere, würde ich Ihnen gern ein paar Fragen stellen. Wie viele Leute waren bei der Trauung anwesend?«

»Der Kapitän, der die Trauung vollzog, der Erste Maat, der Sie vertrat, und der Doktor, der als Trauzeuge fungierte. Drei.«

»Wie steht es mit dem zweiten Trauzeugen? Es stand noch eine Unterschrift neben jener des Arztes.«

»Es befanden sich nur vier Personen in dem Raum, wo die Trauung stattfand.«

Clay nickte. Zweifellos war dieser Name gefälscht oder später hinzugefügt worden. Das war nur eine von vielen Unregelmäßigkeiten, die bei dieser Eheschließung vorgefallen waren.

Er fuhr fort: »Und dieser Mann, Frank, der Sie bedrohte? Hat er das in Anwesenheit des Doktors getan?«

Nicole fragte sich, woher er den Namen des Ersten Maates wußte und daß es dieser Mann gewesen war, der sie bedroht hatte. »Ja, das alles passierte im Verlauf weniger Minuten in der Kajüte des Kapitäns.«

Clay erhob sich, ging durch den Raum und setzte sich gegenüber in einen Sessel. Er trug noch seine Arbeitskleidung, eine schwere, dunkelfarbene Hose, hohe Stiefel, ein weißes Leinenhemd mit offenem Kragen. Als er seine langen Beine zu ihrem Sessel hin ausstreckte, sagte er: »Ich hatte so etwas befürchtet.« Er hielt das Glas Sherry gegen das Licht und drehte es zwischen den Fingerspitzen, dann suchte sein Blick wieder ihr Gesicht und zuckte kurz über den tiefen Ausschnitt hin, wo sich ihre festen Brüste aus der blauen Seide hoben.

Du bist kein Kind mehr, ermahnte sich Nicole, das mit der Hand eine bloße Stelle bedeckt.

»Der Richter schickte mir ein Buch über englische Ehegesetze, die, wie ich fürchte, auch in Amerika gelten. Es gibt mehrere Gründe für eine Annullierung, zum Beispiel Wahnsinn oder das Unvermögen, Kinder zur Welt zu bringen. Ich nehme an, Sie sind geistig wie körperlich gesund?« Wieder zuckten seine Augen über ihren Ausschnitt hin.

Nicole lächelte leicht. »Ich glaube, ja.«

»Bliebe nur noch der Grund, daß Sie zu dieser Eheschließung gezwungen wurden.« Er wollte sich nicht von Nicole unterbrechen lassen. »Die Betonung liegt dabei auf dem Nachweis der Zwangslage. Wir müssen einen Zeugen der Trauung präsentieren, der an Eides Statt versichert, daß Sie gezwungen wurden.«

»Mein Wort genügt nicht? Oder Ihres? Die Tatsache, daß ich nicht Bianca Maleson bin, müßte doch ein gewichtiger Grund sein.«

»Wenn Sie Biancas Namen statt ihres eigenen benützt hätten, dann wäre es in der Tat ein ausreichender Grund. Aber ich habe den Trauschein gesehen, und er ist auf den Namen Nicole Courtalain ausgestellt. Ist das richtig?«

75

Sie dachte an den Moment, wo sie in der Kajüte des Kapitäns den Männern getrotzt hatte. »Was ist mit dem Doktor? Er war gut zu mir. Könnte er nicht ein Zeuge sein?«

»Ich hoffe, er kann es bezeugen. Ich weiß nur, daß er wieder auf einem Schiff nach England zurück unterwegs ist, auf der Fregatte, die gerade beladen wurde, als Ihr Paketboot hier anlangte. Ich habe ihm einen Mann nach England nachgeschickt; doch das kann Monate dauern, wenn nicht länger. Bis wir einen Zeugen haben, werden die Gerichte die Ehe nicht annullieren. Sie nennen es einen ›vorläufigen Eheaufschub‹.« Er trank den Rest seines Sherrys aus und stellte das Glas auf den Rand des Schreibtisches. Nachdem er ihr alles gesagt hatte, was er ihr sagen wollte, beobachtete er sie stumm.

Sie neigte den Kopf und studierte ihre Hände. »Also sind Sie vorläufig an diese Ehe gefesselt.«

»Wir sind daran gefesselt. Janie erzählte mir, daß Sie sich als Teilhaberin in einen Modeladen einkaufen wollten und nächtelang gearbeitet hätten, um das Geld dafür zusammenzusparen. Ich weiß, daß eine Entschuldigung nur eine geringe Entschädigung ist; kann Sie jedoch nur darum bitten, sie anzunehmen.«

Sie stand auf, die Hand auf die Rückenlehne des Sessels gelegt. »Natürlich nehme ich sie an. Aber ich würde Sie gern um etwas bitten.« Sie sah ihn an und merkte, daß seine Augen beschattet waren, als müsse er sich davor hüten, etwas preiszugeben.

»Wenn ich Ihnen einen Gefallen tun kann –nur zu.«

»Da ich mich also eine Weile lang in Amerika aufhalten werde, benötige ich eine Anstellung. Ich kenne niemanden hier. Könnten Sie mir helfen, eine Stellung zu finden? Ich bin gebildet, spreche vier Sprachen und glaube, daß ich eine akzeptable Gouvernante abgäbe.«

Clay stand plötzlich auf und ging ein paar Schritte von ihr weg. »Kommt nicht in Frage«, sagte er knapp. »Gleichgültig, unter welchen Umständen diese Ehe zustande kam, sind Sie dem Gesetz nach meine Ehefrau, und ich werde Ihnen nicht erlauben, sich wie eine fronpflichtige Dienerin anheuern zu lassen, um irgendwelchen Kindern die Nase zu wischen. Nein!

Sie werden hier bleiben, bis wir den Doktor aufgetrieben haben. Danach können wir weiter über Ihre Zukunft reden.«

Erstaunen spiegelte sich auf ihrem Gesicht und in ihrer Stimme wider. »Versuchen Sie, mein Leben für mich zu planen?«

Eine Spur von Belustigung zeigte sich in seinen Augen. »Ich nehme an, daß ich das tue, da Sie sich in meiner Obhut befinden.«

Sie reckte das Kinn hoch. »Ich bin nicht freiwillig in Ihrer Obhut. Ich würde es begrüßen, wenn Sie mir dabei helfen könnten, eine Beschäftigung zu finden. Ich muß eine Menge Rechnungen bezahlen.«

»Rechnungen? Was brauchen Sie, das Sie hier nicht bekämen? Ich kann aus Boston jede Importware kommen lassen.« Er beobachtete, wie sie mit den Fingern die Seide ihres Kleides befühlte, und nahm ein Stück Papier vom Schreibtisch. Es war der Brief, den sie ihm geschrieben hatte, ehe sie das Schiff verließ. »Vermutlich meinen Sie damit Ihre Kleider. Es tut mir leid, daß ich Sie des Diebstahls beschuldigt habe.« Wieder schien er über etwas amüsiert zu sein. »Die Kleider sind ein Geschenk von mir. Nehmen Sie sie bitte genauso entgegen wie meine Entschuldigungen.«

»Aber das kann ich nicht tun. Sie sind ein Vermögen wert.«

»Und ist die Zeit, die ich Ihnen stehle, und die damit verbundenen Ungelegentlichkeiten nicht auch etwas wert? Ich habe Sie Ihrem Heim entrissen, Sie in ein fremdes Land transportiert und mich abscheulich Ihnen gegenüber verhalten. Ich war sehr wütend in der Nacht, als wir uns zum erstenmal begegneten, und ich fürchte, mein Temperament war stärker als meine Vernunft. Ein paar Kleider sind nur eine kleine Entschädigung für den… Schimpf, den ich Ihnen zufügte. Außerdem, was sollte ich sonst mit ihnen anfangen? Sie sehen wirklich viel besser aus, wenn Sie sie tragen, als an einem Kleiderhaken im Schrank.«

Mit einem Funkeln in den Augen lächelte sie ihn an und deutete dann einen Knicks an. »*Merci beaucoup, M'sieur.*«

Er stand über ihr und betrachtete sie. Als sie aufstehen wollte,

77

hielt er ihr seine Hand hin. Sie war warm und schwielig, als sie sich über Nicoles Rechte schloß. »Wie ich sehe, scheint die Wunde an Ihrem Bein wieder verheilt zu sein.«

Nicole sah ihn verwirrt an. Die Wunde saß hoch an ihrem Schenkel, und sie fragte sich, wieso er sie sehen konnte. »Habe ich gestern nacht etwas Ungewöhnliches gesagt oder getan? Ich glaube, ich muß sehr müde gewesen sein.«

»Sie können sich nicht mehr erinnern?«

»Nur, daß Sie die Hunde verscheuchten und mich dann auf Ihr Pferd setzten. Was von da an bis zu diesem Morgen geschah, weiß ich nicht mehr.«

Wieder musterte er sie schweigend, und seine Augen verharrten so lange auf ihrem Mund, daß Nicole spürte, wie sie rot wurde. »Sie waren bezaubernd«, sagte er schließlich. »Nun, ich weiß nicht, ob es Ihnen auch so geht; aber ich bin hungrig.« Er hielt immer noch ihre Hand und schien nicht die Absicht zu haben, sie loszulassen, sondern preßte sie vielmehr an seinen Arm. »Es ist schon lange her, daß eine schöne Frau an meinem Abendbrottisch gesessen hat.«

5

Während Nicole sich zum Dinner umzog, hatte Maggie den großen Eßtisch aus Mahagoni mit Schüsseln vollgestellt. Da gab es eine Kraftbrühe aus Krabbenfleisch, mit Reis gefüllte geröstete junge Tauben, gekochte Krebse, pochierten jungen Stör, Apfelwein und französischen Wein. Allein die Menge der Speisen war für Nicole verblüffend; doch Clay schien das ganz natürlich zu finden. Fast alles, was hier aufgetragen wurde, war entweder auf der Plantage gewachsen oder dort gefangen worden.

Sie hatten sich kaum zum Essen niedergesetzt, als die Gartentür gegen den Pfosten knallte und ein paar laute, aufgeregte Stimmen riefen: »Onkel Clay! Onkel Clay!«

Clay warf seine Serviette auf den Tisch und war mit zwei langen Schritten an der Eßzimmertür.

Nicole betrachtete ihn erstaunt. Clays Gesicht, das immer so ernst war, hatte sich bei dem Klang der Stimmen im Nu verwandelt. Er lächelte nicht direkt; Nicole hatte ihn bisher nie lächeln sehen – doch hatte sie auch noch nie so einen Ausdruck der Freude an ihm bemerkt. Während sie ihn noch betrachtete, ließ er sich auf ein Knie nieder und öffnete weit die Arme für zwei Kinder, die förmlich an seine Brust flogen, die Arme stürmisch um seinen Hals legten und ihre Gesichter an seinen Schultern vergruben.

Nicole, die lächelnd diese Szene verfolgte, stellte sich leise hinter die drei.

Clay stand auf, die Kinder an sich gedrückt, und fragte sie: »Seid ihr auch artig gewesen? Habt ihr einen schönen Tag verlebt?«

»Oh, ja, Onkel Clay«, antwortete das kleine Mädchen, während sie ehrfürchtig zu ihm hochsah. »Miss Ellen hat mich auf ihrem Pferd reiten lassen. Wann bekomme ich denn ein eigenes Pferd?«

»Wenn deine Beine lang genug sind, daß sie den Steigbügel erreichen.« Er wandte sich dem Jungen zu. »Und wie steht es mit dir, Alex? Hat Miss Ellen dich auch auf ihrem Pferd reiten lassen?«

Alex zuckte mit den Schultern, als wäre das Pferd gar nicht wichtig. »Roger zeigte mir, wie man mit Pfeil und Bogen schießt.«

»Tatsächlich? Vielleicht kann er einen Bogen für dich anfertigen. Und wie steht es mit dir, Mandy? Willst du auch einen Bogen und Pfeile haben?«

Aber Mandy hörte ihrem Onkel nicht mehr zu. Sie starrte über seine Schulter auf Nicole, beugte sich dann vor und sagte mit einer gefühlvollen, lauten Flüsterstimme, die man bis zur Butterkammer hätte hinüberhören können: »Wer ist sie?«

Clay drehte sich mit den Kindern um, und Nicole konnte sie zum erstenmal richtig ansehen. Es waren offensichtlich Zwillinge, ungefähr sieben Jahre alt, wie sie schätzte, beide mit dunkelblonden Locken und weit auseinanderliegenden blauen Augen.

79

»Das ist Miss Nicole«, sagte Clay, als die Kinder sie neugierig anstarrten.

»Sie ist hübsch«, sagte Mandy, und Alex bestätigte das mit einem feierlichen Nicken.

Lächelnd hob Nicole ihren Rock an, während sie einen Knicks andeutete. »Ich bedanke mich vielmals, *M'sieur, Mademoiselle.*«

Clay setzte die Zwillinge ab, und Alex baute sich vor Nicole auf. »Ich bin Alexander Clayton Armstrong«, sagte er leise, eine Hand auf dem Rücken versteckend, die andere gegen den Magen drückend. Dann verbeugte er sich und blinzelte ein paarmal zu ihr hinauf. »Ich würde Ihnen meine Hand geben, aber das ist... wie heißt es gleich wieder?«

»Anmaßend«, kam ihm Clayton zu Hilfe.

»Ja«, fuhr der Kleine fort, »ein Gentleman sollte so lange warten, bis eine Lady ihm ihre Hand zuerst anbietet.«

»Ich fühle mich geehrt«, sagte Nicole ernsthaft und streckte ihre Hand aus, um mit Alex einen Händedruck zu tauschen.

Mandy drängte sich an die Seite ihres Bruders. »Ich bin Amanda Elizabeth Armstrong«, sagte sie und machte einen Knicks.

»Aha, wie ich sehe, seid ihr beide schon eingetroffen. Ihr hättet doch wenigstens so lange warten können, bis ich fertig angezogen war! Ohne euch hätte ich fast den Weg nicht hierhergefunden!«

Die vier drehten sich um und blickten auf eine große, dunkelhaarige Frau in den Vierzigern, eine verblüffend große Gestalt mit riesigen Brüsten und funkelnden schwarzen Augen.

»Clay, ich habe gar nicht gewußt, daß du Gesellschaft hast. Ich bin Ellen Backes«, sagte sie und streckte ihre Hand aus. »Mein Mann Horace und ich wohnen mit unseren drei Söhnen gleich nebenan, ungefähr fünf Meilen weiter flußabwärts. Die Zwillinge waren ein paar Tage bei uns zu Besuch.«

»Ich bin Nicole Courtalain...« Sie zögerte und blickte über die Schulter auf Clay zurück.

»Armstrong«, setzte er rasch hinzu. »Nicole ist meine Frau.«

Ellen stand einen Augenblick still, Nicoles Hand festhaltend.

80

Dann ließ sie sie fallen und drückte Nicole mit einem kleinen Jubelschrei an die Brust. »Seine Frau! Ich bin so, so glücklich für euch! Sie hätten keinen besseren Mann finden können, außer Sie hätten meinen geheiratet.« Sie ließ Nicole los und umarmte Clay. »Warum hast du uns nichts davon erzählt? Die ganze Grafschaft hätte eine Hochzeit gut gebrauchen können. Und besonders dieses Haus. Hier hat es keine Gesellschaft mehr gegeben, seit James und Beth ums Leben kamen.«

Nicole war sehr empfindlich für Clays Reaktionen. Äußerlich war ihm nichts anzumerken; doch sie spürte, wie ein Strom durch seinen Körper ging.

In der Entfernung hörte man ein tiefes Horn blasen.

»Das ist Horace«, sagte Ellen, die sich wieder Nicole zuwendete. »Wir müssen uns zusammensetzen. Ich habe Ihnen so viele Dinge zu erzählen. Clay hat eine lange Liste von schlechten Gewohnheiten, zu der auch sein ungefälliges Wesen gehört. Nun weiß ich, daß sich das alles ändern wird.« Sie sah sich in der großen Halle um. »Beth wäre so froh, wenn sie erlebte, daß dieses Haus wieder zum Leben erwacht. Nun kommt ihr Zwillinge auch zu mir und gebt mir einen Kuß.«

Während Ellen die Kinder umarmte, ließ sich das Horn abermals vernehmen, und Ellen rannte zur Tür hinaus, den Pfad hinunter zu der Schaluppe am Kai, wo ihr Mann auf sie wartete.

Als sie gegangen war, schien es plötzlich ganz still in der Halle zu sein. Nicole blickte die drei an, die zur offenen Tür hinsahen, wo ihre Freundin eben noch gestanden hatte, und sie brach in ein Lachen aus.

»Kommt«, lachte sie und streckte den Zwillingen ihre Hände hin. »Ich mag zwar keine Ellen sein; doch ich glaube, ich kann auch noch ein bißchen Sonnenschein in diesen Tag bringen. Weiß einer von euch beiden, was Eiscreme ist?«

Die Kinder nahmen scheu ihre Hände und folgten ihr hinüber ins Eßzimmer. Nicole eilte in das Eishaus und war in wenigen Minuten wieder zurück. Sie trug Tontöpfe, die so kalt waren, daß sie ihre Hände mit Topflappen schützen mußte. Als die Zwillinge den ersten Löffel Eiscreme auf ihrer Zunge zergehen ließen, sahen sie voller Bewunderung zu Nicole auf.

»Ich glaube, Sie haben ihr Herz erobert«, sagte Clay, als die Zwillinge die kalte Cremespeise in sich hineinlöffelten. Für sich und Clay garnierte sie die Eiscreme mit in Brandy eingelegten Früchten.

Stunden später, als die Zwillinge im Bett lagen, fiel es Nicole ein, daß sie und Clay kaum etwas zum Abendbrot gegessen hatten. Als sie die Treppe hinunterging, stand Clay in der Halle, ein Tablett in der Hand.

»Ich persönlich hätte gern etwas mehr zum Abendbrot gegessen. Wollen Sie ein frugales Mahl mit mir teilen?«

Sie gingen in die Bibliothek, und Nicole genoß die rasch zusammengestellte Mahlzeit, obwohl sie ein bißchen ausgefallen war. Clay hatte aus geräucherten Austern, scharfem Senf aus Dijon und Weißbrotscheiben Sandwiches zubereitet.

»Wer sind die beiden?« fragte Nicole zwischen zwei Bissen.

»Ich schätze, Sie meinen die Zwillinge.« Er saß in einem der roten Ledersessel, seine langen Beine auf den Rand seines Schreibtisches gestützt. »Es sind die Kinder meines Bruders.«

»Die Kinder von James und Beth, von denen Mrs. Backes erzählte?«

»Ja.« Seine Antwort war fast verletzend in ihrer Kürze.

»Würden Sie mir von ihnen erzählen?«

»Sie sind sieben Jahre alt. Ihre Namen kennen Sie schon, und...«

»Nein, ich meinte Ihren Bruder und Ihre Schwägerin. Ich erinnere mich, daß Bianca erwähnte, sie seien gestorben, als Sie sich in England aufhielten?«

Er trank einen ausgiebigen Schluck Bier, und Nicole hatte das Gefühl, daß er gegen etwas in sich ankämpfte. Als er sprach, schien seine Stimme weit weg zu sein. »Die Schaluppe meines Bruders kenterte. Sie sind beide ertrunken.«

Nicole konnte ihm nachfühlen, was es bedeutete, einen Teil seiner Familie zu verlieren. »Ich glaube, ich verstehe«, sagte sie leise.

Clay stand plötzlich auf und hätte um ein Haar den Lehnsessel umgestoßen. »Sie können es nicht verstehen. Niemand kann das.« Er verließ die Bibliothek.

Nicole war wie betäubt von seiner heftigen Reaktion und dachte daran, daß Bianca ihr gesagt hatte, Clay schien der Tod seines Bruders wenig zu berühren, denn er sei ja gleich danach auf Brautschau gegangen, als wäre nichts geschehen. Doch Nicole hatte nun selbst erlebt, was passierte, wenn man nur den Namen der beiden Toten erwähnte.

Sie stand auf und begann, die leeren Teller abzuräumen, gab es dann aber wieder auf. Es war ein langer, anstrengender Tag gewesen, und sie war sehr müde. Sie verließ die verstaubte Bibliothek und ging hinauf in das Zimmer, das Clay ihr angewiesen hatte. Es dauerte nur wenige Augenblicke, bis sie aus dem Kleid geschlüpft und ins Bett gestiegen war. Kaum hatte sie den Kopf in die Kissen gelegt, war sie auch schon eingeschlafen.

Am nächsten Morgen brachten das frühe Sonnenlicht und die helle Freundlichkeit des Zimmers sie wieder zum Lächeln. Vielleicht hatte dieses Zimmer Beth gehört. Als sie zum Kleiderschrank ging, dachte sie, daß es höchstwahrscheinlich bald Bianca gehören würde, aber das mochte sie nicht gern glauben und weigerte sich, diesen Gedanken zu vertiefen. Als sie sich im Kleiderschrank umsah, hörte sie Stimmen vor der Tür. Gestern hatte sie keine Zeit gehabt, sich die Zimmer im Oberstock anzusehen. Eine Tür führte hinaus auf den Flur, die andere vielleicht in das Zimmer der Zwillinge. Immer noch lächelnd, öffnete sie diese Tür, um sich einem halb bekleideten Clay gegenüberzusehen.

»Guten Morgen«, sagte er, ihr Erröten ignorierend.

»Es tut mir leid, ich wußte nicht... Ich dachte, die Zwillinge...«

Er langte nach seinem Hemd. »Möchten Sie gern eine Tasse Kaffee?« fragte er, mit dem Kopf auf eine Kanne auf dem Tisch deutend. »Ich würde Ihnen gern Tee anbieten; doch wir Amerikaner haben nicht mehr so viel für Tee übrig wie früher.«

Sich nur zu deutlich ihres Aufzuges bewußt, ging Nicole ein wenig zögernd durchs Zimmer zu der Kaffeekanne. Der Raum war ein richtiges Männerzimmer: die Wände waren mit Walnußholz getäfelt und das Bett von gewaltigen Ausmaßen – es nahm fast das ganze Zimmer in Beschlag. Clays Kleider waren über Stühle und Tische geworfen, so daß man kaum die Möbel darunter zu sehen vermochte. Neben der Kaffeekanne standen zwei Tassen, und sie wußte, ohne Clay erst fragen zu müssen, daß Maggie angenommen hatte, sie würden den Kaffee gemeinsam trinken. Sie goß sich eine Tasse ein und trug sie dorthin, wo er mit aufgeknöpftem Hemd auf dem Bettrand saß und einen Stiefel anzog. Sie konnte sich nicht verkneifen, einen Blick auf seine tiefgebräunte, muskulöse Brust zu werfen.

»Vielen Dank«, sagte er, nahm ihr die Tasse ab und sah ihr nach, wie sie wieder zur Kaffeekanne ging. »Sie haben keine Angst mehr vor mir?«

»Natürlich nicht«, sagte sie, als sie die zweite Tasse mit Kaffee füllte. Doch sie sah nicht zu ihm hin. »Ich hatte noch nie Angst vor Ihnen.«

»Oh, ich dachte nur, Sie hätten vielleicht Angst vor mir. Mir gefällt Ihr Haar so, wie es im Augenblick ist. Und was ist das, was Sie da anhaben? Es gefällt mir auch.«

Sie drehte sich um und blickte ihn mit strahlendem Lächeln an. Ihr Haar hing ihr über den Rücken bis zur Taille hinunter. »Es ist ein Nachthemd«, erklärte sie und war insgeheim froh, daß sie nicht erst in eine Robe geschlüpft war. Das hochgeschlossene ärmellose Leibchen bestand aus cremefarbenen Brüsseler Spitzen, und die dünne Seide, die von der hochgezogenen Taille hinunterfiel, war fast durchsichtig.

»Ich bin heute morgen spät dran. Hier!« Er hielt ihr die Tasse fordernd hin. Sie nahm sie, immer noch lächelnd, entgegen, bewegte sich aber nicht von der Stelle, während er den anderen Stiefel überzog.

»Wie haben Sie diese Narbe am Auge bekommen?«

Er wollte etwas sagen, hielt jedoch inne, als er sie mit einem Augenzwinkern und einem weichen Mund betrachtete, der so gar nicht zu seiner üblichen Grimmigkeit paßte. »Eine Bajonettwunde während der Revolution.«

»Ich habe das Gefühl, daß Sie mich aus irgendeinem Grund auslachen.«

Er beugte sich näher zu ihr. »Ich würde nie in meinem Leben eine schöne Frau auslachen, die, nur mit ihrem Nachthemd bekleidet, vor meinem Bett steht«, sagte er und fuhr mit einem Finger über ihre Oberlippe. »Und jetzt stellen Sie das hin«, sagte er und deutete mit dem Kopf auf die Tasse, die sie immer noch hielt. »Und verlassen Sie mein Zimmer.«

Lächelnd gehorchte sie, blieb aber stehen, als sie den Griff der Tür in der Hand hielt, die ihre beiden Schlafzimmer verband.

»Nicole.«

»Ja.«

»Ich muß ein paar Stunden arbeiten, dann esse ich ungefähr gegen neun in der Küche.«

Sie nickte nur, ohne sich umzudrehen, ging in ihr Zimmer hinüber und schloß die Tür hinter sich. Dann lehnte sie sich einen Moment dagegen. Er hatte sie beim Vornamen gerufen und gesagt, daß sie schön wäre. Sie mußte über sich selbst lachen, weil sie sich so töricht wie ein Schulmädchen benahm; dann zog sie sich hastig ein schlichtes Kleid aus robustem Baumwollstoff an, verließ das Schlafzimmer und ging nach unten.

Zuerst suchte Nicole nach den Zwillingen. Sie hatte erwartet, sie noch schlafend in ihrem Zimmer vorzufinden; doch ihre Betten waren leer. Sie fragte die Leute auf der Plantage, doch jeder antwortete ihr nur mit einem Achselzucken, und niemand schien zu wissen, wo die Kinder steckten.

Um halb acht ging sie hinunter in die Küche, rührte einen Teig für Crêpes an und stellte ihn zur Seite, damit Milch und Mehl sich gründlich vermischten. Dann suchte sie wieder eine Stunde lang nach den Zwillingen, ehe sie unverrichteterdinge in die Küche zurückkehrte. Sie backte Crêpes, während Maggie Pfirsiche schälte und in Scheiben schnitt, die so reif und saftig waren, daß sie ihr fast in der Hand auseinanderfielen. Nicole schüttete einen kräftigen Schuß Mandellikör, der auf der Plantage destilliert wurde, über die Pfirsiche, wickelte dann die Früchte in die dünnen Crêpe-Pfannkuchen, träufelte Honig darüber und garnierte sie zum Schluß mit Schlagsahne.

Als Clay in der Küche erschien, entfernten sich Maggie und

85

ihre drei Helfer; sie fanden auf geheimnisvolle Weise eine andere Arbeit, die sie verrichten mußten. Nicole stellte den Teller mit den Pfirsichen und Crêpe-Pfannkuchen vor ihn hin, und er konnte nur einen Bissen davon nehmen, ehe sie ihn das fragte, was sie an diesem Morgen schon mindestens zwanzigmal wiederholt hatte: »Wo sind die Zwillinge?«

Als sie sah, daß Clayton ruhig fortfuhr, seine Bissen zu kauen und sich seine Schultern zu einem Achselzucken hoben, wurde sie wütend. Sie deutete mit der Gabel, die sie in der Hand hielt, auf ihn und erhob die Stimme: »Clayton Armstrong! Wenn Sie mir sagen wollen, daß Sie nicht wissen, wo sie sind, dann werde ich ... werde ich ...«

Er sah hoch, blickte sie mit vollem Mund über den Tisch hinweg an und nahm ihr die Gabel aus der Hand. »Sie sind irgendwo in der Nähe. Sie kommen in der Regel erst heim, wenn sie hungrig sind.«

»Sie meinen, sie haben keine Aufsicht? Man erlaubt ihnen, einfach so frei herumzulaufen? Und was ist, wenn sie sich verletzen? Niemand würde wissen, wo man sie suchen müßte.«

»Ich kenne die meisten ihrer Verstecke. Was ist das eigentlich? Ich habe noch nie so etwas gegessen. Haben Sie das gemacht?«

»Ja«, antwortete sie ungeduldig. »Wie steht es eigentlich mit ihrer Schulausbildung?«

Clay konzentrierte sich ganz auf den Teller mit den Pfannkuchen, der vor ihm stand, und machte sich nicht die Mühe, ihr zu antworten.

Nicole fauchte etwas in französischer Sprache, zog Clay den Teller mit den Crêpes unter der Nase weg und hielt ihn hoch – über den Abfalleimer für das Schweinefutter. »Ich möchte, daß Sie mir zuhören und antworten. Ich bin es leid, von Ihnen keine Antworten zu bekommen.«

Clay sprang über die Tischecke, warf den Arm um ihre Taille und drückte ihren Rücken gegen seine Brust. Als sein Griff ihr die Luft aus den Lungen gepreßt hatte und sie hilflos in seinem Arm hing, nahm er den Teller mit den Pfannkuchen und stellte ihn auf den Tisch zurück.

»Sie sollten einem Mann nicht das Essen wegnehmen«, sagte er in scherzhaftem Ton, gab sie jedoch nicht frei. Erst, als er spürte, wie ihr Körper schlaff wurde, lockerte er den Griff, damit sie wieder Luft holen konnte. »Nicole!« rief er und schwenkte sie in seinen Armen herum. »Ich wollte Ihnen nicht weh tun.« Er hielt sie an seiner Brust, aber ohne Zwang, und lauschte, bis sie wieder im normalen Rhythmus atmete.

Nicole lehnte sich gegen ihn und hoffte, er würde sie nie mehr loslassen.

Er schob sie sanft zu einem Stuhl und half ihr, sich zu setzen. »Sie müssen ja auch Hunger haben. Hier, essen Sie das«, sagte er, legte zwei Crêpes und Pfirsiche auf einen Teller, den er vor sie hinschob, ehe er seinen eigenen Teller an seinen Platz zurückstellte. Nicole seufzte. Sie fing einen spöttischen Blick von Clay auf, als könnte er ihre Gedanken lesen.

Nach dem Frühstück bat Clay Nicole, ihn zu begleiten. Er hielt im Schatten eines Zedernbaumes bei den Quartieren der Bediensteten, wo ein sehr alter Mann bei einer Schnitzarbeit saß. »Jonathan, wo sind die Zwillinge?«

»In dem alten Walnußbaum beim Haus des Aufsehers.«

Clay nickte kurz und wollte sich, Nicole auf seinen Fersen, wieder entfernen.

»Ist das die neue Missus?« fragte Jonathan.

»Das ist sie.« Ein bißchen Wärme lag in Clays Stimme.

Jonathan grinste und zeigte seinen zahnlosen Gaumen. »Ich hätte mir vorgestellt, daß Sie eine Blondine heiraten würden, ein bißchen größer und plumper als diese da.«

Clays Hand legte sich wie eine Klammer um Nicoles Unterarm. Er wandte sich scharf von dem alten Mann ab, dessen Lachen ihnen in den Ohren klang. Nicole brannte eine Frage auf der Zunge; doch sie hatte nicht den Mut, sie zu äußern.

Die Zwillinge turnten tatsächlich in dem alten Baum herum. Nicole blickte lächelnd zu ihnen hoch und bat sie, herunterzuklettern, weil sie mit ihnen reden wollte. Die Kinder kicherten und kletterten nur noch höher hinauf.

Sie wandte sich Clay zu: »Vielleicht gehorchen sie, wenn Sie mit den beiden sprechen.«

Er zuckte mit den Achseln. »Ich hab' kein Verlangen nach den beiden. Ich muß arbeiten.«

Sie sah ihn vorwurfsvoll an und forderte dann die Zwillinge abermals auf, herunterzuklettern. Doch die beiden sahen nur mit einem spitzbübischen Grinsen auf sie hinunter, und sie wußte, daß sie diese Machtprobe gewinnen mußte, sonst hätten die beiden nie mehr Respekt vor ihr. Sie wandte sich wieder an Clay: »Was würden Sie tun, wenn Sie die beiden vom Baum herunterholen wollten? Ihnen das befehlen?«

»Sie würden mir genausowenig folgen wie Ihnen«, sagte er und sah mit Verschwörermiene zu ihnen hinauf. »Wenn ich Sie wäre, würde ich ihnen nachsteigen.«

Das Kichern der Zwillinge war eine Herausforderung, und sie wußte, daß Clay sie belog. Sie zweifelte nicht eine Sekunde, daß die Kinder ihm gehorchen würden. Sie hob ihr Kleid an und streifte die Schuhe ab. »Wären Sie so freundlich, mir auf den Baum zu helfen?« fragte sie.

In Clays Augen blitzte es auf. »Mit Vergnügen«, sagte er, während er sich bückte und die Hände zu einem Steigbügel zusammenschob.

Sie wußte, er hätte sie auf den untersten Ast hinaufheben können; doch er gab ihr so wenig Hilfe wie möglich. Was keiner von den dreien wußte: Nicole war eine geübte Kletterin. Auf dem Grundstück, das zu dem Schloß ihrer Eltern gehört hatte, stand ein alter Apfelbaum, den sie mit geschlossenen Augen erklettern konnte. Sie zog sich auf den untersten Ast hinauf, langte zum nächsten empor und bemerkte, daß auf der anderen Seite eine Leiter gegen den Baum gelehnt war. Sie sah zu Clay hinunter, der zu ihr hinaufstarrte, die Hände an den Hüften, die Beine weit auseinandergestellt. Er amüsierte sich großartig.

Nun folgte eine minutenlange Jagd in der Baumkrone. Nicole hatte den Rock über die Knie aufgerollt und zeigte ihre nackten Beine. Als ersten fing sie Alex und reichte ihn zu Clay hinunter, der wenigstens, wie sie dankbar bemerkte, bereit war, ihr die Kinder abzunehmen.

Mandy kletterte auf einen dünnen kleinen Ast hinaus und grinste Nicole an. Nicole grinste zurück und kroch ihr nach. Als

der Ast zu knacken begann, schrie Mandy: »Du bist zu schwer!«
Sie sah hinunter und lachte. »Fang mich auf, Onkel Clay!« rief
sie vergnügt und sprang in die ausgebreiteten Arme ihres
Onkels.

Zu spät erkannte Nicole, daß sie tatsächlich für den dünnen
Ast zu schwer war. Er begann, unter ihr wegzuknicken.

»Springen!« befahl eine Stimme. Ohne sich lange zu besinnen, ließ Nicole den Ast los und landete gleichfalls in Clays
Armen.

»Du hast sie gerettet, Onkel Clay! Du hast sie gerettet!« rief
Alex.

Nicole, die erschrockener war, als sie zugeben wollte, sah zu
Clay hoch. Er lächelte! Sie hatte ihn noch nie so lächeln
gesehen, oder vielleicht war es auch nur so, daß in ihren Augen
Clay in letzter Zeit immer das Richtige zu tun schien. Jedenfalls
erwiderte sie mit strahlenden Augen sein Lächeln.

»Das Ganze noch einmal!« rief Mandy und lief wieder zur
Leiter.

»Nein, jetzt ist Schluß«, sagte Clay. »Sie hat euch gefangen,
und damit seid ihr nun in ihrer Gewalt. Ihr tut, was Miss Nicole
sagt. Und wenn ich nur eine Klage höre...« Er sah sie mit
schmalen Augen an, und sie wichen vor ihm zurück.

»Ich glaube, Sie können mich jetzt auch loslassen«, sagte
Nicole leise.

Sein Lächeln erlosch, und er sah sie verwirrt an. »Ich bin
neugierig. Hatten Sie schon immer mit Schwierigkeiten zu
kämpfen? Oder passiert Ihnen das erst, seit ich Sie kenne?«

Sie lächelte mit leicht gekräuselter Oberlippe. »Ich habe mich
selbst entführt, mich zu einer Ehe mit Ihnen gezwungen, und
das alles nur zu Ihrem Vergnügen!« Ihre Stimme war voller
Sarkasmus; doch Clay schien das zu überhören.

Er blickte auf ihre bloßen Beine hinunter, die über seinen
Armen lagen, auf das Kleid, das sich über ihre Knie hinaufge-
schoben hatte und so eingeklemmt war, daß sie es nicht
herunterziehen konnte. Er grinste: »Ich weiß nicht, was mir
besser gefällt – das oder Ihr Anzug heute morgen, als Sie in
dem Licht vor meinem Bett standen.«

Als Nicole begriff, was er meinte, errötete sie heftig.

Er setzte sie auf den Boden. »So gern ich bleiben und miterleben möchte, was jetzt noch passiert: ich muß zurück an meine Arbeit.« Immer noch lächelnd entfernte er sich auf die Felder zu.

In dieser Nacht konnte Nicole nicht schlafen. Sie sagte sich, das käme nur davon, weil es so ungemütlich warm sei. Nachdem sie einen dünnen Seidenmantel über ihr Nachthemd geworfen hatte und auf Zehenspitzen die Treppe zum Garten hinuntergegangen war, sah sie vor sich den dunklen Pfad mit den hohen Mauern aus Hecken, der zu dem gekachelten Bassin führte. Dort setzte sie sich auf den Beckenrand und ließ die Füße ins Wasser hängen.

Die Nacht war voller Leben, durchzogen von dem Duft des blühenden Geißblatts, vom Zirpen der Grillen und dem Quaken der Frösche. Es war kühl und angenehm im Freien. Als sie sich zu entspannen begann, wurden auch ihre Erinnerungen wieder lebendig. In den Schreckensjahren und in dem Jahr, in dem sie sich mit ihrem Großvater in der Mühle versteckt hatte, hatte sie sich nie etwas vorgemacht. Sie hatte gewußt, daß eines Tages dieses Elend ein Ende haben würde, und nun war es geschehen.

Nun drohte ihrem Leben abermals eine Katastrophe, nur daß sie sich diesesmal einredete, sie würde kein Ende haben. Sie war eine Französin, und Französinnen waren bekannt für ihren praktischen Verstand. Aber sie benahm sich wie ein törichtes, romantisches Kind.

Sie mußte der Tatsache ins Auge blicken, daß sie sich in Clayton Armstrong verliebt hatte. Sie wußte nicht, wann das geschehen war, vielleicht schon bei ihrem ersten Zusammentreffen, als er sie geküßt hatte. Sie wußte nur, daß ihre Gedanken und Gefühle, ihr ganzes Dasein begonnen hatte, sich um diesen Mann zu drehen. Sie wußte, sie provozierte nur zu gerne seinen Ärger, damit er sie in seinen Armen hielt, und sie wollte in einem dünnen, kurzen Nachthemd vor ihm paradieren.

Sie zog ihre Knie an den Leib und legte ihre Stirn darauf. Sie kam sich vor wie eine Frau von der Straße, weil sie sich so benahm. Doch sie wußte auch, daß sie alles tun würde, damit er sie berührte und in seinen Armen hielt.

Aber was dachte er von ihr? Sie war nicht seine Bianca, wie er sie an jenem Abend in der Kajüte genannt hatte. Bald würde er sich von ihr befreien, und wenn sie die Plantage verließ, mochte sie ihn vielleicht nie wiedersehen.

Sie mußte sich auf das Ende vorbereiten. Die wenigen Tage auf der Plantage waren wunderbar gewesen; aber diese Tage waren gezählt. Sie hatte ihre Eltern sehr geliebt; doch man hatte sie ihr entrissen, und später hatte sie ihre Liebe auf ihren Großvater übertragen, und wieder war sie allein zurückgeblieben. Jedesmal, wenn sie ihr ganzes Herz verschenkte und man es ihr wieder aus dem Leibe riß, wollte sie sterben. Sie konnte so etwas nicht noch einmal durchmachen. Sie durfte nicht ihr Herz zu sehr an Clayton hängen, daß sie es schließlich nicht mehr ertragen konnte, ihn bei der Frau zu wissen, die er liebte.

Sie blickte zu den dunklen Fenstern des Hauses hoch und sah etwas Glühendes, das nur die Spitze von Clays Zigarre sein konnte. Er wußte, daß sie hier am Rande des künstlichen Teiches saß und an ihn dachte. Sie wußte, daß sie in sein Bett steigen konnte, wenn sie das wollte; doch sie sehnte mehr als nur eine Nacht mit ihm herbei, so herrlich die eine auch sein würde. Sie wollte seine ganze Liebe für immer, wollte, daß er ihren Namen genauso ausspräche wie Biancas Namen.

Sie richtete sich auf und kehrte ins Haus zurück. Der Treppenabsatz im Oberstock war leer, doch sie roch den Duft einer frischen Zigarre.

6

Nicole sah über den Rand des Buches hinweg, das sie in den Händen hielt, und beobachtete Clayton auf seinem Weg zum Haus. Sie sah, daß sein Hemd zerrissen war, seine Hose und seine Stiefel voller Schlamm. Als er in ihre Richtung blickte, schaute sie rasch wieder in ihr Buch, als hätte sie ihn nicht bemerkt.

Sie saß mit den Zwillingen unter einem der Magnolienbäume in der Südwestecke des Gartens. In den drei Wochen, die seit der Nacht vergangen waren, seit sie allein am Teich gesessen hatte, hatte sie viel Zeit mit den Kindern verbracht – und sehr wenig mit Clay. Manchmal hätte sie weinen können, wenn er sie aufforderte, mit ihm zu frühstücken oder zu Abend zu essen, und sie hatte Kopfschmerzen vorgeschützt oder daß jemand ihre Hilfe benötigte. Nach einer Weile hatte er es aufgegeben, sie zu bitten. Er begann, sich zu den Mahlzeiten in die Küche zu setzen, wo Maggie ihm Gesellschaft leistete, und zuweilen kam er nachts überhaupt nicht ins Haus zurück, sondern schlief in den Unterkünften bei seinen Männern – oder Frauen, Nicole wußte es nicht so genau.

Janie hatte alle Hände voll zu tun, um in der Weberei die Kleiderstoffe für den Winter herzustellen, und Nicole verbrachte mehrere Nachmittage mit ihrer Freundin, die sie nie mit Fragen löcherte wie Maggie.

Im Haus stand Clay lange am Flurfenster im Oberstock und sah hinunter in den Garten, wo Nicole mit den Kindern zusammensaß. Er verstand ihre plötzliche Kühle nicht, warum hatte sich seine lachende freundliche Frau in ein Wesen verwandelt, das unentwegt arbeitete und immer müde war?

Er ging in sein Schlafzimmer zu einer hohen Kommode, zog sein zerrissenes, schmutziges Hemd aus und warf es achtlos über einen Stuhl. Die Schublade, die er öffnete, war voll sauberer, gebügelter Hemden, und als er eines davon herausnehmen wollte, hielt er inne und blickte sich im Zimmer um. Zum erstenmal, seit sein Bruder gestorben war, war sein Schlafzimmer sauber. Seine schmutzigen Kleider waren entfernt und sauber und gepflegt zurückgebracht worden,

Clay schob die Arme in die Ärmel hinein und ging, das Hemd über die Schulter ziehend, in Nicoles Zimmer hinüber. Auch das glänzte vor Sauberkeit im Sonnenlicht. Eine große Schüssel voller Blumen stand auf der Kommode mit der geschwungenen Vorderfront, auf dem kleinen Tisch neben dem Bett entdeckte er eine kleine Vase mit drei roten Rosen. Der Stickrahmen enthielt eine halbfertige Arbeit. Er fuhr mit den Fingerspitzen über die hellen Seidenfäden.

Sie war noch nicht einmal einen Monat im Haus, doch schon hatte es große Veränderungen gegeben. Gestern abend hatten ihm Alex und Mandy stolz gezeigt, daß sie ihren Namen schreiben konnten. Die Verpflegung auf der Plantage war immer gut, wenn auch einfach gewesen, doch unter Nicoles Regie tauchten immer wieder neue Gerichte auf der Speisenkarte auf.

Clay hatte stets geglaubt, es wäre ihm gleichgültig, wie es in seinem Haus aussah – nur die Felder interessierten ihn. Doch nun merkte er plötzlich, wie sehr er den Geruch von Bienenwachs liebte und daß die Zwillinge immer sauber und gepflegt aussahen. Das einzige, was er vermißte, war Nicoles Gesellschaft, die Art, wie sie lachte und ihn zum Lachen brachte.

Auf dem Weg zum Erdgeschoß hinunter hielt er auf der Treppe an und überlegte, woher sie denn die Helfer genommen hatte für das Saubermachen im Haus. Jeder auf der Plantage hatte eine feste Aufgabe, und soweit er wußte, hatte niemand seine Pflichten versäumt. Dann dämmerte es ihm, daß Nicole ganz allein das Haus geschrubbt haben mußte. Kein Wunder, daß sie stets müde war!

Lächelnd nahm er einen Apfel aus einer Schüssel, die auf einem Tisch in der Halle stand. Sie dachte vermutlich, ihn auf diese Weise für diese verdammten Kleider zu entschädigen, die er ihr gekauft hatte. Zuerst ging er nun in die Küche und befahl Maggie, ein paar Mädchen aufzutreiben, die Nicole im Haus helfen konnten, und dann ging er hinaus in den Garten.

»Schule ist aus«, sagte er, während er Nicole das Buch

wegnahm. Die Zwillinge waren schon fort, ehe die beiden Erwachsenen auch nur blinzeln konnten.

»Warum haben Sie das getan? Ich war mit der Lektion noch nicht zu Ende.«

»Sie brauchen auch mal einen freien Tag. Ganz bestimmt!«

Sie wich vor ihm zurück. »Bitte, ich habe eine Menge zu tun.«

Clay sah stirnrunzelnd auf sie hinunter. »Was ist mit Ihnen los? Warum benehmen Sie sich, als hätten Sie Angst vor mir?«

»Ich habe keine Angst. Es gibt auf einer Plantage dieser Größe eben einfach so viel zu tun.«

»Wollten Sie damit andeuten, daß ich mich wieder an meine Arbeit machen soll?«

»Nein, natürlich nicht. Ich wollte bloß...«

»Da Sie offenbar nicht in der Lage zu sein scheinen, einen Satz zu Ende zu sprechen, überlassen Sie mir das. Sie arbeiten zuviel. Sie benehmen sich, als wären Sie eine von den Negersklavinnen, nur daß ich denen bloß halb so viel von dem zumute, was Sie hier leisten.« Er faßte nach ihrer Hand und zog sie an sich heran. »Maggie packt gerade einen Picknickkorb für uns, und wir beide werden uns für den Rest des Tages frei nehmen. Können Sie reiten?«

»Ja, aber...«

»Da ich Ihnen nicht gestatte, nein zu sagen, halten Sie wohl lieber den Mund.«

Er ließ ihre Hand nicht frei, als sie über den Hof zu den Ställen gingen, wo Clay eine Palomino-Stute für sie aussuchte, ihr einen Frauensattel auflegte, Nicole in den Sattel hinaufhob und dann in die Küche zurückkehrte. Maggie überreichte ihm mit einem breiten Lächeln die mit Proviant gefüllten Satteltaschen.

Sie ritten eine Stunde, ließen die Anhöhe hinter sich, auf der das Haus und die Dependancen standen, und trabten durch die Felder der Flußniederung. Das flache, fette Ackerland folgte der Windung des Flusses, die wie ein Band die Anhöhe umspannte, wo Baumwolle, Tabak, Flachs, Weizen und Gerste angebaut wurden. Im Osten des Hauses lag grünes Weideland, auf dem Rinder und Schafe getrennt weideten, und überall schienen ein paar Scheunen und Werkzeugschuppen zu den Weiden zu gehören. Sie hielten einmal an, um ein paar riesige Zugpferde mit Äpfeln zu füttern. Während ihr Clay erklärte, wie man hochwertige Baumwolle von minderen Sorten unterschied und wie man den Tabak nach der Ernte behandeln mußte, sah sie den Stolz auf seinen Besitz in seinen Augen leuchten und merkte, wie sehr er an seinem Land hing und wie sehr ihm das Wohl seiner Leute am Herzen lag.

Die Sonne stand hoch am Himmel, als Nicole über den Fluß blickte und etwas entdeckte, was ihr sehr vertraut war – ein Wasserrad. Während sie zwischen den Bäumen hindurch auf das Gebäude aus Feldsteinen und Ziegeln starrte, wurde sie von Erinnerungen überwältigt: Sie und ihr Großvater hatten immer ein Leben in Luxus geführt, und alle ihre Bedürfnisse waren gestillt worden, ehe sie überlegt hatten, ob es ihnen an etwas fehlte; doch als die Revolution sie dazu zwang, sich ein Versteck zu suchen, hatten sie gelernt, zu überleben. Sie hatten sich gekleidet wie der Müller und seine Frau, und sie hatten genauso hart gearbeitet wie die beiden. Nicole hatte zweimal in der Woche die Küche geschrubbt, und sie hatte gelernt, die Mühle zu bedienen, wenn die Männer das Mehl zustellen mußten.

Lächelnd deutete sie über den Fluß. »Ist das eine Getreidemühle?«

»Ja«, antwortete Clay ohne großes Interesse.

»Wem gehört sie? Warum steht sie still? Könnten wir sie besichtigen?«

Clay sah sie erstaunt an. »Welche Frage soll ich zuerst beantworten? Sie gehört mir, und sie steht still, weil ich niemanden angeheuert habe, der sie betreibt, und weil die Bakkes-Mühle mir mein Korn mahlt. Ja, wir können sie besichtigen. Ein Stück weiter den Hügel hinauf steht ein Haus. Sie können es gerade noch zwischen den Bäumen erkennen. Möchten Sie auf die andere Seite übersetzen?«

»Ja, gerne.«

Am Ufer war ein kleines Ruderboot vertäut, und Clay warf die Satteltaschen hinein, half Nicole beim Einsteigen und ruderte sie über den Fluß. Er blieb ein wenig zurück und sah ihr zu,

95

wie sie den von Unkraut überwucherten Pfad hinaufstieg und die Mühle zu umkreisen begann.

»Sie scheint noch in gutem Zustand zu sein. Könnte ich auch die Steine des Mahlwerks besichtigen?«

Clay holte den Schlüssel für die Doppeltüren aus einem Versteck und sah zu, wie Nicole die Rillen in den Mühlsteinen begutachtete, wobei sie etwas von einer Müllergaze und einem guten Mahlstein-Einrichter murmelte. Als sie mit ihrer Inspektion zu Ende war, überschüttete sie ihn wieder mit Fragen, bis Clay protestierend die Hand hob.

»Vielleicht kämen wir schneller zu Ende, wenn ich Ihnen den ganzen Hergang erzähle«, sagte er. »Als mein Bruder noch lebte, konnten wir uns auch noch den Betrieb einer Mühle leisten; doch jetzt, wo ich alles allein machen muß, fand ich nicht mehr die Zeit, mich auch noch um die Mühle zu kümmern. Als der Müller im vergangenen Jahr starb, habe ich mich nicht nach einem neuen umgesehen.«

»Aber was wird dann aus Ihrem Getreide? Sie sagten, die Backes hätten eine Mühle.« »Nur eine kleine. Es ist für mich bequemer, mein Getreide zu ihnen zu schicken, als mich um den Betrieb dieser Mühle zu kümmern.«

»Und wie steht es mit den anderen Farmern? Ich bin überzeugt, daß Leute wie Janies Vater eine Mühle brauchen. Oder schaffen sie ihr Getreide auch zu den Backes? Ist die Mühle weit von hier entfernt?«

Clay nahm sie bei der Hand und führte sie wieder nach draußen. »Wir wollen erstmal etwas essen, und dann werde ich Ihre Fragen beantworten. Dort oben auf dem Hügel ist ein hübscher Picknickplatz.«

Nachdem sie kalten gebackenen Schinken, eingelegte Austern und Aprikosentörtchen ausgepackt hatten, fing Clay seinerseits an, sie mit Fragen zu bestürmen. Er wollte unbedingt wissen, warum Nicole an dieser Mühle so interessiert war. Nicole war sich nur zu deutlich seiner Nähe bewußt und daß sie in diesem stillen, abgeschiedenen Wäldchen ganz allein waren. »Mein Großvater und ich arbeiteten eine Zeitlang in einer Mühle. Ich habe damals eine Menge von dem Müller gelernt.«

»Ihr Großvater«, sagte er, während er sich ausstreckte und den Kopf auf seine verschränkten Hände bettete. »Wir leben nun schon ziemlich lange unter einem Dach zusammen, doch ich weiß so wenig von Ihnen. Haben Sie immer bei Ihrem Großvater gelebt?«

Sie sah auf ihre Hände hinunter und blieb stumm. Sie wollte nicht über ihre Familie sprechen. »Nicht lange«, sagte sie rasch und sah wieder zur Mühle hinunter. »Haben Sie nicht in Betracht gezogen, die Mühle zu verkaufen?«

»Nein, nie. Ihre Eltern – waren das auch Müller?«

Nicole brauchte eine Weile, bis sie begriff, was er meinte, und die Vorstellung, daß ihre elegante Mutter – mit ihrer kunstvoll garnierten und gepuderten Frisur, mit den drei winzigen sternförmigen Pflästerchen in den Augenwinkeln und ihrem Gewand aus schwerem Brokat – in einer Mühle arbeitete, reizte sie zum Lachen. Ihre Mutter glaubte, daß Brot ausschließlich in der Küche hergestellt wurde.

»Worüber lachen Sie denn?«

»Über die Vorstellung, daß meine Mutter in einer Mühle gearbeitet haben könnte. Sagten Sie nicht, da wäre ein Haus in der Nähe? Könnten wir es besichtigen?«

Rasch packten sie Teller und Schüsseln zusammen, und Clay zeigte ihr das Haus, das ganz aus Holz bestand. Es war ein schlichtes Einzimmerhaus mit einem Dachboden darüber: altmodisch, aber solide und dauerhaft gebaut.

»Lassen Sie uns wieder ans andere Ufer zurückkehren. Da ist etwas, was ich noch mit Ihnen besprechen möchte, und ein Platz, den ich Ihnen zeigen will.«

Clay ruderte sie nicht in gerader Linie über den Fluß, sondern lenkte das Boot flußaufwärts, an bepflanzten Feldern vorbei, und hielt an einer Stelle des Ufers, die ihr unpassierbar erschien. Sie war dick mit Buschwerk bewachsen, und die langen Zweige einer Weide trieben im Wasser.

Clay stieg aus dem Boot und band es an einem Pfahl fest, der in den Büschen versteckt war. Er reichte Nicole die Hand und half ihr auf den ungefähr dreißig Zentimeter breiten Sandstreifen hinauf, der das Ufer säumte. Dann schob er die Zweige eines gewaltigen Myrtenstrauches beiseite und legte einen ziemlich breiten Pfad frei. »Nach Ihnen«, sagte Clay und folgte ihr. Die Zweige des Myrtenbusches schwangen zurück und bargen den Pfad wieder unter sich.

Der Pfad mündete auf einer grasbewachsenen Lichtung, die vollkommen von Bäumen und Büschen eingeschlossen war. Man glaubte einen großen, dachlosen Raum zu betreten, und an zwei Seiten blühte eine üppige Fülle von Blumen. Nicole erkannte einige mehrjährige Arten, obwohl die Blumen von Gräsern durchwuchert waren, konnten sie sich gegen die Konkurrenz behaupten und vermehren.

»Das ist herrlich«, sagte sie und drehte sich im Kreis, während das saftige Gras ihr um die Knöchel strich. »Jemand hat das angelegt. Das kann nicht von allein entstanden sein.«

Clay setzte sich in das Gras und lehnte sich gegen einen Stein, der aussah, als wäre er eigens für seine Bequemlichkeit gemacht. »Wir haben das als Kinder angelegt. Es hat lange gedauert. Doch wir verbrachten jeden freien Moment hier. Wir wollten einen Platz für uns haben.«

»Ein Versteck, nicht wahr? Man könnte bis auf einen Meter an jemand herankommen und ihn doch nicht sehen. Die Büsche sind zu dick.«

Clays Augen hatten einen entrückten Blick. »Meine Mutter glaubte, die Hunde hätten ihr die Setzlinge aus der Tasche gestohlen. Wenn sie die Nachbarn besuchte, ging sie mit fünf Stecklingen von ihnen fort. Wenn sie zu Hause ankam, hatte sie nur noch vier. Ich habe mich oft gefragt, ob sie uns verdächtigte.«

»Mit uns meinen Sie sich und Ihren Bruder, nicht wahr?«

»Ja«, antwortete er leise.

Nicoles Augen blinkten schelmisch. »Ich möchte bezweifeln, daß Sie beide allein die Blumen eingepflanzt haben. Ich kann mir nicht vorstellen, daß zwei Jungen eine Strafe riskieren, indem sie Irisknollen stehlen. Könnte da nicht auch ein junges Mädchen im Spiel gewesen sein?«

Clays Gesicht verhärtete sich, und er schwieg eine Weile. »Elizabeth hat die Blumen angepflanzt.«

Der Ton, in dem er das sagte, verriet Nicole, daß diese Elizabeth ihm eine Menge bedeutet hatte, obwohl sie seiner Antwort nicht entnehmen konnte, ob er sie geliebt oder gehaßt hatte. »James und Beth«, sagte sie leise und setzte sich neben ihn. »Ist ihr Tod die Ursache Ihrer Trauer? Der Grund, warum Sie so selten lächeln?«

Er drehte ihr sein Gesicht zu, das sich vor Zorn dunkel färbte. »Solange Sie nicht bereit sind, mir zu vertrauen, dürfen Sie auch kein Vertrauen von mir erwarten.«

Nicole erschrak. Sie glaubte, es geschickt vermieden zu haben, seine Fragen über ihre Familie zu beantworten, aber er war sensibel genug, ihr anzumerken, daß sie nur etwas verbergen wollte. Und so wie für sie die Vergangenheit noch eine Wunde war, die man nicht berühren durfte, wollte auch er nicht darüber reden. »Verzeihen Sie mir«, flüsterte sie, »ich habe Sie mit meiner Frage nicht kränken wollen.«

Sie saßen eine Weile stumm nebeneinander. »Sie sagten, Sie wollten etwas mit mir besprechen«, ergriff Nicole wieder das Wort.

Clay streckte sich aus, erleichtert, daß er seine Gedanken von seinem toten Bruder und seiner Schwägerin abwenden und zu einem angenehmeren Thema übergehen konnte. »Ich habe über Bianca nachgedacht«, sagte er, und seine Augen wurden dunkel. »Als ich den Entschluß faßte, sie zu entführen, schickte ich auch einen Brief an ihren Vater, der ihm eine Woche, nachdem das Paketboot in See gestochen war, zugestellt werden sollte. Ich wollte nicht, daß er sich ihretwegen Sorgen machte, wollte ihn aber auch nicht in dem Glauben lassen, daß er unsere Ehe verhindern könne. Deshalb hatte ich diese Ferntrauung arrangiert, die natürlich nicht so verlief, wie ich sie plante.«

Nicole hörte ihm nur mit halbem Ohr zu. Sie hätte nicht geglaubt, daß seine Worte so weh tun konnten, und um diesen Schmerz zu betäuben, ließ sie ihre Gedanken wieder zur Mühle zurückwandern. Sie konnte diese Mühle betreiben. Vielleicht konnte sie auch eine andere Arbeit in Amerika finden, oder vielleicht konnte sie in dieser Mühle wohnen und arbeiten – und Clay nahe sein.

»Erinnern Sie sich an die Fregatte, die schon an der Mole lag, als Ihr Schiff eintraf?« fragte Clay. »Ich gab diesem Schiff einen Brief an Bianca mit. Darin erklärte ich ihr alles. Ich schrieb ihr, daß ich irrtümlich mit jemand anderem verheiratet sei, aber daß diese Ehe sofort annulliert würde. Natürlich hatte ich das geschrieben, ehe ich den Brief vom Richter bekam.«

»Natürlich«, warf Nicole tonlos ein.

»Ich schickte ihr auch das Geld für die Überfahrt nach Amerika. Ich schrieb ihr, daß ich sie immer noch begehrte und bat sie, mir zu vergeben und nach Amerika zu kommen.« Clay stand auf und begann, auf der Lichtung auf- und abzuwandern. »Verdammt! Ich weiß gar nicht, warum das alles geschehen mußte. Ich konnte nicht nach England zurückkehren, nicht, wenn ich allein diese Plantage bewirtschaften mußte. Ich schrieb ihr mehrere Briefe und bat sie, zu mir zu kommen; doch sie hatte immer irgendeine Ausrede. Zuerst war ihr Vater sehr krank, und dann hatte sie Angst, ihn allein zu lassen. Ich konnte ihren Briefen entnehmen, daß sie Angst hatte, England zu verlassen. Zuweilen haben die Engländer seltsame Vorstellungen von uns Amerikanern.« Er blickte auf Nicole hinunter, als erwarte er von ihr eine Antwort; doch sie sagte nichts.

Er fuhr fort: »Es wird einige Zeit dauern, ehe sie meinen Brief bekommt, dann noch Monate, ehe ich weiß, ob sie meinen Antrag annimmt oder nicht. Und nun kommen Sie ins Bild.« Er sah Nicole mit hoffnungsvollen Augen an; doch sie wollte immer noch nichts entgegnen.

»Ich weiß nicht, was Sie für mich empfinden. Zuerst dachte ich, Sie fänden Gefallen an meiner Gesellschaft; doch seit einiger Zeit... Sie sehen, ich weiß kaum etwas von Ihnen. In den letzten Wochen habe ich... habe ich eine große Achtung vor Ihnen bekommen. Mein Haus ist wieder zu einem Heim geworden, die Zwillinge lieben Sie, meine Diener und Angestellten gehorchen Ihnen. Sie haben hervorragende Manieren, und ich glaube, Sie könnten eine Reihe von gesellschaftlichen Funktionen übernehmen. Es wäre nett, wenn die Leute wieder zu Besuch kämen.«

»Was wollen Sie mir damit sagen?«

Er holte tief Luft. »Wenn Bianca meinen Autrag zurückweist, würde ich gern mit Ihnen verheiratet bleiben.«

Ihre Augen wechselten von Braun zu Schwarz. »Eine Heirat, aus der auch Kinder hervorgehen könnten, nehme ich an.«

Kleine Fältchen bildeten sich in Clays Augenwinkeln, und er lächelte leicht. »Natürlich. Ich muß zugeben, daß ich Sie sehr attraktiv finde.«

Nicole glaubte nicht, daß sie jemals in ihrem Leben so wütend gewesen war wie jetzt. Sie konnte den Zorn von den Zehenspitzen bis zum Haaransatz hinauf spüren. Sie stand langsam auf, und es kostete sie viel Mühe, zu sagen: »Nein, ich glaube nicht, daß ich damit zufrieden wäre.«

Er faßte ihren Arm, als sie sich von ihm wegdrehte. »Warum nicht?« forschte er. »Ist Arundel Hall nicht groß genug für Sie? Mit Ihrem Aussehen könnten Sie vielleicht sogar noch etwas Größeres bekommen.«

Die Ohrfeige, die sie ihm gab, hallte als Echo von den Bäumen wider.

Er stand da und grub seine Finger in ihren Arm, während seine Wange rot anlief. »Ich hätte sehr gern eine höflichere Art der Antwort gehabt«, sagte er kalt.

Sie riß sich von ihm los. »*Cochon!* Sie ignoranter, eitler Mann! Wie können Sie es wagen, mir so einen Antrag zu machen?«

»Antrag! Ich habe Ihnen eben einen Heiratsantrag gemacht, und ich glaube, ich habe Ihnen in den letzten Wochen verdammt viel Respekt entgegengebracht. Schließlich sind Sie nach dem Gesetz meine Frau.«

»Respekt! Sie wissen ja nicht einmal, was dieses Wort bedeutet. Es ist richtig, daß Sie mir ein getrenntes Schlafzimmer angewiesen haben; aber weshalb? Weil Sie mich respektieren? Oder weil sie später Ihrer geliebten Bianca sagen können, daß Sie mich nicht angerührt haben?«

Der Ausdruck auf seinem Gesicht war ihr Antwort genug. »Sehen Sie mich an«, schrie sie fast mit einem schweren Akzent. »Ich bin Nicole Courtalain. Ich bin ein menschliches Wesen mit Gefühlen und Erwartungen. Ich bin mehr als nur ein

Fall verwechselter Identität. Ich bin mehr als die Tatsache, daß ich nicht ›Ihre‹ Bianca bin. Sie sagen, Sie machen mir einen Heiratsantrag; doch sehen Sie sich an, was Sie zu bieten haben. Nun bin ich die Herrin der Plantage, die von jedem Mrs. Armstrong genannt wird. Doch meine ganze Zukunft hängt an einem dünnen Faden. Wenn Bianca Ihren Antrag annimmt, dann soll ich beiseite geworfen werden. Wenn sie Ihren Antrag ablehnt, dann werden Sie sich mit der zweiten Wahl abfinden. Nein! Nicht einmal mit der zweiten Wahl. Ich bin zufällig zur falschen Zeit am falschen Ort. Für mich gab es keine Wahl.«

Sie holte tief Luft. »Zweifellos dachten Sie, ich würde bleiben und die Gouvernante der Zwillinge sein, wenn Bianca nach Amerika käme.«

»Und was wäre daran so verkehrt?«

Sie war so wütend, daß sie nicht mehr weitersprechen konnte. Sie zog den Fuß zurück und trat nach ihm. Ihr Zeh schmerzte mehr als sein Schienbein, das von seinem schweren Lederstiefel geschützt war; doch das war ihr egal. Sie überschüttete ihn mit einigen französischen Flüchen und drehte sich dann dem Pfad zu.

Er packte sie wieder am Arm. Auch er war wütend. »Ich begreife Sie nicht. Ich könnte mir unter der Hälfte der Frauen in der Grafschaft eine aussuchen, wenn Bianca meinen Antrag ablehnt; doch ich habe Sie gebeten. Was ist so schlimm daran?«

»Sollte ich mich auch noch geehrt fühlen? Geehrt, daß Sie einem so armen kleinen Ding wie mir erlauben, bei Ihnen zu bleiben? Glauben Sie, ich möchte mein ganzes Leben lang ein Objekt der Wohlfahrt sein? Es mag Sie überraschen, Mr. Armstrong, daß ich ein bißchen Liebe in meinem Leben haben möchte. Ich möchte einen Mann, der mich liebt, wie Sie Bianca lieben. Ich möchte keine Heirat aus Bequemlichkeit, sondern aus Liebe. Beantwortet das Ihre Frage? Ich würde lieber mit einem Mann hungern, den ich liebe, als mit Ihnen in Ihrem feinen Haus zusammen leben, wenn ich jeden Tag daran denken müßte, wie sehr Sie Ihrer verlorenen Liebe nachtrauern.«

Er sah sie so sonderbar an, daß sie nicht wußte, was hinter

seiner Stirn vorging. Es war fast so, als betrachtete er sie zum erstenmal ganz klar – ohne jeden Irrtum.

»Was Sie auch von mir denken mögen«, sagte er nun leise, »ich hatte nicht die Absicht, Sie zu beleidigen. Sie sind eine bewundernswerte Frau. Sie haben eine unerträgliche Situation in etwas verwandelt, das für alle, die Sie umgeben, eine Wohltat ist, nicht nur für Sie selbst. Wir alle, ich wohl am meisten, haben Sie ausgenützt. Ich wünschte, Sie hätten mir schon früher gesagt, daß Sie sich hier unglücklich fühlen.«

»Ich bin ja nicht unglücklich...«, begann sie, aber dann konnte sie den Satz nicht zu Ende bringen, weil die Tränen sie am Weiterreden hinderten. Es fehlte nicht viel, und sie hätte ihm die Arme um den Hals geworfen und gesagt, sie würde bei ihm bleiben, egal, unter welchen Bedingungen.

»Wir sollten jetzt wieder ins Haus zurückkehren, meinen Sie nicht auch? Lassen Sie mich eine Weile über alles nachdenken, vielleicht kann ich etwas arrangieren, das besser zu Ihnen paßt.«

Sie ging wie betäubt hinter ihm den Pfad hinunter.

7

Clayton trennte sich vor den Ställen von ihr. Nicole war es unbegreiflich, wie sie es fertigbrachte, ins Haus zurückzugehen. Sie versuchte den Kopf hoch zu halten und den Blick nur auf eine Stelle zu richten – auf die Haustür.

Kaum hatte sie die Tür ihres Schlafzimmers hinter sich geschlossen, als die Tränen kamen. In dem Jahr, wo sie sich vor ihren Verfolgern verstecken mußte, hatte sie gelernt zu weinen, ohne ein Geräusch zu machen. Sie warf sich auf das Bett, und das Schluchzen erschütterte ihren ganzen Körper.

Alles, was sie gesagt hatte, war falsch gewesen. Er hatte seinen Heiratsantrag nicht so gemeint, wie sie ihn aufgefaßt hatte. Und nun sprach er von einer »angemessenen Situation«. Wie lange würde sie noch Frist haben, ehe er sie fortschickte? Wenn Bianca käme, würde sie es ertragen können, mitanzusehen, wie Clay sie berührte, sie küßte? Würde sie sich jede Nacht in den Schlaf weinen, wenn die beiden die Tür des Schlafzimmers, das sie teilten, hinter sich abschlossen?

Sowohl Maggie wie Janie klopften an ihre Tür und fragten, ob sie krank wäre. Nicole raffte sich zu der Antwort auf, daß sie sich erkältet hätte und niemanden anstecken wolle. Die Stirnhöhlen waren vom vielen Weinen ganz zugeschwollen, und so hörte sich ihre Stimme an, als wäre sie tatsächlich krank. Später am Tag hörte sie die Zwillinge vor ihrer Tür flüstern; doch sie störten sie nicht.

Nicole stand auf und meinte, sie hätte sich nun lange genug bemitleidet. Sie wusch sich das Gesicht und zog sich das Kleid aus. Clays Schritte erklangen im Flur, und Nicole hielt den Atem an. Sie konnte ihm so unmöglich gegenübertreten. Sie wußte, daß sich ihr Herz in ihren Augen widerspiegelte. Beim Abendessen würde sie ihn vermutlich darum bitten, ihr zu erlauben, in seiner Nähe zu bleiben – als sein Schuhputzer, wenn er keine andere Verwendung für sie hatte.

Sie zog ihr Hemd über den Kopf und schlüpfte in ein Nachtgewand, das seidene Nachthemd mit den Spitzen, das Clay so bewundert hatte. Sie wußte nicht, wieviel Uhr es war, aber sie war sehr müde und wollte zu Bett gehen. Draußen zog sich ein Gewitter zusammen. Bei dem ersten entfernten Grollen des Donners machte sie die Augen ganz fest zu. Sie durfte jetzt nicht an ihren Großvater denken, das durfte sie nicht!

Sie durchlebte noch einmal die ganze schreckliche Nacht. Der Regen prasselte gegen die Fenster der Mühle, und die Blitze machten die Umgebung der Mühle so hell wie am Tage. Es war der Blitz, der ihr das Gesicht ihres Großvaters vor dem Fenster zeigte.

Sie setzte sich schreiend auf, die Hände gegen die Ohren gepreßt. Sie hörte nicht, wie die Tür aufging und Clay an ihr Bett trat.

»Still. Du bist in Sicherheit. Sei still! Niemand kann dir etwas tun«, sagte er, während er sie in seine Arme zog.

Er hielt sie wie ein Kind, und sie barg ihr Gesicht an seiner nackten Schulter. Er wiegte sie an seiner Brust und streichelte ihr Haar. »Erzähle mir davon. Was hast du geträumt?«

Sie schüttelte den Kopf und klammerte sich verzweifelt an seine Arme. Jetzt, wo sie wach war, wußte sie, daß ihr Traum echt gewesen war. Sie wußte, daß sie nie mehr ohne diesen Alptraum leben würde. Ein Blitz zuckte vor den Fenstern auf, Nicole fuhr zusammen und versuchte, Clay noch näher an sich zu ziehen.

»Ich denke, es ist Zeit, daß wir reden«, sagte er, während er sie in seinen Armen in die Höhe zog und eine Steppdecke um ihre Schultern breitete.

Nicole schüttelte nur stumm den Kopf.

Er trug sie in sein Schlafzimmer hinüber, setzte sie in einen Sessel und goß ihr ein Glas süßen Sherry ein. Er wußte, daß sie seit ihrem Picknick nichts mehr gegessen hatte und vermutete, daß ihr der Alkohol sofort zu Kopf steigen würde.

Und so war es auch.

Als er merkte, daß sich ihre Verkrampfung zu lösen begann, nahm er ihr das leere Glas ab, füllte es nach und stellte es auf den Tisch neben ihrem Sessel. Auch er goß sich ein Glas Sherry ein. Dann hob er sie wieder aus dem Sessel, setzte sich selbst hinein, bettete Nicole an seine Brust und zog die Decke über sie beide. Das Gewitter gab ihnen das Gefühl, als wären sie zwei Schiffbrüchige, die sich im Sturm auf eine Insel gerettet hatten.

»Warum hast du Frankreich verlassen? Was ist in dem Haus des Müllers geschehen?«

Sie barg ihr Gesicht wieder an seiner Schulter und schüttelte den Kopf. »Nein«, flüsterte sie.

»Nun gut, dann erzähle mir von einer besseren Zeit. Hast du immer bei deinem Großvater gelebt?«

Der Sherry gab ihr ein Gefühl von Trägheit und Wärme. Sie lächelte auf eine versponnene Weise. »Es war ein schönes Haus. Es gehörte meinem Großvater; doch eines Tages sollte es in den Besitz meines Vaters übergehen. Es spielte jedoch keine Rolle; es hatte Platz für uns alle. Außen war es weiß-rosenfarbig. In meinem Schlafzimmer schwebten Engel an der

Decke. Sie fielen von einer Wolke herunter. Manchmal wachte ich auf und öffnete die Arme, um sie aufzufangen.«

»Du wohntest dort mit deinen Eltern?«

»Großvater wohnte im Ostflügel, und ich lebte mit meinen Eltern im Haupthaus. Natürlich hielten wir den Westflügel für die Besuche des Königs frei.«

»Natürlich«, antwortete Clay. »Was geschah mit deinen Eltern?«

Sie schwieg, während Tränen ihr über das Gesicht zu laufen begannen. Clay hielt ihr das Glas an den Mund und ließ sie wieder vom Sherry trinken.

»Sag es mir«, flüsterte er.

»Großvater war vom Hof nach Hause zurückgekehrt. Er war sehr oft bei Hofe, doch nun kam er nach Hause, weil so viele Leute nicht mehr sicher waren in Paris. Mein Vater sagte, wir sollten alle nach England ziehen, bis die Menschheit sich wieder beruhigte; doch mein Großvater sagte, die Courtalains hätten viele Jahrhunderte auf diesem Schloß gelebt, und er wollte es nicht verlassen. Er vertrat die Meinung, der Pöbel würde nicht wagen, sich gegen ihn zu erheben. Wir glaubten ihm das alle. Er war so groß und so stark. Schon seine Stimme genügte, um jeden in Angst und Schrecken zu versetzen.« Sie verstummte.

»Was geschah an jenem Tag?«

»Großvater und ich ritten im Park spazieren. Es war ein herrlicher Frühlingstag. Dann sahen wir Rauch hinter den Bäumen aufsteigen, und mein Großvater gab seinem Pferd die Sporen. Ich folgte ihm. Als wir zwischen den Bäumen hervorkamen, sahen wir es. Unser schönes, wunderschönes Haus ging in Flammen auf! Ich saß nur da und starrte auf das brennende Schloß. Ich konnte es nicht glauben. Mein Großvater führte mein Pferd zu den Ställen und hob mich aus dem Sattel. Er schärfte mir ein, im Stall zu bleiben. Ich stand nur da und starrte. Ich sah zu, wie das Feuer die rosenfarbenen Ziegel langsam schwarz färbte.«

»Was war mit deinen Eltern?«

»Sie waren fortgefahren zu dem Haus von Freunden. Sie wollten erst spät abends wieder zurückkehren. Ich wußte nicht, daß sie schon viel früher zurückgekehrt waren, weil meine Mutter einen Riß in ihrem Kleid hatte.« Ihr Schluchzen wurde stärker.

Clay zog sie noch fester an seine Brust. »Sag es mir. Sprich es aus.«

»Großvater kam zurück, rannte im Schutze der Hecken zum Stall zurück. Seine Kleidung war voller Ruß, und unter dem Arm trug er eine kleine Kassette aus Holz. Er packte meinen Arm und zog mich in den Stall hinein. Er warf das Heu aus einer langen Kiste und hob mich hinein. Dann stieg er zu mir und machte den Deckel über sich zu. Wir lagen nur ein paar Minuten in der Kiste, als wir schon das Brüllen der Leute hörten. Die Pferde wieherten wild, als sie das Feuer rochen. Ich wollte zu ihnen gehen; doch mein Großvater hielt mich fest.«

Sie verstummte wieder, und Clay flößte ihr noch mehr von dem Sherry ein.

»Was passierte, als der Mob sich wieder verstreut hatte?«

»Großvater öffnete die Heukiste, und wir kletterten hinaus. Es war dunkel, oder es hätte dunkel sein sollen. Unser Haus war immer noch eine einzige Fackel, und es war fast so hell wie am Tag. Großvater zog mich mit sich fort, als ich auf das Haus zurücksah. ›Schau immer nach vorn, Kind, nie zurück‹, sagte er. Wir wanderten die ganze Nacht hindurch und den darauffolgenden Tag. Bei Sonnenuntergang hielten wir an und öffneten die Kassette, die er aus dem Haus mitgenommen hatte. Papiere lagen darin und ein Smaragdarmband, das meiner Mutter gehörte.« Sie seufzte, als sie sich daran erinnerte, wie sie die Smaragde dazu benützt hatten, dem Müller zu helfen. Dann hatte sie die letzten beiden Steine verkauft, damit sie Teilhaberin ihrer Cousine in deren Modeladen werden konnte. »Ich hatte immer noch nicht begriffen, was damals geschah«, fuhr sie fort. »Ich war so ein naives, behütetes Kind. Mein Großvater sagte, es wäre Zeit, daß ich erwachsen würde und die Wahrheit verstände. Er sagte, daß die Leute uns töten wollten, weil wir in einem schönen großen Haus wohnten. Er sagte, von nun an müßten wir uns davor hüten, den Leuten zu verraten, wer wir seien. Er nahm die Papiere aus der Kassette und vergrub sie. Er

107

sagte, ich müsse mir immer bewußt bleiben, wer ich sei, daß die Courtalains die Abkömmlinge und Verwandte von Königen sind.«

»Kamen sie dann in das Haus des Müllers?«

»Ja«, sagte sie tonlos, als wollte sie nun nicht mehr weiterreden.

Clay ließ sie noch einmal von dem Sherry trinken. Es war ihm gar nicht wohl dabei, daß er sie betrunken machte; doch er wußte, es war die einzige Möglichkeit, sie zum Sprechen zu bringen. Er hatte schon lange gespürt, daß sie etwas vor ihm verbarg. Heute nachmittag, als er sich nach ihrer Familie erkundigt hatte, hatte er bemerkt, wie das blanke Entsetzen in ihre Augen trat.

Er strich ihr das Haar aus der Stirn. Ihre Locken waren feucht von Schweiß. Sie war so zierlich, aber sie trug so viele schwere Dinge mit sich herum. Erst, als sie so wütend auf ihn geworden war, hatte er begriffen, wie recht sie hatte. Seit sie nach Amerika gekommen war, hatte er sie nie betrachtet, ohne sich zu wünschen, an ihrer Stelle Biancas Züge mit den blonden Haaren darüber zu sehen. Doch jetzt, als er an all die Dinge dachte, die sie vollbracht hatte, seit sie in Amerika war, war ihm klargeworden, daß sie sich vor niemandem zu verstecken brauchte.

Er nahm ihr das leere Sherryglas ab. »Warum hast du Frankreich und das Haus des Müllers verlassen? Du mußt dort doch sicher gewesen sein.«

»Sie waren alle sehr nett.« Ihr Akzent wurde noch schwerer. Sie schien manche Worte mehr im Hals als mit dem Mund zu sprechen. Jede Silbe, die sie aussprach, schien erst in Sahne getaucht zu sein. »Mein Großvater sagte, ich sollte ein Gewerbe lernen und daß das Handwerk des Müllers seinen Mann ernährte. Der Müller meinte, ein Mädchen würde nie begreifen, wie man mit Mahlsteinen und Getreide umgehen müsse; doch mein Großvater lachte ihn nur aus.«

Sie hielt inne und lächelte. »Ich könnte deine Mühle betreiben. Ich könnte dir damit Geld verdienen.«

»Nicole«, sagte er in gütigem und zugleich befehligendem

Ton, »warum bist du so verstört bei einem Gewitter? Warum hast du das Haus des Müllers verlassen?«

Sie starrte zum Fenster hinüber, als der Regen von neuem gegen die Scheiben trommelte. Ihre Stimme klang sehr leise: »Wir waren oft genug gewarnt worden. Der Müller war aus der Stadt zurückgekommen, ehe er das Mehl verkauft hatte, das er auf seinem Wagen mitführte. Er sagte, es wären ein paar Unruhestifter aus Paris in der Stadt eingetroffen. Viele Leute wußten von meinem Großvater und mir. Er war sein ganzes Leben lang ein Aristokrat gewesen, und er sagte, er sei zu alt, um sich jetzt noch umstellen zu können. Was niemand verstehen konnte, war die Einstellung meines Großvaters: er behandelte jeden gleich. Er behandelte den König genauso wie einen Stalljungen. Er sagte, nachdem Ludwig XIV. gestorben war, wäre kein richtiger Mann mehr auf den Thron gekommen.«

»Der Müller kam aus der Stadt zurück, ohne sein Mehl verkauft zu haben«, wiederholte Clay.

»Er sagte, wir sollten uns verstecken, flüchten, irgend etwas tun, damit wir sicher wären. Er hatte eine große Zuneigung zu meinem Großvater gefaßt. Großvater lachte ihn aus. Ein Gewitter zog auf und mit ihm die Stadtleute. Ich war ganz oben im Speicher und zählte Futtersäcke. Ich blickte aus dem Fenster, und als die Blitze aufflammten, sah ich sie kommen. Sie trugen Mistgabeln und Sensen. Manche von ihnen kannte ich. Ich hatte ihnen beim Mahlen ihres Korns geholfen.«

Clay spürte, daß sie am ganzen Körper zitterte, und er hielt sie fest an seiner Brust. »Hat dein Großvater sie gesehen?«

»Er lief die Treppe zum Speicher hinauf, wo ich die Säcke zählte. Ich sagte ihm, ich würde mich mit ihm zusammen den wütenden Leuten stellen und daß ich eine Courtalain wäre wie er. Er sagte, ich wäre die einzige, die nun übriggeblieben sei. Er sprach, als wäre er bereits tot. Er packte einen leeren Futtersack und stülpte ihn mir über den Kopf. Ich glaube, ich war zu betäubt, um widersprechen zu können. Er band den Sack oben zu und flüsterte, wenn ich ihn liebte, würde ich mich nicht von der Stelle bewegen. Er packte volle Getreidesäcke um mich herum. Ich hörte, wie er wieder die Treppe hinunterstieg. Minuten später drang der Mob in die Mühle ein. Sie durchsuchten den Speicher, und ein paarmal kamen sie mir sehr nahe.«

Clay küßte ihre Stirn, er hielt sie gegen seine Wange. »Und dein Großvater?« fragte er flüsternd.

»Ich wühlte mich wieder aus dem Sack hinaus, als sie abgezogen waren. Ich wollte hinaus und mich überzeugen, daß er in Sicherheit war. Als ich aus dem Fenster sah...« Ihr Körper zog sich wie bei einem Krampf zusammen, und er zog die Decke noch fester um ihre Schultern.

»Was war vor dem Fenster?«

Sie zuckte von ihm weg, stemmte die Hände gegen seine Brust. »Mein Großvater war dort. Er war dort und lächelte mich an.«

Clay betrachtete sie verwirrt.

»Begreifst du denn nicht? Ich war auf dem Speicher. Sie hatten ihm den Kopf abgeschlagen und diesen auf eine Lanze gesteckt. Sie trugen ihn hoch über ihren Köpfen wie eine Trophäe. Ein Blitz zuckte auf, und ich sah ihn!«

»O Gott«, stöhnte Clay und zog sie wieder an seine Brust, obwohl sie sich noch gegen ihn wehrte. Als sie zu weinen begann, hielt er sie auf seinen Schenkeln und wiegte sie. Er liebkoste ihr Haar.

»Sie brachten auch den Müller um«, sagte sie nach einer Weile. »Die Frau des Müllers bestürmte mich, wegzugehen, weil sie mich nicht länger schützen könne. Sie nähte drei Smaragde in den Saum meines Kleides und brachte mich auf ein Schiff nach England. Die Smaragde und mein Medaillon waren alles, was mir von meiner Kindheit geblieben war.«

»Und dann kamst du zu Bianca, und ich entführte dich aus England.«

»Du sagst das so, als wäre mein ganzes Leben nur eine Katastrophe gewesen. Ich hatte aber eine sehr glückliche Kindheit. Ich lebte auf einem großen Besitz und hatte viele Vettern als Spielgefährten.«

Er war froh, daß sie sich offensichtlich erholte. Er hoffte,

110

daß die Beichte dieser Tragödie eine heilsame Wirkung auf sie haben würde. »Und wie viele Herzen hast du gebrochen? Waren sie alle in dich verliebt?«

»Keiner von ihnen! Ein Vetter küßte mich, aber es gefiel mir nicht. Ich mochte nicht dulden, daß mich einer von ihnen noch einmal küßte. Du bist der einzige...« Sie hielt inne und lächelte, fuhr dann mit ihrem Finger am Rand seiner Lippen entlang. Er küßte ihn, und sie hielt den Finger hoch, um ihn zu betrachten. »Dumme, dumme Nicole«, flüsterte sie.

»Warum nennst du dich dumm?«

»Die ganze Geschichte ist reichlich komisch. Ich fahre mit der Kutsche durch den Park, und im nächsten Moment wache ich auf einem Schiff auf, das nach Amerika unterwegs ist. Dann werde ich gezwungen, einen Mann zu heiraten, der mich als Diebin bezeichnet.« Sie schien nicht zu merken, wie Clay zusammenzuckte. »Daraus könnte man ein großartiges Theaterstück machen. Die schöne Heldin Bianca ist mit dem schönen Helden Clayton verlobt. Doch ihre Heiratspläne werden von der ruchlosen Nicole durchkreuzt. Die Zuschauer würden auf ihren Sitzen kleben bleiben bis zum Ende des Stücks, wenn die wahre Liebe sich durchsetzt und Bianca und Clay wieder vereinigt sind.«

»Und was wird aus Nicole?«

»Ah! Ein Richter gibt ihr ein Papier, auf dem steht, daß sie nie existiert habe, und daß es die Zeit, die sie mit dem Helden verbracht hat, nie gegeben hat.«

»Ist es das, was Nicole will?« fragte er leise.

Sie hielt den Finger, den er geküßt hatte, an ihre Lippen. »Arme, dumme Nicole: Du hast dich in den Helden verliebt! Ist das nicht komisch? Er hat sie nicht einmal angesehen in den zehn Minuten ihrer Trauung; doch sie ist in ihn verliebt. Weißt du, daß er sagte, ich wäre eine bewundernswerte Frau? Das arme dumme Ding steht da wie eine Bettlerin, die ihm ihre Leidenschaft anbietet, und er redet von allen möglichen Dingen, die sie tun könne, als wäre sie eine Stute, die man sich kaufen kann.«

»Nicole...«, begann er.

Sie kicherte und streckte sich in seinen Armen. »Weißt du eigentlich, daß ich zwanzig Jahre alt bin? Die Hälfte meiner Cousinen waren schon verheiratet, als sie achtzehn wurden. Doch ich bin schon immer anders gewesen. Sie sagten, ich wäre kalt und ohne Gefühl und daß kein Mann sich je für mich entflammen könne.«

»Sie hatten unrecht. Sobald du von mir befreit bist, werden sich mindestens hundert Männer bemühen und um deine Hand anhalten.«

»Du hast es so eilig, mich loszuwerden, nicht wahr? Du möchtest lieber deine Träume von Bianca behalten statt mich, nicht wahr? Ich bin dumm. Reizlose, mütterliche, jungfräuliche Nicole, die einen Mann liebt, der nicht einmal weiß, daß sie ein lebendiges Wesen ist.«

Sie sah zu ihm hoch. Da war noch eine nüchterne Partie ihres Verstandes, die aufmerksam verfolgte, was sie zu ihm sagte. Er lächelte sie an. Er lachte! Ihre Augen schwammen wieder in Tränen. »Laß mich los! Laß mich in Ruhe! Morgen kannst du über mich lachen, aber nicht jetzt!« Sie kämpfte mit ihm, um von seinen Knien herunterzukommen. Er hielt sie fest.

»Ich lache nicht über dich. Ich lache, weil du dich für reizlos hältst.« Er fuhr mit dem Finger über ihre Oberlippe. »Du weißt es also wirklich nicht, nicht wahr? Ich kann deine Vettern sogar verstehen, daß sie so großen Respekt vor dir hatten. Du bist von einer Intensität, die fast erschreckend ist.«

»Bitte, laß mich los«, flüsterte sie.

»Wie kann eine Frau, die so schön ist wie du, sich ihrer Schönheit nicht sicher sein?« Sie wollte etwas sagen; doch er verschloß ihr mit dem Finger die Lippen. »Hör mich an! An jenem Abend auf dem Schiff, als ich dich küßte...« Er lächelte in Erinnerung daran. »Keine Frau hat mich je so geküßt wie du. Du hast nichts gefordert, wolltest nur schenken. Später, als ich sah, wie du dich vor den Hunden fürchtetest, da wäre ich, glaube ich, sogar durch kochendes Öl gegangen, um dir beizustehen. Verstehst du das nicht? Merkst du nicht, wie stark deine Gegenwart auf mich wirkt? Du sagtest, ich hätte dich kein einziges Mal angesehen. Tatsache ist, ich habe nie aufgehört, dich anzusehen. Alle Leute auf der Plantage lachen mich aus meiner lahmen Ausreden wegen, die ich benütze, damit ich jeden Tag in das Haus zurückkehren kann.«

»Ich glaubte, du wüßtest nicht einmal, daß ich hier wohne. Ist es wahr, daß du mich für hübsch hältst? Ich meine, mein Mund... und eine schöne Frau muß doch blond und blauäugig sein...«

Er beugte sich vor und küßte sie lange und zärtlich. Er fuhr mit seinen Lippen über ihren Mund, dann mit seiner Zunge und seinen Zähnen. Er berührte mit der Zungenspitze jeden Winkel ihres Mundes, nahm dann ihre Unterlippe zwischen seine Zähne und prüfte ihre reife Fülle. »Beantwortet das deine Frage? Nächtelang habe ich auf den Feldern geschlafen, um nur ein bißchen Ruhe zu finden. Solange ich dich im nächsten Zimmer wußte, fand ich nur eine oder zwei Stunden Schlaf.«

»Vielleicht hättest du in mein Zimmer kommen sollen«, sagte sie rauh. »Ich glaube, daß ich dich nicht weggeschickt hätte.«

»Das ist gut«, sagte er, während er ihr Ohr küßte, dann ihren Hals, »denn ich werde dich heute nacht lieben, und wenn ich dir Gewalt antun müßte.«

Ihre Arme glitten um seinen Hals. »Clay«, flüsterte sie, »ich liebe dich.«

Er schob seine Arme unter sie, stand auf und trug sie dann zum Bett. Er zündete eine Kerze auf dem Nachttisch an. Ein köstlicher Wachsmyrten-Duft erfüllte das Zimmer. »Ich möchte dich sehen«, sagte er und setzte sie auf das Bett. Das Spitzenleibchen ihres Nachtgewands war mit siebzehn winzigen, satinüberzogenen Knöpfen befestigt. Langsam und behutsam knöpfte Clay sie der Reihe nach auf. Als seine Hände ihre Brüste berührten, schloß sie die Augen.

»Weißt du, daß ich dich in der Nacht, als ich dich von den Hunden erlöste, ausgezogen habe? Daß ich dich damals allein in deinem Bett zurückließ, war die selbstloseste Tat meines Lebens.«

»Deshalb lag mein Kleid zerrissen auf dem Boden.«

Er antwortete nicht, während er ihre Arme aus dem Spitzenleibchen hob, dann den Rest des Nachtgewandes entfernte. Er fuhr mit der Hand an der einen Seite ihres Körpers entlang und hielt an der Rundung ihrer Hüfte inne. Sie war zierlich, aber vollendet gebaut. Ihre Brüste waren hoch und voll, ihre Taille schmal, ihre Beine und Hüften lang. Er beugte sich vor und küßte ihren Bauch, dann rieb er seine Wange daran.

»Clay«, flüsterte sie, ihre Hand in seinen Haaren, »ich habe Angst.«

Er hob den Kopf und lächelte sie an. »Es ist immer das Unbekannte, das wir fürchten. Hast du schon einmal einen nackten Mann gesehen?«

»Nur einen meiner Vettern, als er zwei Jahre alt war«, antwortete sie wahrheitsgemäß.

»Der Unterschied ist erheblich«, sagte er, stand auf und begann die Knöpfe an der Seite seiner Hose zu öffnen, das einzige Kleidungsstück, das er trug.

Sie blickte hoch, als die Hose zu Boden fiel, und hielt ihren Blick auf sein Gesicht gerichtet. Er stand ruhig vor ihr, und sie wußte, daß er bald zum Angriff übergehen würde. Seine Brust war von der Sonne tief gebräunt. Sie war breit und muskulös. Das Kerzenlicht spielte über die tiefen Kurven seiner Muskeln hin. Seine Taille war sehr schmal, seine Bauchmuskeln zeichneten sich wie kräftige Stricke unter der Haut ab. Rasch ging ihr Blick hinunter zu seinen Füßen, seinen kräftigen Waden, seinen ungewöhnlich muskulösen Schenkeln. Er war ein Mann, der viele Stunden seines Arbeitstages auf einem Pferd verbrachte, und das merkte man seinen Schenkeln an. Ihr Blick ging zurück zu seinem Gesicht. Er sah sie immer noch erwartungsvoll an.

Nun blickte sie ihn voll an. Was sie sah, erschreckte sie nicht. Er war Clayton, der Mann, den sie liebte, und sie hatte keine Angst vor ihm. Sie ließ ein leises, kehliges Lachen der Erleichterung und des Vergnügens hören. Sie öffnete ihre Arme für ihn.

»Komm zu mir«, flüsterte sie.

Clay lächelte sie an, als er sich neben ihr auf dem Bett ausstreckte.

»So ein schönes Lächeln«, sagte sie, während sie mit dem Finger seine Lippen nachzeichnete. »Vielleicht wirst du es mir eines Tages erklären, warum ich es so selten an dir sehe.«

»Vielleicht«, sagte er ungeduldig, während er ihre Lippen mit seinem Mund verschloß.

Clays Kinn wirkte auf Nicole wie eine elektrische Entladung. Sie fühlte sich klein, war sich nur zu sehr ihrer weiblichen Zartheit neben seinem großen, kräftigen Körper bewußt. Als er ihren Nacken küßte, tastete sie mit der Hand über seinen Arm, erkundete die Berge und Täler seiner Muskeln. Plötzlich wurde ihr bewußt, daß er ihr gehörte, daß sie seinen Körper nach Herzenslust erkunden und genießen durfte. Sie lehnte sich zu ihm und küßte dieses Lächeln, fuhr mit der Zunge über seine ebenmäßig-weißen Zähne, die sie so selten sah. Sie fuhr mit kleinen knabbernden Küssen an seinem Hals entlang, nahm sein Ohrläppchen zwischen die Zähne. Sie schob ihre Hüften zwischen die seinen.

Clay war überrascht von ihren Aktionen. Dann lachte er tief in seiner Kehle. »Komm her, meine kleine französische Füchsin.« Er zog sie an sich und rollte mit ihr über das Bett.

Nicole lachte vor Vergnügen. Er hielt sie über sich, fuhr mit seinen Händen durch ihre Haare, dann an ihrem Körper hinauf zu ihren Brüsten.

Plötzlich veränderte sich seine Miene, wurde dunkler. »Ich möchte dich haben«, flüsterte er.

»Ja«, antwortete sie, »ja.«

Sacht legte er sie aufs Bett zurück und schob sich über sie. Der Alkohol, den sie auf leeren Magen getrunken hatte, die Befreiung von einer schrecklichen seelischen Last, weil sie zum erstenmal die Geschichte ihres Großvaters gebeichtet hatte: das alles wirkte entspannend auf sie. Sie wußte nur, daß sie mit einem Mann zusammen war, den sie liebte und begehrte. Sie hatte keine Angst, als sie spürte, wie Clay in sie eindrang. Es war ein kurzer Schmerz; doch sie vergaß ihn wieder in dem Bewußtsein, daß sie jetzt dem geliebten Mann noch näher war.

Einen Moment später weiteten sich ihre Augen vor Überraschung. Bisher hatte sie sich unter dem Liebesakt immer etwas Erhabenes vorgestellt, ein weihevolles Gefühl der Nähe und der Liebe. Das Gefühl, das nun durch ihre Adern lief, hatte nichts mit solcher Liebe zu tun – das war Feuer!

»Clay«, flüsterte sie, bog dann ihren Kopf zurück und wölbte ihm ihren Leib entgegen.

Er bewegte sich zuerst langsam, beherrschte sich, da er wußte, es war für sie das erste Mal. Doch ihre Reaktionen entflammten ihn. Er hatte geahnt, daß sie eine Frau sei, die instinktiv wußte, was Leidenschaft ist; doch so eine tiefe Begierde hätte er nie in ihr vermutet. Ihre Kehle war entblößt, und er konnte darin das Blut kochen sehen. Sie griff nach seinen Hüften, fuhr mit ihrer Hand an seinem Körper hinunter. Sie gab ihm das Gefühl, als genieße sie ihn genauso wie er sie. Die Frauen, die er bisher gehabt hatte, waren fordernd gewesen, oder meinten, sie täten ihm einen Gefallen.

Er fiel auf sie, als seine Stöße härter und schneller wurden. Sie zog ihn immer fester an sich und schlang ihre Beine um seine Hüften. Als sie gemeinsam zum Höhepunkt kamen, hingen sie fest aneinander, während ihr Schweiß sich vermischte, als wären sie nur ein Körper.

Für Nicole war es ein neues wundervolles Erlebnis gewesen. Sie hatte etwas Erhebendes, Himmlisches erwartet. Die animalische Leidenschaft, die sie erfahren hatte, war viel mehr, als sie für möglich gehalten hatte. Sie schlief in Clays Armen ein.

Clay wollte sie auch nicht einen Millimeter von sich wegrükken lassen. Obwohl er schon mit vielen Frauen geschlafen hatte, hatte er das Gefühl, als wäre dies das erste Mal gewesen. Zum erstenmal seit Jahren schlief er mit einem Lächeln auf seinem Gesicht ein.

Als Nicole am nächsten Morgen erwachte, dauerte es noch Minuten, ehe sie die Augen öffnete. Sie streckte sich behaglich in der Gewißheit, daß sie, wenn sie die Lider öffnete, die dunkle Täfelung von Clays Schlafzimmer sehen würde, das Kissen, auf dem sein Kopf geruht hatte. Sie spürte, daß er fort war; doch ihr Glück war viel zu groß, als daß es dadurch getrübt wurde.

Als sie endlich um sich blickte, war sie überrascht, die weißen Wände ihres eigenen Zimmers vor Augen zu haben. Ihr erster Gedanke war, daß Clay sie nicht die ganze Nacht in seinem Bett haben wollte. Sie warf die leichte Steppdecke beiseite und sagte sich, dieser Gedanke wäre absurd. Sie vermutete eher, daß er ihr die Wahl überlassen wollte, ob jemand sie in ihrem eigenen oder in seinem Bett finden sollte.

Sie ging zum Schrank und suchte ein wunderhübsches Kleid aus blaßblauem Musselin heraus, dessen Rocksaum und Taille mit einem dunkelblauen Satinband besetzt waren. Auf ihrer Frisierkommode lag ein Zettel: »*Frühstück um neun. Clay.*« Sie lächelte, und ihre Finger zitterten, als sie ihr Kleid zuknöpfte.

Die Uhr in der Halle schlug sieben, und sie fragte sich, warum sie denn unbedingt bis neun Uhr warten mußte, um ihn wiederzusehen. Sie blickte in die Zimmer der Zwillinge und überzeugte sich, daß auch sie schon angezogen und fortgegangen waren.

Sie verließ das Haus durch die Gartentür, blieb aber dann auf der kleinen achteckigen Veranda unschlüssig stehen. In der Regel ging sie nach links, zur Küche. Plötzlich drehte sie sich auf dem Absatz um und lief zu der Treppe rechter Hand, die zu Clays Büro führte.

Sie war noch nie in seinem Büro gewesen, und sie hatte irgendwie das Gefühl, daß nur sehr wenige Leute dorthin gingen. Es glich einer Miniaturausgabe des Haupthauses: rechteckig mit einem steilen Satteldach. Nur hatte es keine Veranden und Mansardenfenster.

Sie klopfte leise an die Tür, und als sie keine Antwort bekam, drückte sie die Klinke nieder. Sie war neugierig auf den Ort, wo der Mann, den sie liebte, so viel Zeit verbrachte.

Die der Tür gegenüberliegende Wand hatte zwei Fenster, die von Bücherregalen umrahmt waren. Die Ahornbäume hinter dem Haus spendeten Kühle und Schatten. An den Seitenwänden standen aus Eiche gefertigte Aktenschränke und ein Kabinett für zusammengerollte Dokumente. Sie ging in den Raum hinein. Die Bücherregale waren mit Folianten über Gesetze des Staates Virginia gefüllt, mit Vermessungsbüchern und Lehrschriften über Ackerbau, Fruchtfolge und dergleichen. Sie lächelte und fuhr mit dem Finger an einigen der in Leder gebundenen Folianten entlang. Sie waren sauber, aber nicht von dem Gebrauch eines Staublappens, wie sie Clay kannte, sondern von häufiger Benützung.

Immer noch lächelnd, drehte sie sich der gegenüberliegen-

117

den Wand zu, wo sich der Kamin befand. Sogleich erlosch das Lächeln auf ihrem Gesicht. Über dem Kamin hing ein riesiges Porträt – von Bianca! Es war Bianca in ihrer vorteilhaftesten Pose, ein bißchen schlanker, als Nicole sie in Erinnerung hatte. Ihr honigblondes Haar von ihrem ovalen Gesicht zurückgekämmt, und Locken, fett wie Würste, hingen über ihre bloßen Schultern. Ihre Augen waren von einem strahlenden, tiefen Blau, ihr kleiner Mund zu einem Lächeln geöffnet. Es war ein spitzbübisches, elfengleiches Lächeln, das Nicole noch nie an ihr gesehen hatte. Es war ein Lächeln, das sie für jemand aufhob, den sie sehr liebte.

Immer noch wie betäubt blickte Nicole auf den Kaminsims. Langsam durchquerte sie das Zimmer. Ein kleines rotes Samtbarett lag dort. Sie hatte Bianca des öfteren so ein Barett tragen sehen. Daneben lag ein goldener Armreif, den sie auch an Biancas Arm bemerkt hatte. Darin eine Inschrift: »*B. in Liebe gewidmet, C.*«

Nicole trat vom Kamin zurück. Das Porträt, die Kleidungsstücke, das Armband: das alles zusammen bildete einen Schrein. Wenn sie es nicht besser gewußt hätte, hätte sie annehmen müssen, es sei eine Gedenkstätte für eine Tote.

Wie konnte sie dagegen ankämpfen? In der vergangenen Nacht hatte er kein Wort der Liebe zu ihr gesagt. Sie erinnerte sich voller Entsetzen, daß sie allein ihm alles gesagt hatte. Zum Henker mit ihm! Er wußte doch, wie sie schon auf die kleinste Menge Alkohol reagierte. Es war immer schon ein Familienwitz gewesen, daß man Nicole nur ein paar Tropfen Wein einflößen müsse, wenn man ihre Geheimnisse erfahren wollte.

Aber heute morgen würde sich das ändern! Heute morgen mußte sie versuchen zu retten, was von ihrem Stolz noch übrig war. Sie durchquerte den Garten, ging in die Küche und frühstückte. Maggie machte immer wieder Andeutungen, daß Mr. Clay ins Haus käme und Nicole mit ihm frühstücken sollte. Doch Nicole wollte nichts davon hören.

Nach dem Frühstück ging sie ins Waschhaus und besorgte sich Putzsachen. Im Haupthaus zog sie sich dann ein Arbeitskleid aus mitternachtsblauem Kaliko an, ging hinunter ins Erdgeschoß und begann, das Morgenzimmer zu schrubben. Vielleicht half ihr die Arbeit, zu einem Entschluß zu kommen.

Sie polierte gerade das Spinett, als Clays Lippen ihren Nakken berührten. Sie zuckte zusammen, als hätte man sie verbrannt.

»Ich habe dich beim Frühstück vermißt«, sagte er verträumt. »Ich wäre bei dir geblieben, wenn nicht die Erntezeit unmittelbar bevorstünde.« Seine Augen waren dunkel und schattig.

Nicole holte tief Luft. Wenn sie hier bei ihm bliebe, würde sie jede Nacht mit ihm verbringen, bis er endlich die Frau bekam, die er liebte. »Ich möchte mit dir sprechen.«

Er reagierte sofort auf ihren kühlen Ton. Sein Rücken wurde steif. Dieser verträumte, verführerische Ausdruck auf seinem Gesicht verschwand. »Was ist denn?« Seine Stimme hatte sich ihrem Ton angepaßt.

»Ich kann hier nicht bleiben«, sagte sie tonlos und versuchte, ihren Schmerz vor ihm zu verbergen. »Bianca...« Es tat ihr sogar weh, diesen Namen auszusprechen. »Bianca wird sicherlich bald nach Amerika kommen. Ich bin überzeugt, daß sie das erste Schiff hierher nimmt, wenn sie deinen Brief und das Geld für die Überfahrt erhalten hat.«

»Es gibt keinen Platz, wohin du gehen kannst. Du mußt hierbleiben.« Es war ein Befehl.

»Als deine Mätresse?« brauste sie auf.

»Du bist meine Frau! Wie kannst du das vergessen, da du mich doch ständig daran erinnerst, daß du zu dieser Ehe gezwungen wurdest?«

»Ja, ich bin deine Frau. Momentan. Doch wie lange wird das dauern? Würdest du mich immer noch als Ehefrau haben wollen, wenn deine teure Bianca in diesem Augenblick durch die Tür käme?«

Er entgegnete nichts darauf.

»Ich verlange eine Antwort! Ich glaube, die habe ich verdient. In der vergangenen Nacht hast du mich absichtlich betrunken gemacht. Du wußtest, welche Wirkung der Alkohol auf mich hat, und daß er die Ursache dafür war, daß ich mich nicht an die Nacht erinnern konnte, als du mich vor den Hunden rettetest.«

»Ja, ich kannte die Wirkung, die der Alkohol auf dich ausübt. Und ich wußte auch, daß du reden mußtest. Eine andere Absicht hatte ich nicht damit verbunden.«

Sie wandte einen Moment das Gesicht zur Seite. »Ich bin überzeugt, daß es dir nur darum ging. Doch da lag ich nun auf deinem Schoß und bettelte dich an, mich in deine Arme zu nehmen.«

»So war es nicht. Du mußt dich doch noch erinnern können...« Er kam einen Schritt näher.

»Ich erinnere mich an alles.« Sie versuchte, sich zu beruhigen. »Bitte, höre mich an. Ich habe meinen Stolz, obwohl es manchmal so aussieht, als hätte ich ihn verloren. Du verlangst zuviel von mir. Ich kann nicht als deine Frau in deinem Haus bleiben – als deine wahrhafte Ehefrau –, wenn ich weiß, daß das eines Tages alles ein Ende haben wird.« Sie bedeckte das Gesicht mit den Händen. »In meinem Leben hat es zu oft ein Ende gegeben!«

»Nicole...« Er berührte ihr Haar.

Sie wich ihm rasch aus. »Faß mich nicht an! Du hast zu sehr mit meinen Gefühlen gespielt. Du weißt, was ich für dich empfinde, und diese Schwäche hast du ausgenützt. Bitte, tu mir nicht länger weh. Bitte!«

Er rückte einen Schritt von ihr weg. »Ich hatte nie vor, dir weh zu tun. Das kannst du mir glauben. Sage mir, was du von mir verlangst. Was mir gehört, soll auch dir gehören.«

Es ist dein Herz, das ich haben möchte, wollte Nicole ihm ins Gesicht schreien, doch sie sagte nur mit fester Stimme: »Die Mühle. Die Erntezeit steht vor der Tür, und ich könnte in ein paar Wochen die Mühle in Betrieb setzen. Das Haus daneben ist noch in gutem Zustand. Ich könnte darin wohnen.«

Clay öffnete den Mund, um nein zu sagen, schloß ihn wieder, wich noch einen Schritt zurück, setzte seinen Hut auf und drehte sich der Tür zu. »Sie gehört dir. Ich werde dafür sorgen, daß dir die Mühle überschrieben wird. Auch Bedienstete werde ich dir überschreiben, zwei Männer und eine Frau. Du wirst ihre Hilfe gut gebrauchen können.« Damit verließ er das Zimmer.

Nicole hatte ein Gefühl, als wollten ihre Beine sie nicht mehr tragen. Sie ließ sich schwerfällig in einen Sessel fallen. Einer Nacht voller Liebe war ein Morgen voller Schrecken gefolgt.

8

Nicole verlor keine Zeit damit, das Haus zu räumen. Sie fürchtete, sie könnte sonst ihren Entschluß wieder umstoßen. Sie ruderte sich selbst über den Fluß zur Mühle hinüber. Sie stand auf einem Hügel und beobachtete, wie eine lange Holzrinne das Wasser von einer Stromschnelle im Fluß auf das Wasserrad brachte. Es war ein hohes schmalbrüstiges Gebäude mit einem steinernen Fundament und Wänden aus Ziegeln. Das Dach bestand aus Holzschindeln. Eine Veranda zog sich an der Vorderwand des Gebäudes entlang. Das Wasserrad war anderthalb Stockwerke hoch.

Nicole betrat das Gebäude und stieg die Treppe zum ersten Stock hinauf, wo sich zwei Türen auf einen Balkon öffneten, der auf das Wasserrad hinausging. Soweit sie das aus dieser Perspektive beurteilen konnte, schienen die Eimer am Schöpfrad noch in guter Verfassung zu sein. Nur jene, die sich unterhalb der Wasserlinie befanden, mochten vielleicht verrostet sein.

Die gewaltigen Mahlsteine innerhalb des Gebäudes hatten einen Durchmesser von fünf Fuß und waren acht Zoll dick. Sie fuhr mit der Hand prüfend über die Oberfläche der Steine. Sie bestanden aus Quarz, wie sie an der unregelmäßigen Körnung erkannte – aus porösem Süßwasser-Quarz, der aus Frankreich kam, das beste Material für Mahlsteine. Sie waren als Ballast im Kielraum eines Schiffes nach Amerika gebracht und dann flußaufwärts bis zur Armstrong-Plantage transportiert worden. Die Steine hatten tiefe Rillen und eine Reihe tiefer Felder oder Balken, die wie Speichen von der Mitte des Steins zu deren Rande führten. Sie stellte zu ihrer Freude fest, daß die Steine sehr genau ausbalanciert waren und sehr dicht zusammenkamen, ohne sich zu berühren.

Draußen, im Sonnenlicht, ging sie dann den Hügel entlang zu

dem kleinen Haus. Über dessen Zustand konnte sie noch nicht viel sagen, weil die Fenster und Türen mit Brettern vernagelt waren.

Eine Bewegung unten am Fluß lenkte ihre Aufmerksamkeit auf sich.

»Nicole! Bist du hier?« rief Janie, die hügelan kletterte.

Nicole freute sich über den Anblick der großen Frau mit den rosigen Wangen, und sie umarmten sich, als hätten sie sich seit dem Tag, als sie das Schiff verließen, nicht mehr gesehen.

»Es hat nicht funktioniert, wie?«

»Nein«, sagte Nicole. »Es hat ganz und gar nicht funktioniert.«

»Ich hoffte, da ihr beiden nun mal verheiratet seid und auch... und überhaupt...«

»Was suchst du denn hier bei mir?« fragte Nicole rasch, um das Thema zu wechseln.

»Clay kam zu mir in die Weberei und sagte, du würdest hierherziehen, um die Mühle wieder in Gang zu setzen. Er sagte, ich sollte zwei gute Männer vom Gesinde aussuchen, alle Werkzeuge zusammenpacken, die ihr benötigt, und dir helfen. Er sagte, wenn ich wollte, könnte ich auch hier wohnen, und er würde mir trotzdem den gleichen Lohn wie bisher bezahlen.«

Nicole blickte zur Seite. Clays Großzügigkeit war fast zuviel für sie.

»Nun kommt schon, ihr beiden«, rief Janie. »Hier gibt es eine Menge zu tun.« Janie stellte Nicole die beiden Männer vor. Vernon war groß und rothaarig, Luke dagegen untersetzt und dunkel. Auf Janies Anweisungen hin begannen die Männer, mit Brecheisen die Bretter von der Vordertür des Hauses zu entfernen.

Obwohl es immer noch dunkel im Haus war, konnte Nicole doch von der offenen Tür aus erkennen, daß es ein hübsches, kleines Gebäude war. Das Erdgeschoß bestand aus einem großen Raum mit je drei Fensternischen in den Wänden links und rechts, einer Tür und einem Fenster in der Stirnwand, einer acht Fuß langen Feuerstelle, parallel zu einer Wand angeordnet, und in einer Ecke entdeckte sie eine Treppe mit handgeschnitz-

tem Geländer. Unter einem Fenster stand eine alte Kiefern-
kommode, und ein langer breiter Tisch war in die Mitte des
Raums gerückt.

Als die Männer die Bretter von den Fenstern entfernten,
drang kaum Licht durch die verstaubten Scheiben. Der Lärm
löste eine Lawine von trippelnden und huschenden Geräu-
schen aus.

»Puh!« sagte Janie und zog die Nase kraus. »Das kostet ein
tüchtiges Stück Arbeit, bis wir dieses Haus gesäubert und von
ungebetenen Gästen befreit haben.«

»Dann sollten wir wohl am besten gleich damit anfangen.«

Bis zum Sonnenuntergang hatten sie doch einiges geschafft,
das sich sehen lassen konnte. Über dem ebenerdigen Raum
befand sich ein Dachgeschoß mit niedriger Decke und stark
geneigten Wänden. Unter dem Schmutz entdeckten sie kunstvoll geschnitztes Holzwerk. Die Innenwände waren verputzt,
und wenn man sie weiß tünchte, sahen sie wieder wie neu aus.
Durch die gesäuberten Fensterscheiben flutete nun eine
Menge Licht ins Haus.

Vernon, der die lockeren Dachschindeln festnagelte, rief
plötzlich zu den Frauen hinunter, daß sich ein Floß dem Hügel
näherte. Sie liefen alle zum Fluß hinunter. Einer von Clays
Männern manövrierte das Floß mit einer Stange ans Ufer. Es
war mit Möbeln beladen.

»Moment, Janie, das kann ich nicht annehmen. Er hat
schon zuviel für mich getan.«

»Jetzt ist nicht die Zeit für übertriebenen Stolz«, erwiderte
Janie. »Wir brauchen das Zeug, und zudem stammt es nur von
Clays Speicher. Also kostet es ihn auch keinen Cent. Nun
komm schon, und hilf mir, diese Bank ins Haus zu tragen.
Howard! Ich hoffe, du hast auch ein paar Eimer voll Kalkleim
mitgebracht – und zwei Matratzen!«

»Das ist doch erst der Anfang. Wenn ich alles verladen habe,
habt ihr die ganze Einrichtung von Arundel Hall auf dieser
Seite des Flusses«, antwortete Howard.

Janie, Nicole und die beiden Männer arbeiteten drei Tage
lang an dem Haus. Die Männer schliefen in der Mühle, wäh-

rend die Frauen jeden Abend erschöpft auf strohgefüllte Matratzen im Dachgeschoß des Hauses fielen.

Am vierten Tag ließ sich ein untersetzter knurriger Mann bei ihnen sehen. »Ich hörte, hier wäre eine Frau, die glaubt, sie könne eine Mühle betreiben.«

Janie öffnete den Mund, um diesem Mann gehörig die Meinung zu sagen; doch Nicole trat auf den Mann zu und sagte: »Ich bin Nicole Armstrong, und Sie haben richtig gehört. Ich will die Mühle wieder in Betrieb setzen. Wollen Sie mir helfen?«

Der Mann betrachtete sie eingehend und streckte ihr dann seine linke Hand hin, mit dem Rücken nach oben.

Janie wollte dem Mann gerade sagen, daß er sich bessere Manieren angewöhnen sollte, als Nicole mit beiden Händen die dargebotene Linke des Mannes ergriff und sie umdrehte. Janie machte ein entsetztes Gesicht, denn die Handfläche des Mannes schien verstümmelt zu sein, war über und über mit grauen Wülsten bedeckt.

Nicole fuhr mit beiden Händen über die Handfläche des Mannes hin, und sah ihn dann mit einem strahlenden Lächeln an. »Sie sind engagiert«, sagte sie.

Er betrachtete sie wieder mit einem Augenzwinkern. »Und Sie wissen genau, was Sie tun. Sie werden mit Ihrer Mühle bestimmt keine Pleite erleben.«

Als er wieder gegangen war, erklärte Nicole, daß es sich bei diesem Mann um einen Mahlstein-Schleifer handelte. Er benützte einen Meißel, um die Rillen in dem Mühlstein zu schärfen. Bei dieser Arbeit pflegte er seine rechte Hand mit Leder zu bedecken, die linke jedoch ungeschützt zu lassen. Nach jahrelanger Schleifarbeit hatten sich so viele Steinsplitter in den Schwielen der linken Hand festgesetzt, daß sie selbst schon aussah wie ein Mühlstein. Diese Männer waren stolz darauf, wenn sie ihre linke Hand vorzeigen konnten. Sie war ein Symbol für ihre Tüchtigkeit. Daher auch das englische Sprichwort: »To show one's mettle.« Diese Schleifer konnten tatsächlich ihre »Tüchtigkeit vorzeigen«. Und »mettle« war ein altes englisches Wort für Bruchsteine.

Janie ging wieder an die Arbeit, wobei sie vor sich hinbrummelte, daß es auch Handschuhe für linke Hände gäbe.

Nachdem die hölzerne Rinne von Abfällen gereinigt war, das Wasser ungehindert hindurchfließen konnte, die Schöpfbecher füllte und das Wasserrad in Gang setzte, gab es einen Jubel in der Mühle, den man meilenweit hören konnte.

Nicole war nicht überrascht, als schon am nächsten Tag der erste Kunde mit einer kleinen, mit Getreidesäcken beladenen Barke erschien. Sie wußte, daß Clay zwei Männer losgeschickt hatte – den einen flußaufwärts, den anderen flußabwärts –, um überall die Kunde von der Wiedereröffnung der Mühle zu verbreiten.

Inzwischen waren fast zwei Wochen vergangen, seit sie ihn zuletzt gesehen hatte, doch es gab kaum eine Sekunde, in der sie nicht an ihn dachte. Zweimal hatte sie einen flüchtigen Blick auf ihn erhascht, als er über seine Felder ritt, doch jedesmal hatte sie sich rasch umgedreht.

Eines Morgens am vierten Tag seit Eröffnung der Mühle – wachte sie sehr zeitig auf. Draußen war es noch nicht hell, und sie hörte Janies tiefe Atemzüge von der anderen Wand des Zimmers herüber. Nicole zog sich hastig im Zwielicht an und ließ das Haar locker über ihre Schultern hinabhängen.

Irgendwie war sie gar nicht verwundert, als sie Clay vor dem Wasserrad stehen sah. Er trug eine lohfarbene Hose und hohe Stiefel mit umgekrempelten Stulpen. Er hatte die Hände auf dem Rücken verschränkt, das Gesicht dem Fluß zugedreht, und sein Hemd schimmerte im Zwielicht wie frisch gefallener Schnee, desgleichen der breitkrempige Hut, den er auf dem Kopf trug.

»Du hast gute Arbeit geleistet«, sagte er, ohne sich umzudrehen. »Ich wünschte, ich brächte meine Leute dazu, nur halb so viel für mich zu tun.«

»Vielleicht war es die Notwendigkeit.«

Er drehte sich um und sah sie mit brennenden Augen an. »Nein, keine Notwendigkeit. Du könntest jederzeit in mein Haus zurückkommen.«

»Nein«, sagte sie, rasch atmend, »es ist besser so.«

»Die Zwillinge fragen ständig nach dir. Sie wollen dich sehen.«

Sie lächelte. »Ich habe sie vermißt. Vielleicht läßt du sie zu mir in die Mühle kommen.«

»Ich dachte eher daran, daß du zu ihnen kommst. Wir könnten heute abend zusammen essen. Ein Schiff legte gestern an der Mole an und brachte einige Sachen aus Frankreich. Brie, Burgunder und Champagner. Man bringt die Ladung heute den Fluß herauf.«

»Das klingt verführerisch, aber...«

Er trat an sie heran und faßte sie an den Schultern. »Du kannst doch nicht ernstlich daran denken, mir immer aus dem Weg zu gehen. Was verlangst du von mir? Verlangst du, daß ich dir sage, wie sehr ich dich vermisse? Ich glaube, alle auf der Plantage sind mir böse, daß du meinetwegen das Haus verlassen hast. Maggie setzt mir entweder verbranntes oder noch nicht gares Essen vor; ein Zwischending kennt sie nicht. Die Zwillinge haben gestern abend geweint, weil ich ihnen kein verdammtes französisches Märchen von einer Dame erzählen konnte, die sich in ein Monster verliebt.«

»›Die Schöne und die Bestie‹.« Nicole lächelte. »Du möchtest also, daß ich zurückkomme, damit du wieder eine ordentliche Mahlzeit bekommst.«

Er zog eine Augenbraue in die Höhe. »Drehe mir nicht die Worte im Mund herum. Ich wollte nie, daß du das Haus verläßt. Wirst du zum Abendessen kommen?«

»Ja«, sagte sie.

Er zog sie an sich und gab ihr einen raschen, heftigen Kuß, ließ sie wieder los und ging.

»Ich dachte, es funktioniere nicht«, sagte Janie hinter Nicoles Rücken.

Nicole wußte darauf keine Antwort. Sie ging ins Haus zurück und begann mit ihrem Tagwerk.

Es waren Stunden, in denen Nicole sich sehr beherrschen mußte, damit man ihr die Nervosität nicht zu sehr anmerkte. Als Vernon die Getreidesäcke wog und Nicole die Zahlen hinunterrief, mußte sie ihn bitten, das Gewicht zu wiederholen, damit sie

126

bei den Eintragungen keinen Fehler machte. Aber sie vergaß nicht, Maggie ein Rezept für *Dindon à la Daube* zu schicken, ein Rezept für vom Knochen gelöstes Truthahnfleisch, das mit einer Füllung in der Kasserolle gebraten und serviert wird. Maggie hatte eine Vorliebe für gutes Essen, und Nicole wußte, daß sie vermutlich zwei Truthähne zubereiten würde, einen für das Herrenhaus und einen für sie und das Küchenpersonal.

Um sechs Uhr kam Clays Ruderboot mit Anders, dem Grundstücksverwalter, über den Fluß. Er war ein großgewachsener blonder Mann und lebte mit seiner Frau und seinen beiden Kindern in einem Haus in unmittelbarer Nähe von Clays Büro. Seine Kinder spielten oft mit den Zwillingen. Nicole erkundigte sich nach seiner Familie.

»Es geht allen gut, nur, daß wir Sie alle vermissen. Karen hat gestern ein paar Pfirsiche eingelegt, und sie möchte Ihnen ein paar Gläser davon schicken. Und wie kommen Sie mit der Mühle voran? Sie scheinen ja schon eine Menge Kundschaft zu haben.«

»Mr. Armstrong hat überall verbreiten lassen, daß die Mühle wieder in Betrieb ist, und immer mehr Leute bringen jetzt ihr Korn zu mir.«

Er sah sie seltsam von der Seite an. »Clay ist ein sehr geachteter Mann.«

Sie erreichten das andere Ufer, und es fiel Nicole auf, daß Anders immer wieder den Fluß hinunterschaute. »Stimmt etwas nicht?«

»Die Schaluppe hätte schon wieder an der Mole liegen sollen. Wir hörten gestern abend, daß ein Schiff im Hafen läge, und Clay schickte die Schaluppe heute beim Morgengrauen an die Küste.«

»Sie machen sich ihretwegen Sorgen, nicht wahr?«

»Nein«, erwiderte er und half ihr aus dem Ruderboot. »Vielleicht trinken die Männer ein paar Becher Bier mit den Passagieren, oder etwas anderes hat sie aufgehalten. Es ist Clay, der sich Sorgen macht. Seit James und Beth ertranken, wird er schon nervös, wenn die Schaluppe sich auch nur eine Stunde verspätet.«

Sie gingen nebeneinander auf das Haus zu. »Haben Sie James und Beth gekannt?«

»Sehr gut.«

»Wie waren die beiden? Stand Clay seinem Bruder sehr nahe?« Anders ließ sich lange Zeit mit einer Antwort. »Die drei standen sich sehr nahe. Sie sind sozusagen in einer Wiege aufgewachsen. Clay hat den Tod der beiden zu schwer genommen, fürchte ich. Es hat ihn verändert.«

Nicole lagen noch hundert andere Fragen auf der Zunge. Wie hatte es ihn verändert? Was für ein Mensch war er vor dem Tod der beiden gewesen? Aber es war nicht fair, Anders über Clay auszufragen. Wenn Clay mit ihr darüber reden wollte, würde er das tun – so wie sie sich ihm anvertraut hatte.

Anders trennte sich von ihr an der Gartenveranda. Das Haus war innen noch so schön, wie sie es zuletzt gesehen hatte. Die Zwillinge schienen aus dem Nichts aufzutauchen, faßten sie links und rechts bei der Hand und zogen sie die Treppe hinauf. Sie hatten eine lange Liste von Geschichten, die sie ihnen erzählen sollte, ehe sie schlafen gingen.

Clay erwartete sie am Fuß der Treppe, die Hände nach ihr ausgestreckt. »Du bist noch schöner, als ich dich in Erinnerung habe«, sagte er leise und sah sie mit einem hungrigen Blick an.

Sie blickte von ihm weg und bewegte sich auf das Eßzimmer zu, während er ihre Hand noch immer festhielt. Sie trug ein Kleid aus Rohseide mit kleinen Noppen im Gewebe, das im Licht leicht schimmerte. Es hatte eine warme, an Aprikosen erinnernde Farbe und einen Besatz von Satinbändern in einem etwas dunkleren Farbton. Es war sehr tief ausgeschnitten, die winzigen Puffärmel und das Leibchen mit Zuchtperlen bestickt, die ihr Licht von Nicoles Haut empfingen. Auch ihr Haar war von Perlschnüren und aprikosenfarbenen Bändern durchflochten.

Clay wandte nicht einmal den Blick von ihr, als sie zusammen in den Speiseraum traten. Nicole sah sofort, daß Maggie sich selbst übertroffen hatte. Der Tisch bog sich förmlich unter den Schüsseln und Platten.

»Ich hoffe, sie erwartet doch nicht, daß wir das alles aufessen«, sagte Nicole lächelnd.

»Ich denke, sie will dir damit nur andeuten, daß das Essen sich bessert, wenn du im Hause bist. Und daß es besser werden muß, ist überhaupt keine Frage.«

»Ist die Schaluppe schon eingetroffen?«

Die Antwort war negativ. Sie sah es schon an seinem Stirnrunzeln, ehe er den Kopf schüttelte.

Kaum hatten sie am Tisch Platz genommen, als einer von den Plantagenarbeitern ins Zimmer stürmte. »Mr. Clay! Ich wußte nicht, was ich tun sollte«, sagte er in einer Explosion von Worten. Er hielt seinen Hund in den Händen und drohte ihn jeden Moment zu vernichten. Er war überaus nervös. »Sie sagte, sie wäre von weither gekommen, um Sie zu besuchen. Und daß Sie mich aufhängen würden, wenn ich sie nicht hierherbrächte.«

»Beruhige dich, Roger. Wovon redest du eigentlich?« Clay warf seine Serviette auf seinen noch leeren Teller.

»Ich weiß nicht, ob ich ihr glauben sollte. Ich dachte, sie wäre eine von diesen englischen Dirnen, die mich übertölpeln wollte. Doch dann sah ich sie mir genauer an, und sie sah Miss Beth so ähnlich, daß ich zunächst glaubte, es wäre sie selbst.«

Weder Nicole noch Clay hörten dem Mann zu, denn knapp hinter ihm stand schon Bianca. Ihr dunkelblondes Haar hing feucht und strähnig um ihr rundes Gesicht. Ihr kleiner Mund war schmollend verzogen. Nicole hatte das Gefühl, als hätte sie vergessen, wie Bianca wirklich aussah. Ihr Leben hatte sich so drastisch verändert in den letzten Monaten, daß die Zeit, die sie in England verbracht hatte, ihr wie ein Traum erschien. Nun erinnerte sie sich wieder lebhaft daran, wie Bianca Leute einzuschüchtern pflegte.

Nicole wandte sich Clay zu und betrachtete fassungslos dessen Gesicht. Er blickte Bianca an, als sähe er einen Geist. Seine Miene war eine Mischung aus Ungläubigkeit und Faszination. Plötzlich schien ihr ganzer Körper sich in Wasser aufzulösen. Tief in ihrem Inneren hatte immer die Hoffnung gelebt, er wüßte, daß er Bianca nicht mehr liebte, wenn er sie wiedersah. Während salzige Tränen ihr in den Augenwinkeln brannten, wußte sie, daß sie verloren hatte: er hatte sie noch nie so angesehen, wie er nun Bianca anstarrte.

Nicole holte tief Luft, stand auf und ging durch den Raum auf Bianca zu. Sie hielt ihr die rechte Hand hin. »Darf ich Euch auf Arundel Hall willkommen heißen?«

Bianca betrachtete Nicole mit einem haßerfüllten Blick und übersah die Hand, die Nicole ihr zur Begrüßung reichen wollte. »Du benimmst dich, als gehöre dir das Haus«, sagte sie leise und lächelte Clay dann unterwürfig an. »Freust du dich nicht, mich wiederzusehen?« fragte sie neckisch, wobei sich in ihrer linken Wange ein Grübchen zeigte. »Ich bin weit gereist, um dir nahe zu sein.«

Clays Stuhl fiel fast um, als er durch den Raum zu Bianca eilte. Er faßte sie mit beiden Händen bei den Schultern und starrte ihr mit einer brennenden Intensität ins Gesicht. »Willkommen«, flüsterte er und küßte dann ihre Wange. Er merkte gar nicht, wie sie vor seiner Berührung zurückzuckte. »Bringe ihr Gepäck nach oben, Roger.«

Roger war froh, sich entfernen zu können. Er hatte soeben sechs Stunden mit dieser blonden Frau in der Schaluppe verbracht und sich ein paarmal gewaltig zusammennehmen müssen, damit er sie nicht über Bord warf. Er hatte es nicht für möglich gehalten, daß sich eine Frau in so kurzer Zeit über so viele Dinge beschweren konnte. Sie hatte ihn und seine Mannschaft tyrannisiert, weil sie nicht dauernd um sie herumdienerten. Sie schien der Meinung zu sein, Männer seien nur dazu da, ihr jeden Wunsch zu erfüllen. Je näher die Schaluppe der Armstrong-Plantage kam, um so überzeugter war Roger, daß er einen großen Fehler machte, wenn er diese Dame bei Clay ablieferte.

Nun betrachtete Roger kopfschüttelnd, wie Clay diese Frau anstarrte. Wie konnte er nur einen Blick an diese Blondine verschwenden, wenn diese hübsche kleine Miss Nicole neben ihm stand und sich ihr Herz in ihren Augen spiegelte? Roger zuckte mit den Schultern, stülpte seinen Hut wieder auf den Kopf und trug die Koffer nach oben. Schiffe waren sein Geschäft und nicht Frauen, Gott sei Dank!

»Clayton!« sagte Bianca scharf, sich seinem Griff entziehend. »Willst du mir nicht einen Stuhl anbieten? Die lange Reise hierher hat mich ganz erschöpft, fürchte ich.«

Clay versuchte, ihren Arm zu nehmen, doch sie wich ihm aus. Er hielt am Kopfende des Tisches links neben seinem Platz einen Stuhl für sie bereit. »Du mußt hungrig sein«, sagte er und holte ein Gedeck von der Chippendale-Anrichte.

Nicole stand unter der Tür und beobachtete die beiden. Clay bemühte sich um Bianca wie eine Mutterhenne. Bianca schob die grüne Gaze ihres Kleides zur Seite und setzte sich. Nicole schätzte, daß Bianca mindestens zwanzig Pfund zugenommen haben mußte, seit sie sich zuletzt gesehen hatten. Sie war groß genug, um dieses Gewicht verkraften zu können, und noch hatte es nicht ihr Gesicht entstellt; doch ihre Hüften und Schenkel hatten beträchtlich an Umfang zugenommen. Bis zu einem gewissen Grad wurde das durch die hohe Taille beherrschende Mode kaschiert; doch da die Kleider keine Ärmel hatten, waren ihre schweren Oberarme vollkommen entblößt.

»Ich möchte alles wissen«, sagte Clay, der sich über sie beugte. »Wie bist du hierhergekommen? Wie war die Überfahrt?«

»Sie war schrecklich«, sagte Bianca und senkte ihre blassen Wimpern. »Als dein Brief ankam, der an meinen Vater adressiert war, war ich untröstlich. Ich erkannte, was für ein schrecklicher Fehler da passiert war. Natürlich bestieg ich sofort das nächste verfügbare Schiff.« Sie lächelte zu ihm hinauf. Als ihr Vater ihr den Brief gezeigt hatte, hatte sie herzlich gelacht über den Scherz, den man sich mit der armen, dummen Nicole erlaubt hatte; doch zwei Tage später erhielt sie noch einen Brief. Ein paar entfernte Vettern von ihr lebten in Amerika, nicht weit von Clay entfernt, und hatten ihr zu ihrem Fang gratuliert. Sie schienen zu glauben, Bianca wüßte von Clays Reichtum, und sie fragten an, ob sie sich etwas Geld von ihr borgen könnten, sobald sie mit Clay verheiratet sei. Bianca verschwendete nicht einen Gedanken an ihre Vettern; aber sie war wütend, als sie von Clays Reichtum las. Warum hatte dieser Dummkopf ihr nicht erzählt, daß er reich sei? Ihr Ärger verlagerte sich rasch von Clay

131

auf Nicole. Irgendwie mußte diese hinterlistige kleine Schlampe von Clays Reichtum gewußt und sich an Biancas Stelle geschoben haben. Kaum hatte Bianca den Brief gelesen, als sie ihrem Vater sagte, sie plane, nach Amerika zu reisen. Mr. Maleson hatte nur gelacht und gesagt, sobald sie sich das Geld für die Überfahrt verdient habe, könnte sie gehen; er habe nicht das geringste dagegen einzuwenden.

Bianca drehte sich Nicole zu, die immer noch unter der Tür stand. Sie lächelte wie eine leutselige Gastgeberin. »Willst du dich nicht zu uns setzen?« fragte sie mit süßer Stimme. »Eine Cousine von dir kam in unser Haus und hat nach dir gefragt«, sagte sie, als Nicole sich einen Stuhl genommen hatte. »Sie faselte etwas davon, daß du mit ihr ein Geschäft eröffnen wolltest. Ich sagte ihr, daß du für mich arbeiten würdest und kein Geld besäßest. Da erzählte sie mir ein paar unglaubliche Sachen: daß du ein paar Smaragde verkauft hättest und nachts arbeiten würdest. Natürlich glaubte ich ihr kein Wort. Aber um sicherzugehen, habe ich mich selbst in deinem Zimmer umgesehen.« Ihre Augen funkelten. »Eine Überfahrt nach Amerika ist ziemlich teuer, nicht wahr? Aber das konntest du natürlich nicht wissen, oder doch? Mein Schiffsbillett kostete ungefähr so viel wie eine Teilhaberschaft an einem Modeladen.«

Nicole hielt ihr Kinn hoch. Sie wollte Bianca nicht merken lassen, wie sehr diese Worte sie verletzten. Doch sie rieb die Fingerspitzen aneinander in Erinnerung an die Schmerzen, die sie aushalten mußte, als sie nächtelang im armseligen Licht einer Kerze Kleider nähte.

»Es ist so gut, dich zu sehen«, sagte Clay. »Es ist, als würde ein Traum wahr, weil du jetzt wieder neben mir sitzt.«

»Wieder?« fragte Bianca, und beide Frauen sahen ihn nun an. Es war merkwürdig, wie er Bianca anstarrte.

Clay fing sich wieder. »Ich meine, ich habe mir so oft vorgestellt, wie du hier neben mir sitzt, daß es mir so vorkommt, als wärest du zurückgekommen.« Er nahm eine Schüssel kandierter Yams vom Tisch. »Du mußt doch hungrig sein.«

»Überhaupt nicht!« sagte sie, und dabei konnte sie den Blick gar nicht mehr abwenden von den Speisen, die auf dem Tisch

132

standen. »Ich glaube, ich bekomme keinen Bissen hinunter. Ich denke, ich werde das Essen überhaupt aufgeben.« Sie lachte, als wäre das ein gelungener Scherz. »Weißt du, wo sie mich auf dieser schrecklichen Fregatte untergebracht hatten? Im Unterdeck! Zusammen mit der Mannschaft und dem Vieh! Es war unglaublich! Das Bullauge leckte, das Dach leckte, und tagelang mußte ich in einem halbdunklen Verschlag leben.«

Clay zuckte zusammen. »Deshalb hatte ich dir auch auf dem Paketboot eine Kabine reservieren lassen.«

Bianca drehte sich zur Seite, damit sie Nicole einen vernichtenden Blick zuwerfen konnte. »Ich wurde natürlich nicht so luxuriös behandelt. Ich kann mir vorstellen, daß auch deine Verpflegung besser gewesen ist als meine.«

Nicole verbiß sich die Bemerkung, daß sie zwar nicht wüßte, wie gut die Verpflegung an Bord der Fregatte gewesen sei, aber daß sie reichlich gewesen sein mußte, könne man Bianca ansehen.

»Vielleicht kann Maggies Kochkunst dich jetzt ein wenig dafür entschädigen.« Clay hielt ihr die Schüssel näher hin.

»Ein wenig vielleicht.«

Nicole sah schweigend zu, wie Bianca sich von den mehr als zwanzig Gerichten, die auf dem Tisch standen, bediente. Sie häufte sich nie den Teller voll. Tatsächlich schien sie von den Schüsseln und Platten nur zu nippen. Ein unbeteiligter Beobachter würde gesagt haben, sie sei nur ein mäßiger Esser. Das war eine Methode, die sie sich mit den Jahren zugelegt hatte, um ihre Gefräßigkeit zu kaschieren.

»Wo hast du denn dieses Kleid her?« fragte Bianca, während sie Honig über eine Schale voll Brotpudding träufelte.

Nicole spürte, wie ihr das Blut in die Wangen schoß. Sie erinnerte sich nur zu gut an Clays Vorwurf, daß sie die für Bianca bestimmten Stoffe gestohlen habe.

»Da sind ein paar Dinge, die wir diskutieren müssen«, sagte Clay.

Seine Worte bewahrten Nicole davor, vor Bianca Rechenschaft ablegen zu müssen.

Ehe er fortfahren konnte, stürmte Maggie ins Eßzimmer. »Ich

habe gehört, die Schaluppe hat uns einen Besucher gebracht. Ist sie eine Bekannte von Ihnen, Mrs. Armstrong?«

»Mrs. Armstrong?« wiederholte Bianca und sah Nicole an. »Meinte sie damit etwa dich?«

»Ja«, sagte Nicole leise.

»Was geht hier eigentlich vor?« forschte Bianca.

»Maggie, würdest du uns bitte allein lassen?« sagte Clay.

Maggie war sehr neugierig auf diese Frau, die Roger mindestens eine Stunde lang tyrannisiert hatte. Vier Humpen Bier waren nötig gewesen, bis er sich wieder beruhigt hatte. »Ich wollte nur wissen, ob ich den Nachtisch auftragen kann. Es gibt Käsekuchen mit Mandeln, Pfirsich- und Apfeltörtchen und eine Eierschaumspeise.«

»Nicht jetzt, Maggie! Wir haben jetzt etwas Wichtigeres zu besprechen als die Nachspeise.«

»Clay«, sagte Bianca, »es ist schon so lange her, seit ich zum letzten Mal frisches Obst gegessen habe. Vielleicht könnten wir doch die Apfeltörtchen auftragen lassen.«

»Natürlich«, sagte Clay sofort. »Maggie, bring alles herein.« Er wandte sich wieder Bianca zu: »Entschuldigung. Ich bin so sehr daran gewöhnt, den Ton im Hause anzugeben.«

Nicole wollte nicht länger bleiben. Vor allem wollte sie von diesem Mann weg, den sie liebte und der sich plötzlich in einen Fremden verwandelt hatte. Sie stand rasch auf.

»Ich glaube nicht, daß ich noch einen Nachtisch haben möchte. Wenn ihr gestattet, möchte ich jetzt lieber nach Hause gehen.«

Clay stand mit ihr auf. »Nicole, bitte, ich hatte nicht vor...« Er blickte nach unten, denn Bianca hatte ihre Hand auf die seine gelegt. Es war das erstemal, daß sie ihn freiwillig berührte.

Nicole drehte sich der Magen um, als sie den Blick in Clays Augen bemerkte. Sie eilte aus dem Raum, aus dem Haus, hinaus in die kühle Nachtluft.

»Clay«, sagte Bianca. Sie nahm ihre Hand von seinem Arm, sobald sich Nicole abgewendet hatte; doch sie hatte auch bemerkt, welche Macht ihre Berührung über ihn hatte. Sie hingegen fand ihn genauso ekelhaft wie damals, als er ihr in

England einen Antrag gemacht hatte. Sein Hemd stand am Hals offen, und er machte sich nicht einmal die Mühe, beim Dinner einen Rock zu tragen. Sie haßte es, ihn zu berühren, haßte es sogar, nur in seiner Nähe zu sein; doch sie würde eine Menge ertragen, um Besitzerin dieser Plantage zu werden. Während die Schaluppe sie vom Kai flußaufwärts transportierte, hatte sie die Häuser ringsum betrachtet, und dieser schreckliche Mann, der das Boot steuerte, hatte erzählt, daß sie alle Clay gehörten. Das Eßzimmer war kostbar möbliert. Sie hatte auf den ersten Blick erkannt, daß die Tapete von Hand gemalt und ihre Motive auf das Eßzimmer abgestimmt waren. Die Möbel waren teure Stücke, obwohl das Eßzimmer für ihren Geschmack etwas mager eingerichtet war. Oh, ja, wenn sie ihn berühren mußte, um Besitzerin dieses Anwesens zu werden, würde sie das tun. Nach der Trauung würde sie ihm sagen, daß er sich von ihr fernhalten sollte.

Maggie brachte ein riesiges Tablett, das mit heißen, frisch gebackenen Torten und kaltem Käsekuchen beladen war. Die Eierschaumspeise war mit einer Aprikosenglasur überzogen. »Wo ist denn Mrs. Armstrong hingegangen?«

»Zurück in die Mühle«, antwortete Clay knapp.

Maggie warf ihm einen mißtrauischen Blick zu und zog sich wieder zurück.

Bianca sah von einem Teller hoch, der mit drei verschiedenen Nachspeisen gefüllt war. Da sie ja von den Hauptgerichten so wenig gegessen hatte, sagte sie sich, konnte sie bei der Nachspeise etwas großzügiger sein. »Ich hätte gerne eine Erklärung von dir.«

Als Clay mit dem Nachtisch fertig war, verspeiste Bianca gerade eine zweite Portion von der Eierschaumspeise. »Und jetzt soll ich abgeschafft werden wie ein Eimer voll Müll, ist das richtig? Und meine ganze Liebe für dich, all das Elend, das ich durchgemacht habe, um zu dir zu kommen, bedeuten nichts. Clayton, wenn du nur diesen Entführern aufgetragen hättest, mir zu sagen, daß sie von dir kämen, wäre ich mit Freuden mitgegangen. Du weißt, ich hätte mich nie von dir fernhalten lassen.« Sie tupfte sacht ihre Lippen ab, und Tränen schossen

135

ihr in die Augen. Es waren echte Tränen. Der Gedanke, daß sie all den Reichtum von Clay verlieren könnte, hätte fast einen Wutanfall heraufbeschworen. Diese verdammte Nicole! Diese falsche Schlange!

»Nein, sage das bitte nicht. Du gehörst hierher. Du hast immer hierhergehört.«

Seine Worte hatten einen seltsamen Klang; doch sie stellte sie nicht in Frage. »Wenn dieser Trauzeuge nach Amerika zurückkehrt, wirst du dann diese Ehe annullieren lassen? Du willst mich doch nicht nur vorläufig hierbehalten und dann... dann mich wieder abschaffen, nicht? Das wirst du doch nicht, oder?«

Er hob ihre Hand an seine Lippen. »Nein, natürlich nicht.«

Bianca lächelte ihn an und stand dann auf. »Ich bin sehr müde. Glaubst du, ich könnte mich nun zur Ruhe legen?«

»Natürlich.« Er nahm ihren Arm, um sie die Treppe hinaufzuführen, doch sie riß sich von ihm los.

»Wo sind die Diener? Wo sind deine Haushälterin und dein Butler?«

Clay folgte ihr die Treppe hinauf. »Ich habe ein paar Frauen, die Nicole helfen, oder ihr halfen, ehe sie auf die andere Seite des Flusses zog; doch sie schlafen drüben im Webhaus. Ich hatte nie das Empfinden, daß ich einen Butler oder eine Haushälterin brauchte.«

Sie blieb oben auf dem Treppenabsatz stehen, und ihr Herz klopfte von der Anstrengung. Sie lächelte kokett. »Doch jetzt hast du mich. Da wird sich natürlich manches ändern.«

»Wie du es wünschst«, sagte er leise und öffnete die Tür zu dem Zimmer, das vorher Nicole gehört hatte.

»Einfach«, sagte sie, »doch passabel.«

Clay ging zu dem Sekretär mit der geschwungenen Vorderfront und berührte eine Porzellanfigur. »Das war Elizabeths Raum«, sagte er und wandte sich ihr wieder zu. Er blickte sie mit einem beinahe verzweifelten Gesichtsausdruck an.

»Clay!« sagte sie, ihre Hand am Hals. »Wenn du mich so anschaust, fürchte ich mich fast vor dir.«

»Entschuldigung«, sagte er rasch. »Ich werde dich jetzt allein lassen.« Er verließ schnell das Zimmer.

»Hat man schon so etwas Ungehobeltes, Ungezogenes gesehen...«, schimpfte Bianca leise vor sich hin, zuckte dann aber mit den Schultern. Sie war froh, ihn loszusein. Sie sah sich im Zimmer um. Es war ihr zu asketisch. Sie berührte die weißen und blauen Bettvorhänge. Pinkfarben müßten sie sein, dachte sie. Sie würde das Bett neu mit pinkfarbenem Tüll und vielen Rüschen beziehen lassen. Auch die Tapete mußte pinkfarben sein, und vielleicht ließ sie sie auch mit kleinen Blumen bemalen. Die Möbel aus Walnuß und Ahornintarsien mußten natürlich auf den Speicher, sie würde sie durch vergoldete Möbel ersetzen.

Sie zog sich langsam aus und legte ihr Kleid über eine Sessellehne. Der Gedanke an Nicoles aprikosenfarbenes Seidenkleid machte sie wütend. Wer war sie eigentlich, daß sie Seide tragen durfte, wenn sie, Bianca, sich mit Gaze und Musselin begnügen mußte? Warte nur ab, dachte sie, sie würde diesen ignoranten Kolonisten schon zeigen, was echter Stil war! Sie würde sich eine Garderobe kaufen, daß Nicole im Vergleich dazu wie ein billiges Flittchen angezogen war.

Sie schlüpfte in ein Nachthemd, das sie aus dem Koffer nahm, den Roger mitten ins Zimmer gestellt hatte, und kletterte in das Bett. Die Matratze war ein bißchen zu hart für ihren Geschmack. Sie schlief mit dem Gedanken ein, was sie auf der Plantage alles ändern wollte. Das Haus war offensichtlich zu klein. Sie würde einen Flügel anbauen lassen, ihren eigenen privaten Flügel, damit sie sich Clay vom Leibe halten konnte, wenn sie erst verheiratet waren. Sie würde sich eine Kutsche kaufen, eine Kutsche, die selbst eine Königin vor Neid erblassen ließ! Der Wagenhimmel würde von vergoldeten Cherubinen gehalten werden. Sie schlief lächelnd ein.

Clay verließ rasch das Haus und wanderte in den Garten. Das Mondlicht spiegelte sich im Wasser des gekachelten Basins. Er zündete sich eine lange Zigarre an und stand still im Schatten der Hecken. Als er Bianca sah, glaubte er zunächst, er habe ein Gespenst erblickt. Es war fast so, als wäre Beth wieder ins Haus zurückgekommen. Diesmal würde sie ihm aber keiner mehr wegnehmen – nicht sein Bruder, nicht der Tod. Sie würde für immer ihm gehören...

Er warf die Zigarre fort und zertrat sie unter dem Stiefel. Er lauschte angestrengt, ob er das Wasserrad der Mühle hören konnte; doch sie war zu weit entfernt. Nicole, dachte er. Selbst jetzt, da Bianca ihm so nahe war, mußte er an Nicole denken. Er erinnerte sich an ihr Lächeln, an die Art, wie sie sich an ihn geklammert hatte, als sie weinte. Am meisten erinnerte er sich an ihre Liebe – eine Liebe, die sie allen schenkte. Es gab nicht eine Person auf der Plantage, die nicht Nicoles Liebenswürdigkeit zu rühmen wußte. Selbst der faule, tückische alte Jonathan hatte ein paar freundliche Bemerkungen über sie gemacht.

Langsam ging Clayton zurück ins Haus.

Bianca wachte am nächsten Morgen langsam auf. Das bequeme Bett und das gute Essen waren nach den Tagen auf dem Schiff ein wahrer Luxus. Sie hatte kein Problem damit, sich erst zu besinnen, wo sie war oder was sie tun wollte; sie hatte die ganze Nacht damit verbracht, davon zu träumen.

Sie warf die Steppdecke zur Seite und schnitt eine kleine Grimasse. Es war wirklich eine Zumutung für sie, der Herrin eines so großen Besitzes, unter gewöhnlichen Leinenbezügen zu schlafen. Die Bezüge müßten mindestens aus Seide sein. Sie zog ein pinkfarbenes Baumwollkleid aus dem Koffer und dachte, es war wirklich beschämend, daß Clay ihr nicht eine Kammerzofe zum Ankleiden schickte.

Vor dem Zimmer sah sie sich rasch im Korridor um; hatte jedoch kein Interesse daran, sich das Haus anzusehen. Es genügte ihr, daß es ihr gehörte. Nun mußte sie sich vor allem um die Küche kümmern, die man ihr gestern abend gezeigt hatte.

Sie verfluchte den weiten Weg vom Haus bis zur Küche. Von jetzt an würde sie dafür sorgen, daß man ihr das Essen aufs Zimmer brachte und sie nicht wegen jedem Bissen einen langen Fußmarsch machen mußte.

Sie marschierte in die Küche wie eine Königin. Ihr war, als würden alle ihre Träume Wirklichkeit. Ihr ganzes Leben lang hatte sie gewußt, daß sie zum Befehlen geboren war. Ihr idiotischer Vater hatte sie ausgelacht, als sie sagte, sie wollte einen Landsitz haben, wie er einmal den Malesons gehört hatte. Natürlich konnte sich die Armstrong-Plantage nicht mit den Landgütern in England messen; wie konnte man etwas in Amerika mit England vergleichen?

»Guten Morgen«, sagte Maggie freundlich, ihre Arme bis zu den Ellenbogen in Mehl getaucht, da sie den Biskuitteig für das Mittagessen vorbereitete. »Kann ich Ihnen irgendwie dienlich sein?«

Der große Raum war voller Geschäftigkeit. Eine von Maggies Küchenhelferinnen paßte auf drei große Töpfe auf, die über glühenden Kohlen auf dem Herd standen. Ein kleiner Junge drehte behäbig eine Keule am Spieß über dem Feuer. Eine andere Frau stampfte Teig in einer großen Holzschüssel, während zwei Mädchen pfundweise Gemüse kleinschnitten.

»Ja«, sagte Bianca energisch. Sie wußte aus Erfahrung, daß man der Dienerschaft sofort zeigen mußte, wer Herr im Hause war. »Ich möchte, daß Sie und die anderen Dienstboten sich in einer Reihe aufstellen, um meine Instruktionen zu empfangen. Von jetzt an erwarte ich, daß ihr alle eure Arbeit einstellt, wenn ich in ein Zimmer komme, und mir den mir zukommenden Respekt erweist.«

Die sechs Leute im Raum stellten ihre Tätigkeiten ein und starrten sie mit offenem Mund an.

»Ihr habt doch gehört, was ich sagte!« rief Bianca.

Langsam und linkisch bewegten sich die Leute zur Ostwand hinüber. Alle, bis Maggie fragte: »Wer sind Sie eigentlich, daß Sie hier Befehle erteilen?«

»Ich habe es nicht nötig, Ihre Fragen zu beantworten. Die Dienerschaft sollte ihren Platz kennen. Das heißt, Dienstboten, die ihre Stellung behalten wollen«, sagte sie mit drohendem Unterton. Bianca versuchte Maggies feindliche Blicke zu ignorieren und auch die Tatsache, daß sie sich nicht mit den anderen an der Wand aufstellte. »Ich würde gern mit euch über das Essen reden, das aus dieser Küche kommt. Nach dem Abendbrot zu beurteilen, das ich gestern genossen habe, ist die Kost ein bißchen hausbacken. Vor allem müssen mehr Soßen auf den Tisch. Zum Beispiel war der glasierte Hammel gestern recht wohlschmeckend.« Sie lächelte selbstgefällig, da sie wußte, ihr Lob würde den Leuten den Tag versüßen. »Aber«, fuhr sie fort, »ihr hättet mehr Soße dazu servieren sollen.«

»Soße?« fragte Maggie. »Der Hammel war mit reinem Zucker glasiert. Wollen Sie damit sagen, wir sollten eine Schüssel mit zerlassenem Zucker dazustellen?«

Bianca warf ihr einen vernichtenden Blick zu. »Ich habe Sie nicht um Ihre Meinung gebeten. Sie sind hier, um meinen Aufforderungen Folge zu leisten. Nun zum Frühstück! Ich erwarte, daß es Punkt elf Uhr im Eßzimmer serviert wird. Ich möchte eine Kanne Schokolade, die aus drei Teilen Sahne und einem Teil Milch besteht. Dazu möchte ich ein paar von den Törtchen, die gestern abend zum Nachtisch aufgetragen wurden. Dinner wird um halb eins serviert, und...«

»Sie meinen, Sie können es nur mit ein paar Dutzend gebackener Törtchen so lange aushalten?« fragte Maggie sarkastisch, während sie ihre Schürze abband und sie auf den Küchentisch knallte. »Ich werde mit Clay reden, um herauszufinden, wer Sie eigentlich sind«, sagte sie, als sie sich an Bianca vorbeischob.

»Ich bin die Herrin dieser Plantage«, sagte Bianca, sich hoch aufrichtend. »Ich bin Ihre Arbeitgeberin.«

»Ich arbeite für Clay und seine Frau, die, Gott sei gedankt, nicht Sie sind.«

»Sie unverschämte Person! Ich werde dafür sorgen, daß Clay Sie für diese Bemerkung feuert!«

»Ich könnte schon gehen, ehe er mich feuern kann«, sagte Maggie und lief auf die Richtung der Felder zu.

Sie fand Clay in einer Tabakscheune, wo die langen Blätter zum Trocknen aufgehängt wurden. »Ich möchte mit Ihnen reden!« forderte sie.

In all den Jahren, die Maggie nun für seine Familie gearbeitet hatte, hatte sie nie einen Anlaß zu irgendwelchen Beschwerden gegeben. Sie machte aus ihrem Herzen keine Mördergrube, und mehr als einmal hatte man ihre Vorschläge in die Tat umgesetzt, wenn Verbesserungen auf der Plantage vorgenommen werden mußten. Doch wenn sie etwas beanstandete, hatte sie stets einen begründeten Anlaß dazu gehabt.

Clay machte einen vergeblichen Versuch, den schwarzen Tabakharz von seinen Händen abzuwischen. »Was hat dich denn so in Rage gebracht? Ist der Kamin wieder verstopft?«

»Diesmal ist es schlimmer als nur eine Kaminverstopfung. Wer ist diese Frau?«

Clay starrte sie sprachlos an.

»Sie kam heute morgen in meine Küche und verlangte, daß wir ihr alle gehorchen sollen. Sie möchte, daß ihr das Frühstück im Eßzimmer serviert wird. Sie glaubt, sie wäre zu fein, um in der Küche zu frühstücken wie alle anderen.«

Clay warf ärgerlich das schmutzige Tuch beiseite. »Du hast doch in England gelebt. Du weißt, daß die Oberklassen nicht in der Küche essen. Tatsächlich tun das auch die meisten anderen Plantagenbesitzer nicht. Mir scheint das nicht ein so schreckliches Verlangen zu sein. Vielleicht käme es uns allen zugute, wenn wir ein paar Manieren lernten.«

»Schreckliches Verlangen!« erwiderte Maggie höhnisch. »Diese Frau kennt überhaupt keinen Anstand!« Sie hielt inne, und ihre Stimme wurde ruhiger. »Clay, Honey, ich habe dich schon gekannt, als du noch ein kleines Kind warst. Was tust du jetzt? Du bist mit einer der süßesten Frauen verheiratet, die Gott je geschaffen hat; doch sie rennt fort. Wohnt auf der anderen Seite des Flusses. Und nun bringst du irgendein rotznasiges Mädchen in dein Haus, nur weil sie Beth verdammt ähnlich sieht.« Sie legte ihre Hand auf seinen Arm. »Ich weiß, daß du sie beide liebtest; doch du kannst sie nicht ins Leben zurückholen.«

Clay funkelte sie an, und sein Gesicht wurde von Sekunde zu Sekunde finsterer. Er drehte sich von ihr weg. »Kümmere dich um deine Sachen. Und gib Bianca, was sie von dir verlangt.« Er ging mit hocherhobenem Kopf davon, während der Schatten seines breitkrempigen Hutes den Schmerz in seinen Augen verbarg.

Am späten Nachmittag verließ Bianca wütend das Anwesen von Arundel Hall. Sie hatte Stunden auf der Plantage verbracht, mit den Arbeitern gesprochen, Vorschläge gemacht, ihren Rat angeboten; doch nirgendwo war sie mit Respekt behandelt worden. Der Grundstücksverwalter, Anders, hatte gelacht, als sie ihm ihre Vorstellung von einer Kutsche vortrug. Er sagte, die Straßen in Virginia wären so schlecht, daß die Hälfte der Leute gar keine Kutschen besäßen; ganz gewiß aber keine mit goldenen Cherubinen, die den Wagenhimmel hielten. Er sagte, daß sich fast der ganze Verkehr auf dem Fluß abspielte. Allerdings lachte er nicht mehr, als Bianca ihm die Liste der Stoffe gab, die sie haben wollte. Er starrte sie nur mit großen Augen an und sagte: »Sie wollen pinkfarbene Seidenbezüge mit eingestickten Monogrammen?«

Sie setzte ihn davon in Kenntnis, daß die vornehmen Leute in England fast nur in solchen Bezügen schliefen. Sie ignorierte seine Bemerkung, daß sie sich hier nicht in England befänden.

Überall hörte sie Nicoles Namen. Mistress Nicole hatte im Garten geholfen. Bianca rümpfte die Nase. Warum sollte sie auch nicht im Garten helfen; sie war einmal Biancas Hausmädchen gewesen, nicht eine Lady mit einem Baron als Vorfahren, wie Bianca einen hatte.

Nach einer Weile hatte es Bianca allerdings satt, immer nur Nicoles Namen zu hören. Und besonders empörte es sie, daß die kleine Französin als Herrin der Plantage tituliert wurde. Sie ging zur Mole, wo das Ruderboot vertäut war, das sie zur Mühle hinüber bringen sollte. Sie wollte Nicole gründlich die Meinung sagen.

Roger ruderte sie über den Fluß, und Bianca beschwerte sich über seine Unverschämtheit. Er erklärte ihr sofort, daß er in Zukunft nichts mehr mit ihr zu tun haben wolle.

Bianca mußte die Holztreppe hinaufsteigen, die neben der Mole zum Wasser führte, dann den steilen Pfad zum kleinen Haus hinaufklettern. Die obere Hälfte der holländischen Tür war offen, und sie sah eine große Frau, die sich über ein kleines Feuer in dem riesigen Herd beugte. Bianca drückte die Klinke nieder und trat, ohne anzuklopfen, ins Haus. »Wo ist Nicole?« fragte sie laut.

Janie richtete sich auf und sah die blonde Frau an. Nicole

war gestern abend schon sehr früh von dem Dinner mit Clay zurückgekommen, und alles, was Janie aus ihr herausbekommen konnte, war die Mitteilung, daß Bianca eingetroffen wäre. Mehr sagte sie nicht; doch ihr Gesicht sprach Bände. In ihren Augen spiegelte sich ihre Trauer. Heute war sie wie sonst an die Arbeit gegangen; doch, wie Janie spürte, ohne rechten Lebensmut.

»Wollen Sie nicht hereinkommen?« sagte Janie. »Sie müssen Bianca sein. Ich wollte eben Tee kochen. Vielleicht möchten Sie auch eine Tasse.«

Bianca blickte sich voller Abscheu im Zimmer um. Sie sah nichts Reizvolles an den weißgetünchten Wänden, der Balkendecke oder dem Spinnrad beim Herd. Für sie war das eine Dreckbude. Sie wischte erst mit den Fingerspitzen den Stuhl ab, ehe sie sich darauf setzte. »Es wäre mir recht, wenn Sie Nicole holten. Sagen Sie ihr, ich wartete auf sie und hätte nicht den ganzen Tag Zeit.«

Janie stellte den Teekessel auf den Tisch. Das war also die schöne Bianca, nach der Clay so verrückt war. Sie sah eine Frau mit farblosem Gesicht und einem Körper, der rasch aus dem Leim ging. »Nicole hat eine Menge zu tun«, erklärte Janie. »Sie wird kommen, sobald es ihr möglich ist.«

»Ich habe mir schon genug Unverschämtheiten von Clays Dienstboten bieten lassen. Ich warne Sie! Falls Sie nicht...«

»Falls ich nicht was, Missy? Zunächst sollten Sie wissen, daß ich für Nicole arbeite, nicht für Clayton«, sagte sie, was nur teilweise richtig war. »Und außerdem...«

»Janie!« sagte Nicole unter der Haustür. Sie kam durch den Raum. »Wir haben einen Gast, und ein Gast ist stets willkommen. Möchten Sie eine Erfrischung, Bianca? Wir haben noch ein paar warme Krapfen vom Frühstück übrig.«

Als Bianca nicht antwortete, murmelte Janie, sie sähe so aus, als könnte sie all das Mehl in der Mühle aufessen.

Bianca schlürfte ihren Tee und aß das weiche, warme Zukkergebäck mit verdrossenem Gesicht, als zwänge sie sich dazu. »Hier wohnst du also. Nicht gerade eine Verbesserung, nicht wahr? Zweifellos wird Clayton dir erlaubt haben, auf der Plantage zu bleiben. In einer Stellung, wo du dich nützlich machen kannst. Vielleicht als Küchenhelferin?«

Nicole legte die Hand auf Janies Arm, damit sie nicht die Beherrschung verlor. »Es war mein Wille, Arundel Hall zu verlassen. Ich wollte etwas, womit ich mir meinen Lebensunterhalt selbst verdienen konnte. Da ich weiß, wie man eine Mühle betreibt, war Mr. Armstrong so liebenswürdig, mir dieses Haus zu überschreiben.«

»Zu überschreiben!« rief Bianca. »Willst du damit sagen, ihm gehörte die Mühle, und er hat sie dir einfach überlassen? Nach allem, was du ihm und mir angetan hast?«

»Ich möchte gerne wissen, was sie ihm angetan haben sollte«, sagte Janie. »Sie scheint mir an der ganzen Sache unschuldig zu sein.«

»Unschuldig!« höhnte Bianca. »Wie hast du herausgefunden, daß Clay reich ist?«

»Ich weiß nicht, was Sie meinen.«

»Weshalb hättest du dich denn sonst so bereitwillig entführen lassen? Und wie hast du den Kapitän herumgekriegt, daß er dich mit meinem Verlobten traute? Hast du deinen kleinen dürren Leib als Lockmittel verwendet? Frauen der dienenden Klassen pflegen solche Mittel ja immer zu verwenden.«

»Nein, Janie!« sagte Nicole scharf und wandte sich dann wieder Bianca zu. »Ich denke, Sie sollten jetzt lieber wieder gehen.«

Bianca stand mit einem leichten Lächeln auf. »Ich wollte dich nur warnen. Arundel Hall gehört mir. Die Armstrong-Plantage gehört mir, und ich werde nicht dulden, daß du dich einmischst. Du hast dir schon genug von dem genommen, was mir gehört, und ich habe nicht vor, dir noch mehr zu überlassen. Also halte dich fern von meinem Eigentum.«

»Und wie steht es mit Clay?« fragte Nicole leise. »Gehört er dir auch?«

Bianca kräuselte die Lippen und lächelte dann wieder. »So steht es also, nicht wahr? Oh, wie klein die Welt doch ist. Ja, er gehört mir. Wenn ich das Geld ohne ihn haben könnte, wäre mir das lieber, aber das ist unmöglich. Ich sage dir etwas: Selbst wenn ich mich von ihm befreien könnte, würde ich dafür sorgen, daß du ihn nie bekommst. Du hast mir nichts als Unglück gebracht, seit ich dich kenne, und ich würde lieber sterben, ehe ich dir überließe, was mir gehört.« Ihr Lächeln wurde breiter. »Tut es weh, wenn du siehst, wie er mich anschaut? Ich habe ihn hier.« Sie streckte ihre plumpe weiße Hand aus und ballte sie langsam zur Faust. Immer noch lächelnd drehte sie sich um und verließ das Haus, ohne die Tür hinter sich zu schließen.

Janie setzte sich neben Nicole an den Tisch. Sie hatte ein Gefühl, als wäre sie zwischen die Mahlsteine geraten. »Das ist also der Engel, den ich für Clay in England abholen sollte?« Janie schüttelte langsam den Kopf. »Man möchte an dem Verstand der Männer zweifeln. Was, in aller Welt, sieht er in ihr?«

Nicole starrte auf die offene Haustür. Sie hätte sich mit ihrer Niederlage abgefunden, wenn sie gegen eine Frau verloren hätte, die Clay liebte; doch es tat ihr weh, ihn mit Bianca zusammen zu sehen. Früher oder später würde er feststellen, wie sie wirklich war, und dann würde sein Elend beginnen.

Die Zwillinge stürmten in das Zimmer. »Wer war denn diese fette Lady?« fragte Alex.

»Alex!« wies ihn Nicole zurecht. Dann verlor ihr Tadel seine Wirkung, als Janie zu lachen begann. Nicole versuchte ein Lächeln zu unterdrücken. »Alex, du solltest dich hüten, Erwachsene als fett zu bezeichnen.«

»Selbst dann, wenn sie es sind?«

Janies Gelächter war so laut, daß Nicole dagegen nicht ankam. Sie beschloß, Biancas Gewicht nicht mehr zum Thema zu machen. »Sie ist ein Gast deines Onkels Clay«, sagte sie schließlich.

Die Zwillinge tauschten einen verständnisinnigen Blick, machten auf dem Absatz kehrt und stürmten wieder hinaus.

»Was haben die beiden denn vor?« fragte Janie.

»Vermutlich wollen sie sich vorstellen. Seit Ellen Backes ihnen beibrachte, wie sich ein gut erzogener Mann zu benehmen hat, haben sie keine Gelegenheit ausgelassen, sich zu verbeugen und zu knicksen.« Janie und Nicole sahen sich an

145

und verließen dann schweigend das Haus. Sie trauten dem Frieden nicht, wenn Bianca mit den Zwillingen allein blieb.

Die zwei Frauen kamen noch rechtzeitig am Flußufer an, um beobachten zu können, wie Alex sich vor Bianca verneigte. Sie standen am Rand der Mole. Bianca schien sehr angetan von den Manieren der Zwillinge, obwohl deren Kleider und Gesichter etwas schmutzig waren. Mandy stand schweigend neben ihrem Bruder und lächelte stolz.

Plötzlich verlor Alex das Gleichgewicht, und damit er nicht stolperte oder gar von der Mole stürzte, faßte er nach dem nächstbesten Ding, das ihm als Stütze dienen könnte, und das war Biancas Kleid. Der Stoff riß an der Naht der hochgezogenen Taille, und im Rock klaffte ein langes Loch.

»Du garstiges kleines Biest!« rief Bianca, und ehe noch jemand ein Wort sagen konnte, hatte sie Alex eine heftige Ohrfeige versetzt.

Der Junge versuchte sich noch einen Moment mit wirbelnden Armen am Rand der Mole zu halten, ehe er mit dem Rücken zuerst in den Fluß stürzte. Nicole war schon bis zu den Knien im Wasser, ehe Alex zum erstenmal auftauchte. Er grinste, als er ihr ängstliches Gesicht sah, und schwamm ans Ufer. »Onkel Clay sagt, man soll nie mit angezogenen Schuhen schwimmen«, sagte er, als er sich ans Ufer setzte und die Spangen seiner Schuhe löste. Er nickte Nicole zu, die immer noch mit wasserdurchtränkten Schuhen im Fluß stand.

Nicole lächelte und trat aufs trockene Ufer hinauf. Ihr Herz klopfte immer noch heftig von dem Schock, als sie den Jungen ins Wasser fallen sah.

Während Janie und Nicole sich mit Alex beschäftigten, blickte Mandy die große Frau neben sich an. Sie konnte niemanden leiden, der ihren Bruder schlug. Sie machte noch einen Schritt auf Bianca zu und grub ihre Absätze tief zwischen die Balken der Mole. Dann gab sie Bianca einen kräftigen Schubs und wich rasch von ihr zurück.

Die anderen drehten sich um, als Bianca einen Angstschrei ausstieß. Sie fiel so schwer und langsam wie ein Sack. Da sie keine Kraft hatte und ihre Muskeln nur selten verwendete, wirkte sie besonders hilflos. Ihre fetten kleinen Hände versuchten, sich an der Luft festzuklammern.

Als sie auf dem Wasser aufprallte, drohte die dadurch erzeugte Welle die Mole zu überfluten. Mandy war bis auf die Haut durchnäßt. Sie drehte sich um, während ihr das Wasser von der Nase und den Wimpern troff und lächelte triumphierend ihrem Bruder zu. Janie begann wieder zu lachen.

»Hört auf damit!« befahl Nicole; doch ihre Stimme erstickte fast an dem unterdrückten Gelächter. Bianca hatte so komisch ausgesehen, als sie ins Wasser fiel. Nicole ging zur anderen Seite der Mole, und die Kinder folgten ihr. Bianca erhob sich langsam aus dem Wasser. Es ging ihr knapp über die Knie; doch sie war vollkommen darin eingetaucht gewesen. Ihre blonden Haare hingen in dünnen Strähnen um ihr Gesicht. Die Locken, die sie so sorgfältig mit der Brennschere gelegt hatte, waren verschwunden. Das wasserdurchtränkte dünne Baumwollkleid klebte ihr auf der Haut. Sie hätte ebensogut nackt sein können. Sie hatte noch viel mehr zugenommen, als Nicole gestern abend glaubte. Ihre Schenkel und Hüften waren so fett, daß sie Wülste bildeten. Statt einer Taille hatte sie eine Fettrolle um die Hüften.

»Sie ist doch fett!« sagte Alex mit vor Staunen geweiteten Augen.

»Steht nicht nur so herum! Helft mir aus dem Wasser!« forderte Bianca. »Meine Füße stecken im Morast.«

»Ich denke, wir sollten lieber ein paar Männer besorgen«, schlug Janie vor. »Wir beide sind nicht stark genug, einen Wal ans Ufer zu ziehen.«

»Still! Nichts mehr davon!« rief Nicole, ging dann zum Ruderboot und nahm einen der beiden Riemen heraus. »Sie mag keine Männer. Hier, Bianca, halten Sie sich daran fest, und Janie und ich werden Sie ans Ufer ziehen.«

Janie packte bereitwillig mit an. »Wenn du mich fragst, mag diese Frau nur sich selbst, und was sie mag, will ihr auch nicht so recht gefallen.«

Es kostete einige Anstrengung, Bianca aus dem Schlamm herauszuziehen. Als sie endlich am Ufer stand, tauchte Roger aus dem Wald auf, wo er sich offensichtlich seit einiger Zeit versteckt gehalten hatte. Seine Augen zwinkerten vergnügt, als er Bianca beim Einsteigen in das Ruderboot half und sie auf die andere Seite des Flusses hinüberbrachte.

9

Clay war über den alten Baumstumpen gebeugt und befestigte gerade die Ketten um seine langen, tiefen Wurzeln, als der einsame Reiter sich ihm näherte. Spätestens in einer Stunde würde die Sonne versunken sein. Clay hatte schon lange vor Sonnenaufgang mit der Arbeit begonnen. Er war müde, und sein Körper tat ihm überall weh, nicht nur von dem Tagwerk heute, sondern weil er fast die ganze Woche hindurch rastlos geschuftet hatte.

Als die Ketten endlich um den Stubben verankert und mit dem Kummet des Kaltblüters verbunden waren, gruben sich die kräftigen Hufe des schweren Pferdes tief in den Boden. Erdschollen und Grassoden flogen umher, als das Pferd auf Clays Befehl hin die Muskeln anspannte. Langsam begann der Stubben sich aus dem Boden zu heben.

Clay nahm eine lange Axt und hieb die dünnen Wurzeln ab, die den großen Stubben noch im Boden festhielten. Als er endlich frei war, führte Clay das Pferd mit dem nachschleppenden Stubben zum Rand des frisch gerodeten Feldes. Als er die Ketten wieder gelöst hatte und sie auf dem Boden aufrollte, sagte der einsame Reiter:

»Gute Arbeit! Die beste Vorstellung seit der Bühnenshow in Philadelphia. Natürlich hatten die Tänzerinnen schönere Beine als du.«

Clay blickte ungehalten hoch und begann dann langsam zu grinsen. »Wesley! Ich habe dich eine Ewigkeit nicht mehr gesehen! Habt ihr beiden, Travis und du, schon euren Tabak geerntet?«

Wes Stanford stand von einem Stubben auf und streckte sich.

Er war nicht so groß wie Clay; aber auch kräftig gebaut, mit einer tiefen, breiten Brust und sehr muskulösen Schenkeln. Er hatte dichtes, braunes Haar und sehr dunkle Augen, die gerne lachten. Er zuckte mit den Schultern. »Du kennst doch Travis. Er glaubt, die ganze Welt drehe sich nur um ihn. Da dachte ich, er soll nur schauen, wie er mit dem Rest der Ernte allein fertig wird.«

»Ihr beide liegt euch wieder in den Haaren?«

Wesley grinste. »Travis würde sogar dem Teufel sagen, wie er die Hölle zu regieren habe.«

»Und zweifellos würde der Teufel auf ihn hören.«

Die beiden Männer sahen sich an und lachten. Aus jahrelangen Nachbarn waren Freunde geworden. Sie hatten sich zueinander hingezogen gefühlt, weil sie beide die jüngeren Brüder waren. Clay hatte stets im Schatten von James gestanden, während Wesley sich mit Travis auseinandersetzen mußte. Clay hatte oft voller Dankbarkeit an James denken müssen, wenn er sich in Travis' Nähe aufhielt. Er beneidete Wesley nicht um so einen Bruder.

»Warum rodest du jetzt schon selbst deine Felder?« fragte Wes. »Haben deine Leute dich verlassen?«

»Schlimmer«, sagte Clay, während er ein Taschentuch herauszog und sich den Schweiß vom Gesicht wischte. »Ich habe Probleme mit Frauen.«

»Aha«, sagte Wes lächelnd. »Nun, solche Probleme hätte ich selbst gern. Würdest du wohl darüber reden? Ich habe etwas zu trinken dabei und die ganze Nacht Zeit.«

Clay setzte sich auf den Boden, den Rücken an einen Baum gelehnt, und nahm den Krug voll Kornschnaps entgegen, den Wes ihm reichte, als er sich neben seinen Freund setzte. »Wenn ich daran denke, Wes, was mir in den letzten paar Monaten zugestoßen ist, weiß ich gar nicht, wie ich das lebend überstehen konnte.«

»Wenn man daran denkt, daß der Sommer so trocken war, daß drei von deinen Tabakscheunen niederbrannten und die Hälfte deiner Kühe starb«, sagte Wes, »dann müssen diese Probleme ja fürchterlich sein.«

»Das war keine so schwere Zeit. Da kam ich wenigstens zum Schlafen.«

»Himmel!« sagte Wes. »Nimm erst mal einen tüchtigen Schluck, und dann kannst du mir erzählen, wo dich der Schuh drückt.«

Wes fand Clays Idee gar nicht so übel, daß er Bianca entführen lassen und dann auf der Überfahrt durch eine Ferntrauung an sich binden lassen wollte. »Und was passierte, als sie hier ankam?«

»Sie kam gar nicht an, jedenfalls kam sie nicht zusammen mit Janie auf dem Paketboot an.«

»Sagtest du nicht eben, du habest den Kapitän für die Trauung bezahlt?«

»Das habe ich. Er hat mich tatsächlich verheiratet; nur nicht mit Bianca. Die Entführer nahmen die falsche Frau mit.«

Wes starrte seinen Freund mit geweiteten Augen und offenem Mund an. Es dauerte eine Weile, ehe er wieder Worte fand: »Soll das heißen, du wolltest deine Frischvermählte abholen und mußtest feststellen, daß du mit einer Frau verheiratet warst, die du noch nie zuvor gesehen hast?« Wes nahm einen tiefen Schluck, als er Clays kleinlautes Nicken sah. »Wie sieht sie denn aus? Wie eine Hexe, richtig?«

Clay lehnte seinen Kopf gegen den Baum und starrte in den Himmel hinauf. »Sie ist ein zierliches Ding, Französin. Sie hat schwarze Haare und große braune Augen und den verführerischsten Mund, der je geschaffen wurde. Sie hat eine Figur, daß mir der Schweiß in den Händen ausbricht, sobald sie durch das Zimmer geht.«

»Hört sich so an, als solltest du frohlocken, falls sie kein Strohkopf ist, meine ich.«

»Weder – noch! Sie ist gebildet, intelligent, ein fleißiges Ding, und die Zwillinge lieben sie. Jeder auf der Plantage himmelt sie sozusagen an.«

Wes nahm noch einen Schluck. »Hört sich für mich nicht nach einem großen Problem an. Ich kann kaum glauben, daß so etwas existiert. Sie muß doch irgendeinen Fehler haben?«

»Die Geschichte ist noch nicht zu Ende«, sagte Clay und griff wieder nach dem Kornschnaps-Krug. »Sobald ich erfuhr, daß ich mit der Falschen verheiratet wurde, schrieb ich Bianca nach England und erklärte ihr alles.«

»Bianca ist die Frau, die du eigentlich heiraten wolltest, nicht wahr? Wie hat sie es aufgenommen? Ich kann mir nicht vorstellen, daß es ihr gefallen hat, dich mit einer anderen verheiratet zu wissen.«

»Lange hörte ich nichts von ihr. Inzwischen verbrachte ich eine Menge Zeit mit Nicole, die meine gesetzliche Ehefrau war.«

»Jedoch nicht deine Frau in anderer Beziehung?«

»Nein. Wir beschlossen, die Ehe annullieren zu lassen; doch dazu brauchten wir einen Zeugen, daß sie zur Ehe gezwungen worden war. Und der einzige, der das bezeugen konnte, war bereits wieder unterwegs nach England.«

»So sahst du dich also gezwungen, einer schönen, bezaubernden Frau Gesellschaft zu leisten. Du Bedauernswerter! Dein Leben muß ja die reinste Hölle gewesen sein.«

Clay ging auf die spöttischen Bemerkungen seines Freundes nicht ein. »Nach einer Weile begann ich zu begreifen, was für ein Juwel Nicole war, und ich beschloß daher, mich mit ihr auszusprechen. Ich sagte, wenn Bianca meinen Brief lesen und beschließen würde, sie wolle nichts mehr mit mir zu tun haben, würde ich gern mit Nicole verheiratet bleiben. Schließlich hatte aber Bianca die größeren Anrechte.«

»Das scheint mir fair zu sein.«

»Mir auch; doch Nicole war anderer Meinung. Sie machte mir eine halbe Stunde lang eine Szene. Sie sagte, sie würde für keinen Mann zweite Wahl sein... Ich weiß nicht, was sie noch alles gesagt hat. Es schien mir ziemlich konfus zu sein. Alles, was ich daraus lernte, war, daß sie sich nicht sehr glücklich fühlte. In jener Nacht...« Er hielt inne.

»Nur weiter! Das ist die beste Geschichte, die ich seit Jahren gehört habe.«

»In jener Nacht«, fuhr Clay fort, »schlief sie in Beths Zimmer und ich in James' Zimmer. Als ich ihren Schrei hörte, ging ich sofort zu ihr. Sie fürchtete sich vor etwas zu Tode, also flößte ich ihr eine Menge Wein ein und brachte sie zum Reden.« Er legte

151

die Hand über die Augen. »Sie hatte ein schreckliches Leben hinter sich. Der französische Pöbel schleppte ihre Eltern zur Guillotine fort und brannte ihr Haus nieder. Später tötete er dann ihren Großvater und trug sein Haupt auf einer Lanze vor ihrem Fenster spazieren.«

Wes verzog das Gesicht. »Und was passierte nach jener Nacht?«

Nicht das Danach war so wichtig, sondern was in dieser Nacht passierte, dachte Clay. Denn seither fand er keine Ruhe mehr, sondern hielt sie, wenn es dunkel wurde, in seinen Armen und liebte sie. »Am nächsten Tag verließ sie mich«, berichtete er leise. »Verließ mich nicht eigentlich, sondern zog nur auf die andere Seite des Flusses in die alte Mühle. Sie hat den Betrieb wieder eröffnet und macht ihre Sache verdammt gut.«

»Aber du willst sie zurückhaben, nicht wahr?« Als Clay nicht antwortete, schüttelte Wes den Kopf. »Du sagtest, du habest Probleme mit Frauen, nicht mit einer Frau. Was ist denn noch alles passiert?«

»Nachdem Nicole den Mahlbetrieb wieder eröffnet hatte, tauchte Bianca auf der Plantage auf.«

»Was ist sie für eine Frau?«

Clay wußte nicht, was er darauf antworten sollte. Sie wohnte nun schon zwei Wochen in seinem Haus; doch er wußte nicht mehr von ihr als bei ihrer Ankunft. Sie schlief, wenn er morgens das Haus verließ, und schlief bereits wieder, wenn er dorthin zurückkehrte. Einmal hatte Anders ihm gesagt, sie gebe viel zuviel Geld aus; doch Clay tat diese Beschwerde mit einer Handbewegung ab. Er würde sich doch noch leisten können, ein paar Kleider für die Frau anzuschaffen, die er heiraten sollte. »Ich weiß nicht, was sie für eine Frau ist. Ich glaube, ich verliebte mich damals auf den ersten Blick in sie, als ich sie in England kennenlernte, und daran hat sich seither nichts geändert. Sie ist schön, liebenswürdig, voller Anmut und Güte.«

»Das hört sich ja an, als wüßtest du bereits eine Menge von ihr. Nun laß mich mal die Situation betrachten. Du bist mit einer hinreißend schönen Frau verheiratet und zugleich verlobt und verliebt in eine nicht weniger hinreißende Frau.«

»So ungefähr ist es.« Clay grinste. »Wenn man dir zuhört, scheine ich mich ja in einer beneidenswerten Lage zu befinden.«

»Ich könnte mir schlimmere Situationen vorstellen. Zum Beispiel den Zustand eines einsamen Junggesellen, wie ich es bin.«

Clay schnaubte. Noch mehr Frauen, als er jetzt hatte, konnte er sich wohl kaum noch leisten.

»Ich sage dir, was ich tun würde«, meinte Wes grinsend und schlug Clay auf den Schenkel. »Ich werde beide Frauen kennenlernen und dir eine davon abnehmen. Du kannst ja diejenige behalten, die ich nicht haben möchte, und das erspart dir die Qual der Wahl.« Wesley betrachtete das Problem von der scherzhaften Seite; doch Clay blieb ernst, und Wes runzelte die Stirn. Es gefiel ihm nicht, seinen Freund so bekümmert zu sehen. »Nun komm schon, Clay, das ist zweifellos die beste Lösung.«

»Ich weiß nicht«, sagte Clay. »Ich scheine mich in letzter Zeit zu nichts entschließen zu können.«

Wes stand auf und rieb sich den Rücken, wo sich die Rinde in seine Haut eingegraben hatte. »Ist diese Nicole immer noch in der Mühle? Glaubst du, ich könnte sie dort kennenlernen?« Er sah, wie es plötzlich in Clays Augen aufzuckte.

»Sicher! Sie wohnt dort mit Janie. Ich bin überzeugt, sie wird dich willkommen heißen. Sie scheint für jeden ein offenes Haus zu haben.« Da war eine Spur von Verdrossenheit in seiner Stimme.

Wes versprach Clay, daß er später auch noch in Arundel Hall vorbeischauen und Maggies Kochkünste ausprobieren wolle. Dann bestieg er sein Pferd und ritt zur Mole hinunter. Er ließ sein Pferd im Schritt gehen, damit er nachdenken konnte. Das Wiedersehen mit Clay war wie ein Schock gewesen. Es war fast so, als hätte er mit einem Fremden geredet. Als Kinder hatten sie viel Zeit miteinander verbracht. Dann hatte plötzlich eine Choleraepidemie Clays Eltern und Wesleys Vater hinweggerafft. Seine Mutter starb kurze Zeit später. Die gemeinsame Tragödie hatte James und Clay, Travis und Wesley stärker aneinander

153

gebunden. Zwar hatte es lange Perioden der Trennung gegeben, wenn die jungen Männer auf den Feldern ihrer Plantagen arbeiteten; doch sie hatten sich gegenseitig besucht, so oft es möglich war.

Wes lächelte bei der Erinnerung an eine Party auf Arundel Hall, als Clay und Wes sechzehn gewesen waren. Die beiden Jungs hatten gewettet, daß sie jeder eine von den knusprigen Canton-Zwillingen hinter eine Hecke ziehen könnten. Das war ihnen beiden auch mühelos gelungen, nur war ihnen Travis auf die Schliche gekommen, hatte beide Jungen beim Genick gepackt und sie in den künstlichen Teich geworfen.

Was war aus diesem Clayton geworden? fragte Wes sich jetzt. Der Clay, den er früher gekannt hatte, hätte nur über diese absurde Situation mit den beiden Frauen gelacht. Er hätte die, die er haben wollte, gepackt und sie in sein Schlafzimmer getragen. Er kannte den Mann, der die Entführung einer englischen Lady arrangiert hatte; doch der Mann, der sich so benahm, als habe er Angst, nach Hause zu gehen, war für ihn ein Fremder.

Wes stieg unter einem Baum bei der Mole vom Pferd und sattelte es ab. Seiner Vermutung nach mußte etwas mit dieser Französin nicht stimmen. Clay hatte gesagt, sie habe für Bianca gearbeitet – zweifellos als Dienstmädchen. Irgendwie hatte sie sich wohl an Biancas Stelle gedrängt und sich auf diese Weise einen reichen Amerikaner geangelt. Zweifellos erpreßte sie nun Clay irgendwie, damit er sie als Ehefrau behielte. Immerhin war es ihr bisher gelungen, Clay die Mühle und noch andere Dinge zu entreißen.

Und in welcher Situation befand sich Bianca? Wesley spürte eine kräftige Portion Mitleid für diese Frau. Sie war nach Amerika gekommen in der Erwartung, den Mann zu heiraten, den sie liebte, um dort eine andere an ihrer Stelle vorzufinden.

Er band sein Pferd an dem Baum an, stieg in das Ruderboot und überquerte damit den Fluß. Er kannte sich recht gut in der Mühle aus, denn das war eines seiner bevorzugten Verstecke in seiner Jugendzeit gewesen. Er lächelte, als er die Zwillinge am Ufer kauern sah, wie sie einen Ochsenfrosch beobachteten.

»Was macht ihr beiden denn da?« rief Wes laut.

Die Zwillinge sprangen fast gleichzeitig in die Höhe, drehten sich dann um und lächelten zu ihm hinauf.

»Onkel Wes!« krähten sie, ihn bei seinem Ehrentitel nennend. Sie kletterten die Böschung hinauf, wo er mit offenen Armen auf sie wartete.

Wes faßte sie beide um die Taille und schwenkte sie im Kreis, während die beiden vergnügt kicherten. »Habt ihr mich vermißt?«

»Oh, ja«, antwortete Mandy lachend. »Onkel Clay läßt sich kaum noch blicken; doch Nicole ist hier.«

»Nicole?« fragte Wes. »Ihr mögt sie wohl, nicht wahr?«

»Sie ist hübsch«, antwortete Alex. »Sie war mit Onkel Clay verheiratet; aber ich weiß nicht, ob sie das noch ist.«

»Natürlich ist sie mit ihm verheiratet«, sagte Mandy. »Sie wird immer mit Onkel Clay verheiratet bleiben.«

Wes stellte die Kinder auf den Boden zurück. »Ist sie im Haus?«

»Ich glaube, ja. Manchmal ist sie auch in der Mühle.«

Wes fuhr den beiden Kindern mit der Hand über die Köpfe. »Ich sehe euch noch später. Vielleicht könnt ihr mit mir über den Fluß rudern. Ich habe mich mit eurem Onkel Clay zum Abendessen verabredet.«

Die Zwillinge wichen vor ihm zurück, als wäre er giftig. »Wir bleiben lieber hier«, sagte Alex. »Wir müssen nicht mit dir ins Haus zurück.«

Ehe Wes den Kindern noch eine Frage stellen konnte, drehten sie sich um und rannten in den Wald hinein. Wes kletterte den Hügel zu dem kleinen Haus hinauf. Janie war allein in dem Raum im Erdgeschoß, saß, versunken in ihre Arbeit, am Spinnrad. Wes öffnete leise die Tür und trat auf Zehenspitzen hinter sie. Er drückte ihr einen lauten Kuß auf den Nacken.

Janie bewegte sich nicht und zeigte sich auch nicht überrascht. »Nett, dich wiederzusehen, Wes«, sagte sie ruhig. Sie drehte sich mit zwinkernden Augen nach ihm um. »Was für ein Glück, daß du nicht als Rothaut auf die Welt gekommen bist. Du könntest dich nicht einmal bei einem Tornado lautlos

155

anschleichen. Ich habe dich schon draußen mit den Zwillingen gehört.« Sie stand auf und drückte ihn an sich.

Wes umhalste sie und hob ihre Füße vom Fußboden. »Eine Hungerkur scheinst du ja nicht gemacht zu haben«, meinte er lachend.

»Doch du offenbar! Du siehst ja richtiggehend dürr aus. Setz dich hin, und ich mache dir etwas zu essen.«

»Nur ein Häppchen. Ich soll nämlich mit Clay zu Abend essen.«

»Harump!« sagte Janie, während sie eine Schüssel mit Erbsenhälften und Schinkenstücken füllte. Sie häufte kaltes Krebsfleisch auf einen Teller und stellte eine Schüssel zerlassener Butter daneben. »Du solltest dich lieber hier satt essen. Maggie ist auf dem Kriegspfad, und ihre Küche ist nicht mehr das, was sie sein könnte.«

»Vermutlich hat das etwas mit Clays Frauen zu tun«, entgegnete Wesley, den Mund voll Krebsfleisch. Er lächelte bei Janies überraschtem Blick. »Ich traf Clay, ehe ich den Fluß überquerte, und er erzählte mir die ganze Geschichte.«

»Clay kennt gar nicht die ganze Geschichte. Er ist die meiste Zeit taub und blind.«

»Was soll das nun wieder heißen? Mir scheint das Ganze doch schrecklich einfach. Clay muß doch nur seine Ehe mit dieser Nicole annullieren lassen, und dann ist er frei, um Bianca, die Frau, die er liebt, heiraten zu können. Dann wird er auch wieder glücklich sein.«

Janie war so wütend über Wesleys Ausführungen, daß sie nicht sprechen konnte. Sie hatte noch den eisernen Schöpflöffel von der Erbsensuppe in der Hand. Die knallte sie ihm einfach auf den Schädel.

»He!« schrie Wes und griff sich an die Stelle, wo die heiße Suppe in seinen Haaren klebte.

Janie bereute ihre Tat sofort. Sie hatte Wes keinesfalls weh tun wollen. Sie nahm einen Lumpen, tauchte ihn in kaltes Wasser und begann, die Suppe aus Wesleys Haaren zu entfernen.

Während Janie sich über Wes beugte und ihm die Sicht auf

die Tür versperrte, kam Nicole ins Haus. Janie wollte sich schon zur Seite drehen, damit Nicole ihn sehen konnte, besann sich dann aber anders. Wes schielte neugierig um Janies stattliche Hüften herum.

»Janie«, sagte Nicole, »weißt du, wo die Zwillinge stecken? Ich habe sie vor ein paar Minuten noch gesehen; doch nun scheinen sie wie vom Erdboden verschluckt zu sein.« Sie nahm den Strohhut vom Kopf und hängte ihn an einen Holzpflock neben der Tür. »Ich wollte ihnen vor dem Abendessen noch ein paar Stunden Unterricht geben.«

»Sie werden schon nach Hause kommen. Und außerdem bist du viel zu müde, um auch noch mit den Kindern Schreiben und Lesen zu üben.«

Wes merkte, daß Janie ihn absichtlich versteckte, ihm jedoch erlaubte, Nicole zu beobachten. Was er von ihr auch gedacht haben mochte: er wußte, daß sie nie ein Dienstmädchen gewesen sein konnte. Sie bewegte sich mit einer Anmut und Eleganz, die bewiesen, daß sie niemals Dienstmagd oder abhängig gewesen sein konnte. Und was Clay über ihre Schönheit gesagt hatte, war noch eine Untertreibung. Seine erste Regung war, Rosen vor ihre Füße zu streuen und sie zu bitten, Clay zu verlassen und ihn zu nehmen.

»Clay hat heute eine Botschaft geschickt«, sagte Janie.

Nicole hielt inne, ihre Hand auf dem Treppengeländer. »Clay?«

»Du erinnerst dich an ihn?« sagte Janie, während sie Wesleys Gesicht beobachtete. »Er ließ anfragen, ob du heute abend mit ihm speisen würdest.«

»Nein«, sagte Nicole leise. »Das kann ich nicht. Obwohl ich vielleicht etwas hinüberschicken sollte. Maggie hat in jüngster Zeit nicht viel gekocht.«

Janie schnaubte. »Sie weigert sich, für diese Frau zu kochen, und das weißt du genau.«

Nicole drehte sich um und wollte etwas sagen. Doch dann schloß sie wieder den Mund. Janie scheinen auf einmal zwei neue Beine gewachsen zu sein. Sie verließ die Treppe und ging näher an Janie heran.

»Hallo«, sagte Wes, schob dann Janies Hände weg und stand auf. »Ich bin Wesley Stanford.«

»Mr. Stanford«, sagte sie höflich und hielt ihm ihre Hand hin. Sie warf Janie einen besorgten Blick zu. Warum hatte sie diesen Mann vor ihr versteckt? »Wollen Sie sich nicht setzen? Kann ich Ihnen eine Erfrischung anbieten?«

»Nein, vielen Dank. Janie hat mich bereits versorgt.«

»Ich denke, ich sollte jetzt lieber nach den Zwillingen suchen«, sagte Janie und war schon aus dem Haus, ehe jemand etwas sagen konnte.

»Sind Sie mit Janie befreundet?« fragte Nicole, während sie für Wes in einen Becher kalten Apfelwein eingoß.

»Eher ein Freund von Clay.« Er beobachtete ihr Gesicht, doch dann zog ihr Mund wieder seinen Blick an. Die Oberlippe faszinierte ihn. »Wir sind zusammen aufgewachsen oder haben jedenfalls eine Menge Zeit miteinander verbracht.«

»Erzählen Sie mir von ihm«, sagte sie mit großen, begierigen Augen. »Wie ist er als kleiner Junge gewesen?«

»Anders«, sagte Wes, sie beobachtend. Sie liebt ihn, dachte er. »Ich glaube, die... jetzige Situation schlägt ihm aufs Gemüt.«

Sie stand auf und ging zum Herd hinter ihm. »Ich weiß, daß sie ihm zusetzt. Ich nehme an, er hat Ihnen die Geschichte erzählt.« Sie wartete nicht auf sein Nicken. »Ich versuchte, ihm die Sache leichter zu machen, indem ich auszog. Nein, das ist nicht richtig. Ich versuchte, mir die Situation zu erleichtern. Er wird wieder glücklich sein, wenn unsere Ehe annulliert und er frei ist, um Bianca zu heiraten.«

»Bianca. Sie haben für sie in England gearbeitet?«

»In gewisser Weise. Viele Engländer waren so freundlich, uns aufzunehmen, nachdem wir aus unserem Land fliehen mußten.«

»Wie sind Sie statt Bianca in die Hände der Entführer gefallen?« fragte er sehr direkt.

Nicole errötete, als sie sich an diese Szene erinnerte. »Bitte, Mr. Stanford, wir wollen lieber über Sie reden.«

Wes sagte ihr Erröten mehr als viele Worte. Was für eine Frau würde so großzügig sein, das Essen für den Mann zuzubereiten, den sie liebte, wenn sie wußte, daß er es mit einer anderen Frau verzehren würde? Er hatte sich schon ein Fehlurteil geleistet und wollte das nicht zum zweitenmal tun. Er würde abwarten, bis er Bianca kennengelernt hatte, ehe er sich seine endgültige Meinung bildete.

Eine Stunde später verließ Wes widerstrebend die stille Ordnung von Nicoles kleinem Haus, um sich nach Arundel Hall zu begeben. Er hatte sich nicht verabschieden wollen; war jedoch gespannt darauf, Bianca kennenzulernen. Wenn Nicole Clays zweite Wahl war, dann mußte seine erste ein wahrhaftiger Engel sein.

»Was hältst du von ihr?« fragte Clay, als er Wes am Ende des Gartens begrüßte.

»Ich trage mich mit dem Gedanken, ein paar Entführer nach England zu schicken. Wenn ich nur halb so gut abschneide wie du, werde ich glücklich sterben.«

»Du hast Bianca noch nicht gesehen. Sie wartet im Haus und ist begierig, dich kennenzulernen.«

Wesleys erster Blick auf Bianca war ein Schock für ihn. Es war, als sähe er James' Frau Beth vor sich. Sogleich fühlte er sich wieder in die Tage zurückversetzt, als das Haus voller Liebe und Gelächter gewesen war. Beth hatte ein Talent gehabt, jedem das Gefühl zu geben, als sei er hier zu Hause. Ihr lautes Lachen konnte man in allen Ecken des Gebäudes hören. Es gab keinen Obdachlosen im Umkreis von zwanzig Meilen, der an ihrem Tisch nicht willkommen gewesen wäre.

Beth war eine große und kräftige Frau gewesen. Ihre Energie hatte jeden angesteckt. Sie konnte den ganzen Morgen über auf der Plantage arbeiten, den ganzen Nachmittag mit James und Clay auf der Jagd durch die Wälder reiten und, wie Wes mutmaßte, weil James ständig ein Lächeln auf dem Gesicht trug, die ganze Nacht hindurch lieben. Sie pflegte die Kinder an ihren Busen zu drücken und sie mit Liebe zu überschütten. Sie konnte mit einer Hand Plätzchen backen und mit der anderen drei Kinder zugleich umarmen.

Einen Moment lang spürte Wes, wie seine Augen naß wurden. Beth war plötzlich so lebendig geworden, daß er fast zu glauben geneigt war, sie wäre wieder auf die Erde zurückgekehrt.

»Mr. Stanford«, sagte Bianca leise, »wollen Sie nicht eintreten?«

Wes kam sich wie ein Tölpel vor und wußte, daß er auch so aussehen mußte. Er blinzelte ein paarmal, damit seine Augen wieder klar wurden, und sah dann auf Clay. Er verstand nun, in welcher seelischen Zwickmühle dieser steckte.

»Wir bekommen so selten Besuch«, sagte Bianca, während sie die Männer in den Speiseraum führte. »Clayton hat mir versprochen, daß wir bald wieder Gäste haben werden. Das heißt, sobald diese beklagenswerte Situation bereinigt ist und ich die wahrhafte Herrin der Plantage bin. Wollen Sie nicht Platz nehmen?«

Wes war immer noch von ihr hypnotisiert, von ihrer Ähnlichkeit mit Beth; doch ihre Stimme war anders, ihre Bewegungen auch, und sie hatte ein Grübchen in der linken Wange, das er bei Beth nie bemerkt hatte. Er nahm ihr gegenüber Platz, Clay setzte sich zwischen sie. »Wie gefällt Ihnen unser Land? Ist es sehr verschieden von England?«

»Oh, ja«, sagte sie, während sie sich ein paar Schöpflöffel voll Soße über ihre drei Scheiben Schweinefleisch goß. Sie reichte die silberne Soßenschüssel Wes hinüber. »Amerika ist weitaus primitiver als England. Hier gibt es keine Städte, keine Läden, wo man einkaufen könnte. Und der Mangel an Gesellschaft – was man wirklich als Gesellschaft bezeichnen kann –, ist erschreckend.«

Wes hatte die Soßenschüssel in der Hand, bediente sich aber nicht. Sie hatte soeben sein Land und seine Landsleute beleidigt; doch sie schien sich ihrer Ungezogenheit gar nicht bewußt zu sein. Ihr Kopf war über ihren Teller gebeugt. Wes nahm einen kleinen Löffel der Soße und kostete sie. »Gütiger Himmel, Clay! Seit wann serviert Maggie Schüsseln voller zerlassenem Zucker zu ihrem Schweinebraten?«

Clay zuckte teilnahmslos mit den Schultern. Er beobachtete Bianca, während sie aß.

160

Für Wes begann die Beziehung der beiden einen ominösen Anstrich zu bekommen. »Sagen Sie mir, Mrs. Armstrong«, begann er und hielt dann inne. »Verzeihen Sie, Sie sind ja nicht Mrs. Armstrong – noch nicht.«

»Nein, bin ich noch nicht!« reif Bianca und warf Clay einen übellaunigen Blick zu. »Meine Hausangestellte drängte sich den Männern auf, die mich zu Clay bringen sollten. Dann hat sie auf der Überfahrt dem Kapitän vorgegaukelt, sie wäre Bianca Maleson, und erreichte damit, daß sie mit meinem Verlobten ferngetraut wurde.«

Für Wesley begann diese Frau immer unsympathischer zu werden. Er hatte ein paar Minuten dazu gebraucht, um ihre Ähnlichkeit mit Beth zu überwinden; doch nun stellte er fest, daß sie auch äußerlich einem Vergleich gar nicht standhielt. Diese Frau war weich und fett, wo Beth stets fest und kräftig gewesen war dank ihres Knochenbaues.

»Ihre Hausangestellte, sagten Sie? War sie nicht ein Flüchtling der Französischen Revolution? Ich glaubte, nur die Aristokraten mußten aus dem Land flüchten.«

Bianca wedelte mit einer Gabel. »Das ist ein Gerücht, das Nicole in die Welt gesetzt hat. Sie behauptet, ihr Großvater wäre der Herzog von Levroux gewesen, oder so hat es mir wenigstens ihre Cousine erzählt.«

»Aber Sie wissen es besser, nicht wahr?«

»Natürlich! Sie hat ein paar Monate für mich gearbeitet, und ich sollte es besser wissen. Vermutlich ist sie irgendwo in Frankreich Köchin oder Näherin gewesen. Aber ich bitte Sie, Mr. Stanford«, sagte sie und lächelte, »wollen wir wirklich über meine Hausangestellte reden?«

»Natürlich nicht«, gab Wes lächelnd zurück. »Wir wollen lieber über Sie sprechen. Ich habe selten die Freude mit so einer charmanten Gesellschafterin. Erzählen Sie mir von Ihrer Familie und was Sie sonst noch über Amerika denken.«

Wes aß bedächtig, während er Bianca zuhörte. Es war nicht leicht, beides gleichzeitig zu tun. Sie erzählte ihm von dem Stammbaum ihrer Familie, von dem Haus, das einst ihrem Vater gehörte. Natürlich konnte sich alles, was sie in Amerika sah, keinesfalls mit England messen, besonders nicht die Leute. Sie zählte ihm alle Fehler von Clays Dienern und Angestellten her, beklagte sich, wie sie von diesen Leuten mißhandelt wurde und sie sich weigerten, ihr zu gehorchen. Wes gab schwache Laute seines Mitgefühls von sich, während er die ganze Zeit staunte über die Massen, die sie vertilgte.

Zuweilen schickte er einen verstohlenen Blick zu Clay hinüber. Dieser verhielt sich passiv, als ob er Biancas Worte weder hörte noch verstand. Ab und zu betrachtete er Bianca mit einem glasigen Blick, als ob er sie überhaupt nicht richtig wahrnähme.

Das Mahl schien sich endlos in die Länge zu ziehen. Wesley staunte auch über Biancas Selbstsicherheit. Sie schien nie zu bezweifeln, daß sie und Clay recht bald ein Ehepaar und sie dann die Besitzerin von Arundel Hall sein würde. Als sie davon zu reden begann, daß sie die Ostwand des Hauses niederreißen und einen prächtigen Flügel anbauen wollte, »nicht so einfach wie dieses Haus«, wollte Wes nicht länger zuhören.

Er wandte sich an Clay: »Warum bleiben die Zwillinge am anderen Ufer des Flusses?«

Clay sah Wes stirnrunzelnd an. »Nicole kann sie unterrichten, und sie wollten dorthin«, sagte er matt. »Möchtest du dich zu uns in die Bibliothek setzen, meine Liebe?«

»Du gütiger Himmel, nein«, sagte Bianca mit süßer Stimme. »Ich denke doch nicht daran, mich euch Männern aufzudrängen. Wenn Sie mich entschuldigen wollen, würde ich mich gern zurückziehen. Es ist ein anstrengender Tag gewesen.«

»Natürlich«, sagte Clay.

Wes verabschiedete sich mit einem gemurmelten Gute-Nacht, drehte sich dann um und verließ das Eßzimmer. Als er in der Bibliothek war, schenkte er sich einen kräftigen Schuß Whisky ein und goß ihn hinunter. Er schenkte sich zum zweitenmal ein, als Clay den Raum betrat.

»Wo ist das Porträt von Beth?« fragte Wes durch zusammengebissene Zähne.

»Ich habe es in meinem Büro aufgehängt«, antwortete Clay, während er sich ebenfalls einen Brandy einschenkte.

»Damit du dauernd in ihrer Nähe sein kannst? Du hast nun

also eine Kopie von Beth, die in deinem Hause herumspaziert, und ein Porträt von ihr in deinem Büro, wo du den Rest des Tages verbringst.«

»Ich weiß nicht, wovon du sprichst«, sagte Clay verärgert.

»Du weißt genau, wovon ich spreche! Ich meine diese eitle, übergewichtige Schlampe, die du als Ersatz für Beth ins Haus genommen hast.«

Clays Augen sprühten Blitze. Er war der größere der beiden, ein kräftiger, harter Mann; doch Wes war nicht weniger muskulös als Clay. Sie hatten noch nie miteinander gekämpft.

Dann beruhigte sich Wes plötzlich. »Hör zu, Clay! Ich möchte nicht brüllen. Ich möchte nicht einmal mit dir streiten. Ich denke, daß du jetzt einen Freund gebrauchen kannst. Kannst du denn nicht sehen, was du tust? Diese Frau sieht aus wie Beth. Als ich sie zum erstenmal sah, dachte ich, sie wäre Beth. Aber sie ist es nicht! Ganz und gar nicht.«

»Dessen bin ich mir bewußt«, erwiderte Clay mit tonloser Stimme.

»Wirklich? Du schaust sie an, als wäre sie eine Göttin; doch hast du ihr schon einmal zugehört? Sie ist so weit von Beth entfernt, wie das überhaupt für einen Menschen möglich ist. Sie ist eine eitle, arrogante Heuchlerin.«

Im nächsten Moment landete Clays Faust in Wesleys Gesicht. Wes taumelte gegen den Schreibtisch, drehte sich um seine Achse und landete in einem roten Ledersessel. Er rieb sich den Kiefer und schmeckte sein Blut auf der Zunge. Einen Moment lang war er versucht, sich auf Clay zu stürzen. Vielleicht würden ein paar tüchtige Hiebe ihm etwas Vernunft in den Kopf bringen. Vielleicht würde er in einem Boxkampf den alten Clay wiedererkennen.

»Beth ist tot«, flüsterte Wes. »Sie und James sind tot, und wenn du dich auch noch so sehr bemühst, wird nichts die beiden zurückbringen.«

Clay blickte seinen Freund an, der auf dem Ledersessel kauerte und sich das Kinn rieb. Er wollte etwas sagen, brachte es aber nicht über die Lippen. Da waren so viele Dinge zu sagen und doch zu wenige. Er drehte sich um und ging aus der

Bibliothek, aus dem Haus und auf die Tabakfelder·zu. Vielleicht würden ein paar Stunden Arbeit helfen, sich zu beruhigen. Seine Gedanken an Beth und Nicole abzulenken – nein, von Bianca und Nicole.

10

Die Bäume nahmen das Festkleid des Herbstes an. Sie glühten in roten und goldenen Farben. Nicole stand auf der Kuppe eines Hügels und sah auf die Mühle und ihr Haus hinunter. Durch die Bäume konnte sie das Glitzern der Sonne auf dem klaren dahinschießenden Wasser sehen.

Es war zehn Tage her, seit Wesley Stanford sie besucht hatte, und mehr als einen Monat seit jener schrecklichen Nacht, als Bianca in ihr Leben zurückgekehrt war. Sie hatte geglaubt, die harte Arbeit in der Mühle würde alles aus ihrem Bewußtsein tilgen; doch das war nicht geschehen.

»Du genießt die Ruhe?«

Nicole fuhr zusammen, als sie Clays Stimme hörte. Sie hatte ihn nicht mehr gesehen, seit er mit Bianca zusammen war.

»Janie sagte mir, wo ich dich finden könne. Ich hoffe, ich störe nicht.«

Sie drehte sich langsam um und sah zu ihm hoch. Die Sonne stand hinter seinem Kopf und zauberte an die Spitzen seiner dunklen Haare eine goldene Farbe. Er sah erschöpft und älter aus. Tiefe Schatten lagen unter seinen Augen, als hätte er nicht gut geschlafen.

»Nein«, antwortete sie lächelnd. »Du störst nicht. Geht es dir gut? Ist dein Tabak schon geerntet?«

Sein Mund lockerte sich. Aus einem harten Strich wurde ein weiches Lächeln. Er setzte sich auf den Boden, streckte sich darauf aus und schaute durch eine rot-goldene Baumkrone zum Himmel hinauf. Er schien sich sofort zu entspannen. Die Nähe von Nicole genügte schon, daß er sich besser fühlte.

»Deine Mühle scheint ja ein großer Erfolg zu sein. Ich kam

über den Fluß, um dich um einen Gefallen zu bitten. Ellen und Horace Backes wollen eine Gesellschaft für uns geben. Eine echte Virginia-Party, die mindestens drei Tage dauert, und du und ich sind die Ehrengäste. Ellen will meine Frau in der Gemeinde willkommen heißen.«

Als Clay es sich vor Nicoles Füßen auf dem Boden bequem machte, seine langen Beine ausstreckte und sich seine Muskeln unter dem aufgeknöpften Hemd abzeichneten, hatte sie ein Gefühl, als würde sie zerschmelzen. Sie wollte neben ihm auf den Boden sinken und ihre Wange auf seine braune Haut legen. Er war verschwitzt von der Feldarbeit, und sie konnte förmlich das Salz auf der Zunge schmecken, als sie in Gedanken seinen Hals küßte. Doch als sie sah, wie er sich neben ihr entspannte, veränderte sich dieser Impuls: sie wollte ihn jetzt treten. Ihr Körper schien in Flammen zu stehen; doch er benahm sich, als hätte er soeben den Frieden und die Stille im Hause seiner Mutter wiedergefunden.

Es dauerte einen Moment, ehe sie den Sinn seiner Worte begriff. »Ich könnte mir denken, es würde für dich ziemlich peinlich sein, Ellen sagen zu müssen, daß ich mich weigere, mitzukommen, nicht wahr?«

Er sah mit einem offenen Auge zu ihr hoch. »Sie kennt dich und weiß, daß wir verheiratet sind.«

»Aber sie weiß nicht, daß wir nicht mehr lange verheiratet sein werden.«

Nicole wandte sich ab und schickte sich an, den Hügel hinunterzugehen; doch Clay hielt sie an einem Fußknöchel fest. Sie strauchelte und fiel auf Hände und Knie. Er setzte sich auf, schob seine Hände unter ihre Achseln und half ihr auf die Beine.

»Warum denn gleich so empört? Ich habe dich wochenlang nicht gesehen, und nun komme ich und lade dich zu einer Party ein. Statt dich zu ereifern, solltest du eigentlich angenehm überrascht sein.«

Sie konnte ihm schlecht sagen, daß seine Ruhe sie empörte. Sie setzte sich ins Gras, jedoch außer Reichweite seiner Hände. »Es scheint mir einfach nicht richtig zu sein, daß wir uns öffentlich als Mann und Frau zeigen, wenn die Ehe in ein paar

Monaten annulliert wird. Es scheint mir eher deinen Wünschen zu entsprechen, wenn du mit Bianca zur Party gehst und allen von diesem verrückten Irrtum erzählst. Ich bin sicher, du kannst eine wunderbare Geschichte daraus machen.«

»Ellen kennt dich bereits«, sagte er eigensinnig. Er hatte keine Antwort auf ihre Fragen. Er wußte nur, daß die Aussicht, drei Tage – und Nächte – mit ihr verbringen zu dürfen, ihn zum erstenmal seit Monaten wieder glücklich machte. Er nahm ihre Hand von seinem Schoß und studierte sie eine Weile. Sie war so klein, so klar und sauber, und sie konnte so viel Freude spenden! Er hob sie an seine Lippen und küßte die weichen Rundungen ihrer Fingerspitzen.

»Bitte, komm mit«, sagte er leise. »Alle meine Freunde, Leute, die ich mein Leben lang gekannt habe, werden dort sein. Du hast in den letzten Monaten hart gearbeitet und brauchst ein paar Tage Erholung.«

Sie konnte spüren, wie ihre Knochen zu schmelzen begannen, als er mit seinen Lippen ihre Finger berührte; doch ein Teil von ihr protestierte wütend. Er lebte mit einer anderen Frau zusammen, einer, die er angeblich liebte; doch er küßte sie, berührte sie, lud sie zu Partys ein. Er gab ihr das Gefühl, als sei sie seine Mätresse, jemand, den man versteckt hielt und nur zu seinem Vergnügen gebrauchte. Doch nun wollte er sie mitnehmen, damit sie seine Freunde kennenlernte.

»Clay, bitte«, sagte sie schwach.

Er knabberte an der Innenseite ihres Handgelenkes. »Wirst du zur Party gehen?«

»Ja«, sagte sie leise, die Augen halb geschlossen.

»Gut!« rief Clay, ließ ihre Hand fallen und stand auf. »Ich werde dich und die Zwillinge morgen früh um fünf Uhr abholen. Und Janie ebenfalls. Oh, ja, du solltest auch etwas zum Essen mitnehmen. Vielleicht etwas Französisches? Wenn es dir an Zutaten fehlen sollte, gib Maggie Bescheid, und sie schickt dir die Sachen aus ihren Vorratskammern.« Er drehte sich um und ging pfeifend den Hügel hinunter.

»Hat man schon so etwas Unverschämtes...«, begann Nicole und lächelte dann. Vielleicht würde sie ihn nicht so sehr lieben, wenn sie ihn besser verstanden hätte.

Clay dachte schon an den morgigen Abend. Er würde allein sein mit Nicole, ein Schlafzimmer in Horacens großem, weitläufigem Haus mit ihr teilen. Wenn er sich an diesen Gedanken klammerte, konnte er auf ein Techtelmechtel auf dem Hügel verzichten, wo jeder sie überraschen konnte.

Sobald Clay außer Sicht war, stand Nicole auf. Wenn sie ein Essen für drei Tage vorbereiten sollte, mußte sie schon jetzt damit beginnen. Sie legte sich in Gedanken die Rezepte zurecht, während sie den Hügel hinunterging. Es würde in Dijon-Senf gebackene Hühner geben, Fleischpasteten, kalten Gemüseauflauf, Cassoulet. Und Törtchen! Die sie mit Äpfeln, Birnen, Brombeeren und Kürbissen zubereiten wollte... Sie war ganz außer Atem, als sie das Haus erreichte.

»Guten Morgen«, rief Clay, während er die Schaluppe auf Nicoles Seite des Flusses an der Mole festband. Er grinste zu Nicole und Janie hinauf, die mit den Zwillingen zwischen ein paar gewaltigen Körben standen. »Ich bin nicht sicher, ob die Schaluppe nicht kentern wird, wenn ich das alles an Bord nehme, besonders nach den vielen Zutaten zu urteilen, die Maggie euch geschickt hat.«

»Ich dachte, sie könnte sich doch noch entschließen, etwas für dich zu kochen, als du ihr sagtest, du würdest Nicole mitnehmen«, meinte Janie.

Clayton ignorierte ihre Worte, während er begann, die Körbe Roger hinunterzureichen, der bei der offenen Ladeducht des Bootes stand. Die Zwillinge lachten, als sie sich buchstäblich in Rogers Arme warfen.

»Du scheinst heute morgen guter Laune zu sein«, sagte Janie. »Man könnte fast glauben, du wärst wieder zur Besinnung gekommen.«

Clay faßte Janie um die Taille und küßte sie herzhaft auf die Wange. »Vielleicht bin ich das auch; aber wenn du jetzt nicht

den Mund hältst, werde ich dich auch in das Boot hinunter-
werfen.«

»Vielleicht können Sie sie werfen«, sagte Roger rasch und
laut; »aber ich kann nicht garantieren, daß ich sie auch auffangen werde.«

Janie schnaubte entrüstet und hielt sich an Clays Hand fest,
während sie in die Schaluppe hinunterstieg.

Clay streckte Nicole die Hand hin, um ihr ebenfalls hinun-
terzuhelfen.

»Die würde ich schon auffangen«, rief Roger lachend.

»Die gehört mir!« sagte Clay, als er Nicole von der Mole
hob, sie fest an seine Brust drückte und in das Boot hinunterstieg.

Nicole sah ihn mit geweiteten Augen an. Er schien ihr
plötzlich wie ein Fremder. Der Clay, den sie kannte, war still
und ernst. Wer das auch sein mochte: er gefiel ihr.

»Laß uns ablegen, Onkel Clay!« rief Alex. »Sonst ist das
Pferderennen schon vorbei, ehe wir dort sind.«

Clay ließ Nicole langsam zu Boden gleiten und hielt sie
dann leicht mit einem Arm ein paar Sekunden lang umfaßt.
»Du siehst heute morgen besonders hübsch aus«, sagte er
und fuhr mit einem Finger an ihrem Ohr entlang.

Sie starrte ihn nur an, während ihr Herz wild pochte.

Er ließ sie abrupt los. »Alex! Binde uns los. Mandy, schau
zu, ob du Roger beim Ablegen behilflich sein kannst.«

»Aye, aye, Captain Clay!« riefen die Zwillinge lachend.

Nicole setzte sich neben Janie.

»Nun, das ist der Mann, wie ich ihn kenne«, sagte Janie.
»Da muß etwas passiert sein. Ich weiß nicht, was; doch ich
würde mich am liebsten bei der Person bedanken, die das
erreicht hat.«

Sie hörten den Lärm der Party schon eine halbe Meile vor
dem Landungssteg der Backesschen Plantage. Es war noch
nicht einmal sechs Uhr morgens; doch schon die halbe Grafschaft war auf den Rasenflächen versammelt. Ein paar Leute
befanden sich auf der anderen Seite des Flusses und schossen Enten.

»Hast du Golden Girl zu Mrs. Backes geschickt?« erkundigte sich Alex.

Clay blickte den Jungen mit hochgezogenen Augenbrauen an. »Wäre wohl keine richtige Party, wenn ich den Leuten nicht das Geld abnehme, oder?«

»Glaubst du, sie könnte Mrs. Backes' Irischen Windhund schlagen?« fragte Roger. »Sie soll ein guter Renner sein, wie ich hörte.«

»Aber keine Konkurrenz für Golden Girl«, brummte Clay. Er knöpfte sich das Hemd zu und langte nach einer Krawatte, die in einem Korb am Bug der Schaluppe lag. Er band sie sich rasch um und schlüpfte dann in eine Weste aus hellbraunem Satin. Darüber kam ein doppelreihiges Jackett aus schokoladenfarbenem Cord. Die Knöpfe waren aus Messing, das Vorderteil der Jacke reichte ihm bis zur Taille, das Rückenteil knapp bis über die Knie. Die Hose aus Rehleder saß ihm so stramm wie eine zweite Haut auf dem Körper. Er trug hohe, hessische Stiefel, die vorn über den Knien höher sind als hinten über den Waden. Er wienerte rasch mit einem Tuch darüber, daß sie wie ein Spiegel glänzten. Zum Schluß setzte er einen braunen Biberhut auf, dessen Krempe leicht nach oben gedreht war.

Er drehte sich zu Nicole um und bot ihr seinen Arm.

Nicole hatte ihn bisher nur in Arbeitskleidern gesehen. Nun hatte sich der Mann, der Tabak schnitt, in einen Gentleman verwandelt, der selbst in Versailles Furore gemacht hätte.

Er schien ihr Zögern zu verstehen und grinste breit. »Ich wollte doch nicht in einem Aufzug erscheinen, daß ich mich neben der schönsten Frau der Welt schämen müßte!«

Nicole lächelte zu ihm hinauf, froh, daß sie sich so viel Mühe mit ihrem Kleid gegeben hatte. Es bestand aus weißer Wäscheseide, sehr fein und wunderbar anzufühlen. Es war in England mit winzigen Jonquilles bestickt worden. Das Leibchen war aus Samt, der die gleiche tiefgoldene Farbe hatte wie die gestickten Blumen. Der Kragen und die Manschetten waren mit weißen Kordeln besetzt. Bänder aus Gold und weißer Seide waren zwischen ihre schwarzen Locken geflochten.

Als Roger die Schaluppe an der Mole am Ende von Backes'

Plantage festband, sagte Clay: »Himmel, fast hätte ich es vergessen! Ich habe etwas für dich mitgebracht.« Er griff in seine Tasche und holte das goldene Medaillon hervor, das sie vor langer Zeit auf dem Schiff zurückgelassen hatte.

Nicole nahm es fest in ihre Hände und lächelte dann zu ihm auf. »Vielen Dank!«

»Du kannst dich später angemessen bedanken«, sagte er und küßte sie auf die Stirn. Dann drehte er sich um und warf die Körbe zu Roger hinauf, der am Rand der Mole stand. Er hielt sie einen Moment fest an seine Brust gedrückt, ehe er sie hinaufhob auf den Steg.

»Da sind sie ja!« rief jemand, als sie auf das Haus zugingen.

»Clay! Wir dachten, sie hätte einen Klumpfuß, weil du sie so lange versteckt gehalten hast.«

»Ich habe sie genauso versteckt gehalten wie meinen Brandy. Und aus dem gleichen Grund: Wenn man Brandy oder Frauen zu oft herumzeigt, bekommt das einem nicht«, rief Clay zurück.

Nicole sah auf ihre Hände hinunter. Sie war verwirrt von diesem neuen Clay; von dieser öffentlichen Verkündigung, daß sie seine Frau sei. Es gab ihr fast das Gefühl, als ob sie für immer seine Frau wäre.

»Hallo«, sagte Ellen Backes. »Clay, überlaß sie mir eine Weile. Du hattest sie ja monatelang für dich allein.«

Nur widerwillig gab Clay ihre Hand frei. »Du wirst mich doch nicht vergessen, oder?« sagte er, während er ihr zublinzelte. Dann folgte er ein paar Männern, die ihn zur Rennbahn schleppen wollten. Sie sah ihn einen kräftigen Schluck aus einem Tonkrug nehmen.

»Du hast wirklich ein Wunder an ihm vollbracht«, sagte Ellen. »Ich habe Clay nicht mehr so glücklich gesehen, seit James und Beth starben. Es ist fast so, als wäre er lange Zeit fortgewesen und nun wieder nach Hause gekommen.«

Nicole konnte darauf nichts erwidern. Der lachende, sie neckende Clay war für sie auch ein Fremder. Ellen ließ Nicole gar nicht zu Wort kommen, ehe sie sie nicht allen Leuten vorgestellt hatte. Nicole wurde mit Fragen überschüttet: Wo sie ihr Kleid herhabe? Wo ihre Familie lebe? Wie sie Clay kennengelernt habe? Wo sie geheiratet hätten? Ihre Antworten waren keine ausgesprochenen Lügen, aber die reine Wahrheit waren sie auch nicht. Sie erwähnte mit keinem Wort, daß sie entführt und zur Ehe gezwungen worden war.

Die Fassade von Ellens riesigem Haus war dem Fluß zugekehrt. Nicole hatte bisher nur wenige amerikanische Häuser kennengelernt, doch dieses Gebäude brachte sie wahrhaftig zum Staunen. Während Clays Wohnhaus ganz im Stil Georgs des Fünften gebaut war, war das Gebäude, das Ellen und Horace bewohnten, eine Mischung aus allen nur erdenklichen architektonischen Spielarten. Es sah aus, als habe jede Generation das Haus in dem Stil erweitern lassen, der ihr am meisten zusagte. Das Haus dehnte sich in mehreren Richtungen aus mit langen Flügeln, kurzen Flügeln und überdachten Gängen, die zu den vom Haupthaus getrennten Gebäuden führten.

Ellen bemerkte, wie Nicole das Haus anstarrte. »Bemerkenswert, nicht wahr? Ich glaube, ich habe schon ein Jahr darin gewohnt, ehe ich mich darin zurechtzufinden begann. Innen ist es viel schlimmer als außen. Es hat einen Flur, der im Nichts endet, und Türen, die einem die Schlafzimmer anderer Leute öffnen. Es ist wirklich zum Fürchten.«

»Und jetzt hast du es offenbar in dein Herz geschlossen«, sagte Nicole lächelnd.

»Ich würde nicht einen Ziegelstein verändern lassen; obwohl ich daran denke, noch einen Flügel dranzuhängen.«

Nicole blickte sie verwundert an und lachte dann. »Vielleicht auch noch ein Stockwerk mehr? Nicht ein Flügel hat vier Stockwerke.«

Ellen grinste. »Du bist ein kluges Kind. Ich glaube, du verstehst mein Haus wirklich.«

Jemand rief Ellen von ihr fort, und zwei Frauen bestürmten Nicole wieder mit Fragen, als sie das Buffet aufstellen half. Es gab mindestens zwanzig Tische, und sie alle bogen sich unter der Last der Speisen. Jede Familie schien genauso viel an Nahrungsmitteln mitgebracht zu haben wie Nicole und Janie. Man hatte eine Grube gegraben, und Hunderte von Austern wurden darin geröstet. Einige Sklaven drehten ein ganzes

Schwein am Spieß über dem Feuer und beträufelten es mit einer scharfgewürzten Soße. Jemand erzählte Nicole, auf solche Weise würden in Haiti die Schweine gebraten, und man nenne dieses Verfahren »Barbeque«.

Plötzlich ließ sich vom anderen Ende der Plantage ein Jagdhorn vernehmen.

»Es ist Zeit«, rief Ellen und band ihre Schürze ab. »Das Pferderennen wird jeden Moment beginnen.«

Wie auf Kommando legten alle Frauen die Schürzen ab, hoben die Röcke an und begannen zu laufen.

»Nachdem sich auch das schöne Geschlecht eingefunden hat, können wir beginnen«, begrüßte sie einer der Männer.

Nicole stand etwas abseits von den anderen Frauen, die sich am Rande des sorgfältig gepflegten, ovalen Rennkurses versammelten. Bei dem Laufen hatte sich ihr Haar etwas aufgelöst. Sie schob eine vorwitzige Locke unter ein Band.

»Laß mich das machen«, sagte Clay hinter ihr. Seine Hände taten sehr wenig für die verirrten Locken; doch seine Fingerspitzen auf ihrem Nacken schickten kleine Schauer durch ihre Wirbelsäule. Er schwenkte sie herum. »Gefällt es dir?«

Sie nickte, während sie zu ihm hinaufstarrte. Seine Hände ruhten auf ihren Schultern, sein Gesicht war dicht vor dem ihren.

»Mein Pferd wird gleich starten. Willst du mir einen Kuß geben, damit ich gewinne?«

Wie stets stand ihre Antwort in ihren Augen geschrieben. Seine Arme glitten um ihre Taille, als er sie dicht an sich heranzog. Er hielt sie einen Moment fest, sein Gesicht an ihrem Hals vergraben. »Ich bin so froh, daß du mitgekommen bist«, flüsterte er und fuhr dann mit seinen Lippen an ihrer Wange entlang, ehe er ihren Mund gefangennahm. Nicole konnte spüren, wie ihre Beine schwach wurden, als sie sich an ihn klammerte.

»Clay!« rief jemand. »Dafür hast du noch die ganze Nacht Zeit. Komm, und kümmere dich jetzt um deine Pferde.«

Clay löste die Lippen von Nicoles Mund. »Die ganze Nacht«, flüsterte er und fuhr sacht mit dem Finger am Rand ihrer

Oberlippe entlang. Dann ließ er sie abrupt los und ging auf einen Mann zu, der wie eine größere Ausgabe von Wesley aussah. Der Mann schlug Clay mit der Hand auf den Rücken. »Ich kann dich aber gut verstehen. Glaubst du, es gibt noch mehr solche Schönheiten wie sie in England?«

»Ich habe mir die letzte geholt, Travis«, antwortete Clay lachend.

»Trotzdem werde ich wohl eines Tages mal hinüberfahren und mich persönlich davon überzeugen.«

Nicole sah den beiden Männern nach, die sich vom Sattelplatz entfernten. Vermutlich war ihr auch Wesleys Bruder vorgestellt worden; doch bei so vielen Namen und Gesichtern war es schwer, sich alle zu merken.

»Nicole!« rief Ellen. »Ich habe dir einen Platz neben mir reserviert.«

Nicole eilte an ihre Seite, um das Pferderennen zu beobachten.

Drei Stunden später gingen Männer und Frauen gemeinsam zurück zu dem Rasenplatz, wo die Buffets sie erwarteten. Nicole hatte ganz rote Wangen von dem vielen Lachen und der Sonne. Seit den Tagen vor der Französischen Revolution hatte sie sich nicht mehr so gut amüsiert. Ihre französischen Vettern hatten stets darüber geklagt, daß die Engländer so nüchterne Leute wären, daß sie nur für die Arbeit und die Kirche lebten und nicht wüßten, wie man sich seines Lebens erfreue. Sie blickte die Amerikaner, die sie umgaben, an und wußte, daß ihre Vettern an diesen Leuten Gefallen gefunden hätten. Den ganzen Morgen über hatten sie gelacht und gejubelt. Die Frauen hatten sich recht deutlich ausgesprochen und laut ihre Meinungen verkündet, was sie von den Pferden hielten. Und sie unterstützten keineswegs nur die Gäule ihrer Ehemänner. Ellen hatte mehrere Male gegen Horace gewettet, und nun prahlte sie damit, daß Horace ihr eigenhändig ein neues Blumenbeet graben und fünfzig neue Tulpenzwiebeln aus Holland bestellen müsse.

Nicole hatte schweigend dabeigestanden, als Außenseiterin, als Zuschauerin, bis Travis bemerkte, wie sie stirnrunzelnd eines von Clays Pferden betrachtete.

»Clay, ich habe den Eindruck, deine Frau mag dein Pferd nicht.« Clay warf nur einen flüchtigen Blick auf Nicole. »Meine Frauen setzen immer auf mich«, entgegnete er und sah Travis dabei bedeutungsvoll an.

Nicole starrte auf Clays Rücken, während er seinem Pferd einen leichten Sattel überwarf und sein Jockey ihm dabei zusah. Sie kannte sich mit Pferden aus. Die Franzosen liebten den Pferdesport mindestens so sehr wie alle anderen Völker auf Erden, und die Pferde ihres Großvaters hatten stets die Gäule des Königs besiegt. Sie wölbte eine Augenbraue. So! Seine Frauen wetten stets auf ihn, glaubte er!

»Dein Pferd wird nicht gewinnen«, sagte sie entschieden. »Seine Proportionen stimmen nicht. Seine Beine sind zu lang im Verhältnis zu seiner Brustweite. Solche Pferde sind nie gute Renner.«

Alle Leute in Hörweite blieben stehen, die Bierkrüge verharrten auf halbem Weg zu den Lippen.

»Hast du das gehört, Clay? Willst du diese Herausforderung annehmen?« fragte Travis lachend. »Sie spricht, als verstünde sie etwas von Pferden.«

Clay ließ sich nicht von seiner Arbeit ablenken. »Möchtest du etwas Geld gegen mich setzen?« fragte er, während er den Sattelgurt strammzog.

Sie starrte ihn an. Er wußte doch, daß sie kein Geld hatte. Ellen stieß sie mit dem Ellenbogen an. »Versprich ihm eine Woche lang Frühstück im Bett. Ein Mann bringt sich um für so einen Preis.« Ellens Stimme war auf dem halben Rennplatz zu hören. Sie hatte, wie fast alle hier Versammelten – Nicole ausgenommen – viel zuviel getrunken.

»Das scheint mir fair zu sein«, grinste Clay und zwinkerte Travis dankbar zu, weil er den Anstoß zu dieser Wette gegeben hatte. Clay schien zu denken, daß damit die Wette zu Ende sei.

»Und was bekomme ich, wenn das Pferd verliert?« fragte Nicole laut.

»Vielleicht werde ich dir dann das Frühstück ans Bett bringen«, sagte Clay mit einem anzüglichen Grinsen, und die Männer, die ihn umringten, lachten zustimmend.

»Ich würde ein neues Wintercape vorziehen«, erwiderte Nicole kühl, wandte sich ab und ging wieder auf den Rennplatz zu. »Ein Cape aus roter Wolle«, rief sie über die Schulter zurück.

Die Frauen in ihrer Umgebung lachten, und Ellen fragte, ob sie so sicher sei, daß sie nicht als Amerikanerin auf die Welt gekommen sei.

Als Clays Pferd mit drei Längen verlor, mußte er eine Menge spöttischer Bemerkungen über sich ergehen lassen. Man fragte ihn, ob er Nicole nicht lieber nur die Zucht seiner Pferde, sondern auch die Auswahl seiner Tabaksorten überlassen sollte.

Nun, als die Frauen wieder zum Haus zurückgingen, lachten sie gemeinsam über ihre Gewinne und Verluste. Eine hübsche junge Frau hatte versprochen, einen ganzen Monat lang die Stiefel ihres Mannes selbst zu putzen. »Aber er hat mir nicht gesagt, auf welcher Seite ich sie putzen soll«, rief sie lachend. »Er wird der einzige Mann in Virginia sein, dessen Socken sich im Leder spiegeln können.«

Nicole blickte auf die Berge von Eßwaren und merkte erst jetzt, wie hungrig sie war. Die Teller aus gebranntem Ton, die auf einem Tisch gestapelt waren, waren von beträchtlicher Größe, mehr Platten als Teller. Nicole nahm von jedem Gericht ein wenig. »Glaubst du, das kannst du alles aufessen?« fragte Clay hinter ihr im neckischen Ton.

»Vielleicht muß ich sogar noch nachfüllen«, sagte sie lachend. »Wohin kann ich mich setzen?«

»Neben mich, wenn du noch ein bißchen Geduld hast.« Er nahm sich einen Teller und packte viel mehr darauf, als Nicole das getan hatte, nahm dann ihren Arm und führte sie zu einer großen Eiche. Eines von Backes' Dienstmädchen lächelte und stellte große Krüge voller Rumpunsch auf den Boden neben den Baum. Clay setzte sich auf das Gras, seinen Teller auf dem Schoß, und begann zu essen. Er blickte zu Nicole hoch, die immer noch, ihren Teller in der Hand, neben ihm stand. »Ist etwas verkehrt?«

»Ich möchte keine Grasflecke auf mein Kleid bringen«, sagte sie.

»Dann gib mir deinen Teller«, sagte Clay, nachdem er den

175

seinen neben sich auf den Boden gestellt hatte. Als auch ihr Teller neben ihm stand, faßte er ihre Hände und zog sie hinunter auf seinen Schoß.

»Clay!« sagte sie und wollte sich wieder erheben. Doch er hielt sie auf seinen Schenkeln fest. »Clay, bitte, wir befinden uns auf einem öffentlichen Platz.«

»Was macht das schon«, sagte er und knabberte an ihrem Ohrläppchen. »Die Leute sollen essen und nicht aufpassen, was wir tun.«

Sie wich vor ihm zurück. »Bist du betrunken?« fragte sie mißtrauisch.

Er lachte. »Du sprichst wie eine echte Ehefrau, und, ja, ich bin ein bißchen betrunken. Weißt du, was mit dir nicht stimmt?« Er wartete nicht auf ihre Antwort. »Du bist vollkommen nüchtern. Weißt du, daß du das entzückendste Wesen der Welt bist, wenn du etwas getrunken hast?« Er küßte ihre Nasenspitze und griff dann nach einem Krug voller Rumpunsch. »Hier, trinke das!«

»Nein! Ich will mich nicht betrinken«, sagte sie eigensinnig.

»Ich werde das an deinen Mund halten; entweder schluckst du oder ruinierst dein Kleid.«

Sie erwog, sein Ultimatum zurückzuweisen; doch er sah sie so schelmisch an wie ein kleiner Spitzbube, und sie war doch so durstig. Der Rumpunsch war köstlich. Er bestand aus drei verschiedenen Rumsorten und vier Fruchtsäften. Er war kalt, und Eisstückchen trieben darin. Er stieg ihr sofort zu Kopf, und sie holte tief Luft, als sie merkte, wie die Nervosität von ihr abfiel.

»Fühlst du dich nun besser?«

Sie sah ihn unter ihren dichten Wimpern hervor an und fuhr dann mit dem Finger über seinen Wangenknochen. »Du bist der hübscheste Mann auf dieser Party«, sagte sie verträumt.

»Hübscher als Steven Shaw?«

»Meinst du den blonden Mann mit dem Grübchen im Kinn?«

Clay machte eine Grimasse. »Du hättest sagen können, daß du keine Ahnung hast, von wem ich rede. Hier.« Er gab ihr ihren Teller zurück. »Iß was! Wer hätte gedacht, daß eine Französin von einem Schluck Rum schon betrunken wird?«

Sie lehnte ihren Kopf gegen seine Schulter und drückte ihre Lippen auf seine warme Haut.

»Hier, setz dich auf«, sagte er streng und steckte ihr ein Stück Maisbrot in den Mund. »Ich dachte, du hättest Hunger.« Bei dem Blick, den sie ihm zuschickte, bewegte er unwillkürlich die Beine. »Iß!« befahl er abermals.

Nicole konzentrierte sich nun widerstrebend auf das Essen, genoß es aber, auf seinem Schoß zu sitzen. »Deine Freunde gefallen mir«, sagte sie mit dem Mund voller Kartoffelsalat. »Finden heute nachmittag noch mehr Pferderennen statt?«

»Nein«, sagte Clay. »Pferde und Jockeys brauchen eine Erholungspause. Die meisten Gäste spielen nachmittags Karten, Schach oder Backgammon. Andere wieder suchen ihre Zimmer in diesem Labyrinth auf, das Ellen als Haus bezeichnet, und halten einen Mittagsschlaf.«

Nicole aß eine Weile stumm weiter. Dann hob sie die Augen, um ihn anzusehen. »Und was werden wir tun?«

Clay lächelte auf eine Weise, daß sich nur eine Seite seines Mundes bewegte. »Ich dachte, ich gebe dir erst noch ein paar Schlucke Rum und frage dich dann.«

Nicole starrte ihn an und langte nach dem Punschbecher. Nachdem sie einen kräftigen Schluck genommen hatte, setzte sie ihn auf den Boden. Sie gähnte plötzlich fürchterlich. »Ich glaube, ich brauche... meinen Mittagsschlaf.«

Clay zog seinen Rock aus und legte ihn auf den Boden neben sich. Dann hob er sie hoch und setzte sie darauf. Er küßte den Winkel ihres überraschten Mundes. »Wenn ich mit dir über den Rasen zum Haus gehen soll, möchte ich das in einer anständigen Verfassung tun.«

Nicoles Blick ging hinunter zur Wölbung in Clays Rehlederhose. Dann kicherte sie.

»Iß, du kleiner Kobold«, sagte er mit vorgetäuschter Strenge. Und nach ein paar Minuten nahm er dann ihren noch halb vollen Teller und zog sie auf die Füße. Er warf

177

seinen Rock über eine Schulter. »Ellen«, rief er, als sie näher beim Haus waren, »Welchen Raum hast du für uns reserviert?«

»Nordost-Flügel, erster Stock, drittes Schlafzimmer«, antwortete sie rasch.

»Müde, Clay?« rief jemand lachend. »Komisch, daß Frischverheiratete immer so rasch müde sind.«

»Bist du eifersüchtig, Henry?« rief Clay über die Schulter.

»Clay!« sagte Nicole, als sie im Haus waren. »Du bringst mich in Verlegenheit.«

»Die Blicke, die du mir zuwirfst, bringen mich zum Erröten.« Er zog sie hinter sich her, während er sich einen Weg durch die Korridore suchte. Nicole nahm nur lückenhaft eine seltsame Mischung von Möbeln und Gemälden wahr. Die Einrichtung reichte von Englisch-Elizabethanisch zu Französischem Rokoko und Amerikanischem Primitiven. Sie sah Gemälde, die auch in Versailles hätten hängen können, und so primitive Sachen, daß sie von Kindern gemalt sein mußten.

Irgendwie fand Clay das für sie bestimmte Zimmer. Er zog sie über die Schwelle und nahm sie in seine Arme, während er mit dem Fuß die Tür zuschleuderte. Er küßte sie hungrig, als könnte er nicht genug von ihr bekommen. Er hielt ihr Gesicht in beiden Händen und bog es zur Seite, daß es quer vor seinem lag.

Sie überließ sich seinem Willen. Seine Nähe versetzte all ihre Gefühle in einen Taumel. Sie spürte seine sonnenwarme Haut durch sein Baumwollhemd. Sein Mund war hart und zärtlich zugleich, und seine Zunge war süß. Seine Schenkel preßten sich gegen ihren Körper, fordernd und doch zugleich auch bittend.

»Ich habe so lange darauf gewartet«, flüsterte er, während er seine Lippen an ihr Ohrläppchen preßte. Er knabberte mit den Zähnen daran.

Nicole schob ihn von sich weg. Als er sie verwirrt ansah, ging sie zur anderen Seite des Raumes, hob ihre Arme und begann rasch ihre Haarnadeln zu entfernen. Clay stand still und sah ihr zu. Er bewegte sich auch nicht, als sie sich bemühte, die Knöpfe auf dem Rücken ihres Kleides zu öffnen. Mit ihr allein im

Zimmer zu sein und sie zu betrachten: Davon hatte er schon so lange geträumt!

Sie bewegte ihre Schultern nach vorn und schlüpfte aus dem Kleid. Darunter trug sie ein dünnes Hemd aus Baumwollgaze. Der tiefe Ausschnitt war mit winzigen rosenfarbenen Herzen bestickt. Unter ihren Brüsten war es mit einem dünnen pinkfarbenen Satinband gerafft. Ihre Brüste wölbten sich unter dem feinen durchsichtigen Stoff.

Langsam, sehr langsam, löste sie die Schleife des Bändchens und ließ die Gaze zu Boden gleiten.

Claytons Blick folgte dem Stoff, wanderte über jeden Zoll ihres Körpers, von ihren hohen, festen Brüsten hinunter zu ihrer schmalen Taille und ihren kleinen Füßen. Als er auf ihr Gesicht zurücksah, hob sie ihm ihre Arme entgegen. Er machte einen langen Schritt durch den Raum, nahm sie in seine Arme und legte sie sacht auf das Bett. Er stand über ihr und sah sie an. Das Sonnenlicht, das durch die Vorhänge sickerte, zeigte ihm ihre makellose Haut.

Er setzte sich auf das Bett neben sie und fuhr mit der Hand über ihre Haut. Sie fühlte sich so gut an wie sie aussah: glatt und warm.

»Clay«, flüsterte Nicole, und er lächelte sie an.

Er beugte sich vor und küßte ihren Hals, den Puls unter ihrer Kehle, bewegte sich dann langsam zu ihren Brüsten, sie neckend, die steifen Brustwarzen genießend.

Sie grub ihre Finger in sein dichtes Haar und wölbte ihren Hals nach hinten.

Clay streckte sich neben ihr auf dem Bett aus. Er war noch bekleidet, und Nicole konnte die Kühle der Messingknöpfe auf ihrer Haut spüren. Das Leder seiner Hose war warm und weich, das Leder seiner Stiefel rieb an ihren Beinen. Die Kleider auf ihrer bloßen Haut, das Leder und das Messing, alles war männlich, alles stark wie Clay.

Als er sich über sie bewegte, rieb sie ihr Bein an dem Schaft seines Stiefels. Das Rehleder liebkoste die Innenseite ihres Schenkels. Er bewegte sich zur Seite und begann, seine Weste aufzuknöpfen.

»Nein«, flüsterte sie. »Noch nicht.«

Er sah sie einen Moment an und küßte sie wieder lange und leidenschaftlich.

Sie lachte dunkel, als er sein Bein anhob und das glatte Leder seines Stiefels über ihr Schienbein streichen ließ. Er löste die Knöpfe an beiden Seiten seiner Hose, und Nicole stöhnte, als sie nun seine Männlichkeit spürte.

Er lag über ihr, hielt sie so fest, als fürchtete er, sie wollte sich ihm entwinden.

Langsam, ganz langsam, begann Nicole wieder lebendig zu werden. Sie streckte sich und atmete tief. »Ich habe das Gefühl, als wäre ich soeben eine Menge Spannungen losgeworden.«

»Ist das alles?« fragte Clay und preßte sein Gesicht gegen ihren Hals. »Ich bin froh, daß ich dir wenigstens einen Dienst erweisen konnte. Vielleicht sollte ich das nächstemal Sporen tragen.«

»Lachst du über mich?«

Clay stützte sich auf einen Ellenbogen. »Niemals! Ich glaube, ich lache über mich selbst. Von dir habe ich wirklich etwas lernen können.«

»Von mir? Was zum Beispiel?« Sie fuhr mit dem Finger über die halbmondförmige Narbe neben seinem Auge.

Er bewegte sich von ihr fort und setzte sich auf. »Nicht jetzt. Vielleicht sage ich es dir später. Ich habe Hunger. Du hast mich vor einer Stunde ja kaum etwas essen lassen.«

Sie lächelte und schloß die Augen. Sie fühlte sich restlos glücklich. Clay stand über ihr und beobachtete sie. Ihr schwarzes Haar breitete sich unter ihr wie ein Fächer aus, bildete einen wunderbaren Kontrast zu den Kurven ihres Körpers. Er konnte sehen, daß sie schon halb eingeschlafen war. Er beugte sich hinunter und küßte ihre Nasenspitze. »Schlafe, mein kleiner Liebling«, flüsterte er weich und breitete dann die andere Hälfte der Tagesdecke über sie. Auf Zehenspitzen ging er aus dem Raum.

Als Nicole erwachte, streckte sie sich wohlig, ehe sie die Augen öffnete.

»Komm, es ist Zeit, aufzustehen«, sagte eine tiefe Stimme von der anderen Seite des Raumes her.

Nicole lächelte und öffnete die Augen. Clay betrachtete sie im Spiegel. Sein Hemd war über einen Stuhl geworfen, und er rasierte sich.

»Du hast fast den ganzen Nachmittag geschlafen. Hast du vor, den Tanz zu versäumen?«

Sie lächelte ihn im Spiegel an. »Nein!« Sie wollte aus dem Bett steigen; doch dann fiel ihr ein, daß sie nackt war. Sie blickte sich um, ob sie etwas fände, mit dem sie sich bedecken konnte. Als sie merkte, daß Clay sie gespannt beobachtete, warf sie die Tagesdecke zur Seite und ging zum Schrank, wo Janie ihre Kleider aufgehängt hatte. Clay lachte leise und fuhr fort, sich zu rasieren.

Als er damit fertig war, stellte er sich hinter sie. Sie trug einen aprikosenfarbenen Frisiermantel aus Satin und schien nicht schlüssig zu sein, was sie zum Ball anziehen sollte.

Clay griff plötzlich nach einem Gewand aus zimtfarbenem Samt. »Janie sagte, daß du das tragen solltest.« Er hielt es hoch und betrachtete es kritisch. »Mir scheint, das Oberteil ist reichlich sparsam ausgefallen.«

»Dem kann ich abhelfen«, sagte sie selbstgefällig und nahm ihm das Kleid ab.

»Dann wirst du das vermutlich nicht brauchen.«

Sie drehte sich um und sah, was er in der Hand hielt. Perlen! Vier Schnüre mit Perlen, die von vier langen Goldspangen zusammengehalten wurden. Sie hielt die Kette in ihren Händen, befühlte die cremige Oberfläche der Kleinode. Aber sie begriff nicht, wie man die Kette tragen mußte. Sie sah eher nach einem Gürtel als nach einer Halskette aus.

»Zieh das Kleid an, und ich zeige es dir«, sagte Clay. »Meine Mutter hat es noch entworfen.«

Rasch zog sich Nicole das Hemd über, dann das Gewand. Das Leibchen war sehr tief ausgeschnitten, die Ärmel nur schmale Träger über den Schultern. Clay befestigte die Haken und Ösen auf der Rückseite. Dann heftete er eine der goldenen Schnüre in der Mitte des Halsausschnittes ans Rückenteil, die zweite auf ihre Schulter. Die dritte Schnalle wurde in der Mitte des tiefen Halsausschnittes befestigt, die vierte dann wieder auf

181

der anderen Schulter. Die vier Perlschnüre, die nun auf Rücken und Brust zwei Halbkreise bildeten, waren so gefertigt, daß sie wie eine Drapierung aus Perlen wirkten. Zwei Perlschnüre gingen über ihre Brüste, während die anderen beiden anmutig über den Samt fielen.

»Es ist herrlich«, sagte Nicole, während sie sich im Spiegel betrachtete. »Vielen Dank, daß du mir erlaubst, diese Perlen zu tragen.«

Er beugte sich vor und küßte sie auf die nackte Schulter. »Meine Mutter gab sie mir, damit ich sie meiner Frau schenken sollte. Niemand anders hat sie bisher getragen.«

Sie wirbelte herum und sah ihn an. »Das verstehe ich nicht. Unsere Ehe ist nicht...«

Er legte einen Finger auf ihre Lippen, um sie zum Schweigen zu bringen. »Wir wollen diesen Abend einfach genießen. Wir haben morgen genug Zeit zum Reden.«

Nicole trat zurück, während er sich ankleidete. Sie konnte die Musikanten auf dem Rasen unter dem Fenster hören. Es genügte ihr, nur an den Augenblick zu denken. Die Realität war, daß Bianca und Clay unter einem Dach wohnten. Die Realität war, daß er eine andere Frau liebte.

Sie verließen das Zimmer, und Clay führte sie abermals durch das Labyrinth des Hauses hinaus in den Garten. Die Tische waren mit noch mehr Speisen gefüllt, und die Leute gingen essend und trinkend umher. Nicole hatte kaum Zeit für einen Bissen gefunden, als Clay sie schon auf die Plattform zog, die als Tanzfläche vorbereitet war. Der lebhafte Virginia-Reigentanz brachte sie ganz außer Atem.

Nach vier Tänzen bat Nicole Clay, ihr eine Ruhepause zu gönnen. Er führte sie von der Plattform weg zu einem kleinen achteckigen Pavillon unter drei Weidenbäumen. Während sie tanzten, war es Nacht geworden.

»Die Sterne sind wunderschön, nicht wahr?«

Clay legte seine Arme um ihren Nacken und zog sie an sich, so daß ihr Kopf an seiner Schulter ruhte. Er sagte nichts.

»Ich wünschte, dieser Augenblick könnte ewig dauern«, flüsterte sie. »Ich wünschte, er würde nie ein Ende haben.«

»Waren denn die anderen Augenblicke so schrecklich für dich? Bist du in Amerika so unglücklich gewesen?«

Sie schloß die Augen und schob ihre Wange gegen seinen Hals. »Ich habe meine glücklichsten und meine unglücklichsten Momente hier verlebt.« Von den unglücklichen wollte sie nicht reden. Sie hob den Kopf. »Warum ist Wesley nicht hier? Mußte er nach Hause zurückkehren und sich um die Plantage kümmern, damit sein Bruder die Party besuchen konnte? Und wer ist diese Frau in Begleitung von Wesleys Bruder?«

Clay lachte leise und schob ihren Kopf wieder an seinen Hals. »Wes ist nicht gekommen, weil er, wie ich vermute, nicht kommen wollte. Was Travis betrifft, ist er Manns genug, seine Plantage auch von England aus zu leiten, wenn er das wollte. Und die Rothaarige ist Margo Jenkins. Soweit ich das beurteilen kann, ist sie entschlossen, Travis zu heiraten, ob es ihm paßt oder nicht.«

»Hast du dich mit Wesley gestritten?« fragte Nicole und spürte, daß sich seine Muskeln jählings anspannten.

»Warum fragst du mich so etwas?«

»Ich glaube, es ist dein Temperament, weshalb ich dich danach frage.«

Er entspannte sich und lachte. »Wir hatten eine Auseinandersetzung.«

»Eine ernsthafte?«

Er schob sie von sich weg und sah ihr in die Augen. »Vielleicht ist es eine der ernsthaftesten Auseinandersetzungen meines Lebens gewesen.« Er hob den Kopf. »Ich glaube, die Musikanten spielen zu einem neuen Tanz auf. Bist du bereit?«

Sie lächelte, statt zu antworten, als er ihre Hand faßte und sie zur Tanzfläche zurückführte.

Nicole konnte nur staunen über die Ausdauer der Virginier. Es war ein langer Tag gewesen, obwohl sie am Nachmittag geschlafen hatte. Als sie zum drittenmal gähnte, nahm Clay sie bei der Hand und führte sie hinauf in ihr Zimmer. Er half ihr beim Auskleiden; doch als sie ins Bett steigen wollte, hielt er einen langen Badeanzug für sie in die Höhe. Sie sah ihn verwirrt an.

183

»Ich dachte, du möchtest vielleicht ein Bad bei Mondschein nehmen«, sagte er, während er sich entkleidete und in einen »*Banyan*« aus Baumwolle schlüpfte, eine Robe mit losen Ärmeln.

Schweigend folgte ihm Nicole wieder durch die Irrgänge des Hauses nach draußen. Zu ihrer Verblüffung mündete der Gang, den sie benützten, unmittelbar vor dem Waldrand. Sie konnte den Fluß in ihrer Nähe plätschern hören.

Sie schritten im tiefen Schatten des nächtlichen Waldes bis zu einer Flußbiegung, wo das Wasser sich zu einem kleinen Teich staute. Clay legte ein Stück Seife und Handtücher auf das Ufer, zog sich aus, nahm die Seife wieder zur Hand und watete in den Fluß hinein. Nicole sah zu, wie das Mondlicht über die Muskeln auf seinem Rücken spielte. Er teilte das Wasser mit den Armen, und seine langen Beine machten kaum ein Geräusch, als er zum Mittelpunkt des Teiches schwamm. Er drehte sich auf den Rücken und sah zu ihr zurück. »Willst du die ganze Nacht dort stehen bleiben?«

Sie band hastig ihre Robe los, ließ sie zu Boden fallen und eilte ihm nach. Sie tauchte unter das Wasser.

»Nicole!« rief Clay, als sie nicht an die Oberfläche kam. Seine Stimme war ein wenig schrill vor Angst.

Sie tauchte hinter ihm auf, gab ihm einen sachten Stoß und tauchte wieder unter. Er schwang herum, packte sie um die Taille und hob sie aus dem Wasser. »Komm her, du kleine Elfe«, sagte er und küßte sie auf die Stirn.

Sie legte ihm die Arme um den Hals und küßte ihn innig und tief. Ihre Haut fühlte sich gut an, als er sie an sich preßte. Das Wasser war warm und köstlich.

Clay setzte sie auf den Rand des Teiches und begann, sie langsam am ganzen Körper einzuseifen. Als er damit fertig war, nahm sie ihm die Seife ab und tat bei ihm das gleiche. Sie lachten, genossen das Wasser und das gemeinsame Bad. Ehe Nicole sich den Schaum abspülte, begann Clay, ihr Haar zu waschen. Sie tauchte unter Wasser, um es auszuspülen. Ihr Haar breitete sich hinter ihr aus wie ein langer Fächer aus schwarzem Silber.

Clay sah ihr eine Weile zu und zog sie dann langsam wieder an sich heran. Er küßte sie und preßte ihren Körper an seinen Leib. Er bog den Oberkörper zurück und sah ihr in die Augen. Er schien ihr eine stumme Frage zu stellen und sah in ihren Augen die Antwort, die er sich wünschte. Er küßte sie abermals, hob sie dann auf seine Arme und trug sie wieder ans Ufer.

Er legte sie sacht auf das Gras und begann, ihren Körper zu küssen. Er küßte sie überall, wo er sie vorher eingeseift hatte. Nicole lächelte mit geschlossenen Augen. Sie bog den Kopf zurück und zog seinen Mund an den ihren heran. Sie tastete mit ihren Händen seinen Körper ab; er fühlte sich gut an, und sie genoß seine Stärke.

Er bewegte sich über sie, und sie war für ihn bereit. »Süße Nicole«, flüsterte er. Doch sie hörte ihn nicht. Ihre Sinne hatten sich von der Realität abgewendet und sich auf die reine Leidenschaft eingestellt, die Clay in ihr entfachte. Sie hob ihre Hüften, um sich mit ihm zu vereinen.

Einige Zeit später lag Clay neben ihr und zog sie an sich. Er ließ einen Schenkel auf dem ihren ruhen. Sein Mund war dicht an ihrem Ohr, und sein Atem war süß und warm.

»Willst du mich heiraten?« flüsterte er.

Sie war sich nicht sicher, ob sie richtig gehört hatte.

»Bekomme ich keine Antwort?«

Nicole konnte spüren, wie ihr Körper sich anspannte. »Ich bin schon mit dir verheiratet.«

Er beugte sich über sie, den Kopf auf einen Arm gestützt. »Ich möchte dich noch einmal heiraten, vor der gesamten Grafschaft. Diesmal möchte ich anwesend sein, wenn wir getraut werden.«

Sie schwieg, während er mit einem Finger über ihre Oberlippe fuhr. »Du hast mir einmal gesagt, daß du mich liebst«, sagte er. »Natürlich warst du damals betrunken; aber du hast es trotzdem gesagt. Hast du es auch gemeint?«

Sie konnte kaum atmen. »Ja«, flüsterte sie, ihm in die Augen sehend.

»Warum willst du mich dann nicht heiraten?«

»Lachst du über mich? Verspottest du mich?«

185

Er lächelte und liebkoste mit den Lippen ihren Hals. »Fällt es dir so schwer, zu glauben, daß ich vernünftig sein könnte? Wie kannst du einen Mann lieben, den du für dumm hältst?«

»Clay, sprich mit mir. Ich verstehe nicht, was du da sagst. Ich habe dich nie für dumm gehalten.«

Er blickte ihr wieder in die Augen. »Es hätte aber gut sein können. Jeder auf der Plantage schenkte dir seine Liebe, nur ich nicht. Selbst meine Pferde sind klüger als ich. Erinnerst du dich, als ich dich zum erstenmal auf dem Schiff geküßt habe? Ich war so wütend über das, was ich verloren hatte – dich. Ich wollte dich nie ziehen lassen; doch da standest du und sagtest, daß du eigentlich gar nicht mir gehörtest. Ich war so wütend, als ich deinen Zettel fand, und so außer mir, daß ich dich nicht finden konnte. Ich glaube, Janie wußte schon in diesem Moment, daß ich mich in dich verliebt hatte.«

»Aber Bianca...«, begann Nicole; doch Clay legte einen Finger auf ihre Lippen.

»Sie gehört schon der Vergangenheit an; und ich hätte gern, daß wir beide von jetzt an zusammengehören. Ellen weiß, daß wir auf dem Schiff ferngetraut wurden, und sie wird uns verstehen, wenn wir sie bitten, hier noch einmal getraut zu werden.«

»Noch einmal getraut? Hier?«

Clay küßte ihre Nase und lächelte. Seine Augen glitzerten hell im Mondlicht. »Ist das so ein unmöglicher Gedanke? Dann hätten wir ungefähr hundert Zeugen, die schwören würden, man habe uns nicht zur Ehe gezwungen. Ich möchte nicht, daß der Gedanke an eine Annullierung noch einmal auftaucht.« Er grinste. »Selbst wenn ich dich schlagen müßte.«

Ihre Verkrampfung löste sich wieder. »Das würdest du bereuen.«

»Oh?« lachte er. »Was würdest du tun?«

»Maggie sagen, daß sie nicht mehr für dich kochen soll; den Zwillingen erzählen, was du mir angetan hast, so daß sie dich hassen müßten und...«

»Mich hassen?« Er war plötzlich ganz ernst und zog sie dicht an sich. »Wir sind allein, du und ich. Wir haben nur uns. Du mußt mir versprechen, mich nie zu hassen.«

»Clay«, keuchte sie und versuchte, wieder Luft zu bekommen. »Das habe ich nicht gemeint. Wie könnte ich dich hassen, wenn ich dich so sehr liebe?«

»Ich liebe dich auch«, sagte er und hielt sie nicht mehr ganz so fest, daß sie wieder atmen konnte. »Es wird ungefähr drei Tage dauern, bis wir alles für die Hochzeit vorbereitet haben; du willigst doch ein, nicht wahr?«

Sie lachte an seinem Hals. »Du fragst mich, ob ich in etwas einwillige, das ich mir am sehnlichsten wünsche? Ja, ich werde dich heiraten. Jeden Tag, wenn du das willst.«

Er begann, hungrig ihren Leib zu küssen.

Nicole schwindelte der Kopf. Sie wollte, daß diese Nacht ewig dauern sollte. Vielleicht würde sie nie mehr so ein Leben wie in den letzten Monaten führen müssen, wo sie in einem Haus gewohnt hatte und Clay in einem anderen. Wenn sie in aller Öffentlichkeit getraut werden konnten, ehe sie wieder auf seine Plantage zurückkehrten, würde sie sich endlich sicher fühlen können. Dann würde es Zeugen geben, die beschworen, daß Clay allein sie liebte und sie begehrte.

Das Wort Bianca zuckte durch ihren Kopf; doch Clays Küsse verscheuchten schnell diesen Namen. Drei Tage, hatte er gesagt. Was konnte in drei Tagen alles passieren?

11

Als Nicole am nächsten Morgen aufwachte, konnte sie gar nicht glauben, was alles in der Nacht passiert war. Es erschien ihr zu gut, um wahr zu sein. Sie war allein im Schlafzimmer, und die Sonne schien hell durch das Fenster. Sie lächelte, als sie die aufgeregten Stimmen unter ihrem Fenster hörte. Die Pferderennen sollten wieder beginnen. Sie sprang aus dem Bett und zog sich rasch ein schlichtes Gewand aus karamellfarbenem Musselin an.

Sie brauchte mehrere Minuten, um den Weg aus dem Haus zu den Tischen zu finden, die für das Frühstück vorbereitet waren. Sie aß Rühreier, als sie plötzlich merkte, daß die Leute um sie sehr still wurden. Sie schienen alle nacheinander zu verstummen.

Nicole stand auf und sah zum Landungssteg hinunter. Sie glaubte, ihr Herz höre auf zu schlagen. Da kamen Wesley und Bianca den Pfad herauf. Nicole hatte sich an dieser Stelle sicher gefühlt, weit weg von Bianca; doch nun sah sie die Welt um sich zusammenstürzen.

Bianca schritt zuversichtlich auf die um die Tische versammelten Gäste zu. Sie trug ein Kleid aus malvenfarbenem Satin, das am Saum mit großen schwarzen Blumen bestickt war. Breite Spitzen säumten den Ausschnitt und die hochgezogene Taille. Ihre großen Brüste waren kaum verhüllt von dem glänzenden Atlasgewebe. Sie trug einen Sonnenschirm aus dem gleichen Stoff.

Während Nicole die beiden näherkommen sah, begann sie sich schon über die Stille der anderen zu wundern. Sie wußte, daß sie von Biancas Ankunft verstört war; doch weshalb berührte das auch die anderen Leute, die sie gar nicht kannten? Sie blickte auf die Versammelten und sah einen Ausdruck der Überraschung auf allen Gesichtern.

»Beth«, hörte sie zum wiederholten Male. »Beth!«

»Wesley«, rief Ellen über den Rasen hin. »Du hast uns aber erschreckt!« Sie begann den beiden entgegenzulaufen. »Willkommen«, sagte sie und streckte ihre Hand aus.

Obwohl die beiden nun schon den Tischen sehr nahe waren, konnte Nicole sich immer noch nicht bewegen. Wesley entfernte sich jetzt von Bianca, die sich bereits einen Teller nahm. Die Frauen umlagerten sie.

»Hallo«, sagte Wesley zu Nicole. »Wie gefallen dir unsere Virginia-Partys bisher?«

Als Nicole ihn ansah, waren ihre Augen voller Tränen. Warum, fragte sie sich. Warum hatte er Bianca hierhergebracht? Haßte er sie aus irgendeinem Grund und wollte sie daher von Clay trennen?

»Nicole«, sagte Wesley und legte seine Hand auf ihren Arm. »Vertraue mir. Bitte?«

Sie konnte nur nicken. Sie hatte keine andere Antwort für ihn.

Ellen stand hinter Wes. »Wo hast du sie gefunden? Hat Clay sie schon gesehen?«

Wesley lächelte. »Er hat sie gesehen.« Er hielt Nicole seinen Arm hin. »Darf ich dich zur Rennbahn begleiten?«

Stumm nahm sie seinen Arm.

»Was weißt du über Beth?« fragte Wes, als die anderen ihnen nicht mehr zuhören konnten.

»Nur, daß sie mit Clays Bruder tödlich verunglückte«, antwortete Nicole. Sie blieb plötzlich stehen. »Bianca sieht wie Beth aus, nicht wahr?«

»Zunächst ist es ein Schock. Wenn sie stumm dasteht, ist sie Beth zum Verwechseln ähnlich; doch sobald sie den Mund öffnet, verflüchtigt sich dieser Eindruck rasch.«

»Dann hat Clay also…«, begann sie.

»Ich weiß es nicht. Ich kann nicht für ihn sprechen. Ich weiß nur, daß ich zuerst dachte, sie wäre Beth. Und ich weiß, daß Clays… Sympathie für sie sich auf ihrer Ähnlichkeit mit Beth gründet. Etwas anderes kann es nicht sein, weil sie nicht gerade das ist, was ich eine angenehme Frau nennen würde.« Er grinste. »Clay und ich hatten ihretwegen einen Meinungsaustausch.« Er schob den Unterkiefer hin und her. »Ich dachte nur, es würde ihm gut bekommen, wenn er euch beide zusammen sieht.«

Nicole erkannte, daß er es gut mit ihr meinte; aber sie selbst hatte ja beobachtet, wie Clay Bianca anschaute, sie geradezu angehimmelt hatte. Sie wußte nicht, ob sie es ertragen konnte, daß er eine andere Frau noch einmal mit solchen Augen ansah.

»Wie sind die Rennen gestern ausgegangen? Hat Clay Travis besiegt? Das hoffe ich doch.«

»Ich glaube, es ging unentschieden aus«, lachte Nicole, die froh war über diesen Themawechsel. »Aber würdest du dir nicht gern meine Pläne für einen neuen roten Mantel anhören?«

Es gehörte zu den Regeln der Hauspartys von Virginia, daß alle Gäste für sich selbst sorgten. Man konnte sich den ganzen Tag lang an den Buffets bedienen, sich bei Spielen und Veranstaltungen die Zeit vertreiben, und die Diener standen bereit, um jeden Wunsch zu erfüllen. Als nun das Horn erklang zum Zeichen, daß die Pferderennen des Vormittags beginnen sollten, sahen die Damen keine Veranlassung, sich weiter um Bianca zu kümmern, als sie deren Einladungen ausschlug, sie zu den Pferderennen zu begleiten. Bianca konnte sich nicht von den Speisen auf den Buffets trennen. Diese schreckliche Maggie hatte sich doch glatt geweigert, für sie zu kochen, nachdem Clay die Plantage verlassen hatte!

»Sind Sie die Maleson-Dame, von der ich gehört habe?«

Bianca sah von dem Teller hoch, auf den sie gerade Salate häufte. Vor ihr stand ein großgewachsener Mann, der so dürr war, daß man ihn schon als ausgemergelt bezeichnen konnte. Sein abgetragener, schmutziger Rock schlotterte ihm um die Schultern. Sein Gesicht war teilweise von langen, wirren schwarzen Haaren und einem dünnen schwarzen Bart verdeckt. Seine Nase war zu groß, seine Lippen so dünn, daß man kaum von einem Mund reden konnte; doch seine Augen waren wie zwei schwarze Kohlen, die unter einem Busch aus schwarzen Haaren glühten. Sie waren so klein und so dicht beeinander, daß die inneren Augenwinkel sich fast zu überschneiden schienen.

Bianca zog eine Grimasse und sah zur Seite.

»Ich habe Sie etwas gefragt, meine Dame! Sind Sie eine Maleson?«

Sie funkelte ihn an. »Ich wüßte nicht, daß Sie das etwas angeht. Und nun lassen Sie mich vorbei.«

»Vielfraß!« sagte er, den Berg auf dem Teller betrachtend. »Völlerei ist eine Sünde, und Sie werden dafür bezahlen.«

»Wenn Sie mich nicht in Ruhe lassen, rufe ich um Hilfe.«

»Pa, laß mich mit ihr reden. Ich finde, daß sie sogar hübsch ist.«

Bianca sah nun voller Interesse den Mann an, der hinter seinem Vater hervortrat. Es war ein kräftiger, gesunder junger Mann, vermutlich nicht älter als fünfundzwanzig Jahre alt, aber unglücklicherweise mit dem Gesicht seines Vaters. Die kleinen dunklen Augen glitten über Biancas weichen, weißen Körper.

»Der Mädchenname unserer Mutter war Maleson. Wir hörten, daß Sie Clayton Armstrong heiraten würden, und da schrieben wir Ihnen nach England. Ich weiß nicht, ob Sie unseren Brief bekommen haben.«

Bianca erinnerte sich nur zu gut an diesen Brief. Das war also dieses Pack, das sich anmaßte, mit ihr verwandt zu sein. »Ich habe keinen Brief bekommen.«

»Der Lohn der Sünde ist der Tod!« sagte der ältere Mann mit einer Stimme, die man bis zum Ende der Plantage hören mußte.

»Pa, die Leute dort drüben spielen und wetten auf Pferde. Du mußt mit diesen Leuten reden, während wir uns etwas näher mit unserer Cousine bekanntmachen.«

Bianca drehte sich um und ging von den Männern weg. Sie hatte nicht die Absicht, mit einem von ihnen zu sprechen. Kaum hatte sie sich einen Platz gesucht, als zwei junge Männer zu ihr kamen und sich zu ihr setzten. Ihr gegenüber saß der junge Mann, der sie eben angesprochen hatte, und neben ihr war noch einer, ein etwas kleinerer, jüngerer Mann, ein Jüngling noch, ungefähr sechzehn Jahre alt. Der Jüngling wirkte sanfter mit seinen helleren Augen, die weiter auseinanderstanden und eine rundere Form hatten.

»Das hier ist Isaac«, sagte der ältere Sohn, »und ich bin Abraham Simmons. Der Mann vorhin war unser Pa.« Er deutete mit dem Kopf auf den alten Mann, der, eine große Bibel unter dem Arm geklemmt, zur Rennbahn eilte. »Pa hat nichts anderes im Sinn als Predigten zu halten. Doch Ike und ich haben andere Pläne.«

»Würdet ihr euch bitte woanders hinsetzen? Ich würde jetzt gern frühstücken.«

»Was Ihr eßt, reichte für drei Mahlzeiten, Lady«, meinte Ike.

»Sie sind aber hochnäsig«, ergänzte Abe. »Man möchte meinen, Sie sollten froh sein, mit uns reden zu können, da wir doch Verwandte sind und so.«

»Ich bin nicht mit euch verwandt«, rief Bianca wütend.

Abe beugte sich vom Buffet weg und starrte sie an. Seine kleinen Knopfaugen verengten sich, bis sie nur noch mit schwarzem Licht erfüllte Schlitze waren. »Sie scheinen mir nicht gerade mit Freunden gesegnet zu sein. Wir hörten, Sie würden Armstrong heiraten und Besitzerin von Arundel Hall werden.«

»Ich bin die Herrin der Armstrong-Plantage«, sagte sie selbstgefällig zwischen zwei Gabeln voll Hühnerfleisch.

»Wer ist dann diese hübsche kleine Dame, von der Clay behauptet, sie wäre seine Frau?«

Bianca schob das Kinn vor, während sie unablässig weiterkaute. In ihr loderte immer noch der Zorn, weil Clay sie zu Hause gelassen hatte, um mit Nicole zur Party zu gehen. Er hatte sich ihr gegenüber reichlich sonderbar benommen in der Nacht, als dieser nette Mr. Wesley Stanford bei ihnen zu Gast gewesen war. Clay schien sie seither ständig zu beobachten, und Bianca war dieses Anstarren allmählich auf die Nerven gegangen. Sie hatte ihm ihre Idee vorgetragen, das Haus mit einem Flügel zu erweitern, und er hatte nur dagesessen und sie angestarrt. Bianca hatte wütend das Zimmer verlassen und bei sich geschworen, daß sie ihm diese Unverschämtheiten heimzahlen würde.

Dann hatte er plötzlich die Plantage verlassen. Sie war froh, daß er fort war; seine dauernde Gegenwart machte sie nervös. Sie hatte stundenlang Menüs zusammengestellt, die man ihr während seiner Abwesenheit servieren sollte. Sie war außer sich gewesen, als diese widerliche Person, diese Maggie, nicht einmal die Hälfte der Gerichte zubereitet hatte, die sie bestellte. Als sie sich in die Küche begab, um der Köchin zu sagen, daß sie ihre Anweisungen ausführen sollte, wenn sie auf ihren Job noch weiter Wert legte, war Wesley wieder bei ihr erschienen. Er hatte ihr von der Party erzählt und daß Clay Nicole mitgenommen habe.

Bianca hatte sich widerwillig bereitgefunden, in aller Frühe des nächsten Morgens mit ihm zur Plantage der Backes zu reisen. Wie konnte diese schreckliche Nicole es wagen, sich an ihrem Eigentum zu vergreifen? Sie würde es ihr zeigen! Sie brauchte Clay nur ein einzigesmal anzulächeln, und er würde genauso reagieren wie an dem ersten Abend, als er sie wiedersah. Oh, ja, sie wußte, was für einen Charme die Frauen ihrer Familie besaßen.

»Diese Frau ist einmal mein Dienstmädchen gewesen«, sagte Bianca von oben herab.

»Ihr Dienstmädchen!« lachte Abe. »Mir scheint, sie ist jetzt Clays Mädchen.«

»Belästigen Sie jemand anders mit Ihren schmutzigen Gedanken«, sagte Bianca, während sie aufstand, um ihren Teller neu zu füllen.

»Hören Sie«, sagte Abe, der ihr folgte. Er redete jetzt im ernsten Ton. »Ich dachte, Sie würden Clay heiraten und uns dann helfen können. Pa kümmert sich um nichts anderes als um seine Bibel. Wir haben nicht weit von Clays Plantage entfernt ein Stück Land; aber kein Vieh. Wir hofften, Sie könnten uns einen Bullen leihen, und da wir ja zur selben Familie gehören, uns vielleicht auch ein paar von Ihren Färsen abgeben.«

»Und auch ein paar Hühner«, setzte Ike hinzu. »Ma hätte ganz gern noch ein paar Hühner. Sie ist eine Cousine dritten Grades von Ihnen.«

Bianca wirbelte herum. »Ich bin nicht mit euch verwandt! Wie könnt ihr es wagen, euch auf meine Kosten bereichern zu wollen? Wie könnt ihr es wagen, mit mir über... Tiere zu reden?«

Es dauerte einen Moment, ehe Abe ihr darauf eine Antwort gab: »Mir scheint, Sie haben die Situation noch nicht ganz begriffen, Miss Nase-in-der-Luft! Sie bekommen nicht einen Cent von Clays Geld, nicht wahr? Sie kommen von England herüber, und dann heiratet er an Ihrer Stelle Euer Dienstmädchen!« Abe begann zu lachen. »Das ist die beste Geschichte, die ich seit Jahren gehört habe. Warten Sie nur ab, bis ich sie all den Gästen hier erzähle.«

»Das ist nicht wahr!« sagte Bianca, und ihre Augen begannen sich mit Tränen zu füllen. »Clayton wird mich heiraten! Ich werde die Armstrong-Plantage besitzen. Es wird nur noch ein bißchen dauern, das ist alles. Er muß erst noch seine Ehe mit meinem Dienstmädchen annullieren lassen.«

Abe und Ike wechselten amüsierte Blicke, während sie kaum das Lachen unterdrücken konnten.

»Annullieren, he?« höhnte Abe. »Gestern, als sie auf seinem

Schoß saß und ihn fütterte, sah es gar nicht so aus, als dächte er daran, sich von ihr zu trennen.«

»Und was war, als er sie nachmittags hinaufnahm in sein Schlafzimmer?« sagte Ike. Er war in einem Alter, wo man das andere Geschlecht gerade zu entdecken beginnt. Er hatte eine Stunde unter einem Baum verbracht und sich vorgestellt, was Clay jetzt mit seiner hübschen kleinen Frau anstellte. »Als er wieder herunterkam, grinste er von einem Ohr zum anderen.«

Diese schmutzige kleine Schlampe, dachte Bianca. Diese Hündin glaubte, sie könnte ihr die Plantage wegnehmen, indem sie ihren Körper als Köder verwendete. Sie blickte von ihren Salaten hinüber zum Pfad, der zur Rennbahn führte. Sobald sie mit ihrem Frühstück fertig war, würde sie Nicole zurechtstutzen. Sie reckte das Kinn in die Luft und ging an den jungen Männern vorbei.

»Vielleicht werden Sie eines Tages feststellen, daß Sie Freunde brauchen«, rief Abe ihr nach. »Wir vergessen unsere Familie nicht so rasch wie Sie; doch von jetzt an wird unser Preis viel höher sein. Komm, Ike, laß uns zu Pa gehen, damit er sich nicht mit allen Leuten anlegt.«

Es dauerte noch eine Stunde, ehe Bianca endlich den Weg zur Rennbahn fand. Der ganze Tag war ihrer Meinung nach schrecklich anstrengend und nervenaufreibend. Sie würde froh sein, wenn sie nicht mehr kämpfen mußte, um zu bekommen, was ihr zustand. Eines Tages würde die Armstrong-Plantage ihr gehören, und dann würde sie nach den Mahlzeiten ruhen und ihr Essen richtig verdauen können. Doch jetzt mußte sie diese schrecklichen Partys mit diesen lauten, ungehobelten Leuten besuchen, und das alles nur wegen Nicole!

Sie sah Nicole am Ende der Rennbahn neben Ellen Backes stehen. Die andere Frau trieb mit lauter Stimme die Pferde an; doch Nicole war still und machte ein bekümmertes Gesicht. Sie sah ständig zum anderen Ende der Rennbahn hin, wo Clay inmitten einer Gruppe von Männern stand.

Bianca tippte Nicole mit der Spitze ihres Sonnenschirms auf die Schulter. »Komm hierher«, befahl sie, als Nicole sich umdrehte.

Mit einem Seufzer trennte Nicole sich von den Frauen und ging mit Bianca ein Stück von der Rennbahn fort.

»Was suchst du eigentlich hier?« forschte Bianca. »Dein Platz ist nicht hier, und das weißt du auch! Wenn du schon nicht auf mich oder auf Clay Rücksicht nehmen willst, solltest du wenigstens auf deinen Ruf achten. Ich habe inzwischen gehört, daß du dich Clay gegenüber wie die niedrigste Straßendirne benommen hast. Was werden die Leute sagen, wenn er sich von dir trennt und mich heiratet? Wer will dich dann noch haben, wenn sie alle wissen, daß du schon im Bett anderer Männer gelegen hast?« Nicole starrte auf die größere Frau. Sie war ganz erfüllt von der schrecklichen Vorstellung, daß sie mit einem anderen Mann statt mit Clay das Lager teilen mußte.

»Wollen wir nicht gemeinsam zu ihm gehen?« fragte Bianca selbstgefällig. »Erinnerst du dich noch, wie er dich ignorierte, als ich eben erst aus England kam?«

Nicole wußte, daß diese wenigen Minuten sich in ihr Herz eingebrannt hatten.

»Du wirst eines Tages noch lernen, daß ein Mann eine Frau respektieren muß, ehe er sie lieben kann. Wenn du dich wie eine Straßendirne benimmst, wirst du auch so behandelt.«

»Nicole«, sagte Ellen hinter ihr. »Ist dir nicht gut? Du siehst ja ganz grün im Gesicht aus.«

»Ich bin vielleicht ein bißchen zu lange in der Sonne gewesen.«

Ellen lächelte. »Oder könnte es vielleicht etwas Kleines sein?«

Nicoles Hand zuckte zu ihrem Magen. Wie sehr wünschte sie sich, daß Ellen recht haben könnte!

»Vielleicht hat sie ein bißchen zu viel gegessen«, sagte Bianca. »Man sollte sich nie den Bauch vollschlagen und dann in der Sonne stehen. Ich denke, ich gehe jetzt lieber ins Haus zurück. Und du solltest mich dahin begleiten, Nicole.«

»Ja, tu das«, stimmte Ellen Bianca bei.

Das letzte, wonach Nicole verlangte, war Biancas Gesellschaft; doch sie sah Clay und die Männer auf sich zukommen. Sie hätte nicht mitansehen können, wie Clays Augen sich beim Anblick seiner Geliebten verklärten.

Es gab mindestens drei große Gesellschaftsräume in Ellens Haus, und die waren nun alle von den Gästen belegt. Ein kalter Wolkenbruch hatte sie ins Haus gescheucht. Im ganzen Haus waren Feuer angezündet worden, und während sich die mächtigen Mauersteine der Kamine erhitzten, wurde es auch im Haus warm.

Clay saß in einem ledernen Schaukelstuhl, nippte an einem Becher Bier und sah zu, wie die Zwillinge über dem Feuer Popcorn zubereiteten. Vor ein paar Minuten war er nach oben gegangen und hatte Nicole schlafend in ihrem Bett vorgefunden. Er machte sich Sorgen ihretwegen, denn den ganzen Morgen über hatten ihm die Leute von dieser Frau erzählt, die Beth zum Verwechseln ähnlich sah.

»Wollen Sie denn nicht Platz nehmen?« hörte er eine ihm vertraute Stimme sagen. Er drehte sich um und sah Wesley in der Nähe seines Sessels stehen. Vor ihm stand eine weibliche Person, die ihm den Rücken zudrehte – Bianca, wie er an ihrem Kleid erkannte.

Clay hatte bisher noch nicht mit ihr sprechen wollen. Zuerst wollte er mit Nicole reden, sie beruhigen und vor allem verhindern, daß sie sich Sorgen machte. Er wollte sich aus dem Sessel erheben; doch Wes schickte ihm einen warnenden Blick zu. Clay zuckte mit den Schultern und setzte sich wieder hin. Vielleicht wollte Wes mit ihr allein sein.

»Das muß ein großer Schock für Sie sein«, sagte Wes so laut, daß Clay seine Worte gut verstehen konnte.

»Ich weiß nicht, was Sie meinen«, antwortete Bianca.

»Sie können ehrlich zu mir sein. Clay hat mir die ganze Geschichte erzählt. Da haben Sie nun die weite Reise von England hierher gemacht und erwartet, mit Clay getraut zu werden. Nun mußten Sie aber bei Ihrer Ankunft feststellen, daß er bereits mit einer anderen Frau verheiratet ist; und sogar öffentlich mit ihr zusammenlebt!«

»Sie verstehen mich!« rief Bianca dankbar. »Jeder scheint gegen mich zu sein, und ich begreife gar nicht, warum. Sie sollten sich gegen diese schreckliche Frau, Nicole, stellen. Ich bin diejenige, der man unrecht getan hat.«

196

»Sagen Sie mir, Bianca, warum wollten Sie Clay überhaupt heiraten?«

Sie schwieg.

»Ich habe inzwischen über alles nachgedacht«, fuhr Wes fort. »Mir scheint, daß wir uns gegenseitig helfen könnten. Sie wissen natürlich, daß Clay ein wohlhabender Mann ist.« Er lächelte, als Bianca eifrig nickte. »In den letzten paar Jahren ist es auf meiner Plantage nicht so gut gelaufen, wie es sollte. Wenn Sie die Herrin von Arundel Hall wären, könnten Sie mir helfen.«

»Wie?«

»Hin und wieder könnten sich ja ein paar Rinder auf mein Land verlaufen oder vielleicht ein paar Büschel Weizen verschwinden. Clay würde das gar nicht merken.«

»Ich weiß nicht.«

»Aber Sie wären doch seine Frau. Ihnen würde die Hälfte der Plantage gehören.«

Bianca lächelte. »Natürlich. Könnten Sie mir helfen, seine Frau loszuwerden? Anfangs war ich mir sicher, daß ich seine Frau würde; doch in letzter Zeit bin ich mir dessen nicht mehr so sicher.«

»Natürlich werden Sie seine Frau sein. Wenn Sie mir helfen, werde ich Ihnen helfen.«

»Ich werde Ihnen helfen. Doch wie wollen Sie diese schreckliche Nicole loswerden? Sie hat sich ihm an den Hals geschmissen, und er, dieser törichte Mann, scheint Gefallen zu finden an ihren Straßendirnen-Manieren.«

»Ich habe genug gehört«, sagte Clay schroff und ragte jetzt über Bianca auf.

Sie drehte sich um, während sie sich erschrocken an ihren Hals griff. »Clay! Du hast mich aber erschreckt. Ich hatte ja keine Ahnung, daß du in der Nähe bist!«

Clay ignorierte sie und wandte sich an Wes. »Das wäre wirklich nicht nötig gewesen. Es dauerte zwar eine Weile; doch endlich begriff ich, was du meintest. Sie ist nicht Beth.«

»Nein«, sagte Wes ruhig, »das ist sie nicht.« Er stand auf, und seine Augen gingen von Clay zu Bianca. »Ich glaube, Sie werden sich jetzt beide etwas zu sagen haben.«

Clay nickte und streckte ihm dann die Hand hin. »Ich habe dir eine Menge zu verdanken.«

Wesley grinste und schüttelte seinem Freund die Hand. »Ich habe den Boxhieb nicht vergessen, den du mir gegeben hast. Aber ich bestimme den Zeitpunkt, wann ich ihn dir heimzahle.«

Clay lachte. »Da wirst du auch deinen Bruder Travis mitbringen müssen.«

Wesley schnaubte und ließ Clay mit Bianca allein.

Sie begann inzwischen zu begreifen, daß Clay ihr ganzes Gespräch mit Wes angehört und Wes es auch darauf angelegt hatte, daß Clay Zeuge des Gesprächs wurde. »Wie wagst du es, mich heimlich zu belauschen?« schnaubte sie, während Clay ihr gegenüber Platz nahm.

»Deine Worte haben nichts verraten, was ich nicht schon wüßte. Sag mir, warum bist du überhaupt nach Amerika gekommen?« Er wartete ihre Antwort nicht ab. »Ich glaubte einmal, dich zu lieben, und ich bat dich, mich zu heiraten. Ich wurde... lange von dir verfolgt wie von einem Gespenst; doch nun weiß ich, daß ich dich nie geliebt – daß ich dich nicht einmal gekannt habe.«

»Was willst du damit sagen? Ich besitze Briefe, in denen du schreibst, daß du mich heiraten wirst. Es verstößt gegen das Gesetz, wenn man ein Eheversprechen bricht.«

Clay sah sie erstaunt an. »Wie kannst du mir den Bruch eines Eheversprechens vorwerfen, wenn ich bereits verheiratet bin? Kein Gericht der Welt würde mich auffordern, meine Frau zu verlassen, um jemand anders zu heiraten.«

»Das werden sie tun, wenn ich ihnen die Umstände deiner Trauung schildere.«

Clays Wangenmuskeln spannten sich. »Was verlangst du von mir? Geld? Ich werde dich für die Zeit in Amerika entschädigen. Du hast dir bereits eine beträchtliche Garderobe zugelegt.«

Bianca kämpfte die Tränen nieder. Wie sollte dieser ungehobelte Bursche, dieser ungebildete Kolonist, auch verstehen, was sie haben wollte? In England hatte sie sich nicht unter die Leute mischen können, die von edlem Stande waren wie ihre Familie, weil es ihr an den nötigen Mitteln fehlte. Einige der Leute, mit denen zu verkehren ihre eingeschränkten Verhältnisse erlaubten, lachten hinter ihrem Rücken, weil ein Amerikaner um ihre Hand angehalten hatte. Sie hatten angedeutet, daß sie sonst keinen Mann mehr bekäme. Bianca hatte durchblicken lassen, daß sie mehrere Heiratsanträge bekommen hätte; doch das stimmte nicht.

Was verlangte sie also wirklich? Sie verlangte, was ihre Familie einmal besessen hatte – Sicherheit, eine herausragende Stellung, keine unbezahlten Rechnungen mehr, das Gefühl, daß man sie begehrte und brauchte. »Ich will die Armstrong-Plantage«, sagte sie ruhig.

Clay lehnte sich im Sessel zurück. »Einen bescheideneren Wunsch konntest du wohl nicht äußern, nicht wahr? Ich kann oder will sie dir nicht geben. Nicole ist mir ans Herz gewachsen, und ich habe vor, sie als meine Frau zu behalten.«

»Aber das kannst du nicht! Ich kam deinetwegen aus England hierher. Du mußt mich heiraten!«

Clay hob eine Augenbraue. »Du wirst nach England zurückkehren, und zwar unter so bequemen Umständen, wie sich das einrichten läßt. Ich werde versuchen, dich für deine verlorene Zeit und für... das gebrochene Eheversprechen zu entschädigen. Das ist alles, was ich tun kann.«

Bianca funkelte ihn an. »Was glaubst du eigentlich, wer du bist, du unerträglicher, ungebildeter Bauer? Glaubst du etwa, daß ich dich jemals heiraten würde? Ich kam nur hierher, weil ich hörte, daß du begütert seist. Glaubst du, du könntest mich jetzt wegwerfen wie ein Paket? Denkst du, ich werde als eine verschmähte Frau nach England zurückkehren?«

Clay stand auf. »Mir ist es vollkommen schnuppe, was du tust. Jedenfalls kehrst du so schnell wie möglich nach England zurück, und wenn ich dich eigenhändig in den Laderaum werfen müßte.« Er drehte sich auf dem Absatz um und verließ das Zimmer. Wenn er auch nur eine Sekunde länger vor ihr gestanden hätte, hätte er ihr vielleicht eine Ohrfeige gegeben.

Bianca kochte. Niemals würde sie diesem abscheulichen Mann gestatten, sie sitzen zu lassen. Er glaubte, er könnte zuerst von ihr verlangen, daß sie ihn heiraten sollte, und ihr im

199

nächsten Augenblick befehlen, sich wieder davonzuscheren, als wäre sie eine Dienstbotin. Nicole! Sie war doch das Dienstmädchen, mit dem er so etwas machen konnte! Doch er warf sie, Bianca, über Bord für so ein niedrig geborenes Küchenmädchen.

Sie ballte ihre Hände an ihrer Seite zu Fäusten. Sie würde nicht zulassen, daß er sie wegschaffte! Einer ihrer Vorfahren hatte den Neffen des Königs von England gekannt. Sie war eine bedeutende Person von Macht und Einfluß!

Familie, dachte sie. Diese Männer heute morgen hatten gesagt, sie gehörten zu ihrer Familie. Ja, dachte sie lächelnd. Die würden ihr helfen. Die würden ihr die Plantage verschaffen. Dann würde niemand mehr über sie lachen!

Clay stand unter dem Dach von einer der zahlreichen Veranden, die zu Ellens Haus gehörten. Der kalte Regen prasselte um ihn hernieder und isolierte ihn. Er holte eine Zigarre aus der Tasche, zündete sie an und inhalierte tief. Er hatte in den letzten Tagen genug Zeit gehabt, seine Torheit zu verfluchen; doch heute reichten Flüche nicht mehr aus.

Daß Wes ihm gezeigt hatte, wie Bianca wirklich war, war für ihn eine Offenbarung gewesen, trotz allem, was er zu Wes gesagt hatte. Sein Verstand war stets von der Version von Beth getrübt gewesen.

Er setzte sich auf das Geländer der Veranda, ein langes Bein auf den Boden gestützt, und sah zu, wie der Regen langsam nachließ. Durch die Bäume konnte er einen schwachen Schimmer von Sonnenlicht erkennen. Nicole hatte gewußt, wie Bianca war, überlegte er. Doch Nicole war immer liebenswürdig und freundlich zu der Frau gewesen, hatte nie ein böses Wort gesagt oder sich ihr gegenüber von ihrem Zorn hinreißen lassen.

Er lächelte und warf den Zigarrenstummel in das nasse Gras. Der Regen tropfte von den Dachtraufen; das Wasser auf den Grashalmen funkelte bereits in der Sonne. Er sah hinauf zum Fenster des Zimmers, wo Nicole schlief. Schlief sie wirk-

200

lich? fragte er sich. Wie hatte das Erscheinen von Bianca auf der Party auf sie gewirkt?

Er ging in das Haus, durch die Korridore und dann die Treppe hinauf zu ihrem gemeinsamen Zimmer. Nicole war die selbstloseste Person, die er jemals kennengelernt hatte. Sie würde ihn lieben, seine Kinder, seine Diener, sogar seine Tiere; doch sie würde nie etwas als Gegenleistung verlangen.

Er wußte, daß sie nicht schlief, sobald er die Zimmertür öffnete. Er ging sofort zum Schrank und holte ein einfaches schokoladenbraunes Baumwollkleid heraus. »Zieh das an«, sagte er ruhig. »Ich möchte dich wegbringen.«

12

Langsam schlug sie die Bettdecke zurück und zog ihr Hemd über den Kopf. Ihr Körper war ganz steif, so unglüclich fühlte sie sich. Wenigstens hatte er sie nicht vergessen, dachte sie. Wenigstens hatte das Auftauchen seiner geliebten Bianca ihn diesmal nicht vollständig verblendet. Vielleicht wollte er sie jetzt zur Mühle zurückbringen, so weit weg von Bianca wie möglich?

Sie fragte nicht, wohin es gehen sollte. Ihre Hände zitterten so heftig, als sie ihr Kleid zuknöpfte, daß Clay ihre Finger beiseite schob und diese Aufgabe selbst übernahm. Er blickte auf ihr Gesicht, beobachtete ihre Augen, die groß und feucht waren, von Angst und Sehnsucht erfüllt.

Er beugte sich zu ihr und küßte sie sanft, und ihre Lippen klebten an den seinen. »Ich glaube, ich habe dir nicht viel Grund gegeben, mir zu vertrauen, nicht wahr?«

Sie konnte ihn nur anstarren. Die Kehle war ihr wie zugeschnürt. Sie konnte nicht sprechen.

Er lächelte sie auf väterliche Weise an, nahm dann ihre Hand und führte sie aus dem Zimmer, aus dem Haus. Sie hob ihren langen Rock an, damit er nicht durch das nasse Gras schleifte. Clay zog sie rasch hinter sich her, nahm keine Rücksicht darauf, daß sie fast laufen mußte, wenn sie mit seinen Schritten mithalten wollte. Wortlos half er ihr auf das Deck der Schaluppe hinunter, band dann das Boot los und entrollte das Segel. Das elegante kleine Boot schnitt sauber und rasch durch das Wasser. Nicole saß stumm da und beobachtete ihn am Ruder des Schiffes. Mit seinen breiten Schultern sah er für sie wie ein Berg aus – undurchdringlich, geheimnisvoll, etwas, das sie liebte, aber nicht verstand.

Es wurde ihr eng in der Brust, als sie sah, daß sie zur Armstrong-Plantage zurücksegelten. Ihre Vermutung war richtig gewesen! Er brachte sie zur Mühle zurück. Der eiserne Reifen, der sich um ihre Brust gelegt hatte, war zu eng, um noch Tränen hindurchzulassen. Als sie an dem Landungssteg der Mühle vorbeisegelten, spürte sie, wie sie tief Atem holte und eine Welle der Freude sie durchflutete.

Zuerst erkannte sie den Platz nicht wieder, wo Clay anhielt. Es schien eine undurchdringliche Masse von Blättern zu sein. Er stieg aus dem Boot. Das Wasser reichte ihm über die Knöchel, als er die Schaluppe am Ufer vertäute und ihr dann seine Arme hinstreckte. Dankbar fiel sie fast in sie hinein. Er starrte sie einen Moment amüsiert an, ehe er sie über den versteckten Pfad auf die schöne Lichtung trug. Der Regen hatte alles frisch und neu werden lassen. Das Sonnenlicht brach sich in den Regentropfen auf Hunderten von Blüten.

Clay setzte Nicole auf dem Boden ab, hockte sich dann vor den großen Stein bei den Blumen und zog sie auf seinen Schoß. »Ich weiß, wie sehr du fürchtest, dein Kleid mit Grasflekken zu verderben«, sagte er im neckenden Ton.

Sie sah ihn mit todernsten Augen an und knabberte an ihrer Oberlippe. »Warum hast du mich hierhergebracht?« flüsterte sie.

»Ich denke, es ist Zeit, daß wir reden.«

»Über Bianca?« Ihre Stimme war kaum noch hörbar.

Sein Blick suchte den ihren. »Warum sind deine Augen voller Furcht? Hast du Angst vor mir?«

Sie blinzelte ein paarmal. »Nicht vor dir; sondern vor dem, was du mir zu sagen hast. Das macht mir Angst.«

Er zog sie an sich, ihren Kopf an seine Schulter bettend. »Wenn es dir nicht zu langweilig wird, mir zuzuhören, würde ich dir gern von mir, von meiner Familie und von Beth erzählen.«

Sie konnte nur schweigend nicken. Sie wollte alles über ihn wissen.

»Ich hatte eine von diesen idyllischen Kindheiten, wie sie in den Märchen vorkommen, die du den Zwillingen erzählst«, begann er. »James und ich wurden geliebt und erzogen von den wunderbarsten Eltern, die Gott je geschaffen hat. Meine Mutter war eine liebenswerte herzensgute Frau. Sie hatte viel Sinn für Humor, was James und mich manchmal verwirrte, als wir noch jünger waren. Wenn sie uns ein Lunchpaket zum Angeln mitgab und wir einen Topf aufmachten, in dem wir Marmelade vermuteten, fanden wir einen Frosch darin. Und wir schämten uns, daß sie mehr Fische fangen konnte als wir beide zusammen.«

Nicole lächelte an seiner Schulter, während sie sich seine Mutter vorstellte. »Und wie war dein Vater?«

»Er himmelte sie an. Selbst als James und ich schon erwachsen waren, scherzten und spielten die beiden wie Kinder. Sie führten eine sehr glückliche Ehe.«

»Beth«, flüsterte Nicole und spürte, wie er für einen Moment erstarrte.

»Beth war die Tochter unseres Aufsehers. Ihre Mutter starb bei ihrer Geburt, und sie hatte weder Brüder noch Schwestern. Es war für meine Mutter eine Selbstverständlichkeit, daß sie das Mädchen unter ihre Fittiche nahm. Und James und ich nahmen sie auf wie eine Schwester. James war acht, als Beth geboren wurde, und ich war vier. Es gab nie Eifersüchteleien des Babys wegen, dem meine Mutter sehr viel Zeit widmete. Ich erinnere mich noch daran, wie ich sie selbst auf den Armen umhertrug. Als sie gehen konnte, folgte sie uns überall hin. James und ich konnten nicht einen Tag auf den Feldern verbringen, ohne daß die kleine Beth in unserer Nähe war. Ich lernte das Reiten mit Beth hinter mir im Sattel.«

»Und du hast dich in sie verliebt.«

»Ich habe mich nicht eigentlich in sie verliebt. James und ich liebten sie von Anfang an.«

»Doch sie hat James geheiratet.«

Clay schwieg einen Moment. »So war es nicht. Ich glaube nicht, daß jemals darüber gesprochen wurde; doch es war immer eine beschlossene Sache zwischen uns, daß sie James heiraten würde. Ich glaube nicht einmal, daß er ihr jemals einen richtigen Heiratsantrag machte. Ich erinnere mich noch an die Party, als Beth sechzehn Jahre alt wurde, und James sagte, ob sie nicht meinte, daß es Zeit wäre, den Termin für die Hochzeit festzusetzen. Die Zwillinge kamen auf die Welt, ehe sie siebzehn war.«

»Was war sie für ein Mensch?«

»Glücklich«, sagte Clay leise. »Sie war der glücklichste Mensch, den ich je gekannt habe. Sie liebte so viele Leute. Sie war eine Frau voller Energie und immer voller Lachen. In einem Jahr fiel die Ernte so schlecht aus, daß wir dachten, wir müßten Arundel Hall verkaufen. Selbst Mutter hörte auf zu lächeln. Aber nicht Beth. Sie sagte uns allen, daß wir aufhören sollten, uns leid zu tun. Tut lieber etwas, sagte sie. Bis zum Ende jener Woche war es uns gelungen, einen Wirtschaftsplan aufzustellen, der uns über den Winter bringen würde. Es war ein schwerer Winter für uns; doch es gelang uns, die Plantage zu retten. Und das hatten wir nur Beth zu verdanken.«

»Doch sie starben alle«, flüsterte Nicole und dachte dabei genauso an ihre wie an seine Familie.

»Ja«, sagte er leise. »Auf den Winter folgte eine Choleraepidemie, und es gab viele Tote in der Grafschaft. Zuerst starb mein Vater, dann meine Mutter. Ich hätte nicht geglaubt, daß wir uns von diesem Schlag erholen würden; doch in gewisser Weise bin ich froh, daß sie gemeinsam das Zeitliche segneten. Es hätte ihnen nicht gefallen, getrennt weiterzuleben.«

»Aber du hattest immer noch James und Beth und die Zwillinge.«

»Ja«, antwortete er lächelnd. »Wir waren immer noch eine Familie.«

»Du wolltest nicht dein eigenes Heim haben, deine eigene Frau und eigene Kinder?« fragte sie.

Er schüttelte den Kopf. »Das hört sich heute seltsam an; doch ich war zufrieden. An Frauen fehlte es nicht, wenn ich nach einer verlangte. Da war eine hübsche kleine Weberin, die...« Er hielt inne und lachte in sich hinein. »Ich könnte mir denken, daß du das nicht so gerne hören möchtest.«

Nicole nickte heftig.

»Ich glaube nicht, daß ich jemals jemandem begegnet bin, der zu uns dreien gepaßt hätte. Wir hatten unsere Kindheit gemeinsam verbracht, kannten jeder die Gedanken und Wünsche des anderen, als wären es unsere eigenen. James und ich arbeiteten zusammen, sprachen selten ein Wort miteinander, und dann pflegten wir nach Hause zu gehen zu Beth. Sie... ich weiß nicht, wie ich es anders ausdrücken soll: sie hieß uns beide willkommen. Ich weiß, sie war James' Frau; doch sie kümmerte sich genauso sehr um mich. Sie kochte mir immer meine Leibgerichte, nähte mir neue Hemden.«

Seine Stimme brach. Er hielt Nicole fest an sich gepreßt und vergrub sein Gesicht in ihren süß duftenden Haaren.

»Erzähle mir von Bianca«, flüsterte sie.

Seine Stimme war sehr leise, als er fortfuhr: »Auf einer Hausparty, die Beth gab, starrte ein Gast, ein Mann aus England, Beth dauernd an. Schließlich sagte er ihr, daß er vor kurzem eine junge Frau kennengelernt habe, die Beths Zwillingsschwester sein könnte. James und ich lachten ihn aus, weil wir wußten, daß keine Frau so sein konnte wie unsere Beth. Doch Beth war sehr interessiert, stellte dem Mann unzählige Fragen und notierte sich Bianca Malesons Adresse. Sie sagte, wenn sie jemals nach England kommen sollte, würde sie versuchen, diese Miss Maleson aufzusuchen.«

»Aber du bist noch vor ihr nach England gefahren.«

»Ja. Wir fanden, daß unsere Baumwolle und unser Tabak auf dem englischen Markt nicht den Preis erzielten, den wir uns vorstellten. Zunächst wollten James und Beth nach England fahren, und ich sollte mit den Zwillingen hierbleiben; doch Beth entdeckte, daß sie wieder guter Hoffnung war. Sie wollte um keinen Preis riskieren, auf einer Ozeanüberfahrt vielleicht ihr Baby zu verlieren; also mußte ich allein nach England reisen.«

»Und sie bat dich, diese Bianca aufzusuchen?«

Clays Körper wurde hart wie Stahl, als er Nicole fester an sich drückte. »James und Beth ertranken nur ein paar Tage nach meiner Abfahrt von Amerika; doch es dauerte Monate, ehe mich die Nachricht in England erreichte. Ich hatte mein Geschäft gerade abgeschlossen und war zu Biancas Haus gereist. Damals hatte ich schreckliches Heimweh. Ich war der schlecht gekochten Mahlzeiten überdrüssig, und hatte genug davon, daß ich mich täglich darum kümmern mußte, daß meine Hemden gewaschen wurden. Ich wollte nur nach Hause zu meiner Familie. Doch ich wußte, daß Beth es mir sehr übelnehmen würde, wenn ich nicht den Versuch machte, diese Frau kennenzulernen, die so aussehen sollte wie sie. Ich hatte eine Einladung von dem Engländer erhalten, der Beth von Bianca erzählt hatte. Als Bianca ins Zimmer kam, konnte ich sie nur sprachlos anstarren. Fast hätte ich sie umarmt, an mich gedrückt und sie nach James und den Zwillingen gefragt. Ich konnte kaum glauben, daß sie nicht Beth war.«

Er hielt einen Moment inne. »Am nächsten Tag kam ein Mann zu mir und brachte mir die Nachricht von James und Beth. Ellen und Horace hatten ihn nach England geschickt, und es hatte lange gedauert, bis er mich dort fand.«

»Der Schock war genauso groß wie der Schmerz, nicht wahr?« sagte Nicole, an ihre eigenen Erfahrungen denkend.

»Ich war wie betäubt. Ich wollte nicht glauben, daß es wahr sei; doch der Mann war Zeuge gewesen, wie sie beide aus dem Fluß gezogen wurden. Ich konnte nur daran denken, daß Arundel Hall leer sein würde, wenn ich nach Amerika zurückkam. Meine Eltern waren gestorben, und nun hatte ich auch James und Beth verloren. Ich spielte mit dem Gedanken, in England zu bleiben und Horace zu beauftragen, die Plantage zu verkaufen.«

»Aber Bianca war da.«

»Ja, Bianca war da. Ich begann mir vorzugaukeln, daß ich Beth eigentlich gar nicht verloren hatte. Und daß es ein gutes Omen sei, wenn die Nachricht von ihrem Tode mich gerade dann erreichte, als ich in der Nähe einer Frau war, die ihr so ähnlich war. Wenigstens glaubte ich damals, Bianca wäre so wie Beth. Ich konnte sie immer nur anstarren und mir einreden, daß Beth noch am Leben sei: wenigstens eine, die ich liebte, war noch bei mir. Ich bat Bianca, mich zu heiraten. Ich wollte, daß sie mit mir nach Virginia zurücksegelte, damit ich nicht ein leeres Haus betreten mußte; doch sie sagte, sie brauche Bedenkzeit. Ich hatte keine Zeit. Ich wußte, ich mußte nach Hause zurückkehren. In der Gewißheit, daß Bianca mir bald folgen würde, würde es mir gelingen, das Leben auf der Plantage zu ertragen, und ich hoffte, die Arbeit würde mir helfen, zu vergessen.«

»Nichts kann einem helfen, zu vergessen.«

Er küßte sie auf die Stirn. »Ich arbeitete wie zwei Männer, vielleicht sogar wie drei; doch nichts vermochte meinen Schmerz zu betäuben. Ich hielt mich so oft wie möglich vom Hause fern. Die öde Leere meiner Wohnung schrie mich an. Die Nachbarn versuchten zu helfen, versuchten sogar, eine Frau für mich zu finden; doch ich wollte die Dinge unverändert lassen.«

»Du wolltest Beth und James zurückhaben.«

»Jeden Tag wurde die Vorstellung, Beth säße wieder neben mir, stärker. Ich fand mich mit James' Tod ab; doch Bianca ließ mich nicht zur Ruhe kommen. Ich glaubte, sie könne mir Beth ersetzen.«

»Also sorgtest du dafür, daß sie gekidnappt und nach Amerika geschafft wurde.«

»Ja. Es war eine verzweifelte verrückte Maßnahme; doch ich war wirklich verzweifelt und fürchtete, verrückt zu werden.«

Nicole legte ihre Wange gegen seine Brust. »Kein Wunder, daß du so zornig warst, als du entdecktest, daß du mit mir statt mit Bianca verheiratet bist. Du hattest eine große Blondine erwartet; und du bekamst...«

»Eine zierliche dunkle Schönheit mit einem eigenartigen Mund«, sagte er lachend. »Hättest du eine Pistole auf mich gerichtet, ich hätte es verdient. Ich habe dir großes Unrecht zugefügt.«

»Aber du hast doch Bianca erwartet!« sagte sie, ihn verteidigend, und hob den Kopf, um ihn anzusehen.

Er schob sie an seine Schulter zurück. »Gott sei Dank habe ich sie nicht bekommen! Ich war ein Narr, zu glauben, ein Mensch könne den anderen ersetzen.«

Seine Worte durchrieselten sie wie ein warmer Schauer. »Liebst du Bianca immer noch?«

»Ich habe sie nie geliebt. Das weiß ich jetzt. Ich sah nur ihre Ähnlichkeit mit Beth. Selbst als sie schon hier war, hörte ich ihr nie zu oder sah in ihr etwas anderes als Beth. Dennoch wußte ich selbst in diesem Zustand der Ignoranz, daß etwas nicht stimmte. Ich glaubte, sobald Bianca in meinem Haus wäre, würde alles wieder in Ordnung sein, würde ich mich wieder so zu Hause fühlen wie zu Beths Lebzeiten.«

»Aber das war nicht der Fall?« fragte Nicole mit hoffnungsvoller Stimme.

»Das habe ich dir zu danken. Obwohl ich Bianca nicht zuhörte, wie ich eben sagte, muß doch irgendwo in meinem kleinen Gehirn etwas mißtrauisch geworden sein. Ich wußte nur, daß ich abends nicht nach Hause zurückkommen wollte, daß ich härter arbeitete als je zuvor. Doch als du im Hause wohntest, wollte ich nach Hause kommen. Als Bianca in meinem Hause lebte, zog ich es vor, auf den Feldern zu übernachten, besonders auf den Feldern, die in der Nähe der Mühle lagen.«

Nicole lächelte und küßte seine Brust durch sein Hemd. Das waren die schönsten Worte, die sie je gehört hatte.

»Wes mußte erst kommen, damit ich meinen Verstand wiederfand«, fuhr Clay fort. »Als Wes Bianca zum erstenmal sah, konnte ich ihm sofort anmerken, wie entgeistert er war. Da fühlte ich mich in meinem Entschluß bestätigt.«

»Ich glaube nicht, daß Wesley Bianca mag.«

Clay lachte leise und küßte ihre Nasenspitze. »Das ist noch vorsichtig ausgedrückt. Als er mir sagte, er hielte sie für eine eitle, arrogante Heuchlerin, schlug ich ihn. Mir wurde ganz übel, und ich weiß nicht, ob es davon kam, daß ich meinen Freund schlug oder daß ich die Wahrheit hörte. Ich verließ das Haus und kehrte zwei Tage lang nicht dorthin zurück. Ich hatte über vieles nachzudenken. Ich brauchte eine Weile; doch ich begann zu begreifen, was ich getan hatte. Und ich fand mich endlich mit der Tatsache ab, daß Beth tot war. Ich hatte versucht, sie mit Bianca in mein Leben zurückzubringen; doch das konnte nicht funktionieren. Was ich hatte, jedoch meistenteils ignorierte, waren die Zwillinge. Wenn James und Beth noch lebten, dann nur durch ihre Kinder und nicht durch eine fremde Frau. Wenn ich Beth etwas geben wollte, dann würde es eine gute Mutter für die Zwillinge sein, die sie so sehr liebte, und nicht jemand, der Alex ins Wasser stieß, weil er ihr Kleid zerriß.«

»Wie konntest du das wissen?«

»Roger, Janie, Maggie, Luke«, sagte er, den Mund verziehend, »jeder schien zu glauben, es sei seine Pflicht, mir über Bianca zu berichten. Sie hatten alle Beth gekannt, und ich vermute, sie spürten, daß ich mich nur zu Bianca hingezogen fühlte, weil sie Beth so ähnlich sah.«

»Warum hast du mich zu der Party eingeladen?« fragte sie und hielt den Atem an.

Er lachte und zog sie wieder an sich. »Was den Verstand betrifft, so glaube ich, daß deiner auch nicht viel größer ist als meiner. Denn als ich erkannte, daß ich Beth durch Bianca zu ersetzen versuchte, begriff ich auch, warum ich so viel Zeit damit verbrachte, den Landungssteg der Mühle anzustarren –, der dringend repariert werden muß, wie ich bemerkt habe. Auf der anderen Seite der Backes-Plantage gibt es eine Sägemühle.«

»Clay!«

Er lachte abermals. »Ich liebe dich. Hast du das nicht gewußt? Jeder wußte das.«

»Nein«, flüsterte sie, »ich war mir nicht sicher.«

»Du hättest mich in der Nacht des Unwetters, als du mir von deinem Großvater erzähltest und mir sagtest, daß du mich liebtest, fast in Stücke gerissen.« Er hielt einen Moment inne. »Am nächsten Tag hast du mich verlassen. Warum? Nach so einer Nacht, die wir so selig zusammen verbracht hatten, warst du am nächsten Morgen kalt wie Eis.«

Sie erinnerte sich jetzt sehr deutlich an das Porträt in Clays Büro. »Das Porträt in deinem Büro stellt Beth dar, nicht wahr?« Sie spürte, wie er an ihrer Schulter nickte. »Ich glaubte, es wäre

Bianca, und das Ganze sah aus wie ein Totenschrein. Wie konnte ich mit einer Frau konkurrieren, die du verehrtest?«

»Ich habe das Porträt inzwischen entfernen lassen. Es hängt wieder über dem Kamin im Speisezimmer. Die Kleidungsstücke habe ich in einen Koffer eingeschlossen und zu Beths anderen Sachen stellen lassen. Vielleicht will Mandy eines Tages diese Sachen haben.«

»Clay, was passiert jetzt?«

»Das sagte ich dir doch schon. Ich will, daß du mich noch einmal heiratest, öffentlich, in Gegenwart von vielen Zeugen.«

»Und was geschieht mit Bianca?«

»Ich habe ihr bereits gesagt, daß sie nach England zurückkehren muß.«

»Wie hat sie es aufgenommen?«

Er runzelte die Stirn. »Sie benahm sich nicht so, wie man etwas als liebenswürdig bezeichnen würde; aber sie wird mir gehorchen. Ich werde dafür sorgen, daß sie eine Geldentschädigung erhält. Es ist gut, daß ich noch rechtzeitig zur Besinnung kam. Sie hat bereits enorme Summen ausgegeben.« Er hielt wieder inne und sah sie lachend an. »Ich habe noch nie eine Frau kennengelernt, die sich so sehr für ihre Feinde einsetzt wie du.«

Nicole bewegte sich von ihm weg und sah überrascht hoch. »Bianca ist nicht meine Feindin. Vielleicht sollte ich sie sogar lieben, da sie es war, die dich mir geschenkt hat.«

»Ich glaube nicht, daß schenken das richtige Wort ist.«

Nicole kicherte schelmisch. »Ich glaube es auch nicht.«

Er lächelte auf sie hinunter und liebkoste ihre Schläfe. »Verzeihst du mir, daß ich so blind und dumm war?«

»Ja«, flüsterte sie, ehe sein Mund ihre Lippen versiegelte. Das Wissen, daß er sie liebte, machte sie besonders leidenschaftlich. Sie schlang die Arme um seinen Nacken und zog ihn dicht an sich heran. Ihr Körper wölbte sich dem seinen entgegen.

Sie spürten beide nicht die ersten kalten Regentropfen. Erst als ein Blitz den Himmel spaltete und ein eisiger Wolkenbruch auf sie herniederkam, lösten sie sich wieder voneinander.

»Komm!« rief Clay, während er aufstand und sie in die Höhe

zog. Sie wandte sich dem Pfad zu, der zum Flußufer hinunterführte; doch Clay zog sie in eine andere Richtung. Sie rannten zu der Seite der Lichtung, die dem Fluß genau entgegengesetzt war. Während Nicole im Regen stand und sich die kalten Oberarme rieb, zog Clay ein Messer aus der Tasche und hackte auf ein paar Büsche ein.

»Verdammt!« fluchte er laut, als er offenbar nicht gleich fand, was er suchte. Plötzlich gaben die Zweige nach und enthüllten eine kleine Höhle. Clay warf seine Arme um Nicole und schleuderte sie fast in die Höhle hinein.

Sie erschauerte. Ihr Kleid war von dem kalten Regen durchnäßt.

»Nur eine Minute Geduld, und dann kannst du dich an einem Feuer wärmen«, sagte Clay, während er sich in einer Ecke beim Höhleneingang niederkniete.

»Was ist das für eine Höhle?« fragte sie, während sie sich neben ihn kniete.

»Wir haben sie entdeckt – James, Beth und ich –, und deswegen haben wir hier auch die Pflanzen, Hecken und Bäume gepflanzt. James ließ sich von einem Maurer zeigen, wie man einen Kamin baut.« Er deutete auf das etwas ungefüge Gemäuer, in dem er versuchte, ein Feuer anzuzünden. Er setzte sich auf die Fersen, als das Holz zu brennen begann. »Wir glaubten immer, das wäre der geheimste Ort der Welt; doch als wir älter wurden, begriff ich, daß der Rauch so deutlich zu sehen war wie eine Fahne. Kein Wunder, daß unsere Eltern nie etwas einzuwenden hatten gegen unser ›Verschwinden‹. Sie brauchten nur aus dem Fenster zu blicken, um festzustellen, wo wir steckten.«

Nicole stand auf und sah sich um. Die Höhle war ungefähr vier Meter lang und drei Meter breit. Ein paar primitive Bänke und eine große Kiefernholztruhe, deren Scharniere verrostet und zerbrochen waren, standen entlang der Wände. Irgend etwas glitzerte in einer Nische in der Wand. Sie ging dorthin. Ihre Hand berührte etwas Kaltes und Glattes. Sie nahm es aus der Nische und hielt es ins Kaminlicht. Es war ein großes Stück grünlich schimmernden Glases, und darin war ein winziges, silbernes Einhorn eingebettet.

211

»Was ist das?«

Clay drehte sich um und lächelte zu ihr hinauf. Dann wurde sein Gesicht wieder ernst, als er Nicole, die sich neben ihn setzte, das Stück Glas aus der Hand nahm. Er studierte es und drehte es in seinen Händen, während er sprach: »Beths Vater kaufte dieses kleine Einhorn für sie in Boston. Sie fand es wunderschön. Eines Tages, als wir hier in der Höhle versammelt waren und James gerade den Kamin zu Ende gemörtelt hatte, sagte Beth, sie hoffe, daß wir immer Freunde bleiben würden. Plötzlich nahm sie das Einhorn von der Kette, die sie um den Hals trug, und sagte, wir müßten den Glasbläser aufsuchen. James und ich folgten ihr, als wir spürten, daß sie etwas Bestimmtes vorhatte. Sie brachte den alten Sam dazu, ihr eine Kugel aus klarem Glas anzufertigen. Dann legten wir drei den Finger auf das Einhorn und schwuren, daß wir immer Freunde bleiben würden. Darauf warf Beth das Einhorn in das heiße Glas. Sie sagte, daß es jetzt kein anderer Mensch berühren dürfe.« Er blickte eine Weile das Glas an und gab es dann Nicole zurück. »Mag sein, daß wir etwas Kindisches, Törichtes taten; doch damals schien es von großer Bedeutung für uns zu sein.«

»Ich glaube nicht, daß es kindisch oder töricht war; und es hat zweifellos seine Wirkung nicht verfehlt«, sagte sie lächelnd.

Clay wischte seine nassen Hände ab und blickte dann mit dunklen Augen zu ihr hoch. »Hatten wir nicht gerade etwas Interessantes vor, als der Regen einsetzte?«

Nicole sah ihn mit unschuldigen großen Augen an. »Ich habe keine Ahnung, was du meinst.«

Clay stand auf, ging zu der Truhe mit den verrosteten Beschlägen und holte zwei Decken heraus. Nicole hatte noch nie so verstaubte und von Motten zerfressene Decken gesehen. »Es sind nicht gerade pinkfarbene Seidenbezüge«, sagte Clay und lachte über einen Witz, den Nicole nicht nachzuvollziehen vermochte. »Aber es ist immer noch besser als gar nichts.« Er drehte sich um und streckte die Arme nach ihr aus.

Nicole rannte zu ihm und schlang die Hände um seinen Leib. »Ich liebe dich, Clay«, flüsterte sie. »Ich liebe dich so sehr, daß es mich erschreckt.«

Er begann, die Nadeln aus ihrem Haar zu ziehen und sie auf den Boden fallen zu lassen. Er streichelte die schwarze, seidene Masse ihrer Haare. »Warum solltest du davon erschreckt sein?« fragte er leise, während seine Lippen über ihren Hals spielten. »Du bist meine Frau, die einzige, die ich mir wünsche oder je haben will. Denke daran und an unsere Kinder.«

Nicole spürte, wie ihre Knie weich wurden, als Clays Zunge ihr Ohrläppchen berührte. »Kinder«, hauchte sie, »ich liebe Kinder.«

Er beugte sich ein wenig zurück und lächelte. »Kinder zu zeugen ist nicht einfach. Dazu braucht es eine Menge... ah, harte Arbeit.«

Nicole lachte, während ihr das Entzücken aus den Augen leuchtete. »Vielleicht sollten wir üben«, sagte sie ernst. »Jede Arbeit wird leichter mit zunehmender... Erfahrung.«

»Komm her, du Kobold«, sagte er und nahm sie auf seine Arme. Er bettete sie vorsichtig auf die Decken. Der muffige Geruch, den sie verströmten, schien zu der Atmosphäre zu passen. Es war ein Ort der Gespenster: Gespenster, die ihr zuzulächeln schienen, dachte Nicole.

Clay öffnete die Knöpfe ihres nassen Kleides, und sobald er ein Stück Haut entblößt hatte, küßte er es. Er zog ihr das Kleid aus, als wäre sie ein Kind. Ihr Hemd streifte Nicole sich selbst über den Kopf. Sie hungerte danach, ihre Haut für seine Berührung zu entblößen. Clay legte sie über seine Knie, seinen Arm hinter ihrem Rücken, und streichelte ihren Körper. »Du bist so schön«, sagte er, während das Herdfeuer über ihre Haut hinspielte.

»Bist du nicht enttäuscht, daß ich nicht blond bin?«

»Still!« befahl er mit gespielter Strenge. »Ich würde nicht eine Farbe an dir verändern.«

Sie drehte sich und sah zu ihm hoch, während sie begann, sein Hemd aufzuknöpfen. Seine Brust war glatt, von harten Muskeln durchzogen und leicht behaart. Sein Bauch war kräftig und flach. Nicole spürte, wie ihre eigenen Muskeln sich zusammenzogen bei dem Anblick seines schönen Körpers. Seine schlanke Härte war ein Kontrast zu ihrer eigenen Weichheit. Sie genoß seinen Körper. Sie genoß, ihn beim Gehen zu beobachten, seine Muskeln unter seiner Haut spielen zu sehen, wenn er sein unruhiges Pferd zu versammeln versuchte. Sie sah gerne dabei zu, wenn er zentnerschwere Getreidesäcke auf einen Leiterwagen warf. Sie erschauerte und preßte ihren Mund auf die warme braune Haut, die sich über seinen Bauchmuskeln spannte.

Clay beobachtete sie, sah die Wellen ihrer Gefühle in ihren ausdrucksvollen Augen. Als sie schließlich die rauchig braune Farbe reiner Wollust zeigten, spürte er, wie Schauer durch sein Rückenmark liefen. Diese Frau entzündete ein Feuer in ihm, wie es noch keine andere je fertiggebracht hatte. Da wollte er nicht länger zärtliche Worte sagen, er begehrte sie. Er riß sich förmlich die Kleider vom Leib und zog die langen, eng sitzenden Stiefel so rasch von den Beinen wie nie zuvor.

Seine Küsse waren nicht länger süß und zärtlich; und als er ihr Ohr in seinen Mund nahm, drohte er es ihr fast vom Kopf zu reißen. Seine Lippen, seine Zunge und seine Zähne glitten über ihren Hals, über ihre Schulter und dann über ihre Brust.

Nicole wölbte sich unter seiner Berührung. Seine Zunge an ihrer Brust, schickte er ein knisterndes Feuer durch ihre Adern. Sein Mund wanderte hinunter zu ihrem Bauch, der sich unter den süßen, zärtlichen Küssen zusammenzog. Sie vergrub die Hände in der Fülle seiner Haare und zog seinen Mund zurück zu ihren Lippen.

»Clay«, flüsterte sie, ehe seine Lippen ihre Worte erstickten.

Er schob seinen Leib über den ihren, und sie lächelte mit geschlossenen Augen, als sie sein Gewicht auf sich spürte. Er gehörte ihr, gehörte ihr ganz und gar.

Als er in sie eindrang, war es für sie, wie stets, eine Überraschung, ein Schock des Entzückens, wenn sie seine starke Männlichkeit spürte. Er füllte sie vollständig aus, bis sie glaubte, an der Ekstase sterben zu müssen.

Sie bewegten sich zusammen, langsam zunächst, bis

214

Nicole glaubte, sie könnte diese Langsamkeit nicht länger ertragen. Ihre Hände liebkosten die runde harte Glätte seines Rückens und seines Gesäßes, spürten, wie die Muskeln arbeiteten, spürten die Kraft, die dicht unter seiner heißen Haut lag.

Als sie gemeinsam zum Höhepunkt kamen, konnte Nicole seine Stöße in ihrem Leib von der Hüfte bis zu den Zehen spüren. Als Clay von ihr wegrollte und sie mit seinen Armen an sich zog, pochten ihre Beine. Sie lächelte und kuschelte sich an ihn, küßte seine Schultern und schmeckte das Salz seines Schweißes.

Sie schliefen zusammen ein.

13

Als Nicole erwachte, glaubte sie, sie wäre noch mit Clay in der Höhle. Doch die Sonne auf ihrem Bett, die durch Ellens Spitzenvorhänge sickerte, erinnerte sie bald daran, wo sie sich befand. Der Platz neben ihr war leer; doch das Kissen trug noch den Abdruck von Clays Kopf.

Sie streckte sich wohlig, und die Zudecke glitt von ihrem nackten Körper. Nachdem sie sich gestern nacht in der Höhle geliebt hatten, hatten sie ein paar Stunden geschlafen. Als sie aufwachten, war der Mond aufgegangen, das Feuer erloschen, und sie froren beide. Sie hatten sich rasch ihre noch feuchten Kleider angezogen und waren zur Schaluppe hinuntergerannt. Clay war dann langsam den Fluß hinunter zu Backes' Haus gesegelt.

Als sie dort anlangten, hatte Clay die Küche geplündert und war mit einem großen Korb voller Obst, Käse, Brot und Wein zu Nicole zurückgekehrt. Er hatte gelacht, als Nicole nach einem halben Glas Wein wieder Gelüste bekam. Sie liebten sich zwischen Früchten und Brot, küßten sich und aßen, neckten sich und lachten, bis sie wieder, sich gegenseitig mit den Armen umschlingend, einschliefen.

Nicole bewegte sich und zog ein Apfelstück unter ihrer rechten Hüfte hervor. Sie lächelte, ehe sie es auf den Nachttisch legte. Ellens Bettlaken würde nach der Tollerei der letzten Nacht nie mehr sauber werden. Wie entschuldigte man sich für so etwas? Konnte sie Ellen erzählen, daß sie Rotwein in die Grube über Clays Gesäß geschüttet und ihn dann ausgetrunken, bedauerlicherweise aber etwas davon verschüttet hatte, als Clay ungeduldig wurde und sich umdrehte, ehe sie den ganzen Wein austrinken konnte? Nein, so etwas konnte man einer Gastgeberin nicht erzählen.

Sie warf die Bettdecke zur Seite und rieb ihre bloßen Arme. Der erste frostige Hauch des Herbstes lag in der Luft. Im Schrank hing ein Samtkleid, das die gleiche Farbe hatte wie der Wein, den sie und Clay heute nacht getrunken hatten. Rasch zog sie es an und schloß die winzigen Perlknöpfe im Nacken. Es war ein langärmeliges, hochgeschlossenes Kleid, das sich eng um ihre Büste legte und dann in einem Faltenrock zur Erde fiel. Es war ein schlichtes, elegantes Gewand. Und es war warm, genau das Richtige für so einen kühlen Tag.

Sie ging zum Spiegel, um ihre Haare zu richten. Sie wollte heute besonders hübsch aussehen. Clay hatte gesagt, daß er beim Mittagessen seine Pläne für eine zweite Eheschließung bekanntgeben und alle Leute zu Weihnachten zur Hochzeit in sein Haus laden würde. Nicole hatte ihn dazu überreden können, noch zu warten und eine Party für dieses Ereignis vorzubereiten. Ellens Gäste würden schon heute nachmittag beginnen, die Party zu verlassen, und er wollte das Ereignis bekanntgeben, solange noch alle Gäste im Haus versammelt waren.

Nicole verirrte sich nur einmal, ehe sie die Gartentür fand, die auf den Rasen hinausführte, wo die Buffet-Tische neu gedeckt waren. Mehrere Leute drängten sich um die Tische, redeten leise miteinander oder aßen stumm. Alle schienen erschöpft zu sein und nun das Ende der langen Party herbeizuwünschen. Nicole freute sich schon darauf, nach Arundel Hall zurückzukehren – als Hausherrin.

Sie sah Bianca unter einer Ulme allein an einem kleinen Tisch sitzen. Sie spürte Gewissensbisse bei ihrem Anblick. In gewisser Hinsicht erschien es ihr nicht fair, daß diese Engländerin so eine weite Reise gemacht hatte in Erwartung, ihren Verlobten zu heiraten, um dann zu entdecken, daß dieser bereits verheiratet war. Zögernd machte Nicole einen Schritt auf sie zu. Da sah Bianca hoch und blickte sie über den Rand ihres mit Speisen überhäuften Tellers hinweg an. Biancas Augen waren mit dem Feuer des Hasses erfüllt. Ihr Blick war tödlich – pures Gift.

Nicoles Hand zuckte zum Hals, und sie wich vor der Frau zurück. Plötzlich kam sie sich wie eine Heuchlerin vor. Natürlich konnte sie es sich leisten, Bianca ihr Mitgefühl anzubieten, seit sie – Nicole – gewonnen hatte. Sieger konnten es sich immer erlauben, gnädig zu sein. Sie wandte sich den Buffets zu und nahm einen Teller von einem Stoß; doch der Appetit war ihr vergangen.

»Entschuldigen Sie mich, Mrs. Armstrong«, sagte ein Mann, der sie um Haupteslänge überragte.

Nicole sah von dem Teller hoch, auf dem sie die Speisen nur unschlüssig hin und her schob. »Ja?«

Sie erblickte einen großgewachsenen kräftigen jungen Mann; doch seine Augen gefielen ihr nicht. Sie waren klein, lagen dicht beisammen, und jetzt glitzerten sie wild.

»Ihr Mann läßt fragen, ob Sie zu ihm zur Schaluppe kommen könnten.«

Nicole stand sofort auf und ging um das Buffet herum zu dem Mann.

Er lachte leise. »Mir gefällt eine Frau, die so prompt gehorcht. Clay scheint zu wissen, wie man seine Frau erzieht.«

Nicole wollte etwas Scharfes auf seine Bemerkung erwidern; doch sie unterdrückte diesen Impuls. Sie wußte, dieser Mann würde ihre Zurechtweisung nicht verstehen. »Ich dachte, Mr. Armstrong wäre zum Pferderennen gegangen«, sagte sie, absichtlich die formelle Form seines Namens verwendend. Sie folgte dem Mann über den Rasen zum Fluß.

»Nicht viele Männer lassen ihre Frauen wissen, wo sie sich die ganze Zeit aufhalten«, sagte der Mann anzüglich, während er sie von Kopf bis Fuß begaffte und seine kleinen Augen eine Weile auf Nicoles Brüsten verweilten.

Nicole blieb stehen. »Ich denke, ich werde wieder zum Haus

zurückgehen. Würden Sie bitte meinem Mann ausrichten, daß ich ihn dort erwarte?« Sie machte auf den Absätzen kehrt und strebte wieder dem Haus zu.

Sie war noch keine zwei Schritte weit gekommen, als die Hand des Mannes sie hart am Oberarm faßte.

»Hören Sie, Sie kleine Französin«, sagte er, während er die Lippen hochzog und die Zähne entblößte. »Ich weiß alles über Sie! Ich kenne alle Ihre lügnerischen, ausländischen Ränkespiele. Ich weiß, was Sie meiner Cousine angetan haben.«

Nicole hörte auf, sich gegen seinen Griff zu wehren und starrte ihn an. »Cousine? Lassen Sie mich los, oder ich werde schreien.«

»Wenn Sie schreien, wird Ihr Mann den morgigen Tag nicht mehr erleben.«

»Clay! Was haben Sie mit ihm gemacht? Wo ist er? Wenn Sie ihm ein Leid getan haben, werde ich... werde ich...«

»Was?« fragte der Mann begierig. »Du bist ganz scharf auf ihn, nicht wahr? Ich erzählte Pa, Sie wären nicht besser als eine läufige Hündin. Ich habe gesehen, wie Sie um ihn herumscharwenzelten. Keine anständige Frau würde so etwas tun.«

»Was wollen Sie von mir?« fragte Nicole mit großen Augen.

Er lächelte. »Es geht nicht so sehr darum, was ich will, sondern was ich mir nehmen werde. Hören Sie mir jetzt zu?«

Sie nickte stumm, während sich ihr der Magen umzudrehen begann.

»Sie werden mit mir zu dem Steg hinuntergehen, wo das Boot meiner Familie angebunden ist. Es ist nicht so elegant wie jenes, auf dem Sie hierhergekommen sind; aber gut genug für eine Frau wie Sie. Dann werden Sie ganz artig in das Boot steigen, und wir werden eine kleine Reise unternehmen.«

»Zu Clay?«

»Klar, Honey. Ich sagte Ihnen doch, es würde alles gut werden, wenn Sie nur das tun, was ich Ihnen befehle.«

Nicole nickte, und die Hand des Mannes bewegte sich zu ihrem Ellenbogen hinunter. Sein Griff war genauso hart wie zuvor. Nicole war nur von dem Gedanken beherrscht, daß Clay sich in einer Gefahr befand und sie ihm helfen müsse.

Er führte sie zum anderen Ende der Mole, wo noch zwei Männer in einer alten geflickten Schaluppe warteten. Einer davon war ein alter Mann, dürr und schmutzig, mit einer Bibel unter dem Arm. »Da ist sie!« sagte er laut. »Eine Isebel, eine gefallene, sündige Frau.«

Nicole funkelte den Mann an, wollte etwas sagen, doch der Mann, der ihren Arm hielt, gab ihr einen heftigen Stoß. Sie fiel hart gegen den jüngeren Mann.

»Ich sagte Ihnen doch, daß Sie still sein sollen«, knurrte der Mann, der ihr den Stoß gegeben hatte. »Paß auf sie auf, Isaac, und sorge dafür, daß sie keinen Laut von sich gibt.«

Nicole sah zu dem Jungen auf, der seine Hände auf ihre Schultern legte. Seine Berührung war sanft. Sein Gesicht war weicher als das der anderen beiden Männer. Sie fiel nach vorne, als die Schaluppe vom Steg ablegte, und der Junge stützte sie. Sie blickte auf Backes' Haus zurück. Dort ritt Clay, einen großen weißen Hut auf dem Kopf, über den Rasen. Das Pferd, das er ritt, hatte einen Kranz aus Blumen um den Hals. Er hatte offenbar gerade ein Rennen gewonnen und feierte seinen Sieg.

Nicole erfaßte die Situation sofort. Die Männer hatten Clay gar nicht in ihre Gewalt gebracht. Sie wußte, sie war noch so nahe beim Haus, daß man ihren Schrei dort hören konnte. Sie öffnete den Mund und füllte ihre Lungen mit Luft; doch sie brachte den Schrei nicht mehr heraus, weil eine große, harte Faust sie ins Gesicht schlug. Sie fiel bewußtlos in Isaacs Arme.

»Du hattest keine Veranlassung, das zu tun, Abe!« sagte Isaac, während er Nicoles schlaffen Körper stützte.

»Klar hatte ich das! Wenn du sie nicht mit so blinden Augen angestarrt hättest, würdest du gesehen haben, daß sie schreien wollte.«

»Du hättest sie auch auf andere Weise zum Schweigen bringen können«, sagte Isaac. »Du hättest sie umbringen können!«

»Zweifellos würdest du sie mit Küssen zum Schweigen gebracht haben«, meinte Abe höhnisch. »Ich bin überzeugt, daran ist sie gewöhnt. Am besten kümmerst du dich jetzt um sie. Ich und Pa werden Wache halten.«

»Du führst sündige Reden, Junge!« sagte Elijah Simmons. »Diese Frau ist eine Hure, eine Sünderin, und wir halten sie nur fest, um ihre Seele zu retten.«

»Klar, Pa«, sagte Abe und sah Isaac mit zusammengekniffenen Augen an.

Isaac blickte von seinem Bruder fort, während er Nicole mit beiden Armen stützte. Er ignorierte Abes anzügliches Grinsen. Er hielt sie fest, während er sich auf das Deck setzte, den Rücken gegen die Reling gestemmt. Er hatte nicht gewußt, daß sie so zierlich war, daß sie mehr einem Kind als einer erwachsenen Frau glich.

Er zog eine Grimasse, als Abe ihm einen Strick und ein schmutziges Taschentuch hinwarf und ihm befahl, sie zu fesseln. Wenigstens wußte er, daß er ihre schöne Haut nicht verletzen würde, wenn er diese Aufgabe übernahm.

Er hatte gestern den ganzen Tag mit sich gerungen, seit Abe ihm erzählt hatte, daß sie die hübsche kleine Mrs. Armstrong entführen würden. Abe hatte ihrem Vater erzählt, daß Clay tatsächlich mit ihrer Cousine Bianca verheiratet sei; daß aber diese Hure Nicole Clay verhext hätte, bis er Bianca verlassen hatte und mit dieser französischen Schlampe zusammen lebte. Das hatte Elijah genügt. Er war bereit, dieses Mädchen zu steinigen.

Isaac war von Anfang an gegen die Entführung gewesen. Er war sich nicht sicher, ob er alles glauben konnte, was Bianca sagte, selbst wenn sie seine Cousine war. Sie war nicht gerade begeistert gewesen, als sie am ersten Tag der Party mit ihr gesprochen hatten. Aber Abe hatte ihm dauernd mit den Argumenten in den Ohren gelegen, was für eine Ungerechtigkeit es wäre, daß Nicole an die Stelle ihrer Cousine treten sollte. Er sagte, sie würden Nicole nur so lange festhalten, bis diese Ehe zu Ende sei und Bianca inzwischen die Zeit nützte, um Clay zu heiraten.

Nun, als Isaac Nicole auf seinem Schoß hielt, konnte er sich nicht vorstellen, daß sie eine Lügnerin war und eine Frau, die es auf Clays Geld abgesehen hatte. Sie schien sich wirklich um Clay Sorgen zu machen. Doch Abe sagte, daß jede Frau, die einen Mann so ansah wie Nicole Clay, keine gute Frau sein konnte. Ehefrauen hatten gut zu sein, schweigsam und körperlich wenig anziehend wie ihre Mutter. Isaac war von Abes Worten ganz verwirrt worden; denn wenn er zu wählen hatte, würde er lieber eine Frau wie Nicole heiraten als so eine wie seine Mutter. Vielleicht gehörten er und Nicole zu der gleichen Sorte von Menschen – zu den sündigen und schlechten.

»Isaac!« rief Abe. »Hör auf, in den Tag hineinzuträumen! Sie kommt wieder zu sich, und ich will nicht, daß sie schreit. Stopf ihr den Knebel in den Mund!«

Isaac gehorchte seinem Bruder, wie er das sein ganzes Leben lang getan hatte. Langsam öffnete Nicole die Augen. Ihr Kiefer und der Kopf taten ihr schrecklich weh, und es dauerte einen Moment, ehe das Bild vor ihren Augen klar wurde. Sie versuchte, das Kinn zu bewegen; doch etwas hielt sie dort fest, würgte sie im Hals.

»Sei still«, sagte Isaac. »Bei mir bist du sicher.« Seine Stimme war ein Flüstern, nur für ihre Ohren bestimmt. »Ich werde dir sofort den Knebel aus dem Mund nehmen, wenn wir am Ziel sind. Schließ die Augen und ruhe dich aus.«

»Ist sie schon wach, die Tochter des Satans?« rief Elijah vom Vorderdeck seinem Jüngsten zu.

Nicole sah zu dem Jungen hoch, der sie hielt. Sie wollte keinem von diesen Männern trauen; aber sie hatte keine andere Wahl. Sie sah, wie er langsam ein Auge zukniff. Sie verstand und drückte die Lider wieder zu.

»Nein, Pa«, rief Isaac zurück. »Sie ist noch ohnmächtig.«

»Wes«, sagte Clay mit einer tiefen Falte zwischen den Brauen. »Hast du Nicole gesehen?«

Wes blickte von der hübschen Rothaarigen fort, die ihn mit verführerisch gesenkten Wimpern ansah. »Hast du sie schon verloren, Clay? Ich glaube, ich werde dir noch Unterricht geben müssen, wie man seine Frau behält«, meinte er scherzend.

Doch als er in das Gesicht seines Freundes sah, stellte er sofort seinen Bierkrug auf einen Tisch und ging mit Clay über den Rasen. »Du machst dir Sorgen, nicht wahr? Wie lange ist es her, seit du sie zuletzt gesehen hast?«

»Ich sah sie heute morgen. Sie schlief noch, als ich zum Rennplatz ging. Ellen sagt, sie habe Nicole die Treppe herunterkommen sehen; doch seither ist sie verschwunden. Ich habe auch noch ein paar andere Frauen gefragt; doch keine von ihnen will sie gesehen haben.«

»Wo ist Bianca?«

»Die ißt«, antwortete Clay. »Bei ihr habe ich mich zuerst erkundigt. Viel kann sie sowieso nicht anstellen. Mehrere Frauen bezeugten, Bianca habe sich den ganzen Tag über nicht einen Schritt von den Buffets wegbewegt.«

»Könnte Nicole vielleicht spazierengegangen sein? Vielleicht wollte sie eine Weile für sich allein sein?«

Clays Stirnrunzeln vertiefte sich. »Beim Mittagessen wollten wir verkünden, daß wir zu Weihnachten eine richtige Hochzeitsfeier planen. Wir wollten alle Anwesenden zu einer Party einladen.«

»Das Mittagessen fand vor einer Stunde statt«, murmelte Wes, während er mehrere von den Gästen beobachtete, die zur Mole hinuntergingen. Sie verließen die Party, um nach Hause zu fahren. »Sie würde das Essen um keinen Preis versäumt haben.«

»Nein«, sagte Clay tonlos. »Eben das würde sie nicht.«

Die Blicke der Männer kreuzten sich. Beide dachten an die Umstände von James' und Beths Tod. Wenn selbst ein so gewandter Segler wie James ertrinken konnte...

»Laß uns Travis suchen«, schlug Wesley vor.

Clay nickte kurz und wandte sich dann den noch verbliebenen Gästen zu. Der Knoten in seinem Magen wurde größer...

Als die Versammelten nun erfuhren, daß Nicole vermißt wurde, reagierten alle sofort. Die Vergnügungen oder Unterhaltungen wurden sofort eingestellt. Die Frauen organisierten rasch einen Plan, wie man die Wälder in der Umgebung der Plantage durchkämmen müsse. Die Kinder rannten von einem Nebengebäude zum anderen und suchten dort nach Nicole. Die Männer gingen zum Fluß.

»Kann sie schwimmen?« fragte Horace.

»Ja«, sagte Clay, während seine Augen das Wasser absuchten, ob er einen kleinen, dunkelhaarigen Körper erkennen konnte.

»Hast du Streit mit ihr gehabt? Vielleicht hat sie sich von jemand nach Arundel Hall zurückbringen lassen.«

Clay wandte sich Travis zu. »Nein, verdammt noch mal! Wir haben uns nicht gestritten. Sie hätte die Party nie verlassen, ohne mir erst Bescheid zu sagen.«

Travis legte eine Hand auf Clays Schulter. »Vielleicht ist sie im Wald, sammelt Walnüsse und vergaß dabei die Zeit.« Seine Stimme verriet, daß er an diese Möglichkeit genausowenig glaubte wie Clay. So wie er Clays neue Frau einschätzte, war sie eine vernünftige, rücksichtsvolle junge Dame. »Horace«, sagte er leise, »bring die Hunde.«

Clay wandte sich zum Haus zurück. Nur so konnte es ihm gelingen, seine Wut zu beherrschen. Er war wütend auf sich selbst, weil er sie auch nur für eine Minute aus den Augen gelassen hatte, und wütend auf sie, daß sie ihm nun aus irgendwelchen Gründen wieder entrissen war. Doch am schlimmsten war seine Wut auf seine Hilflosigkeit. Sie konnte nur zehn Schritte von ihm entfernt sein oder fünfzig Meilen, und er hatte keine Ahnung, wo er zuerst nach ihr suchen sollte.

Niemand achtete auf Bianca, die lächelnd abseits stand, einen vollen Teller in der Hand. Ihr Werk war jetzt getan, und sie konnte zufrieden nach Hause gehen. Sie hatte es satt, daß die Leute sie dauernd fragten, wer sie wäre und warum sie in Clays Haus wohne.

Die Hunde waren zunächst verwirrt von den Spuren so vieler Leute. Sie schienen Nicoles Fährte überall zu finden, und vermutlich irrten sie sich da auch nicht.

Während Horace mit den Hunden arbeitete, begann Clay, die Leute auszufragen. Er sprach selbst mit jedem Mann, jeder Frau und jedem Kind auf der riesigen Plantage. Doch das Ergebnis war immer dasselbe – niemand konnte sich daran erinnern, sie an diesem Morgen gesehen zu haben. Einer von den Sklaven sagte, er habe ihr ein paar Rühreier serviert; konnte sich aber nicht entsinnen, was sie danach getan habe.

Als es dunkel wurde, trugen die Männer brennende Fackeln in die Wälder. Vier Männer fuhren mit ihren Schaluppen den Fluß hinauf und hinunter und riefen nach Nicole. Man suchte das andere Flußufer ab; doch dort fand man keine Spur von ihr.

Als der Morgen anbrach, kamen die Männer nacheinander wieder ins Haus zurück. Sie wichen Clays brennendem Blick aus.

»Clay!« rief eine Frau und rannte zu ihm.

Sein Kopf ruckte hoch, und er sah Amy Evans, die ihr Häubchen über dem Kopf schwenkte, während sie vom Landungssteg heraufrannte.

»Ist es wahr?« fragte Amy. »Wird deine Frau vermißt?«

»Weißt du etwas von ihr?« forschte Clay. Seine Augen saßen tief in ihren Höhlen, sein Gesicht war mit Bartstoppeln bedeckt.

Amy drückte die Hand gegen die Brust. Ihr Herz klopfte von der Anstrengung des Laufens. »Gestern abend kam ein Mann in unser Haus und fragte, ob wir deine Frau gesehen hätten. Ben und ich sagten, das hätten wir nicht; doch heute morgen beim Frühstück sagte Deborah, meine Älteste, sie habe Nicole mit Abraham Simmons unten bei der Mole gesehen.«

»Wann?« fragte Clay und faßte die kleine, volleibige Frau bei den Schultern.

»Gestern morgen. Ich schickte Deborah zur Schaluppe zurück, damit sie nachsehen sollte, ob wir unsere Schals dortgelassen hatten, weil es uns zu kalt wurde ohne sie. Sie sagte, sie habe Abe gesehen, der Nicoles Arm gepackt hielt und sie zum Fluß hinunterführte. Sie sagte, sie habe Abe nie gemocht, wollte sich von ihm fernhalten und ging deshalb nur zu unserer Schaluppe, nahm die Schals und drehte sich nicht mehr um.«

»Hat sie gesehen, wie Nicole in das Boot der Simmons stieg?«

»Nein, nichts. Die großen Zypressen versperrten ihr die Sicht, und Deborah wollte so schnell wie möglich zu den Pferderennen zurück. Sie hatte sich nichts dabei gedacht, und es fiel ihr auch erst wieder heute morgen beim Frühstück ein, als Ben und ich über das Verschwinden deiner Frau redeten.«

Clay starrte die Frau an. Wenn Nicole in das Boot gestiegen war, dann war sie auch noch am Leben. Sie war nicht ertrunken, wie er das bereits befürchtet hatte. Und es konnte hundert Gründe geben, warum sie mit Abe Simmons gegangen war. Ein Mann brauchte nur zu sagen, daß jemand ihre Hilfe benötigte, und schon würde sie mit ihm gehen.

Clays Hände krampften sich um Amys kräftige Schultern. Dann beugte er sich hinunter und gab ihr einen schallenden Kuß auf den Mund. »Vielen Dank«, hauchte er, und seine Augen bekamen wieder etwas Farbe.

»Keine Ursache, Clay«, sagte Amy lachend.

Clay ließ sie los und drehte sich um. Seine Freunde und Nachbarn standen stumm hinter ihm. Keiner von ihnen hatte in dieser Nacht auch nur eine Minute geschlafen.

»Komm, wir wollen gehen«, sagte Travis und schlug Clay auf die Schulter. »Elijahs Frau bekommt vermutlich wieder ein Baby, und Abe packte die erstbeste Frau, die ihm vor die Augen kam.«

Clay und Travis sahen sich einen langen Moment an. Sie glaubten beide nicht, daß es so gewesen sein konnte. Elijah war verrückt und absolut nicht harmlos. Abe war ein mürrischer aufbrausender junger Mann, der offen zeigte, wie sehr er den Pflanzern seiner Nachbarschaft ihren Reichtum neidete.

Clay wandte sich ab, als jemand seinen Arm berührte. Janie stand hinter ihm, hielt ihm einen Korb voller Lebensmittel hin. »Nimm das«, sagte sie leise. Zum erstenmal, seit Clay sie kannte, waren ihre Wangen nicht rosig, ihr Gesicht war ganz fahl vor Kummer.

Clay nahm ihr den Korb ab und drückte ihr dankbar die Hand. Dann sah er auf Travis und Wes zurück, die nebeneinander standen. Er nickte einmal, und die drei Männer gingen rasch zu Clays Schaluppe. Wesley rannte zuerst noch einmal zu seinem Boot hinüber, und als er wieder zu Clay und seinem Bruder stieß, trug er zwei Pistolen im Gürtel. Die Männer lösten im grimmigen Schweigen das Tau vom Steg und nahmen Kurs auf Simmons' Farm.

Den ganzen Tag über taumelte Nicole zwischen Schlaf und Bewußtlosigkeit hin und her. Als sie wieder zu sich kam, bildeten die Bäume, die über ihr vorbeizogen, ein unwirkliches Muster aus Schatten und Sonnenlicht. Isaac hatte sie auf ein Lager aus Lumpen und alten Futtersäcken gebettet. Das langsam dahintreibende Boot und der dumpfe Schmerz in ihrem Kiefer machten sie träge, ließen sie die Fesseln an Knöcheln und Handgelenken vergessen und das Tuch, das man ihr vor den Mund gebunden hatte.

Das Flußsystem von Virginia ist unglaublich ausgedehnt. Abe segelte mit der kleinen Schaluppe in und aus den Seitenarmen, die wie ein Netz das Land zwischen zwei Flüssen durchzogen. Sie kamen durch Wasserwege, die so schmal waren, daß die beiden Männer die Ruder dazu benützen mußten, die Äste der Bäume beiseite zu drücken, die sich dem Boot entgegenstellten.

»Abe, wo fahren wir hin?« fragte Isaac.

Abe lächelte geheimnisvoll. Er hatte nicht die Absicht, seinen Bruder über sein Reiseziel zu informieren. Er hatte die kleine Insel vor Jahren entdeckt und sie seither mit dem Gedanken, daß sie ihm eines Tages nützlich sein könnte, im Gedächtnis behalten. Als sie die Frau an Bord genommen hatten, war Abe zunächst zu ihrer Farm gesegelt und hatte dort ihren Vater abgesetzt. Er wußte, daß die Männer dort bald auftauchen und nach der Frau forschen würden, und der alte Elijah würde sie so lange wie möglich aufhalten. Elijah würde niemals lügen und sagen, er wisse nichts von einer Entführung; doch es würde Stunden dauern, ehe jemand aus seinem Gebrabbel klug wurde. Abe lächelte über seine eigene Schläue. Nun hatte er nur noch den Jungen in Schach zu halten. Er sah zurück auf die Frau, die still und hilflos auf den Lumpen lag. Er lächelte und feuchtete seine Lippen an.

Als die Sonne unterging, lenkte Abe das Boot ans Ufer.

Isaac stand auf und runzelte die Stirn. Es war schon eine Stunde her, seit er zum letztenmal ein Haus gesehen hatte. Das Wasser, auf dem sie fuhren, war nur noch träger, grüner Schleim, die Luft faulig riechend und ungesund. »Laß uns wieder ablegen«, sagte Isaac, während er sich umblickte. »Niemand könnte in diesem Gestank leben.«

»Genauso, wie ich es geplant habe. Spring ins Wasser und hole das Ruderboot, das dort festgebunden ist. Mach schon!« befahl Abe, als Isaac wieder den Mund zu einer Entgegnung öffnete.

Isaac war viel zu sehr daran gewöhnt, seinem älteren Bruder zu gehorchen. Ihm gefiel das schleimige Wasser nicht, und während er sich noch umsah, glitt eine lange Schlange über die blasige Oberfläche. Er sprang über Bord und spürte, wie der grünlich-braune Modder ihm bis über die Knöchel hinaufquoll. Er watete durch den Schlamm, wobei ihm der schaumige Schleim bis zu den Knien hinaufschwappte, und band das kleine Ruderboot los. Er hüpfte hinein und manövrierte mit dem Ruder das Boot an die Backbordseite der Schaluppe.

Abe stand über ihm auf dem Deck und hielt Nicole auf seinen Armen. Er reichte sie seinem kleinen Bruder hinunter und stieg dann selbst ins Ruderboot.

»Leg sie auf den Boden und nimm die Riemen«, befahl er. »Wir haben immer noch einen weiten Weg vor uns.«

Isaac tat, was ihm befohlen wurde, und lehnte Nicole gegen eines seiner Beine. Ihm gefiel der ängstliche Ausdruck ihrer Augen nicht, und er wollte sie beruhigen.

Abe schnaubte, als er seinen Bruder ansah. »Komm mir ja nicht auf falsche Gedanken, Junge! Sie weiß, zu wem sie gehört.«

Isaac sah zur Seite, als er daran denken mußte, wie Nicole und Clay unter dem Baum gesessen hatten. Er hatte keine Ahnung, daß sein Bruder sich mit Absichten trug, die er ihm verwehrte.

Es war nicht einfach, in dem dicken Wasser zu manövrieren. Ein paarmal mußte Isaac anhalten, um seine Ruder von schleimigen Ranken zu befreien. Es wurde immer dunkler, und die über dem Wasser hängenden Äste der Bäume sperrten das bißchen Licht aus, das der Himmel noch spendete. Isaac sah in die Höhe, und es kam ihm so vor, als würden sich die Bäume zu ihm hinunterbeugen, als versuchten sie, ihn zu verschlingen.

»Abe, mir gefällt dieses Gewässer nicht. Wir können sie nicht hierlassen. Warum bringen wir sie nicht zurück zur Farm?«

»Weil sie dort gefunden würde, deshalb. Und ich habe nichts davon gesagt, daß wir sie hierlassen würden. Da! Lenke das Boot zu dem Ufer dort.«

Isaac benützte nun seine Ruder als Stangen, um das kleine Ruderboot an das Ufer zu schieben. Abe sprang heraus und suchte eine Weile neben einem Baum, bis er eine Laterne fand. Er grunzte zufrieden; sie war noch an der Stelle, wo er sie versteckt hatte. Er zündete sie rasch an. »Komm, folge mir«, sagte er und überließ es Isaac, Nicole aus dem Boot zu heben.

»Nur noch ein paar Sekunden, und ich nehme dir die Fesseln ab«, flüsterte Isaac, während er Nicole in seinen Armen hielt.

Sie nickte erschöpft, ihren Kopf an seiner Schulter.

Abe hielt die Laterne hoch, und das Licht schälte eine niedrige, stabil wirkende Tür aus der Dunkelheit heraus. »Ich habe diesen Platz vor vielen Jahren entdeckt«, sagte Abe stolz, während er den Riegel zurückzog.

Die Tür öffnete sich in eine kleine Hütte aus Stein. Der Innenraum war leer und kahl bis auf den Schmutz und die Blätter auf dem Boden.

Isaac setzte Nicole in der Hütte ab, wo sie auf unsicheren Beinen hin und her schwankte. Dann löste er den Knebel von ihrem Mund. Sie holte keuchend Luft, und Tränen der Dankbarkeit zeigten sich in ihren Augen. Er löste die Fessel von ihren Handgelenken. Als er sich hinkniete, um auch den Strick von ihren Knöcheln zu lösen, brüllte Abe ihn an:

»Was, zum Teufel, tust du da? Ich habe dir nicht befohlen, ihr die Fesseln abzunehmen!«

Isaac warf seinem Bruder, der im Dunkeln stand, einen bösen Blick zu. »Was kann sie hier schon anstellen? Kannst du denn nicht sehen, wie erschöpft sie ist? Sie kann sich ja kaum auf den Beinen halten. Gibt es hier irgend etwas Eßbares? Und wie steht es mit dem Wasser?«

»Hinter der Hütte ist ein alter Brunnen.«

Isaac sah sich verdrießlich um. »Was ist das für ein Ort? Wer würde sich hier eine Hütte hinstellen?«

»Ich vermute, es war nicht immer ein Sumpfgebiet. Der Fluß änderte seinen Lauf und schnitt diesen Teil vom Festland ab. In der Nähe gibt es Wildschweine, eine Menge Kaninchen und sogar ein paar Apfelbäume am Ufer. Doch jetzt hör auf, mich mit Fragen zu löchern, und besorge Wasser. Ich habe beim letztenmal einen Zinneimer beim Brunnen zurückgelassen.«

Widerstrebend ging Isaac wieder hinaus ins Dunkel.

Nicole lehnte sich gegen die Steinwand. Ihre Fuß- und Handgelenke taten ihr weh, und sie hatte noch kein Gefühl in ihren Beinen und konnte sie nicht bewegen. Es wurde ihr nur undeutlich bewußt, daß Abe sich neben sie stellte.

»Müde, wie?« fragte er leise, während er mit seiner großen Hand sie seitlich am Hals liebkoste. »Morgen früh, wenn ich mit dir fertig bin, wirst du noch viel müder sein. Du bist noch nie so geliebt worden, wie ich dich lieben werde.«

»Nein«, flüsterte sie und wich einen Schritt zur Seite, weg von seiner Hand. Ihre tauben Füße verweigerten ihr den Gehorsam, und sie fiel hinunter auf Hände und Knie.

»Was hast du mit ihr gemacht?« rief Isaac von der Tür her. Er bückte sich und hob Nicole wieder auf.

»Mein Gott, Junge«, sagte Abe mit einem halben Lachen. »Man könnte fast glauben, du wärst in sie verliebt, wie du dich benimmst. Was bedeutet sie dir denn schon? Du kennst ihre Geschichte. Sie ist nicht besser als eine Hure.«

»Geht es dir wieder besser?« fragte Isaac, seine Hände auf Nicoles Schultern.

»Ja«, murmelte sie.

Isaac bewegte sich von ihr fort und gab ihr dann einen Zinnbecher voll Wasser. Sie trank gierig.

»Das ist genug«, sagte er. »Komm, wir setzen uns und

ruhen uns etwas aus.« Er legte den Arm um Nicoles Schultern und führte sie zur entfernten Wand.

»Du bist jünger, als ich dachte«, sagte Abe verdrießlich. Er wollte noch mehr sagen, ließ es dann aber bei dieser Bemerkung bewenden.

Isaac setzte sich auf den Boden und zog dann Nicole zu sich herunter. »Habe keine Angst«, sagte er, als sie bei seiner Berührung erstarrte. »Ich werde dir nichts tun.«

Sie war zu müde, zu betäubt und fror zu sehr, um sich noch Gedanken darüber zu machen, was sich schickte. Als sie neben Isaac saß, zog er ihren Kopf an seine Schulter, und die beiden waren binnen Sekunden eingeschlafen.

»Isaac!« rief Abe und stieß seinen kleinen Bruder gegen die Schulter. »Wach auf!« Sein Blick war auf Nicole geheftet. Es ärgerte ihn, daß diese Schlampe sich so an seinen kleinen Bruder hängte. Isaac war noch nicht einmal ein Mann, knapp fünfzehn, und er hatte noch nie eine Frau gehabt. Doch er benahm sich so, als kenne er sich mit Frauen aus, so wie er diese Nicole behandelte. Abe beobachtete sie, hatte sie eine ganze Stunde lang beobachtet, als das Dämmerlicht langsam die kleine Hütte ausfüllte. Ihre schwarzen Haare hatten sich aus den Nadeln gelöst, und durch die feuchte Luft hatten sich kleine Locken gebildet, die an ihrem Gesicht klebten. Die dichten Wimpern lagen wie eine dunkle Welle über ihren Wangen. Und dieser Mund! Dieser Mund machte ihn noch ganz verrückt. Es war zum Wahnsinnigwerden, wenn er zusehen mußte, wie Isaac den Arm so besitzergreifend um diese Frau gelegt hatte und seine Hand dicht unter ihrer von Samt bedeckten Brust ruhte.

»Isaac!« rief Abe abermals. »Willst du den ganzen Tag verschlafen?«

Langsam kam Isaac zu sich. Er schlang den Arm noch fester um Nicole und lächelte auf sie hinunter.

»Los, steh auf!« rief Abe mit grollender Stimme. »Du mußt zur Schaluppe hinüberrudern und die Vorräte holen.«

Isaac nickte. Er fragte seinen Bruder nicht erst, warum er das besorgen sollte und nicht Abe. Isaac hatte stets seinem Bruder gehorcht. »Geht es dir besser?« fragte er Nicole.

Sie nickte stumm. »Warum bin ich hierhergebracht worden? Wollt ihr von Clay ein Lösegeld verlangen?«

»Geh und besorge uns etwas zu essen«, befahl Abe, als Isaac darauf etwas erwidern wollte. »Ich werde ihre Fragen beantworten. Nun geh schon!« schnaubte er, als Isaac zu zögern schien.

Abe stand unter der Hüttentür und sah seinem jungen Bruder nach, der den Pfad hinunterging.

Sobald Nicole mit Abe alleine war, wußte sie, daß sie sich vor ihm in acht nehmen mußte. Gestern hatte sie nicht klar denken können; doch heute spürte sie die Gefahr, in der sie steckte. Isaac war ein süßer und unschuldiger Junge; doch an Abe war nichts Unschuldiges oder Harmloses. Sie stand still an der Wand. Abe drehte sich zu ihr um. »Nun sind wir allein«, sagte er leise. »Du hältst dich wohl für zu gut, um dich mit mir einzulassen, wie? Ich hab' doch gesehen, wie du dich an Isaac gehängt hast und wie du dich von ihm hast anfassen lassen.« Er rückte einen Schritt auf sie zu. »Du bist eine von diesen Frauen, die nur junges Gemüse mögen, wie? Du liebst nur kleine Jungs, was?«

Nicole stand gerade wie ein Stock, wollte diesem schrecklichen Mann ihre Angst nicht zeigen. Die Stimme ihres Großvaters kam ihr in den Sinn: »Die Courtalains haben das Blut von Königen in den Adern.« Ihr Blick glitt zur Tür. Vielleicht kam sie an ihm vorbei ins Freie.

Abe lachte tief im Hals. »Du kommst unmöglich an mir vorbei. Du kannst dich ebensogut hinlegen und die Sache genießen. Und ich glaube auch nicht, daß Isaac dir zu Hilfe kommt. Er wird ein paar Stunden wegbleiben.«

Nicole bewegte sich langsam an der Wand entlang. Was auch immer passierte: sie würde es ihm nicht leicht machen.

Ehe sie einen richtigen Schritt machen konnte, schoß sein langer Arm auf sie zu und packte sie bei den Haaren. Langsam, ganz langsam wickelte er die langen Strähnen um seine Hand und zog sie damit zu sich heran.

»Sauber«, flüsterte er. »Ich wette, das ist das sauberste Haar, das ich je gerochen habe. Manche Männer mögen keine schwarzen Haare; doch ich liebe sie.« Er kicherte. »Ich wette, du kannst froh sein, daß ich schwarze Haare mag.«

»Ich glaube nicht, daß Sie so viel Lösegeld für mich bekommen, wenn Sie mir etwas antun«, sagte sie, ihr Gesicht dicht vor dem seinen. Seine kleinen Augen waren fast schwarz, als er sie anstarrte; er roch nach altem Schweiß und schlechten Zähnen.

»Du bist eine von den Kühlen, wie?« sagte er grinsend. »Wie kommt es, daß du nicht weinst und bettelst?«

Sie musterte ihn kalt, damit sich ihre Angst nicht in ihren Augen zeigte. Ihr Großvater hatte einem mordlustigen Pöbel ins Auge gesehen. Was war schon ein schmutziger, böswilliger Mann im Vergleich dazu?

Er hielt sie bei den Haaren fest, fuhr mit der anderen Hand über ihre Schulter, an ihrem Arm hinunter, während er mit dem Daumen die Kurve ihrer Brust liebkoste. »Dein Wert hängt nicht von dem ab, was ich dir antue. Solange du am Leben bleibst, kann ich meinen Spaß mit dir haben.«

»Was meinen Sie damit?« Nicole dachte, vielleicht gewinne ich Zeit, wenn ich ihn in ein Gespräch verwickle.

»Lassen wir das. Ich habe keine Lust, dir das lange zu erklären.« Seine Hand bewegte sich zur Rundung ihrer Hüfte. »Das ist ein wirklich hübsches Kleid; doch es steht mir im Weg. Zieh es aus!«

»Nein«, sagte sie leise.

Er zog an ihrem Haar, bis ihr das Genick zu brechen drohte.

Ihre Augen tränten vor Schmerz; doch sie wollte sich immer noch nicht entkleiden. Sie würde für keinen Mann eine Dirne spielen.

Er ließ sie abrupt los und lachte dann. »Du bist die hochmütigste Zicke, die mir je begegnet ist.« Er ging zur Tür und hob die Stricke auf, die Isaac auf dem Boden hatte liegen lassen. »Da du es nicht selbst willst, muß ich dir eben dabei helfen. Ich habe noch nie eine Frau nackt gesehen, weißt du?«

»Nein«, flüsterte Nicole, wich vor ihm zurück und versuchte sich vergeblich an der Steinwand hinter sich festzuhalten.

Abe lachte, während er sich auf sie warf und sie bei der Schulter packte. Sie versuchte, sich seinem Griff zu entwinden; doch es gelang ihr nicht, weil sich seine dicken Finger in ihr Fleisch gruben. Er drückte sie auf die Knie hinunter. Nicole fiel nach vorne und schlug ihre Zähne in die Muskeln unmittelbar über seinem Knie. Im nächsten Moment flog sie quer durch den Raum.

»Verfluchtes Luder!« fauchte Abe, »das wirst du mir büßen!«

Er packte sie am Fuß und wickelte das Ende eines Strickes um den Knöchel. Der rauhe Hanf schnitt ihr in das schon wunde Fleisch. Sie trat mit dem anderen Fuß nach ihm; doch er wehrte ihn mühelos ab. Er packte ihre Arme und band ihre Handgelenke zusammen. In die Wand war ein Eisenhaken eingemörtelt, an dem man früher Wildbret aufgehängt hatte. Abe hob Nicole an dem Strick hoch, mit dem er ihre Arme gefesselt hatte, und band sie an den Haken. Ihre Füße berührten kaum noch den Boden.

Sie keuchte vor Schmerz, da sie sich die gestreckten Arme fast auskugelte. Er band ihre Füße zusammen und wickelte dieses Seil um einen anderen Haken. Sie war hilflos an die Wand gefesselt.

Abe trat zurück und bewunderte sein Werk. »Nun siehst du nicht mehr ganz so hochmütig aus«, sagte er und rieb sich das Bein an der Stelle, wo sie ihn gebissen hatte. Er holte ein langes Messer aus der Tasche.

Nicoles Augen weiteten sich bei diesem Anblick.

»Nun scheinst du mir allmählich den richtigen Respekt vor einem Mann zu bekommen. Eines muß man meinem Pa lassen: er weiß, wie man eine Frau behandeln muß. Diese Weiber, die sich in Backes' Haus versammelt hatten, machten mich ganz krank. Ihre Männer ließen sie schnattern wie Gänse und gaben ihnen Geld, damit sie auf Pferde wetten konnten. Man mochte fast glauben, sie wären Männer, wie die sich benahmen. Manche von ihnen glauben sogar, sie wären besser als Männer. Im vergangenen Sommer fragte ich eines von diesen Mädchen, ob sie mich heiraten möchte, und weißt du, was sie da tat? Sie lachte mich aus. Ich erwies ihr eine große Ehre, und sie lachte mich aus! Genauso wie du! Du paßt gut zu denen. Du bist so hübsch, bist mit einem reichen Mann verheiratet und würdest mir nicht einmal guten Tag sagen, wenn ich dich grüßte.«

Die Schmerzen in Nicoles Armen waren so stark, daß sie kaum Platz ließen für einen klaren Gedanken. Da waren nur Wortfetzen, die sie in sich aufnahm. Vielleicht hatte sie ihn tatsächlich ignoriert, ihn, wenn auch nur unbewußt, gedemütigt. »Bitte, lassen Sie mich los«, flüsterte sie. »Clay wird Ihnen alles bezahlen, was Sie von ihm verlangen.«

»Clay!« rief er höhnisch. »Wie kann er mir geben, was ich haben möchte? Kann er mich ein Leben lang von meinem verrückten Vater forthalten? Kann er eine wirkliche Lady dazu bewegen, mich zu heiraten? Nein! Aber er kann mir ein paar vergnügte Stunden mit seiner Frau verschaffen.«

Er kam ihr näher, das Messer in der erhobenen Hand. Seine Augen funkelten drohend. Er schob das Messer unter den ersten Knopf ihres Leibchens. Nicole hielt die Luft an, als sie den kalten Stahl auf ihrer Haut spürte. Der Knopf sprang ab und flog zur anderen Wand hinüber. So schnitt er nacheinander die Knöpfe ab und schlitzte dann die Naht der seidenen Schärpe auf, die das Kleid auf ihrer Brust zusammenhielt. Er streckte die linke Hand und zerteilte den weinfarbenen Samt. Er knetete durch das dünne Hemd ihre rechte Brust.

»Hübsch«, flüsterte er. »Wirklich hübsch.« Er benützte die Messerspitze, um das Hemd wegzuschneiden.

Ihre Brüste lagen nun nackt vor ihm. Nicole schloß die Augen. Tränen quollen unter ihren Wimpern hervor.

Abe trat einen Schritt zurück, um sie zu bewundern. »Du siehst jetzt wirklich nicht mehr wie eine feine Dame aus«, sagte er und lächelte. »Du siehst wie diese Frauen in Boston aus. Die mochten mich. Die bettelten mich an, daß ich wiederkommen sollte.« Plötzlich wurde sein Mund hart. »Nun wollen wir auch noch das andere sehen.«

Er schob das Messer unter die obere Naht des langen Rockes und schlitzte langsam den Samt bis zum Saum hinunter auf. Der Rock klaffte auseinander und legte das fast durchsichtige Hemd frei.

»Spitzen«, flüsterte Abe, als er den Saum des Hemdes anhob. »Meine Ma wollte immer ein Stück echter Spitze haben, damit sie sich einen Kragen für ihr Sonntagskleid daraus machen könne. Und du trägst Spitzen auf deiner Unterwäsche!« Mit einer raschen, heftigen Bewegung riß er ihr das Hemd vom Leibe.

Er starrte ihren nackten Körper an, die runden Hüften, die schmale Taille und ihre Brüste, die sich unter ihren gestreckten Armen nach oben wölbten. Er fuhr mit der Hand über ihren rechten Schenkel. »So sehen also die Ladys unter ihren Samtröcken und ihren seidenen Unterhemden aus. Kein Wunder, daß Clay, Travis und die anderen sich so viel von ihren Frauen gefallen lassen.«

»Abe!« rief Isaac. »Bist du in der Hütte? Einer von den Riemen ist gebrochen und...« Er erstarrte, als er unter die Tür der Hütte trat. Es wurde ihm ganz schlecht, als er sah, was da vor sich ging: Nicole war an die Wand gefesselt, die Arme fast ausgekugelt; und obwohl Abes Körper ihm den Blick auf Nicole versperrte, konnte der Junge doch die zerschnittenen Kleidungsstücke auf dem Boden sehen. Isaacs jungenhaftes Gesicht färbte sich rot vor Empörung und Wut.

»Du hast versprochen, daß du ihr nichts tun würdest«, sagte er durch die zusammengepreßten Zähne. »Ich vertraute dir.«

Abe drehte sich seinem kleinen Bruder zu. »Und ich sagte dir, daß du zur Schaluppe zurückrudern sollst. Ich gab dir einen Befehl, und ich erwartete, daß du ihm gehorchst.« Er hielt immer noch sein Messer in der Hand, das nun auf Isaac zielte.

»Damit du dich an ihr vergreifen konntest! Darum hast du mich also aus dem Weg haben wollen! Willst du dich an ihr vergehen wie an dem kleinen Mädchen der Samuels? Ihre Eltern mußten sie danach fortgeben, da sie nicht mehr schlafen gehen wollte, weil sie Angst hatte, du würdest sie wieder überfallen. Sie wollte nur nicht sagen, wer sich an ihr vergangen hatte; doch ich wußte es.«

»Und wenn schon?« gab Abe zurück. »Du sprichst, als wäre sie noch ein Kind gewesen. Sie war aber mit einem von den Peterson-Jungen verlobt. Bei dem hat sie stillgehalten – warum also nicht auch bei mir?«

»Bei dir!« fauchte Isaac. »Keine Frau wollte jemals etwas mit dir zu tun haben. Ein paar haben sich sogar bemüht, nett zu dir zu sein; doch du wolltest nur die haben, die du dir mit Gewalt nehmen konntest.« Er nahm den Eimer, der neben ihm stand, und warf ihn Abe an den Kopf. »Ich habe es satt, dir zuzusehen, wie du die Frauen mißbrauchst! Ich habe genug davon! Du läßt sie sofort los!«

Abe wich mühelos dem Eimer aus, den sein Bruder nach ihm geworfen hatte, und grinste boshaft. »Erinnerst du dich, was dir das letztemal passierte, als du mir frech gekommen bist, Junge?« sagte er und schob das Messer von der rechten in die linke Hand.

Isaac blickte auf Nicole, als Abe sich gebückt auf ihn zubewegte. Die hilflose Lage dieser Frau erregte ihn nicht, sie erzeugte nur Abscheu gegen seinen Bruder. Er sah auf Abe zurück. »Das letztemal war ich gerade erst zwölf Jahre alt«, sagte er leise.

»Der Junge bildet sich also ein, er wäre schon ein Mann«, meinte Abe lachend.

»Ja, das stimmt.« Isaac griff Abe so schnell an, daß Abe nicht einmal den Ansatz dieser Bewegung erkannte. Er war an ein fügsames, tolpatschiges Kind gewöhnt. Er hatte übersehen, daß in diesem Alter aus Kindern Männer wurden.

Als Abe die Faust seines Bruders in seinem Gesicht spürte, war er zunächst so verblüfft, daß er gegen die Steinwand zurücktaumelte. Nach Atem ringend richtete er sich wieder auf. Nun war er genauso zornig wie Isaac. Er dachte nicht mehr daran, daß er mit seinem eigenen Bruder kämpfte.

»Paß auf!« schrie Nicole, als Abe mit dem Messer ausholte. Die Klinge bohrte sich in Isaacs Schenkel, und Abe zog das Messer nach oben und fügte seinem Bruder einen tiefen, langen Schnitt zu.

Isaac wich keuchend vor dem Messer zurück. Der Schnitt war so tief, daß er stark blutete. Er packte Abes Handgelenk und zwang seinen älteren Bruder in die Hocke. Das Messer fiel zu Boden. Isaac stürzte sich darauf wie eine Katze. Abes Arm schwang nach vorn. Er versuchte, Isaac das Messer wieder zu entreißen, und dann spürte er, wie es ihm in die Schulter schnitt.

Er sprang zurück, suchte Schutz an der Wand bei der Tür, die Hand gegen die verwundete Schulter gepreßt. Blut quoll zwischen seinen Fingern hervor. »Du willst sie für dich behalten, nicht wahr?« sagte er durch zusammengepreßte Zähne. »Du kannst sie haben!« Er drehte sich rasch um und schlüpfte durch die offene Tür nach draußen. Er warf die Tür hinter sich zu, und Nicole und Isaac hörten, wie draußen der Riegel vorgeschoben wurde.

Isaac humpelte zur Tür und machte einen schwachen Versuch, sich mit seinem Körper dagegen zu werfen. Sein Bein blutete stark, und der Wundschock stellte sich ein.

»Isaac!« rief Nicole, als sie sah, wie er sich mit geschlossenen Augen gegen die Tür lehnte. »Schneide mich los, und ich helfe dir. Isaac!« rief sie nochmals, als er sie nicht zu hören schien.

Einen roten Nebel vor Augen, taumelte Isaac auf sie zu und hob seinen Arm zu den Stricken hinauf, mit denen ihre Hände gefesselt waren.

»Schneide sie durch, Isaac«, ermunterte sie ihn, als er zu vergessen schien, wo er war und was er tun mußte.

Er nahm noch einmal seine ganze Kraft zusammen und sägte an den Stricken, die zum Glück halb verrottet waren. Als der Strick sich von Nicoles Handgelenken löste, brach Isaac auf dem schmutzigen Boden der Hütte zusammen. Nicole fiel auf ihre Hände und Knie. Rasch löste sie den Knoten der Fessel an ihren Fußknöcheln.

Abes blutiges Messer lag auf dem Boden. Rasch nahm sie es auf, zerschnitt ihr Hemd, zerriß es in Streifen und schnitt dann Isaacs Hose auf, damit sie an die Wunde herankam. Es war ein tiefer, aber sauberer Schnitt. Sie wickelte den Stoff fest um seinen Schenkel, damit die Blutung aufhörte. Isaac schien sich in einem Schock zu befinden; er sagte nichts, er bewegte sich nicht. Als sie sein Bein verbunden hatte, gab sie ihm einen Becher voll Wasser zu trinken; doch er wollte ihn nicht annehmen.

Plötzlich fühlte sie sich sehr müde. Sie setzte sich nieder, lehnte sich gegen die Steinwand und zog Isaacs Kopf in ihren Schoß. Die Berührung schien ihn zu beruhigen. Sie strich ihm das dunkle Haar aus der Stirn und lehnte dann ihren Kopf gegen die Wand. Sie waren in einer Steinhütte eingesperrt wie in einem Gefängnis. Sie hatten nichts zu essen, keine Vorräte irgendwelcher Art. Sie befanden sich auf einer einsamen Insel, wo niemand sie finden konnte; doch Nicole fühlte sich plötzlich sicherer als am Tag zuvor. Sie schlief ein.

14

Die Simmons-Farm befand sich zwölf Meilen flußaufwärts von der Armstrong-Plantage entfernt. Es war ein wertloses Stück Land, steinig und unfruchtbar. Das Haus war nicht viel mehr als eine Hütte – klein, schmutzig, mit einem Dach, das leckte wie ein Sieb. Der Hof aus gestampftem Lehm war mit Hühnern, Hunden, grunzenden Ferkeln, einer Muttersau und auch mit mehreren kaum bekleideten Kindern gefüllt.

Travis band die Schaluppe an dem halb verrotteten Landungssteg fest, während Clay ans Ufer sprang und auf das Haus zuging. Die anderen Männer folgten dichtauf. Die Kinder sahen mit ihren stumpfen, teilnahmslosen Augen von ihren Beschäftigungen auf. Sie wirkten nicht wie Kinder, sondern wie gebrochene Kreaturen. Ihr Leben bestand nur aus harter Arbeit unter der Fuchtel eines Vaters, der ihnen täglich predigte, sie wären dazu verdammt, für immer in der Hölle zu schmoren.

Clay achtete nicht auf die Kinder, sondern rief: »Elijah Simmons!«

Der ausgemergelte alte Mann kam aus dem Haus und fragte: »Was wollt ihr von mir?« Seine kleinen Augen wirkten schläfrig, als wäre er eben erst aufgewacht. Er drehte sich einem der Kinder zu, einem kleinen Mädchen, das nicht älter sein konnte als vier. Sie hatte ein Huhn auf dem Schoß, das es mit müden, fahrigen Bewegungen rupfte. »Du, paß auf!« sagte Elijha, »daß mir kein Federkiel in der Haut stecken bleibt. Wenn du auch nur einen herauszuziehen vergißt, kommst du mit mir in den Holzschuppen.«

Clayton blickte voll Abscheu den alten Mann an. Er schlief, während er seine Kinder schuften ließ. »Ich möchte mit dir reden.«

Als der schmutzige alte Mann aufzuwachen begann, wurden seine kleinen Augen zu Schlitzen. »So! Der Heide ist gekommen, um seine Erlösung zu suchen. Du willst Vergebung deiner Sünden und Hurerei.«

Clay packte den Mann vorn am Hemd und hob ihn hoch, daß er mit den Füßen kaum noch die Erde berührte. »Ich will mir nicht eine von deinen Predigten anhören! Weißt du, wo meine Frau ist?«

»Deine Frau?« Der Alte spuckte aus. »Huren macht man nicht zu Ehefrauen. Sie ist eine Tochter des Satans und sollte von der Erde getilgt werden.«

Clay schlug dem Mann die Faust in sein langes, knochiges Gesicht. Der Alte krachte gegen den Türpfosten und rutschte dann langsam zu Boden.

»Clay!« sagte Travis und legte seinem Freund die Hand auf den Arm. »Aus dem bekommst du nichts heraus. Er ist verrückt.« Travis drehte sich zu den Kindern um. »Wo ist eure Mutter?«

Die Kinder blickten von den Hühnern und Bohnen hoch, an denen sie gerade arbeiteten, und zuckten mit den Achseln. Sie waren so verschüchtert, so geprügelt, daß sie nicht einmal Anteil an dem nahmen, was mit ihrem Vater geschah.

»Ich bin hier«, sagte eine leise Stimme hinter den Männern. Mrs. Simmons war noch hagerer als ihr Mann. Ihre Augen lagen tief in den Höhlen, ihre Wangen waren eingefallen.

»Wir haben gehört, daß meine Frau dabei beobachtet wurde, wie sie mit Ihrem Sohn in ein Boot stieg. Sie wird nun schon fast zwei Tage lang vermißt.«

Mrs. Simmons nickte müde, als wäre sie an solche Neuigkeiten gewöhnt. »Ich habe sie nicht gesehen.« Sie faßte mit der Hand auf den Rücken und drückte sie auf ihre schmerzenden Lendenwirbel. Sie war wieder schwanger, mußte ungefähr im sechsten Monat sein. Sie versuchte gar nicht erst abzustreiten, daß ihr Sohn etwas mit Nicoles Verschwinden zu tun haben könnte.

»Wo ist Abe?« fragte Wesley.

Mrs. Simmons zuckte mit den Schultern. Ihr Blick ging zu

ihrem Mann, der gerade wieder zu sich kam. Sie sah aus, als wollte sie flüchten, ehe er ganz erwachte. »Abe ist seit Tagen nicht mehr zu Hause gewesen.«

»Sie wissen nicht, wohin er gegangen ist? Weiß er es?« fragte Clay und deutete mit dem Kopf auf Elijah.

»Abe erzählt keinem, was er vorhat. Er und Isaac nahmen die Schaluppe und segelten davon. Manchmal bleiben sie tagelang weg.«

»Sie wissen nicht, wohin sie gefahren sind?« fragte Clay mit verzweifelter Stimme.

Travis faßte Clays Arm. »Sie weiß nichts, und ich bezweifle, daß der alte Mann mehr weiß als sie. Abe wird sie wohl nicht in seine Pläne eingeweiht haben. Ich denke, es wäre das Beste, wenn wir einen Suchtrupp ausschickten. Er soll sich in den Häusern am Fluß erkundigen, ob jemand etwas gesehen hat.«

Clay nickte stumm. Er wußte, das war ein vernünftiger Vorschlag; aber es würde sie zuviel Zeit kosten. Er versuchte die Vorstellung von Abe und Nicole zu verdrängen. Abe war ein Mann, der jahrelang unter der Fuchtel seines Vaters gelitten und dadurch einen Knacks bekommen hatte. Clay wandte sich ab und ging zur Schaluppe zurück. Das Gefühl seiner Ohnmacht machte ihn fast wahnsinnig. Er wollte dem Entführer an die Gurgel fahren, ihn zwischen den Händen zermalmen; aber er konnte nichts anderes tun als reden, fragen, reden...

Wes ging hinter Clay und seinem Bruder, als sie zur Schaluppe zurückkehrten. Er blieb stehen, als eine Handvoll Kieselsteine ihn im Rücken traf.

»Psst! Hier bin ich.«

Wes blickte hinüber zu den Sträuchern am Flußufer und konnte kaum die Umrisse einer kleinen Gestalt zwischen den Blättern erkennen. Er ging auf den Strauch zu, und ein junges Mädchen schob sich daraus hervor. Es war ein hübsches kleines Ding mit großen grünen Augen. Obwohl sie sauberer war als die anderen Simmonskinder, trug sie nur ein dünnes, zerlumptes Baumwollkleid. »Wolltest du mit mir sprechen?«

Sie starrte ihn an wie eine Wundererscheinung. »Bist du einer von diesen reichen Männern? Die in einem großen Haus am Fluß leben?«

Wes wußte, daß er reich war, wenn er sich mit diesem Kind verglich. Er nickte kurz.

Die Kleine blickte scheu um sich, um sich zu vergewissern, daß kein Dritter in der Nähe war. »Ich weiß etwas von Abe«, flüsterte sie.

Sofort beugte Wes ein Knie. »Was?« forschte er.

»Meine Ma hat eine Cousine, eine Lady-Cousine. Das mag man kaum glauben, wie? Diese Cousine kam nach Virginia, und Abe sagte, sie wird uns etwas Geld geben. Er und Pa und Isaac gingen zu einer Party, einer echten Party«, hauchte die Kleine. »Ich bin noch nie auf einer Party gewesen.«

»Was hat Abe dann gesagt?« fragte Wes ungeduldig.

»Er kam nach Hause, und ich hörte, wie er zu Isaac sagte, sie würden eine Lady wegführen und sie verstecken. Dann würde Mamas Cousine ihnen ein paar von Mr. Armstrongs Kühen geben.«

»Von Clays Kühen?« fragte Wes verwirrt. »Wo haben sie diese Lady hingebracht? Wer ist denn die Cousine deiner Mutter?«

»Abe sagte nur, er wisse schon, wo er die Lady hinbringen würde, und er wollte es nicht einmal Isaac erzählen.«

»Wer ist diese Cousine?«

»Ich kann mich nicht an ihren Namen erinnern. Abe sagte, sie wäre die echte Frau von Mr. Armstrong. Und daß die kleine Lady eine Lügnerin wäre und nur wegnehmen wollte, was eigentlich Abe gehörte.«

»Bianca«, sagte Wes staunend. Er hatte schon von Anfang an den Verdacht gehabt, daß sie hinter dieser Entführung steckte; und jetzt war er sich dessen sicher. Wes starrte auf das Kind hinunter und grinste es dann an »Honey, wenn du älter wärst, würde ich dir dafür einen Kuß geben. Hier.« Er griff in die Tasche und zog eine Zwanzig-Dollar-Goldmünze heraus. »Meine Mutter hat sie mir geschenkt. Diese Münze gehört jetzt dir.«

Er drückte dem Kind die goldene Münze in die Hand.

Sie preßte ihre kleinen Finger darüber und starrte ihn mit offenem Mund an. Außer Flüchen und Schlägen hatte ihr noch nie jemand etwas geschenkt. Für sie war Wesley, der so sauber war und so gut roch, wie ein Engel, den es auf die Erde verschlagen hatte. Ihre Stimme war sehr leise. »Willst du mich heiraten, wenn ich erwachsen bin?«

Wesley grinste breit. »Vielleicht.« Er stand auf. Dann gab er dem Kind einen schallenden Kuß auf die Wange. »Besuch mich mal, wenn du erwachsen bist.« Dann drehte er sich rasch um und ging zur Schaluppe, wo Clay und Travis ihn schon ungeduldig erwarteten. Er war so sehr mit der Neuigkeit beschäftigt, daß Bianca in dieses Komplott verwickelt war und wohl wüßte, wo Nicole steckte, daß er das kleine Mädchen sofort wieder vergaß.

Aber das Kind vergaß ihn nicht. Es stand schweigend zwischen den Büschen und sah zu, wie die Schaluppe vom Steg ablegte. Dreizehn Jahre lang war sie mit ihrer Familie von der Außenwelt isoliert gewesen. Sie hatte nichts anderes gekannt als die Plagen ihrer Mutter und die Niedertracht ihres Vaters. Noch nie hatte ihr jemand ein gutes Wort gesagt, noch nie hatte ihr jemand einen Kuß gegeben. Sie berührte die Wange, auf der sie noch Wesleys Lippen spürte, und drehte dem Fluß dann den Rücken zu. Sie mußte ein Versteck für die Goldmünze finden.

Bianca sah, wie Clay von der Mole zum Haus hinaufrannte, und sie lächelte still vor sich hin. Sie wußte, es würde nicht lange dauern, bis er entdeckte, daß sie hinter der Entführung von Nicole steckte, und war auf die kommende Auseinandersetzung vorbereitet. Sie trank ihre Schokolade aus, aß das letzte Stück Apfelkuchen und tupfte sich dann mit der Serviette den Mund ab.

Sie befand sich im Oberstock in ihrem Schlafzimmer, und sie lächelte, als sie sich darin umsah. In den letzten beiden Monaten hatte es sich sehr verändert. Da war nichts Schlichtes oder Einfaches mehr. Überall hingen Rüschen und Falten aus vielfarbigem Tüll, und die Rosetten am Bett waren vergoldet worden. Auf dem Kaminsims standen kleine Porzellanfiguren. Sie seufzte. Die Einrichtung war noch lange nicht vollständig; doch sie arbeitete daran.

Clay riß die Tür auf, und seine schweren Stiefel klapperten über die Hartholz-Dielen. Bianca zuckte zusammen angesichts solch grober Manieren und merkte sich im Geiste vor, daß sie noch mehr Teppiche bestellen mußte.

»Wo ist sie?« forschte Clay mit harter, drohender Stimme.

»Ich nehme an, du vermutest, daß ich darauf auch eine Antwort weiß.« Bianca rieb sich ihre plumpen Oberarme und merkte sich in Gedanken vor, daß sie auch Winterpelz bestellen mußte.

Clay machte einen langen Schritt auf sie zu, seine Augen zu Schlitzen verengt.

Bianca schickte ihm einen warnenden Blick zu. »Wenn du mich anfaßt, wirst du sie nie wiederfinden.«

Clay wich einen Schritt zurück.

»Wie abscheulich!« höhnte Bianca. »Man braucht nur anzudeuten, daß diese kleine verlogene Schlampe in Gefahr ist, und du fängst schon an zu zittern.«

»Wenn dir dein Leben lieb ist, wirst du mir sagen, wo sie ist.«

»Wenn dir ihr Leben lieb ist, solltest du mir nicht zu nahe kommen.«

Clay knirschte mit den Zähnen. »Was verlangst du von mir? Ich gebe dir die Hälfte von allem, was ich besitze.«

»Die Hälfte? Ich dächte, sie wäre dir mehr wert.«

»Dann gebe ich dir alles. Ich überschreibe dir die ganze Plantage.«

Bianca lächelte und ging zum Fenster, um einen Vorhang geradezuzupfen. Sie befingerte die pinkfarbene Seide. »Ich weiß nicht, was ich getan habe, daß mich jeder für dumm hält. Aber du wirst gleich merken, daß ich nicht auf den Kopf gefallen bin. Wenn du mir deine Plantage überschreiben würdest und dann mit deiner geliebten französischen Hure von dannen ziehst: was würde dann aus mir?«

Clay ballte die Hände an seinen Hüften zu Fäusten. Nur mit aller Anstrengung gelang es ihm, ihr nicht an den Hals zu fahren und sie zu erwürgen. Doch er würde nichts tun, was Nicole noch mehr in Gefahr brächte.

»Ich sage dir, was mit mir geschehen würde«, fuhr Bianca fort. »Binnen eines Jahres wäre diese Plantage bankrott. Ihr Amerikaner seid ein widerwärtiges Volk. Deine Diener glauben, sie wären so gut wie ihre Herren. Sie würden mir niemals gehorchen. Und was würde dann passieren, wenn ich bankrott bin? Vielleicht würdest du zurückkommen und mir die Plantage wieder für einen Apfel und ein Ei abkaufen. Dann würdest du alles haben, was du dir wünschtest, und ich hätte nichts.«

»Was sonst könnte ich dir wohl noch geben?« höhnte Clay.

»Ich frage mich, wie sehr du mein ehemaliges Dienstmädchen wirklich liebst.«

Clay schwieg und starrte sie an. Er wunderte sich, daß er jemals geglaubt haben konnte, sie sähe wie Beth aus.

»Du sagst, daß du mir bereitwillig deinen Besitz abtreten würdest; aber wirst du mir auch noch etwas anderes geben, um sie zu retten? Laß mich erklären. Ich vermute, du weißt bereits, daß ich ein paar Vettern in Amerika habe. Nicht unbedingt der Typ von Vettern, mit dem sich man sich in der Öffentlichkeit sehen lassen würde; aber nützlich – oh, ja, sehr nützlich! Dieser Abe ging zum Beispiel bereitwillig auf alles ein, was ich ihm vorgeschlagen habe.«

»Wohin hat er sie gebracht?«

Bianca lächelte höhnisch. »Glaubst du, ich würde dir das einfach sagen? Nach allem, was du mir angetan hast? Du hast mich gedemütigt und mißbraucht. Ich sitze nun seit Monaten hier herum, warte und warte, während du ungeniert vor allen Leuten mit dieser kleinen Schlampe flirtest. Nun bin ich an der Reihe, dich warten zu lassen.

Nun, wo war ich stehengeblieben? Bei meinen lieben Vettern natürlich. Im Austausch für ein paar Hühner und Rinder fanden sie sich bereit, alles zu tun, was ich von ihnen verlangte. Alles – auch einen Mord.«

Clay wich noch einen Schritt vor ihr zurück. Mord! Dieser Gedanke war ihm noch nicht in den Sinn gekommen.

Bianca lächelte bei seiner Reaktion. »Ich glaube, du beginnst allmählich zu begreifen. Nun laß dir jetzt von mir erzählen, was ich von dir verlange. Ich verlange, daß ich Herrin dieser Plantage werde. Ich verlange, daß du sie betreibst, und ich will die Früchte deiner Arbeit genießen. Ich will als eine geachtete, verheiratete Frau in der Gesellschaft erscheinen, nicht als irgendein unerwünschtes Anhängsel, wie ich das auf der Party der Backes erleben mußte. Ich will, daß deine Dienerschaft mir gehorcht.«

Sie wandte sich einen Moment von ihm ab, und dann, als sie wieder auf ihn zurücksah, fuhr sie mit leiserer Stimme fort: »Bist du mit der Französischen Revolution vertraut? Ich werde immer wieder an die französischen Verwandten meines früheren Hausmädchens erinnert. Sie wurden, glaube ich, zum größten Teil geköpft. Der Mob in Frankreich ist immer noch wütend auf sie, sucht immer noch nach Aristokraten, die sie auf die Guillotine schleppen können.«

Sie legte eine kurze Pause ein. »Diesmal hat Abe sie nur auf eine Insel inmitten der Sümpfe und Kanäle von Virginia gebracht; doch das nächstemal wird sie auf ein Schiff gesetzt, das sie zurück nach Frankreich bringt.« Sie lächelte. »Und glaube ja nicht, daß es dir gelingt, dich von dieser Bedrohung zu befreien, wenn du Abe beseitigst. Er hat überall Verwandte, die mir alle nur zu gerne in jeder Beziehung helfen. Und für den Fall, daß mir etwas geschähe – wenn du mir auch nur einen Fingernagel abbrechen würdest – bekommen sie das Geld, das ich hinterlegt habe, und sie werden dafür sorgen, daß Nicole nach Frankreich zurückkehrt.«

Er hatte ein Gefühl, als hätte ihn jemand in den Bauch getreten. Er traumelte einen Schritt zurück und fiel in einen Sessel. Die Guillotine! Die Geschichte von Nicoles Großvater, sein abgeschlagener Kopf auf der Lanze, stand ihm lebhaft vor den Augen. Und wie sie sich an ihn geklammert hatte, weil bei dem Gewitter die Schrecken ihrer Vergangenheit wieder in ihr auflebten. Er mußte jede Möglichkeit, daß man sie diesen Schrecken wieder aussetzen würde, unterbinden.

Sein Kinn ruckte hoch. Er würde sie in Sicherheit bringen, immer über sie wachen, sie nie mehr aus den Augen lassen.

Dann erkannte er, wie hoffnungslos dieser Gedanke war. Im Haus der Backes hatte er sie nur zwei Stunden allein gelassen. Sie würde leben müssen wie eine Gefangene. Und ein Moment der Unaufmerksamkeit... was dann? Tot? Ein Schrecken, der schlimmer war als alles, was sie bisher schon erlebt hatte? Er durfte nichts tun, was sie dieser Möglichkeit aussetzen würde.

Er versuchte, sich mit Bianca vernünftig zu einigen: »Ich kann dir genug Geld geben, daß du eine gute Mitgift hast. Mit einer entsprechenden Mitgift kannst du einen englischen Ehemann bekommen.«

Bianca schnaubte: »Du verstehst wirklich nichts von Frauen, nicht wahr? Ich würde entehrt nach England zurückkehren. Alle Männer würden sagen, du hättest mir lieber das Geld gegeben, statt mich zu heiraten. Ich bin überzeugt, daß ich einen Ehemann bekommen würde; aber er würde mich nur auslachen, sich über mich lustig machen. Ich verlange mehr vom Leben als das.«

Clay stand auf und stieß dabei den Sessel um. »Was würdest du bekommen, wenn ich dich heiratete? Du weißt, ich könnte dich nur hassen. Ist das ein Leben, wie du es dir wünschst?«

»Jede Frau würde lieber gehaßt als ausgelacht werden. Wenigstens enthält der Haß ein Maß von gesundem Respekt. Tatsächlich glaube ich, daß wir ein bewundernswertes Paar abgeben würden. Ich werde deinen Haushalt führen, deine Gastgeberin sein. Ich könnte großartige Partys geben. Ich würde die perfekte Frau sein. Und du hättest nie unter einer eifersüchtigen Gattin zu leiden. Solange du die Plantage zufriedenstellend bewirtschaftest, kannst du dir jeden Wunsch erfüllen, andere Frauen eingeschlossen.« Sie erschauerte. »Solange du dich von mir fernhältst.«

»Ich kann dir versichern: diese Angst brauchst du nicht zu haben. Ich würde dich nie anfassen.«

Sie lächelte. »Wenn das eine Beleidigung sein soll, so habe ich sie nicht so aufgefaßt. Ich habe nicht das Verlangen, von dir oder irgendeinem anderen Mann angefaßt zu werden.«

»Und was wird aus Nicole?«

»Darauf wollte ich eben zurückkommen. Wenn du mich heiratest, wird ihr nichts passieren. Sie darf meinetwegen auch in der Mühle wohnen bleiben, und du kannst sie dort besuchen, um deinem... ah, irdischen Vergnügen nachzugehen. Ich bin sicher, ihr beide werdet Spaß haben an deiner Rammelei.«

»Was für Garantien habe ich, daß nicht einer von deinen Vettern sie mitten in der Nacht überfällt, wenn ich dich geheiratet habe?«

Bianca sah einen Moment nachdenklich vor sich hin. »Ich bin nicht sicher, ob du eine Garantie dafür hast. Vielleicht hältst du dich um so genauer an unser Abkommen, wenn du dir nie sicher bist, ob ihr nicht etwas zustoßen könnte.«

Clay stand still. Keine Garantie! Das Leben seiner geliebten Nicole hing von den Launen einer habgierigen, selbstsüchtigen Megäre ab. Aber hatte er denn eine andere Wahl? Er konnte Biancas Forderungen zurückweisen und mit Nicole verheiratet bleiben; doch dann mußte er jede Sekunde seines Lebens fürchten, sie tot aufzufinden. War seine Liebe so selbstsüchtig, daß er ihr Leben für ein paar Monate des Vergnügens aufs Spiel setzen würde? Schließlich war ja nicht sein Leben in Gefahr, sondern ihres. Flüchtig dachte er daran, Nicole zu fragen, was sie für eine Meinung dazu hatte; doch er wußte, sie würde alles riskieren, um bei ihm bleiben zu können. War seine Liebe so viel schwächer, daß er ihretwegen kein Opfer bringen konnte?

»Weißt du, wo sie ist?«

»Ich habe eine Landkarte.« Bianca lächelte, als wüßte sie, daß sie gewonnen hatte. »Ich möchte deine Zustimmung zu meinen Bedingungen, ehe ich sie dir überlasse.«

Clay schluckte. Die Kehle war ihm wie zugeschnürt. »Die Ehe kann nicht ohne Aussage des Arztes annulliert werden, der als Trauzeuge zugegen war. Sehr wenig kann getan werden, bis er aus England zurückkehrt.«

Bianca nickte. »Dem muß ich mich fügen. Sobald er zurückkommt, erwarte ich, daß deine Ehe annulliert wird und unsere Hochzeit stattfindet. Falls du unsere Trauung auch nur um einen Tag hinauszuschieben versuchst, wird Nicole verschwinden. Ist das klar?«

Clay blickte sie höhnisch an. »Du hast dich mehr als deutlich ausgedrückt. Ich möchte die Landkarte haben.«

247

Bianca ging zu der Kommode mit der geschweiften Vorderfront, hob ein Porzellanpüppchen in die Höhe und zog aus dem hohlen Innenraum ein zusammengerolltes Papier heraus. »Die Handschrift ist primitiv«, sagte sie, »aber ich glaube, man kann sie lesen.« Sie lächelte. »Der teure Abe hat nun zwei Tage und eine Nacht mit ihr auf der Insel verbracht, und es wird noch eine Nacht vergehen, ehe du zu ihr gelangen wirst. Er sagte, er habe vor, sich mit ihr zu vergnügen. Ich bin sicher, dafür hat er inzwischen genug Zeit gehabt. Natürlich war sie ja nicht mehr ganz neu, ehe sie mit Abe zu der Insel fuhr. Abgesehen davon: Hast du dich gefragt, warum sie so bereitwillig mit ihm ging? Warum hat sie nicht geschrien? Der Landungssteg war doch nur hundert Schritte von der Stelle entfernt, wo mindestens zwanzig Leute versammelt waren.«

Clay machte einen Schritt auf sie zu, blieb dann aber wieder stehen. Wenn er ihr zu nahe kam, würde er sie umbringen. Sein Gewissen würde bestimmt nicht darunter leiden; doch er wußte, sie war imstande, noch nach ihrem Tod ihre Drohungen wahrzumachen. Er machte auf den Absätzen kehrt und verließ, die Finger um die zusammengerollte Karte gekrampft, das Zimmer.

Bianca stand am Fenster und sah ihm nach, wie er zur Mole hinunterging. Ein Gefühl des Triumphs erfüllte sie. Sie hatte es ihm gezeigt! Sie hatte es ihnen allen gezeigt! Ihr Vater hatte gelacht, als sie ihre Sachen packte, um nach Amerika zu fahren. Er hatte gesagt, dieser Clay würde sich bestimmt nicht zu Tode grämen, wenn er sich mit diesem lieblichen kleinen Füllen wie Nicole verheiratet fand. Er hatte die Geschichte der verwechselten Frau für so gut gehalten, daß er sie mindestens zwanzig Leuten erzählt hatte, ehe sie, Bianca, England verließ. Inzwischen mußte sich die Zahl mindestens verdreifacht haben.

Bianca preßte die Zähne zusammen. Sie wußte, was die Leute in England über sie sagen würden. Sie würden sagen, Bianca wäre genauso wie ihre Mutter. Ihre Mutter hatte alles, was männlich war, in ihr Bett genommen. Als kleines Mädchen hatte sie die Geräusche gehört, die aus dem Schlafzimmer ihrer Mutter kamen. Und da hatte sie geschworen, daß sie niemals einem Mann gestatten würde, sie zu beschmutzen, mit seinen rauhen, gierigen Händen ihren schönen weißen Körper zu betasten.

Als Bianca ihrem Vater gesagt hatte, sie würde nach Amerika fahren, hatte er ihr vorgeworfen, sie wäre genauso wie diese Frau. Er hatte gesagt, sie giere nach diesem primitiven Amerikaner, diesem Typ von Mann, den ihre tote Mutter gemocht hatte. Wie konnte Bianca nach England zurückkehren, nachdem sie mehrere Monate in Clays Haus verbracht hatte? Sie würde keinen Ehering haben; nur eine Menge Geld – würde genauso aus Amerika zurückkommen wie ihre Mutter von ihren vielen, wochenlangen Reisen. Sogar aus einer Entfernung von mehreren tausend Meilen konnte sie das Gekicher hören und das zweideutige Grinsen sehen, wenn die Männer sich ausmalten, auf welche Weise sie sich das viele Geld verdient hatte.

Nein! Sie stampfte mit dem Fuß auf. Sie wollte die Besitzerin der Armstrong-Plantage sein, egal, auf welche Weise. Dann, überlegte sie lächelnd, würde sie ihren Vater einladen, sie in Amerika zu besuchen. Sie würde ihm ihren Reichtum zeigen, ihren Mann, ihre getrennten Schlafzimmer. Sie würde ihm beweisen, daß sie nicht so war wie ihre Mutter. Ja, lächelte sie. Sie würde es ihnen zeigen!

»Hat sie dir gesagt, wo sie versteckt ist?« fragte Wes, sobald Clay zur Schaluppe zurückkam.

Er hielt die Landkarte hoch. »Sie hat es mir gesagt.« Seine Stimme war tonlos.

»Diese Hündin!« schimpfte Wes. »Auspeitschen hätte man dich sollen, daß du dieses Biest nach Amerika geholt hast. Und wenn ich nur daran denke, daß du sie fast geheiratet hättest! Wenn wir zurückkommen und Nicole wieder in Sicherheit ist, wirfst du diese fette Schlampe hoffentlich in den Laderaum eines Schiffes und befreist uns alle so rasch wie möglich von dieser Plage.«

Clay stand regungslos da und starrte mit dunklen Augen in den Fluß. Er ließ Wesleys Schimpfkanonade widerspruchslos über sich ergehen. Was hätte er darauf auch entgegnen können? Daß er vermutlich Bianca trotzdem heiraten würde?

»Clay?« fragte Travis leise mit teilnahmsvoller Stimme. »Fehlt dir etwas? Glaubst du, sie haben deiner Frau ein Leid angetan?«

Clay drehte sich um, und Travis erschrak über die bittere Miene seines Freundes. »Wie soll es einem Mann schon gehen, wenn er soeben seine Seele dem Teufel verkauft hat?« fragte Clay leise.

Isaac säuberte den Topf, nachdem sie den letzten Bissen Ragout aus Kaninchenfleisch und gebackenen Äpfeln gegessen hatten. Er stellte den Topf beiseite und lehnte sich gegen die steinerne Wand der Hütte, die Beine steif auf dem Gras von sich gestreckt. Sein Schenkel, den Nicole mit den Streifen ihres Unterrockes neu verbunden hatte, pochte dumpf. Während er die Augen schloß und der Sonne sein Gesicht hinhielt, lächelte er in die Wärme hinein. Die Luft, die die kleine Insel umgab, roch schlecht, das Wasser wimmelte von Giftschlangen, und sie hatten wenig oder gar keine Hoffnung, von hier gerettet zu werden; doch Isaac hatte gar nicht den Wunsch, diesen Ort zu verlassen. In den letzten beiden Tagen hatte er besser gegessen als jemals zu Hause; obwohl Nicole nur diesen Topf zum Kochen hatte. Er hatte sich ausruhen können – eine neue Erfahrung in seinem Leben.

Er lächelte noch breiter, als er das Rascheln von Nicoles Rock hörte. Er öffnete die Augen und winkte ihr zu. Sie hatte die Spitzen von ihrem Unterrock abgeschnitten und damit ihr Kleid an den Stellen zusammengebunden, wo Abe es zerfetzt hatte. Isaac staunte über diese Frau. Sein Leben lang hatte er geglaubt, die Damen, die in den großen Häusern lebten, wären nutzlose Wesen; doch Nicole hatte nach dem Messerkampf mit Abe keine Hysterie gezeigt. Sie hatte sich niedergekniet und Isaacs Wunde verbunden, um die Blutung zu stillen. Dann hatte sie sich ganz ruhig zum Schlafen niedergelegt.

Am Morgen hatte sich dann gezeigt, daß die Scharniere der schweren Tür aus dickem Leder bestanden. Nicole verwendete Isaacs Messer, um das Leder durchzusägen, während Isaac sich gegen die Tür lehnte, damit sie nicht auf Nicole fiele. Sie hatten ihre ganze Kraft aufwenden müssen, um die Tür so weit aufzuziehen, daß sie hindurchschlüpfen konnten. Danach hatte sich Isaac ausgeruht, während Nicole aus den Kordeln, mit denen ihr Kleid besetzt war, eine Schlinge angefertigt hatte und ein Kaninchen darin fing. Isaac konnte nur staunen, daß sie wußte, wie man solche Dinge fabrizierte. Nicole hatte gelacht und gesagt, ihr Großvater habe ihr beigebracht, wie man eine Falle stellt.

»Fühlst du dich besser?« fragte Nicole und lächelte auf ihn hinunter. Ihr Haar hing dicht und schimmernd bis zu ihrer Taille hinunter.

»Ja. Nur, daß ich mich vielleicht ein bißchen einsam fühle. Könntest du mit mir reden?«

Nicole lächelte und setzte sich neben ihn.

»Warum hast du keine Angst?« fragte Isaac. »Ich kann mir vorstellen, die meisten Frauen hätten auf so einer Insel Todesangst.«

Nicole dachte einen Moment nach. »Ich glaube, Gefühle sind relativ. Es hat eine Zeit gegeben, wo ich sehr, sehr viel Angst hatte. Im Vergleich dazu kommt mir diese Insel fast paradiesisch vor. Wir haben Trinkwasser und Nahrung, das Wetter ist noch nicht zu kalt, und wenn dein Bein besser ist, werden wir von dieser Insel fortgehen.«

»Bist du dir da sicher? Hast du dir mal das Wasser angesehen?«

Sie lächelte. »Schlangen erschrecken mich nicht. Nur Menschen können einem wirklich weh tun.«

Isaac spürte ihre Worte wie einen Stich ins Herz. Sie hatte nicht einmal danach gefragt, warum er und Abe sie entführt hatten. Sie hätte ihn verbluten lassen können. Vielleicht wäre das eine verdiente Strafe gewesen.

»Du schaust mich so seltsam an«, sagte Nicole.

»Was wird geschehen, wenn wir in die Zivilisation zurückkehren?« fragte er.

Nicole spürte einen Strom der Freude durch ihren Körper schießen. Clay, dachte sie. Sie würde einen tüchtigen Verwalter für die Mühle bestellen und in Clays Haus zurückkehren. Sie würde wieder mit ihm und den Zwillingen zusammenleben, wie vor Monaten schon, nur daß Bianca diesmal keine Macht hatte, sich zwischen sie zu schieben.

Ihre Gedanken kehrten zu Isaac zurück. »Ich vermute, du willst nicht mehr nach Hause zurückkehren. Vielleicht würdest du gerne in der Mühle für mich arbeiten. Ich bin sicher, wir könnten noch einen Mann gebrauchen.«

Isaacs Gesicht wechselte die Farbe. »Wie kannst du mir eine Stellung anbieten nach allem, was ich dir angetan habe?« flüsterte er.

»Du hast mir das Leben gerettet.«

»Aber ich habe dich hierhergebracht! Wenn ich nicht gewesen wäre, wärst du nie in eine so bedrohliche Situation geraten.«

»Das ist nicht wahr, und du weißt das auch«, sagte sie. »Wenn du dich geweigert hättest, Abe zu begleiten, hätte er sich einen anderen gesucht oder wäre allein hierhergekommen. Was wäre dann aus mir geworden?« Sie legte die Hand auf seinen Arm. »Ich habe dir viel zu verdanken. Das wenigste, was ich dir anbieten kann, ist eine Stellung.«

Er starrte sie lange schweigend an. »Du bist eine Lady, eine echte Lady. Ich glaube, mein Leben wird eine Wende zum Besseren nehmen, weil ich dich kennengelernt habe.«

Sie lachte, und er sah zu, wie das Sonnenlicht in ihren langen Haaren spielte. »Und du, mein edler Herr, würdest in jedem Hof der Welt eine gute Figur machen. Dein Betragen ist über jeden Tadel erhaben.«

Er gab ihr Lächeln grinsend zurück und fühlte sich glücklicher als je zuvor in seinem Leben.

Plötzlich sprang Nicole auf. »Was war das?«

Isaac saß ganz still und lauschte. »Gib mir das Messer«, flüsterte er. »Und du versteckst dich. Krieche in den Schlamm und bedecke dich mit grünem Schaum. So wird dich keiner finden. Was ich auch tue: komm nicht eher heraus, bis dir keine Gefahr mehr droht.«

Nicole schenkte ihm ihr süßestes Lächeln. Sie dachte gar nicht daran, ihn allein zu lassen mit der schweren Verletzung am Schenkel, ihn den Leuten zu überlassen, die sich leise an sie heranpirschten. Und auf keinen Fall wollte sie sich in diesem abscheulichen Schlamm verkriechen. Sie gab Isaac das Messer. Dann, als sie ihm beim Aufstehen helfen wollte, schob er sie von sich.

»Geh!« befahl er.

Nicole glitt hinter die Weidenbäume am Rande der Insel und ging dann auf Zehenspitzen in die Richtung, wo sie die schleichenden Schritte gehört hatte. Sie sah Travis zuerst, seine breite, untersetzte Gestalt. Sogleich verschwamm sein Rücken vor ihren Augen, als ihr die Tränen kamen. Sie wischte sie hastig ab und beobachtete, wie Travis von ihr fortschlich.

Sie spürte Clay schon hinter sich, ehe sie ihn hörte. Sie wirbelte mit fliegenden Haaren herum. Sie stand so regungslos da, als wäre sie aus Stein gemeißelt.

Schweigend öffnete er die Arme für sie.

Sie sprang in seine Arme, vergrub ihr Gesicht an seinem Hals, preßte ihren Körper an den seinen. Sie spürte sein Gesicht an ihrer Wange und wußte, daß seine Augen so feucht waren wie die ihren.

Während er sie in die Höhe hielt, drehte er ihr Kinn, damit sie ihn ansehen mußte. Er forschte in ihrem Gesicht, verschlang es förmlich. »Bist du heil und gesund?« flüsterte er.

Sie nickte, ihre Augen auf sein Gesicht geheftet. Da stimmte etwas nicht. Das spürte sie. Etwas war grundverkehrt.

Er drückte sie wieder an seine Brust. »Ich dachte, ich würde verrückt«, sagte er. »Das alles noch einmal durchmachen zu müssen – das konnte ich nicht ertragen.«

»Das mußt du nicht mehr«, sagte sie lächelnd, sich an seinem Körper entspannend und seine Wärme und Stärke genießend. »Meine eigene Naivität hat mich in diese Lage gebracht. Ich werde nie mehr so sorglos sein.«

»Das nächstemal wirst du keine Wahl mehr haben«, sagte er heftig.

»Clay, was meinst du mit dem nächstenmal?« Sie versuchte, ihn von sich zu schieben.

Er zog ihren Kopf auf die Seite und begann ihr Gesicht abzuküssen. Sobald Nicole seinen Mund auf ihren Lippen spürte, setzten ihre Gedanken aus. Es war schon so lange her, seit sie zum letztenmal zusammen gewesen waren.

»Ahem!«

Clays Kopf schoß hoch. Travis und Wesley standen vor ihnen.

»Wie ich sehe, hast du sie gefunden«, sagte Wes grinsend. »Wir wollten nicht stören; aber das ist ein ungesunder Platz, und wir würden ihn gerne wieder verlassen.«

Clay nickte mit ernstem Gesicht, seine dunklen Brauen bildeten einen dunklen Strich über seinen Augen.

»Was machen wir mit dem?« sagte Travis, und seine Stimme zitterte vor Empörung. Er deutete auf Isaac, der bewußtlos im Schlamm lag. Die Bandagen um sein Bein färbten sich wieder rot von frischem Blut. Er hatte eine häßliche Beule am Unterkiefer, wo ihn ein Faustschlag getroffen haben mußte.

»Isaac!« keuchte Nicole und befreite sich aus Clays Armen. Im Nu war sie bei dem Jungen. »Wie konntest du so etwas tun?« fragte sie und funkelte Travis wütend an. »Er hat mir das Leben gerettet. Hast du dich nicht gewundert, daß er am Bein verwundet ist? Wenn ich seine Gefangene wäre, hätte ich mit Leichtigkeit fliehen können.«

Travis blickte amüsiert auf Nicole hinunter. »Ich schätze, ich hatte gar keine Zeit, mir sein Bein zu betrachten. Ich kam um die Hütte herum, und er stürzte mit einem Messer auf mich zu.« Mit einem Augenzwinkern setzte er hinzu: »Ich schätze, ich hätte mich erst einmal zurückziehen und die Situation überdenken sollen.«

»Entschuldigung«, sagte Nicole. »Ich glaube, meine Nerven sind ein bißchen überreizt.« Dann begann sie rasch, die blutigen Stoffstreifen von Isaacs Bein zu wickeln. »Clay, gib mir dein Hemd. Ich brauche einen frischen Verband.«

Als Nicole sich umdrehte, um das Hemd entgegenzunehmen, blickte sie zu den drei Männern auf, die mit nacktem Oberkörper vor ihr standen und ihr alle drei ihre Hemden reichten. »Vielen Dank«, flüsterte sie und schluckte ihre Tränen hinunter. Es war ein gutes Gefühl, wieder nach Hause zu kommen.

15

Nicole hielt inne, die Nähnadel in der Hand, während sie zum hundertsten Mal zum Fenster blickte. Sie brauchte nicht mehr die Tränen niederzukämpfen, weil ihre Tränen schon lange versiegt waren. Es waren inzwischen fast zwei Monate vergangen, seit sie Clay zuletzt gesehen hatte. In der ersten Woche war sie verwirrt gewesen, sprachlos, betäubt. Dann hatte sie wochenlang geweint. Nun war ihr Körper wie abgestorben, als hätte man einen Teil des Fleisches herausgeschnitten und der noch verbleibende Rest versuchte, mit diesem Mangel zurechtzukommen.

Nachdem Clay sie von der Insel fortgeholt hatte, hatte er Nicole in die Mühle zurückgebracht. Während der langen Reise flußabwärts zur Armstrong-Plantage hatte Clay sie nicht einen Moment losgelassen. Er hatte sie zuweilen so fest an sich gedrückt, daß sie kaum Luft bekam. Aber das hatte sie nicht gestört. Seine Arme um ihren Körper waren alles, was sie sich wünschte.

Als sie die Grenze der Plantage erreicht hatten, hatte Clay Travis befohlen, die Schaluppe erst am Steg der Mühle festzumachen. Nicole hatte ihn verwundert angesehen, denn sie rechnete fest damit, daß sie mit ihm ins Haus zurückkehren würde. Nachdem er sie noch einmal fast verzweifelt an sich gedrückt hatte, ließ er sie los. Dann war er in das Boot zurückgesprungen und hatte sich kein einziges Mal mehr umgesehen, während Travis mit dem Boot zu Clays Mole segelte.

Tagelang hatte Nicole nach Clay Ausschau gehalten. Als er sich nicht blicken ließ, hatte sie nach Gründen gesucht, die ihn entschuldigten. Sie wußte, daß Bianca immer noch mit ihm unter einem Dach lebte. Vielleicht dauerte es länger, ein Schiff zu finden, das sie nach England zurückbrachte.

Als ein Monat verstrichen war und sie immer noch nichts von Clay hörte, fingen die Tränen an zu fließen. Sie hatte ihn wechselseitig verflucht und ihm verziehen, ihn verstanden und ihn wieder verflucht. Hatte er sie belogen, als er sagte, er liebte sie? War Biancas Macht über ihn stärker, als sie geglaubt hatte? Sie war zu wütend auf ihn, um noch klar denken zu können.

»Nicole«, sagte Janie leise – es wurde jetzt im Haus viel geflüstert. »Warum nimmst du nicht die Zwillinge und schneidest mit ihnen ein paar Mistelzweige? Es sieht so aus, als würde es heute schneien. Wes wollte später noch vorbeikommen, und wir können das Haus für Weihnachten schmücken.«

Langsam stand Nicole auf; aber ihr stand nicht der Sinn danach, Weihnachten zu feiern.

»Du wirst die Ostwand meines Hauses nicht herausreißen lassen«, sagte Clay mit ernster Stimme.

Bianca betrachtete ihn mit einer Mischung aus Verachtung und Spott. »Dieses Haus ist zu klein! Es wäre gerade gut genug für den Pförtner!«

»Dann würde ich dir raten, nach England zurückzukehren.«

»Ich lasse mir von dir keine Unverschämtheiten gefallen! Hörst du mich? Hast du meine Vettern vergessen?«

»Ich kann sie unmöglich vergessen, da du keinen Moment vergißt, sie zu erwähnen. Und nun verschwinde! Ich habe zu arbeiten!« Er funkelte sie über sein Kontobuch hinweg an, sah zu, wie sie die Nase in die Luft reckte und aus seinem Büro stürmte.

Nachdem sie die Türe hinter sich zugeworfen hatte, goß Clay sich einen Brandy ein. Er hatte sich mehr als genug von dieser Bianca bieten lassen. Sie war vermutlich das faulste menschliche Wesen, das ihm je begegnet war. Sie schimpfte den ganzen Tag über die Dienstboten, weil sie sich weigerten, ihre Anordnungen zu befolgen. Anfangs hatte Clay den halbherzigen Versuch gemacht, sie zum Gehorsam zu zwingen; hatte das aber bald wieder aufgegeben. Warum sollte er sich dabei aufreiben?

Er verließ das Büro und ging in die Ställe hinüber, um sein Pferd zu satteln. Zwei Monate hatte er nun mit dieser Megäre verbracht! Jeden Tag versuchte er sich an die Edelmütigkeit seiner Motive zu erinnern, daß er vermutlich mit seinem Martyrium Nicoles Leben rettete. Doch Qualen, die man sich selbst zufügt, haben ihre Grenzen. Inzwischen hatte er mehr Zeit, über alles nachzudenken, und er sah eine Möglichkeit, sich Biancas erpresserischen Plänen zu entziehen. Er konnte mit Nicole Virginia verlassen. Sie mußten eine Zeit abpassen, wo man sie ein paar Tage nicht vermissen würde, und nach Westen reiten. Am Mississippi wurde neues Land für Siedler freigegeben. Er hätte sich gern den Fluß und das Land dort angesehen.

In einer Beziehung hatte Bianca recht: Sie würde spätestens in einem Jahr bankrott sein. Er könnte arrangieren, daß Travis die Plantage zurückkaufte, nachdem Bianca sie in die roten Zahlen gebracht hatte. Travis und Wes konnten Bianca dann dazu zwingen, das Land zu verlassen. Er mußte nur dafür sorgen, daß Nicole dieser fetten Hexe nicht in die Hände fiel.

Clay zügelte am Rand des Flusses sein Pferd. Rauch kräuselte sich aus Nicoles Schornstein. Anfangs war er ihr fern geblieben. Er hätte den Schmerz, sie zu sehen, nicht ertragen können. Im vergangenen Monat hatte er oft auf dem Hügel gestanden und das Treiben jenseits des Flusses heimlich beobachtet. Er hatte sich danach gesehnt, zu ihr zu gehen und mit ihr zu reden; doch das konnte er nicht, solange er keinen Plan hatte. Nun hatte er einen.

Große, wirbelnde Schneeflocken begannen vom Himmel zu fallen, und während Clay über den Fluß sah, hörte er Hammerschläge. Er konnte eine großgewachsene Gestalt auf dem Dach der Mühle ausmachen, die lose Schindeln auf den Sparren festklopfte.

Mit einem Lächeln stieg Clay vom Pferd, gab ihm einen Schlag auf die Hinterbacke und sah zu, wie es zurück zu den Ställen trabte. Dann ging er hinunter zum Ruderboot und wollte hinüber zum anderen Ufer.

Er nahm einen Hammer aus der Werkzeugkiste, die neben der Leiter stand, und kletterte dann zum Dach hinauf. Wesley sah überrascht hoch, grinste und hielt ihm stumm eine Handvoll Nägel hin. Clay drückte rasch die spitzen Enden ins Holz und begann zu hämmern; er führte mit der linken Hand so schnell wie eine Maschine neue Nägel nach. Die körperliche Arbeit tat ihm gut nach den tagelangen Streitereien mit Bianca.

Es war schon fast dunkel, als die beiden Männer die Leiter hinunterstiegen. Sie waren beide verschwitzt und müde. Aber es war eine gute Müdigkeit nach gemeinsamer Arbeit mit einem Freund.

Sie gingen in die Mühle, wo es warm war und ein Zuber voll Wasser sie erwartete. Der Schnee fiel jetzt immer dichter vom Himmel.

»Ist ja schon eine Weile her, daß wir dich hier gesehen haben«, sagte Wes mit vorwurfsvoller Stimme.

Clay antwortete nicht, während er sich das Hemd auszog und anfing, sich das Gesicht zu waschen.

»Janie sagt, Nicole habe sich wochenlang jeden Abend in den Schlaf geweint«, fuhr Wes fort. »Vielleicht stört dich das nicht. Schließlich hast du ja diese fette Kopie von Beth, die dich warmhält.«

Clay starrte ihn an. »Du maßt dir ein Urteil über etwas an, wovon du nichts weißt.«

»Dann wäre jetzt ja eine Möglichkeit, mir dein sonderbares Verhalten zu erklären.«

Clay trocknete sich langsam ab. »Wir kennen uns schon ein ganzes Leben lang, Wes. Habe ich jemals etwas getan, das deine Feindseligkeit rechtfertigen könnte?«

»Bis jetzt noch nicht. Verdammt noch mal, Clay, sie ist eine schöne Frau. Sie ist gutherzig, liebenswürdig ...«

»Das brauchst du mir nicht zu sagen!« unterbrach ihn Clay. »Glaubst du, ich will mich von ihr fernhalten? Bist du nie auf den Gedanken gekommen, daß es Umstände geben könnte, die nicht in meiner Macht liegen?«

Wes blickte ihn einen Moment schweigend an. Als Freund hätte er Clay mehr Vertrauen schenken sollen. Er legte ihm die Hand auf die Schulter. »Warum kommst du nicht ins Haus? Nicole versprach, ein paar Krapfen zu backen, und die Zwillinge werden sich freuen, dich wiederzusehen.«

»Du scheinst recht häufig bei Nicole zu Gast zu sein«, sagte Clay kalt.

Wes grinste. »So gefällst du mir schon besser. Wenn du dich nicht um sie kümmerst, dann muß es ein anderer tun.«

Clay drehte sich um, verließ die Mühle und ging auf das Haus zu. Er hatte das Haus nicht mehr betreten, seit Nicole hierher gezogen war. Er war noch nicht ganz über die Schwelle getreten, als ihn die Wärme, die dieses Haus erfüllte, fast überwältigte. Es war mehr als die physische Wärme, die die riesige Herdstelle verbreitete: es war etwas Unfaßbares, das man nicht auf der Haut, sondern innerlich spürte.

Die Wintersonne fiel durch frisch geputzte Fensterscheiben. Der Raum war nur karg möbliert, und Clay erkannte die meisten Einrichtungsgegenstände wieder: sie hatten auf seinem Speicher gestanden, und er hatte sie vor Monaten über den Fluß schaffen lassen. Das Geschirr im Schrank neben dem Herd hatte Sprünge und paßte nicht zusammen. Auch an Töpfen und Kellen herrschte Mangel.

Doch trotz der Schlichtheit und Kargheit, die er wahrnahm, hätte Clay in diesem Moment gern sein schönes Haus gegen diese schlichte Wohnung eingetauscht. Janie beugte sich über einen Topf mit kochendem Öl und drehte Krapfen um, wenn sie an die Oberfläche kamen. Die Zwillinge schauten ihr dabei zu und vergaßen die Männer, die hinter ihnen standen.

»Mandy«, sagte Janie, »Wenn du versuchst, die Krapfen zu essen, so lange sie noch heiß sind, verbrennst du dir die Zunge. Das weißt du doch.«

Mandy kicherte, nahm sich einen frisch gebackenen Krapfen und biß hinein. Ihre Augen tränten, als sie sich den Mund verbrannte; doch sie wollte Janie nicht zeigen, daß sie Schmerzen litt.

»Du bist so eigensinnig wie dein Onkel«, sagte Janie verärgert.

Clay lachte leise, und Janie wirbelte herum. »Du solltest vorsichtiger sein, wenn du über jemanden redest, sonst hört er dir heimlich zu.«

Ehe Janie etwas erwidern konnte, quietschten die Zwillinge: »Onkel Clay!« und sprangen in seine Arme. Clay nahm ein Kind unter jeden Arm und wirbelte die beiden herum. Als er sie hochhob, legten sie ihm die Arme um den Hals. »Warum bist du nicht früher gekommen? Willst du dir nicht meine neuen Wel-

259

pen anschauen? Möchtest du einen Krapfen haben? Sie sind gut, aber noch sehr heiß.«

Clay lachte und drückte sie an sich. »Habt ihr mich vermißt?«

»Ja, sehr sogar! Nicole sagte, wir müßten warten, bis du uns besuchen würdest, denn wir könnten nicht zu dir kommen.«

»Ist diese fette Lady immer noch bei dir?«

»Alex!« rief Nicole von der Treppe her. »Vergiß deine guten Manieren nicht!« Sie ging langsam auf Clay zu, während ihr das Herz bis in den Hals hinauf klopfte. Es erschreckte sie, daß seine Gegenwart sie so stark aus dem Gleichgewicht brachte. Da er ja so rasch bereit gewesen war, sie wieder aufzugeben, bedeutete sie ihm offensichtlich nicht sehr viel. Sie bemühte sich, ihren Zorn zu beherrschen. »Willst du nicht Platz nehmen?« fragte sie förmlich.

»Ja, Clay«, grinste Wes. »Nimm dir einen Stuhl. Janie, glaubst du, daß diese Krapfen schon kühl genug sind?«

»Mag sein.« Sie stellte die Platte auf den großen Tisch. »Wo bist du gewesen, du undankbarer, elender...«, zischelte sie leise. Leider fiel ihr kein Wort ein, das passend für sein Verhalten war. »Wenn du sie noch einmal mißhandelst, bekommst du es mit mir zu tun.«

Clay lächelte sie an, ergriff dann ihre rauhe, von der Arbeit rissige Hand und küßte sie. »Du bist eine großartige Beschützerin, Janie. Wenn ich dich nicht kennen würde, müßte ich mich fast fürchten.«

»Vielleicht solltest du das«, fauchte sie; doch in ihren Augen lag ein Zwinkern.

Nicole hatte den beiden den Rücken zugedreht, als sie den Eierpunsch in die Becher goß. Mit zitternden Händen stellte sie einen Becher vor Clay auf den Tisch.

Seine Augen ließen die ihren nicht los, als er den Becher hob. »Eierpunsch«, sagte er, »so etwas habe ich sonst nur zu Weihnachten bekommen.«

»Es ist ja Weihnachten!« meinten die Zwillinge lachend.

Clay sah sich um und bemerkte zum erstenmal die Mistelzweige auf dem Kaminsims. Ihm war gar nicht bewußt geworden, daß es schon Weihnachten war. Die letzten Monate seiner privaten Hölle, die ununterbrochene Nörgelei von Bianca, verblaßten in der Entfernung.

»Nicole wird morgen einen Truthahn braten, und Mr. Wesley und Mr. Travis werden unsere Gäste sein«, sagte Mandy.

Clay sah zu Wes hinüber. »Glaubst du, es wäre noch Platz für einen dritten Gast?«

Die Männer wechselten einen Blick. »Das muß Nicole entscheiden.«

Clay sah Nicole einen Moment an und wartete auf eine Antwort.

Nicole spürte, wie ihr Zorn wieder Oberhand gewann. Er benützte sie abermals als Werkzeug! Er verbrachte mit ihr mehrere Tage im Bett, sagte ihr, daß er sie liebe, und ließ sie dann plötzlich auf ihrer Türschwelle zurück wie ein Gepäckstück. Nun schneite er nach monatelangem Schweigen plötzlich wieder herein, und was verlangte er von mir? Daß ich ihm zur Begrüßung seine Füße küsse! Mit steifem Rücken drehte sie sich von ihm weg. »Natürlich seid ihr beide, du und Bianca, willkommen. Ich bin überzeugt, ihr wird der Truthahn genauso gut schmecken wie allen anderen.«

Wesley unterdrückte ein Lachen, während er beobachtete, wie sich auf Clays Stirn eine Falte bildete.

»Bianca kann nicht...«, begann Clay.

»Ich bestehe darauf!« sagte Nicole in schärferem Ton. »Muß ich betonen, daß der eine ohne den anderen nicht willkommen ist?«

Plötzlich könnte Clay die Atmosphäre dieses Hauses nicht mehr ertragen. Die Menschen merkten gar nicht, was für ein Bild sie abgaben. Wes lehnte sich in einem Stuhl zurück und rauchte eine Pfeife, die er sich vom Kamin genommen hatte. Die Zwillinge stopften mit glücklichen Gesichtern einen Krapfen nach dem anderen in den Mund. Die Erwähnung von Biancas Namen erinnerte Clay an das Unglück seines eigenen Haushalts.

Er stand auf. »Nicole, könnte ich mit dir reden?« fragte er leise.

»Nein«, sagte sie fest. »Noch nicht.«

261

Er nickte und verließ die Wärme dieses Hauses.

Bianca erwartete ihn schon, als er nach Arundel Hall zurückkam. »So! Du konntest dich also nicht von ihr fernhalten, nicht wahr?«

Er schob sich an ihr vorbei, ohne ihr eine Antwort zu geben.

»Der Mann, der in den Ställen die Aufsicht führt, kam zu mir und fragte, wo du wärst. Er machte sich Sorgen, daß du dich verletzt haben könntest, da dein Pferd allein in den Stall zurückkehrte. Deine Leute machen sich ständig deinetwegen Sorgen – und auch meinetwegen! Niemand in diesem Haus kümmert sich um mich.«

Clay drehte sich um und blickte sie höhnisch an. »Du bist so sehr um dich selbst besorgt, daß für andere nichts mehr bleibt. Hast du daran gedacht, daß morgen Weihnachten ist?«

»Natürlich! Ich habe den Dienstboten Anweisung gegeben, mir morgen eine besondere Mahlzeit zuzubereiten. Allerdings werden sie sich, wie gewöhnlich, nicht an meine Befehle halten, und du wirst nichts unternehmen, um ihnen endlich Gehorsam beizubringen.«

»Eine Mahlzeit! Das ist deine wichtigste Sorge, nicht wahr?« Plötzlich stürzte er sich auf sie und packte ihr Kleid am Halsausschnitt. »Ich kann dir deinen Wunsch erfüllen. Morgen gehen wir zu Nicole zum Essen!« Vielleicht würde Nicole nie begreifen, wie unglücklich er war, wenn er sie mit Bianca zusammen sah; aber er wünschte sich so sehr, den Weihnachtstag mit Nicole verbringen zu dürfen, daß er sogar bereit war, alle mit dieser abscheulichen Bianca zusammenzubringen. Vielleicht würde sie nur essen und dabei den Mund halten.

Sie versuchte, sich von ihm loszureißen; doch es gelang ihr nicht. Seine Nähe bereitete ihr Übelkeit. »Ich werde nicht hingehen!« schnaubte sie.

»Dann werde ich Anweisung geben, daß in diesem Haus den ganzen Tag über kein Essen serviert wird.«

Ihre Augen weiteten sich vor Entsetzen. »Das wirst du nicht tun!«

Er stieß sie von sich, daß sie gegen die Wand taumelte. »Du machst mich krank. Du wirst gehen, und wenn ich dich hinschleppen müßte.« Er blickte sie von Kopf bis Fuß an. »Wenn ich das kann. Aber, Himmel, wäre das schön, von dir befreit zu sein.«

Er hielt inne, erschrocken über das, was er gesagt hatte. Er wandte sich ab, ging in die Bibliothek und warf die Tür hinter sich zu.

Bianca stand einen Moment still und starrte auf die Tür. Was hatte er damit gemeint? Daß er sie loswerden wollte?

Sie drehte sich um und ging langsam die Treppe hinauf. Nachdem sie Clay die Landkarte gegeben hatte, hatte Abe sie aufgesucht. Er blutete aus einer Stichwunde am Arm, und ihr wäre bei seinem Anblick fast schlecht geworden. Dieser schreckliche Mann forderte Geld von ihr, damit er aus Virginia fliehen konnte, um Clays Rache zu entgehen. Bianca hatte eine Kassette in der Bibliothek aufsprengen müssen, um ihm ein paar Silberstücke geben zu können.

Sie hatte ihm gesagt, er müsse in der Nähe bleiben, weil sie vielleicht seine Dienste noch einmal brauchte. Er hatte nur gelacht, als sie ein Stück Tuch um seinen Arm band, und ihr vorgeworfen, daß er ihretwegen seine Familie und sein Erbe verlieren würde. Dann hatte er ihr etwas sehr Unverschämtes gesagt, was sie und ihre zukünftigen Pläne betraf.

Bianca wußte sehr wohl, daß sie keinen anderen Helfershelfer hatte. Zwar hatte sie Clay erzählt, ihr stünden noch andere Verwandte zur Seite; doch das war eine leere Drohung. Wenn er sie auf ein Schiff warf, würde sich niemand dieser Nicole bemächtigen, wie sie Clay erzählt hatte. Nichts würde geschehen. Bianca würde weggeschafft werden, und niemand, absolut niemand, würde das bedauern.

Sie schloß die Tür zu ihrem Schlafzimmer und sah aus dem Fenster in den dunklen Garten hinaus. Der Neuschnee machte ihn wunderschön. Würde sie das aufgeben müssen? Bisher hatte sie sich sicher gefühlt; doch nun fingen die Sorgen von neuem an.

Sie mußte etwas tun – und rasch. Sie mußte Nicole loswerden, ehe diese französische Schlampe ihr alles wegnahm. Abe stand ihr nicht mehr zur Verfügung, so daß sie ihre Drohung

nicht wahrmachen konnte, Nicole nach Frankreich zurückzu-
schicken. Doch das wußte Clay natürlich nicht – noch nicht.
Bianca zweifelte nicht daran, daß er früher oder später die
Wahrheit entdecken würde.

Sie griff nach dem Vorhang und zerknüllte die rosenfarbene
Seide zwischen den Fingern. Ein Wunder, daß Nicole nicht
schon schwanger geworden war. Nachdem sie Clay mit den
Zwillingen beobachtet hatte, war sie überzeugt, daß keine Macht
der Erde Clay mehr von Nicole trennen konnte, wenn sie ein
Baby – sein Baby – bekäme.

Plötzlich ließ Bianca den Vorhang fallen und strich die Seide
wieder glatt. Und wenn nun jemand anderes Clays Baby emp-
fing? Würde das dieser kleinen französischen Dirne nicht einen
Strich durch die Rechnung machen? Und was passierte, wenn
Clay glaubte, Nicole würde mit einem anderen Mann schlafen?
Das würde sie natürlich tun, dachte Bianca. Sie ist viel zu geil auf
Männer, hatte wahrscheinlich auch mit Isaac auf der Insel
geschlafen. Oder mit Wesley!

Bianca lächelte und liebkoste ihren Bauch. Das Denken
machte sie immer hungrig. Sie ging auf die Tür zu. Sie hatte
eine Menge zu überlegen und sie brauchte ihre Mahlzeit.

»Fröhliche Weihnachten!« trompetete Travis, als Clay und
Bianca Nicoles kleines Haus betraten. Bianca zog ein mürri-
sches, feindseliges Gesicht. Sie ignorierte Travis und betrachtete die Eßwaren, die sich auf dem großen Tisch im Mittelrund
des Raumes türmten. Sie riß sich von Clays Griff los und ging
zum Tisch.

»So was ziehst du Nicole vor?« brummelte Travis.

»Kümmere dich um deinen eigenen Kram«, erwiderte Clay
scharf und trat von ihm fort, während das Gelächter von Travis
ihn verfolgte.

Janie gab Clay einen kleinen Becher voll Brandy. Er trank ihn
rasch leer in seinem Verlangen nach etwas Kräftigem, Wärmen-
dem. Er seufzte, als er den Becher wieder absetzte. Das war ein
köstliches Gebräu; aber kein Brandy. »Was ist das?«

»Bourbon«, antwortete Travis. »Er stammt aus dem neuen Land Kentucky. Ein ambulanter Händler brachte uns vergangene Woche ein paar Flaschen davon.«

Clay hielt Janie wieder den Becher hin.

»Laß dir Zeit damit. Es ist stark.«

»Aber es ist Weihnachten!« rief Clay mit vorgetäuschter Fröhlichkeit. »Das ist die Zeit, um zu essen, zu trinken und fröhlich zu sein.« Er hob seinen Becher, um Bianca zuzuprosten, die langsam den Tisch umkreiste und sich von jedem Gericht etwas auf ihren Teller nahm.

Alle wurden still, als Nicole die kleine Stiege herunterkam. Sie trug ein Gewand aus saphirblauem Samt. Es war ein tief dekolletiertes, schulterfreies Kleid, an der hochgezogenen Taille mit schmalen blauen Bändern bestickt. Ihr langes dunkles Haar fiel ihr lockig über die Schultern. Es war mit dunkelblauen Bändern durchflochten, die mit Hunderten von Zuchtperlen besetzt waren.

Clay konnte nur stumm dastehen und sie sehnsüchtig betrachten, während sie seinen Blick mied. Seine Qualen wurden nicht dadurch erleichtert, daß er wußte, sie hatte begründeten Anlaß, auf ihn wütend zu sein.

Wes trat vor und bot Nicole seinen Arm. »So einen Anblick genießen zu dürfen, ist für mich schon Bescherung genug. Habe ich nicht recht, Clay?«

Als Clay stumm blieb, sagte Bianca mit süßer Stimme: »Ist das nicht aus dem Stoff gemacht, der eigentlich für mich bestimmt war? Stoffe, die du und Janie unterschlagen habt?«

»Clay!« rief Travis. »Du solltest dieser Frau ein paar Manieren beibringen! Sonst muß ich das tun.«

»Ich habe nichts dagegen«, sagte Clay und füllte seinen Becher mit Bourbon nach.

»Bitte«, sagte Nicole, die Clays Blick immer noch auswich. »Bedient euch mit Eierpunsch. Ich muß die Zwillinge holen. Sie sind drüben in der Mühle und bewundern die Welpen. Ich werde nur eine Minute fort sein.«

Clay stellte seinen leeren Becher ab und ging mit ihr zur Tür, wo sie ihren Umhang von dem Holzpflock neben der Tür nahm.

»Ich will nicht, daß du mir nahe kommst«, sagte sie leise. »Bitte, bleibe hier.«

Clay tat so, als habe er nicht verstanden, öffnete ihr die Tür und folgte ihr nach draußen. Sie reckte ihr Kinn in die Luft und ging vor ihm her. Sie versuchte so zu tun, als wäre er gar nicht vorhanden.

»Es ist eine hübsche kleine Nase; aber wenn du sie nicht herunternimmst, wirst du noch stolpern.«

Sie hielt mitten im Schritt inne und wirbelte herum. »Für dich ist das Ganze ein Scherz, nicht wahr? Was für mich eine Frage von Leben und Tod ist, nimmst du zum Anlaß, mich zu verspotten. Diesmal wirst du meine Wut nicht besänftigen können. Ich bin zu oft verletzt und gedemütigt worden.«

Ihre Augen, die vor Wut funkelten, waren riesengroß im Sternenlicht, als sie zu ihm hochsah. Als sie den Mund zusammenpreßte, war von der Unterlippe fast nichts mehr zu sehen. Nur ihre volle, sinnliche Oberlippe blieb von ihrem Mund übrig. Er beugte sich vor, um sie zu küssen. »Ich hatte nie vorgehabt, dir weh zu tun«, sagte er leise. »Und ganz bestimmt wollte ich dich nicht demütigen.«

»Dann hast du in deiner Dummheit ein großartiges Werk vollbracht! Du hast mich schon in den ersten fünf Minuten unseres Kennenlernens als Dirne bezeichnet. Du hast mir erlaubt, dein Haus zu führen; doch sobald deine teure Bianca erschien, wurde ich über Bord geworfen.«

»Hör auf!« befahl er und packte sie heftig bei den Schultern. »Ich weiß, daß unsere Beziehung nicht von gewöhnlicher Art gewesen ist; aber...«

»Gewöhnlich!« sagte sie sarkastisch. »Ich bin mir nicht einmal sicher, ob es überhaupt eine Beziehung ist. Ich muß mich wirklich für eine Dirne halten. Du schnippst mit den Fingern, und ich komme gelaufen.«

»Ich wünschte, das wäre wahr.« Seine Stimme war voller Lachen.

Sie murmelte etwas – offenbar fluchte sie auf französisch –, fauchte ihn an und trat ihm kräftig gegen das Schienbein.

Er ließ sie los und bückte sich, um sein Schienbein zu reiben.

Hinkend eilte er ihr nach und packte sie am Arm. »Du wirst mir jetzt zuhören!«

»Zuhören? Wie damals, als du mir von Beth erzähltest? Oder wie damals, als du mich batest, dich nochmals zu heiraten? Hältst du mich für so naiv, daß ich dir zum drittenmal glaube? Und wenn ich dann verwundbar bin und dir in die Arme falle, kehrst du wieder zu deiner teuren Bianca zurück, weil du mich satt hast? Keiner Frau kann man zumuten, daß sie sich noch mehr demütigt für den Mann, den sie liebt, als ich es tat – für dich!«

»Nicole«, antwortete Clay und hielt sie an einem Arm fest, während er sie mit dem anderen streichelte, »ich weiß, daß man dir weh getan hat. Aber mir ging es nicht anders als dir.«

»Armer Liebling«, sagte sie lächelnd. »Du mußt dich mit zwei Frauen in deinem Bett begnügen.«

Er preßte die Zähne zusammen. »Du weißt, was für eine Frau Bianca ist. Wenn man auch nur auf Armeslänge an sie herankommt, wird sie ganz grün im Gesicht.«

Nicoles Augen weiteten sich, ihre Stimme wurde schrill: »Verlangst du vielleicht auch noch Mitleid von mir?«

Er hielt sie fest bei den Schultern. »Ich verlange, daß du mir vertraust. Ich will deine Liebe. Könntest du einen Augenblick damit aufhören, mich zu verdammen, und dir überlegen, daß es vielleicht einen Grund gab, weshalb ich dich nicht gesehen habe? Ist das zuviel verlangt nach allem, was wir durchgemacht haben? Vielleicht habe ich ein paar Dinge getan, die dir Anlaß gaben, mir zu mißtrauen; doch ich liebe dich. Bedeutet dir das nichts?«

»Warum?« flüsterte sie und hielt blinzelnd die Tränen zurück. »Warum hast du mich verlassen, ohne ein Wort zu sagen? Mich einfach fallen lassen, als wärst du mit mir fertig? Auf der Insel konnte ich nur daran denken, daß ich hoffentlich bald wieder zu Hause sei – bei dir in Arundel Hall.«

Er zog sie an sich und spürte, wie ihre Tränen sein Hemd durchnäßten. »Hat Isaac nie von seiner Cousine gesprochen?«

Die Zeit auf der Insel war ihr nur noch verschwommen gegenwärtig.

»Ich wollte es dir damals schon erklären; doch das konnte ich nicht. Ich hatte so große Angst, daß ich darüber nicht sprechen konnte.«

Sie versuchte, den Kopf zu heben; doch er schob ihn wieder an seine Schulter zurück.

»Angst? Aber ich war doch in Sicherheit. Abe war fort. Vor Isaac brauchtest du dich noch nicht zu fürchten, nicht wahr?«

»Bianca ist Isaacs Cousine. Das ist einer von den Gründen, weshalb sie nach Amerika kam. Sie versprach Abe einen Bullen und ein paar Färsen, wenn er dich entführen würde, bis meine Ehe mit dir annulliert sei. Eine von Elijahs Töchtern erzählte Wes von diesem Plan.«

»Und Bianca sagte dir, wo ich steckte?«

Er zog sie noch dichter an sich heran. »Für welchen Preis! Sie sagte mir, wenn ich sie nicht heiraten würde, brächte einer von ihren zahlreichen Verwandten dich zurück nach Frankreich.« Er konnte spüren, wie Nicole an seiner Brust erschauerte; der Gedanke daran war für sie genauso schlimm wie für ihn.

»Warum hast du mir das nicht gesagt? Warum hast du mich einfach so stehenlassen?«

»Weil du bestimmt nach Arundel Hall gekommen wärst und Bianca zur Rede gestellt hättest. Du hättest sie herausgefordert, auch auf die Gefahr hin, daß sie dich nach Frankreich zurücktransportieren ließ.«

»Das wäre das einzig Richtige gewesen.«

»Nein, ich kann nicht riskieren, dich zu verlieren«, sagte er, während er ihr Haar streichelte.

Sie beugte sich von ihm weg. »Warum erzählst du mir das jetzt? Warum versteckst du dich nicht mehr hinter Biancas breitem Rücken?«

Er schüttelte den Kopf und unterdrückte ein Lächeln. »Ich habe mit Isaac gesprochen, als er bei dir in der Mühle zu arbeiten begann. Er sagte, du hättest dich nur deshalb so still verhalten bei der Entführung, weil du glaubtest, ich sei in Gefahr. Sollte ich mich nicht genauso verhalten, wenn ich weiß, daß dein Leben auf dem Spiel steht?«

»Laß uns ins Haus zurückgehen und mit Bianca sprechen.«

»Nein!« Das war ein Befehl. »Ich will dein Leben nicht riskieren, begreifst du das denn nicht? Sie braucht nur dafür zu sorgen, daß du ein zweitesmal entführt wirst. Nein! Das riskiere ich nicht.«

»So! Du schlägst mir also vor, daß wir uns bis zu unserem Lebensende nur einmal im Jahr zu Weihnachten treffen sollen, damit Bianca haben kann, was sie möchte?« fragte Nicole wütend.

Er fuhr mit dem Finger über ihre Oberlippe. »Du hast eine scharfe Zunge. Sie gefällt mir besser, wenn du sie nicht als Peitsche gegen mich verwendest.«

»Vielleicht muß man dich scharf ins Gebet nehmen, damit du zur Vernunft kommst. Du scheinst tatsächlich Angst zu haben vor dieser Bianca.«

»Verdammt, ich habe große Geduld gezeigt; doch jetzt habe ich genug von deinen Vorwürfen. Ich habe keine Angst vor Bianca. Ich mußte meine ganze Selbstbeherrschung aufbieten, damit ich diese Hexe nicht umbrachte. Doch ich wußte, daß dein Leben in Gefahr war, sobald ich sie anfaßte.«

»Isaac erzählte mir, daß Abe Virginia verlassen hat. Bist du sicher, daß sie noch mehr Verwandte hat? Bianca könnte dich belogen haben.«

»Wes hat noch einmal das Mädchen gefragt, das ihm von Biancas Plänen erzählte. Die Kleine sagte, Bianca sei mit ihrer Mutter verwandt, und ihre Mutter hat Hunderte von Vettern.«

»Aber sicherlich wären nur wenige von ihnen bereit, zu tun, was Bianca von ihnen verlangt.«

»Die Leute tun doch alles für Geld«, sagte er angewidert. »Und Bianca hat die ganze Armstrong-Plantage zu ihrer Verfügung.«

Nicole schlang die Arme um seine Brust und preßte sich an ihn.

»Clay, was sollen wir nur tun? Wir müssen es riskieren. Vielleicht blufft sie nur.«

»Möglich; aber Gewißheit habe ich nicht. Es hat zwei

269

Monate gedauert; doch endlich fiel mir eine Lösung ein. Wir werden nach Westen gehen. Wir werden unsere Namen ändern und Virginia verlassen.«

»Virginia verlassen?« fragte sie und schob ihn wieder von sich weg. »Aber hier ist doch deine Heimat. Wer soll die Plantage bewirtschaften?«

»Bianca vermutlich«, sagte er tonlos. »Ich bot ihr meinen ganzen Besitz an; doch sie sagte, sie braucht einen Ehemann, der ihn bewirtschaftet.«

»Meinen Ehemann!« stieß Nicole heftig hervor.

»Ja, immer der deine. Aber wir sind jetzt schon zu lange weggeblieben. Kannst du mich morgen bei der Höhle treffen? Kannst du die allein finden?«

»Ja«, sagte sie zögernd.

»Du vertraust mir nicht, nicht wahr?«

»Ich weiß nicht, Clay. Jedesmal, wenn ich an dich glaube, an unser Zusammensein, passiert etwas Schreckliches. Ich kann diesen Zustand nicht länger ertragen. Du kannst dir nicht vorstellen, wie schrecklich die letzten drei Monate für mich gewesen sind. Diese Unwissenheit, dieses sich dauernd Fragen-Müssen, warum es so ist...«

»Ich hätte es dir sagen müssen. Das weiß ich jetzt. Ich brauchte lediglich Zeit zum Nachdenken.« Er hielt inne. »Wenigstens hast du diese Zeit nicht mit Bianca verbringen müssen. Weißt du, daß diese Frau einen Teil meines Hauses abreißen und einen neuen Flügel anbauen möchte? Wenn ich ihr freie Hand ließe, würde sie unser Haus in einen monströsen Kasten verwandeln, wie Horace und Ellen ihn bewohnen.«

»Wenn du ihr den Besitz überläßt, kann sie mit deinem Haus machen, was sie will.«

Es dauerte eine Weile, ehe Clay antwortete: »Ich weiß. Laß uns die Zwillinge holen und ins Haus zurückgehen.« Er ließ sie los und nahm ihre Hand in die seine.

Nicole schwindelte der Kopf, während sie stumm am Tisch beim Weihnachtsessen saß, das kein Ende nehmen wollte. Es war nicht nur Bianca, mit der sie sich in Gedanken so stark beschäftigte, sondern auch Arundel Hall. Sie wußte, wie sehr

Clay sein Heim liebte; daß er von diesem Haus immer nur voller Ehrfurcht sprach. Selbst damals, als er das Haus zugunsten seiner Felder zu vernachlässigen schien, hatte er gewußt, daß Nicole dem Haus die Pflege angedeihen ließ, die es verdiente. Sie hatte stets das Gefühl gehabt, daß er an das Haus gedacht hatte, als er ihr seinen ersten Antrag machte – als er sagte, er wollte mit ihr verheiratet bleiben, wenn Bianca nicht aus England käme.

Nicole stocherte lustlos in ihrem Essen und hörte nur mit halbem Ohr hin, als Travis ihr von seinen Plänen erzählte, im Frühjahr England zu besuchen. Clay hatte recht: Sie traute ihm nicht mehr. Zu oft hatte sie ihm ihr Herz angeboten, und er hatte es zurückgewiesen. Natürlich hatte er immer großartige Gründe gehabt: Zuerst war da die Ähnlichkeit mit Beth gewesen, und nun wurde er von Bianca erpreßt. Sie glaubte ihm – die Geschichten waren viel zu bizarr, um erlogen zu sein –; doch nun sagte er, er wolle Virginia – und Bianca – verlassen, damit sie zusammen sein könnten. Er sagte, er würde Bianca hassen; und trotzdem hatte er monatelang mit ihr zusammengelebt.

Sie schob ein Stück Truthahn auf die Gabel. Sie mußte ihm glauben! Natürlich haßte er Bianca und liebte sie. Es gab logische Gründe dafür, warum Bianca bei ihm wohnte und sie nicht. Doch in diesem Moment konnte sie sich an keinen dieser Gründe mehr erinnern.

»Ich glaube, dieser Truthahn ist bereits tot«, sagte Wes neben ihr.

»Oh«, sagte sie verwirrt und versuchte dann zu lächeln. »Ich fürchte, ich bin keine gute Gesellschafterin.«

Travis grinste sie an. »Jede Frau, die so aussieht wie du, braucht nichts zu tun oder zu sagen. Eines Tages werde ich auch so ein hübsches kleines Mädchen finden und sie in einer Glasvitrine aufbewahren. Ich lasse sie nur heraus, wenn ich sie begehre.«

»Vermutlich dreimal pro Nacht, würde ich meinen«, sagte Wesley und nahm sich noch ein paar kandierte Früchte auf seinen Teller.

»Ich verbitte mir solche unzüchtigen Gespräche«, sagte

Bianca steif. »Auch Kolonisten sollten nicht vergessen, daß eine Lady am Tisch sitzt.«

»Immerhin hat man mich so erzogen, daß ich weiß, Ladies wohnen nicht mit Männern zusammen, mit denen sie nicht verheiratet sind«, gab Travis mit kalter Stimme zurück.

Biancas Gesicht färbte sich rot vor Zorn, während sie von ihrem Stuhl hochschoß. Der Stuhl kippte um, gleichfalls einige Gläser auf dem Tisch. »Ich lasse mich nicht von Ihnen beleidigen! Ich bin diejenige, der Arundel Hall gehören wird, und wenn es soweit ist…« Sie hielt inne und stieß dann einen Schrei aus, als Mandy, die zu der großen Frau hinaufstarrte, den Teller in ihrer Hand so schräg hielt, daß sich das Preiselbeergelee auf Biancas Rock ergoß.

»Das hast du mit Absicht getan!« schrie Bianca und holte mit der Hand aus, um das Kind zu schlagen.

Nun sprangen alle am Tisch auf, um sie daran zu hindern. Doch Bianca stieß ein Keuchen aus, ihre Augen tränten, sie sprang vom Tisch zurück und griff sich mit der Hand, mit der sie Mandy schlagen wollte, an den Fuß. Dort ruhte auf ihrem dicken Knöchel ein großer, sehr heißer Pflaumenpudding.

»Wischt mir das Zeug ab!« schrie sie und zappelte mit dem Fuß.

Nicole war diejenige, die ihr ein Handtuch zuwarf; doch niemand bückte sich, um ihr die klebrige Masse abzuwischen. Travis zog Alex unter dem Tisch hervor. »Ich glaube, er hat sich die Finger verbrannt, Janie.«

»Schade um den Pudding«, sagte Wes traurig und sah Bianca dabei zu, wie sie versuchte, auf einem Bein zu balancieren, während sie mit dem Handtuch den Pudding abwischen wollte. Ihr Bauch war so dick, daß sie kaum ihren Knöchel zu erreichen vermochte.

»Es ist überhaupt nicht schade um ihn«, sagte Janie.

»Clayton Armstrong!« schrie Bianca. »Wie kannst du es wagen, stumm dabeizustehen, während ich auf so unverschämte Art beleidigt werde?«

Jeder drehte sich jetzt Clay zu. Niemand hatte darauf geachtet, daß er beim Essen einen Becher Bourbon nach dem anderen getrunken hatte. Nun sah er mit glasigen Augen auf Bianca und hörte sich ihr Gekeife teilnahmslos an.

»Clay«, sagte Nicole leise, »ich denke, du solltest Bianca jetzt lieber nach... Hause bringen.«

Clay ging um den Tisch herum, packte Biancas Arm und zog sie zur Tür, ohne auf ihre Schreie zu achten, daß der Pudding ihr immer noch das Bein verbrenne. Er nahm einen Krug voller Bourbon mit, während er sie über die Schwelle nach draußen schob. Die kalte, von Schnee erfüllte Luft drohte die nasse, klebrige Masse an Biancas Knöchel in Eis zu verwandeln.

Bianca folgte Clay nur widerstrebend und stolperte im Dunklen hinter ihm her. Ihr Kleid war ruiniert; sie konnte die kalte Preiselbeersoße auf ihren Schenkeln fühlen, und ihr Knöchel schmerzte von der Brandwunde und der Kälte. Tränen verschleierten ihre Augen, so daß sie kaum sehen konnte, wohin sie gingen. Wieder einmal hatte Clay sie gedemütigt. Seit sie in Amerika eingetroffen war, hatte er nichts anderes getan.

Am Steg ächzte Clay, als er Bianca hochhob und sie in das Ruderboot setzte. »Wenn du so weiter ißt, werden wir ertrinken müssen«, sagte er mit leicht verschwommener Stimme.

Sie hatte sich jetzt mehr als genug beleidigen lassen, dachte sie, während sie ihm steif gegenübersaß. »Dir scheint dieses neue Getränk gut zu schmecken«, sagte sie mit süßer Stimme, während sie mit dem Kopf auf den Krug auf dem Boden des Bootes deutete.

»Es läßt mich eine Weile lang vergessen. Alles, was mich vergessen läßt, ist willkommen.«

Bianca lächelte im Dunklen. Als sie an der anderen Seite des Flusses ankamen, nahm sie die Hand, die er ihr bot, trat aufs feste Ufer und folgte ihm rasch zurück zum Haus. Als sie an der Gartentüre anlangte, zitterte sie, weil sie wußte, was sie nun tun mußte, obwohl sie sich fast übergeben mußte, wenn sie daran dachte.

Clay stellte den Krug auf den Tisch in der Halle und trat wieder ins Freie hinaus.

»Bauer!« murmelte Bianca, hob ihre Röcke an, rannte die Treppe zu ihrem Zimmer hinauf, öffnete eine Schublade in der

Kommode und nahm eine kleine Flasche Laudanum heraus. Wenn sie das Schlafmittel unter den Bourbon mischte, würde Clay nicht merken, was mit ihm geschah. Sie hatte gerade noch Zeit, ein paar Tropfen von dem Schlafmittel in das Glas zu schütten, das sie nun mit Bourbon füllte. Das Zeug roch entsetzlich!

Clay zog eine Augenbraue in die Höhe, als sie ihm das Glas anbot. Aber er war schon zu betrunken, um nach Gründen für ihre Handlung zu suchen. Er hob das Glas, prostete ihr mit einer spöttischen Grimasse zu und leerte es in einem Zug. Dann stellte er das Glas auf den Tisch und hob den Krug an die Lippen.

Bianca lächelte nur über seine bäuerischen Manieren und sah zu, wie er die Treppe hinaufwankte. Als sie die Tür seines Schlafzimmers gehen und dann das Poltern seiner Stiefel auf dem Boden hörte, wußte sie, daß es Zeit war, ihren Plan auszuführen.

Die Halle war dunkel, und Bianca stand lauschend am Fuß der Treppe. Schon die Vorstellung dessen, was sie vorhatte, erregte ihren Ekel; sie haßte die Berührung eines Mannes so sehr wie ihre Mutter sie geliebt hatte; doch während sie sich noch einmal in der Halle umsah, wußte sie, daß sie das alles verlieren würde, wenn sie nun nicht zu Clay ins Bett stieg. Sie nahm die Flasche mit dem Schlafmittel und ging die Treppe hinauf.

Mit zitternden Händen zog sie sich in ihrem Zimmer aus und schlüpfte in ein blaßrosa Nachthemd aus Seide. Sie weinte ein bißchen, als sie einen Schluck von dem Laudanum nahm. Wenigstens würde die Droge ihre Sinne ein wenig betäuben.

Das Mondlicht flutete durch Clays Zimmer, und Bianca sah ihn quer über seinem Bett liegen. Er war nackt, und während das silberne Licht über seine bronzene Haut hinspielte, schien er aus Gold gemacht. Doch Bianca fand nichts Schönes an dem Anblick eines nackten Mannes. Das Schlafmittel gab ihr das Gefühl, als träume sie das alles nur.

Leise schlüpfte sie neben Clay ins Bett. Die Vorstellung, daß sie sich ihm anbieten mußte, erschreckte sie. Sie wußte nicht, ob sie das fertigbringen würde.

Clay brauchte keine Ermutigung. Er hatte von Nicole

geträumt, und die Berührung eines seidenen Nachthemdes sowie der Geruch parfümierter Haare lösten in ihm eine Reflexbewegung aus. »Nicole«, flüsterte er, während er Bianca dichter an sich zog.

Doch selbst in seinem betrunkenen, betäubten Zustand erkannte Clay, daß er nicht die Frau neben sich hatte, die er liebte. Als er nach ihr griff, berührte er Fettwülste. Er zog mit einem erstickten Grunzen die Hand wieder zurück und überließ sich seinem Traum von Nicole.

Bianca wartete steif, mit angehaltenem Atem, daß sich seine animalische Lust durchsetzte. Als er ihr aber mit einem Grunzen den Rücken zukehrte, dauerte es ein paar Minuten, ehe sie begriff, daß er sie nicht anfassen würde. Sie fluchte innerlich und sagte der schlafenden Gestalt neben sich laut, was sie von ihrer mangelnden Männlichkeit hielt. Wäre ihr die Plantage nicht so wichtig gewesen, hätte sie diese Karikatur von einem Mann nur zu gern dieser Nicole überlassen.

Doch nun mußte etwas getan werden. Am Morgen mußte Clay glauben, daß er Bianca defloriert hatte, oder ihr Plan würde niemals gelingen. Das Schlafmittel, das sie eingenommen hatte, war ihr nun sehr hinderlich, als sie sich vom Bett erhob und die Treppe hinunterwankte. Aber sie hätte noch so stark betäubt sein können und trotzdem den Weg ans Ziel ihrer Wünsche gefunden – in die Küche.

Auf dem großen Tisch lag ein Stück Rindfleisch in einer Kräuter-Marinade, und Bianca füllte einen Tonbecher zur Hälfte mit Ochsenblut. Dann nahm sie noch sechs übriggebliebene Rosinenbrötchen aus dem Küchenschrank, um sich für ihre Klugheit zu belohnen, und machte sich anschließend wieder zurück auf den Weg ins Haus.

Als sie wieder im Oberstock angelangt war, verspeiste sie zuerst die Rosinenbrötchen, und dann, als sie kaum noch die Augen offenhalten konnte, legte sie sich neben Clay und begoß sich mit dem Ochsenblut. Sie versteckte den Becher unter dem Bett, verfluchte Clay noch einmal, daß er sie zwang, solche schrecklichen Dinge zu tun, und schlief dann neben ihm ein.

16

Die frühe Morgensonne fiel auf den leicht verkrusteten Schnee und prallte von dort zurück in Clays rotunterlaufene Augen. Der Schmerz in seinen Pupillen ging direkt in seinen Kopf, in dem sich alles, was je an Abscheulichkeiten erschaffen worden war, zu tummeln schien. Sein Körper war eine Last, als wiege er tausend Pfund, und jede Bewegung war eine Qual, auch nur, wenn er in die Hocke ging, um eine Handvoll Schnee aufzuheben und ihn auf seine trockene, geschwollene Zunge zu legen.

Schlimmer als dieser wütende Kopfschmerz und sein revoltierender Magen aber war die Erinnerung an diesen Morgen. Er war neben Bianca aufgewacht. Zuerst hatte er sie nur anstarren können, weil sein Kopf zu weh tat, um auch nur einen klaren Gedanken zuzulassen.

Da hatte Bianca rasch die Augen geöffnet und entsetzt geschnauft, als sie ihn sah. Sie hatte sich aufgesetzt und die Decke bis zum Hals hinaufgezogen. »Du Scheusal!« hatte sie durch ihre zusammengepreßten Zähne gezischelt. »Du schmutziges, gemeines Tier!«

Und dann hatte sie zu ihm gesagt, er habe sie in sein Bett geschleppt und sie vergewaltigt.

Clay hatte ihr nur stumm zugehört, und als sie fertig war, hatte er gelacht. Denn er glaubte nicht, daß er jemals so betrunken gewesen sein konnte.

Doch als Bianca aus dem Bett stieg, war Blut auf dem Laken gewesen, und Blut auf ihrem Nachthemd. Ehe Clay etwas erklären konnte, hatte Bianca ihm gesagt, sie wäre eine Lady, sie würde sich nicht wie eine Hure behandeln lassen, und wenn sie ein Kind bekäme, würde Clay sie heiraten müssen.

Clay war dann aus dem Bett gestiegen und hatte sich rasch angezogen. Er wollte so weit wie möglich fort von dieser Frau.

Nun saß er auf der Lichtung, die er mit James und Beth gerodet hatte, und versuchte, sich an die vergangene Nacht zu erinnern. Vielleicht war er tatsächlich so betrunken gewesen, daß er sich an dieser Bianca vergriffen hatte. Heute morgen konnte er sich an nichts mehr erinnern. Was war geschehen, nachdem er Nicoles Haus verlassen hatte?

Nicole war es, um die er sich Sorgen machte. Was passierte, wenn Bianca tatsächlich schwanger wurde? Er verdrängte diesen Gedanken aus seinem Bewußtsein.

»Clay?« rief Nicole, »bist du hier?«

Lächelnd stand er auf, um sie zu begrüßen, als sie auf die Lichtung trat.

»Du hast mir nicht gesagt, um welche Zeit. Oh, Clay, du siehst schrecklich aus. Deine Augen sehen schlimm aus!«

»Schlimmer«, entgegnete er heiser, während er die Arme nach ihr ausstreckte.

Nicole kam bis auf zwei Schritte an ihn heran, blieb wieder stehen und blinzelte heftig. »Du riechst auch so schlimm, wie du aussiehst.«

Er zog eine Grimasse. »Heißt es nicht, daß Liebe blind macht?«

»Aber selbst blinde Leute können riechen! Setz dich und ruh dich aus, oder zünde ein Feuer in der Höhle an. Ich habe etwas zu essen mitgebracht. Du hast gestern abend nicht viel zu dir genommen.«

Er stöhnte. »Bitte, erwähne nichts mehr von der vergangenen Nacht!«

Es war eine Stunde später, nachdem sie gefrühstückt hatten und die kleine Höhle warm war, daß Nicole bereit war, mit ihm zu reden. Sie hatte eine Decke über die Beine gebreitet und sich gegen die Steinwand der Höhle zurückgelehnt. Sie war noch nicht bereit, sich Clays Arm um die Schultern legen zu lassen. »Ich habe in der letzten Nacht kaum geschlafen«, begann sie. »Ich mußte dauernd an das denken, was du mir von Bianca und ihren Verwandten erzählt hast. Ich wollte dir glauben... aber es fiel mir schwer. Ich kann nur sehen, daß ich mit dir verheiratet bin; aber sie mit dir lebt. Es ist fast so, als wolltest du uns beide haben.«

»Das glaubst du tatsächlich?«

»Ich versuche, es nicht zu glauben. Aber ich weiß, welche

277

Macht Beth über dich besaß. Vielleicht begreifst du gar nicht, wie sehr du an deinem Heim hängst. Gestern nacht redetest du davon, dein Haus zu verlassen und nach Westen zu gehen. Doch vor noch gar nicht langer Zeit warst du bereit, eine Frau entführen zu lassen, nur weil sie aussah wie jemand, der hierher gehörte.«

»Du bedeutest mir mehr als die Plantage.«

»Wirklich?« fragte sie. Ihre Augen waren groß, dunkel und feucht. »Ich hoffe, das stimmt«, flüsterte sie. »Ich hoffe, daß ich dir so viel bedeute.«

»Doch du zweifelst an mir«, fuhr er mit tonloser Stimme fort. Vor seinem inneren Auge stand das Bild von Bianca in seinem Bett, ihr jungfräuliches Blut auf dem Laken. Hatte Nicole recht, wenn sie ihm nicht traute? Er drehte sich zu der kleinen Nische um, in der das silberne Einhorn in seiner Glaskugel saß, stand auf und nahm es in seine Hände. »Wir haben darauf ein Gelübde abgelegt«, sagte er. »Ich weiß, wir waren damals noch Kinder und wußten noch nicht viel vom Leben; doch wir haben nie unsere Schwüre gebrochen.«

»Manchmal sind die unschuldigen Schwüre die ehrlichsten«, sagte sie lächelnd.

Clay hielt das Glas auf seiner Handfläche. »Ich liebe dich, Nicole. Und ich schwöre, daß ich dich lieben werde, bis ich sterbe.«

Nicole stand vor ihm und legte ihre Hand auf die seine. Da war etwas, das sie störte. Beth, James und Clay hatten das kleine Einhorn berührt. Dann hatte Beth es in Glas versiegelt, daß niemand anders es mehr anfassen konnte. Sie dachte an das Porträt von Beth, das Bianca so ähnlich war. Dabei schoß ihr ein Gedanke durch den Kopf: Wann würde sie für würdig befunden, das zu berühren, was Beth berührt hatte?

»Ja, Clay, ich liebe dich«, flüsterte sie. »Ich habe dich stets geliebt und werde dich immer lieben.«

Vorsichtig stellte er das in Glas gegossene Einhorn zurück in seine Nische. Er bemerkte nicht, daß Nicole ihn dabei stirnrunzelnd beobachtete. Er drehte sich um und zog sie an sich. »Wir können im Frühjahr nach Westen ziehen. Es werden immer

278

wieder Wagenzüge nach dorthin zusammengestellt. Wir werden zu verschiedenen Zeiten aufbrechen, so daß niemand weiß, daß wir zusammen nach Westen ziehen.«

Clay fuhr fort, ihr seine Pläne zu erläutern; doch Nicole hörte nicht zu. Der Frühling war noch Monate entfernt. Frühling war die Zeit, wo die Erde wieder lebendig wurde und Saat für eine neue Ernte gelegt werden mußte. Würde Clay dann imstande sein, wegzuziehen und all die Leute im Stich zu lassen, die von ihm abhingen?

»Du erschauerst«, sagte er leise. »Ist dir kalt?«

»Ich glaube, ich fürchte mich«, antwortete sie wahrheitsgemäß.

»Du hast keinen Grund, dich zu fürchten. Das Schlimmste haben wir jetzt überstanden.«

»Tatsächlich, Clay?«

»Still!« befahl er und verschloß ihre Lippen mit seinem Mund.

Eine lange Zeit war vergangen, seit sie zum letztenmal zusammengewesen waren. Seit der Party bei den Backes waren sie getrennt gewesen. Welche Gründe Nicole für ihre Angst auch gehabt haben mochte: sie verflogen, als Clay sie küßte. Ihre Arme legten sich um seinen Hals, und sie zog sein Gesicht näher an das ihre heran, während er mit der Hand ihren Kopf zur Seite drehte und ihren Mund schief legte, damit ihre Lippen sich teilten. Er war hungrig nach ihr, sehnte sich nach ihrem süßen Nektar, der den Schmutz der Nacht mit Bianca wegspülen würde – einer Nacht, in der ihn Visionen von Beth heimsuchten, ein rosenfarbenes seidenes Nachtgewand und Blutflecken auf einem weißen Laken.

»Clay!« keuchte Nicole. »Fehlt dir etwas?«

»Nein. Ich habe gestern nacht nur zuviel getrunken. Geh nicht fort«, flüsterte er, als er sie fester an sich zog. »Ich brauche dich so sehr. Du bist warm und lebendig, und ich werde von Gespenstern geplagt.« Er küßte ihren Hals. »Laß mich vergessen.«

»Ja«, flüsterte sie. »Ja.«

Clay zog sie mit sich auf den Boden der Höhle, auf den eine Steppdecke gebreitet war. Es war warm und roch gut in diesem kleinen Raum. Nicole begehrte ihn heftig; doch Clay wollte sich

Zeit lassen. Langsam knöpfte er das Vorderteil ihres weichen wollenen Kleides auf und schob seine Hand darunter, legte sie auf ihre Brust, liebkoste mit den Daumen die weichen Spitzen.

»Wie sehr ich dich vermißt habe!« flüsterte er, während sein Mund seiner Hand folgte.

Nicole wölbte sich neben ihm. Vor ihren Augen drehten sich blitzende Farben. Als sie an den Knöpfen seiner Weste fummelte, vermochte sie sich nicht an das zu erinnern, was sie tat, da sein Mund und seine Hände sie offenbar unfähig machten, selbst so einfache Dinge zu verrichten.

Lächelnd über ihre Ungeschicklichkeit bog Clay sich von ihr zurück. Ihre Augen waren geschlossen, ihre dichten, üppigen Wimpern lagen wie eine dunkle Welle auf ihren Wangen. Während er ihre Wange liebkoste und mit seinem Finger ihre Lippen nachzeichnete, verwandelte sich seine Andacht in Leidenschaft. Rasch öffnete er die Knöpfe seiner Weste, sein Hemd, streifte seine Stiefel und seine Hose ab.

Nicole lag noch auf dem Rücken, ihren Kopf auf einen Arm gestützt, und sah zu, wie der Widerschein der Flammen in der kleinen Höhle über seine Muskeln hinspielte. Sie fuhr ihm mit den Fingern über den Rücken.

Er drehte sich um – nackt. Seine Haut war lichtes Gold und dunkle Bronze.

»Du bist schön«, flüsterte sie, und er lächelte, ehe er sie wieder küßte, ihr das Kleid von den Schultern streifte und dann zitternd ihren glatten, festen Körper abtastete, ihn langsam erkundete, als wäre er nicht mehr mit ihm vertraut. Als er sie auf sich zog, hob sie ihre Hüften und führte ihn zu ihrem Schoß.

»Clay!« keuchte sie, als er ihre Hüften auf- und abbewegte, langsam zuerst, dann immer schneller werdend, bis sie sich an ihn klammerte, ihre Hände hungrig nach ihm griffen. Sie brach auf ihm zusammen, schwach, mit pochenden Pulsen und gesättigt.

»Damit wir uns nicht mißverstehen, Lady«, sagte der stämmige junge Mann und spuckte ihr einen Strahl Tabaksaft vor die

Füße. »Sie wollen, daß ich Ihnen ein Baby mache? Ihnen nicht eines von meinen Kindern abgebe, die bereits geboren sind, sondern Ihnen ein neues fabriziere?«

Bianca stand aufrecht vor ihm und hielt seinem Blick stand. Sie hatte nicht lange fragen müssen, bis man sie auf Oliver Hawthorne verwies, einem Mann, der bereit war, alles zu tun, wenn der Preis stimmte, und seinen Mund zu halten. Zuerst hatte sie daran gedacht, ihm dafür Geld zu geben, daß er Nicole nach Frankreich zurückschickte; doch die Hawthornes standen nicht wie die Simmons in dem Ruf, sich auf kriminelle Dinge einzulassen.

Nach ihrem fehlgeschlagenen Versuch, Clay zu einem Beischlaf zu bewegen, hatte sie einsehen müssen, daß etwas in dieser Richtung zu geschehen habe; oder alle ihre Zukunftspläne würden zusammenbrechen. Es würde nicht lange dauern, bis Clay erkannte, daß sie keine Macht über ihn hatte. Sie mußte sich ein Kind machen lassen. Ganz egal, wie sie das anstellte!

»Ja, Mr. Hawthorne. Ich möchte ein Kind haben. Ich habe mich nach Ihrer Familie erkundigt, und Sie scheinen besonders fruchtbar zu sein.«

»So, Sie haben sich erkundigt?« Er lächelte und betrachtete sie dann abschätzend. Ihre Plumpheit störte ihn nicht; denn er liebte korpulente Frauen mit starkem Rücken, die eifrig und tüchtig waren im Bett, aber diese Frau schien noch nie in ihrem Leben gearbeitet zu haben, und das störte ihn. »Ich schätze, Sie meinen, die Hawthornes können Babys machen, selbst wenn sie unfähig sind, ihren Tabak zum Wachsen zu bringen.«

Sie nickte kurz. Je weniger sie mit diesem Mann reden mußte, um so besser gefiel ihr die Sache. »Es muß natürlich ein Geheimnis bleiben. In der Öffentlichkeit werde ich niemals zugeben, daß ich Sie jemals gesehen habe, und ich erwarte von Ihnen das gleiche Verhalten.«

Oliver sah sie blinzelnd an. Er war ein untersetzter, stämmiger Mann mit einem abgesplitterten Schneidezahn, und er hatte ein Gefühl, als wäre das ganze nur ein Traum, aus dem er sehr rasch aufwachen würde. Hier war eine Frau, die ihm dafür Geld bot, daß er sie vögelte, sogar so oft vögelte, bis sie schwanger wurde. Er kam sich vor wie ein Hengst, dem man eine Stute zuführte, und er fand die Idee gar nicht so schlecht.

»Klar, Lady, da richte ich mich ganz nach Ihnen. Ich werde mich benehmen, als hätte ich Sie oder das Kind noch nie gesehen, obwohl ich Sie warnen muß: meine sechs Kinder sehen alle aus wie ich.«

Es geschah Clay nur recht, wenn er ein Kind als seines anerkennen mußte, das offensichtlich einem anderen Manne glich, dachte sie. Das Kind würde stämmig und untersetzt sein, so gar nichts von Clays Größe und schlanker Anmut haben. »Das geht schon in Ordnung«, sagte sie, während sich ein Grübchen in ihrer linken Wange zeigte. »Können Sie mich morgen um drei Uhr hinter der Gerberei auf der Armstrong-Plantage treffen?«

»Armstrong, wie? Hat Clay Mühe, seine eigenen Babys zu zeugen?«

Bianca erwiderte steif: »Ich habe nicht vor, irgendwelche Fragen zu beantworten. Sie können sich Ihre Neugierde also sparen.«

»In Ordnung«, sagte Oliver und sah sich dann vorsichtig um. Sie befanden sich auf einer Straße, vier Meilen von der Armstrong-Plantage entfernt. Sie hatte diesen Treffpunkt in ihrer Botschaft an ihn bestimmt. Als er die Hand ausstreckte und ihren Arm berührte, machte sie einen Satz von ihm, als hätte er sie verbrannt.

»Fassen Sie mich nicht an«, sagte sie mit zusammengebissenen Zähnen.

Er sah ihr mit gerunzelter Stirn nach, als sie sich umdrehte und wütend die Straße zu der Stelle hinter einer Kurve hinunterging, wo der Kutscher auf sie wartete. Sie war schon eine Komische, dachte er. Sie wollte nicht, daß er sie anfaßte, doch sie verlangte, er sollte sie schwängern. Sie hatte ihn so verächtlich behandelt, als wäre er ihr widerwärtig; doch sie wollte ihn am Nachmittag treffen, um sich vögeln zu lassen. Bei hellem Tageslicht! Der Gedanke daran brachte Olivers Körper zum Glühen, und er griff sich in die Hose, weil sie ihm um das Ding dort zu eng wurde. Er war nicht einer, der einem geschenkten

Gaul ins Maul schaute. Vielleicht würden noch mehr von diesen Ladies ihn brauchen, damit er sie für ihre schwachen Männer entschädigte. Vielleicht konnte Oliver sich sogar davon ernähren, und dann konnte der Tabak seinetwegen zum Teufel gehen.

Er reckte seine Schultern und ging nach Hause.

In den nächsten Wochen fühlte Nicole sich zufrieden, wenn auch nicht glücklich. Clay traf sich oft mit ihr auf der Lichtung neben dem Fluß. Es waren freudige Begegnungen, voller Liebe und Pläne für den Treck nach Westen. Sie waren wie Kinder, die davon redeten, was sie alles bekommen würden: wie viele Schlafzimmer ihr Haus haben würde, wie viele Kinder sie bekämen und welche Namen sie ihnen gäben. Sie sprachen davon, wann sie die Zwillinge und Janie in ihre Pläne einweihen würden; denn selbstverständlich würden die drei mit ihnen ziehen.

Eines Abends im späten Februar zogen dunkle Wolken am Himmel auf, und ein Blitz drohte, in das kleine Haus einzuschlagen.

»Warum bist du so schreckhaft?« fragte Janie. »Es ist doch nur ein Gewitter.«

Nicole legte ihr Strickzeug in den Korb zurück, weil es keinen Sinn hatte, zu versuchen, mit ihrer Arbeit fortzufahren. Jedes Gewitter versetzte sie in jene Nacht zurück, als der Pöbel ihr den Großvater entriß.

»Bist du so nervös, weil du dich nicht mit Clay treffen kannst?«

Erstaunen malte sich auf Nicoles Gesicht.

Janie kicherte. »Du brauchst mir nicht zu erzählen, was zwischen euch vorgeht. Ich kann es dir vom Gesicht ablesen. Ich hatte mir gedacht, du wirst es mir schon sagen, sobald du glaubst, daß die Zeit dafür reif ist.«

Nicole saß auf dem Boden vor dem Feuer. »Du bist so gut und geduldig mit mir.«

»Du bist es, die geduldig ist«, sagte Janie und schnaubte. »Keine andere Frau auf der Welt würde sich gefallen lassen, was Clayton mit dir macht.«

»Es gibt Gründe . . .«, setzte Nicole an.

»Männer haben immer Gründe, wenn es um Frauen geht.« Sie hielt plötzlich inne. »Ich sollte solche Sachen nicht zu dir sagen. Es steckt mehr dahinter, als ich weiß, dessen bin ich sicher. Vielleicht hat Clay einen Grund dafür, daß er seine Frau so heimlich trifft wie diese Damen in der Stadt.«

Nicole lächelte. »Wie gewisse Damen in der Stadt?« fragte sie augenzwinkernd. »Vielleicht werde ich mich eines Tages, wenn ich mit ihm zusammen leben und ihn täglich sehen kann, gern an diese Zeit zurückerinnern, als ich so begehrenswert für ihn war.«

»Das glaubst du genausowenig wie ich. Du solltest jetzt in Arundel Hall sein, als Vorsteherin des Hauses, und nicht diese fette ...«

Ein lauter, greller Peitschenknall schnitt ihr die Worte ab. Nicole stieß einen leisen Angstschrei aus und faßte sich ans Herz.

»Nicole!« rief Janie, sprang vom Stuhl hoch, und ihre Flickarbeit fiel auf den Boden. »Du siehst ganz blaß aus.« Sie legte ihren Arm um Nicoles Schultern und führte sie zu ihrem Stuhl zurück. »Du setzt dich jetzt hin und ruhst dich aus. Ich werde uns einen Tee aufbrühen, und du bekommst einen Schuß Brandy in deine Tasse.«

Nicole setzte sich, konnte sich jedoch nicht entspannen. Die Äste eines Baumes schlugen gegen das Dach, und der Wind pfiff durch die Fenster und blähte die Vorhänge. Draußen war es stockdunkel, und für Nicole verbarg sich darin das Grauen.

»Hier«, sagte Janie und schob ihr eine dampfende Tasse Tee in die Hände. »Trink das, und dann gehst du zu Bett.«

Nicole versuchte sich zu beruhigen, während sie an der Teetasse nippte. Sie spürte, wie der Brandy sie wärmte; doch ihre Nerven blieben zum Zerreißen gespannt.

Als es zum erstenmal an die Tür klopfte, fuhr sie so heftig zusammen, daß sie die halbe Tasse Tee über ihren Rock schüttete.

»Das muß Clay sein«, sagte Janie lächelnd und holte ein Handtuch. »Er weiß, wie sehr dir ein Gewitter zusetzt, und er ist gekommen, um bei dir zu sitzen. Trockne dich jetzt mit dem Handtuch ab und setze für ihn ein hübsches Lächeln auf.«

Mit bebenden Händen tupfte Nicole den Tee von der Wolle und versuchte zu lächeln, da sie mit Clays Eintritt rechnete.

Als Janie die Haustür aufwarf, hatte sie ein Willkommen und eine Gardinenpredigt für Clay vorbereitet. Janie wollte ihm sagen, was sie von Männern hielt, die ihre Ehefrauen vernachlässigten.

Doch der Mann, der vor ihr stand, war nicht Clay. Er war viel kleiner, schmächtiger, mit dünnen blonden Haaren, die sich strähnig über den Kragen seines grünen Samtrocks verteilten. Um den Hals hatte er einen weißen Seidenschal gebunden, der seine Kinnspitze verdeckte. Er hatte kleine Augen, eine Nase, so scharf wie eine Messerklinge und einen kleinen, aber wulstigen Mund.

»Ist das das Haus von Nicole Courtalain?« fragte er, den Kopf in den Nacken geworfen, als versuche er, auf Janie herunterzuschauen, was unmöglich war, denn sie überragte ihn um ein paar Zoll.

Seine Stimme hatte einen so starken Akzent, daß Janie Mühe hatte, seine Frage zu verstehen. Auch wußte sie mit dem Namen, den er nannte nichts anzufangen.

»Frau!« fuhr der kleine Mann im gereizten Ton fort. »Habt Ihr keine Zunge oder keinen Verstand?«

»Janie«, sagte Nicole leise, »ich bin Nicole Courtalain Armstrong.«

Der Mann faßte nun Nicole ins Auge und sagte in etwas milderem Ton: »*Qui*. Sie sind ihre Tochter.« Er machte auf dem Absatz kehrt und ging wieder in die Nacht hinaus.

»Wer ist denn das?« forschte Janie. »Ich konnte ihn kaum verstehen. Ist er dir bekannt?«

»Ich habe den Mann noch nie zuvor gesehen. Janie! Er hat eine Frau bei sich!«

Die beiden liefen hinaus in die Nacht. Nicole stützte die Frau von der einen Seite, der Mann von der anderen, während Janie einen Koffer vom Boden hochnahm und ihnen folgte.

Im Haus führten sie die Frau zu einem Sessel vor dem Herd,

und Janie goß Tee und Brandy in Becher, während Nicole zu einer Truhe ging, um eine Steppdecke herauszuholen. Erst als Janie den Tee fertig hatte und ihn der erschöpften Frau reichte, hatte sie Zeit, die Fremde genauer anzusehen. Es war, als erblicke sie ein älteres Ebenbild von Nicole. Die Haut der Frau war ohne Falten, klar und makellos; ihr Mund dem von Nicole zum Verwechseln ähnlich – eine Kombination aus Unschuld und Sinnlichkeit. Auch die Augen glichen in Form und Farbe jenen von Nicole, nur waren sie jetzt leer und leblos.

»Gleich wird es Ihnen wärmer sein«, sagte Nicole, während sie die Steppdecke um die Beine der Frau feststeckte, dann hochsah und den eigenartigen Ausdruck auf Janies Gesicht. bemerkte. Nun sah Nicole auch zu der Frau hoch, vor der sie kniete, die Hände noch auf die Decke gelegt. Als sie in die ihr vertrauten Züge sah, füllten sich ihre Augen mit Tränen, die ihr leise, langsam über die Wangen rollten. »Mama«, flüsterte sie. »Mama.« Sie beugte sich vor und vergrub ihr Gesicht in dem Schoß der Frau.

Janie sah, daß die ältere Frau weder auf Nicoles Worte noch auf deren Erschütterung reagierte.

»Ich hatte gehofft...«, sagte der Mann neben ihr, »ich hatte gehofft, sie würde wieder zu sich kommen, wenn sie ihre Tochter sieht.«

Die Worte des Mannes lieferten Janie die Erklärung für den leeren Blick dieser Frau: es waren die Augen eines Menschen, der in seinem Leben nichts mehr sehen wollte.

»Können wir sie zu Bett bringen?« fragte der Mann.

»Ja, natürlich«, antwortete Janie sofort und kniete sich neben ihre Freundin auf den Boden. »Nicole, deine Mutter ist sehr müde. Wir wollen sie hinaufbringen in den Oberstock und dort ins Bett legen.«

Stumm erhob sich Nicole von den Knien. Ihr Gesicht war naß von Tränen, und ihre Augen ließen das Gesicht ihrer Mutter keinen Moment los. Sie war wie in Trance, als sie ihrer Mutter die Treppe hinaufhalf und sie zusammen mit Janie auskleidete, ohne zu merken, daß ihre Mutter kein einziges Wort sprach.

Im Erdgeschoß brühte Janie dann noch mehr Tee auf und

belegte Brotschnitten mit Schinken und Käse für den jungen Mann.

»Ich dachte, beide Eltern wären damals umgekommen«, sagte Nicole leise.

Der Mann schlang die Brote hinunter; er war offensichtlich sehr hungrig. »Ihr Vater kam zu Tode. Ich sah, wie er guillotiniert wurde.« Er schien nicht zu merken, wie Nicole vor Schmerz zusammenzuckte. »Mein Vater und ich haben uns die Hinrichtung angesehen. Das tat fast jeder; denn eine andere Unterhaltung hatte Paris damals nicht zu bieten, und es half uns, über die Tatsache hinwegzukommen, daß wir kein Brot hatten. Aber mein Vater ist – wie sagt man dazu? – ein Romantiker. Jeden Tag kam er von den Hinrichtungen nach Hause in seine Schusterei und sagte zu meiner Mutter und mir, was das für eine Verschwendung von schönen Frauen wäre. Er sagte, es wäre eine Schande, zusehen zu müssen, wie die herrlichsten Köpfe in den Korb rollten.«

»Könnten Sie die Geschichte etwas weniger ausschmükken?« sagte Janie, die Hand auf Nicoles Schulter.

Der Mann hielt einen Keramiktopf mit Senf in die Höhe. »Dijon! Das ist angenehm, französische Erzeugnisse in diesem barbarischen Land zu sehen.«

»Wer sind Sie? Wie haben Sie meine Mutter gerettet?« fragte Nicole mit weicher Stimme.

Er biß in ein Stück Käse, das er dick mit Senf bestrichen hatte, und lächelte. »Ich bin Euer Stiefvater, kleine Tochter. Eure Mutter und ich sind ein Ehepaar.« Er stand auf und nahm ihre Hand. »Ich bin Gerard Gautier, nun ein Angehöriger der großartigen Courtalain-Familie.«

»Courtalain? Ich dachte, das wäre Nicoles Mädchenname.«

»Das stimmt«, sagte Gerard und kehrte zu seinem Stuhl zurück. »Es ist eine der ältesten, reichsten und mächtigsten Familien Frankreichs. Sie hätten den alten Mann sehen müssen, den Vater meiner Frau. Ich habe ihn einmal gesehen, als ich noch ein Kind war. Er war so groß wie ein Berg und soll genauso stark gewesen sein. Ich habe gehört, daß sogar der König vor ihm zitterte, wenn er in Wut geriet.«

»Selbst der gewöhnlichste Mann konnte den König zum Zittern bringen«, sagte Nicole bitter. »Bitte, erzählt mir, wie Ihr meine Mutter kennengelernt habt.«

Gerard warf Janie einen abfälligen Blick zu. »Wie ich schon sagte, gingen mein Vater und ich zur Guillotine, um Zeuge der Hinrichtung zu werden. Adèle, Eure Mutter, ging hinter Eurem Vater her. Sie war so schön, so königlich. Sie trug ein Kleid aus schneeweißem Leinen, und mit ihren schwarzen Haaren sah sie aus wie ein Engel. Alle Zuschauer hörten auf zu reden, als sie vorbeikam. Jeder konnte sehen, daß ihr Mann stolz auf sie war. Ihre Hände waren auf dem Rücken gefesselt, also konnten sie sich nicht berühren; doch sie tauschten Blicke, und ein paar Leute in der Menge schnieften, weil diese zwei hübschen Menschen sich offensichtlich liebten. Mein Vater gab mir einen Stoß in die Rippen und sagte, er könne nicht mitansehen, daß so ein herrliches Geschöpf gewaltsam zu Tode gebracht werde. Ich versuchte ihn zurückzuhalten; doch ...« Gerard zuckte mit den Schultern. »Mein Vater tut, was ihm gefällt.«

»Wie habt Ihr sie gerettet?« drängte Nicole. »Wie gelang es Euch, durch den Mob an sie heranzukommen?«

»Ich weiß es nicht. Jeden Tag ist die Menge anders gestimmt. Manchmal weint sie, wenn die Köpfe rollen; manchmal lacht sie oder jubelt. Ich glaube, das hängt vom Wetter ab. An diesem Tag war sie wie mein Vater romantisch gestimmt. Ich sah zu, wie er sich einen Weg durch die Menge bahnte, dann Adèle bei den Fesseln um ihre Handgelenke packte und sie hineinzog in die Zuschauer.«

»Was taten die Wächter?«

»Der Menge gefiel, was mein Vater tat, und sie beschützte ihn. Sie schloß sich um ihn zusammen wie Wasser. Als die Wachen versuchten, ihm zu folgen, ließen die Leute sie über ihre Füße stolpern und gaben ihnen eine falsche Richtung an.« Er hielt inne, lächelte und trank ein großes Glas Wein aus. »Ich stand auf einer Mauer und konnte von diesem Platz aus alles überblicken. Es war zum Lachen. Die Leute gaben den Wächtern ständig neue Richtungen an, während mein Vater inzwischen mit Adèle in aller Seelenruhe zurück zu unserer Werkstatt ging.«

288

»Ihr habt sie gerettet!« flüsterte Nicole und sah auf ihre Hände in ihrem Schoß hinunter. »Wie kann ich Euch jemals dafür danken?«

»Ihr könnt für uns sorgen«, sagte er rasch. »Wir sind einen langen Weg gekommen.«

»Was mir gehört, soll auch Euch gehören«, sagte Nicole. »Ihr müßt sehr müde sein und wollt Euch sicherlich ausruhen.«

»Moment mal«, sagte Janie. »Das kann noch nicht die ganze Geschichte gewesen sein. Was geschah mit Nicoles Mutter, nachdem Ihr Vater sie gerettet hatte? Warum haben Sie Frankreich verlassen? Wie haben Sie herausgefunden, wo Nicole wohnt?«

»Wer ist diese Frau?« forschte Gerard. »Es gefällt mir nicht, daß Dienstboten mich so behandeln. Meine Frau ist die Herzogin von Levroux.«

»Die Revolution hat alle Titel beseitigt«, erwiderte Nicole. »In Amerika ist jedermann gleich, und Janie ist meine Freundin.«

»Wie schade«, sagte er, während seine Augen den schlichten Raum abschätzten. Er gähnte mächtig, ehe er vom Tisch aufstand. »Ich bin sehr müde. Habt Ihr in Eurem Haus ein standesgemäßes Schlafzimmer?«

»Ich weiß nicht, ob es standesgemäß ist; aber einen Platz zum Schlafen können wir Ihnen anbieten«, sagte Janie in feindseligem Ton. »Im Speicher wohnen die Zwillinge und wir drei Frauen. In der Mühle drüben haben wir noch ein paar freie Betten.«

»Die Zwillinge?« sagte Gerard, während er interessiert die feine Wolle von Nicoles Kleid betrachtete. »Wie alt sind die beiden?«

»Sechs.«

»Es sind nicht eure Kinder?«

»Ich sorge für sie.«

Er lächelte. »Gut. Ich glaube, ich muß mich mit Eurer Mühle abfinden. Ich möchte nicht von den Kindern geweckt werden.«

Als Nicole sich ihren Umhang vom Haken holen wollte, hielt Janie sie zurück. »Du gehst zu deiner Mutter und siehst zu, daß es ihr an nichts fehlt. Ich werde mich um ihn kümmern.«

Mit einem dankbaren Lächeln wünschte Nicole Gerard eine gute Nacht und ging dann hinauf in den Oberstock, wo ihre Mutter bereits friedlich schlief. Das Gewitter hatte nachgelassen, und Schneeflocken rieselten leise vom Himmel herunter. Als Nicole die warme Hand ihrer Mutter in den ihren hielt und sie betrachtete, wurde sie von Erinnerungen überflutet. Sie sah wieder vor sich, wie ihre Mutter sie hochhob und im Kreise herumschwang, ehe sie zu einem Ball bei Hofe aufbrach; wie ihre Mutter ihr vor dem Einschlafen eine Geschichte vorlas; wie sie die Schaukel anschob, in der sie saß. Als Nicole acht Jahre alt war, ließ Adèle für Nicole und sich die gleichen Kleider anfertigen. Der König sagte, eines Tages würden die beiden noch Zwillinge; denn Adèle schien überhaupt nicht älter zu werden.

»Nicole«, sagte Janie, als sie zurückkam. »Du wirst nicht die ganze Nacht an ihrem Bett sitzenbleiben. Deine Mutter braucht Ruhe.«

»Ich wollte sie nicht stören.«

»Und du wirst ihr auch nicht helfen können. Wenn du heute nacht nicht schläfst, bist du morgen viel zu müde, um ihr nützlich sein zu können.«

Obwohl Nicole wußte, daß Janie recht hatte, seufzte sie, weil sie fürchtete, ihre Mutter würde wieder verschwinden, wenn sie die Augen schloß. Widerstrebend erhob sie sich vom Bett und küßte ihre Mutter, ehe sie sich abwendete und sich auszog.

Eine Stunde vor Sonnenaufgang wurde jeder in dem kleinen Haus von schrecklichen Schreien geweckt – Schreien des reinsten Entsetzens. Als die Zwillinge aus ihren Betten stürzten und zu Janie liefen, rannte Nicole an die Seite ihrer Mutter.

»Mama, ich bin es, Nicole, Nicole! Nicole, deine Tochter. Mama, sei still, du bist in Sicherheit.«

Die vor Entsetzen geweiteten Augen der Frau bewiesen, daß sie Nicoles Worte offenbar nicht verstanden hatte. Obwohl Nicole französisch sprach, hatten ihre Worte keine Wirkung; ihre Mutter hatte immer noch Angst, schrie immer noch, schrie, als würde ihr Leib in Stücke gerissen.

Die Zwillinge preßten sich die Hände auf die Ohren und

versteckten sich in den Falten von Janies flanellenem Nacht-hemd.

»Holt Mr. Gautier«, rief Nicole und versuchte die Hände ihrer Mutter festzuhalten, die mit ihrer Tochter kämpften.

»Ich bin hier«, sagte Gerard vom oberen Treppenabsatz aus. »Ich dachte mir schon, daß sie so aufwachen wird. Adèle!« rief er mit scharfer Stimme. Als sie nicht darauf reagierte, gab er ihr eine kräftige Ohrfeige. Sofort rissen die Schreie ab, Adèle blinzelte ein paarmal und brach dann schluchzend in Gerards Armen zusammen. Er hielt sie einen Moment, ehe er sie rasch wieder zurück auf das Bett legte. »Sie wird jetzt ungefähr drei Stunden weiterschlafen«, sagte er, erhob sich und wandte sich wieder der Treppe zu.

»Mr. Gautier!« sagte Nicole. »Es muß doch etwas geben, was wir tun können. Sie können nicht einfach weggehen und sie hier allein lassen.«

Er drehte sich um und sah Nicole lächelnd an. »Es gibt nichts, was Ihr tun könnt. Eure Mutter ist nicht mehr bei Verstand.« Achselzuckend, als bedeutete ihm diese Tatsache nicht sehr viel, ging er die Treppe hinunter.

Nicole nahm in fliegender Hast ihren Morgenmantel vom Haken und raste dann hinter ihm die Treppe hinunter. »Ihr könnt doch nicht einfach so etwas sagen oder weggehen«, klagte sie. »Meine Mutter hat Schreckliches durchgemacht. Wenn sie sich erholt hat und sich ihrer Umgebung wieder sicher ist, wird sie bestimmt zu sich selbst kommen.«

»Vielleicht.«

Janie kam in das Erdgeschoß herunter, die Zwillinge ihr dicht auf den Fersen. Es herrschte ein stummes Einverständnis, daß die Diskussion verschoben wurde, bis jeder gefrühstückt hatte und die Zwillinge aus dem Hause waren.

Während Janie den Tisch abräumte, wandte sich Nicole Gerard zu: »Bitte, erzähl mir, was mit meiner Mutter geschah, nachdem Euer Vater sie rettete.«

»Sie hat sich nie mehr erholt«, sagte er schlicht. »Jeder glaubte, sie wäre sehr tapfer, als sie zum Schafott ging; doch in Wahrheit hatte sie schon lange den Kontakt zur Wirklichkeit

291

verloren. Sie hatte Monate im Gefängnis verbracht und mitansehen müssen, wie ihre Freunde nach und nach abgeholt und
hingerichtet wurden. Vermutlich hatte ihr Geist sich nach einer
Weile geweigert, zur Kenntnis zu nehmen, daß sie das gleiche
Schicksal erwartete.«

»Aber dann, als sie in Sicherheit war«, sagte Nicole, »hat das
ihr Gemüt nicht beruhigt?«

Gerard betrachtete angelegentlich seine Fingernägel. »Mein
Vater hätte sie nicht retten sollen. Wir gerieten in große Gefahr,
weil wir eine Angehörige der Aristokratie in unserem Hause
versteckten. An dem Tag, wo mein Vater sie vor dem Schafott
rettete, war die Menge auf seiner Seite; doch später hätte uns
jeder dem Bürgerkomitee ausliefern können. Meine Mutter
weinte jede Nacht vor Angst. Adèles Schreie weckten die Nachbarn auf. Sie erzählten zwar niemandem, daß wir eine Frau
versteckten; doch wir fragten uns, wie lange es wohl dauern
würde, ehe sie sich nach der Belohnung erkundigten, die für die
Ergreifung der Herzogin ausgesetzt war.«

Während Gerard den Kaffee schlürfte, den Janie ihm vorge-
setzt hatte, blickte er Nicole eine Weile lang prüfend an. Im
Morgenlicht war sie besonders hübsch, ihre Haut vom Schlaf
wie von Tau benetzt. Ihre Augen leuchteten, während sie ihm
zuhörte, und ihm gefiel die Art, wie sie ihn erwartungsvoll ansah.

»Als ich hörte, daß der Herzog vom Mob erschlagen worden
war«, fuhr Gerard fort, »fuhr ich zu der Mühle, wo er sich
versteckt gehalten hatte. Ich wollte mich erkundigen, ob noch
jemand von der Familie übriggeblieben war. Die Frau des
Müllers war sehr zornig, weil ihr Mann zusammen mit dem
Herzog ermordet worden war. Es dauerte eine Weile, ehe sie
damit herausrückte, daß Adèle eine Tochter habe, die nach
England geflüchtet sei. Als ich zu Hause meinen Eltern die
Geschichte der Müllerin erzählte, waren sie sehr besorgt. Wir
wußten, daß wir Adèle aus dem Haus schaffen mußten.«

Nicole stand auf und ging zum Herd. »Ihr hattet kaum eine
andere Wahl. Entweder hättet Ihr meine Mutter dem Komitee
ausliefern oder sie aus dem Land schaffen müssen – unter
einem anderen Namen selbstverständlich.«

Gerard lächelte. Seine Stieftochter hatte eine rasche Auffassungsgabe. »Und gibt es eine bessere Tarnung als die Wahrheit? Wir wurden in aller Stille getraut und fuhren dann ins Ausland, um Flitterwochen zu feiern. In England fand ich Mr. Maleson, der mir erzählte, Ihr hättet für seine Tochter gearbeitet und wärt beide nach Amerika gegangen.«

»Maleson war ein eigenartiger Mann«, fuhr Gerard fort. »Er erzählte mir eine sonderbare Geschichte, die ich nur zur Hälfte verstand. Er sagte mir, Ihr wärt mit dem Ehemann seiner Tochter verheiratet. Wie kann das sein? Ist es einem Mann in diesem Land gestattet, zwei Ehefrauen auf einmal zu haben?«

Janie schnaubte verächtlich, ehe Nicole antworten konnte. »Clayton Armstrong macht in diesem Teil des Landes seine eigenen Gesetze.«

»Armstrong? Ja, das ist der Name, den Maleson mir nannte. Er ist Euer Ehemann? Warum ist er nicht hier? Ist er in Geschäften abwesend?«

»Geschäften!« sagte Janie. »Ich wünschte, er wäre es. Clay lebt auf der anderen Seite des Flusses in einem großen, schönen Haus mit einer fetten, habsüchtigen Schlampe zusammen, während seine Ehefrau in einer Hütte getrennt von ihm hausen muß.«

»Janie!« sagte Nicole mit scharfer Stimme. »Jetzt ist es aber genug.«

»Nur sagst du leider zuwenig. Wenn Clay etwas von dir verlangt, kuschst du und sagst: ›Jawohl, Clay. Bitte, Clay. Ganz, wie du willst, Clay‹ «

»Janie! Ich will mir das nicht länger anhören. Wir haben einen Gast, falls du das vergessen hast.«

»Ich habe überhaupt nichts vergessen!« schnaubte Janie, ging zum Herd und drehte Nicole und Gerard den Rücken zu. Jedesmal, wenn sie an Clay dachte und wie er Nicole behandelte, wurde sie wütend. Sie wußte nicht, ob sie sich mehr über Clay und dessen Verhalten entrüsten sollte oder über Nicole, weil sie seine Behandlung so ruhig hinnahm. Janie hatte das Gefühl, daß Clay Nicole nicht verdiente, daß sie die Ehe beendigen und sich nach einem anderen Mann umsehen sollte. Doch jedesmal, wenn Janie so etwas zu Nicole sagte, weigerte diese sich, ihr zuzuhören und meinte, sie vertraute Clay genauso sehr, wie sie ihn liebte.

Mitten in ihre Gedanken fielen wieder die Schreie, die durch das kleine Haus hallten. Sie waren so schrecklich anzuhören, daß Janie und Nicole ein Schauer über den Rücken lief.

Langsam, mit einem müden Blick, erhob sich Gerard vom Tisch. »Es ist die neue Umgebung, die sie erschreckt. Sobald sie sich daran gewöhnt hat, werden die Schreie seltener.« Er ging zur Treppe.

»Glaubt Ihr, daß sie mich wiedererkennt?« fragte Nicole.

»Wer kann das schon sagen? Eine Weile lang hatte sie auch Tage, wo sie bei klarem Verstand war, doch in letzter Zeit hat sie immer nur Angst.« Er zuckte mit den Schultern, ehe er in das Obergeschoß hinaufstieg, und ein paar Sekunden später verstummten die Schreie wieder.

Vorsichtig stieg Nicole jetzt auch hinauf in die Dachstube. Gerard saß auf dem Bettrand, einen Arm achtlos um Adèles Schultern gelegt, während sie sich an ihn klammerte und mit verstörten Augen um sich sah. Als sie Nicole erblickte, weiteten sich ihre Augen noch mehr; doch es kamen keine neuen Schreie mehr.

»Mutter«, sagte Nicole leise, langsam. »Ich bin Nicole, deine Tochter. Erinnerst du dich noch, wie Vater mir ein Kaninchen als Schoßtier brachte? Erinnerst du dich, wie es aus seinem Käfig schlüpfte und keiner es mehr finden konnte? Wir suchten in jedem Flügel des Schlosses; aber wir fanden es nicht.«

Adèles Augen schienen ruhiger zu werden, während sie Nicole anstarrte.

Sie nahm die Hand ihrer Mutter in ihre Hände und fuhr fort: »Erinnerst du dich noch, was du damals getan hast, Mutter? Du wolltest Vater einen Streich spielen und hast drei weibliche Kaninchen im Schloß frei gelassen. Erinnerst du dich, wie Vater in seinen Jagdstiefeln ein Nest mit jungen Kaninchen fand? Du hast so herzlich gelacht. Aber dann hatte Vater wieder einen Grund zum Lachen, als er noch mehr Baby-Kaninchen fand – diesmal in der Truhe mit deinen Hochzeitskleidern. Und erinnerst du dich, wie Großvater sagte, ihr seid wie Kinder, die in der Sandkiste spielen?«

»Er organisierte eine Jagd«, flüsterte Adèle, und ihre Stimme war heiser von den Schreien.

»Ja«, flüsterte Nicole, während Tränen ihre Augen verschleierten. »Der König kam in jener Woche zu Besuch, und er, Großvater und fünfzehn Männer ihres Gefolges zogen sich an, als würden sie in den Krieg ziehen, und gingen auf die Suche nach den Kaninchen. Weißt du noch, was dann passierte?«

»Wir waren Soldaten«, sagte Adèle.

»Ja. Du hast mir die Kleider meines Vetters angezogen, und du hast dich mit einigen Hofdamen als Soldaten kostümiert. Weißt du noch, wie komisch die alte Tante der Königin in Männerhosen aussah?«

»Ja«, flüsterte Adèle, ganz gefangen von der Geschichte. »Wir hatten Fisch zum Abendbrot.«

»Ja«, bestätigte Nicole lächelnd. »Die Hofdamen fingen alle Kaninchen ein und ließen sie draußen auf dem Rasen wieder frei. Und um die Männer zu strafen, weil sie so schlechte Soldaten waren, hast du ihnen nur Fisch zum Abendessen servieren lassen. Oh! Erinnerst du dich noch an die Lachspastete?«

Mit dem Anflug eines Lächelns antwortete Adéle: »Der Küchenchef brachte sie in Gestalt von Kaninchen auf den Tisch – formte Hunderte von kleinen Kaninchen daraus.«

Mit Tränen auf den Wangen wartete Nicole.

»Nicole!« sagte Adèle mit scharfer Stimme. »Wie kommst du denn zu so einem schrecklichen Kleid? Eine Lady darf niemals Wolle tragen. Wolle beengt zu sehr, verbirgt zuviel. Wenn ein Gentleman Wolle haben möchte, sollte er sich als Schäfer verdingen. Geh und such dir etwas Seidenes heraus, etwas von Schmetterlingen Gemachtes, nicht von diesen scheußlichen alten Schafen.«

»Ja, Mama«, sagte die gehorsame Tochter leise und küßte ihre Mutter auf die Wange. »Hast du Hunger? Möchtest du, daß man dir ein Tablett aufs Zimmer bringt?«

Adèle lehnte sich gegen die Wand hinter der Matratze, die auf dem Boden lag, und schien Gerards Gegenwart vergessen zu haben, der seinen Arm von ihren Schultern nahm. »Schicke etwas Leichtes herauf. Und benütze heute das blaue und weiße Limoges-Porzellan. Nach dem Essen werde ich ruhen, und dann schickst du mir den Küchenchef, damit wir die Menüs für die nächste Woche planen können. Die Königin wird vorbeikommen, und ich möchte ihr etwas ganz Besonderes vorsetzen. O ja, wenn diese italienischen Schauspieler eintreffen, sage ihnen, daß ich erst später mit ihnen reden möchte. Und der Gärtner! Ich muß mit ihm über die Rosen sprechen. Es ist so viel zu tun, und ich bin zu müde. Nicole, glaubst du, du könntest mir heute helfen?«

»Natürlich, Mama. Du ruhst dich jetzt aus, und ich bringe dir selbst etwas zu essen herauf. Und ich werde auch mit dem Gärtner reden.«

»Ihr beruhigt sie«, sagte Gerard, der Nicole die Treppe hinunter folgte. »Ich habe sie seit langem nicht mehr so entspannt gesehen.«

Nicole schwindelte der Kopf, als sie scheinbar gelassen durch den Raum im Erdgeschoß ging. Ihre Mutter glaubte noch immer, sie lebte in einer Zeit, wo sie tüchtige Zofen hatte, die nichts anderes tun mußten, als ihr beim Ankleiden zu helfen. Nicole war jung genug gewesen, sich jener harten grausamen Welt anzupassen, in der sie nicht verwöhnt wurde; doch sie zweifelte, ob ihrer Mutter das jetzt noch gelingen würde.

Nicole nahm eine Pfanne von der Wand und begann, Eier für ein Omelett aufzuschlagen. Clay, dachte sie, während sie mit dem Handrücken die Tränen abwischte, wie kann ich jetzt mit dir nach Westen ziehen? Ihre Mutter war hier, und ihre Mutter brauchte sie. Janie brauchte sie, die Zwillinge brauchten sie, für Isaac war sie verantwortlich, und nun waren Gerard und Adèle ebenfalls auf ihre Hilfe angewiesen. Welches Recht hatte sie, sich selbst zu bedauern? Sie sollte dankbar sein, daß sie nicht allein war in der Welt.

Ein heftiges Klopfen aus der Dachstube zeigte an, daß Adèle ungeduldig wurde, weil es so lange dauerte, bis sie ihre Mahlzeit bekam. Plötzlich sprang die Vordertür auf, und ein kalter Wind fuhr herein.

»Entschuldigung, Nicole«, sagte Isaac. »Ich wußte nicht, daß du Gesellschaft hast; aber da ist ein Mann mit einem neuen Siebtuch. Das sollst du dir ansehen.«

»Ich werde so rasch wie möglich in die Mühle kommen.«

»Er sagte, er habe nicht viel Zeit, weil ein Schneesturm im Anzug wäre. Er möchte noch zu den Backes segeln, ehe der Sturm losgeht.«

Das Klopfen in der Dachstube wurde immer heftiger. »Nicole!« rief Adèle laut. »Wo ist meine Zofe? Wo bleibt mein Frühstück?«

Rasch lud Nicole das Omelett auf ein Tablett und eilte an Isaac vorbei die Treppe hinauf zu ihrer Mutter.

Adèle betrachtete das schlichte Tablett aus Weidengeflecht, die braunglasierten Tonteller und das heiße Omelett mit dem zerschmolzenen Käse darauf, ehe sie mit Daumen und Zeigefinger eine Scheibe gerösteten Brotes aufhob. »Was ist das? Brot? Bauernbrot? Ich muß Hörnchen haben!«

Ehe Nicole ein Wort sagen konnte, hatte Adèle das Brot in das Omelett geworfen.

»Der Küchenchef hat mich beleidigt! Schick ihm das zurück und sage ihm, wenn ihm seine Stellung lieb ist, darf er mir nicht noch einmal so ein ordinäres Zeug servieren!« Sie nahm die Teekanne und goß ihren Inhalt über dem Tablett aus, daß der heiße Tee durch die Weidenschlingen auf die Bettbezüge rann.

Als Nicole das Chaos betrachtete, das ihre Mutter anrichtete, fühlte sie sich sehr müde. Die Bezüge mußten gewaschen werden – mit der Hand. Das Frühstück mußte neu zubereitet werden, und sie mußte ihre Mutter überreden, es auch zu sich zu nehmen, ohne daß sie wieder zu schreien begann. Und Isaac brauchte sie drüben in der Mühle ...

Sie trug das nasse Tablett nach unten.

»Nicole!« Janie riß Isaac fast um, als sie in die Küche stürmte. »Die Zwillinge sind verschwunden. Sie haben Luke erzählt, daß sie weglaufen wollen, weil eine verrückte Lady jetzt bei ihnen wohnen soll.«

297

»Warum hat Luke sie nicht aufgehalten?« Nicole setzte das Tablett heftig auf den Küchentisch. Adèle begann schon wieder, mit dem Fuß auf den Boden zu stampfen.

»Er glaubte, es sei nur ein Scherz. Er meinte, bei uns wohne keine verrückte Lady.«

Nicole hob mit einer Geste der Hilflosigkeit beide Hände. »Isaac, trommle die anderen Männer zusammen, und dann wollen wir mit der Suche beginnen. Die beiden holen sich den Tod, wenn sie zu lange draußen in der Kälte bleiben.« Sie drehte sich zu Gerard um. »Würdet Ihr meiner Mutter etwas zu essen zubereiten?«

Er zog eine Augenbraue in die Höhe. »Ich fürchte, Frauenarbeiten sind unter meiner Würde.«

Janie fauchte: »Da hört sich doch alles auf!«

»Janie!« wies Nicole sie zurecht. »Die Zwillinge sind jetzt wichtiger. Ich bringe ihr etwas Brot und Käse hinauf. Sie muß sich damit zufrieden geben. Ich werde mich so rasch wie möglich dem Suchtrupp anschließen. Bitte«, setzte sie hinzu, als sie sah, wie Janie Gerard anfunkelte. »Ich brauche jetzt deine Hilfe. Ich habe schon genug Probleme!«

Janie und Isaac verließen das Haus, während Nicole Brot und Käse in einen Korb legte. Adèles Klopfen wurde immer dringender, und Nicole merkte nicht, wie Gerard, der sich bequem gegen einen Wandschrank lehnte, sie beobachtete.

Nicole hatte ein schlechtes Gewissen, als sie ihrer Mutter den Korb mit Brot und Käse förmlich in den Schoß warf. Sie konnte ihr von den Augen ablesen, wie gekränkt sie sich fühlte. Und daß sie ihre Mutter allein lassen mußte, belastete ihr Gewissen noch mehr; doch die Zwillinge mußten gefunden werden. Als sie aus der Haustür lief und begann, die Namen der Zwillinge zu rufen, sah sie die beiden verlorenen Kinder über den Hof auf sich zukommen.

17

Nicole blickte zur Uhr auf dem Schrank neben der Tür und ging langsam vom Herd zum Küchentisch hinüber. Sie durfte nicht vergessen, in zehn Minuten die Eier unter den Brandteig zu schlagen. Die Zwillinge spielten ruhig in einer entfernten Ecke des Raumes, Alex mit ein paar geschnitzten Holztieren und Mandy mit einer Wachspuppe, die eine Bäuerin darstellen sollte.

»Nicole«, fragte Alex, »können wir nach dem Essen nach draußen gehen?«

Sie seufzte. »Hoffentlich ja, wenn es aufhört zu schneien. Vielleicht kann dir Isaac helfen, einen Schneemann zu bauen.«

Die Zwillinge grinsten sich an, ehe sie mit ihrem Spiel fortfuhren.

Die Tür ging auf, und ein kalter Luftzug drohte das Feuer zu löschen. »Das ist der kälteste März, den ich bisher erlebt habe«, sagte Janie und hielt ihre Hände über das Feuer. »Ich habe das Gefühl, es wird nie Frühling werden.«

»Das Gefühl habe ich auch«, flüsterte Nicole. Sie ballte die Hand zur Faust und schlug damit kräftig in den quellenden Teig. Frühling, dachte sie. Dann wollten sie und Clay zusammen nach Westen ziehen. Janie sagte, so einen kalten und feuchten Winter habe es noch nie in Virginia gegeben. Weil es so viel schneite, hatten sie alle im Haus bleiben müssen – vier Erwachsene und zwei Kinder waren auf kleinstem Raum zusammengedrängt. In der Zeit, seit Gerard und Adèle ins Haus gekommen waren, hatte Nicole Clay nur ein einzigesmal gesehen. Doch selbst da hatte er zerstreut gewirkt, als belaste ihn etwas.

»Guten Morgen«, sagte Gerard, als er die Treppe herunterkam. Gleich nach seiner Ankunft hatte man die Schlafplätze anders eingeteilt. Er schlief nun mit Adèle oben im Bett der Zwillinge, während die Kinder auf Matratzen schliefen, die im Erdgeschoß jeden Abend hergerichtet wurden. Janie und Nicole schliefen im Obergeschoß, und ein Vorhang trennte sie von dem Ehepaar.

»Morgen!« schnaubte Janie. »Es ist fast Mittag.«

Gerard ignorierte sie wie üblich. Die beiden waren sich nicht grün. »Nicole«, sagte Gerard in bittendem Ton, »glaubt Ihr, Ihr könntet etwas gegen den Lärm am frühen Morgen unternehmen?«

Sie war zu erschöpft vom Kochen, Putzen und der Sorge um so viele Leute, daß sie ihm keine Antwort geben konnte.

»Auch sind die Manschetten an meiner lavendelfarbenen Jacke schmutzig geworden, und ich hoffe doch, Ihr könnt sie reinigen«, fuhr er fort, streckte die Arme aus und betrachtete angelegentlich die Kleider, die er trug. Sein blaues Jackett reichte ihm bis zu den Knien, saß stramm in der Taille, wo es mit einer schweren, schwarzen geflochtenen Schnur zusammengehalten wurde, und fiel dann glockig über seine schlanken Hüften, die von einer Kniehose bedeckt waren. Seine Seidenstrümpfe steckten in dünnen Lacklederpumps. Unter der Jacke trug er eine Weste aus gelbem Satin, die mit hellblauen Sternen bestickt war, und das weiße Seidenhemd wurde vorn von einer grünen Krawatte zusammengehalten. Gerard war schockiert gewesen, als er entdeckte, daß Nicole nicht wußte, was eine grüne Krawatte bedeutete. »Sie ist das Zeichen, daß man zum französischen Adel gehört«, hatte er erklärt, »wenigstens in kleinen Dingen können wir uns von den gewöhnlichen Leuten unterscheiden.«

Das Klopfen an der Decke ließ Nicole von ihrem Teig aufsehen. Adèle war früher als gewöhnlich aufgewacht.

»Ich gehe zu ihr hinauf«, sagte Janie.

Nicole lächelte. »Du weißt, daß sie sich noch nicht an dich gewöhnt hat.«

»Wird sie wieder zu schreien anfangen?« fragte Alex ängstlich.

»Können wir nach draußen gehen?« fragte Mandy.

»Nein und nein«, antwortete Nicole. »Ihr könnt später draußen spielen.« Sie nahm ein kleines Tablett, goß süßen Apfelwein in ein Glas und trug es zu ihrer Mutter hinauf.

»Guten Morgen, meine Liebe«, sagte Adèle. »Du siehst aber heute elend aus. Fühlst du dich unpäßlich?« Adèle redete sie, wie gewöhnlich, in französischer Sprache an. Obwohl Nicole anfangs versucht hatte, englisch mit ihr zu reden, eine Sprache, die sie sehr gut beherrschte, hatte ihre Mutter sich geweigert, ihr in dieser Sprache zu antworten.

»Ich bin nur ein bißchen müde – das ist alles.«

Adèle musterte sie augenzwinkernd. »Daran ist wohl dieser deutsche Graf schuld. Er hat gestern zu lange mit dir getanzt, nicht wahr?«

Es hatte keinen Sinn, wenn sie ihrer Mutter etwas zu erklären versuchte, also nickte Nicole nur zustimmend. Sobald ihre Mutter in die Wirklichkeit zurückfand – wenn auch nur für Minuten – begann sie zu schreien, und man mußte ihr Drogen einflößen, damit sie damit wieder aufhörte. Zuweilen schwankte sie zwischen Hysterie und einer träumerischen Ruhe. In den Ruhephasen sprach sie von Mord und Tod, von ihrer Zeit im Gefängnis, von ihren Freunden, die aus der Tür gingen und nie mehr zurückkamen. Nicole litt am meisten unter diesen ruhigen Phasen, denn sie konnte sich nur zu gut an die Leute erinnern, von deren Hinrichtung ihr Adèle erzählte. Es waren liebenswürdige, lebenslustige Frauen gewesen, die in ihrem Leben nichts anderes als Luxus und Bequemlichkeit gekannt hatten. Wenn sie daran dachte, daß man all diesen Frauen die Köpfe abgeschlagen hatte, konnte sie kaum ihre Tränen zurückhalten.

Eine Stimme aus dem Erdgeschoß schreckte sie aus ihren Erinnerungen. Wesley! dachte sie in einem Anflug von Freude. Ihre Mutter lehnte sich wieder in die Kissen zurück und schloß die Augen. Adèle verließ nur selten das Bett; doch zuweilen verlangte sie, daß man ihr stundenlang zuhörte.

Ein bißchen schuldbewußt wie immer verließ Nicole ihre Mutter und ging hinunter, um ihren Gast zu begrüßen. Sie hatte Wes seit diesem schrecklichen Weihnachtsessen nicht mehr gesehen, und das lag schon mehr als drei Monate zurück.

Er war in ein Gespräch mit Janie vertieft, als Nicole die Treppe herunterkam. Offenbar gab Janie ihm Auskunft, warum Gerard und Adèle jetzt ebenfalls in diesem Hause wohnten. »Wesley«, sagte sie, »es tut so gut, dich wieder einmal zu sehen.«

Er drehte sich mit einem breiten Lächeln um, das jedoch sofort wieder verflog. »Gütiger Gott, Nicole! Du siehst schrecklich aus! Du siehst aus, als hättest du zwanzig Pfund abgenommen und seit einem Jahr nicht mehr geschlafen.«

»Du triffst den Nagel auf den Kopf«, sagte Janie gereizt.

Als Wes von Nicole auf Janie zurücksah, bemerkte er, daß beide Frauen nicht gut aussahen, die Rosen auf Janies Wangen waren verblichen. Hinter den Frauen stand ein kleiner blonder Mann und blickte mit einem verächtlichem Kräuseln seiner dicken Lippen auf die Zwillinge hinunter.

»Alex und Mandy, wie wäre es, wenn ihr eure Winterstiefel und dicken Mäntel anzöget? Und Nicole, ich möchte, daß du und Janie euch ebenfalls warm ankleidet. Wir wollen nämlich spazierengehen.«

»Wes«, begann Nicole, »das kann ich nicht. Ich habe einen Teig angesetzt, und meine Mutter...« Sie hielt inne. »Ja, ich würde ganz gern mit dir spazierengehen.« Sie lief wieder die Treppe hinauf, um ihren neuen Mantel zu holen, den Clay für sie hatte nähen lassen, weil sie auf Backes' Party gegen ihn gewettet und gewonnen hatte.

Der weinrote Kamelott, eine Mischung aus Mohair und Seide, zeigte sein schimmerndes, dichtes Gewebe, als sie das schwere Cape über die Schultern warf und am Hals befestigte. Die Kapuze, die ihr über den Rücken hinabhing, zeigte das dichte schwarze Fell von Nerzen, mit denen das ganze Cape gefüttert war.

Draußen war die Luft sauber und gut, noch schneite es, und die Flocken landeten häufig auf ihren Wimpern. Der dunkle Nerz rahmte ihr Gesicht, als sie die Kapuze über die Haare zog.

»Was geht hier vor sich?« fragte Wes, sobald Nicole im Freien war. Er zog sie zur Seite, beobachtete Janie, die Zwillinge und Isaac, die sich mit Schneebällen bewarfen. »Ich dachte, alles wäre in Ordnung zwischen dir und Clay nach der Party bei den Backes und nachdem wir dich von der Insel zurückholten.«

»Es wird schon in Ordnung kommen«, sagte sie zuversichtlich. »Das dauert nur seine Zeit.«

»Zweifellos steckt Bianca wieder dahinter.«

»Bitte, ich möchte lieber nicht darüber reden. Wie ist es dir und Travis inzwischen ergangen?«

»Wir gehen uns auf die Nerven. Die Einsamkeit ist daran schuld. Travis wird im Frühling nach England fahren und sich nach einer Frau umsehen.«

»Nach England? Aber es gibt doch mehrere hübsche junge Frauen in eurer Nachbarschaft.«

Wesley zuckte mit den Schultern. »Das habe ich ihm auch gesagt; aber ich fürchte, du hast ihn verwöhnt. Ich warte lieber auf dich. Wenn Clay nicht bald zur Besinnung kommt, werde ich versuchen, dich ihm wegzunehmen.«

»Sag das bitte nicht«, flüsterte sie. »Vielleicht bin ich abergläubisch.«

»Nicole, hier stimmt doch etwas nicht, nicht wahr?«

Tränen traten ihr in die Augen. »Ich bin nur so müde und... ich habe Clay seit Wochen nicht mehr gesehen. Ich weiß nicht, was er macht. Ich habe diese schreckliche Angst, daß er sich in Bianca verliebt hat und es mir nicht sagen will.«

Da legte Wes seine Arme um sie und zog sie an sich. »Du hast zuviel zu tun, zuviel Verantwortung. Aber die Angst, daß Clay dich nicht liebt, sollte dich nicht bedrücken. Wie kommst du auf den Gedanken, daß er auch nur einen Funken Gefühl für so eine Megäre wie Bianca haben könne? Wenn sie in seinem Haus lebt und du hier, dann gibt es dafür verdammt gute Gründe.« Er schwieg einen Moment. »Deine Sicherheit vermutlich, da ich mir keinen anderen Grund denken kann, der Clay von dir fernhalten könnte.«

Mit einem leisen Schluchzen nickte sie an seiner Schulter. »Hat er dir das erzählt?«

»Etwas, aber nicht viel. Komm, wir wollen den Zwillingen beim Bauen eines Schneemanns helfen. Oder noch besser: wir fordern sie zu einem Wettkampf im Bauen von Schneemännern heraus.«

»Ja«, sagte sie lächelnd, sich von ihm lösend. Sie wischte sich mit den Knöcheln die Augen. »Du wirst denken, ich bin nicht älter als die Zwillinge.«

Er küßte sie auf die Stirn und meinte lächelnd: »Was für ein

Kind! Komm, laß uns anfangen, ehe sie den ganzen Schnee verbraucht haben.«

Eine Stimme, die vom Fluß heraufkam, lenkte sie von ihrem Tun ab: »Hallo! Ist jemand zu Hause?«

Wesley und Nicole drehten sich um und gingen zum Landungssteg hinunter.

Ein älterer, untersetzter Mann mit einer frischen Narbe auf der linken Wange schritt auf sie zu. Er trug einen Matrosenanzug und hatte einen Seesack über die Schultern geworfen. »Mrs. Armstrong?« sagte er, als er dicht vor ihnen war. »Erinnern Sie sich nicht mehr an mich? Ich bin Dr. Donaldson von der *Prince Nelson.*«

Er kam ihr zwar bekannt vor; doch sie wußte nicht genau, wo sie ihn schon einmal gesehen hatte.

Ein paar Fältchen erschienen in seinen Augenwinkeln, als er lächelnd sagte: »Ich gebe zu, es waren nicht die glücklichsten Umstände, unter denen wir uns kennenlernten; doch wie ich sehe, hat alles ein gutes Ende genommen.« Er streckte Wesley seine Hand hin. »Sie müssen Clayton Armstrong sein.«

»Nein«, sagte Wes, dem Mann die Hand drückend. »Ich bin ein Nachbar von ihm, Wesley Stanford.«

»Oh, ich verstehe. Nun, dann werde ich vielleicht gebraucht. Ich hoffte sehr, daß alles gut verlaufen würde. Ich meine, bei so einer jungen Lady, die so nett und hübsch ist, sollte es doch...«

»Der Schiffsarzt!« rief Nicole betroffen. »Mein Trauzeuge!«

»Ja.« Er grinste. »Sobald ich nach England kam, erreichte mich eine Botschaft, daß ich sofort nach Virginia zurückkehren sollte, da ich der einzige Zeuge sei, der bekunden könne, daß es eine erzwungene Eheschließung war. Ich kam so rasch, wie ich konnte, und bekam Anweisung, mich zur Mühle zu begeben. Das war etwas verwirrend, denn eigentlich sollte ich ja zur Armstrong-Plantage kommen, und ich wußte nicht, wer in der Mühle wohnt. Ich beschloß, es erst einmal hier bei der Mühle zu versuchen.«

»Ich bin froh, daß sie sich dazu entschlossen haben. Sind Sie hungrig? Ich könnte Ihnen ein paar Rühreier machen mit Schinken und Speck und einem Topf Bohnen.«

»Da müssen Sie mich nicht erst zweimal bitten.«

Später, als die drei am Tisch beisammen saßen, erzählte ihnen der Doktor von dem Kapitän der *Prince Nelson* und seinem Ersten Maat, Frank. Beide Männer waren auf der Rückreise nach England ertrunken.

»Ich weigerte mich, mit ihnen zu segeln, nach diesem Bubenstück, das sie sich mit Ihnen geleistet hatten. Ich hätte die beiden wohl daran hindern sollen; doch ich wußte, sie würden sich einfach einen anderen Trauzeugen besorgen, und zudem kannte auch ich die Gesetze, daß man so eine Ehe annullieren kann. Ich wußte, daß ich der Zeuge bin, den Sie brauchten, wenn Sie eine Annullierung erreichen wollten.«

»Warum sind Sie denn so rasch nach England zurückgesegelt?« fragte Wes.

Der Doktor grinste. »Mir blieb eigentlich keine andere Wahl. Wir saßen alle in einer Taverne und feierten unsere sichere Ankunft. Als ich wieder aufwachte, hatte ich abscheuliche Kopfschmerzen. Es dauerte drei Tage, bis ich mich an meinen Namen erinnern konnte, und inzwischen befand ich mich schon auf hoher See.«

Ein lautes Klopfen an der Decke unterbrach ihr Gespräch und ließ Nicole zusammenfahren. »Meine Mutter! Ich vergaß ihr Frühstück. Bitte, entschuldigen Sie mich.« Rasch pochierte Nicole ein Ei und legte es vorsichtig auf eine Scheibe Weißbrot, stellte einen Teller mit einer Apfeltorte daneben und eine dampfende Tasse mit *Café au lait.* Dann eilte sie mit dem Tablett die Treppe hinauf.

»Setz dich eine Weile zu mir«, sagte Adèle. »Es ist so einsam hier.«

»Ich habe einen Gast unten; doch später komme ich zu dir, und dann können wir reden.«

»Ist es ein Mann? Ist dein Gast ein Mann?«

»Ja.«

Adèle seufzte. »Ich hoffe, es ist nicht einer von diesen schrecklichen russischen Fürsten.«

»Nein, er ist Amerikaner.«

»Ein Amerikaner! Sehr außergewöhnlich. Es gibt sehr wenige

Gentlemen unter ihnen. Du darfst nicht zulassen, daß er in deiner Gegenwart kräftige Ausdrücke verwendet. Und achte darauf, wie er geht. Man kann einen Gentleman immer an seiner Haltung erkennen. Wenn dein Vater Lumpen tragen würde, sähe er trotzdem noch wie ein Gentleman aus!«

»Ja, Mama«, sagte Nicole gehorsam, ehe sie wieder die Treppe hinunterging. Das Problem, Männer danach zu beurteilen, ob sie Gentlemen waren oder nicht, schien mit ihrem gegenwärtigen Leben wenig zu tun zu haben.

»Wesley erzählte mir gerade, daß Mr. Armstrong auf der anderen Seite des Flusses wohnt. Dann war diese Trauung wohl kein Segen gewesen, wie?« fragte der Doktor.

»Es ist nicht leicht gewesen; aber ich habe immer noch Hoffnung.« Sie versuchte zu lächeln.

Sie ahnte jedoch nicht, wie sehr ihr Gesicht das widerspiegelte, was sie dachte. Oder daß die dunklen Schatten unter ihren Augen fast die Tatsache verbargen, daß noch Hoffnung darin lebte – und Verzweiflung.

Dr. Donaldson meinte stirnrunzelnd: »Haben Sie in letzter Zeit auch genügend gegessen, junge Dame? Genügend Schlaf bekommen?«

Wes sagte, ehe sie antworten konnte: »Nicole adoptiert Leute wie andere Menschen streunende Katzen. Vor kurzem hat sie wieder zwei Leute ins Haus genommen. Sie versorgt bereits Clays Nichte und Neffen, für die sie gar nicht verantwortlich ist; und nun hat sie ihre Mutter bei sich, die sich bedienen läßt wie eine Königin, und den Mann ihrer Mutter, der sich für den König von Frankreich hält.«

Nicole lachte. »Wenn man dich hört, scheint mein Leben nur eine große Last zu sein. Tatsächlich liebe ich es, Menschen um mich zu haben, Doktor. Ich würde keinen von ihnen aufgeben.«

»Daran hatte ich auch nicht gedacht«, antwortete Wes. »Nur solltest du in dem Haus auf der anderen Seite des Flusses wohnen, und Maggie sollte für die Küche sorgen, nicht du.«

Der Doktor nahm seine Pfeife aus der Tasche und lehnte sich in seinem Stuhl zurück. Die Dinge waren für die kleine französische Lady nicht gut gelaufen, dachte er. Der junge Mann, Wes, hatte recht, wenn er sagte, sie verdiene ein besseres Los, als sich zu Tode zu arbeiten. Er hatte vorgehabt, nach Norden zu reisen und sich in Boston niederzulassen; doch nun beschloß er, die nächsten paar Monate in Virginia zu bleiben. Ihm hatte die Art mißfallen, wie man diese kleine Frau zu einer Ehe gezwungen hatte, die sie gar nicht wollte. Er hatte sich immer irgendwie verantwortlich dafür gefühlt. Nun wußte er, daß er in der Nähe bleiben mußte, falls Nicole seine Hilfe benötigte.

Nicole streifte die Kapuze vom Kopf und hielt ihr Gesicht in den Wind. Sie zog die Riemen des kleinen Ruderbootes durch das Wasser. Noch war der Boden mit Schnee bedeckt. An den Bäumen waren noch keine Knospen zu sehen; doch es hing etwas Undefinierbares in der Luft, das ihr sagte, es würde bald Frühling werden. Zwei Wochen war es her, daß der Doktor sie besucht hatte. Sie lächelte bei dem Gedanken daran, wie er zu ihr gesagt hatte, er würde, falls sie ihn brauchte, in der Nähe bleiben. Wann sollte sich diese Notwendigkeit ergeben? Sie wollte ihm so gerne sagen, ihnen allen sagen, daß sie und Clay Virginia bald verlassen würden.

Seit Monaten bereitete sie sich schon auf diese Reise vor. Die Zwillinge und Janie würden natürlich mitkommen. Ihre Mutter ließ sie nur ungern zurück; doch Gerard würde inzwischen für sie sorgen, und später, wenn sie ein Haus hatten, konnte Adèle zu ihnen ziehen und bei ihnen wohnen. Isaac würde die Mühle betreiben, und solange er Gerard und Adèle versorgte, konnte er den verbleibenden Profit für sich behalten. Wenn Adèle dann im Westen in Nicoles Haus wohnte, konnte Isaac die Mühle haben und sie mit Lukes Hilfe weiter betreiben.

Oh, ja, es würde sich alles zum Besten kehren!

Gestern hatte Clay ihr eine Nachricht zukommen lassen und sie gebeten, ihn heute morgen auf der Lichtung zu treffen. Gestern abend hatte sie kaum Schlaf finden können. Sie hatte die ganze Nacht von diesem Treffen mit Clay geträumt. Sollten ihre Pläne endlich Wirklichkeit werden?

Sie atmete tief die reine, kalte Luft ein und nahm dann einen

Hauch von Rauch wahr. Clay war also schon in der Höhle. Sie warf das Tau des Ruderbootes zwischen die Büsche, die den Pfad zur Lichtung verbargen, trat dann ans Ufer und band das Boot fest.

Sie lief den schmalen Pfad hinauf. Clay stand dort, wie sie heute nacht geträumt hatte, ihr die Arme entgegenstreckend. Sie lief die letzten Schritte und warf sich an seine Brust. Er war so groß, so stark, und seine Brust war hart. Er hielt sie so fest an sich gepreßt, daß sie kaum Luft bekam. Aber sie hatte gar kein Verlangen danach, zu atmen. Sie wollte nur mit ihm verschmelzen, ein Teil von ihm werden. Sie wollte sich vergessen, nur als Einheit mit ihm existieren.

Er hob ihr Kinn an, damit sie ihm ins Gesicht sehen mußte. Seine Augen waren hungrig, dunkel, voller Verlangen. Nicole spürte, wie ein Feuer durch ihren Körper brandete. Das war es, was sie vermißt hatte! Sie stellte sich auf die Zehenspitzen, um seine Lippen mit ihren Zähnen zu ergreifen. Sie gab einen leisen Laut von sich, halb fauchend, halb lachend.

Clays Zunge berührte die kleine Höhlung neben ihrem Mundwinkel.

Nicoles Knie wurden weich.

Clay lachte an ihrem Hals, hob sie auf seine Arme und trug sie in die samtene Dunkelheit der Höhle hinein.

Hastige, zu hastige Bewegungen: zwei Menschen, die zueinanderstrebten wie Ausgehungerte, verzweifelt, begierig, fordernd, während das Feuer unter ihrer Haut zu brennen begann und schon wütend danach verlangte, sich in einem Brand zu verzehren. Im Nu hatten sie sich ihrer Kleider entledigt, warfen sie achtlos auf den Boden.

Sie sagten kein Wort, als sie zueinander kamen. Sie ließen nur ihre Haut sprechen. Sie gingen heftig miteinander um. Nicole wölbte sich gegen Clay, und ein Blitz flammte in ihrem Kopf auf. Als sie spürte, wie das Blut in ihren Schläfen pochte, lächelte sie und begann sich zu entspannen.

»Clay«, flüsterte sie. »Ich habe dich so sehr vermißt.«

Er hielt sie fest an sich, und sein Atem war weich und

warm an ihrem Ohr. »Ich liebe dich. Ich liebe dich so sehr.«
Seine Stimme klang traurig.

Sie schob sich von ihm weg und kuschelte sich dann an seine
Seite, ihren Kopf in die Wölbung seiner Schulter gebettet.
»Heute ist der erste Morgen, an dem ich glauben konnte, daß
fast schon Frühling ist. Mir scheint, ich habe eine Ewigkeit auf
den Frühling gewartet.«

Clay beugte sich über sie und nahm ihr Cape. Er breitete es
über sie aus, daß das Pelzfutter ihre Haut berührte.

Nicole lächelte wohlig und rieb ihren Schenkel an Clays
Hüfte. Es war ein vollkommener Moment – sie in den Armen
ihres Liebhabers, ihre Körper gesättigt, ihre Haut liebkost von
dem üppig weichen Nerzfell.

»Wie geht es deiner Mutter?« fragte Clay.

»Sie schreit nicht mehr so viel wie anfangs. Ich bin froh
darüber, denn die Zwillinge haben schrecklich darunter gelitten.«

»Nicole, ich habe dir schon ein paarmal gesagt, daß du die
Zwillinge zu mir zurückschicken sollst. In deinem Haus ist jetzt
kein Platz mehr für sie.«

»Bitte, laß sie bei mir bleiben.«

Er zog sie noch enger an sich. »Du weißt, ich werde sie dir
niemals wegnehmen. Nur hast du schon viel zu viele Leute in
deinem Haus und viel zuviel zu tun.«

Sie küßte seine Schulter. »Es ist lieb von dir, daß du dir
deswegen Sorgen machst; doch ich habe wirklich keine Last
mit ihnen. Wenn du Janie und Gerard in dein Haus nehmen
wolltest, würde ich ernsthaft darüber nachdenken.«

»Macht Janie dir Schwierigkeiten?«

»Nein. Nur können die beiden sich nicht ausstehen, und es
kommt ständig zu Reibereien. Ich kann ihr Gezänk nicht mehr
hören, das ist alles.« »Wenn Janie jemanden nicht leiden kann,
hat sie in der Regel gute Gründe dafür. Du hast mir bisher kaum
etwas von deinem Stiefvater erzählt.«

»Mein Stiefvater.« Nicole lächelte. »Es ist schon eine seltsame
Vorstellung, daß Gerard ein Ersatz für meinen Vater sein
könnte.«

»Erzähle mir von deinem Leben. Ich fühle mich so von dir entrückt.«

Sie lächelte abermals in dem Gefühl seiner Liebe, das sie ganz einhüllte. »Gerard sonnt sich in dem Gedanken, daß er nun der französischen Aristokratie angehört. Mir kommt das komisch vor, wenn ich daran denke, daß Hunderte von Aristokraten in Frankreich alles dafür geben würden, wenn sie zum gemeinen Volk gehören könnten.«

»Soweit ich hörte, ist seine Anwesenheit in deinem Haus nicht gerade erheiternd. Du weißt, wenn du etwas brauchst...«

Sie legte ihre Fingerspitzen auf seine Lippen. »Du bist alles, was ich brauche. Wenn es manchmal sehr laut zugeht und jeder sich wie ein Gewicht an mich zu hängen scheint, verschließe ich meine Ohren und denke an dich. Als ich heute morgen aufwachte, war ich schrecklich aufgeregt über diese Wärme in der Luft. Glaubst du, im Westen herrscht das gleiche Wetter wie hier? Und weißt du wirklich, wie man ein Haus baut? Wann, glaubst du, können wir aufbrechen? Ich habe schon so lange packen wollen; aber ich glaubte immer, es wäre zu früh, Janie schon in unsere Pläne einzuweihen.«

Sie hielt inne, als er auf ihre Rede nicht reagierte. Sie stützte sich auf einen Ellenbogen, um ihn ansehen zu können. »Clay, stimmt etwas nicht?«

»Es ist alles in Ordnung«, sagte er tonlos. »Wenigstens wird alles in Ordnung kommen.«

»Was meinst du damit? Etwas stimmt nicht. Ich sehe es dir an.«

»Nein, es ist nichts. Nichts Ernsthaftes jedenfalls. Nichts wird unsere Pläne umstürzen.«

Sie sah ihn stirnrunzelnd an. »Clay, ich kenne dich, und ich weiß, daß du ein Problem hast. Du hast Bianca kein einzigesmal erwähnt; doch ich breite alle meine Sorgen vor dir aus.«

Er sah sie mit einem leisen Lächeln an. »Du weißt doch gar nicht, wie man seine Sorgen ausschüttet. Du bist so gütig, so voller Liebe, so voller Vergebung, daß du die Hälfte der Zeit nicht einmal merkst, wie die Leute dich ausnützen.«

»Mich ausnützen?« Sie lachte. »Niemand nützt mich aus.«

310

»Ich tue es, die Zwillinge tun es, deine Mutter, deren Mann und sogar Janie nützen dich aus. Wir alle zehren nur von dir.«

»Du sprichst, als wäre ich eine Heilige. Es gibt viele Dinge, die ich vom Leben verlange; doch ich bin praktisch veranlagt. Ich weiß, daß ich warten muß, bis ich bekomme, was ich mir wünsche.«

»Und was wünschst du dir?« fragte er leise.

»Dich. Ich möchte dich und mein eigenes Heim und die Zwillinge haben. Und vielleicht noch ein paar andere Kinder – deine Kinder.«

»Die wirst du haben! Das schwöre ich! Es wird alles dir gehören.«

Sie starrte ihn ein paar lange Sekunden an. »Ich möchte wissen, was nun nicht stimmt. Es hat mit Bianca zu tun, nicht wahr? Hat sie unsere Pläne entdeckt? Wenn sie dich abermals erpressen will, werde ich es diesmal nicht durchgehen lassen. Meine Geduld ist erschöpft.«

Clay legte den Arm fest um sie und zog ihren Kopf an seine Schulter. »Ich möchte, daß du mir zuhörst – die ganze Geschichte –, ehe du ein Wort sagst.« Er holte tief Luft. »Zunächst will ich dir versichern, daß sich dadurch unsere Pläne nicht ändern.«

»Dadurch?«

Sie versuchte, den Kopf zu heben und ihn anzuschauen, doch er hielt sie an seiner Schulter fest.

»Höre mir erst zu, und dann werde ich deine Fragen beantworten.« Er hielt inne und starrte an die Decke. Es war drei Wochen her, seit Bianca ihm gesagt hatte, sie sei schwanger. Zuerst hatte er sie ausgelacht und gesagt, sie lüge. Sie hatte nur dagestanden und ihn selbstzufrieden angelächelt. Sie war es gewesen, die den Doktor holte, damit er sie untersuchte. Seither hatte Clay in der Hölle gelebt. Er konnte die Neuigkeit nicht glauben. Er hatte lange gebraucht für seinen Entschluß, daß Nicole ihm mehr bedeutete als das Kind, das Bianca unter dem Herzen trug.

»Bianca ist schwanger«, sagte er leise. Als Nicole nicht reagierte, fuhr er fort: »Der Doktor kam und bestätigte es. Ich habe lange darüber nachgedacht, und dann beschloß ich, daß wir trotzdem unseren Plan verwirklichen, Virginia zu verlassen. Wir werden gemeinsam an einem neuen Platz unser Heim errichten.«

Nicole sagte immer noch kein Wort. Sie lag so still an seiner Schulter, als hätte er die ganze Zeit geschwiegen. »Nicole? Hast du mir zugehört?«

»Ja«, sagte sie mit ruhiger Stimme.

Er lockerte seinen Arm um sie, damit er sich von ihr wegbewegen und ihr Gesicht sehen konnte.

Ohne ihm in die Augen zu sehen, setzte sie sich auf, wandte ihm den Rücken zu und zog langsam ihr Hemd über den Kopf.

»Nicole, ich wünschte mir, du würdest etwas sagen. Ich hätte dir gar nichts davon gesagt, wenn Bianca es nicht schon in der halben Grafschaft herumerzählt hätte. Ich wollte nicht, daß du es von einem anderen hörst. Ich dachte, ich sollte es dir selbst sagen.«

Sie sagte keinen Ton, als sie in ihr Kleid schlüpfte, erst den einen wollenen Strumpf hochrollte, dann den anderen.

»Nicole!« rief Clay, faßte sie dann an den Schultern, um sie zu sich herumzudrehen. Ihm stockte der Atem, als er ihr wieder ins Gesicht sah. Ihre braunen Augen, die ihn immer so warm und voller Liebe anblickten, waren kalt und hart.

»Ich glaube nicht, daß es dir recht wäre, wenn ich etwas dazu sagte.«

Er zog sie an sich; doch ihr Körper war steif. »Bitte, rede mit mir. Laß uns in aller Offenheit darüber diskutieren. Sobald die Luft wieder rein ist, werden wir über unsere Pläne sprechen können.«

Sie starrte ihn mit einem halben Lächeln an. »Pläne? Du planst, fortzugehen und ein unschuldiges Kind zurückzulassen, um das sich niemand außer Bianca kümmern wird? Glaubst du, diese Frau würde eine großartige Mutter sein?«

»Was, zum Kuckuck, kümmern mich ihre mütterlichen Fähigkeiten? Du bist es, die ich haben möchte, dich ganz allein.«

Sie hob ihre Hände und schob ihn von sich weg. »Kein

einziges Mal hast du zu mir gesagt, daß das Kind vielleicht nicht von dir sein könnte.«

Er starrte sie an, blinzelte dabei kein einzigesmal. Er hatte diese Frage erwartet und sich vorgenommen, ehrlich zu sein. »Ich war krank, und es war nur diese einzige Nacht. Sie hat sich in mein Bett geschlichen.«

Sie zeigte ihm ein kaltes Lächeln. »Vermutlich soll ich dir verzeihen, was unter dem Einfluß von Alkohol passiert ist. Man braucht sich doch nur in Erinnerung zu rufen, was der Alkohol aus mir gemacht hat. Ich war betrunken, als ich das erstemal mit dir geschlafen habe.«

»Nicole.« Er lehnte sich zu ihr.

Sie sprang von ihm zurück. »Faß mich nicht an«, sagte sie atemlos. »Faß mich nie mehr an!«

Er packte sie hart an der Schulter. »Du bist meine Frau, und ich habe ein Recht, dich anzufassen.«

Sie holte aus und schlug ihm so fest, wie sie konnte, ins Gesicht. »Deine Frau! Wie kannst du es wagen, so etwas zu mir zu sagen? Wann bin ich jemals etwas anderes für dich gewesen als deine Hure? Du benützt mich, wenn du mich brauchst, um deinen körperlichen Trieb zu stillen. Reicht dir Bianca nicht für diesen Zweck? Bist du der Typ von Mann, der für seine Lust mehr als eine Frau benötigt?«

Ihre Finger zeichneten sich deutlich auf seinen Wangen ab. »Du weißt, daß das nicht wahr ist. Du weißt, daß ich stets ehrlich zu dir gewesen bin.«

»Das weiß ich? Was weiß ich schon von dir? Ich kenne deinen Körper. Ich weiß, daß du Macht über mich besitzt, sowohl geistig wie physisch. Ich weiß, du kannst mir alles abverlangen, was du dir wünschst; du kannst mich sogar dazu bringen, daß ich dir die unglaublichsten Geschichten glaube.«

»Hör mir zu, glaube an mich. Ich liebe dich. Wir werden gemeinsam fortgehen.«

Sie warf den Kopf in den Nacken und lachte. »Du bist derjenige, der mich nicht kennt. Ich gebe zu, ich habe nicht viel Stolz gezeigt, solange ich in deiner Nähe war. Tatsächlich habe ich nicht viel mehr getan, als mich auf den Rücken zu werfen, wenn du ins Zimmer kamst, oder auf meine Knie oder in die Grätsche über deinem Körper. Ich frage nicht einmal, wie es dir gefällt; ich gehorche nur.«

»Hör auf damit! Das bist nicht du!«

»Tatsächlich nicht? Wer ist denn die echte Nicole? Jeder glaubt, sie ist die Mutter Erde, die jeden ernährt, immer die Verantwortung für die Probleme anderer Leute übernimmt, so wenig von anderen für sich verlangt. Aber so ist es nicht! Nicole Courtalain ist eine Frau, eine erwachsene Frau, mit all den Leidenschaften und Wünschen anderer Frauen. Bianca ist so viel klüger als ich. Sie erkennt, was sie haben möchte, und sie holt es sich. Sie sitzt nicht zu Hause und wartet geduldig auf eine Nachricht von einem Mann, der sich am Morgen mit ihr zu einem Schäferstündchen verabreden möchte. Sie weiß, das ist nicht die richtige Methode, um zu bekommen, was sie sich wünscht.«

»Nicole«, sagte Clay, »bitte, beruhige dich. Du sagst Dinge, die du gar nicht meinst.«

»Nein«, sagte sie lächelnd. »Ich glaube, daß ich zum erstenmal Dinge sage, die ich wirklich meine. Ich bin nun schon all diese Monate in Amerika und habe die ganze Zeit nur mit Warten verbracht. Ich wartete, daß du mir sagst, du würdest mich lieben; dann wartete ich darauf, daß du dich zwischen mir und Bianca entscheiden solltest. Jetzt begreife ich, wie schrecklich dumm ich gewesen bin, wie einfältig und naiv. Ich habe dir wie ein Kind vertraut.«

Sie ließ ein schnaubendes Lachen hören. »Weißt du, daß Abe mir die Kleider vom Leib riß und mich an einen Haken in der Wand fesselte? Ich war so dumm zu glauben, daß er mich deinetwegen entehren wollte. Kannst du dir das vorstellen? Du lagst vermutlich gerade mit Bianca im Bett, während ich dumme kleine Gans mir Sorgen machte, wie ich mich für dich reinhalten konnte.«

»Ich habe dir jetzt lange genug zugehört. Du hast schon zuviel gesagt.«

»O nein! Clayton Armstrong fordert alles und hat jetzt genug. Von wem hast du jetzt genug? Von der kurvenreichen Bianca oder der mageren kleinen Nicole?«

»Hör auf und hör mir jetzt zu. Ich sagte dir bereits, daß sich dadurch für mich nichts ändert. Wir werden fortgehen, wie wir es geplant haben.«

Sie funkelte ihn an, die Oberlippe hochgezogen. »Aber für mich macht es einen Unterschied! Glaubst du, ich möchte mein Leben mit einem Mann verbringen, der so leicht sein eigenes Kind aufgeben könnte? Was wäre, wenn wir nach Westen gingen und ein Kind bekämen? Wenn du irgendein süßes junges Ding sähest, vielleicht mit ihm durchbrennst und unser Kind im Stich ließest?«

Ihre Worte gingen ihm unter die Haut, und er wich vor ihr zurück. »Wie kannst du so etwas glauben?«

»Wie kann ich es nicht? Was hast du jemals getan, das mich vom Gegenteil überzeugte? Ich war eine Närrin, und aus irgendeinem Grund, vielleicht deiner breiten Schultern wegen oder aus anderen, ähnlichen Nichtigkeiten, habe ich mich in dich verliebt. Du hast meine Schulmädchen-Begierden gründlich ausgenützt. Weshalb auch nicht? Du bist ja ein Mann.«

»Glaubst du das wirklich?« fragte er leise.

»Was soll ich denn sonst glauben? Ich habe nichts anderes getan als gewartet. Jede Minute habe ich gewartet — gewartet, daß ich anfangen dürfe, zu leben. Nun, jetzt warte ich nicht mehr!« Sie stieg in ihre Schuhe, stand auf und bewegte sich zum Ausgang der kleinen Höhle.

Clay zog sich rasch die Hose an und lief hinter ihr her. »So kannst du mich nicht zurücklassen«, sagte er und packte dabei ihren Arm. »Du willst mich einfach nicht verstehen.«

»Oh, doch, ich habe dich verstanden. Du hast deine Wahl getroffen. Ich vermute, du hast deine Entscheidung davon abhängig gemacht, wer von uns beiden zuerst schwanger würde. Die Courtalains sind nie besonders fruchtbar gewesen. Zu schade, sonst hätte ich vielleicht das Rennen gewonnen. Würde ich dann das große Haus haben? Die Dienerschaft?« Sie hielt inne. »Das Baby?«

»Nicole!«

Sie sah hinunter auf seine Hand auf ihrem Arm. »Laß mich los«, sagte sie kalt.

315

»Nicht, bis du zur Vernunft gekommen bist.«

»Du meinst, ich soll hier bleiben, bis du mit deinem süßen Reden mich wieder in deine Arme getrieben hast, nicht wahr? Das ist vorbei. Es ist tot und aus zwischen uns.«

»Das kannst du nicht so meinen.«

Ihre Stimme war sehr ruhig. »Vor zwei Wochen hat mich der Doktor von dem Schiff, das mich nach Amerika brachte, besucht.« Clays Augen weiteten sich.

»Jawohl, dein Zeuge, den du vor einiger Zeit nicht rasch genug herbeizitieren konntest. Er sagte, er würde mir helfen, daß meine Ehe für ungültig erklärt wird.«

»Nein«, hauchte Clay, »ich will nicht...«

»Die Zeit ist vorbei für das, was du willst. Du hast alles gehabt, oder sollte ich sagen, jeden, den du haben wolltest? Nun bin ich an der Reihe. Ich werde aufhören zu warten und mit dem Leben beginnen.«

»Was soll das? Wovon redest du?«

»Zuerst von der Annullierung meiner Ehe. Dann gedenke ich, mein Geschäft zu vergrößern. Es gibt keinen Grund, warum ich nicht aus diesem schönen Land der ungeahnten Möglichkeiten meinen Nutzen ziehen sollte.«

Ein Scheit fiel auf das Feuer im kleinen Kamin, und das Glas, in dem das Einhorn eingeschlossen war, lenkte Nicoles Blick auf sich. Sie ließ ein trockenes, kaltes Lachen hören. »Ich hätte wissen müssen, was in dir vorging, als ihr jene kindischen Gelübde ablegtet. Ich war nicht rein genug, um das Einhorn berühren zu dürfen, nicht wahr? Nur deine teure, tote Beth war gut genug dafür.«

Sie drängte sich an ihm vorbei und ging hinaus in die kalte Morgenluft. Ruhig und gefaßt ging sie zum Steg und ruderte mit dem Boot hinüber auf die andere Seite des Flusses. Ihr Großvater hatte ihr gesagt, daß man nie zurückschauen dürfe. Es war nicht leicht, den Verstand zusammenzunehmen, damit er nicht laut nach Clay schrie. Sie beschwor ein Bild von Bianca herauf, zufrieden und schwanger, die Hände auf der Wölbung, die Clays Kind verbarg. Sie blickte auf ihren eigenen flachen Leib und war dankbar, daß sie kein Kind in sich trug.

Als sie den Steg ihrer Mühle erreichte, fühlte sie sich besser. Sie stand auf und blickte zu dem kleinen Haus hinauf. Es würde eine Weile lang ihr Heim bleiben, und so betrachtete sie es jetzt. Sie brauchte mehr Raum, ein Wohnzimmer im Erdgeschoß, zwei zusätzliche Schlafzimmer im Oberstock. Aber dafür brauchte sie Geld, und das hatte sie nicht. Gutes, flaches Ackerland breitete sich um die Mühle aus, und sie erinnerte sich daran, daß Janie erwähnte, daß es zum Verkauf stünde. Aber sie hatte kein Geld, um Land zu kaufen.

Dann besann sie sich auf ihre Kleider. Sie waren bestimmt etwas wert. Allein der Zobelmuff... wie gern würde sie das alles Clay ins Gesicht werfen! Wie gern hätte sie ihm die Kleider zurückgegeben, sie in seiner Halle auf einen Haufen geworfen. Doch diese kleine Demonstration würde sie zuviel Geld kosten. Auf der Party bei den Backes hatten nicht wenige Frauen ihre Kleider bewundert. Plötzlich dachte sie voller Bedauern an ihr mit Nerz gefüttertes Cape, das sie auf dem Boden der Höhle zurückgelassen hatte. Doch sie konnte nicht mehr dorthin zurück – nie mehr! Ihr Kopf war voller Pläne, als sie den einzigen Wohnraum ihres kleinen Hauses betrat. Janie war über das Feuer gebeugt, ihr Gesicht rot von der Hitze. Gerard saß am Tisch, betrachtete einen Krapfen und knallte ihn dann mit gerümpfter Nase auf den Teller zurück. Die Zwillinge saßen in einer Ecke und kicherten hinter einem Buch.

Janie blickte auf. »Es ist etwas passiert.«

»Nein«, sagte Nicole, »wenigstens nichts Neues.« Sie sah Gerard nachdenklich an. »Gerard, mir ist eben der Gedanke gekommen, daß Ihr einen ausgezeichneten Händler abgeben würdet.«

Er zog seine Augenbrauen in die Höhe. »Leute meines Standes...«, begann er.

Nicole schnitt ihm das Wort ab, während sie ihm gleichzeitig den Teller mit dem Krapfen wegnahm. »Wir leben in Amerika, nicht in Frankreich. Wenn Ihr essen wollt, müßt Ihr auch arbeiten.«

Er sah sie mürrisch an. »Was soll ich denn verkaufen? Ich habe keine Ahnung von Mehl und Korn.«

317

»Das Mehl verkauft sich von selbst. Ich möchte, daß Ihr ein paar hübsche junge Damen überzeugt, daß sie in Seide und Zobel noch hübscher aussehen würden.«

»Zobel?« sagte Janie. »Nicole, wovon redest du eigentlich?«

Nicole warf ihrer Freundin einen Blick zu, der sie zum Verstummen brachte. »Kommt mit mir nach oben, damit ich Euch die Kleider zeige.« Nicole drehte sich zu den Zwillingen um. »Und ihr beide macht euch fertig zum Unterricht.«

»Aber Nicole«, mischte sich Janie ein, »du hast keine Zeit mehr dafür. Der Mahlsteinschleifer ist schon hier.«

»Nicht ich werde sie unterrichten«, sagte Nicole. »Im Oberstock wohnt eine sehr gebildete Frau, die sich nur zu gerne der Kinder annehmen wird.«

»Adèle?« sagte Gerard spöttisch. »Sie versteht doch kaum, was man von ihr will, geschweige denn tut sie, was man von ihr verlangt.«

»Wir mögen die schreiende Lady nicht«, sagte Alex, nahm Mandys Hand und zog sich noch weiter in die Ecke zurück.

»Schluß damit!« sagte Nicole energisch. »Ich möchte keine Beschwerden mehr hören. Janie und ich führen nicht länger ein Hotel für Nichtstuer. Gerard, Ihr werdet mir helfen, Geld aufzutreiben, damit ich Land kaufen kann. Mutter wird sich der Kinder annehmen, und die Zwillinge bekommen eine Ausbildung. Von jetzt an sind wir eine Familie, nicht eine Aristokratie mit zwei Dienstboten.« Sie drehte sich um und ging die Treppe hinauf.

Janie grinste zu ihr hinauf. »Ich weiß nicht, was über sie gekommen ist; doch so gefällt sie mir!«

»Wenn sie glaubt, daß ich ...«, begann Gerard.

Janie schwang einen heißen klebrigen Kochlöffel vor seinem Gesicht. »Entweder arbeitet Ihr, oder wir schicken Euch zurück nach Frankreich, und da könnt Ihr Euch den Kopf abhacken lassen oder Schuhe flicken wie Euer Vater. Habt Ihr kapiert?«

»Ihr könnt mich nicht so behandeln!«

»Ich kann und ich will. Und wenn Ihr Euch jetzt nicht schleunigst die Stiegen hinaufbewegt, wie Nicole es Euch anbot, könnte ich mich vergessen und Euer häßliches kleines Gesicht ohrfeigen!«

Gerard öffnete den Mund, um zu protestieren, klappte ihn jedoch wieder zu, als er Janies Faust vor seinem Gesicht sah. Sie war eine große, kräftig gebaute Frau. Er wich einen Schritt vor ihr zurück. »Wir sind noch nicht fertig miteinander.« Dann stieß er eine Reihe französischer Flüche aus und folgte Nicole die Treppe hinauf.

Janie drehte sich zu den Zwillingen um, blickte sie warnend an, schlug die Hände heftig zusammen und scheuchte sie zur Treppe.

18

Es war Wesley, der Nicole mit seinem Segelboot flußaufwärts brachte zu der Adresse, wo Dr. Donaldson jetzt wohnte und sie anschließend alle mitnahm zum Haus des Richters. Er sagte nicht viel, als Nicole ihm offenbarte, sie wolle ihre Ehe mit Clay annullieren lassen. Tatsächlich sagte keiner sehr viel, und es kam Nicole so vor, als glaubte jeder, diese Lösung sei unvermeidlich. Sie war wohl die letzte, die noch Vertrauen zu Clay hatte.

Es war überraschend, wie wenig Zeit es brauchte, eine Ehe zu beenden. Nicole hatte sich Sorgen gemacht. Da so viele Leute sie mit Clay zusammen gesehen hatten und die Ehe auch vollzogen war, würde es erhebliche Hindernisse geben. Sie wurde belehrt, daß ihre Ehe selbst dann hätte annulliert werden können, wenn sie bereits Kinder aus dieser Ehe habe, weil man sie mit Gewalt zur Eheschließung gezwungen hatte.

Der Richter kannte Clay und Wesley von Geburt an. Nicole hatte er bei der Party auf der Backes-Plantage kennengelernt. Es widerstrebte ihm, die Ehe aufzulösen, zu erklären, sie habe nie existiert; doch er konnte die Aussage des Doktors schwerlich anfechten. Zudem hatte er Gerüchte über die Frau gehört, mit der Clay zusammenlebte. Er merkte sich im Geiste vor, daß er Clay recht bald besuchen und ihm sagen wollte, was er von seinem unmoralischen Verhalten hielte. Der Richter blickte die

319

hübsche kleine Französin teilnahmsvoll an. Sie hatte nicht verdient, was Clay ihr angetan hatte.

Er erklärte, die Ehe sei unrechtmäßig.

»Nicole?« fragte Wes, als sie das Haus des Richters verließen. »Ist dir nicht gut?«

»Mir fehlt nichts«, sagte sie knapp. »Weshalb auch? Wenn du dir Land kaufen wolltest, wo würdest du da zuerst hingehen?«

»Zu den Besitzern vermutlich. Warum?«

»Kennst du einen Mr. Irwin Rogers?«

»Natürlich. Er wohnt ungefähr eine Meile die Straße hinunter.«

»Könntest du mich dorthin bringen und mich vorstellen?« fragte sie.

»Nicole, was hast du im Sinn?«

»Ich möchte das Ackerland bei meiner Mühle kaufen. Ich habe vor, dort noch im Frühjahr Gerste auszusäen.«

»Gerste? Aber Clay kann dir doch...« Er hielt inne, als Nicole ihn ansah.

»Ich bin nicht mehr an Clayton Armstrong gebunden und habe auch nichts mehr mit ihm zu tun. Ich werde mir eine eigene Existenz aufbauen.«

Sie machte ein paar Schritte die Straße hinunter; doch Wes faßte sie am Arm. »Ich kann nicht glauben, daß es zwischen dir und Clay wirklich aus sein soll.«

»Ich glaube, es ist schon lange aus zwischen uns; nur war ich mit Blindheit geschlagen und habe es nicht bemerkt«, erwiderte sie ruhig.

»Nicole«, begann Wes und starrte auf sie hinunter. Ihre Augen leuchteten in der Sonne. Er betrachtete ihren Mund, die Oberlippe, die ihn so faszinierte. »Warum heiratest du nicht mich. Du bist noch nie in meinem Haus gewesen. Es ist riesig. Alle Leute, die du jetzt betreust, könnten dort wohnen, und du würdest sie nicht einmal zu sehen bekommen. Travis und ich haben mehr Geld, als wir ausgeben können, und du brauchtest keinen Handschlag zu tun.«

Sie starrte ihn einen Moment an und lächelte dann. »Wesley,

du bist süß. Du willst mich gar nicht heiraten.« Sie wandte sich wieder von ihm ab.

»Doch will ich dich heiraten! Du würdest eine perfekte Ehefrau sein. Du könntest die Plantage ganz allein bewirtschaften, und jeder mag dich hier.«

»Hör auf!« Sie lachte. »Wenn du so redest, komme ich mir schrecklich alt vor.« Sie stellte sich auf die Zehenspitzen und küßte seinen Mundwinkel. »Ich danke dir für dein Angebot; doch ich habe nicht den Wunsch, nach der Auflösung einer Ehe mich schon wieder in die nächste zu stürzen.« Sie sah ihn mit halbgeschlossenen Augen an. »Und wenn du es wagst, jetzt erleichtert auszusehen, rede ich kein Wort mehr mit dir.«

Er nahm ihre Hand, küßte sie und rieb ihre Finger zwischen den seinen. »Vielleicht werde ich weinen; doch ich sehe ganz bestimmt nicht erleichtert aus.«

Sie lachte und entzog ihm ihre Hand. »Freunde brauche ich jetzt nötiger als einen Liebhaber. Wenn du mir wirklich helfen willst, könntest du Mr. Rogers vielleicht dazu bewegen, mir das Land für einen guten Preis zu überlassen.«

Wesley blickte sie einen Moment an. Sein Heiratsantrag war ein spontaner Einfall gewesen; doch nun dachte er, wie angenehm es wäre, mit einer Frau wie Nicole verheiratet zu sein. Es würde ihn zwar überrascht haben, wenn sie seinen Antrag angenommen hätte; doch im Grunde wünschte er, sie hätte ja gesagt.

Er grinste sie an. »Der alte Rogers wäre so froh, wenn er sein Land verkaufen könnte, daß er es dir praktisch umsonst gibt.«

»Keine Gewalttätigkeiten«, antwortete Nicole lachend.

»Vielleicht ein paar gebrochene Zehen. Mehr braucht es nicht.«

»Nun... wenn es nur Zehen sind...« Sie lachten zusammen und gingen nebeneinander die Straße zu Mr. Rogers' Haus hinunter.

Sie bekamen einen guten Preis für das Land. Nicole hatte nur wenig Bargeld für die Kleider erhalten, die Gerard für sie verkauft hatte; doch Mr. Rogers vereinbarte mit ihr eine langjährige Ratenzahlung. Auch verpflichtete sie sich, drei Jahre lang das Korn von seiner Farm umsonst zu mahlen.

»Er hat dir das Land nicht gerade geschenkt«, sagte Wes, als sie Mr. Rogers' Haus wieder verließen. »Er bekommt drei Jahre lang sein Korn umsonst gemahlen!«

Nicoles Augen glitzerten. »Aber warte ab, bis er seine Rechnung für das vierte Jahr bekommt!«

Anschließend gingen sie in die Druckerei, wo Nicole Handzettel bestellte, die für die günstigen Preise ihrer Mühle werben sollten.

»Nicole!« sagte Wes, als er die neuen Tarife hörte, die sie dem Drucker diktierte. »Wie willst du mit diesen Preisen einen Profit machen? Du unterbietest Horace ja um ein Drittel!«

Sie lächelte. »Wettbewerb und Mengenrabatt! Würdest du jetzt dein Korn lieber zu mir oder zu Horace bringen?«

Der Drucker lachte. »Ich glaube, das ist ein Argument, das sticht, Wes. Ich werde gleich meinem Schwager eine von diesen Preislisten geben, und Sie können überzeugt sein, er wird nur noch bei Ihnen mahlen lassen.«

Wesley sah Nicole mit neuem Respekt an. »Ich hatte keine Ahnung, daß hinter so einem hübschen Gesicht auch ein Gehirn steckt.«

Sie antwortete: »Ich habe es auch erst jetzt entdeckt. Bisher ist es wohl durch kindische Ideen von Liebe und Romantik vernebelt gewesen.«

Als sie die Druckerei verließen, sah Wesley sie stirnrunzelnd an. Er hatte das Gefühl, daß sie nicht zeigen wollte, wie tief sie verwundet war. Verdammt, Clay! dachte er. Er hatte kein Recht, Nicole so unglücklich zu machen.

Als Nicole wieder nach Hause kam, war es Gerard, der ihr Schwierigkeiten machte. Der kleine Mann wehrte mit beiden Händen ab, als er die Handzettel sah.

»Es war schon schlimm genug, daß ich Frauenkleider verkaufen mußte.« Er unterbrach sich, um sein Haar zu glätten. Er trug es im Stile von Brutus, modisch zerzaust und ungepflegt. Es lag ihm dicht am Kopfe an, strähnig, ohne Welle oder Krause. »Natürlich waren die Damen sehr erfreut, mich kennenzulernen. Sie benahmen sich ganz anders als die Leute in diesem Haus. Sie fanden Gefallen an meiner Familiengeschichte, dem großartigen Stammbaum der Courtalains.«

»Seit wann ist der Stammbaum von Nicoles Familie auch der Eure?« fragte Janie.

»Da seht ihr es!« rief Gerard. »Man schenkt mir nicht die gebührende Achtung!«

»Still jetzt, ihr beiden«, rief Nicole. »Ich habe mir lange genug euer Gezänk angehört. Gerard, Ihr habt Euch als perfekter Händler erwiesen. Die Frauen lieben Euren Akzent und Eure bezaubernden Manieren.«

Er spreizte sich wie ein Gockel bei ihren Komplimenten.

»Wenn Ihr wollt, könnt Ihr die Handzettel an die Farmersfrauen verteilen. Tatsächlich wäre das eine gute Idee.«

»Handzettel sind keine seidenen Stoffe«, murmelte er ernüchtert.

»Aber Essen ist Essen«, sagte Janie, »und wenn Ihr essen wollt, müßt Ihr auch arbeiten wie wir alle.«

Gerard machte einen Schritt auf Janie zu, die Oberlippe verächtlich gekräuselt; doch Nicole legte die Hand auf seinen Arm und hielt ihn zurück. Er sah von ihrer Hand auf ihr Gesicht und dann wieder auf ihre Hand zurück. Er bedeckte ihre Hand mit der seinen. »Für Euch würde ich alles tun.«

Nicole machte sich so höflich wie möglich von ihm los. »Isaac wird Euch mit dem Ruderboot zu den Häusern flußaufwärts und flußabwärts bringen.«

Gerard lächelte sie an, als wären sie ein Liebespaar, und verließ dann still das Haus.

»Ich traue ihm nicht«, sagte Janie.

Nicole machte eine wegwerfende Handbewegung. »Er ist harmlos. Er will nur, daß wir ihn behandeln wie einen Vertreter des Hochadels. Er wird bald lernen, sich der Wirklichkeit anzupassen.«

»Du bist zu großzügig. Höre auf meinen Rat, und halte dich von ihm fern.«

Der Frühling brach jetzt mit aller Macht über Virginia herein und bescherte dem Land die erste Ernte. Es dauerte nicht lange, und das gewaltige Mahlwerk der Mühle drehte sich wieder nach der langen Winterpause. Nicoles Handzettel taten ihre Wirkung, und Farmer kamen von nah und fern, um ihr Getreide mahlen zu lassen.

Nicole gestattete sich nicht eine Minute der Ruhe. Sie heuerte noch einen Mann an, der ihr auf den Feldern half, auf denen sie Gerste und Weizen anbaute. Gerard fand sich widerstrebend bereit, sie in der Mühle zu vertreten; obwohl, wie er betonte, es eigentlich unter seiner Würde war, sich mit Amerikanern abzugeben. Nicole erinnerte ihn daran, daß ihr Großvater, der Herzog, zwei Jahre lang in einer Mühle das Korn für die Bauern gemahlen hatte.

Niemand schien auch nur in Betracht zu ziehen, daß die Zwillinge zu Clay zurückkehren sollten; und Nicole faßte das als Vertrauensbeweis auf. Einmal wöchentlich ruderte Isaac mit den Kindern über den Fluß, damit sie ihren Onkel besuchen konnten.

»Er sieht schlimm aus«, sagte Isaac, als er einmal von einem Besuch zurückkam.

Nicole fragte gar nicht erst, wen er damit meinte. Trotz ihrer vielen Arbeit war sie mit ihren Gedanken nie weit weg von Clay.

»Er trinkt zuviel. Ich hatte gar nicht gewußt, daß er trinkt.«

Nicole wandte sich ab. Sie sollte sich freuen, daß er so unglücklich war, weil er sein Unglück gewiß verdiente. Doch irgendwie war sie nicht froh darüber. Sie ließ Isaac stehen und ging in den Gemüsegarten. Vielleicht würden ein paar Stunden Arbeit mit der Hacke sie von ihren Gedanken an Clay ablenken.

Eine Stunde später lehnte sich Nicole gegen einen Baum und wischte sich mit dem Unterarm den Schweiß vom Gesicht.

»Hier, ich habe Euch etwas gebracht«, sagte Gerard und reichte ihr ein Glas voll kühler Limonade.

Sie nickte dankbar und trank das Glas auf einen Zug leer.

Gerard wischte ein paar Grashalme vom Ärmel ihres Baumwollkleides. »Ihr solltet nicht so lange hier draußen in der Sonne weilen. Ihr werdet Euren schönen Teint verderben.« Er fuhr mit der Hand über ihren Arm.

Nicole war zu müde, um sich seiner Berührung zu entziehen.

Sie standen im tiefen Schatten, wo man sie vom Haus oder der Mühle aus nicht sehen konnte.

»Ich bin froh, daß wir einmal unter uns sind«, sagte er und bewegte sich noch dichter an sie heran. »Es ist seltsam, daß wir unter demselben Dach leben, doch selten eine Gelegenheit haben, allein zu sein und uns ungestört unterhalten zu können.«

Nicole wollte ihn nicht verletzen, ihn aber auch nicht ermutigen. Sie wich einen Schritt zur Seite. »Ihr könnt jederzeit mit mir reden. Ich hoffe, das wißt Ihr auch.«

Er kam wieder näher, fuhr mit der Hand an ihrem Arm auf und ab und streichelte ihn. »Ihr seid die einzige hier, die mich versteht.« Er sprach französisch, brachte sein Gesicht ganz nahe an das ihre heran. »Wir kommen aus demselben Land, gehören demselben Volk an. Keiner weiß außer uns, wie es jetzt in Frankreich aussieht. Das bindet uns aneinander.«

»Ich betrachte mich jetzt als Amerikanerin«, antwortete sie ihm auf Englisch.

»Wie könnt Ihr nur? Ihr seid Französin, ich bin ein Franzose. Wir gehören beide zu der großen Familie der Courtalains. Wir könnten dafür sorgen, daß die Familie nicht ausstirbt.«

Nicole drückte die Schultern durch und funkelte ihn an. »Was nehmt Ihr Euch heraus?« sagte sie empört. »Vergeßt Ihr meine Mutter? Ihr seid verheiratet, und doch macht Ihr mir einen Antrag, als wäre ich ein Küchenmädchen.«

»Wie kann ich sie vergessen, wenn ihre Schreie mich fast verrückt machen? Glaubt Ihr, es gäbe einen Moment, an dem ich mir nicht bewußt wäre, daß ich an sie gebunden bin? Was kann sie mir geben? Kann sie mir Kinder schenken? Ich bin ein Mann, ein gesunder Mann, und verdiene, Kinder zu haben.« Er packte sie, zog sie an sich. »Ihr seid die einzige, die das kann. In diesem heidnischen Land seid Ihr die einzige, die es wert ist, die Mutter meiner Kinder zu sein. Ihr seid eine Courtalain! In den Adern unserer Kinder würde das Blut von Königen fließen.«

Es dauerte eine Sekunde, ehe Nicole begriff, was er da sagte. Sie spürte, wie sich ihr der Magen umdrehte, als sie verstand, was er meinte. Sie hatte keine Worte, mit denen sie ihre Gefühle ausdrücken konnte. Sie gab ihm eine heftige Ohrfeige.

Gerard ließ sie sofort los und griff sich mit der Hand an die Wange. »Das werdet Ihr mir büßen«, flüsterte er. »Ihr werdet bereuen, daß Ihr mich behandelt habt wie einen von diesen schmutzigen Amerikanern. Ich werde Euch zeigen, wer ich bin.«

Nicole drehte sich um und ging in den Garten zurück. Janie hatte Gerard also doch richtig eingeschätzt. Sie schwor sich, so oft wie möglich diesem kleinen Franzosen aus dem Weg zu gehen.

Zwei Wochen später brachte Wes die Nachricht, daß Clayton Bianca geheiratet hatte.

Nicole versuchte, bei dieser Neuigkeit nicht ihre Erschütterung zu zeigen.

»Ich versuchte, es ihm auszureden«, berichtete Wes. »Aber du weißt ja, wie stur Clay ist. Er hat nie aufgehört, dich zu lieben. Als er von der Annullierung seiner Ehe hörte, hat er sich vier Tage lang betrunken. Einer seiner Männer fand ihn besinnungslos neben dem Teich auf der Südweide.«

»Ich hoffe doch, daß er bei seiner Hochzeit nüchterner war«, sagte sie kalt.

»Er sagte, er täte es für das Kind. Zum Teufel mit ihm! Ich kann nicht begreifen, wie er es erträgt, mit dieser Kuh ins Bett zu gehen.«

Er faßte Nicoles Arm, als sie sich von ihm abwandte. »Es tut mir leid, daß ich das gesagt habe. Ich wollte dich nicht verletzen.«

»Wie könntest du mich verletzen? Mr. Armstrong bedeutet mir nichts mehr.«

Wes stand stumm da und sah ihr nach. Er hätte Clay erwürgen können für das, was er dieser schönen jungen Frau angetan hatte.

Arundel Hall starrte vor Schmutz. Seit Monaten war dort nicht mehr sauber gemacht worden. Bianca saß zufrieden im Eßzimmer am Tisch und aß Eiscreme und Zuckerplätzchen. Ihr gewaltiger Bauch wölbte sich so weit nach vorn, als würde sie jeden Moment das Kind zur Welt bringen.

326

Clay kam ins Haus und blieb kurz unter der Eßzimmertür stehen. Seine Kleider waren schmutzig, sein Hemd zerrissen. Er hatte tiefe Schatten unter den Augen, und seine Haare waren so naß vom Schweiß, daß sie an seinem Kopf klebten. »Was für ein lieblicher Anblick mich zu Hause begrüßt«, sagte er laut. »Meine Frau. Bald die Mutter meines Kindes!«

Bianca sah ihn nicht an, sondern fuhr fort, langsam die köstliche kalte Eiscreme in sich hineinzuschaufeln.

»Ißt du für zwei, meine Liebe?« fragte er.

Als er keine Antwort bekam, ging er hinauf in sein Zimmer. Schmutzige Kleider lagen überall herum. Er zog eine Schublade auf und sah, daß sie leer war. Es gab keine sauberen, geflickten Hemden mehr, die ihn dort erwarteten.

Er fluchte und stieß die Schublade in die Kommode zurück. Dann verließ er wieder das Haus und ging rasch zum Fluß hinunter. Er verbrachte jetzt nur noch wenige Stunden in seinen vier Wänden. Den Tag über blieb er draußen auf den Feldern; abends saß er allein in seiner Bibliothek und trank, bis er glaubte, er könnte schlafen. Selbst dann gelang ihm das selten.

Am Fluß zog er seine Kleider aus und tauchte in das Wasser. Nach diesem Bad streckte er sich auf dem grasigen Ufer aus und schlief ein.

Als er aufwachte, war es Nacht, und einen Moment lang wußte er nicht, wo er sich befand. In einem benommenen, halb wachen, halb schlafenden Zustand ging er zum Haus zurück.

Er hörte ein Stöhnen, sobald er in die Halle kam. Rasch schüttelte er die Schlaftrunkenheit von sich ab. Bianca lag zusammengerollt am Fuß der Treppe, die Hand gegen ihren Leib gepreßt.

Er kniete sich neben sie. »Was ist? Bist du gestürzt?«

Sie sah mit verschwommenen Augen zu ihm hin. »Hilf mir«, sagte sie keuchend. »Das Baby.«

Clay faßte sie nicht an, sondern rannte aus dem Haus, um die Hebamme der Plantage zu holen. Binnen Minuten war er zurück, begleitet von der Frau. Bianca lag noch genauso da, wie er sie verlassen hatte. Er zündete eine Laterne an, während die Frau sich über Bianca beugte.

327

Sie tastete Bianca ab, die regungslos vor ihr lag, und als sie die Hände ins Licht hielt, waren sie voller Blut. »Können Sie sie nach oben schaffen?«

Clay stellte die Laterne ab und hob Bianca vom Boden. Die Adern traten aus seinem Hals hervor, als er sich mühte, diese schwere Last die Treppe hinaufzutragen. Er legte sie sacht auf das Bett.

»Holen Sie mir Maggie«, sagte die Hebamme. »Für diese Frau brauche ich Hilfe.«

Clay setzte sich in die Bibliothek und trank, während Maggie und die Hebamme sich um Bianca bemühten.

Maggie öffnete leise die Tür. »Sie hat das Baby verloren«, sagte sie behutsam.

Clay sah sie erstaunt an. Dann lächelte er. »Sie hat das Baby verloren, nicht wahr?«

»Clay«, sagte Maggie. Ihr gefiel der Ausdruck seiner Augen nicht. »Ich wünschte, du würdest aufhören zu trinken.«

Er goß sich ein neues Glas Bourbon ein. »Solltest du mich nicht lieber trösten? Solltest du mir nicht sagen, daß sie andere Kinder haben wird?«

»Das wird sie nicht«, sagte die Hebamme von der Tür her. »Sie ist eine schwere Frau, und als sie die Treppe hinunterfiel, war es ein schlimmer Sturz. Er hat eine Menge Schaden in ihrem Körper angerichtet, besonders in ihren weiblichen Organen. Ich weiß nicht einmal, ob sie den Sturz überleben wird.«

Clay leerte das Glas und goß es noch einmal voll. »Sie wird leben. Daran habe ich keinen Zweifel. Menschen wie Bianca sterben nicht so leicht.«

»Clayton!« rief Maggie mit beschwörender Stimme. »Du nimmst es zu schwer.« Sie ging zu ihm und legte ihre Hand auf die seine. »Bitte, hör auf zu trinken. Du wirst morgen dein Tagespensum nicht bewältigen können, wenn du nicht aufhörst.«

»Arbeiten«, sagte er und lächelte. »Warum sollte ich arbeiten? Wofür? Für meine geliebte Frau? Für den Sohn, den sie gerade verloren hat?« Er trank noch einen Schluck Whisky und begann dann zu lachen. Es war ein häßliches Lachen.

Langsam zogen sich die Frauen aus der Bibliothek zurück.

Als die Sonne aufging, trank Clay immer noch, wartete immer noch auf das Vergessen, das ihm der Alkohol bringen sollte.

Auf den Feldern begannen die Männer und Frauen mit der Arbeit. Es war ungewöhnlich, daß Clay nicht da war und sie beobachtete. Gegen Nachmittag begannen sie langsamer zu arbeiten. Es war nett, wenn der Boß ihnen nicht dauernd über die Schulter blickte.

Als Clay am vierten Tag noch immer nicht auf die Felder kam, machten sich einige Männer gar nicht erst die Mühe, mit der Arbeit anzufangen.

19

Es war im August 1796 – ein Jahr später.

Nicole stand auf der Kuppe des Hügels und sah auf ihren Besitz hinunter. Sie legte die Hände auf den Rücken und massierte ihre müden Muskeln. Es half, den Schmerz zu lindern, wenn sie sehen konnte, was ihn ausgelöst hatte. Die heiße Augustsonne brannte auf die hohen Tabakpflanzen nieder. Die Baumwolle würde bald ihre Samenkapseln sprengen. Der goldene Weizen wogte, fast reif, sacht in der Brise. Der Wind trieb ihr das Geräusch der Mühlsteine zu, die stetig und gleichmäßig das Korn zu Mehl zerrieben. Einer von den Zwillingen maulte, und Nicole lächelte, als Janie ihn scharf zurechtwies.

Es war nun schon über ein Jahr her, seit ihre Ehe annulliert worden war. Ihre Zeitrechnung, wurde ihr nun bewußt, begann mit jener Stunde im Büro des Richters. Seit jenem verhängnisvollen Tag hatte sie kaum etwas anderes gekannt als Arbeit. Jeden Morgen stand sie schon vor der Dämmerung auf, sah in der Mühle nach dem Rechten, kümmerte sich um Aussaat und Ernte. Als sie ihre Ernte zum erstenmal auf den Markt brachte, hatten die Männer gelacht, weil sie glaubten, sie könnten ihre Erzeugnisse für einen niedrigen Preis bekommen. Doch Nicole ließ sich nicht übers Ohr hauen; sie feilschte und handelte um jeden Cent. Als sie den Markt wieder verließ, trug sie ein Lächeln

auf ihrem Gesicht, während die männlichen Käufer ihr kopfschüttelnd und stirnrunzelnd nachsahen. Wesley ging neben ihr
und lachte.

In diesem Jahr hatte sie ihren Landbesitz erweitert. Sie hatte
den ganzen Erlös der Ernte vom letzten Jahr dazu verwendet,
noch mehr Land zu kaufen. Sie besaß nun einhundertfünfund-
zwanzig Morgen auf der Hügelseite des Flusses. Es war fruchtbarer Boden mit guter Dränage. Zwar hatte ihr der Regen hier
und da anfangs den Humus abgetragen; doch sie hatte mit
Isaac die Wintermonate benützt, um Steinterrassen anzulegen.
Sie hatten auch noch Land gerodet. Das war eine schwere Zeit
gewesen in der Kälte; doch sie hatten sie gemeistert. Dann, in
den ersten Tagen dieses Frühjahrs, hatten sie die Tabakpflanzen gesetzt und die Saat auf den anderen Feldern ausgebracht.
Sie hatte einen Gemüsegarten neben dem Haus, eine Milchkuh
und auf der Rückseite einen Hühnerhof.

Das Haus selbst hatte sich nicht verändert; sie hatte ja jeden
Cent in die Verbesserung des Bodens stecken müssen. Adèle
und Gerard wohnten auf der einen Seite der Dachstube, Janie
und Nicole auf der anderen. Die Zwillinge schliefen im Erdgeschoß auf Strohsäcken. Ein beengtes Leben; doch sie hatten
alle gelernt, damit zurechtzukommen. Janie und Gerard sprachen selten miteinander, taten jeder so, als existiere der andere
gar nicht. Adèle lebte immer noch in einer Traumwelt des
vorrevolutionären Frankreich. Nicole hatte ihre Mutter in den
Glauben versetzen können, die Zwillinge seien ihre Enkelkinder,
und daher müsse Adèle auch bei deren Erziehung mithelfen.
Ein paar Tage lang war sie eine ausgezeichnete Lehrerin gewesen. Sie würzte den Unterricht mit faszinierenden Geschichten
aus ihrem Leben bei Hofe. Sie erzählte den Zwillingen aus ihrer
eigenen Kindheit, von den seltsamen Gewohnheiten des Königs
und der Königin. Jedenfalls fanden die beiden Kinder sie seltsam. So erzählte ihnen Adèle eines Tages die Geschichte, daß
die Königin sich jeden Tag ihre Kleider in einem Weidenkorb
bringen ließ, der mit grünem Taft ausgeschlagen war. Der Taft
durfte nur einmal benützt werden und wurde anschließend der
Dienerschaft überlassen. Die Zwillinge hatten sich am nächsten

Tag mit grünen Blättern kostümiert und so getan, als wären sie Adèles Diener. Sie war entzückt gewesen.

Doch zuweilen brachten ein paar kleine Dinge Adèle aus dem Gleichgewicht, so daß ihr zerbrechlicher Seelenfriede in Stücke ging. So wickelte sich Mandy eines Tages ein rotes Band um den Hals. Adèle sah das Kind, wurde an die Hinrichtungen ihrer Freunde erinnert und schrie stundenlang. Die Zwillinge fürchteten sich nicht mehr vor Adèles Schreien. Sie zuckten nur mit den Schultern, ließen sie allein oder rannten zu Nicole, damit sie sich um ihre Mutter kümmerte. Nach ein paar Tagen, in denen Adèle sich vor Angst krümmte und von Mord und Totschlag redete, kehrte sie dann wieder in ihre Phantasiewelt zurück. Nie wurde sie sich der Gegenwart bewußt: daß sie in Amerika lebte, daß Frankreich weit weg war. Sie erkannte nur Nicole und die Zwillinge, duldete Janie in ihrer Nähe und blickte Gerard an, als existiere er gar nicht. Sie durfte nie mit fremden Leuten zusammenkommen, die ihr eine grauenhafte Angst einflößten.

Gerard schien sich damit abzufinden, daß seine Frau keine Ahnung hatte, wer er war. Sobald Adèle Nicole erblickte, schien sie die Monate, die sie im Gefängnis verbracht hatte, und die Zeit im Haus von Gerards Eltern zu vergessen. Zu Nicole sprach sie von ihrem Mann und ihrem Vater, als wären sie noch am Leben und müßten jeden Moment nach Hause kommen.

Gerard hielt sich von den anderen Bewohnern in Nicoles Haus fern. Er machte sich zum Außenseiter. Seit dem Tag, an dem Nicole ihn geohrfeigt hatte, war er nicht mehr derselbe Mann. Er pflegte nun tagelang fortzugehen und mitten in der Nacht wiederzukommen, ohne zu erklären, wo er gewesen war. Wenn er im Haus blieb, saß er oft beim Feuer und beobachtete Nicole, schaute sie an, bis sie eine Masche fallen ließ oder sich mit der Nähnadel in den Finger stach. Er wiederholte sein Ansinnen nicht mehr, daß er sie heiraten wolle, doch manchmal wünschte sie sich, er hätte es getan. Denn wenn er sie so anstarrte und ihr dabei wieder einen Antrag machte, hätte das wenigstens zu einer Aussprache geführt. Doch vielleicht war es dumm von ihr, sich darüber Gedanken zu machen. Er kam ihr nie zu nahe, wenn er so dasaß und sie beobachtete.

Was man auch von Gerard halten mochte: für die Mühle war er von großem Wert. Seine handküssenden Manieren und sein starker französischer Akzent belebten das Geschäft mindestens ebenso wie Nicoles niedrige Preise. Eine ungewöhnliche Zahl junger Damen begleiteten ihre Väter, wenn diese ihr Getreide mahlen ließen. Gerard behandelte sie alle wie französische Aristokraten, die Jungen wie die Alten, die Dicken oder die Dünnen, die Häßlichen wie die Hübschen. Die Frauen knicksten und kicherten, wenn er ihnen seinen Arm anbot und sie in die Mühle führte. Er entfernte sich nie so weit mit ihnen, daß ihre Väter sie aus den Augen verloren.

Ein einziges Mal konnte Nicole einen Blick in Gerards Gedankenwelt tun. Eine besonders hausbackene junge Dame verdrehte entzückt die Augen, als Gerard ihr die Hand küßte und etwas Französisches dazu murmelte. In diesem Moment drehte sich der Wind, und Nicole wurde ungewollt Zeuge dessen, was er zu ihr sagte. Obwohl er charmant lächelte, beschimpfte er sie wüst auf Französisch und nannte sie eine dreckige Sau. Nicole erschauerte und ging rasch davon; so etwas wollte sie sich um keinen Preis anhören.

Sie machte den Rücken steif und blickte über den Fluß. Seit Clay ihr gestanden hatte, daß Bianca schwanger sei, hatte sie ihn nicht mehr gesehen. Eine Ewigkeit schien inzwischen vergangen zu sein, und doch war die Erinnerung daran so lebendig, als hätten sie sich erst vor wenigen Minuten getrennt. Es gab keine Nacht, in der sie nicht an ihn dachte und sich nach ihm sehnte. Ihr Körper verriet sie oft, und nur zu häufig war sie versucht, ihn zu bitten, daß er sie auf der Lichtung treffen solle. Sie dachte nicht an ihren Stolz oder ihre höheren Ideale: sie wollte nur ihn haben, stark und heiß an ihrer Haut.

Sie schüttelte den Kopf, damit ihr Blick wieder klar wurde. Sie tat sich keinen Gefallen damit, wenn sie mit ihren Gedanken in der Vergangenheit weilte oder sich an das erinnerte, was nicht sein konnte. Sie hatte jetzt ein gutes Leben, war von Menschen umgeben, die sie liebten. Sie hatte kein Recht dazu, sich einsam zu fühlen oder mit ihrem Schicksal unzufrieden zu sein.

Sie starrte hinüber auf die Armstrong-Plantage. Selbst aus

dieser Entfernung konnte sie erkennen, daß sie schlecht bewirtschaftet war. Die Saat des letzten Jahres hatte man auf den Feldern verrotten lassen. Es tat weh, das mitansehen zu müssen; aber sie war machtlos, konnte nichts dagegen unternehmen. Isaac hatte sie laufend davon unterrichtet, was auf dem anderen Flußufer vor sich ging. Die meisten bezahlten Angestellten hatten schon vor Monaten die Plantage verlassen. Und fast alle Sklaven waren verkauft worden; nur noch eine Handvoll Leute, die Frondienste leisten mußten, waren zurückgeblieben.

In diesem Frühjahr waren ein paar Felder in der Flußniederung bestellt worden; doch das war alles. Die Äcker auf höherem Boden lagen brach, nur verrottende Stengel waren darauf zu sehen. Isaac sagte, Clay kümmere das nicht, und Bianca verkaufte alles, dessen sie habhaft werden konnte, um ihre Kleiderrechnungen und die ständigen Umbauten am Haus bezahlen zu können. Isaac sagte, die einzige Person auf der Plantage, die ständig zu tun habe, wäre die Köchin.

»Nicht viel zu sehen dort drüben, nicht wahr?«

Nicole drehte sich erschrocken um und fand Isaac an ihrer Seite. Er blickte hinüber zum anderen Flußufer. In den Monaten seit der Entführung waren sie sich beide sehr nahe gekommen. Die Tragödie, die sie gemeinsam gemeistert hatten, hatte sie zu Verbündeten gemacht. Die Leute, die für sie arbeiteten, hatten ihrer Empfindung nach immer zu Clay gehört, was bis zu einem gewissen Grad sogar für Janie galt. Nur zu Isaac hatte sie diese besondere Beziehung. Und Isaac blickte Nicole oft so an, als wäre er sogar bereit, für sie zu sterben.

»Er könnte es schaffen, wenn die Felder, die er bestellt hat, ihm eine gute Ernte bringen; und bis jetzt ist das Wetter ideal gewesen«, sagte sie.

»Ich kann mir nicht vorstellen, daß Clay die Kraft aufbringt, auch nur seinen Tabak zu ernten, geschweige denn ihn auf den Markt zu bringen.«

»Das ist absurd. Keiner arbeitet härter als Clayton Armstrong.«

»Arbeitete«, verbesserte Isaac sie. »Ich weiß, wie tüchtig er einmal gewesen ist; doch nun besteht seine ganze Arbeit darin,

333

eine Flasche an seinen Mund zu heben. Und was hätte er auch davon, wenn er arbeiten würde? Seine Frau hat mehr Geld ausgegeben, als ihm vier Plantagen dieser Größe einbringen könnten. Jedesmal, wenn ich die Zwillinge hinüberbringe, steht ein Büttel in der Halle, der von Clay das Geld für unbezahlte Rechnungen eintreiben möchte. Wenn er diesmal die Früchte auf den Feldern verrotten läßt, verliert er alles. Der Richter wird die Plantage zwangsversteigern lassen.«

Nicole wandte sich ab. Sie wollte nichts mehr davon hören. »Ich habe noch ein paar unerledigte Geschäftsbriefe zu bearbeiten, glaube ich. Haben die Morrisons noch die Gerste nachgeliefert, um die du gebeten hast?«

»Heute morgen«, sagte er und folgte ihr zur Mühle. Er holte tief Luft und wünschte sich wieder, inzwischen zum tausendsten Male, daß sie ein wenig ausruhte, wenn schon nicht ihretwegen, dann wenigstens ihm zuliebe. Er wünschte, Wesley käme auf Besuch; doch Travis war nach England gefahren, und Wes hatte nun auf seiner eigenen Plantage zu tun. Niemand sonst konnte Nicole bewegen, wenigstens ein paar Minuten die Arbeit zu unterbrechen.

Gerard lehnte an einem Baum und beobachtete, wie Isaac Nicole zur Mühle zurückbegleitete. Er hatte sich oft gefragt, was zwischen diesen beiden wohl vor sich gehen mochte. Sie verbrachten viele Stunden miteinander. Im vergangenen Jahr hatte Gerard Hunderte von Leuten kennengelernt, und die meisten hatten ihm bereitwillig alles erzählt, was er wissen wollte. Er hatte von ihnen erfahren, daß Nicole eine leidenschaftliche Frau war. Er hatte von hundert Leuten bestätigt bekommen, wie sie sich auf der Party bei den Backes benommen hatte. Sie hatte sich vor all diesen Leuten aufgeführt wie eine gewöhnliche Dirne; und doch hatte sie ihn geohrfeigt, als er sie nur am Arm berührte.

Kaum ein Tag verging, an dem ihm nicht wieder lebhaft vor Augen stand, wie sie mit der Hand ausholte, wie sie ihn dabei angesehen hatte, als wäre er ein Mann aus der Gosse. Er wußte, warum sie sich ihm verweigert hatte. Sie glaubte, sie wäre etwas Besseres als er. Schließlich war sie ja eine Courtalain, Sproß einer Familie, deren Geschichte mit französischen Königinnen und Königen verwoben war. Und was war er? Der Sohn eines Flickschusters. Er glaubte, sie würde ihn akzeptieren, falls sie entdeckte, daß er mit ihr verwandt war; doch sie hatte ihn nicht akzeptiert. Für sie war er immer noch der Sohn eines Flickschusters, und egal, was er tat, in ihren Augen würde er nie etwas anderes sein.

Gerard dachte daran, was er in dem vergangenen Jahr auf ihr Geheiß hin hatte tun müssen. Sie hatte ihn gezwungen, sich für diese primitiven amerikanischen Frauen zu prostituieren. Das waren grobe, ungebildete Dinger, die nur dieses Kauderwelsch beherrschten, diese amerikanische Sprache. Er betrachtete zu gerne ihre Augen, wenn er ihnen schreckliche Dinge auf französisch sagte. Sie waren zu dumm und unwissend. Sie glaubten, er machte ihnen Komplimente.

Und dann, des Nachts, spielte Nicole mit ihm, spannte ihn auf die Folter, daß es kaum noch zu ertragen war. Nur ein Vorhang trennte seinen Raum von dem ihren. Er pflegte im Dunkeln im Bett zu liegen, Adèle schnarchend neben ihm, und die Ohren zu spitzen, wenn sie sich auszog. Er erkannte jedes Kleidungsstück an dem ihm eigenen Geräusch. Er wußte, wann sie nackt hinter dem Vorhang stand, bevor sie das Nachthemd über den Kopf streifte. Er stellte sich ihren goldenen Körper vor, stellte sich vor, wie er die Arme öffnete und sie zu ihm kam. Dann würde er es ihr zeigen! Dann würde sie bitter bereuen, daß sie ihn einmal geohrfeigt hatte.

Er bewegte sich von dem Baum fort. Eines Tages würde sie bereuen müssen, daß sie glaubte, sie wäre besser als er. Er malte sich in Gedanken alles aus, was er mit ihr anstellen würde. Er würde sie zwingen, daß sie vor ihm kroch und winselte. Ja! Sie war eine leidenschaftliche Frau; er würde sie nicht eher anfassen, bis sie auf den Knien zu ihm kam. Er würde ihr zeigen, daß der Sohn eines Flickschusters genauso gut war wie irgendeiner von ihren snobistischen französischen Verwandten.

Er ging von der Mühle weg zwischen die Bäume. Die Mühle

machte ihn krank. Sie machten ihn alle krank, wenn sie zusammen lachten und redeten – zweifellos über ihn. Einmal hatte er zwei Männer belauscht, die von dem »kleinen Franzmann« sprachen. Er hatte einen Stein aufgehoben; es sich aber dann doch anders überlegt. Es gab andere Möglichkeiten, ihnen das heimzuzahlen, Möglichkeiten, die für ihn ungefährlich waren. Im Herbst hatten dann beide Männer ihre Scheunen durch Feuer verloren, in denen sie ihre ganze Tabakernte untergebracht hatten. Einer der Männer hatte Konkurs anmelden müssen.

Gerard lächelte, als er sich an diese Sache erinnerte. Während er auf dem Kamm des Hügels ging, lenkte eine Bewegung auf dem anderen Flußufer seinen Blick auf sich. Da war jemand, eine große Frau auf einem Pferd. Er blieb stehen und starrte einen Moment hinüber. Im letzten Jahr war es dort drüben immer stiller geworden, arbeiteten immer weniger Leute auf den Feldern. Die Beziehung von Nicole zu Armstrong hatte ihn nie sonderlich interessiert. Er wußte nur, daß sie einmal mit ihm verheiratet gewesen war und sich auf der Party bei den Backes benommen hatte wie eine Hure. So oft hatte Gerard davon geträumt, daß Nicole sich bei ihm ebenso benahm. Als sie schon kurz nach seiner Ankunft ihre Ehe hatte annullieren lassen, war er angenehm überrascht gewesen. Damit hatte sie ihm nur sagen wollen, nach welchem Mann sie wirklich verlangte. Was für ein erregender Gedanke, die Ehe annullieren zu lassen, damit sie Gerard heiraten konnte. Er hatte eine Weile gewartet und ihr dann zu verstehen gegeben, daß sie in seinem Bett willkommen wäre.

Er preßte in Erinnerung daran seine Zähne zusammen.

Sie war eine Kokotte, die im ersten Moment Versprechungen machte und im nächsten so tat, als wäre es unverschämt, sie beim Wort zu nehmen.

Während er über den Fluß sah, hob die Frau die Peitsche und schlug damit das Pferd auf den Schenkel. Das Pferd machte einen Satz, senkte dann den Kopf und keilte hinten aus. Die Frau flog durch die Luft und landete in einem Schauer aus Staub und Kieselsteinen auf ihrer Kehrseite. Gerard zögerte einen Moment und begann dann, zum Landungssteg hinunterzulaufen. Es war keine überlegte Handlung. Er wußte nur, daß er zu dieser Frau gelangen mußte.

»Sind Sie verletzt?« fragte er, als er sie erreicht hatte.

Bianca saß regungslos auf dem Boden. Ihr ganzer Körper schmerzte von dem Fall und von dem Ritt auf diesem verfluchten Pferd. Sie nahm ein Stück Lehm aus dem Mund und betrachtete es angewidert. Sie fuhr überrascht zusammen, als sie Gerard vor sich auftauchen sah. Es war schon so lange her, daß sie einen Gentleman gesehen hatte, und sie erkannte sofort die französische Mode. Er trug einen grünen Tuchrock mit Kragen und Manschetten aus Samt. Darunter ein Hemd aus weißer Seide mit einer Krawatte, die so gebunden war, daß sie die Kinnspitze verdeckte. Seine schlanken Beine steckten in lohfarbenen Kniehosen mit sechs Perlknöpfen am Bund. Seine Seidenstrümpfe waren grün und gelb gestreift.

Bianca seufzte tief. Es war so gut, auch mal einen Mann zu sehen, der nicht nur in Wildleder gekleidet war. Es war auch gut, einen schlanken Mann mit der Figur eines Gentleman zu sehen, nicht mit den dicken Muskeln eines Feldarbeiters.

»Kann ich Ihnen helfen?« fragte Gerard zum zweitenmal, da die Frau ihm keine Antwort geben wollte. Er verstand ihren Blick. Er hatte ihn schon oft in Amerika gesehen. Die Frauen hungerten nach Kultur und feinen Manieren.

Er starrte auf sie hinunter, während er ihr die Hände hinstreckte. Sie war eine stattliche Frau, eine sehr stattliche Frau. Ihr tief ausgeschnittenes rotes Satinkleid enthüllte einen riesigen, wogenden Busen. Ihre Arme waren dick, sprengten fast die Ärmel ihres Kleides. Ihr Gesicht hatte man wohl einmal als hübsch bezeichnen können; doch nun war es verquollen und die Züge entstellt. Obwohl der Stil ihres Kleides nicht mehr zeitgerecht war und sie dafür auch den unpassenden Stoff gewählt hatte, wußte er, daß es ein teures Kleid war.

»Bitte, erlauben Sie mir, Ihnen zu helfen«, sagte er mit seinem üppigen Akzent. »Ich fürchte, Sie werden sich Ihren wunderschönen Teint verderben, wenn Sie in der Sonne bleiben.«

Bianca errötete und nahm dann die Hand, die er ihr darbot.

Gerard stemmte sich in den Boden, als er sie in die Höhe zog.

Sie war sogar noch größer, als er vermutet hatte, sobald sie neben ihm stand. Sie überragte ihn um zwei Zoll und wog bestimmt sechzig Pfund mehr als er.

Er ließ ihre Hand nicht los, sondern zog sie sacht mit sich fort in den Schatten eines Baumes. Mit einer galanten Bewegung zog er seinen Rock aus und breitete ihn auf dem Gras für sie aus. »Bitte«, sagte er mit einer Verneigung. »Sie müssen sich nach so einem Sturz erholen. Eine zartgebaute junge Lady wie Sie sollte vorsichtiger sein.« Er drehte sich dem Fluß zu.

Bianca ließ sich schwerfällig auf dem Rock nieder und blickte Gerard nach, der sich zum Fluß hin entfernte. »Sie lassen mich doch jetzt nicht allein, nicht wahr?«

Er sah über die Schulter, und sein Blick versicherte ihr, daß er sie nicht verlassen würde, sie gar nicht verlassen könnte, nachdem er sie gefunden hatte.

Gerard blieb beim Fluß stehen und zog sein Taschentuch heraus. Es gehörte Adèle, das einzige, das sie besaß. Es war ein reinseidenes Tuch mit Brüsseler Spitzen und mit dem eingestickten Monogramm AC. Gerard hatte vorsichtig das A entfernt und das C gelassen, da er ebenfalls ein Courtalain war.

Er befeuchtete das Taschentuch und trug es zu Bianca zurück. Er kniete sich neben ihr nieder. »Da ist ein Fleck auf Ihrer Wange«, sagte er leise. Als sie sich nicht bewegte, sagte er: »Erlauben Sie?«, nahm ihr Kinn in die Hand und begann vorsichtig, den Schmutz von ihrem Gesicht zu tupfen.

Bianca fand es seltsam, daß sie bei Gerards Berührung keinen Widerwillen empfand. Schließlich war er doch auch ein Mann. »Sie werden sich... Ihr Taschentuch schmutzig machen«, stotterte sie.

Er lächelte großmütig. »Was bedeutet schon Seide im Vergleich zu der Haut einer schönen Frau?«

»Schön?« Sie sperrte die Augen auf, deren blaue Farbe fast unterging im Weiß ihrer feisten Wangen. Das Grübchen auf der linken Seite war kaum noch sichtbar in dieser teigigen Masse. »Es ist schon lange her, daß mich jemand schön nannte.«

»Seltsam«, sagte Gerard. »Ich würde doch denken, daß Ihr

Mann – denn eine Lady von solcher Schönheit muß ja verheiratet sein – Ihnen das jeden Tag sagt.«

»Mein Mann haßt mich«, sagte Bianca mit tonloser Stimme.

Gerard dachte kurz über ihre Bemerkung nach. Er spürte das Bedürfnis dieser Frau nach einem Freund, nach einer Gelegenheit, sich auszusprechen. Er zuckte mit den Schultern. Er hatte heute nichts zu tun, und außerdem waren die Dinge, die ihm einsame Frauen erzählten, wertvolle Informationen für ihn. »Und wer ist Ihr Mann?«

»Clayton Armstrong.«

Gerard zog eine Augenbraue in die Höhe. »Der Besitzer dieser Plantage?«

»Ja.« Bianca seufzte. »Wenigstens von dem, was davon übriggeblieben ist. Er weigert sich, sie richtig zu bewirtschaften, und das nur, weil er mich haßt. Er sagt, er will sich nicht zu Tode schuften, nur damit ich mir Flitterkram kaufen könne.«

»Flitterkram?«

»Dabei bin ich sparsam genug. Ich kaufe nichts, was ich nicht brauche – ein paar schlichte Kleider, eine Kutsche, ein paar Möbel für das Haus; nichts, was eine Lady meines Standes nicht benötigte.«

»Es ist eine Schande, daß Sie einen so egoistischen Ehemann haben.«

Bianca starrte über den Fluß. »Das ist alles ihre Schuld. Wenn sie sich nicht meinem Mann an den Hals geworfen hätte, wäre das alles nicht passiert.«

»Ich dachte, Nicole wäre einmal mit Mr. Armstrong verheiratet gewesen?« Gerard versuchte gar nicht erst, den Unwissenden zu spielen.

»Das war sie; aber ich habe ihr die Suppe gründlich versalzen. Sie dachte, sie könnte mir mein Eigentum wegnehmen, um das ich so schwer gekämpft habe; doch es gelang ihr nicht.«

Gerard sah um sich, betrachtete die Tabakfelder zu seiner Linken. »Was gehört Armstrong eigentlich alles?«

Biancas Augen funkelten lebhaft. »Er ist reich, oder könnte es sein, wenn er nur ein bißchen arbeiten würde. Er hat ein sehr hübsches Haus; es ist nur zu klein.«

339

»Und Nicole hat das alles aufgegeben?« Es war eine Frage, die er mehr an sich als an sie richtete.

Biancas Gesicht rötete sich vor Zorn. »Sie hat es nicht aufgegeben. Wir haben ein Spiel gespielt, und ich habe gewonnen. Das ist alles.«

Gerard hörte ihr jetzt gespannt zu. »Ein Spiel, sagten Sie? Könnten Sie mir das nicht etwas näher erläutern?«

Er saß da und hörte gebannt zu, als Bianca ihre Geschichte erzählte. Ihre Gerissenheit verblüffte ihn. Hier saß jemand bei ihm, den er gut verstehen konnte. Er lachte, als sie ihm erzählte, wie sie Abe dazu überredete, Nicole zu entführen. Er betrachtete sie fast mit Ehrfurcht, als sie ihm berichtete, mit welcher List sie Clay einen Beischlaf vorgegaukelt hatte.

Bianca hatte noch nie jemanden in Amerika gefunden, der ihr zuhörte, und noch weniger hatte man sich für ihre Meinung interessiert. Sie war schon immer überzeugt gewesen, daß ihre Manipulationen Meisterstücke gewesen seien; doch niemand hatte sich dafür interessiert. Aber Gerard schien so wißbegierig zu sein, daß sie ihm auch davon erzählte, wie sie Oliver Hawthorne dafür bezahlt hatte, sie zu schwängern. Sie erschauerte bei der Erinnerung daran, erzählte ihm, daß sie sich erst mit einem Schlafmittel betäuben mußte, um die Prozedur über sich ergehen lassen zu können.

Gerard brach in ein Gelächter aus. »Es ist nicht einmal Armstrongs Kind gewesen! Genial! Nicole muß außer sich gewesen sein, als sie entdeckte, daß ihr teurer Ehemann mit einer anderen schlief, ihr sogar ein Kind gemacht hatte!« Einer spontanen Regung folgend, ergriff Gerard Biancas fette Hand und küßte sie. »Zu schade, daß Sie das Baby verloren haben. Armstrong hätte es verdient, wenn sein Kind ausgesehen hätte wie sein Nachbar.«

»Ja«, sagte Bianca verträumt. »Ich hätte mich gefreut, einen Narren aus ihm zu machen. Denn er hatte mich die ganze Zeit wie einen Dummkopf behandelt.«

»Sie sind alles andere als ein Dummkopf. Wenn die Leute Sie nicht schätzen, ist nur deren eigene Dummheit daran schuld.«

»Ja, oh ja«, flüsterte sie. »Sie verstehen mich.«

Die beiden saßen einen Moment stumm nebeneinander. Bianca hatte das Gefühl, als hätte sie ihren ersten Freund gefunden, jemand, der sich für sie interessierte. Alle anderen schienen auf Clays oder Nicoles Seite zu stehen.

Was Gerard betraf, war er sich nicht sicher, was er mit Biancas Enthüllungen anfangen sollte; doch er spürte, daß sie ihm von Nutzen sein konnten. »Ich habe bisher versäumt, mich vorzustellen. Ich bin Gerard Gautier aus der Familie der Courtalains.«

»Courtalain«, flüsterte Bianca betroffen. »Aber das ist ja Nicoles Nachname.«

»Wir sind ... verwandt, richtig.«

Biancas Augen füllten sich mit Tränen. »Sie haben mich ausgenützt«, flüsterte sie verzweifelt. »Sie haben mir zugehört, stehen aber auf ihrer Seite!« Sie wollte sich erheben, aber das fiel ihr sehr schwer bei ihrem Gewicht.

Gerard faßte sie an den Schultern und drückte sie gewaltsam wieder zu Boden. »Weil ich mit Nicole verwandt bin, bedeutet das noch lange nicht, daß ich auch auf ihrer Seite stehe. Absolut nicht! Ich bin ein Gast in ihrem Haus, und sie läßt mich keinen Moment vergessen, daß ich von ihrer Wohltätigkeit lebe.«

Bianca blinzelte rasch, damit ihre Augen wieder trocken wurden. »Dann wissen Sie also, daß sie nicht der reine kleine Engel ist, für den jeder sie zu halten scheint! Sie heiratete meinen Verlobten! Sie versuchte, mir die Plantage und Arundel Hall wegzunehmen. Doch jeder scheint zu denken, ich hätte ihr ein Unrecht angetan. Ich habe mir nur genommen, was mir gehörte.«

»Ja«, stimmte Gerard ihr zu. »Aber ich nehme an, Sie meinen die Amerikaner, wenn Sie von ›jedermann‹ sprechen. Doch, was können Sie denn von so primitiven Leuten anderes erwarten?«

Bianca lächelte. »Sie sind eine unwissende Bande. Und sie wollten einfach nicht sehen, auf welche schamlose Weise Nicole mit diesem Wesley Stanford flirtete!«

»Oder mit Isaac Simmons!« sagte Gerard mit Abscheu in

der Stimme. »Sie verbringt täglich viele, viele Stunden mit diesem Bauernlümmel.«

Eine Glocke ertönte in einiger Entfernung hinter ihnen. Sie rief die Feldarbeiter, die noch auf der Plantage geblieben waren, zum Mittagessen.

»Ich muß jetzt gehen«, sagte Bianca. »Könnten wir uns... wiedersehen?«

Gerard mußte seine ganze Kraft aufbieten, um ihr vom Boden aufzuhelfen. Dann zog er seine Jacke an. »Sie könnten mich gar nicht daran hindern, Sie wiederzusehen. Darf ich Ihnen sagen, daß ich zum erstenmal, seit ich in Amerika bin, das Gefühl habe, als hätte ich einen Freund gefunden?«

»Ja«, sagte Bianca leise, »ich empfinde es auch so.«

Er nahm ihre Hand und küßte sie mit viel Gefühl. »Also – wie wäre es mit morgen?«

»Hier. Zum Lunch! Ich werde einen Picknickkorb mitbringen.«

Er nickte rasch und verließ sie dann.

20

Bianca starrte Gerard einen Moment lang nach. Er war wirklich eine edle Erscheinung – so taktvoll, so gut erzogen, so meilenweit von diesen schrecklichen Amerikanern entfernt. Sie wandte sich dem Haus zu und seufzte bei dem Gedanken, welch weiten Weg sie zu Fuß zurücklegen mußte. Das war Claytons Schuld. Sie hatte verlangt, daß sie jemand in der Kutsche auf der Plantage herumfahren sollte, doch Clay hatte bei diesem Ansinnen nur gelacht und gesagt, er würde keine Straßen bauen lassen, nur weil sie zu faul sei, zu Fuß zu gehen.

Während des langen, heißen Marsches zum Haus zurück dachte sie über Gerard nach. Warum hatte sie nicht einen Mann wie ihn bekommen? Warum hatte sie einen gemeinen, ungebildeten Menschen wie Clayton geheiratet? Sie hätte mit einem

Mann wie Gerard glücklich werden können. Sie ließ seinen Namen ein paarmal auf der Zunge zergehen. Ja, das Leben mit ihm wäre angenehm. Er würde sich nie über sie lustig machen oder ihr verletzende Dinge sagen.

Sobald sie das Haus betrat, brach ihre Euphorie in sich zusammen. Das Haus war unglaublich schmutzig. Es war seit mehr als einem Jahr nicht mehr gründlich gesäubert worden. Spinnweben hingen von der Decke. Kleider, Papier und vertrocknete Blumen lagen auf den Tischen herum. Die Böden waren abgewetzt und blind vom Schmutz. Die Teppiche waren so voller Staub, daß er in kleinen Wolken aufwirbelte, wenn man darauf ging.

Bianca hatte versucht, sich einen Stab von Bediensteten zuzulegen; doch Clay hatte immer wieder ihre Disziplin untergraben. Er verteidigte stets die Dienstboten gegen sie. Nach ein paar Monaten hatte er sich geweigert, ein Hausmädchen oder einen Diener zu engagieren. Er sagte, er könne niemanden dazu zwingen, sich Biancas niederträchtige Handlungsweise gefallen zu lassen. Bianca hatte furchtbar geschimpft und ihm gesagt, er habe keinen Begriff davon, wie man Dienstboten behandeln müsse. Aber er hatte ihr, wie immer, nicht zugehört.

»Hier ist ja meine teure Frau«, sagte Clay. Er lehnte vor der Tür des Speisezimmers am Treppengeländer. Sein Hemd war einmal weiß gewesen; doch nun war es zerrissen und schmutzig. Es war offen bis zur Taille hinunter, nur nachlässig hinter den breiten Ledergürtel über den Hüften hineingestopft. Seine hohen Stiefel waren voller getrocknetem Lehm. In der Hand hielt er, wie immer, ein Glas Bourbon. Seit Monaten hatte sie ihn nicht mehr anders erlebt.

»Dachte ich mir doch, daß das Läuten zum Dinner dich ins Haus zurückbringen würde«, sagte er und fuhr sich mit der Hand über das unrasierte Kinn. »Egal, was passiert – das Wort Essen genügt, und du kommst angetrabt.«

»Du widerst mich an«, sagte sie verächtlich und begab sich ins Speisezimmer. Der Tisch war sie gewöhnlich mit Speisen überladen. Maggie gehörte zu den wenigen Dienstboten, die noch bei Clay geblieben waren. Bianca setzte sich, breitete eine leinerne Serviette auf ihrem Schoß aus und studierte die Schüsseln und Platten.

»Was für ein Hunger!« sagte Clay von der Tür her. »Wenn du einen Mann auch so ansehen könntest, gehörte er dir. Aber Männer interessieren dich nicht, nicht wahr? Du interessierst dich nur fürs Essen und dich selbst.«

Bianca häufte drei Schmalzkringel auf ihren Teller. »Du kennst mich überhaupt nicht. Wäre es für dich interessant zu erfahren, daß manche Männer mich sehr attraktiv finden?«

Clay schnaubte und nahm einen kräftigen Schluck von seinem Bourbon. »Kein Mann könnte ein solcher Narr sein! Wenigstens hoffe ich, daß ich der einzige bin, der einmal so dumm war, sich so etwas einzubilden.«

Bianca fuhr fort, langsam und stetig ihren Teller abzuräumen. »Wußtest du, daß deine teure, dir verlorene Nicole mit Isaac Simmons geschlafen hat?« Sie lächelte über die Veränderung auf seinem Gesicht. »Sie war schon immer eine Schlampe. Sie traf sich heimlich mit dir, obwohl du schon mit mir zusammenlebtest. Frauen wie sie können nicht ohne einen Mann leben, egal, was für eine Sorte Mann es ist. Ich wette, sie hat auch mit Abe geschlafen. Vielleicht habe ich die Kupplerin gespielt, als ich die beiden auf jene Insel verbannte.«

»Ich glaube dir nicht«, sagte Clay mit kaum hörbarer Stimme. »Isaac ist noch ein Junge.«

»Wie bist denn du mit sechzehn gewesen? Nun, da sie ja nicht mehr mit dir verheiratet ist, kann sie tun, was ihr beliebt, und kann es treiben mit wem sie es auch immer treiben möchte. Ich wette, du hast ihr ein paar von deinen schmutzigen Bett-Tricks angewöhnt, und nun bringt sie sie diesem kleinen unschuldigen Isaac bei.«

»Halte den Mund!« rief Clay und warf ihr das Glas an den Kopf. Aber entweder war er schon zu betrunken, um richtig zielen zu können, oder sie konnte sich inzwischen besser ducken: jedenfalls verfehlte das Glas sein Ziel.

Er stürmte aus dem Haus, an seinem Büro vorbei und auf die Ställe zu. Er suchte in letzter Zeit nur noch selten sein

344

Büro auf. Er klemmte einen Krug voll Bourbon unter den Arm und ging zum Fluß hinunter.

Er setzte sich an den Rand des Wassers und lehnte sich gegen einen Baum. Von hier aus konnte er Nicoles Felder übersehen. Das Haus und die Mühle waren seiner Sicht entzogen, und er war froh darüber. Es reichte ihm schon, wenn er die gesunden, sich prächtig entwickelnden Pflanzen auf ihren Feldern vor Augen hatte. Er fragte sich, ob sie zuweilen auch an ihn dachte, sich überhaupt noch an ihn erinnern konnte. Sie lebte mit diesem kleinen Franzosen zusammen, von dem die meisten Frauen in Virginia hingerissen waren, wie Maggie ihm erzählt hatte. An Isaac wollte er nicht denken. Das war unmöglich. Bianca hatte perverse Vorstellungen.

Er nahm einen kräftigen Schluck von dem Bourbon. Er brauchte immer größere Mengen von Whisky, um vergessen zu können. Zuweilen wachte er nachts aus einem Traum auf, in dem seine Eltern, Beth und James ihn beschuldigten, er würde sie vergessen und vernichten, was ihnen einmal gehört hatte. Am Morgen erwachte er dann mit neuen Vorsätzen, neuen Hoffnungen und neuen Plänen für die Zukunft. Aber dann traf er Bianca, sah das schmutzige Haus, die welke Saat auf den Feldern. Von der anderen Seite des Flusses her klang Gelächter herüber oder der Ruf von einem der Zwillinge. Ohne sich zu besinnen, griff er dann nach dem Whiskykrug. Der Whisky betäubte seine Sinne, ließ ihn vergessen, hielt ihn vom Grübeln ab, verstopfte ihm die Ohren.

Er achtete nicht darauf, als die Wolken die Sonne verdeckten. Der Tag verging, und die Wolken wurden immer dunkler. Sie rollten träge, aber mächtig über den Himmel. In der Entfernung schnitt ein greller Blitz durch das dräuende Grau. Die Hitze des Tages verging, als ein heftiger Wind aufkam. Er blies über die Felder voll Weizen und Gerste. Er blies über Clay hin und zerrte an seinem lose sitzenden Hemd. Doch der Whisky hielt ihn warm. Selbst als die ersten Regentropfen fielen, bewegte er sich nicht. Dann begann es stärker zu regnen. Es trommelte gegen Clays Hut, und der Regen sammelte sich in der breiten Krempe und rann dann an seinem Gesicht hinunter. Doch er schien nicht einmal zu bemerken, daß sein Hemd kalt und feucht auf seiner Haut klebte. Er saß nur da und trank.

Nicole sah aus dem Fenster und seufzte. Es hatte nun zwei Tage lang ununterbrochen geregnet, das Trommeln nicht eine Sekunde nachgelassen. Sie hatten das Mahlwerk abgestellt, denn der Fluß war so stark angeschwollen, daß sie den Zufluß des Wassers zum Rad nicht mehr kontrollieren konnten. Isaac hatte ihr versichert, daß ihre Ernte so lange sicher war, wie die Steinwände der Terrassen nicht unterspült wurden. Es sah aus, als würden sie den Regen unbeschadet überstehen. Das Wasser lief von den Terrassen in den Fluß ab, nur die weggespülte Erde machte ihr Kummer.

Sie zuckte zusammen, als es heftig gegen die Haustür klopfte. »Wesley!« sagte sie, froh, ihn wiederzusehen. »Du bist ja bis auf die Haut durchnäßt! Komm herein!«

Er zog seinen Ölmantel aus und schüttelte ihn vor der Tür aus. Janie nahm ihn und hängte ihn zum Trocknen auf.

»Warum, in aller Welt, bist du bei diesem Wetter hierhergekommen?« fragte Janie. »Hast du Schwierigkeiten mit dem Fluß?«

»Eine Menge! Hast du noch warmen Kaffee für mich? Ich bin so verfroren wie ich naß bin.«

Nicole reichte ihm einen großen Becher voll Kaffee, den er, vor dem Herd stehend, austrank. Gerard saß in einer Ecke des Raumes und sah den beiden schweigend und desinteressiert zu. Wes konnte die Zwillinge im Oberstock hören. Sie waren vermutlich bei Nicoles Mutter, die er bisher nur ein einzigesmal gesehen hatte.

»Nun, wir warten auf eine Antwort«, sagte Janie. »Was bringt dich hierher?«

»Tatsächlich war ich auf dem Weg zu Clay. Es wird eine Überschwemmung geben, wenn der Regen anhält.«

»Eine Überschwemmung?« fragte Nicole. »Wird Clay davon betroffen sein?«

Janie warf ihr einen scharfen Blick zu. »Du solltest lieber fragen, ob es unser Land treffen würde.«

Wes sah Nicole unverwandt an. »Clays Land war schon immer überflutungsgefährdet, jedenfalls die Felder im Tal. Als wir noch beide Kinder waren, haben wir einmal so eine Überschwemmung erlebt. Doch damals hatte Mr. Armstrong natürlich auch seine anderen Felder bestellt.«

»Das verstehe ich nicht.«

Wes kniete sich nieder und begann mit einem Stück Holzkohle eine Skizze von Clays Plantage, Nicoles Land und dem Fluß zu zeichnen. Knapp unterhalb der Mühle machte der Fluß einen scharfen Knick auf Clays Plantage zu. Dort war das Ufer nur von mäßiger Höhe und bot sich für eine Überflutung geradezu an. Auf Nicoles Seite stieg das Land steil an; doch Clays flaches Terrain war dafür mit fetter, fruchtbarer Erde bedeckt. Aber gleichzeitig mußte es als Auffangbecken dienen, wenn der Fluß über seine Ufer trat.

Nicole blickte von der Skizze auf. »Dann sorgt die Dränage meiner Felder also dafür, daß der Fluß steigt und Clays Land zu überschwemmen droht.«

»Ich schätze, du könntest es auch so betrachten; doch ich glaube nicht, daß du schuld hättest, wenn Clay seine Ernte verliert.«

»Verliert! Die gesamte Ernte?«

Wes löschte mit einem Schürhaken wieder die Skizze in der Herdasche. »Es ist allein seine Schuld. Er weiß von den Überschwemmungen. Jedes Jahr riskierte er, durch eine Überflutung die Ernte zu verlieren; doch das Land ist dort besonders fruchtbar. Er hatte sich stets dadurch abgesichert, daß er auf höherem Boden mehr anpflanzte als in den Niederungen. Clays Vater betrachtete es als Glücksfall, wenn er alles in die Scheuer bringen konnte.«

Nicole stand auf. »Aber in diesem Jahr hat er nur die Felder in den Niederungen bestellt.«

Wes stellte sich neben sie. »Er wußte es besser. Er wußte, was passieren könnte.«

»Können wir nichts dagegen tun? Muß er denn alles verlieren?«

Wes legte den Arm um ihre Schultern. »Du kannst dem

Regen nicht befehlen, daß er aufhören soll. Wenn dir das gelänge, könntest du ihn retten – anders nicht.«

»Ich fühle mich so hilflos. Ich wünschte, ich könnte etwas tun.«

»Wesley«, sagte Janie scharf, »ich wette, du bist hungrig. Warum setzt du dich nicht hin und ißt etwas?«

Er grinste sie an. »Ein Happen täte mir jetzt wirklich gut. Erzähl mir, was sich inzwischen hier getan hat. Glaubst du, ich könnte vielleicht die Zwillinge sehen?«

Janie ging zum Fuß der Treppe. »Der Herzog von Wesley ist hier und möchte mit den königlichen Hoheiten sprechen.«

Wes blickte Nicole ungläubig an. Sie rollte die Augen, schüttelte den Kopf, seufzte und hielt dann hilflos die Hände in die Höhe. Wes wäre fast an seinem Lachen erstickt. Die Zwillinge hüpften die Treppe herunter und warfen sich in seine Arme. Er wirbelte sie im Kreis herum und warf sie in die Luft, während sie vor Lachen kreischten.

»Du solltest heiraten, Wes«, sagte Janie mit todernster Stimme und warf Nicole dabei einen bedeutungsvollen Blick zu.

»Das werde ich, sobald du mir das Jawort gibst«, sagte er lachend. »Nein! Ich kann dich nicht heiraten. Mir fällt gerade ein, daß ich bereits einer von Isaacs kleinen Schwestern versprochen bin.«

»Das ist großartig«, lachte Janie. »Du fragst mich, ob ich dich heiraten möchte, und ich wollte dir schon mein Jawort geben. Stell die Kinder auf den Boden zurück und komm hierher. Sonst wird dein Essen kalt.«

Später, als Wes aß und zwischendurch die Fragen der Zwillinge beantwortete, betrachtete er verstohlen Nicoles Gesicht. Er wußte, was sie beunruhigte. Er langte über den Tisch und drückte ihre Hand. »Es wird ein gutes Ende nehmen. Du wirst schon sehen. Travis und ich werden dafür sorgen, daß er die Plantage nicht verliert.«

Nicoles Kopf flog in die Höhe. »Was meinst du damit, daß er die Plantage verliert? Der Verlust einer Jahresernte würde ihn doch nicht ruinieren.«

Wes und Janie tauschten einen Blick. »Normalerweise nicht;

aber selten verliert ein Farmer ja auch seine ganze Ernte. Clay hätte auch die Felder auf den Hügeln bestellen müssen.«

»Aber selbst dann müßte er doch noch genügend Geldreserven haben, um überleben zu können. Ich kann nicht glauben, daß die Plantage durch eine einzige Überschwemmung bankrott sein könnte.«

Wes schob seinen Teller von sich. Der Regen donnerte auf das Dach. »Ich sollte dir lieber die ganze Wahrheit sagen, Nicole. Im letzten Jahr ließ Clay seine Ernte auf den Feldern verderben; doch dank seiner harten Arbeit in den Jahren zuvor und dank der Anstrengungen seines Vaters und seines Bruders war die Plantage finanziell gesund. Aber Bianca...« Er stockte, weil er in Nicoles Augen lesen konnte, wie sehr ihr dieser Name weh tat.

»Bianca«, fuhr er fort, »hat ungewöhnlich hohe Schulden gemacht. Ich habe Clay zuletzt vor ungefähr einem Monat gesprochen, und er erzählte mir, daß sie Geld aufgenommen und die Plantage als Sicherheit verpfändet habe. Sie hat ihrem Vater in England Geld geschickt. Es scheint, als versuche sie das Herrenhaus zurückzukaufen, das einmal ihrer Familie gehört hatte.«

Nicole stand auf, ging zum Feuer und stocherte mit dem Schürhaken in der Asche. Sie dachte an den Park, der sich vor Biancas Haus ausgedehnt und einmal der Familie Maleson gehört hatte. Bianca hatte immer davon geredet, daß sie eines Tages den ehemaligen Besitz ihrer Familie zurückerhalten werde. »Und Clay ließ das einfach so zu, daß sie sein Land verpfändete? Das sieht ihm gar nicht ähnlich.«

Wes nahm sich Zeit für seine Antwort: »Ich bin nicht sicher. Vielleicht täuschst du dich. Clay hat sich verändert, Nicole. Es ist ihm ziemlich gleichgültig, was aus seiner Plantage oder aus ihm selbst wird. Man trifft ihn nie ohne ein Glas Whisky in der Hand. Als ich versuchte, ihm ins Gewissen zu reden, wollte er mir nicht zuhören. Er ignorierte mich einfach. In gewisser Hinsicht war das schlimmer als alles andere. Clay war stets ein temperamentvoller Mann gewesen und schlug meistens zu, ehe er nachdachte. Doch jetzt...« Er ließ den Satz unbeendet.

»Also verlor Clay die Ernte des letzten Jahres und wird auch diese verlieren. Willst du damit sagen, daß er bankrott ist?«

»Nein. Travis und ich sprachen mit den Gläubigern, und wir geben Clay finanziellen Rückhalt. Ich sagte Clay lediglich, daß er Bianca daran hindern soll, noch mehr Geld auszugeben.«

Sie wandte sich ihm zu. »Hast du Clay gesagt, du würdest für seine Schulden bürgen?«

»Natürlich. Ich wollte nicht, daß er sich Sorgen macht.«

»Männer!« sagte Nicole wütend und setzte dann etwas auf Französisch hinzu, daß Gerard, der mit gleichgültiger Miene zuhörte, die Augenbrauen in die Höhe zog. »Was würdest du wohl dazu sagen, wenn Clay dir erklärte, du wüßtest zwar nicht mit deinem eigenen Land umzugehen, brauchtest dir aber keine Sorgen zu machen, weil er dich schon über Wasser halten würde?«

»So war es nicht! Wir sind Freunde; immer Freunde gewesen.«

»Freunde helfen einander und vernichten sich nicht gegenseitig.«

»Nicole!« sagte Wes warnend. »Ich habe Clay mein ganzes Leben lang gekannt, und...«

»Und nun wirfst du einem ertrinkenden Mann einen Anker zu, wie?«

Wes stand auf. Sein Gesicht wurde puterrot vor Zorn, seine Hände krampften sich an den Tisch.

Janie trat zwischen die beiden. »Hört sofort auf damit! Ihr benehmt euch wie Kinder! Schlimmer als Kinder, da die Zwillinge sich noch nie so verhalten haben.«

Wes begann sich zu beruhigen. »Entschuldigung, ich wollte mich beherrschen; aber Nicole wirft mir ein paar schreckliche Dinge vor.«

Nicole wandte sich wieder dem Herd zu. Sie hielt noch den Schürhaken in der Hand und zeichnete damit wieder die Biegung des Flusses in die Asche, die Wes vorher skizziert hatte. Sie starrte darauf, während sie sagte: »Ich habe es nicht so gemeint. Ich kenne nur Clays Stolz. Er liebt die Plantage, und er würde sie lieber aufgeben als sie verlieren.«

»Das ergibt keinen Sinn!«

Sie zuckte mit den Schultern. »Vermutlich nicht. Vielleicht habe ich nur Schwierigkeiten, mich auszudrücken. Wes, gibt es denn keine Möglichkeit, zu verhindern, daß der Fluß über seine Ufer tritt?«

»Vielleicht helfen Gebete. Wenn der Regen aufhörte, könnte das Wasser noch rechtzeitig abfließen.«

»Warum wird sein Land nicht jedes Jahr überschwemmt? Warum kommt das nur gelegentlich vor?«

»Der Lauf des Flusses verändert sich. Clays Großvater erzählte uns, als wir noch Kinder waren, daß es in seiner Jugendzeit keine Niederung gab, sondern daß der Fluß jedes Jahr ein wenig den Lauf änderte und dabei Land am Hügel anschwemmte.«

»Hier«, sagte sie und trat von der Skizze in der Herdasche zurück. »Zeig mir, was du meinst.«

Er beugte sich über den Herd. »Ich vermute, der Fluß versucht hier eine Schleife zu ziehen. Diese Kurve war einmal breiter, gerader; doch mit den Jahren hat sie sich verändert.«

Sie studierte die Karte. »Was du damit sagen willst, ist, daß der Fluß den Boden auf meiner Seite abträgt und ihn drüben auf dem niedrigen Ufer von Clay wieder anschwemmt.«

Wes blickte überrascht zu ihr hoch. »Ich glaube nicht, daß du dir deswegen Sorgen machen müßtest. Es wird mindestens noch fünfzig Jahre dauern, bis der Fluß eine nennenswerte Menge von deinem Land weggeschwemmt haben wird.«

Nicole ignorierte seinen Blick. »Was wäre, wenn wir dem Fluß freiwillig gäben, was er sich holen möchte?«

»Was redest du da?« brauste Wes auf. Er glaubte, sie habe etwas Eigensüchtiges vor, aus Sorge, der Fluß könne ihr Land verschlingen.

»Nicole ...«, sagte Janie, »mir gefällt dein Ton nicht.«

Nicole nahm ein kleines Holzscheit zur Hand. »Was ist, wenn mein Land hier durchstochen wird?« Sie zog eine Linie von einer Windung des Flusses zur anderen. »Was würde dann passieren?«

»Das Gelände ist naß und steil. Vermutlich würde es abbrök-keln und in den Fluß fallen.«

»Und wie würde das den Wasserstand beeinflussen?«

Seine Augen weiteten sich, als er zu begreifen begann, was in ihrem Kopf vorging. »Nicole, das kannst du nicht tun. Man würde tagelang graben müssen, und das Land, das dann ins Wasser fällt, trägt deinen Weizen.«

»Du hast meine Frage nicht beantwortet. Würde das den Wasserstand senken?«

»Es würde dem Fluß mehr Raum geben, daß er sich ausdeh-nen kann. Aber wer weiß das schon?«

»Ich frage dich nach deiner Meinung, nicht nach der absolu-ten Wahrheit.«

»Ja, verdammt noch mal! Der Fluß würde vermutlich mit Freuden lieber dein Land verschlingen, statt Clays Felder zu überschwemmen. Das verdammte Wasser fragt doch nicht, wem was gehört!«

»Vielleicht könntest du dich in Gegenwart von Kindern etwas gewählter ausdrücken«, sagte Nicole vorwurfsvoll. »Was wir jetzt brauchen, sind Schaufeln. Und Hacken für die Wurzeln und Steine, und...«

Wes unterbrach sie: »Hast du mal einen Blick durch das Fenster geworfen? Der Regen strömt in solchen Massen herun-ter, daß er einen Menschen erschlagen könnte! Und du redest davon, daß wir in diesem Wetter arbeiten sollen.«

»Ich wüßte nicht, wie wir sonst einen Graben ausheben könnten. Vielleicht kannst du ihn hierher ins Haus bringen, wo es gemütlich ist und warm.«

»Ich kann das nicht zulassen«, sagte Wes energisch. »Clay kann es auch ohne dein Opfer schaffen. Travis und ich werden ihm Geld leihen, und im nächsten Jahr wird es wieder bergauf gehen.«

Nicole blickte ihn eisig an. »Wirklich? Wird es nächstes Jahr bergauf gehen? Schau dir doch an, was wir ihm angetan haben. Wir haben ihn alle aufgegeben. Er ist ein Mann, der eine Familie braucht. Er war glücklich, als er noch seine Eltern hatte, James, Beth und die Zwillinge. Dann hat einer nach dem anderen ihn verlassen. Eine Weile lang gab ich ihm meine Liebe; doch dann nahm ich sie ihm wieder weg – und die Zwillinge dazu.« Sie hob einen Arm und deutete in die Richtung von Arundel Hall. »Das war einmal ein glückliches Haus, voller Leute, die er liebte, und die ihn geliebt haben. Was hat er jetzt? Selbst seine Nichte und sein Neffe leben bei fremden Leuten statt bei ihm. Wir müssen ihm zeigen, daß wir an ihn denken.«

»Aber Travis und ich ...«

»Geld! Du bist wie ein Ehemann, der seiner Frau Geld gibt statt Aufmerksamkeit. Clay braucht kein Geld; er braucht einen Beweis, daß jemand an ihn denkt. Er muß das Gefühl haben, daß er nicht allein ist in der Welt.«

Wes stand da und starrte sie an, desgleichen Janie und die Zwillinge. Gerard senkte auf eine träge Weise seine Wimpern, doch sie zuckten nicht.

»Sind das Vermutungen, was Clays Gefühle betrifft?« fragte Wes mit ruhiger Stimme. »Oder überträgst du deine Gefühle auf ihn? Bist du es, die sich einsam fühlt und nach Gewißheit verlangt, daß jemand an dich denkt?«

Nicole versuchte zu lächeln. »Ich weiß es nicht. Ich habe keine Zeit, jetzt darüber nachzudenken. Mit jeder Sekunde, die wir mit Reden vergeuden, steigt das Wasser höher und kommt näher an Clays Tabak heran.«

Da fiel Wes Nicole plötzlich um den Hals und drückte sie an seine Brust. »Sollte ich jemals eine Frau finden, die mich nur halb so sehr liebt wie du Clay liebst, halte ich sie so fest wie dich jetzt und laß sie nie mehr los.«

Nicole schob ihn von sich und wischte sich eine Träne aus dem Augenwinkel. »Ich möchte gern ein paar Geheimnisse für mich behalten, bitte. Und zudem zweifle ich nicht, daß du dich genauso lächerlich benehmen wirst, wie Clay und ich es getan haben. Also!« rief sie mit scharfer Stimme. »Laßt uns die Sache organisieren! Du hast nicht zufällig ein paar Schaufeln bei dir, oder?«

Janie löste die Schleife ihrer Schürze, hing diese an einen Holzpflock neben der Tür und nahm statt dessen Wes' Ölzeug.

»Wohin gehst du?« fragte Wes.

»Während ihr beiden am Herd steht und redet, werde ich etwas tun. Zunächst werde ich ein paar Kleider von Isaac besorgen. Ich glaube nicht, daß ich mit nassen Röcken in diesem Regen sehr weit komme. Und dann hole ich Clay.«

»Clay?« riefen Nicole und Wes wie mit einer Stimme.

»Ihr beiden mögt ja glauben, Clay wäre schon ein kranker Mann; doch ich weiß es besser. Er kann genauso eine Schaufel schwingen wie jeder andere auch, und noch hat er ein paar Leute, die sogar für ihn arbeiten. Ich wünschte nur, wir hätten Zeit, auch Travis herzuholen.«

Nicole und Wes standen da und starrten sie immer noch an.

»Wollt ihr Wurzeln schlagen? Nicole, komm mit mir hinüber in die Mühle! Wes, du schlägst Pflöcke an der Stelle ein, wo der Graben ausgehoben werden muß.«

Wes packte Nicole am Arm und trieb sie auf die Tür zu. »Los, eine Menge Arbeit wartet auf uns!«

21

Janie war schockiert, als sie Arundel Hall wiedersah. Im Verandadach war ein großes Loch, und der Boden darunter war überschwemmt. Die Haustür stand halb offen, und der orientalische Teppichläufer war am Rande stockig von Wasser. Sie trat ins Haus und versuchte, die Eingangstür zu schließen. Das feuchte Wetter hatte das Holz zum Quellen gebracht, so daß man die Tür unmöglich zumachen konnte. Sie rollte den nassen Läufer von der Tür weg und blickte dann betroffen die verdorbenen Dielen unter der Tür an. Hier mußten neue Eichenbretter eingesetzt werden.

Sie sah sich mit wachsendem Groll in der Halle um. Die alles durchdringende Feuchtigkeit hatte den Staub und die Abfälle erfaßt, so daß es hier schrecklich nach Moder roch. Janie schloß die Augen und bat im Gebet Clays Mutter um Entschuldigung. Dann ging sie die Halle hinunter zur Bibliothek.

Sie schob die Tür auf, ohne erst anzuklopfen. Sie sah sofort, es war der einzige Raum, der nicht verändert worden war, aber auch nicht gesäubert. Sie stand ein paar Sekunden lang im Türrahmen, während sich ihre Augen an das Zwielicht gewöhnten.

»Ich muß gestorben und in den Himmel gekommen sein«, kam eine leise, verschwommene Stimme aus einer Ecke. »Meine schöne Janie trägt Männerhosen. Glaubst du, du wirst damit eine neue Mode schaffen?«

Janie ging zum Schreibtisch, zündete eine Lampe an und drehte die Flamme hoch. Sie hielt erschrocken die Luft an, als sie Clay erblickte. Seine Augen waren rot, sein Bart struppig und schmutzig. Vermutlich hatte er sich seit Wochen nicht mehr gewaschen.

»Janie, Mädchen, würdest du mir bitte den Krug vom Schreibtisch herüberreichen? Ich wollte ihn mir selbst holen; aber mir scheint, dazu fehlt mir die Kraft.«

Janie starrte ihn einen Moment an. »Wie lange ist es her, seit du zuletzt gegessen hast?«

»Gegessen? Es gibt nichts zu essen. Hast du nicht gewußt, daß meine liebe Frau alle Vorräte selbst verzehrt?« Er versuchte, sich aufzusetzen, doch das bereitete ihm Mühe.

Janie ging zu ihm, um ihm zu helfen. »Du stinkst!«

»Vielen Dank, meine Liebe; so etwas Nettes hat mir seit langem keine Frau mehr gesagt.«

Sie half ihm aufzustehen. Er schwankte bedenklich auf den Füßen.

»Ich möchte, daß du mit mir kommst.«

»Natürlich. Ich folge dir, wohin du willst.«

»Wir gehen zuerst hinaus in den Regen. Vielleicht macht dich das ein wenig nüchterner. Bestimmt macht es dich sauberer. Dann gehen wir in die Küche hinüber.«

»Oh, ja«, sagte Clay. »Die Küche. Der Lieblingsaufenthalt meiner Frau. Die arme Maggie muß jetzt mehr schuften als früher, wo sie noch für die ganze Bagage kochte. Weißt du eigentlich, daß sie alle fortgelaufen sind?«

Janie stützte Clay, während sie zur Seitentür gingen. »Ich

weiß, daß ich noch nie einen schlimmeren Fall von Selbstbe-
mitleidung erlebt habe als den deinen.«

Der Regen empfing sie draußen wie mit Hackmessern. Janie
zog den Kopf ein, um das Gesicht vor dem niederprasselnden
Wasser zu schützen; doch Clay schien gar nicht zu merken, wie
der Regen ihm in die Haut schnitt.

In der Küche stocherte Janie die Glut auf und legte Holzkohlen dazu. Dann setzte sie einen Topf Wasser auf den Herd und
kochte Kaffee. Die Küche glich einer Rumpelkammer. Man
hätte kaum glauben können, daß sie früher einmal nur so
geblitzt und gefunkelt hatte vor Sauberkeit. Jetzt glich sie einem
Zimmer, in dem keiner wohnen wollte und das deshalb ver-
nachlässigt wurde.

Janie half Clay zu einem Stuhl und ging dann wieder hinaus
in den Regen, um Maggie zu holen. Sie wußte, daß sie Hilfe
brauchte, wenn Clay wieder nüchtern werden sollte.

Eine Stunde später hatten Maggie und Janie ihm eine gewaltige Menge schwarzen Kaffees eingeflößt und darauf ein halbes
Dutzend Rühreier. Und Maggie redete dabei ununterbrochen:

»Das ist kein glückliches Haus mehr. Diese Frau steckt ihre
Nase doch in alles. Sie möchte, daß wir uns vor ihr verneigen
und ihr die fetten Füße küssen. Wir haben sie alle ausgelacht,
ehe Clay sie heiratete.« Maggie hielt inne und streifte Clay mit
einem harten Blick. »Doch danach konnte es ihr keiner mehr
recht machen. Jeder, der flüchten konnte, nahm reißaus. Als sie
anfing, die Rationen zu kürzen, rannten sogar ein paar von den
Sklaven weg. Ich glaube, sie wußten, daß Clay sie nicht wieder
einfangen würde. Und sie hatten recht.«

Clay begann, nüchterner zu werden. »Janie will nichts von
unseren Problemen hören. Leute, die im Himmel wohnen,
wollen nichts von der Hölle wissen.«

»Du hast dir die Hölle selbst ausgesucht«, begann Maggie.
Offenbar war das eine Ansprache, die sie schon auswendig
kannte.

Janie legte ihr die Hand auf den Arm, damit sie verstummte.
»Clay«, sagte sie ruhig, »bist du nüchtern genug, um mir
zuhören zu können?«

Er sah von dem Teller mit den Rühreiern auf. Seine braunen Augen lagen tief in ihren Höhlen. Sein Mund war ein Strich, die Mundwinkel wie eingeätzt. Er sah viel älter aus, als Janie ihn in Erinnerung hatte. »Was hast du mir zu sagen?« fragte er tonlos.

»Ist dir bewußt, was der Regen mit deinen Feldern anrichtet?« Er runzelte die Stirn, schob dann seinen Teller von sich. Janie schob ihn an den alten Platz zurück. Er gehorchte ihr und begann wieder zu essen. »Ich mag zwar betrunken sein, aber ich fürchte, ich habe nicht alles abblocken können, was mir zugestoßen ist, vielleicht sollte ich besser sagen, alles, was ich angestellt habe. Mir ist durchaus bewußt, was der Regen auf meinen Feldern anrichtet. Hältst du das nicht für ein passendes Ende? Nach allem, was meine Frau« – er spuckte das Wort förmlich aus – »angestellt hat, um sich diese Plantage unter den Nagel zu reißen, sieht es so aus, als würden wir beide sie verlieren.«

»Und du bist bereit, das zuzulassen?« forschte Janie. »Der Clay, den ich gekannt habe, hat stets für das gekämpft, was er haben wollte. Ich erinnere mich noch, wie du und James drei Tage lang ein Feuer bekämpftet.«

»Oh, ja, James«, sagte Clay leise. »Damals war ich mit dem Herzen dabei.«

»Du magst dir ja gleichgültig sein«, sagte Janie wütend, »doch anderen Leuten bist du es nicht. In diesem Augenblick sind Wesley und Nicole draußen im Regen und versuchen, ein paar Morgen von Nicoles Land zu durchstechen, um deine Ernte zu retten. Und du sitzt hier und wälzt dich in deinem egoistischen Stolz.«

»Stolz? Ich habe keinen Stolz mehr gehabt seit... seit einem gewissen Morgen in einer Höhle.«

»Hör auf damit!« rief Janie. »Hör auf, nur an dich zu denken, und höre mir zu. Hast du nicht ein Wort von dem verstanden, was ich gesagt habe? Wes erzählte Nicole, daß dein Land wahrscheinlich überflutet würde, und sie fand eine Lösung, wie sie deine Ernte retten könnte.«

»Sie retten?« Clay hob den Kopf. »Die einzige Möglichkeit, sie zu retten, wäre ein Ende des Regens. Oder vielleicht könnte man flußaufwärts einen Damm errichten.«

»Oder der Fluß findet eine Möglichkeit, an deinen Äckern vorbeizufließen...«

»Was redest du da?«

Maggie setzte sich neben Clay. »Du sagtest eben, Nicole würde Clays Ernte retten. Aber wie?«

Janie blickte von einem interessierten Augenpaar zum nächsten. »Du kennst doch den scharfen Knick, den der Fluß unterhalb der Mühle macht?« Sie wartete nicht auf eine Antwort. »Nicole überlegt, wenn sie dort einen Graben ziehen würde, könnte der Fluß dieses neue Bett vielleicht annehmen, statt deine Felder in der Niederung zu überschwemmen, wo du deinen Tabak angepflanzt hast.«

Clay lehnte sich im Stuhl zurück und starrte sie an. Er wußte genau, was Janie meinte. Das in der Schleife aufgestaute Wasser brauchte einen Abfluß, und da war es gleichgültig, ob er sich an dieser Stelle anbot oder an einer anderen. Es dauerte eine Weile, ehe er sagte: »Sie würde ein paar Morgen von ihrem Land verlieren, wenn der Fluß diese Richtung nähme.«

»Das hat ihr Wes auch gesagt.« Janie goß den beiden und sich noch eine Tasse Kaffee ein. »Er versuchte, es ihr auszureden; doch sie sagte...« Sie hielt inne und blickte Clay an. »Sie sagte, du brauchtest jemand, der an dich glaubt; damit du die Gewißheit hast, daß jemand an dich denkt.«

Clay stand abrupt auf und ging zum Küchenfenster. Es regnete so heftig, daß er nur eine graue, sich bewegende Masse vor der Scheibe sah. Nicole! dachte er. Er hatte fast ein Jahr lang nur getrunken, damit er nichts mehr denken oder fühlen konnte; aber es hatte nicht annähernd geholfen. Es gab nicht eine Sekunde, betrunken oder nüchtern, wo er nicht an sie gedacht hätte, was gewesen sein könnte, was gewesen sein würde, wenn er nur... Je länger er nachdachte, um so mehr trank er.

Janie hatte recht: er bemitleidete sich selbst. Sein Leben lang hatte er das Gefühl gehabt, er habe alles fest in der Hand; doch dann starben seine Eltern, darauf Beth und James. Er glaubte, daß er Bianca begehrte; doch Nicole hatte ihn verwirrt. Als er erkannte, wie sehr er sie liebte, war es zu spät. Da hatte er sie schon so sehr verletzt, daß sie ihm nie mehr ihr Vertrauen schenken konnte.

Der Regen peitschte gegen die Scheibe. Irgendwo dort draußen in dem kalten Wolkenbruch arbeitete sie für ihn. Sie opferte ihr Land, ihre Ernte, die Sicherheit all der Leute, die von ihr abhingen. Was hatte Janie gesagt? Sie wollte ihm zeigen, daß jemand an ihn dachte.

Er drehte sich Janie zu. »Ich habe ungefähr sechs Männer, die mir noch auf der Plantage geblieben sind. Ich werde sie und ein paar Schaufeln holen.« Er ging auf die Tür zu. »Sie werden etwas zu essen brauchen. Leere die Vorratskammern.«

»Jawohl, Sir!« antwortete Maggie grinsend.

Die beiden Frauen starrten auf die Tür, die Clay hinter sich zugeworfen hatte.

»Diese süße kleine Lady liebt ihn noch immer, nicht wahr?« fragte Maggie.

»Sie hat nicht einen Moment aufgehört, ihn zu lieben, obwohl ich wahrhaftig alles versuchte, um sie davon abzubringen. Meiner Meinung nach ist kein Mann gut genug für sie.«

»Was ist denn mit diesem Franzosen, der bei ihr wohnt?« fragte Maggie feindselig.

»Maggie, du weißt nicht, wovon du redest.«

»Ich habe ein paar Stunden Zeit, dir zuzuhören«, sagte Maggie, während sie begann, Lebensmittel auf Jutesäcke zu verteilen. Sie würden sie in die Mühle bringen und dort kochen. Frische Nahrungsmittel konnten ruhig naß werden, es war besser, als die gekochten Speisen zu transportieren.

Janie lächelte. »Ich kann dir den Tratsch eines ganzen Jahres erzählen, damit uns die Arbeit besser von der Hand geht.«

Der Regen prasselte so heftig herunter, daß Clay Mühe hatte, seine Männer über den Fluß zu bringen. Das Wasser schwappte über den Rand des flachen Ruderbootes und drohte, die Männer zusammen mit dem Land zu verschlingen. Schon war der Fluß so weit angestiegen, daß er mehrere Reihen von Clays Tabakpflanzen fortgerissen hatte. Als sie das andere Ufer erreichten, schulterten die Männer die Schaufeln und trotteten mit gesenkten Köpfen hügelan, damit die Hutkrempen wenigstens ihre Augen etwas vor dem Regen schützten. Sobald sie den Platz erreicht hatten, wo die anderen gruben, verloren sie keine Zeit. Dieser Clayton, der sie aus ihren Quartieren geholt hatte, war ein Mann, dem sie blindlings gehorchten.

Clay drückte die Schaufel in die nasse Erde. Es war nicht die Zeit, darüber nachzudenken, daß er Nicole half, ihr Land zu opfern. Plötzlich schien es für ihn wichtig, seine Saat zu retten. Er wollte unbedingt seinen Tabak ernten, das war sein sehnlichster Wunsch in diesem Moment.

Er grub mit solcher Energie, wie er sie noch nie zuvor gezeigt hatte. Er arbeitete wie ein Besessener. Er konzentrierte sich so sehr, mit der Schaufel die Erde aus dem Weg zu räumen, daß er zunächst die Hand auf seinem Arm gar nicht spürte. Als er in die Wirklichkeit zurückkehrte, drehte er sich um und sah in Nicoles Augen.

Es war, als träfe ihn der Blitz, als er sie wiedersah. Sie hätten ganz allein in diesem Unwetter sein können. Sie trugen beide breitkrempige Hüte, und das Wasser strömte ihnen über die Gesichter.

»Hier!« rief sie, gegen die Wut des Regens ankämpfend. »Kaffee!« Sie hielt einen Becher hoch und deckte ihn mit der anderen Hand gegen den prasselnden Regen ab.

Er nahm ihn und trank ihn leer, ohne ein Wort zu sagen.

Sie nahm ihm den leeren Becher ab und entfernte sich wieder.

Er stand einen Moment still und beobachtete, wie sie in dem klebrigen Lehm zu gehen versuchte. Sie wirkte besonders zierlich in der Männerkleidung und mit den großen Stiefeln. Um sie herum waren Stengel von fast reifem Weizen in den Lehm getrampelt – ihr Weizen.

Er sah sich zum erstenmal richtig um. Da waren fünfzehn Männer, die an dem Graben arbeiteten. Er erkannte Isaac und Wes am anderen Ende. Zu seiner Linken lag das Land, das sie abzutrennen versuchten. Der Weizen bog sich unter dem strömenden Regen; doch die Schräge des Hügels erlaubte dem

360

Wasser, abzufließen. Nicht weit von ihm entfernt entdeckte er eine niedrige Steinmauer. Clay hatte Isaac und Nicole bei dem Bau dieser Mauer beobachtet. Jedesmal, wenn sie einen Stein aufhob, hatte er einen kleinen Schluck aus dem Whiskykrug genommen. Nun wurde die Frucht dieser harten Arbeit dem Fluß überlassen, weggeworfen, als bedeute sie nichts. Und das alles seinetwegen!

Er stieß die Schaufel wieder in die Erde und begann noch härter zu graben.

Das bißchen Licht, das noch durch die Regenwolken drang, begann ein paar Stunden später zu erlöschen. Nicole kam abermals zu ihm und deutete ihm mit Gesten an, daß er aufhören und essen sollte. Clay schüttelte den Kopf und grub weiter.

Die Nacht brach herein, und die Männer gruben immer noch. Bei diesem Regen war es unmöglich, Laternen anzuzünden, also ließen sie sich teilweise von ihrem Instinkt und teilweise von ihren Augen leiten, die sich der Dunkelheit angepaßt hatten. Wesley versuchte, die grabenden Leute zwischen den abgesteckten Linien zu halten.

Gegen Morgen kam Wes zu Clay und deutete ihm mit der Hand an, daß er ihm folgen sollte. Die Männer waren erschöpft von der harten Arbeit, froren in der nassen Kälte und rieben sich den schmerzenden Rücken. Das Schaufeln war schon schlimm genug; aber bei dem strömenden Regen gönnten sie sich auch keine Atempause.

Clay folgte Wes bis zum anderen Ende des Grabens, wo der Durchstich erfolgen sollte. Sie waren schon ziemlich nahe an das Wasser herangekommen. Ungefähr in einer Stunde würden sie wissen, ob ihrer Arbeit Erfolg beschieden war. Der Fluß, durchzuckte es Clay, mußte Nicoles Opfer nicht annehmen. Er konnte bleiben, wo er war, und an dem Kanal vorbeifließen.

Wes sah Clay fragend an. Offenbar wollte er von ihm wissen, wie sie die Mündung des Grabens gestalten sollten. Der Regen war so heftig und laut, daß sie sich nicht mit Worten verständigen konnten. Clay deutete auf die Einbuchtung in der Fluß-

361

schleife, und die beiden Freunde begannen dort gemeinsam zu graben.

Der Himmel lichtete sich im Osten. Die Männer konnten nun überblicken, was sie in der Nacht geleistet hatten und wo sie weitergraben mußten. Es fehlten höchstens noch zwei Meter, und der tiefe Graben war vollendet.

Wes und Clay wechselten über Nicoles Kopf hinweg Blicke. Sie grub neben den Männern und sah kein einzigesmal hoch. Die Männer hatten den gleichen Gedanken: in wenigen Minuten würden sie wissen, ob ihre Rechnung aufginge oder nicht.

Plötzlich gab der Fluß eine Antwort auf ihre Frage. Er war zu gierig, um abzuwarten, bis die zwei Meter Boden abgetragen wurden. Das Wasser drang von beiden Seiten zugleich in den Graben ein. Der nasse, weiche Boden krümelte unter dem Druck des Wassers weg, als wäre er aus dünnem Teig gemacht. Die Grabenden hatten kaum genügend Zeit, sich auf höheren Grund zu retten, damit sie nicht weggespült wurden. Clay faßte Nicole um die Taille und hob sie mit einem Schwung auf den Hang hinauf, wo sie sicherer war.

Alle Männer standen mit ihren Schaufeln neben dem Graben und sahen zu, wie das Wasser die mit Weizen bepflanzte Erde verschlang. Die Schollen fielen in dicken, dunklen breiten Bahnen in das Wasser und wurden von ihm weggetragen. Der gurgelnde Fluß ergoß sich über das Land wie glühende Lava.

»Schaut nur!« rief Wes, das tosende Wasser übertönend.

Jeder sah über den Fluß auf die Stelle, wohin er deutete. Sie waren so fasziniert gewesen von dem Anblick des stürzenden Erdreiches, daß sie nicht auf Clays Felder geachtet hatten. Während der Fluß sich bemühte, das Land abzutragen, das zwischen Graben und Ufer noch den Fluten im Wege stand, hatte sich der Wasserstand erheblich verringert. Die letzten Reihen von Tabakstauden, die bereits überspült gewesen waren, kamen nun wieder ans Tageslicht, plattgedrückt und verdorben; doch alle anderen Pflanzen, die in der nächsten Reihe standen, waren nun dem reißenden Wasser entzogen.

»Hurra!« schrie Nicole als erste von allen.

Plötzlich schien jeder vergessen zu haben, wie erschöpft er

war. Sie hatten die ganze Nacht hindurch gearbeitet, um ein Ziel zu erreichen, und das war ihnen nun gelungen. Jubel verdrängte ihre Müdigkeit. Sie begannen, ihre Schaufeln in der Luft herumzuschwenken. Isaac packte Luke bei der Hand, und sie führten im Schlamm einen kleinen Freudentanz auf.

»Wir haben es geschafft!« schrie Wes so laut, daß er den prasselnden Regen übertönte. Er packte Nicole und warf sie in die Luft. Dann wirbelte er herum und schleuderte sie Clay in die Arme, als wäre sie ein Sack voll Korn.

Clay grinste breit. »Du hast es geschafft!« rief er lachend, als er Nicole auffing. »Du hast es erreicht! Meine schöne, brillante Frau!« Er drückte sie ganz fest an sich und küßte sie lange und hungrig.

Einen Moment lang vergaß Nicole die Zeit, den Ort, alles, was inzwischen geschehen war. Sie küßte Clay mit all der Leidenschaft, die sie empfand. Sie kam sich vor wie eine verhungernde Frau, und er war die einzige Nahrung, die ihr zuteil wurde.

»Dazu habt ihr später noch genug Zeit«, sagte Wes, während er Clay auf die Schulter schlug. In seinen Augen blinkte es warnend. Alle Männer hatten die beiden neugierig beobachtet.

Nicole starrte zu Clay hinauf, und sie spürte, wie sich ihre heißen Tränen mit dem kalten Regen auf ihrem Gesicht vermischten.

Widerstrebend setzte er sie wieder auf den Boden. Er trat rasch einen Schritt von ihr zurück, als wäre sie ein Feuer, das ihn verzehren würde; doch seine Augen hingen wie gebannt an den ihren und richteten eine stumme Frage an sie.

»Jetzt wollen wir etwas essen!« rief Wes. »Ich hoffe, die Frauen haben genug zum Futtern bereitgestellt; denn ich habe einen Hunger, als könnte ich ein ganzes Buffet voller Speisen allein aufessen.«

Nicole wandte sich von Clay ab; sie war so lebendig wie seit Monaten nicht mehr. »Maggie ist hier, also sollte es mehr als genug zu essen geben.«

Wes grinste, legte dann seinen Arm um ihre Schultern, und sie gingen gemeinsam auf die Mühle zu.

Dort war eine Tafel auf Sägeböcken errichtet, und darauf

stand genug zu essen, daß es für hundert hungrige Mägen gereicht hätte. Da lagen frischgebackene Brotlaibe, duftend und noch heiß vom Ofen. Daneben Tontöpfe voll kühler Butter. Da waren Schüsseln voll Sumpfschildkröten-Ragout, pochiertem Stör, Austern, Krebse, Schinken, Truthahn, Roastbeef und gebratene Enten. Da gab es acht verschiedene Sorten von Pasteten, zwölf verschiedene Gemüsegerichte, vier Kuchen, drei Sorten Wein und Bier und auch Milch und Tee.

Nicole hielt sich von Clay fern. Sie nahm ihren Teller und setzte sich allein in den Schatten der Mahlsteine. Er hatte sie seine Frau genannt, und in diesem Moment hatte sie sich auch als seine Frau gefühlt. Es schien schon so lange zurückzuliegen, daß sie sich so nennen durfte, doch aus einem Grund wußte sie, daß sie nie wirklich seine Frau gewesen war. Nur in jenen kurzen Tagen, die sie gemeinsam im Backes-Haus verbrachten, hatte sie das Gefühl gehabt, ganz zu ihm zu gehören.

»Müde?«

Sie sah zu Clay hoch. Er hatte sein nasses Hemd ausgezogen, und ein Handtuch hing um seinen Hals. Er sah einsam und verwundbar aus. Nicole sehnte sich danach, ihn in ihre Arme zu nehmen und ihn zu trösten.

»Hast du etwas dagegen, wenn ich mich neben dich setze?«

Sie schüttelte stumm den Kopf. Sie waren teilweise dem Blick der anderen entzogen.

»Du ißt nicht viel«, sagte er leise und deutete mit dem Kopf auf ihren noch vollen Teller. »Vielleicht brauchst du etwas Bewegung, damit der Appetit kommt.« Er sah sie zwinkernd an.

Sie versuchte zu lächeln, doch seine Nähe machte sie nervös.

Er nahm ein Stück Schinken von ihrem Teller und aß es. »Maggie und Janie haben sich selbst übertroffen.«

»Sie hatten deine Vorräte, und sie konnten aus dem vollen schöpfen. Es war nett von dir, so großzügig zu sein.«

Seine Augen wurden dunkel, als er sie anstarrte. »Sind wir uns wirklich so fremd, daß wir nicht miteinander reden können? Ich habe nicht verdient, was du heute für mich getan hast. Nein!« sagte er, als sie ihn unterbrechen wollte. »Laß mich erst ausreden. Janie sagte, ich hätte mich nur noch selbst bedauert.

Vermutlich hat sie recht. Ich glaube, ich habe nur gedacht, daß ich nicht verdient habe, was mir alles zustieß. Heute nacht hatte ich viel Zeit zum Nachdenken. Ich glaube, ich habe begriffen, daß unser Leben so ist, wie wir es uns machen. Du sagtest einmal, daß ich mich nicht entschließen könnte. Du hattest recht. Ich wollte alles haben und dachte, es würde mir geschenkt, wenn ich nur darum bäte. Ich glaube, ich war zu schwach, um Entbehrungen auf mich zu nehmen.«

Sie legte ihre Hand auf seinen Arm. »Du bist kein schwacher Mann.«

»Ich glaube nicht, daß du mich kennst – genausowenig, wie ich mich selbst kenne. Ich habe dir schreckliche Dinge angetan; doch das...« Er konnte den Satz nicht beenden. Seine Stimme versagte. »Du hast mir wieder Hoffnung gegeben«, fuhr er dann kräftiger fort, »etwas, das ich für immer verloren glaubte.«

Er legte seine Hand über die ihre. »Ich verspreche dir, daß ich dich nie mehr enttäuschen werde. Das hat nicht nur etwas mit dem Tabak zu tun, sondern gilt für mein ganzes Leben.«

Er sah hinunter auf ihre Hand; dann liebkoste er ihre Finger. »Ich hätte es nicht für möglich gehalten; doch ich liebe dich noch mehr als je zuvor.«

Sie hatte einen Kloß im Hals und konnte nicht sprechen.

Er sah in ihre Augen. »Es gibt keine Worte für das, was ich für dich fühle. Ich kann auch nicht mit Worten ausdrücken, wie sehr ich dir dankbar bin für das, was du für mich getan hast.« Er hielt plötzlich inne, als würde er ersticken. »Leb wohl«, flüsterte er.

Er war schon fort, ehe sie etwas sagen konnte.

Clay ging rasch aus der Mühle, ließ sein Hemd zurück, schaute nicht auf die Leute, die ihm etwas zuriefen. Draußen im Freien merkte er kaum, daß der Regen nur noch ein Nieseln war. Im frühen Morgenlicht konnte er sehen, wie das Land sich verändert hatte. Wo vormals Nicoles Felder sanft zum Fluß hinunterfielen, war nun eine Steilwand entstanden. Der Fluß selbst war ruhiger, ein großes Tier, das eine fette Beute gemacht hatte und nun sein Fressen verdaute.

Der Landungssteg war intakt, und Clay ruderte sich selbst über den nun viel breiteren Fluß zu seinem eigenen Steg

365

hinüber. Er ging langsam zum Haus zurück. Es war, als erwache er nach einem einjährigen Schlaf. Er spürte James neben sich und das Entsetzen darüber, was Clay ihrer herrlichen, fruchtbaren Plantage angetan hatte.

Er sah auch die Verwahrlosung seines Hauses. Er machte einen langen Schritt über die Pfütze auf den Hartholzdielen.

Bianca stand am Fuß der Treppe. Sie trug einen voluminösen Morgenmantel aus blaßblauer Seide. Darunter sah der Rock eines rosafarbenen Satinkleides hervor. Der Kragen, die Manschetten und der Saum waren mit einer sehr breiten Bordüre aus vielfarbenen Federn bedeckt.

»So! Da bist du ja! Du bist schon wieder die ganze Nacht fort gewesen!«

»Hast du mich vermißt?« fragte Clay im sarkastischen Ton.

Sie warf ihm einen Blick zu, der seine Frage beantwortete. »Wo ist das Personal? Warum steht mein Frühstück noch nicht auf dem Tisch?«

»Ich dachte, du hättest dir vielleicht meinetwegen Sorgen gemacht; doch nun höre ich, deine Sorge galt nur Maggies Küche.«

»Ich verlange eine Antwort! Wo ist das Frühstück?«

»Das Frühstück wird im Augenblick auf der anderen Seite des Flusses in Nicoles Mühle serviert.«

»Sie! Diese Schlampe! Da bist du also gewesen. Ich hätte wissen sollen, daß du nicht ohne deine abscheulichen, primitiven Bedürfnisse leben kannst. Was hat sie denn diesmal angestellt, um dich anzulocken? Hat sie dir etwas über mich erzählt?«

Clay blickte angeekelt zur Seite und ging an ihr vorbei die Treppe hinauf. »Dein Name wurde nicht erwähnt, Gott sei Dank.«

»Wenigstens so viel hat sie gelernt«, entgegnete Bianca schnippisch. »Sie ist gerissen genug, um zu begreifen, daß ich sie durchschaut habe, daß ich sie sehe, wie sie wirklich ist. Ihr anderen seid ja mit Blindheit geschlagen und seht nicht, was für eine habgierige, intrigante Lügnerin sie ist.«

Clay fuhr mit einem Fauchen zu Bianca herum. Er machte einen Satz über vier Stufen und stand vor ihr. Er packte sie am

Halsausschnitt ihres Gewandes und warf sie heftig gegen die Wand. »Du Miststück! Du hast nicht einmal das Recht dazu, ihren Namen in den Mund zu nehmen. Du hast in deinem Leben noch nie etwas Gutes oder Anständiges für andere getan, und du wirfst ihr vor, daß sie genauso wäre wie du. Heute nacht hat Nicole mehrere Morgen von ihrem Land geopfert, um meines zu retten. Ja, ich bin die ganze Nacht bei ihr gewesen und habe zusammen mit ihr und anderen Leuten, die wissen, was Güte und Großzügigkeit ist, einen Graben geschaufelt, um meine Felder zu retten.«

Er stieß Bianca wieder gegen die Wand. »Du hast mich lange genug ausgenützt. Von jetzt an werde ich wieder bestimmen, was auf dieser Plantage geschieht, nicht du.«

Bianca hatte Mühe, Luft zu bekommen. Seine Hände schnitten ihr die Blutzirkulation ab. Ihre fetten Wangen blähten sich unter dem Druck seiner Finger. »Du kannst nicht zu ihr gehen. Ich bin deine Frau«, keuchte sie. »Diese Plantage gehört mir.«

»Frau!« höhnte er. »Für das, was ich getan habe, habe ich dich fast verdient, glaube ich.« Er ließ sie los und trat einen Schritt zurück. »Schau dich doch an! Du kannst dich genausowenig leiden wie alle anderen auch.« Er wandte sich von ihr ab und ging die Treppe hinauf zu seinem Zimmer, wo er aufs Bett fiel und sofort einschlief.

Bianca stand so regungslos wie eine Statue aus Marmor, nachdem Clayton die Treppe hinaufgegangen war. Was meinte er damit, daß sie sich nicht leiden konnte? Sie kam aus einer alten und bedeutenden englischen Familie! Wie konnte sie da nicht stolz auf sich sein?

Ihr Magen knurrte, und sie legte die Hand darauf. Langsam verließ sie das Haus und ging in die Küche hinüber. Sie hatte keine Ahnung vom Kochen, und die Fässer voll Mehl und anderen rohen Zutaten verwirrten sie nur. Sie war hungrig, sehr hungrig, und konnte nichts Eßbares finden. Tränen schwammen in ihren Augen, als sie die leere Küche verließ und zum Garten ging.

Am Ende des Gartens stand ein kleiner Pavillon, diskret versteckt unter zwei riesigen alten Magnolienbäumen. Sie setzte sich schwerfällig auf ein Kissen; dann, als sie merkte, daß es vom Regen durchtränkt war, wollte sie sich wieder davon erheben. Aber was hatte das jetzt noch für einen Sinn? Ihr schönes Kleid war bereits verdorben. Die Tränen liefen ihr übers Gesicht, während sie an den Federn ihres Morgenmantels zupfte.

»Darf ich Sie stören?« hörte sie eine leise Stimme mit fremdländischem Akzent.

Biancas Kopf ruckte hoch. »Gerard!« schluchzte sie, während frische Tränen ihre Augen füllten.

»Sie haben geweint«, sagte er teilnahmsvoll. Er wollte sich neben sie setzen, merkte jedoch, daß die Polster naß waren. Er warf eines davon über das Geländer und benützte dann ein Taschentuch, um das Wasser von der hölzernen Bank zu wischen. Dann setzte er sich. Bitte, erzählen Sie mir, wer hat Sie so verletzt? Sie sehen aus, als hätten sie einen Freund nötig.«

Bianca vergrub das Gesicht in den Händen. »Ein Freund! Ich habe keine Freunde! Jeder in diesem schrecklichen Land haßt mich. Heute morgen sagte er, daß ich mich selbst nicht leiden könnte.«

Gerard beugte sich vor und berührte Biancas Haar. Es war nicht ganz sauber. »Begreifen Sie nicht, daß er Sie mit Absicht kränkt? Er will nur Nicole haben. Er wird alles tun oder sagen, um sie zu bekommen. Er möchte Sie aus dem Haus treiben, damit er Nicole haben kann.«

Bianca sah ihn mit ihren kleinen, rotgeweinten Augen über geschwollenen Wangen an. »Er kann sie nicht haben. Er ist mit mir verheiratet.«

Gerard lächelte, als wäre sie ein Kind. »Was sind Sie doch für ein unschuldiges Ding. Sie sind so süß und verletzbar, so ahnungslos. Hat er Ihnen gesagt, wo er die letzte Nacht verbracht hat?«

Sie wedelte mit einer Hand. »Er sagte etwas von einer Überschwemmung und daß Nicole sein Land gerettet habe.«

»Natürlich würde sie sein Land retten. Sie möchte es eines Tages ja selbst besitzen. Sie tat so, als brächte sie ein großes Opfer; doch tatsächlich hat sie nur dafür gesorgt, daß auf der Seite des Flusses, die zur Armstrong-Plantage gehört, noch mehr Land angeschwemmt wurde. Und eines Tages wird ihr das, wenn ihr Plan aufgeht, ja wieder gehören.«

»Aber wie will sie das erreichen? Es gibt Zeugen, daß meine Ehe mit Clay rechtmäßig ist. Sie kann nicht annulliert werden.«

Gerard tätschelte ihr die Hand. »Sie sind eine echte Lady. Sie können sich nicht einmal vorstellen, wie heimtückisch die beiden sind. Sie haben den beiden ein paar Streiche gespielt, doch das waren harmlose Streiche, die keinem wirklich weh taten. Selbst die Entführung sollte so ablaufen, daß keinem ein Leid geschah. Doch deren Pläne sind nicht so unschuldig – oder fair.«

»Was ... meinen Sie damit? Eine Scheidung?«

Gerard schwieg einen Moment. »Wie sehr wünschte ich, es wäre nur eine Scheidung. Ich glaube, sie planen mehr! Einen ... Mord!«

Bianca starrte ihn einen Moment mit offenem Mund an. Zunächst hatte sie gar keine Vorstellung, wer denn ermordet werden sollte. Die Idee, daß Nicole von einer Klippe stürzte, gefiel ihr. Wenn Nicole tot war, würde sich ihr Leben erheblich verbessern. Doch sie sah keinen Grund, der Clay veranlassen würde, Nicole umzubringen.

Ganz langsam wurde ihr klar, was Gerard meinte. »Ich?« flüsterte sie. »Sie wollen mich töten?«

Gerard schloß die Finger fest um ihre Hand. »Ich, fürchte ich, bin genauso naiv wie du. Ich brauchte lange, um zu begreifen, was da vor sich geht. Ich konnte nicht verstehen, weshalb Nicole freiwillig einen Teil ihres Landes dem Wasser opferte, wenn sie nicht einen Beweggrund dafür hatte, den kein anderer sah. Ich kam heute morgen endlich auf die Lösung. Diese Barbaren machten so viel Lärm in der Mühle, daß ich kaum schlafen konnte. Ich erkannte, daß das Neuland, das sie mit der Veränderung des Flußlaufes anschwemmte, Nicole einen Gewinn brächte, wenn sie wieder die Herrin dieser Plantage werden würde.«

»Aber ... Mord!« meinte Bianca entsetzt. »Das kann doch nicht ihre Absicht sein!«

»Hat Armstrong schon einmal versucht, Ihnen weh zu tun? Hat er Sie jemals geschlagen?«

»Heute morgen. Er stieß mich gegen eine Wand. Ich bekam kaum noch Luft.«

»Das ist es, was ich meine. Er ist ein gewalttätiger Mensch. Er beginnt, die Gewalt über sich zu verlieren. Es wird nicht mehr lange dauern, und er spannt eine kleine, fast unsichtbare Schnur zwischen dem Geländer der Treppe. Und wenn Sie aus dem Oberstock kommen und die Stufen hinuntergehen, werden Sie darüber stolpern und stürzen.«

»Nein!« keuchte Bianca, die Hand an der Kehle.

»Natürlich wird Armstrong ziemlich weit vom Haus entfernt sein, wenn das passiert. Später muß er dann nur die Schnur wieder entfernen. Dann kann er den schmerzgebeugten Witwer spielen, während Sie, meine Liebe, kalt in einem Sarg liegen werden.«

Biancas Augen waren starr vor Entsetzen. »Das kann ich nicht zulassen. Das muß ich verhindern.«

»Ja, Sie müssen sehr vorsichtig sein. Meinetwegen – genauso wie Ihretwegen.«

»Ihretwegen?«

Gerard hob ihre Hand und hielt sie zwischen seinen Fingern. »Sie werden mich für einen ungehobelten Menschen halten, einen Mann, der sich zuviel herausnimmt. Nein, ich kann es Ihnen nicht sagen.«

»Bitte«, bettelte sie. »Sie sagten, wir wären Freunde. Sie können mir Ihre Gedanken ruhig anvertrauen.«

Er blickte zu Boden, sah jedoch, daß er zu naß war für einen Kniefall. Er würde sich seine seidenen Strümpfe ruinieren.

»Ich liebe dich«, brachte er endlich mit verzweifelter Stimme hervor. »Wie kann ich von dir erwarten, daß du mir glaubst? Wir haben uns erst einmal gesehen; doch seither habe ich an nichts anderes mehr gedacht. Du verfolgst mich sogar in meinen Träumen. Jeder meiner Gedanken schließt dich ein. Bitte, lache mich nicht aus.«

Bianca starrte ihn verwundert an. Nie hatte ihr bisher ein Mann seine unsterbliche Liebe erklärt. Clay hatte sie in England zwar um ihre Hand gebeten; doch auf eine reservierte, fast zerstreute Weise, als dächte er an etwas anderes als einen

Heiratsantrag. Doch Gerard sah sie auf eine Weise an, daß ihr Atem rascher ging. Er liebte sie wirklich; das konnte sie sehen. Seit ihrer ersten Begegnung hatte sie mehrere Male an ihn gedacht; aber nur mit dem angenehmen Gefühl, daß er teilnahmsvoll und zartfühlend sei. Nun sah sie ihn wie in einem neuen Licht. Sie konnte diesen Mann lieben. Ja, sie konnte jemanden mit so feinen Manieren lieben.

»Ich könnte dich niemals auslachen«, antwortete sie.

Er lächelte. »Könnte ich dann hoffen, daß du meine Liebe auch nur ein wenig erwidern würdest? Mehr würde ich nicht von dir verlangen, nur, daß ich dich hin und wieder sehen dürfte.«

»Natürlich«, sagte Bianca, immer noch verwirrt von seinem Geständnis.

Er stand auf und rückte seine Krawatte zurecht. »Ich muß jetzt gehen. Ich möchte, daß du mir versprichst, sehr vorsichtig zu sein. Wenn dir etwas zustoßen würde, wenn dir auch nur ein Haar auf deinem lieblichen Kopf gekrümmt würde, würde mein Herz brechen.« Er lächelte auf sie hinunter und sah dann etwas auf dem Geländer des Pavillons liegen. »Oh, das hätte ich fast vergessen. Würdest du das als kleinen Beweis meiner Zuneigung annehmen?« Er überreichte ihr eine Schachtel mit fünf Pfund französischer Pralinen. Die Pralinen hatte ihm die Tochter eines Farmers überlassen, die eines von Nicoles Kleidern gekauft hatte.

Bianca riß ihm förmlich die Schachtel aus den Händen. »Ich habe noch nichts gegessen«, murmelte sie. »Er wollte mich heute morgen verhungern lassen.« Sie warf das Band auf den Boden und zog den Deckel ab. Sie aß fünf Pralinen, ehe Gerard Luft holen konnte.

Bianca sah ihn mit vollem Mund an, Pralinenfüllung im Mundwinkel. »Was wirst du von mir denken?« fragte sie.

»Was könnte ich anders denken, als daß ich dich liebe?« sagte Gerard, als er sich von seiner Verblüffung erholt hatte, wie rasch sie Süßigkeiten essen konnte. »Ich weiß nur nicht, ob du begreifst, daß ich dich liebe, wie du bist. Ich verlange oder wünsche keine Änderungen. Du bist eine Frau, eine füllige, schöne Frau. Ich mag nicht diese dünnen, kantigen Mädchen. Ich liebe dich so, wie du bist.«

Bianca sah mit dem gleichen Entzücken zu ihm auf, mit dem sie die Pralinen betrachtet hatte.

Gerard lächelte. »Könnten wir uns wiedertreffen? Vielleicht in drei Tagen zur Mittagszeit? Ich werde etwas Schönes mitbringen.«

»Oh, ja«, hauchte sie. »Das wäre herrlich.«

Er knickte in den Hüften ab, nahm ihre Hand und küßte sie. Er bemerkte, wie ihr Blick wieder begehrlich auf der Schokolade ruhte. Nachdem er sie verlassen hatte, stand er eine Weile im Schatten eines Baumes und beobachtete, wie sie in wenigen Minuten die fünf Pfund Pralinen verschlang. Er lächelte in sich hinein und ging zurück zur Mühle.

Drei Tage später saß Gerard Bianca in einem abgeschiedenen Bereich der Armstrong-Plantage gegenüber. Zwischen ihnen lagen die Überreste eines Festmahles. Janie hatte den ganzen Vormittag dazu gebraucht, diese Mahlzeit vorzubereiten. Gerard runzelte die Stirn, als er sich daran erinnerte, daß Janie sich zunächst geweigert hatte, seine Anweisungen zu befolgen und ein Picknick vorzubereiten. Erst, als sich Nicole einmischte, hatte sich Janie seinen Anweisungen gefügt. Er mochte keine Frauen, die ihm den Gehorsam verweigerten.

»Er versucht, mich auszuhungern«, berichtete Bianca, den Mund voller Karamellcreme und Mandelplätzchen. »Heute morgen durfte ich zum Frühstück nur zwei Spiegeleier und drei Scheiben Weißbrot essen. Und er hat mir verboten, ein paar neue Kleider zu bestellen. Ich weiß nicht, was ich jetzt seiner Meinung nach anziehen soll. Diese dummen Amerikaner können nicht einmal richtig nähen. Die Kleider reißen ständig an den Säumen.«

Gerard beobachtete voller Interesse, wie schnell Bianca Unmengen von Nahrungsmitteln verschlingen konnte. Er hatte ein Picknick für sechs Leute bestellt; doch nun mußte er sich fragen, ob das überhaupt reichte. »Sag mir«, fragte er mit ruhiger Stimme, »bist du in letzter Zeit auch vorsichtig gewesen? Hast du Anzeichen einer Gefahr bemerkt?«

Diese Frage genügte, daß Bianca ihre Gabel beiseite legte. Sie vergrub ihr Gesicht in den Händen. »Er haßt mich. Überall sehe ich die Zeichen seines Hasses. Seit diesem Regen hat er sich schrecklich verändert. Er will mich nicht essen lassen. Er hat Frauen eingestellt, die das Haus putzen; doch wenn ich ihnen Anweisung gebe, wollen sie nicht auf mich hören. Es ist fast so, als wäre ich nicht die Herrin der Plantage.«

Gerard wickelte einen kleinen, mit Schokolade überzogenen Käsekuchen aus. Er berührte ihren Arm und hielt ihr den Kuchen hin. Ihre Augen glitzerten durch ihre Tränen hindurch, als sie ihm den kleinen Kuchen abnahm. »Wenn dir und mir die Plantage gehörte, würde alles anders werden.«

»Uns? Wie könnte sie uns gehören?« Sie hatte bereits den Kuchen verschlungen und sah zu, wie Gerard einen zweiten auswickelte.

»Wenn Armstrong tot wäre, würdest du die Plantage erben.«

»Er hat eine so widerlich robuste Konstitution wie eines seiner Maultiere. Ich dachte, vielleicht würde er sich zu Tode trinken; doch seit dem Regen nimmt er keinen Tropfen Alkohol mehr zu sich.«

»Wie viele Leute wissen das? Es hat sich doch überall herumgesprochen, daß er seit einem Jahr oder sogar länger keinen einzigen Tag nüchtern war. Wie wäre es, wenn er einen ... Unfall hätte im Zustand der Trunkenheit?«

Bianca lehnte sich zurück und starrte auf die Überreste des Festmahls. Da war nicht viel übriggeblieben, und sie haßte es, etwas übrig zu lassen; doch sie konnte beim besten Willen keinen Bissen mehr über die Lippen bringen. »Ich sagte dir, daß er nicht mehr trinkt«, sagte sie mit geistesabwesender Stimme.

Gerard knirschte mit den Zähnen, so wütend war er über ihre Beschränktheit. »Glaubst du, wir könnten uns noch ein letztes Mal zum Picknick treffen?«

Langsam hob Bianca den Kopf und sah ihn an. »Was meinst du damit?«

»Clayton Armstrong ist ein böser Mann. Er lockte dich mit

373

falschen Versprechungen hierher. Und als du in dieses schreckliche Land gekommen bist, hat er dich mißbraucht und mißhandelt.«

»Ja«, flüsterte Bianca, »ja.«

»Es ist schlimm um die Gerechtigkeit in dieser Welt bestellt,
wenn sie so etwas auf die Dauer zuläßt. Du bist seine Frau, doch
er behandelt dich wie ein Stück Dreck. Um Gottes willen, er
erlaubt dir ja nicht einmal, zu essen!«

Bianca streichelte ihren gewaltigen Bauch. »Du hast recht;
aber was kann ich denn tun?«

»Ihn loswerden!« Er lächelte, als Bianca ihn erschrocken
ansah. »Ja, du weißt, was ich damit meine.« Er beugte sich über
die schmutzigen Schüsseln und Teller hinweg und ergriff ihre
Hand. »Du hast jedes Recht dazu. Du bist so arglos, daß du
noch nicht einmal erkannt hast, worum es geht: um dein Leben
oder seines. Glaubst du, ein Mann wie Clayton Armstrong würde
vor einem Mord zurückscheuen?«

Sie blickte ihn entsetzt an.

»Was kann er denn sonst tun? Er will Nicole haben, und doch
ist er mit dir verheiratet. Hat er dich um die Scheidung gebeten?«

Sie schüttelte den Kopf.

»Das wird er tun. Und willst du ihm die Freiheit geben?«

Wieder schüttelte sie den Kopf.

»Dann wird er andere Wege finden, um sich von einer
unerwünschten Frau zu befreien.«

»Nein«, flüsterte Bianca, »das glaube ich dir nicht.« Sie
versuchte aufzustehen; doch ihr Umfang und das viele noch
unverdaute Essen machten sie unbeweglich.

Gerard erhob sich, stemmte beide Beine in die Erde und
reichte ihr die Hände, um sie in die Höhe zu ziehen. »Denke
darüber nach«, sagte er, als sie ihm gegenüberstand. »Es geht
jetzt um Leben oder Tod. Es gilt zu entscheiden, ob du oder er
überlebt.«

Sie wandte sich von ihm ab. »Ich muß jetzt gehen.« Ihr
schwindelte der Kopf von den gräßlichen Dingen, die Gerard ihr
eingeimpft hatte. Sie ging sehr langsam zum Haus zurück. Ehe

374

sie die Halle betrat, sah sie hinter der Tür nach, ob sich dort niemand versteckte. Als sie mühsam die Treppe hinaufstieg, kniete sie auf der vorletzten Stufe nieder, um zu prüfen, ob dort ein Draht war, über den sie stolpern könne.

Eine Woche später sprach Clay zum erstenmal mit ihr über eine Scheidung. Sie war sehr schwach und erschöpft von dem bißchen, das sie noch essen durfte, und dem Mangel an Schlaf. Seit ihrem Picknick mit Gerard hatte sie keine richtige Mahlzeit mehr gegessen. Clay hatte Anweisung gegeben, daß Bianca eine strenge Diät einhalten müsse. Sie hatte nachts kaum Ruhe gefunden, weil sie ständig davon träumte, daß Clay mit einem Messer über ihr stünde und sie anschrie, es könnte nur einer von ihnen beiden am Leben bleiben.

Als er von Scheidung sprach, war ihr, als würde ein Alptraum lebendig. Sie saß im Morgenzimmer. Clay hatte es wieder in seinen ursprünglichen Zustand verwandeln lassen. Es war, als versuchte er bereits, alle Spuren ihrer Anwesenheit zu tilgen.

»Was haben wir beide uns schon zu bieten?« sagte Clay. »Ich bin überzeugt, daß du genauso wenig für mich übrig hast wie ich für dich.«

Bianca schüttelte eigensinnig den Kopf. »Du willst nur sie haben. Du willst mich hinausstellen in den kalten Regen, nur damit du sie haben kannst. Ihr beide habt das von Anfang an geplant.«

»Das ist der größte Unsinn, den ich je gehört habe.« Clay versuchte sein Temperament zu zügeln. »Du warst es doch, die mich zwang, dich zu heiraten.« Er sah sie mit schmalen Augen an. »Du warst es, die mich belog, daß du ein Kind von mir bekämest.«

Bianca griff sich erschrocken an das wabbelnde Fleisch, das ihre Kehle bedeckte.

Clay drehte ihr den Rücken zu una ging ans Fenster. Er hatte es erst kürzlich von Oliver Hawthorne erfahren. Der Mann hatte den größten Teil seiner kümmerlichen Saaten im Regen verloren, zwei von seinen Söhnen waren an Typhus gestorben. Er war zu Clay gekommen, um Geld von ihm zu erpressen. Nachdem Clay ihm gesagt hatte, daß Bianca eine Fehlgeburt gehabt hatte, jagte er den Mann von der Plantage.

»Du haßt mich«, flüsterte Bianca.

»Nein«, antwortete Clay. »Das ist vorbei. Ich möchte nur, daß wir nicht mehr aneinander gebunden sind. Ich werde dir Geld schicken. Ich werde dafür sorgen, daß du ein behagliches Leben führen kannst.«

»Wie willst du das denn anstellen? Glaubst du, ich bin dumm? Ich weiß, daß du fast alles, was du einnimmst, wieder in diese Plantage steckst. Es sieht so aus, als wärst du reich, weil du so viel besitzt; doch das stimmt nicht. Wie kannst du die Plantage halten und mir gleichzeitig das Geld schicken, das ich zum Leben brauche?«

Er fuhr zu ihr herum. Seine Augen waren schwarz vor Zorn. »Du bist nicht nur dumm, sondern auch unglaublich egoistisch. Begreifst du denn nicht, wie sehr ich mir wünsche, von dir befreit zu sein? Merkst du denn gar nicht, wie widerwärtig du mir bist? Daß ich bereit wäre, die Plantage zu verkaufen, nur damit ich nicht mehr länger den fetten Wabbelhaufen ansehen muß, den du ein Gesicht nennst?«

Er öffnete den Mund, um noch mehr zu sagen. Doch dann beherrschte er sich und ging rasch aus dem Zimmer.

Bianca saß lange regungslos auf dem Sofa. Ihr Verstand weigerte sich, darüber nachzudenken, was Clay zu ihr gesagt hatte. Statt dessen dachte sie an Gerard. Wie nett würde es sein, mit ihm in Arundel Hall zu leben. Sie würde die Lady im Herrenhaus sein, Menüs planen, die Zubereitung der Mahlzeiten überwachen, während er sich draußen mit den Dingen beschäftigte, die sich für Männer gehörten. Abends würde er dann nach Hause kommen, und sie würden sich ein herrliches Mahl teilen. Dann würde er ihr vor dem Zubettgehen die Hand küssen.

Sie sah sich im Raum um und dachte daran, wie sie ihn vorher eingerichtet hatte. Nun war er so kahl und nüchtern. Gerard würde sie nicht davon abhalten, ihn umzudekorieren. Nein, Gerard liebte sie. So, wie sie war.

Sie erhob sich langsam von der Couch. Sie wußte, daß sie

ihn sprechen mußte, den Mann, den sie liebte. Sie hatte jetzt keine andere Wahl mehr. Gerard hatte recht behalten. Clay beabsichtigte, sich von ihr zu befreien, ganz gleich, auf welche Weise.

22

»Was suchst du denn hier?« forschte Gerard, als er Bianca auf Nicoles Seite des Flusses aus dem Ruderboot half. Er blickte sich besorgt um.

»Ich mußte dich sehen.«

»Hättest du mir nicht eine Botschaft schicken können? Ich wäre zu dir gekommen.«

Biancas Augen füllten sich mit Tränen. »Bitte, sei nicht böse mit mir. Noch einen Ärger kann ich nicht mehr ertragen.«

Er sah sie einen Moment prüfend an. »Komm mit mir. Die Leute im Haus dürfen uns nicht sehen.«

Sie nickte und folgte ihm. Es war ein beschwerlicher Fußmarsch. Sie mußte zweimal anhalten, um wieder zu Atem zu kommen.

Als sie auf der Anhöhe waren, die das Haus überragte, hielt Gerard an. »Und jetzt erzähl mir, was passiert ist.« Er hörte aufmerksam zu, als Bianca ihre lange, rührselige Litanei herunterbetete. »Also weiß er, daß das Kind, das du unter dem Herzen trugst, nicht seines war.«

»Ist das schlimm?«

Gerard warf ihr einen mißbilligenden Blick zu. »Die Gerichte finden Ehebruch nicht lustig.«

»Gerichte? Was für Gerichte?«

»Die Gerichte, die ihm ein Scheidungsurteil geben und dir alles wegnehmen werden.«

Bianca glitt, mit dem Rücken gegen einen Baum gestützt, nach unten, bis sie auf der Erde saß. »Ich habe für alles so hart arbeiten müssen. Er kann es mir nicht wegnehmen. Das kann er nicht!«

Gerard kniete vor ihr. »Ist das dein Ernst? Dann gibt es Mittel, ihn daran zu hindern, dir dein Eigentum zu stehlen.«

Sie starrte ihn an. »Du meinst einen Mord?«

»Versucht er denn nicht, dich umzubringen? Wie gefiele es dir, als geschiedene Frau nach England zurückzukehren? Jeder würde sagen, du könntest keinen Mann halten. Was würde dein Vater zu dir sagen?«

Bianca dachte daran, wie oft ihr Vater sie ausgelacht hatte. Clay würde sie nicht mehr haben wollen, würde er sagen, wenn er erst einmal eine Kostprobe von Nicole bekäme. Er würde dafür sorgen, daß sie ihre Schande nie vergaß, wenn sie zu ihm zurückkehrte. »Wie?« flüsterte sie. »Wann?«

Gerard setzte sich auf die Fersen zurück. Ein eigenartiges Licht trat in seine Augen. »Bald! Es muß sehr bald geschehen. Wir dürfen nicht zulassen, daß er anderen von seinen Plänen erzählt.« Plötzlich lenkte eine Bewegung Biancas Blick auf sich. »Nicole!« flüsterte sie entsetzt und preßte dann die Hand auf den Mund. Gerard drehte sich blitzschnell um. Adèle stand hinter ihm, halb verborgen vom Unterholz.

Es hatte lange gedauert, bis Nicole ihre Mutter davon überzeugen konnte, daß im Wald hinter dem Haus keine Männer lauerten, die sie ins Gefängnis schleppen wollten. Es war erst ihr dritter Ausflug, den sie allein dorthin unternahm.

Gerard machte einen langen Schritt und packte seine Frau am Arm. »Was hast du gehört?« sagte er, während sich seine Finger in ihr Fleisch bohrten.

»Mord«, sagte sie, während sich ihre Augen vor Entsetzen fast verdrehten.

Gerard gab ihr eine heftige Ohrfeige. »Ja, Mord! Dein Mord! Hast du mich verstanden? Wenn du nur ein Wort zu jemandem sagst, werde ich Nicole und die Zwillinge zur Guillotine schleppen. Möchtest du zusehen, wie ihre Köpfe in die Körbe rollen?«

Adèles Entsetzen verwandelte sich in etwas, das nur jemand begreifen konnte, der selbst unbeschreibliches Grauen miterlebt hatte.

Er zog mit dem Finger einen Kreis um ihren Hals. »Denk daran«, flüsterte er und stieß sie dann von sich weg.

Adèle fiel auf die Knie, raffte sich rasch wieder auf und lief wankend zurück zum Haus.

Gerard rückte seine Krawatte zurecht und drehte sich zu Bianca um. Sie stand mit dem Rücken zum Baum und sah ihn mit ängstlichen Augen an. »Was hast du denn?« fragte er gereizt. »Warum schaust du mich so an?«

»So habe ich dich noch nie erlebt«, flüsterte sie.

»Du meinst wohl, du hast noch nie einen Mann gesehen, der eine Frau beschützt, die er liebt.« Als er sah, daß sie nur die Stirn runzelte, fuhr er fort: »Ich mußte dafür sorgen, daß sie nicht weitererzählt, was sie gehört hat.«

»Sie wird es weitererzählen. Natürlich wird sie es.«

»Nein! Nicht nach dem, was ich zu ihr sagte. Sie ist verrückt, weißt du das nicht?«

»Wer ist sie? Sie sieht aus wie Nicole.«

Er zögerte. »Ihre Mutter.« Dann fuhr er rasch fort, ehe sie weitere Fragen stellen konnte: »Triff mich morgen um ein Uhr an der Stelle, wo wir unser Picknick abhielten. Dort werden wir uns einen Plan ausdenken.«

»Bringst du einen Lunchkorb mit?« fragte sie begierig.

»Natürlich. Nun mußt du gehen, ehe dich jemand sieht. Ich will nicht, daß man uns zusammen sieht ... noch nicht«, fügte er hinzu. Er nahm ihre Hand und zog sie mit sich zum Landungssteg hinunter.

Als Nicole von der Mühle zurückkehrte, erwartete Janie sie mit ernstem Gesicht unter der Tür. »Deine Mutter hat einen schlimmen Anfall. Niemand kann sie beruhigen.«

Ein schrecklicher Schrei drohte das Dach des kleinen Hauses zum Einsturz zu bringen, und Nicole rannte die Treppe hinauf.

»Mutter!« rief Nicole und versuchte, die Arme um ihre Mutter zu legen. Adèles Züge waren bis zur Unkenntlichkeit verzerrt.

»Die Babies!« schrie Adèle und schlug mit den Armen wild um sich. »Die Babies! Ihre Köpfe! Sie werden sie ermorden, sie totschlagen. Überall Blut!«

»Mutter, bitte. Du bist in Sicherheit.« Nicole sprach mit Adèle französisch.

379

Janie stand am Kopfende der Treppe. »Sie schien schrecklich um die Zwillinge besorgt zu sein. Ist es das, was sie zu dir sagte?«

Nicole kämpfte mit den Armen ihrer Mutter. »Ich glaube, ja. Sie spricht von den Babies. Vielleicht meint sie einen meiner Vettern.«

»Offenbar nicht. Sie kam vor ein paar Minuten ins Haus gerannt und versuchte die Zwillinge in dem kleinen Schrank unter der Treppe zu verstecken.«

»Hoffentlich hat sie nicht die Kinder verschreckt.«

Janie zuckte mit den Schultern. »Sie haben sich an sie gewöhnt. Sie kauerten sich in den Schrank und schlüpften wieder hinaus, als ich sie nach oben brachte.«

»Er wird sie töten!« schrie Adèle. »Ich kannte ihn nicht. Ich habe ihn noch nie gesehen. Die fette Dame wird ihm dabei helfen.«

»Was sagt sie jetzt?« erkundigte sich Janie.

»Wirres Zeug! Könntest du mir etwas Laudanum bringen? Ich glaube, die einzige Möglichkeit, sie zur Ruhe zu bringen, ist der Schlaf.«

Als Janie gegangen war, fuhr Nicole mit ihren Bemühungen fort, ihre Mutter zu besänftigen; doch Adèles Erregung klang nicht ab. Sie redete weiter von Mord, der Guillotine und einer fetten Frau. Als Adèle Clayton erwähnte, hörte Nicole plötzlich sehr genau zu.

»Was ist mit Clay?« forschte Nicole.

Adèles Augen waren wild, ihre Haare zerzaust. »Clay! Sie werden ihn ebenfalls töten. Und meine Babies, alle meine Babies. Aller Leute Babies. Sie haben die Königin umgebracht. Sie werden Clay umbringen.«

»Wer wird Clay umbringen?«

»Sie! Die Babymörder!«

Janie stand hinter Nicoles Schulter. »Sie scheint dir etwas mitteilen zu wollen. Klang das nicht eben so, als habe sie Clays Namen erwähnt?«

Nicole nahm Janie die Teetasse ab. »Trinke das, Mutter. Danach wirst du dich besser fühlen.«

Es dauerte nicht lange, bis das Laudanum wirkte. Unten betrat Gerard soeben das Haus.

»Gerard«, fragte Nicole. »Ist heute etwas geschehen, was Mutter aufregen konnte?«

Er drehte sich langsam zu ihr um. »Ich habe sie noch gar nicht gesehen. Hat sie wieder einen ihrer Anfälle bekommen?«

»Als ob Euch das stören würde!« sagte Janie, die neben Nicole die Treppe hinunterging und zum Herd zurückkehrte. »Man sollte meinen, Ihr hättet ein wenig Gefühl für sie, da sie doch Eure Ehefrau ist!«

»Ich würde gewiß nicht meine Gefühle solchen Personen wie Euch anvertrauen«, gab Gerard zurück.

»Hört auf damit, ihr beiden!« befahl Nicole. »Mit gegenseitigen Vorwürfen helft ihr meiner Mutter bestimmt nicht.«

Gerard winkte ab. »Es ist nur einer von ihren Anfällen. Ihr solltet inzwischen daran gewöhnt sein.«

Nicole ging zum Küchentisch. »Doch dieser ist irgendwie anders als sonst. Es hörte sich fast so an, als wollte sie mir etwas mitteilen.«

Gerard blickte sie unter halbgesenkten Lidern an. »Was könnte sie denn sagen, das sie nicht schon hundertmal wiederholt hat? Sie redet doch immer nur von Mord und Totschlag.«

»Richtig«, erwiderte Nicole nachdenklich. »Nur hat sie diesmal Clay erwähnt.«

»Clay!« sagte Janie. »Sie kennt Clay doch gar nicht, oder?«

»Nicht, daß ich wüßte. Und sie redete dauernd von einer fetten Frau.«

»Wen sie damit meint, ist nicht schwer zu erraten«, schnaubte Janie.

»Natürlich nicht«, mischte sich Gerard mit ungewöhnlichem Eifer in das Gespräch. »Sie muß Clay und Bianca zusammen gesehen haben, und da die beiden ihr fremd sind, bekam sie Angst vor ihnen. Ihr wißt doch, welche schreckliche Wirkung fremde Gesichter auf sie haben.«

»Damit hast du sicherlich recht«, sagte Nicole. »Aber irgendwie scheint doch mehr dahinter zu stecken. Sie redete ununterbrochen davon, daß jemand versuchte, Clay umzubringen.«

»Sie sagt immer, daß jemand versucht, einen anderen umzubringen«, meinte Gerard ärgerlich.

»Mag sein. Doch so wie heute hat sie noch nie Gegenwart und Vergangenheit durcheinandergebracht.«

Bevor Gerard etwas erwidern konnte, rief Janie dazwischen: »Es hat keinen Zweck, sich jetzt den Kopf darüber zu zerbrechen. Morgen früh kannst du versuchen, mit deiner Mutter zu reden. Vielleicht sorgt ein guter Schlaf dafür, daß sie sich morgen deutlicher auszudrücken vermag. Setz dich hin und iß dein Abendbrot.«

Das kleine Haus war dunkel und still. Draußen glitt der Fluß leise und sacht vorbei, nachdem sein Bett gerader und breiter geworden war. Es war ungewöhnlich warm für eine Septembernacht, und die vier Leute im Speicher-Schlafzimmer schliefen ohne Zudecke.

Adèle war ruhelos. Obwohl man ihr eine kräftige Dosis von dem Schlafmittel gegeben hatte, warf sie sich im Bett hin und her, geplagt von wirren Träumen. Sie wußte, daß sie etwas mitteilen mußte, wußte aber nicht, wie. Der König und die Königin von Frankreich schienen sich mit einem Farmer namens Clayton zu vermischen, einem Mann, dessen Gesicht sie nicht sehen konnte. Doch sie konnte den Tod sehen, seinen Tod, jedermanns Tod.

Gerard drückte die dünne Zigarre aus, die er geraucht hatte, und schwang sich geräuschlos aus dem Bett. Er stellte sich hin und sah auf seine Frau hinunter. Es war schon viele Monate her, seit er sie zuletzt in seine Arme genommen hatte. In Frankreich hatte er sich geehrt gefühlt, mit einer von den Courtalains verheiratet zu sein, selbst, wenn sie schon so alt war wie Adèle. Aber sobald ihm Nicole unter die Augen gekommen war, waren seine Gefühle für seine Frau gestorben. Nicole war eine jüngere, schönere Ausgabe ihrer Mutter.

Leise, so leise, daß auch nicht eine Diele knarrte, ging er auf Adèles Seite hinüber und setzte sich dann auf den Rand ihres Bettes. Er beugte sich vor und langte nach einem Kissen.

Adèle öffnete noch einmal die Augen, ehe das Kissen auf ihr Gesicht gedrückt wurde. Sie begann sich zu wehren; doch dann wußte sie, es hatte keinen Sinn. Das war es doch, worauf sie gewartet hatte. All die Jahre, die sie im Gefängnis verbracht hatte, hatte sie jede Sekunde auf den Tod gewartet. Endlich kam er, und sie war bereit für ihn.

Gerard nahm das Kissen wieder von Adèles Gesicht. Im Tod sah sie recht hübsch aus, jünger als in all der Zeit, die er mit ihr verbracht hatte. Er stand auf und ging dann durch das Zimmer zu den Decken, die Janies und Nicoles Raum von seiner Hälfte trennten.

Er starrte lange auf Nicole hinunter, deren Körper kaum von ihrem dünnen Nachthemd verhüllt wurde. Seine Hände schmerzten fast, so sehr sehnte er sich, die Windung ihrer Hüfte zu liebkosen.

»Bald«, flüsterte er, »bald.«

Er kehrte zu seinem Bett zurück, streckte sich neben der Frau aus, die er gerade ermordet hatte, und schlief ein. Er dachte nur, daß sie ihn nun nicht länger mit ihrem ewigen Hin- und Herwälzen stören würde.

Als Nicole am nächsten Morgen die leblose Gestalt ihrer Mutter entdeckte, war das Haus leer. Die Zwillinge waren mit Janie zum Apfelpflücken gegangen, und Gerard hatte sich wie gewöhnlich, ohne ein Wort zu sagen, entfernt.

Sie saß regungslos am Rand des Bettes, hielt die kalte Hand ihrer Mutter in der ihren und streichelte das Gesicht, das dem ihren so ähnlich war. Sie erhob sich und verließ ganz langsam das Haus.

Sie stieg den Hügel hinauf, wo sie auf die Mühle und das Haus hinunterschaute. Sie fühlte sich plötzlich allein, ganz isoliert. Jahrelang hatte sie geglaubt, ihre Familie sei tot. Dann war ihre Mutter wieder aufgetaucht und hatte ihr von neuem so etwas wie ein Zusammengehörigkeitsgefühl gegeben. Alles, was ihr nun geblieben war, war Clay.

Sie sah über den Fluß hinüber nach Arundel Hall, das so

383

vollkommen im ersten Licht der Morgensonne aussah. Doch Clay war ihr gar nicht geblieben, dachte sie. Sie mußte sich mit dem Gedanken abfinden, daß er genauso von ihr gegangen war wie jetzt ihre Mutter.

Sie setzte sich auf den Boden, die Knie hochgezogen, und vergrub ihr Gesicht in den Händen. Sie würde nie aufhören, ihn zu lieben oder nach ihm zu verlangen. Als wollte sie nur den Trost seiner Umarmung und daß er ihr sagen würde, daß ihr Leben nach dem Tod ihrer Mutter weitergehen würde. Sogar Adèles letzte Worte hatten Clay gegolten.

Ihr Kopf ruckte hoch. Eine fette Frau wollte Clay töten. Natürlich! Adèle mußte irgendwie Zeugin geworden sein, daß Bianca sich mit der Absicht trug, Clay umzubringen.

Nicole zuckten alle möglichen Erklärungen durch den Kopf. Bianca konnte sich mit jemandem getroffen haben, den sie auf dieser Seite des Flusses für diesen Zweck angeheuert hatte. Wenn Clay tot wäre, würde Bianca alleinige Besitzerin der Plantage sein.

Nicole stand auf und rannte zum Steg hinunter. Sie ruderte in Rekordzeit über den Fluß. Als sie wieder festen Grund unter den Füßen hatte, hob sie ihre Röcke an und rannte zum Haus.

»Clay!« rief sie, während sie von einem Zimmer zum anderen lief. Selbst in ihrer fliegenden Hast, in der sie von einem Raum zum anderen lief, war sie sich des Hauses sehr deutlich bewußt. Es schien sie mit offenen Armen willkommen zu heißen. Das Porträt von Beth hing im Speisezimmer wieder über dem Kamin. Sie warf einen raschen Blick darauf und glaubte in Beths Augen einen Ausdruck der Sorge zu erkennen.

Sie ging zuletzt in die Bibliothek. Das Gefühl von Claytons Gegenwart war überwältigend. Der Schreibtisch war mit Papieren überhäuft; jedoch sauber – eine Stätte unermüdlicher Arbeit.

Sie wußte genau, als er kam und sich hinter sie stellte; doch sie drehte sich nicht um. Der Geruch seines Schweißes vermischte sich mit dem Duft des Leders im Raum. Sie atmete tief und drehte sich dann langsam zu ihm um.

Sie hatte in der letzten Zeit wenig von ihm gesehen, ein

einzigesmal in jener Regennacht. Der demütige, so verschlossene Clay, der über den Fluß gekommen war, um ihr beim Graben zu helfen, war ein Fremder für sie gewesen. Doch dieser Mann, der jetzt vor ihr stand, war der Mann, in den sie sich verliebt hatte. Sein Leinenhemd war bis zum Gürtel aufgeknöpft, er war in Schweiß gebadet, seine Hände und Unterarme braun von Tabaksaft. So, wie er dastand, die Füße auseinander, die Hände an den Hüften, erinnerte er sie an das erstemal, als sie ihn durch ein Fernglas beobachtet hatte.

»Du hast geweint«, sagte er nur.

Seine Stimme löste kleine Schauer in ihrem Rücken aus, und sie wußte gar nicht mehr, weshalb sie hergekommen war. Sie wandte sich von ihm weg und machte einen Schritt auf die Tür zu.

»Nein!« Es war ein Befehl, dem sie gehorchte. »Schau mich an«, sagte er leise.

Sie drehte sich langsam zu ihm um.

»Was ist passiert?« Seine Stimme war jetzt voller Sorge.

Bittere Tränen stiegen in Nicoles Augen auf. »Meine Mutter... starb. Ich muß nach Hause.«

Sein Blick hielt den ihren eine lange Sekunde fest. »Weißt du denn nicht, daß du zu Hause bist?«

Sie konnte nur noch mühsam ihre Tränen zurückhalten. Sie hatte nicht geahnt, daß er immer noch solche Macht über sie besaß. Sie schüttelte den Kopf, und ihre Lippen formten ein stummes Nein.

»Komm hierher!« Seine Stimme war ruhig; doch der Ton war befehlend.

Nicole weigerte sich, ihm zu gehorchen. Irgendwo war noch ein Saatkorn von Vernunft in ihrem Gehirn, und sie durfte nicht erneuern, was einmal zwischen ihnen gewesen war. Doch ihre Füße waren nicht so einsichtig. Einer hob sich wie von selbst und machte einen Schritt vorwärts.

Clay starrte sie nur an, und der Strom zwischen ihren Augen war fast greifbar. »Komm«, sagte er abermals.

Die Augen liefen ihr über, und ihre Füße liefen auf ihn zu.

Er fing sie in seinen Armen auf, zerdrückte sie fast. Er trug sie zur Couch, wo er sie in seinen Armen wiegte.

»Wenn du schon weinen mußt, dann dort, wo du hinge-hörst – an der Schulter deines Mannes.«

Er hielt sie und streichelte ihre Haare, während sie weinte und ihm den Kummer über den Tod ihrer Mutter ausschüttete. Nach einer Weile begann er Fragen zu stellen. Er wollte, daß sie von ihrer Mutter redete, von den guten Zeiten. Sie erzählte ihm von Adèles Beziehung zu den Zwillingen, daß sie gleichsam wie drei Kinder miteinander gelebt hatten.

Plötzlich setzte sie sich kerzengerade auf und erzählte ihm, was sie nach Arundel Hall gebracht hatte.

»Du bist gekommen, um mich zu warnen, daß deiner Vermutung nach jemand versucht, mich umzubringen?«

»Nicht jemand«, sagte sie. »Bianca. Ich glaube, Mutter wollte mir mitteilen, daß Bianca beabsichtigt, dich zu töten.«

Er dachte einen Moment nach. »Und wenn sie nun Isaac oder einen von den anderen Männern belauscht hat, und sie über Bianca redeten? Einer meiner Leute erzählte mir neulich, wenn er eine Frau hätte wie ich, würde er sie vermutlich umbringen.«

»Das ist schrecklich«, sagte Nicole erschrocken.

Clay zuckte mit den Schultern. »Adèle könnte Derartiges belauscht haben, eine dumme Bemerkung, die sich wie eine ernste Drohung für sie anhörte.«

»Aber, Clay...«

Er legte einen Finger auf ihre Lippen. »Es freut mich, daß du auf einmal so teilnehmend bist, um mich zu warnen; doch Bianca ist keine Mörderin. Sie hat weder den Verstand noch den Mut dazu.« Sein Blick ging zu ihrem Mund, und er fuhr mit der Fingerspitze über ihre Oberlippe. »Ich habe deinen verrückten, auf dem Kopf stehenden Mund sehr vermißt.«

Sie schob sich von ihm weg. Es war nicht einfach, nachzudenken, wenn sie auf seinem Schoß saß. »Nichts hat sich geändert.«

Er lächelte sie an. »Richtig. Nichts hat sich zwischen uns verändert, seit ich dich in der Schiffskabine beinahe vergewaltigt hätte. Wir haben uns vom ersten Augenblick an geliebt, und das wird sich nie ändern.«

»Nein, bitte«, bettelte sie. »Es ist vorbei. Bianca...«

Er zog eine Augenbraue in die Höhe. »Ich wünsche, diesen Namen nie mehr zu hören. Seit der Überschwemmung hatte ich viel Zeit zum Nachdenken. Ich erkannte damals, daß du mich immer noch liebst. Nicht Bianca war die Ursache, daß es zwischen uns zu Problemen kam; daran war nur unser Eigensinn schuld. Du wußtest, daß ich mich davor fürchtete, die Plantage zu verlieren, und ich war allein nicht stark genug. Und du hast nicht fest genug an mich geglaubt.«

»Clay...«, begann sie. Sie wußte in ihrem Herzen, wie recht er hatte; aber es gefiel ihr nicht, die Wahrheit aus seinem Mund zu erfahren.

»Es ist schon gut, mein Liebling. Wir werden wieder von vorne anfangen. Dieses Mal bleiben wir beisammen. Dieses Mal wird keiner uns mehr trennen können.«

Sie starrte ihn an. Sie hatten so viel durchgemacht, und doch hatte ihre Liebe alles überdauert. Sie wußte, sie würden es schaffen.

Sie lehnte sich an seine Schulter zurück, und seine Arme hielten sie an seiner Brust. »Es ist, als wäre ich nie fort gewesen.«

Er küßte ihren Scheitel. »Du mußt von meinem Schoß herunter, oder ich werde dich auf die Couch werfen und mich an dir vergehen.«

Sie wollte mit ihm lachen und scherzen; doch der Schmerz über den Tod ihrer Mutter in ihr war zu mächtig.

»Komm mit mir, mein Süßes«, sagte er leise. »Laß uns zurückgehen zur Mühle und nach deiner Mutter sehen. Wir haben später noch Zeit dafür, Pläne zu schmieden.« Er hob ihr Kinn in seiner Hand an. »Vertraust du mir?«

»Ja«, sagte sie fest. »Das tue ich.«

Er stellte sie auf den Boden, und dann stand er neben ihr. Nicoles Augen weiteten sich, als sie seine Hose ansah. Das Zimmer schien plötzlich sehr warm zu sein...

»Komm«, sagte er heiser. »Und höre auf, mich so anzustarren.«

Er nahm sie bei der Hand und führte sie aus der Bibliothek.

Keiner von beiden bemerkte Bianca, die unter der Tür des
Eßzimmers stand. Sie war draußen gewesen, als sie Nicole auf
das Haus zurennen sah. Sie hatte sich beeilt, ihr zu folgen, und
sich dabei überlegt, wie sie Nicole für deren Unverschämtheit
zurechtweisen wollte. Im Haus hatte sie dann gehört, wie Nicole
von einem Zimmer zum anderen lief, die Schlafzimmertüren
zuwarf und sich überhaupt benahm, als gehöre ihr das Haus.
Bianca war im Morgenzimmer gewesen – Nicole bewegte sich
zu rasch, sie hatte nicht mit ihr Schritt halten können –, als sie
Clay sah. Sie hatte vor der Tür gestanden und gelauscht,
während die beiden redeten.

Sie hatte voller Freuden vernommen, daß Gerards Frau tot
war. Sie hatten nie über die Tatsache gesprochen, daß er bereits
verheiratet war; doch wußte Bianca, daß seine Frau alt war und
nicht mehr lange leben würde.

Sie war zu Eis geworden, als Nicole sagte, Bianca plane, Clay
zu ermorden. Als sie Clay sagen hörte, Bianca sei nicht intelligent oder couragiert genug, begann sie zu tauen. In Sekunden
verwandelte sie sich von Eis zu Feuer. Sie wußte jetzt, daß sie
fähig war, Gerards Plan auszuführen. Clayton Armstrong verdiente den Tod, nachdem er so von ihr geredet hatte.

Sie verließ das Haus und ging auf die Suche nach einem
Kind, das sie mit einer Botschaft zu Gerard schicken konnte. Sie
wußte, es blieb ihr nur noch wenig Zeit, ehe Clay Schritte
unternahm, um sich von ihr zu befreien.

Nicole stand vor ihrer Mühle und trank aus einer Kürbisflasche.
Das kalte frische Brunnenwasser tat ihr gut nach der harten
Arbeit in der Mahlstube. Der Sommerweizen war reif, und in den
Wochen, wo er geerntet wurde, hatten sie keine freie Minute.

Wenigstens lenkte die Arbeit sie von den Plänen ab, die sie
und Clay hatten. Sie hatten Adèle in der Familiengruft neben
Clays Mutter beigesetzt. »So wird sie uns immer nahe sein«,

sagte er. Dann waren die beiden zu Bianca gegangen und hatten mit ihr ihre Zukunftspläne erörtert. Clay sagte, er habe jetzt genug von der Geheimniskrämerei und wollte von nun an die Dinge offen auf den Tisch legen. Bianca war ganz ruhig gewesen und hatte sich genau angehört, was Clay ihr zu sagen hatte. Das Angebot, sie ein Leben lang zu unterhalten, war sehr fair, und Clay wie Nicole wußten sehr wohl, was für eine große Belastung das für sie in den kommenden Jahren bedeutete. Clay suchte Nicoles Hand unter dem Tisch. Es bestand ein starkes Band von Solidarität zwischen ihnen.

Nach dem Treffen hatten sie nicht miteinander gesprochen, waren jedoch getrennt zu der versteckten Lichtung am Fluß gegangen. Trotz der Tatsache, daß sie seit mehr als einem Jahr nicht mehr zusammen gewesen waren, nahmen sie sich Zeit, betrachteten einander, erforschten sich, kosteten jede Sekunde ihres intimen Beisammenseins aus. Sie entdeckten sich gleichsam neu.

Es hatte keine langen Erklärungen gegeben, kein Widerkäuen von Argumenten, was für Idioten sie doch gewesen seien. Da war kein Gefühl der Verunsicherung, daß wieder etwas Bedrohliches heraufziehen könne, nur eine tiefe Freude über ihr Beisammensein. Da war nur das Gefühl, als wären sie zu einer Person geworden, nicht zwei Menschen, die sich mißtraut, falsch eingeschätzt und mißverstanden hatten.

»Nicole!«

Gerards scharfe Stimme holte Nicole aus ihren Tagträumen in die Gegenwart zurück. »Ja?«

»Wir haben dich überall gesucht. Einer von den Zwillingen stürzte oben auf dem Hügelkamm. Janie möchte, daß du sofort zu ihr kommst.«

Sie warf die Kürbisflasche weg, hob die Röcke an und fing zu laufen an, Gerard dicht hinter ihr. Auf dem Hügelkamm war niemand. »Wo sind sie denn?«

Gerard trat dicht neben sie. »Du würdest alles für sie tun, nicht wahr? Du schenkst dich jedem, nur nicht mir.«

Nicole wich einen Schritt vor ihm zurück. »Wo sind die Zwillinge?«

»Meinetwegen beim Teufel! Ich wollte dich hier oben haben. Ich wollte eine kleine Reise mit dir unternehmen.«

»Ich habe zu tun. Ich...« Sie verstummte, als sie die Pistole in Gerards Händen sah.

»Nun besitze ich deine ungeteilte Aufmerksamkeit. Oder bekommt diese jeder Mann, der etwas Großes und Hartes auf dich richtet?«

Nicole verzog den Mund und verfluchte ihn auf französisch.

Gerard lächelte nur. »Sehr farbig! Nun möchte ich, daß du mit mir gehst – ohne zu schreien.«

»Nein.«

»Mit dieser Antwort habe ich gerechnet. Erinnerst du dich noch an deinen Verdacht, meine teure Frau habe Bianca bei einem Plan belauscht, Armstrong zu ermorden? Ein einziges Mal hat diese verrückte Frau in ihrem Leben etwas Richtiges vermutet.«

Nicole starrte ihn mit großen, geweiteten Augen an. »Du hast meine Mutter getötet«, flüsterte sie.

»Kluges Mädchen. Zu klug. Also wenn du jetzt deinen Liebhaber noch einmal lebendig wiedersehen möchtest, wirst du mir gehorchen.« Er schwenkte die Pistole nach links. »Dort hindurch, und denke daran, daß sein Leben von dir abhängt.«

Nicole ging durch den Wald, weg von der Mühle, dann hinunter zum Fluß, wo Gerard ein Ruderboot versteckt hatte. Er sonnte sich in der Tatsache, daß Nicole ihn über den Fluß rudern mußte, während er im Heck saß und ihr Befehle erteilte. Er redete ununterbrochen von seiner Gerissenheit und wie Nicole ihn verführerisch angesehen und dann doch seit seiner Ankunft nur mit seinen Gefühlen gespielt habe.

Sie landeten in einem entlegenen Winkel der Armstrong-Plantage. Da stand ein leerer Werkzeugschuppen, halb versteckt unter einem Baum, dessen Tür schräg in einer zerbrochenen Angel hing. Sie hatten kaum die Tür erreicht, als Bianca unter den Bäumen hervorkam. »Wo bist du gewesen? Und was sucht sie hier?«

»Das ist jetzt nicht wichtig«, schnaubte Gerard. »Hast du es getan?«

Ihre Augen, die hinter ihren grotesk fetten Wangen verborgen waren, glänzten unnatürlich. »Er wollte nicht ausreiten. Er wollte nicht tun, was er machen sollte. Ich habe den Sattel mit Glasscherben präpariert, wie du es mir anschafftest; doch er wollte nicht ausreiten.«

»Was geschah also?« forschte Gerard.

Bianca hatte ihren Rock vorne zusammengerafft. Nun ließ sie ihn los. Frisches Blut klebte daran. »Ich habe ihn erschossen«, sagte sie, als wäre sie selbst von dieser Tatsache überrascht.

Nicole schrie und wollte auf das Haus zurennen; doch Gerard packte sie am Arm. Er schlug ihr mit dem Handrücken heftig gegen den Mund, so daß sie rückwärts taumelte und in den Werkzeugschuppen fiel.

»Ist er tot?« forschte Gerard.

»Oh, ja«, antwortete Bianca. Sie sah ihn blinzelnd an, und ihre Stimme hatte den piepsenden Klang eines Kindes. Sie nahm ihre andere Hand vom Rücken. »Ich habe dir die zweite Pistole mitgebracht.«

Gerard nahm sie ihr aus der Hand und richtete sie dann auf Bianca. »Geh in den Schuppen.«

Bianca sah ihn verwirrt an, gehorchte dann aber seiner Aufforderung. »Warum ist Nicole hier? Warum ist mein Dienstmädchen hier?« fragte sie.

»Bianca!« schrie Nicole. »Wo ist Clay?«

Bianca drehte sich langsam um und betrachtete Nicole, die gegen eine Wand gepreßt stand. »Du«, flüsterte sie.

»Du hast das angestiftet!« Sie fuhr, die Finger gespreizt wie Klauen, auf Nicole los.

Diese erstickte fast unter dem gewaltigen Gewicht von Bianca, das nun auf sie herunterfiel.

»Laß sie sofort los, du fette Hure!« schrie Gerard. Er warf eine Pistole hinter sich auf den Boden, steckte die andere in den Gürtel und begann, Bianca von Nicole wegzuziehen.

»Ich will sie umbringen!« rief Bianca mit höhnischer Stimme. »Laß sie mich jetzt gleich töten!«

Gerard zog die Pistole wieder aus dem Gürtel und richtete

391

sie auf Bianca. »Du bist es, die getötet werden wird, nicht sie«, sagte er.

Bianca lächelte. »Du weißt nicht, was du da sagst. Siehst du denn nicht, daß ich es bin? Die Frau, die du liebst?«

»Liebst!« schnaubte Gerard. »Welcher Mann könnte dich schon lieben? Ich könnte mich ebensogut mit einem Mastschwein paaren!«

»Gerard!« bettelte Bianca. »Du bist so aufgeregt. Du sagst Dinge...«

»Du dummes, eitles Schwein! Wie konntest du nur glauben, daß ich, ein Courtalain, mich jemals in so ein Wesen verlieben würde, wie du es bist? Man wird dich tot auffinden, eine Selbstmörderin, die sich aus Kummer über den Tod ihres Mannes, der zweifellos von Räubern ermordet wurde, selbst erschoß.«

»Nein«, flüsterte Bianca mit ausgestreckten Händen, die Handflächen nach oben gedreht.

»Oh, ja.« Er lächelte, offensichtlich seine Rolle genießend. »Die Armstrong-Plantage wird diesen schrecklichen Zwillingen zufallen, und da sie keine Blutsverwandten mehr haben, wird Nicole ihr Vormund werden, und ich werde ihr Ehemann.«

»Ihr Ehemann!« keuchte Bianca. »Du sagtest, du würdest sie hassen.«

Er lachte. »Das war ein Spiel. Vergiß nicht, du und ich haben ein Spiel miteinander getrieben. Und ich habe gewonnen.«

Bei Nicole setzte wieder das Denkvermögen ein. Vielleicht konnte sie Gerards Aufmerksamkeit ablenken, bis jemand sie hier fand. »Niemand würde glauben, daß Bianca sich wegen Clay selbst tötet. Es ist allgemein bekannt, daß sie ihn haßt.«

Bianca drehte sich mit einem haßerfüllten Blick Nicole zu. Dann tauschten sie einen Blick, zum erstenmal einen Blick des geheimen Einverständnisses. »Ja, die Feldarbeiter und die Dienstboten im Haus wissen, daß wir uns tagsüber selten sahen.«

»Aber in letzter Zeit erzählten sich die Leute, daß ihr beiden euch wieder versöhnt habt, daß Armstrong nicht mehr trinke und der perfekte Ehemann geworden sei«, sagte Gerard.

Bianca sah ihn verwirrt an.

»Bianca ist eine englische Lady«, sagte Nicole. »In England gehört sie zu den Peers, und in Frankreich gibt es keine Aristokraten mehr. Sie würde eine bewundernswerte Frau für dich abgeben.«

»Sie ist nichts!« sagte Gerard. »Ein Nichts! Jeder weiß, daß Frankreich wieder eine Monarchie werden wird. Dann werde ich mit der Enkelin eines Herzogs verheiratet sein. Die großartigen Courtalains werden durch mich weiterleben!«

»Aber...«, setzte Nicole wieder zum Sprechen an.

»Genug!« schrie Gerard. »Ihr glaubt wohl, ich bin dumm, nicht wahr? Bildet ihr euch ein, ich hätte nicht durchschaut, daß ihr mich zum Reden verführen und hinhalten wollt?« Er deutete mit der Pistole auf Bianca. »Ich wollte sie nicht haben, auch wenn sie die Königin von England persönlich wäre. Sie ist fett, häßlich und unglaublich dumm.«

Bianca warf sich auf ihn, ihre Hände fuhren gegen sein Gesicht. Gerard strauchelte sekundenlang unter ihrem erstickenden Gewicht.

Die Pistole ging los, und langsam bewegte sich Bianca wieder von ihm fort, die Hände gegen den Leib gepreßt. Blut sickerte durch ihre Finger.

Nicole hatte lange die Pistole betrachtet, die Gerard so achtlos zu Boden geworfen hatte; doch nun hatten Gerard und Bianca sich zwischen sie und die Waffe geschoben. Sie sah sich in dem leeren Schuppen um, bis sie ein loses Brett in der Wand entdeckte. Mit fast übermenschlicher Kraft brach sie es aus der Wand.

Kaum hatte sich der Schuß aus der Pistole gelöst, als Nicole mit dem Brett auf Gerard einschlug. Er taumelte gegen Bianca, die auf dem Boden zusammenbrach.

»Du hast mir weh getan«, flüsterte er auf französisch, während er mit den Fingern die blutende Wunde an seiner Schläfe berührte. »Das wirst du mir mit jeder Sekunde deines Lebens bezahlen müssen.«

Er ging auf Nicole los, die sich gegen die Wand des Schuppens zurückzog.

Bianca, aus deren Körper das Blut verströmte, sah wie durch

einen Nebel, wie Gerard auf sie zuging. Eine Pistole lag neben ihren Fingerspitzen. Sie bot ihre letzten Kräfte auf, um die Waffe zu heben, zu zielen und den Abzug zu bedienen. Sie starb, ehe sie sah, daß die Kugel ihr Ziel nicht verfehlt hatte.

Nicole bemerkte, wie Gerard plötzlich mitten im Schritt anhielt. Er schien zu reagieren, ehe sie den Schuß hörte. Seine Augen zeigten Überraschung, Verblüffung über das, was man ihm angetan hatte. Dann, sehr langsam, fiel er zu Boden. Im Tod zeigten seine Augen noch ein Staunen.

Nicole ging von ihm weg. Beide lagen nun nebeneinander. Gerards ausgestreckte Hand war auf die Linke von Bianca gefallen, und während Nicole noch zusah, spannte sich Biancas Finger in einem Todesreflex um Gerards Handgelenk. Im Tode hielt sie ihn fest, wie sie es in ihrem Leben nie hätte erreichen können.

Nicole drehte sich um und rannte aus dem Schuppen. Sie lief die weite Strecke bis zum Haus. Sie mußte Clay finden!

Da war Blut auf dem Boden der Bibliothek, aber Clay selbst entdeckte sie nicht.

Plötzlich blieb sie stehen, starrte auf die Couch und vergrub das Gesicht in den Händen. Sie brauchte Zeit, um nachzudenken und sich zu beruhigen, wenn sie ihn finden wollte. Vielleicht hatte ein anderer Clay entdeckt und ihn fortgeschafft. Nein, wenn das der Fall gewesen wäre, wäre das ganze Haus in Aufruhr geraten.

Wo würde er hingehen? Sie stand auf, weil sie wußte, wo er hingehen würde. Zur Lichtung!

Tränen liefen ihr übers Gesicht, als sie mehr als eine Meile bis zur Höhle rannte. Ihre Lungen waren wie Feuer, und ihr Herz klopfte heftig; doch sie wußte, daß sie nicht eine Sekunde anhalten dürfe.

Kaum war sie durch die geheime Pforte auf die Lichtung gekommen, als sie ihn schon sah. Er lag neben dem Wasser, einen Arm ausgestreckt, als wollte er nur ein Sonnenbad nehmen.

»Clay«, flüsterte sie und kniete sich neben ihn.

Er öffnete die Augen und lächelte zu ihr hinauf. »Ich habe

mich in Bianca getäuscht. Sie war couragiert genug und hat versucht, mich umzubringen.«

»Laß mich sehen«, sagte sie, während sie das blutige Hemd von seiner Schulter zog. Es war eine saubere Wunde; doch er war schwach vom Blutverlust. Ihr war schwindelig vor Erleichterung. »Du hättest im Haus bleiben sollen«, sagte sie, während sie Streifen von ihrem Hemd abriß und begann, seine Wunde zu verbinden.

Er beobachtete sie. »Woher hast du es gewußt?«

»Darüber zu reden, haben wir später noch Zeit«, sagte sie brüsk. »Du brauchst sofort einen Arzt.« Sie wollte sich erheben, doch er hielt ihren Arm fest.

»Sag es mir!«

»Bianca und Gerard sind tot.«

Er starrte sie eine lange Sekunde an. Dann sagte er etwas sehr Überraschendes: »Geh zur Höhle und hol mir das Einhorn.«

»Clay, du brauchst einen Arzt...«

»Geh!«

Widerstrebend ging sie in die Höhle und kam mit dem kleinen, in Glas versiegeltem silbernem Einhorn wieder heraus. Clay stellte es auf den Boden und zerschmetterte das Glas mit einem Stein.

»Clay!« protestierte sie.

Er lehnte sich auf das Gras zurück, während das Einhorn, das endlich aus seinem gläsernen Gefängnis befreit war, neben ihm stand.

»Du sagtest einmal, ich hielte dich nicht für würdig, etwas zu berühren, was Beth berührt hatte. Was du damals nicht begriffen hast: Ich war es, der nicht reinen Geistes seinen Finger darauf legte.« Er stützte sich auf einen Ellenbogen – nachdem er das Glas zerschmettert hatte, besaß er kaum noch die Kraft dazu – und ließ das Einhorn in den Ausschnitt ihres Kleides fallen. Er sah sie mit schiefem Grinsen an. »Ich werde es später wieder herausholen.«

Sie lächelte unter Tränen. »Ich muß jetzt einen Arzt holen.«

Er faßte sie am Rock. »Wirst du zu mir zurückkommen?«

»Immer.« Sie schob das Leibchen ihres Kleides hin und her. »Da ist ein kleines silbernes Horn, das mir die Haut ritzt, und ich muß es entfernen.«

Er lächelte mit geschlossenen Augen. »Ich stelle mich freiwillig zur Verfügung.«

Sie wandte sich der Pforte zu.

Ein faszinierender Roman, verbunden mit einer ergreifenden Liebesgeschichte

Als Band mit der Bestellnummer 10655 erschien:

Palästina, 2. Jahrtausend v. Chr. Jerusalem im Lande Kanaan wird von den anstürmenden Israeliten belagert. Tari, ein junger Arzt, versucht das unsägliche Elend der eingeschlossenen Jebusiter zu lindern. Dabei begegnet er eines Tages der schönen Zula. Die Israelitin ist in die Festung geflohen, um der Steinigung zu entgehen. Aber auch die Jebusiter fordern das Leben der angeblichen Spionin. Gelingt es Tari, sie vor dem grausamen Schicksal zu bewahren?

Barbara Cartland – die unbestrittene Meisterin des historischen Liebesromans

Als Band mit der Bestellnummer 10638 erschien:

Als die junge, reizvolle Una nach Absolvierung der Klosterschule in Paris eintrifft und vom unerwarteten Tod ihres Vaters erfährt, stürzt für sie der Himmel ein. Da auch ihre Mutter früh verstorben ist, steht Una allein und hilflos in einer fremden, kalten Welt. Ein Bekannter ihres Vaters nimmt sich ihrer an: er will sie als Mätresse an einen reichen Lord verkuppeln...

Monatelang auf der Bestsellerliste

Als Band mit der Bestellnummer 10240 erschien:

Hauptfigur dieses Romans ist Kelly Anderson – eine faszinierende Mischung aus bravem Mädchen und fauchender Tigerin. Das Schicksal führt sie von Australien nach London, wo sie einen harten Kampf bestehen muß, um eine ungewöhnliche Familie vor dem Unglück zu bewahren.

»Frau Gaskin hat alle Ansprüche an spannende Unterhaltung wieder einmal voll befriedigt.«

DIE WELT

Eine spannende Mischung aus Abenteuer und leidenschaftlicher Liebe

Als Band mit der Bestellnummer 10849 erschien:

Wesley, ein gutaussehender Herzensbrecher, gerät unverhofft in eine Zwangslage. Eine Laune des Schicksals will es, daß er mit einer Frau getraut wird, die er gar nicht kennt. Entschlossen, sich in dem menschenleeren Kentucky ein neues Leben aufzubauen, entdeckt Wesley, daß seine Braut, die er irgendwie loszuwerden hofft, ganz anders ist, als er geglaubt hat ...